समय का निर्माता

गुरुत्वांध्व ब्रह्माण्ड

संतोष शर्मा

अंतर्वस्तु

लेखक के शब्द

समय, जिसके बारे में लगभग सभी सृष्टियों में स्वयं को बुद्धि से उत्तम मानने वाले जीवों ने अपने ज्ञान, विज्ञान, अन्वेषण, कल्पना और परिकल्पना से अनेको सिद्धांत प्रस्तुत किये हैं, और आगे भी करते रहेंगे। समय को यदि उनके सिद्धांतों वाला समय मान भी लिया जाए, तो भी समय के बारे में कोई पूर्ण रूप से जान भी सकता है, इसमें पूर्ण संदेह बना रहता है। क्योंकि जब तक समय को जानने की इच्छा रखने वाले, स्वयं समय के अनंत क्षेत्र के भीतर से उसे जानने का प्रयास करते रहेंगे, तब तक वह पूर्ण रूप से उसको कभी भी जान नहीं सकेंगे। हम सब समय के अनंत विस्तृत क्षेत्र में रहते हुए, उसे जानने के लिए ना जाने कितने समय से प्रयत्न किए जा रहे हैं, और यह भी परम सत्य है, की हमारा समय को जानने का हर एक प्रयास, इस सर्वव्यापक शाश्वत समय को सदा से ज्ञात है।

यदि कोई किसी प्रकार से इस समय के अनंत क्षेत्र से बाहर आकर, उसके सत्य स्वरूप को जानने का प्रयास करें तो वह प्रयास वैसा ही होगा, जैसे कोई एक कोशिका हमारे शरीर से बाहर आकर, हमें पूर्ण रूप से जानने और समझने का प्रयास करें। किन्तु हम सब जानते हैं, कि किसी भी कोशिका का अपने शरीर से पृथक कोई अस्तित्व नहीं होता है। और यदि मान भी लिया जाए की किसी दिव्यता के कारण वह कोशिका कुछ देर अस्तित्व में बना रह सकता है, तो भी वह अपने इस दिव्य ज्ञान और इस परम समझ की सत्यता का प्रमाण

किसे जाकर, और कैसे दिखायेगा। किन्तु इससे भी परम शाश्वत प्रश्न यह होगा की इस दिव्य ज्ञान को पूर्ण सत्य रूप में जानने के बाद वह इसका प्रमाण किसी अन्य भौतिक कोशिका को क्यों देना चाहेगा। इस अद्भुत यात्रा के साथ आपको ज्ञात होगा, कि कौन इस शाश्वत समय को और इसके निर्माता को पूर्ण सत्य रूप से जानता है, और कौन उसको जान सकता है।

हमें समय के बारे में अपनी कुछ मान्यताओं को खंडित करके यह समझना होगा की समय कोई रेखा, नदी या जो भी हमने पढ़ा है, सुना है या कल्पना किया है, वह बिल्कुल नहीं है। यह शाश्वत समय तो एक ऐसा अनंत विस्तार एवं परम दिव्य चेतना से युक्त चोग़ा है, जो सृष्टि के हर एक परमाणु को एक साथ परम दिव्य रूप से आच्छादित किए हुए है। समय की कोई नियमित गति नहीं होती है, और कोई निश्चित रूप से जान भी नहीं सकता है कि किस जगह और किसके सापेक्ष में उसकी क्या गति है। जब वायु अपने उद्गम से निकलती है, तो उसके निकट उसकी गति बहुत अधिक होती है, किंतु जैसे-जैसे वह प्रवाहित होती जाती है, तो उसकी गति भी कम होती जाती है, और दूर कहीं जाकर लगभग शांत हो जाती है।

इसके ठीक विपरीत समय जो अपने उद्गम से सम्पूर्ण सृष्टि को अपने परम दिव्य चोगे से आच्छादित करने के लिए निकलता है, तो वहां पर उसकी गति लगभग नगण्य होती है। किंतु जैसे-जैसे समय के द्वारा सृष्टि को आच्छादित करने का अनंत विस्तार होता जाता है, तो उसकी गति भी प्रचंडता के साथ बढ़ती जाती है। समय की गति, भौतिक एवं पराभौतिक गति से बिल्कुल अलग होती है। समय की गति का अर्थ होता है, कि सृष्टि में किसी स्थान पर, समय रूपी परम दिव्य चोगे से आच्छादित परमाणुओं के क्षरण की गति। समय के इस अनंत विस्तृत क्षेत्र में हमारा अपना ब्रह्माण्ड उस समय के परम उद्गम बिंदु के सापेक्ष में लगभग अनंत दूरी पर स्थित हैं, और हमारे इस ब्रह्माण्ड की आयु उस उद्गम बिन्दु के सापेक्ष में बस कुछ क्षण मात्र ही है।

पृथ्वी पर प्राचीन दूरी का एक मानक योजन रहा है, जो आज के ८ मील के लगभग बराबर माना जाता है। शास्त्रों के अनुसार हमारा यह ब्रह्माण्ड ५० करोड़ योजन विस्तार वाला एक अण्ड है, जो सात अलग-अलग आवरणों से घिरा हुआ है। हर आवरण अपने साथ लगे अंदर वाले आवरण से १० गुणा ज्यादा विस्तार वाला है। इस प्रकार हमारे ब्रह्माण्ड और इसके सात आवरणों के साथ इसका कुल विस्तार ५५५५५५५५० करोड़ योजन होता है और यही हमारा सम्पूर्ण ब्रह्माण्ड है। आज हम यह भी मानते हैं की हमारे ब्रह्माण्ड का निरंतर विस्तार भी हो रहा है। इस ब्रह्माण्डीय विस्तार को ध्यान में रखते हुए हमे एक नये मानक का निर्माण करना होगा, जिसकी इस यात्रा में हमे आवश्यकता पड़ेगी।

एक ब्रह्मयोजन = १०० करोड़ करोड़ योजन (एक औसत ब्रह्माण्ड का व्यास)

इसी प्रकार हमारे पृथ्वी पर प्राचीन समय के मानक भी रहे हैं, जिनमे से कुछ समय के अत्यंत लघु अंतराल को और कुछ समय के दीर्घ काल को व्यक्त करने के लिए प्रयोग में लाये जाते रहे है। समय के लघु अंतराल को व्यक्त करने के लिए निमेष, क्षण, घड़ी, एवं पहर प्रयोग में लाये जाते रहे है। एक निमेष किसी सामान्य मनुष्य के पलक झपकने के अंतराल को व्यक्त करता है। एक क्षण ३ निमेष के समान होता है। एक घड़ी २४ मिनट के तुल्य होता है। और एक पहर ३ घंटे के बराबर होता है। एक दिन-रात्रि में इस प्रकार के ८ पहर होते है।

समय के दीर्घ काल को अलग-अलग लोकों और उनके जीवों के जीवन काल के अनुसार निर्धारित किया गया है। एक कल्प जो की ब्रह्मा के एक दिन के बराबर कहा गया है। उसी प्रकार ब्रह्मा के रात्रि के लिए भी यही एक कल्प कहा गया है। इस प्रकार दो कल्प मिलकर ब्रह्मा के एक पूर्ण दिन-रात्रि होते हैं। ठीक इसी प्रकार ब्रह्मा के अर्ध आयु को एक परार्ध कहा गया है। अर्थात ब्रह्मा की आयु दो परार्ध की होती है, जिसे महाकल्प कहा गया है, और इतना ही महाप्रलय का

समय भी होता है। इस तरह एक महाकल्प और एक महाप्रलय को मिलाकर यदि पृथ्वी वर्ष में गणना करें तो वह ६२२०८ अरब वर्ष होता है। इस अतुलनीय समय विस्तार को ध्यान में रखते हुए हमे एक नये मानक का निर्माण करना होगा, जिसकी इस यात्रा में हमे आवश्यकता पड़ेगी।

एक ब्रह्मकल्प = १ लाख अरब वर्ष (एक औसत ब्रह्माण्ड की आयु)

अध्याय १
सर्वोच्च शाश्वत उद्देश्य

आर्गश, दो अद्भुत, उत्तम एवं नित्य दिव्य चिन्तनों के प्रतिक्रिया रूप में उनका ही परम चिंतन करते हुए, उनके साथ घटित ७२ करोड़ वर्ष पूर्व की महा विनाशकारी एवं भयावह घटनाओं को अपने भौतिक अंतःकरण में देखकर कुछ भावुक हो रहा होता है। उसे अपने अंतःकरण में अब इसका भी आभास होने लगता है, की जिसकी प्रतीक्षा में वह आज इस भोर काल से ध्यान में बैठा है, वह अब इस पृथ्वी पर आ चूका है, और कुछ ही समय में वह उसके पास पहुंच जाएगा। वह अपने घर के बाहर हरी घास पर शांत चित्त होकर ध्यान में बैठा होता है। इस भोर की बेला में दो पहाड़ों के मध्य से उदित होते हुए सूर्य, अपनी शांत किरणों से आर्गश को और उसके घर को अब प्रकाशित भी करने लगे हैं। इस सूर्योदय के प्रकाश से आर्गश अपनी आंखें खोलते हुए सूर्य के तेज को स्पष्ट रूप से देखने लगता है। कुछ देर बाद आर्गश को अनुमान हो जाता है, की अब कोई सामने से सूर्य के प्रकाश को रोकता हुआ उसकी ओर बढ़ता चला आ रहा है। आर्गश अपने दाहिने हाथ को ललाट के ऊपर रख कर ध्यान से देखने का प्रयास करते हुए देखता है, तो उसे एक व्यक्तित्व दिखाई पड़ता है, जो सफ़ेद कपडे पहने हुए, और हाथ में एक चमकती हुई छड़ी लिए हुए उसकी ओर बढ़ता चला आ रहा है। कुछ ही क्षण में जब वह व्यक्तित्व, आर्गश के पास पहुंच जाता है, तब वह कुछ अप्रकट मंद मुस्कान के साथ उठकर देखता है, तो उसे उस व्यक्तित्व का स्वरूप कुछ असाधारण सा लगता है। आर्गश अब

उसे पहचानने का मिथ्या प्रयास करने लगता है। इस मिथ्या प्रयास के कुछ देर बाद आर्गश उस व्यक्तित्व से पूछता है "—क्या मैं आपको जानता हूँ?"

उस व्यक्तित्व ने अपने गंभीर स्वर में उत्तर देते हुए कहता है "नहीं, तुम मुझे नहीं जानते हो आर्गश, —किन्तु मैं तुम्हें जानता हूँ।"

आर्गश उसके गंभीर स्वर को सुनकर कुछ मिथ्या भाव बनाते हुए पूछता है "—आप कौन हैं? और मुझे कैसे जानते हैं?"

"—जो भी मेरे बारे में जानते हैं, वे मुझे कालज्ञ कहते हैं। —मैं काल का एक महत्वपूर्ण अंश हूँ। —इसलिए मैं सब कुछ जानता हूँ।"

आर्गश अब ऐसे भाव बनाता है की जैसे उसे लगने लगा है, की कालज्ञ किसी हास्य के भाव में ऐसा नहीं बोल रहा है। और वह जो कह रहा है, वह गंभीरता से सत्य ही कह रहा है। आर्गश मिथ्या विचार करते हुए कुछ क्षण के बाद पूछता है "—इसका क्या अर्थ हुआ की आप काल का एक महत्वपूर्ण अंश हैं?"

"—इसे तुम ऐसे समझो की जैसे किसी विशालकाय वृक्ष की बहुत सी शाखाएँ होती हैं, और उनमें से कुछ शाखाएँ बहुत महत्वपूर्ण भी होती हैं। उसी प्रकार काल के सभी अवयवों एवं अंशों में से मैं एक महत्वपूर्ण अंश हूँ। और मेरा काल के अनंत शाश्वत क्षेत्र में कुछ सीमित परन्तु महत्वपूर्ण कार्य क्षेत्र हैं।"

आर्गश पुनः कुछ देर मिथ्या विचार करने के बाद कालज्ञ से पूछता है "काल के अनंत शाश्वत क्षेत्र में आपका क्या महत्वपूर्ण कार्यक्षेत्र है?"

"यह एक गुप्त ज्ञान है आर्गश, जिसका सिर्फ अंश मात्र ही काल के क्षेत्र में रहने वाले कुछ ही जीव जानते और मानते हैं।"

"यदि आप मुझे इसके योग्य समझते है, तो मैं इस गुप्त ज्ञान को अवश्य जानना चाहूंगा।"

"तुम अवश्य योग्य हो आर्गश। —तो सुनो, —सभी जीव अपने अपने कर्मों के कर्मफल के अनुसार अपने-अपने कर्मफलों को प्रारब्ध के रूप में समय समय पर सुख एवं दुख के रूप में भोगते रहते है। स्वयं काल ही जीवों के उनके पूर्व कर्मों के कर्मफल के अनुसार सुख एवं दुख रूपी भविष्य का निरंतर निर्माण करते रहते हैं। उन जीवों के निर्धारित सुख दुख रूपी भविष्य को साधारण सांसारिक जीव के कुछ वर्तमान कर्मफल के उनके प्रारब्ध से जुड़ने के कारण ज्यादा अन्तर नहीं पड़ता है। और यदि पड़ता भी है तो काल के अन्य अंश उसको बिना किसी त्रुटि के संतुलित करते रहते हैं। परन्तु जब कुछ उत्तम जीव जो कई जन्मो के अनंत अभ्यास के बाद मुक्त होने की अवस्था तक पहुँचने ही वाले होते है, तब यदि उनके किसी पूर्व महापाप रूपी कर्म का अनिष्टकारी भविष्य रूपी कर्मफल उनके वर्तमान में आता है, और यदि उससे उस जीव के मुक्त होने में बाधा उत्पन्न होती है, या उसके पुनः जन्म मरण के चक्र में फंसने से उसके महापतन की संभावना बनने लगती है, तो उस अनिष्टकारी भविष्य को रोकने या उसे निष्क्रिय करने का कार्यक्षेत्र मेरा है।"

आर्गश पुनः कुछ देर मिथ्या विचार करने के बाद पूछता है "यह तो मुझे ज्ञात है के सभी अपने कर्मों के कर्मफल अनुसार ही सुख दुख पाते है। परन्तु कुछ मुक्त होने वाले उत्तम जीवों के इस प्रकार महापतन होने से बचाने का भी कोई विधान होता है, यह मैंने कभी क्यों नहीं सुना?"

"यह विधान कोई भी संसारी या जन्म मरण के चक्र में फसा हुआ जीव कभी नहीं जान सकता है। इसे तो सिर्फ काल और काल से परे जो भी हैं, या होने वाले होते हैं, वही जान सकते हैं।"

"यदि यह सत्य भी है तो भी आप मुझसे क्या चाहते हैं?"

"आर्गश, —मुझे इस कार्य को करते रहने के लिए उत्तम गुणों से युक्त एक जीव साथी की आवश्यकता होती है, जो मन, बुद्धि और चित्त

से पूर्णतः स्थिर हो, जो समभाव अवस्था को प्राप्त हो, जो एकांकी हो, जो निर्भय हो और जो जीवन, मृत्यु एवं मुक्ति को पूर्ण रूप से समझता हो। लगभग सभी सृष्टियों में अनंत से भी अनंत जीवों को अपनी कालदृष्टि से परखने के बाद मुझे तुम्हारे होने का दिव्य आभास हुआ, क्योंकि तुम इन सभी गुणों से संपन्न हो आर्गश। यदि तुम चाहो तो मेरे इस सर्वोच्च कार्य में मेरा साथी बनकर उन उत्तम अवस्था तक पहुंचते जीवों के निकट भविष्य में होने वाले अनिष्टकारी घटनाक्रम को रोकने में मेरा साथ दे सकते हो।"

आर्गश कुछ देर पुनः मिथ्या विचार करने लगता है, और थोड़ी देर के बाद कालज्ञ से पूछता है "—मेरे जैसा एक साधारण मनुष्य, कैसे किसी उत्तम अवस्था को प्राप्त जीव के अनिष्ट कर्मफल के कारण, पैदा हुए अनिष्टकारी घटनाक्रम को रोकने में आपका साथ दे सकता है?"

"—समय के आरम्भ से ही काल के इस सर्वोच्च शाश्वत उद्देश्य को पूरा करते रहने में अलग-अलग सृष्टियों के कई योग्य जीव साथियों ने मेरा साथ दिया है। किन्तु वे सब समय के साथ आयु पूरा होने पर मुक्त होते गए, और वे अब अनंत आनंद से अन्य महत्वपूर्ण परम कार्यों में व्यस्त, काल के अनंत क्षेत्र की सीमा से बाहर हैं। —जब भी कोई जीव इन उत्तम गुणों से युक्त होता है, तो वह इस सर्वोच्च शाश्वत उद्देश्य के लिए सबसे अधिक योग्य जीव होता है। यदि ऐसा जीव मेरे इस कार्य को करने में साथी बनता है, तो उसे स्वतः ही मेरी कुछ शक्तियां उन गुणों के कारण, मेरी उपस्थिति से उसमें आभासित होने लगती है।"

"—उन शक्तियों के बारे में बताएं जिन्हें आपसे पाकर आपके जीव साथी आपके इस सर्वोच्च शाश्वत कार्य में सहयोग देते हैं?"

"मुझसे जो शक्तियां मेरे जीव रूपी साथी में आभासित होती हैं उनमें दो शक्तियां प्रमुख है। पहली, समय का जहां तक विस्तार है, उसके अंतर्गत किसी भी स्थान एवं समय तक बस कुछ ही क्षण में

पहुंचने की शक्ति। और दूसरी, इन कार्यों को करते हुए जीव साथी की मृत्यु होने पर पुनः जीवित होने की शक्ति। —कुछ शक्तियां उत्तम जीवों में सुषुप्ति अवस्था में सदा से रहती है, परन्तु मेरे संपर्क में आने के बाद वे भी धीरे-धीरे स्वतः ही जागृत होने लगती हैं। उनमें से एक है, दिव्य दृष्टि की शक्ति जिससे पराभौतिक पदार्थों को भी जीव साथी देख पाता है, और इससे वह मेरे वास्तविक कालातीत स्वरूप को प्रत्यक्ष रूप में देख सकता है। ऐसी ही और भी शक्तियों एवं सिद्धियों का तुम्हें ज्ञान होगा, यदि तुम मेरे इस कार्य को करने में मेरा साथी बनना स्वीकार करते हो, और मेरे द्वारा दी गई अत्यंत दुर्लभ एवं कठिन प्रशिक्षण को प्राप्त करते हो। अन्यथा हमारी यह वार्ता कभी हुई ही नहीं और यह सब तुम्हें कभी स्मरण भी नहीं रहेगा।"

आर्गेश कालझ की बातों को सुनकर कुछ देर मिथ्या विचार करने लगता है। आर्गेश अपने मन में कालझ को ही सुनाने के लिए कहता है 'मुझे यह तो पहले से ज्ञात है, की सभी जीव अपने-अपने शरीरों में अपने कर्मफल के अनुसार जीवन के सुख एवं दुख को भोगते हुए जीते और मरते रहते है। किन्तु उनमें से कुछ ही स्वयं के वास्तविक परम स्वरूप का साक्षात्कार कर पाते है। परंतु मुझे यह नहीं पता था के उन कुछ उत्तम जीवों के उद्धार के लिए समय के किसी अंश को इस तरह से हस्तक्षेप भी करना होता है।', आर्गेश अपने मन में जो भी विचार कर रहा होता है, उसे कालझ भी सुन रहा होता है।

कुछ देर बाद आर्गेश, कालझ से शांत स्वर में कहता है "मैं आपकी बातों को अब समझ रहा हूँ। और मैं यह भी मानता हूँ की ऐसा होना अवश्य ही कोई गुप्त विधान होगा। —यदि मैं आपके इन कार्यों में साथी बनने के लिए आपके अनुसार बताये गुणों से युक्त हूँ, तो मेरा मानना है कि यदि इससे किन्हीं उत्तम जीवों के परम कल्याण में मेरा कोई योगदान बन सकता है, तो मैं उसे अवश्य करूंगा। अतः मैं आपके इस सर्वोच्च शाश्वत उद्देश्य को पूरा करने में आपका साथी बनने के लिए तैयार हूँ।"

अब कालझ को अत्यंत आश्चर्य होता है, क्यों की उसके पुराने सभी जीव साथियों की अपेक्षा में आर्गश पहली ही वार्ता में सहयोग देने के लिए मान गया है। यह बात कालझ को असाधारण सी प्रतीत हो रही है, इसलिए वह उसी क्षण समय को अपनी कालदंड रूपी छड़ी से स्तंभित कर देता है, जिससे आर्गश एक मूर्ति के समान स्थिर हो जाता है, और कालझ अपने मन में विचार करता है 'मैंने आर्गश का भूत और संभावित भविष्य दोनों ही देखा है, किन्तु इसका इस तरह मेरी हर एक बात पर इतनी शीघ्रता से विश्वास करते हुए सहयोग देने के लिए तैयार होना, मुझे असाधारण सा लगता है।'

कालझ, आर्गश का भूतकाल एक चलायमान दृश्य पटल की भांति अपने सामने अपने कालदंड रूपी छड़ी की सहायता से प्रकट करके देखने लगता है। उसमें उसे सभी घटनाएं साधारण सी ही लगती है, फिर उसे किसी बात का आभास सा होता है, और वह अपने मन में कहता है 'ऐसा लगता है कि आर्गश के जीवन की घटनाओं में कुछ तो बनावटी सा है, परन्तु क्या? इतनी खोज के बाद बस यही उत्तम जीव मिला है, जो इस कार्य में मेरा सहयोग कर सकता है।' इस प्रकार कुछ देर ऐसे ही किसी रहस्य को ढूँढने के प्रयास में कालझ, आर्गश के जीवन का पूरा भूतकाल आगे पीछे करके बार-बार देखता है। आर्गश के जिस भी भूतकाल के घटनाक्रम में, कालझ को संदेह सा जान पड़ता है, उसमें वह स्वयं प्रवेश करके उसकी एक-एक बारीकियों को जीवंत रूप से देखता हुआ निरीक्षण करने लगता है। इस तरह निरीक्षण करते हुए और सब कुछ परखने के बाद वह अंत में स्वयं से कहता है 'शायद आर्गश का असाधारण लगना मेरा कोई भ्रम ही है, या हो सकता है की इतनी सरलता से विश्वास करने और साथ देने की बात साधारण ही हो।' कुछ क्षण बाद कालझ अपनी कालदंड रूपी छड़ी का प्रयोग करके उस दृश्य पटल का लोप करके स्तंभित समय को सामान्य कर देता है। इसके साथ ही आर्गश भी स्वयं के मिथ्या स्तंभित शरीर को सामान्य कर लेता है।

कुछ क्षण के बाद कालझ पूर्व दिशा में सूर्य को देखते हुए कहता है "—तो ठीक है आर्गश, अब ध्यान से सुनो —अगला घटनाक्रम जिसे हमें मिल कर रोकना है, वह आज से दसवें दिन घटित होने वाला है। उसे रोकने के लिए तुम्हें एक अत्यंत दुर्लभ एवं कठिन प्रशिक्षण में सफल होकर अपनी योग्यता को प्रमाणित करना होगा।"

इस बार आर्गश भी पूर्व दिशा में सूर्य को देखते हुए अप्रकट मंद मुस्कान के साथ कालझ से कहता है "शायद मैं इस प्रशिक्षण के लिए तैयार हूँ। और हमारे पास समय का अभाव भी है, तो क्यों ना अभी से ही इस प्रशिक्षण का आरम्भ करें।"

कालझ को एक बार फिर आश्चर्य होता है। वह आर्गश की ओर देखते हुए कहता है "—ठीक है आर्गश —इस प्रशिक्षण का आरम्भ अभी से होता हैं।"

तभी कालझ अपनी संकल्प शक्ति से हाथ में ली अपनी श्वेत छड़ी को एक खड्ग में परिवर्तित करके अपने दाईं ओर खड़े आर्गश के बाए हाथ की कलाई को पकड़ कर बड़ी फुर्ती के साथ उसका हाथ काट लेता है। आर्गश अत्यंत पीड़ा में कराहने लगता है, किन्तु कालझ उस हाथ को अपने हाथ में लिए आर्गश के सम्मुख आकर कहता है "प्रशिक्षण का पहला चरण —तुम्हें अपने शरीर या इसके किसी भी भाग का कोई भी मोह नहीं रखना है, और सभी तरह के होने वाली पीड़ा के भावों को अपनी बुद्धि से सदा के लिए नियंत्रित करना सीखना है।"

आर्गश अत्यंत पीड़ा से कराहते स्वर में कहता है "—ऐसा कैसे कर सकता है कोई?"

"कोई नहीं कर सकता, पर सिर्फ तुम कर सकते हो, क्योंकि मैंने तुम्हें चुना है आर्गश।"

आर्गश उस पीड़ा से कराहते हुए ही कहता है "अभी मुझे क्या करना होगा, बस आप वह बताइये?"

"तुम्हारा मन और बुद्धि, पहले से ही तुम्हारे द्वारा स्थिर अवस्था के अभ्यास में रहे हैं, बस वही अभ्यास तुम्हें फिर से करना है आर्गश।"

तभी आर्गश अप्रकट मंद मुस्कान के साथ अपनी आंखें बंद करके अपने पूर्व अभ्यास के समान अपने मन को शांत करते हुए, बुद्धि को भी स्थिर करने लगता है, और अपने अंतःकरण में एक दिव्य प्रकाशमय स्वरूप को देखने लगता है। ऐसा करते हुए कुछ समय बीत जाता है, किन्तु आर्गश को पता भी नहीं लगता है, और ना ही उसे अब किसी शारीरिक पीड़ा का आभास होता है।

तभी कालझ आर्गश को ध्यान से बाहर आने के लिए अपने स्वाभाविक गंभीर स्वर में कहता है "—आर्गश तुम अब ध्यान की उसी स्थिरता एवं शांत भाव के साथ ही जागृत अवस्था में आने का प्रयत्न करो। यदि तुम इसी भाव से जागृत रूप में भी स्थिर चित्त रहोगे तो तुम्हें किसी भी भौतिक मोह या पीड़ा का अनुभव नहीं होगा। उन सब भावनाओं को तुम सहजता से नियंत्रित कर सकते हो।"

कालझ की बात को ध्यान की अवस्था में सुनकर आर्गश ने उसी दिव्य प्रकाशमय स्वरूप को निरंतर देखते हुए अपनी आंखें खोलने लगता है। कुछ क्षण बाद आर्गश, कालझ को अपने समक्ष खड़ा देखता है, और साथ ही वह उस दिव्य प्रकाशमय स्वरूप को भी निरंतर देखता रहता है, जिसे वह पहले ध्यान की अवस्था में ही देख पाता था। आर्गश शांत भाव से कुछ मंद मुस्कान लिए कालझ से कहता है "मुझे अब कुछ भी आभास नहीं हो रहा है, और सब कुछ का आभास भी हो रहा है। ऐसा लगता है कि मैं शरीर रहित भी हूँ और अनंत शरीरों से युक्त भी हूँ। —ऐसा पहले सिर्फ ध्यान में मुझे इसका अनुभव होता था, परन्तु अब तो जागृत अवस्था में भी मुझे इसका नित्य अनुभव हो रहा है। यह किस प्रकार संभव हुआ कालझ?"

"जैसा की मैंने पहले ही कहा है आर्गश, मेरी उपस्थिति से उत्तम गुणों से युक्त जीवों में कुछ सुषुप्ति रूप में विद्यमान शक्तियां एवं सिद्धियां स्वतः ही, धीरे-धीरे जागृत होने लगती है।"

आर्गश अपनी कटे हुए हाथ की ओर देखते हुए कहता है "क्या आप मेरे इस कटे हुए हाथ को ठीक करेंगे, या यह मेरी ही किसी शक्ति से स्वतः ही ठीक हो जायेगा?"

"इसे मैंने अपने कालदंड से काटा है, इसलिए यह तुम्हारी किसी भी शक्ति से ठीक नहीं हो सकेगा, इसे सिर्फ मैं ही ठीक कर सकता हूँ।"

कालझ ने कालदंड की एक चमक से आर्गश के हाथ को किसी नवजात के हाथ के जैसे, तीव्र वेग से निर्मित करते हुए आर्गश के पूर्व हाथ जैसा कुछ ही क्षणों में किसी पौधे की नई शाखा की तरह पुनः निर्मित कर देता है। अंत में कालझ अपने कालदंड से ही आर्गश के कटे हुए हाथ को समय के तीव्र क्षरण से नष्ट कर देता है। आर्गश अपने हाथ को चारों ओर घुमाते हुए कालझ से कहता है "आपके साथ कार्य करते हुए जब भी मुझे कोई शारीरिक हानि होगी, तो आप इसी प्रकार से मुझे ठीक कर दिया करेंगे, है ना?"

"नहीं, तुम जब मेरे साथ कार्य करोगे तो तुम्हें कोई हानि होगी ही नहीं, क्योंकि तुम्हारा शरीर या तुमसे जुड़ी किसी भी चीज जैसे वस्त्र या शस्त्र पर काल के क्षरण का प्रभाव होगा ही नहीं। यदि मेरी अनुपस्थिति में काल के क्षरण का प्रभाव हुआ भी तो तुम्हारी मृत्यु होने पर स्वयं काल बार-बार तुम्हें वापस जीवित करते रहेंगे, उस कार्य को पूरा करने के लिए, यही शाश्वत विधान है।"

आर्गश बार-बार मृत्यु की बात को सुन कर दूर जंगल के वृक्षों की ओर देखने लगता है, और कुछ देर बाद कहता है "—ठीक है तो अब आप क्या प्रशिक्षण देने वाले हैं?"

कालझ आकाश की ओर देखते हुए आर्गश से कहता है "तुम्हारे आज की इस पहली सिख का क्यों ना एक परीक्षा लिया जाये। —यदि तुम श्वास रहित, तापमान के उग्र परिवर्तन से होते हुए, बहुत ऊंचाई से पृथ्वी पर गिरो तो क्या तुम्हें पीड़ा होगी? और यदि होगी तो कितने प्रकार की होगी?"

जैसे आर्गश को पता लग गया था की अब कालझ क्या करने वाला है, और ना जानने के मिथ्या भाव में वह कहता है "चलिए वहां चल कर देख लेते हैं।" और फिर आर्गश अपने जागृत ध्यान के भाव में पुनः स्थित हो जाता है।

तभी कालझ ने अपनी संकल्प शक्ति से आर्गश को साथ लेकर तेज गति से गतिमान होते हुए ऊपर की ओर उड़ते हुए कुछ ही क्षण में पृथ्वी के वातावरण के बाहर आ जाता है। कालझ ने आर्गश की ओर देखा तो वह ध्यान के भाव में शांत और स्थिर है। कालझ, आर्गश से मानसिक तरंगों के माध्यम से कहता है "यहाँ तुम्हें कैसा लग रहा है आर्गश?"

आर्गश आश्चर्य के मिथ्या भाव में अपनी मानसिक तरंगों के माध्यम से ही कहता है "मुझसे श्वास नहीं लिया जा रहा है? किन्तु इसका कोई असामान्य प्रभाव मुझ पर दिखाई नहीं पड़ रहा है।"

कालझ को आर्गश की इस तेजी से बदलती अवस्था को देख कर आश्चर्य होता है, और देखते ही देखते वह आर्गश को गुरुत्वाकर्षण के प्रभाव से स्थिर करने की अपनी शक्ति से अलग कर देता है। आर्गश पृथ्वी के गुरुत्वाकर्षण के प्रभाव से अब नीचे गिरने लगता है।

कुछ देर तक आर्गश गिरते हुए ध्यान के भाव में स्वयं को पहले जमते हुए, फिर कुछ देर बाद तीव्र वेग के कारण वातावरण के घर्षण से स्वयं को जलते हुए देखता है। कुछ क्षण बाद जब आर्गश स्वयं को पूरी तरह अग्नि में लिपटा पाता है तब वह अपने ध्यान के माध्यम से दिव्य प्रकाशमय स्वरूप को अपने अंतःकरण में देखने का प्रयास करने लगता है, तब कुछ क्षण बाद ही वह स्वयं के शरीर को एक प्रेक्षक की भांति देखने लगता है। वह देखता है की उसका शरीर अब अग्नि से लगभग पूरी तरह घिरा हुआ जल रहा है, और तेज गति से पृथ्वी की सतह की ओर बढ़ रहा है। कुछ देर बाद जब उसके शरीर का थोड़ा सा अंश ही जलने से बचा रहता है, तभी वह तीव्र गति से अपने घर के

सामने ही घास की भूमि पर गिर जाता है, और उसका शरीर लगभग पूरी तरह से नष्ट हो चूका होता है। कुछ क्षण बाद आर्गश प्रेक्षक की भांति देखता है, की उसका शरीर अब पुनः तेजी से निर्मित हो रहा है, और कुछ ही समय में जब शरीर का पुनः निर्माण हो जाता है, तो आर्गश का प्रेक्षक अंश अपने नव निर्मित शरीर के द्वारा अत्यंत वेग से उसमें खींच लिया जाता है। कुछ देर बाद आर्गश ध्यान में जब कालज्ञ की आवाज को सुनता है, तब वह ध्यान से बाहर आता है।

कालज्ञ, आर्गश को चेतना में देख कर पूछता है "क्या इस परीक्षा में तुम्हें किसी पीड़ा का आभास हुआ? और यदि हुआ तो कितने प्रकार के अनुभव हुए?"

आर्गश शांत भाव में कहता है "इस परीक्षा में मैंने अपने शरीर को तापो के परिवर्तन से नष्ट होते देखा। इसके अंत में मेरी मृत्यु भी हुई पर मुझे किसी भी पीड़ा का आभास नहीं हुआ।"

"—बहुत अच्छे। —ऐसा इसलिए हुआ क्योंकि तुम अपने ध्यान के अभ्यास में बहुत उत्तम अवस्था तक पहुंच चुके हो। इसलिए इस समय और कोई भी इस सर्वोच्च शाश्वत कार्य के लिए तुमसे उत्तम जीव नहीं हो सकता है।"

आर्गश अपनी इस नित्य स्थिर भाव को पाकर अन्तःकरण में नित्य परम आनंद का अनुभव कर रहा होता है, और उसी भाव से कहता है "अब अगला प्रशिक्षण क्या है कालज्ञ?"

कालज्ञ ने कहा "अभी दिन के तीसरे पहर का आरम्भ हो रहा है, पर लगता है के इतने कम समय में ही तुमने पूरे २ दिन के बराबर का अभ्यास कर लिया है। जिसे तुमने इस पहले अभ्यास में ही सिख लिया है, उसे मेरे पुराने जीव साथियों ने कम से कम दो दिनों या उससे भी अधिक समय में सिख पाए थे। इसलिए अब आज के शेष समय में तुम्हें आराम करना चाहिए। कल तुम्हारा अगले स्तर का प्रशिक्षण शुरू होगा।"

"जैसा आप कहें। किन्तु अब आप क्या करेंगे?"

कालज्ञ ने कुछ करुण भाव में गंभीर स्वर में कहता है "—मुझे अपने एक पुराने मित्र से मिलने जाना है। ऐसा लगता है की वह समय आ गया है, जिसके लिए उसने इतने वर्षों तक उत्तम ध्यान रूपी तप के द्वारा प्रतीक्षा की है।"

आर्गश को जैसे पता है की क्या समय आ गया है, वह मंद मुस्कान लिए शांत भाव से कहता है "फिर तो आपको शीघ्र ही अपने मित्र के पास पहुंचना चाहिए।"

"हाँ, —कल सूर्योदय के पहले पहर के आरम्भ होते ही मैं आ जाऊंगा, और फिर तुम्हारा प्रशिक्षण इसी जगह से जारी होगा।" इतना कहते ही कालज्ञ अपनी संकल्प शक्ति से अपने शरीर को सूक्ष्मता तक पहुंचा कर और अपने कालदण्ड की सहायता से अति तीव्र गति से उत्तर दिशा में गतिमान होता हुआ अंतर्धान हो जाता है।

आर्गश यह सब देख कर भी कुछ अधिक आश्चर्य में नहीं दिखाई पड़ता है और सूर्य को आकाश में देखते हुए घर की ओर जाने लगता है। घर के अंदर पहुंचने पर वह अपने आज के ध्यान से प्राप्त परम आनंद रूपी अनुभव को अपने हृदय में खोजते हुए, शांत हो कर ध्यान में बैठ जाता है। कुछ देर बाद जब वह अपने अंतःकरण में दिव्य प्रकाशमय स्वरूप को देखने लगता है तो उसे उसी परम आनंद का अनुभव होने लगता है। वह इसमें पूरी तरह ध्यान मग्न हो जाता है। इस तरह ध्यान में बैठे हुए आर्गश को समय का कोई अनुमान नहीं रहता और जब उसे स्वयं को उस परम आनंद रूपी अनुभव से तृप्त होने का आभास हो जाता है तो वह अपने ध्यान से बाहर आने के लिए आँखें खोलता है। वह देखता है के रात्रि हो चुकी है। खिड़की से घर के बाहर देखने पर उसे चन्द्रमा का प्रकाश फैला हुआ दिखाई पड़ता है। वह सामने टंगी घड़ी में देखता है तो उसे पता लगता है के रात्रि का भी एक पहर बीत चुका है।

आर्गश अपने मन में कहता है 'मुझे अब भोजन करके सो जाना चाहिए।' फिर आर्गश रसोई घर में जा कर खाने के लिए भोजन बनाने लगता है। इस तरह आर्गश भोजन बनाने और करने के बाद रात्रि के दूसरे पहर के मध्य तक प्रशिक्षण की बातों को सोचते हुए सो जाता है।

रात्रि के अंतिम पहर के मध्य तक आर्गश नित्य प्रति की भांति उठ जाता है। कुछ देर के आत्मचिंतन के बाद ही आर्गश तैयार होने लगता है। भोर की मंद-मंद प्रकाश में आर्गश घर से बाहर आकर नित्यप्रति की भांति घास पर बैठ जाता है। कुछ देर आंखें बंद करके वह अपने नित्य ध्यान की अवस्था में चला जाता है। कुछ देर बाद ही आर्गश को कालज्ञ की गंभीर आवाज सुनाई पड़ती है "आर्गश —ध्यान से बाहर आओ —प्रशिक्षण का समय हो गया है।"

आर्गश जब आंखें खोलकर ध्यान से बाहर आता है, तो देखता है की सूर्योदय हो चुका है, और दिन के पहले पहर का आरम्भ भी हो चुका है। आर्गश खड़ा होकर, कालज्ञ को, जो की श्वेत वस्त्र पहने और अपनी श्वेत छड़ी लिए ठीक सामने ही स्थित है, की ओर देखते हुए और अभिवादन करते हुए पूछता है, "आप कब आये?"

कालज्ञ भी अभिवादन स्वीकार करते हुए उत्तर देता है "कुछ क्षण पहले ही पहुंचा हूँ।"

"तो आज इस प्रशिक्षण में किस नए पाठ को मुझे सीखना होगा।"

"कल तुमने अपने मन, बुद्धि और इन्द्रियों पर नियंत्रण करना सीखा था पर आज तुम्हें अपनी संकल्प शक्ति के नियंत्रण और प्रयोग का पाठ सीखना होगा।"

"ठीक है। —इस संकल्प शक्ति के बारे में बताएं?"

"सभी जीव अपनी संकल्प शक्ति से ही मानसिक, शारीरिक, भौतिक और पराभौतिक कार्यों को करने की शक्ति पाते हैं। अचेतन रूप से इसी शक्ति के द्वारा उन्हें अपने जीवन के नित्य एवं अनित्य

कर्मों को करने की शक्ति नित्य रूप से मिलती रहती हैं। जब कोई जीव इस संकल्प शक्ति को चेतन रूप से समझ जाता है, और उसपर नियंत्रण करके प्रयोग में लाने के योग्य हो जाता है, तो इससे वह रचनात्मक या विनाशकारी दोनों प्रकार के कार्यों को करने में सक्षम हो जाता है। तुम्हें अपनी इसी संकल्प शक्ति का प्रयोग रचनात्मक रूप में करना होगा। जैसे ध्यान में रह कर तुम अपने मन और बुद्धि को बश में करके एक प्रकाश बिंदु या स्वरूप पर केंद्रित रहते हो उसी प्रकार तुम्हें जो भी कार्य करना है, उस पर केंद्रित हो कर, पूर्ण समर्पण के साथ अपने अंतःकरण में उसे पूर्ण करने का अटल निश्चय करना होगा। इससे तुम्हारे अपने हृदयाकाश से शक्तियों की धारा उत्सर्जित होने लगेगी। इस शक्ति को ही संकल्प शक्ति कहते है, और यह अचेतन रूप से सभी जीवों के हृदयाकाश से उनके संकल्पों को पूर्ण करने के लिए नित्य निकलती रहती है।"

"मैं किस तरह से अपनी संकल्प शक्ति पर नियंत्रण और उसका प्रयोग कर सकता हूँ?"

"यदि तुम अपनी संकल्प शक्ति को अनुभव करके अपने मन और बुद्धि से नियंत्रित करके, अपने कार्य के प्रति प्रयोग में लाओगे तो वह कार्य तुम्हारे निर्देशानुसार होने लगेगा, चाहे उसके लिए तुम्हारे शरीर को ही क्यों ना अप्राकृत रूप से कार्य करना पड़े।"

"तो इसका अर्थ यह हुआ की पहले मुझे किसी एक निश्चित कार्य के बारे में विचार करना होगा। —किन्तु अभी किस तरह के कार्य को करने के बारे में मुझे विचार करना चाहिए?"

"अभी तुम्हें अपने शरीर को पृथ्वी के गुरुत्वाकर्षण के प्रभाव से मुक्त होने के बारे में विचार करना चाहिए।"

"ठीक है।" और फिर आर्गश गहरी श्वास लेकर आंखें बंद करके अपने मन में दृढ़ता पूर्वक विचार करने लगता है की 'मुझे पृथ्वी

के गुरुत्वाकर्षण के प्रभाव से अब मुक्त होना है, —मेरे शरीर पर गुरुत्वाकर्षण का कोई प्रभाव नहीं पड़ रहा है, —मैं इस गुरुत्वाकर्षण से मुक्त हूँ, —मेरा शरीर भी इस गुरुत्वाकर्षण से मुक्त है।'

कुछ समय के बाद अपने विचारों पर पूर्ण समर्पण के साथ जब आर्गेश अटल निश्चय कर लेता है, तो उसे अपने हृदयाकाश से कुछ उत्सर्जित तरंगों की संवेदना का आभास होने लगता है, और वह उन तरंगों के प्रवाह पथ को भी अपने अंतःकरण में अनुभव करने लगता है। वह उस अनुभव के साथ आंखें बंद किए हुए ही कालझ से पूछता है "मुझे अपनी संकल्प शक्ति के प्रवाह पथ का अब स्पष्ट अनुभव हो रहा है, —अब इसे किस प्रकार से प्रयोग में लाना चाहिए?"

कालझ अपने गंभीर पर शांत भाव से कहता है "उन शक्तियों के प्रवाह पथ को तुम अपने मन और बुद्धि के द्वारा अपने नियंत्रण में लेकर उससे अपने शरीर पर पड़ रहे गुरुत्वाकर्षण बल के ठीक विपरीत प्रभाव बल उत्पन्न करने के लिए प्रेरित करना होगा।"

आर्गेश, कालझ के कहे अनुसार अपने मन और बुद्धि से उन शक्तियों के प्रवाह को अपने नियंत्रण में लेने का प्रयत्न करने लगता है। कुछ देर प्रयत्न करते हुए आर्गेश उसमें बड़ी ही सहजता के साथ सफल भी हो जाता है। वह उन शक्तियों को अपने मन और विवेक के द्वारा नियंत्रित करते हुए अपने शरीर पर पड़ रहे गुरुत्वाकर्षण के प्रभाव के विपरीत दिशा में अपने सम्पूर्ण शरीर में विपरीत बल को उत्पन्न करने लगता है। कुछ ही देर में आर्गेश को अपने शरीर का भार कम होते हुए अनुभव होने लगता है, और जब वह बिल्कुल भार हीन हो जाता है, तब अपनी आँखों को खोल कर देखता है, तो वह भूमि पर घास की सतह से कुछ ऊपर चल रही वायु की मंद गति के साथ खुद को बहता हुआ पाता है। उसी अवस्था में वह कालझ से कहता है "—संकल्प शक्ति तो सच में बहुत ही अद्भुत है कालझ। —अब मैं अपने सामान्य अवस्था में कैसे आ सकता हूँ?"

"इसी प्रकार अपनी संकल्प शक्ति के द्वारा तुम किसी भी बाह्य बल के विपरीत बल अपने शरीर में धीरे-धीरे या तीव्र गति से उत्पन्न कर सकते हो, और उसे मिटा भी सकते हो। तुम अब इस गुरुत्वाकर्षण के विपरीत जिस बल को अपने संकल्प शक्ति के नियंत्रण से उत्पन्न किये हो उसे उसी नियंत्रण के साथ कम करते जाओ। फिर अपने अंतःकरण में उस संकल्प के पूर्ण होने का निर्देश दे कर तुम सामान्य अवस्था में आ सकते हो।"

आर्गश, कालझ के बताये अनुसार उस विपरीत बल को अपने संकल्प शक्ति के नियंत्रण से कम करते हुए, भार युक्त होता हुआ गुरुत्वाकर्षण का अनुभव करने लगता है, और इस संकल्प के पूर्ण होने का भाव अपने अंतःकरण में पैदा करके सामान्य अवस्था में आ जाता है। आर्गश एक शांत मुस्कान के साथ कालझ से कहता है, "शायद अब मुझे इस संकल्प शक्ति के द्वारा उड़ने का अभ्यास करना चाहिए।"

"हाँ—चलो कल की ही परीक्षा की पुनरावृत्ति करते हैं।" और कालझ ने अपनी संकल्प शक्ति से आर्गश को साथ लेकर तीव्र गति से गतिमान होते हुए, ऊपर की ओर उड़ते हुए, कुछ ही क्षण में कल की भांति पृथ्वी के वातावरण के बाहर आ जाता है। कालझ, आर्गश से मानसिक तरंगों के माध्यम से कहता है "यहाँ से तुम्हें कल की ही तरह नीचे जाना है, परन्तु आज तुम्हें अपनी संकल्प शक्ति का प्रयोग करते हुए, नीचे बिना किसी शारीरिक हानि के सुरक्षित रूप में पहुंचना होगा।"

आर्गश शांत होकर मानसिक तरंगों में ही कहता है "मैं अपनी संकल्प शक्ति से अपने श्वास को स्तंभित करके, गुरुत्वाकर्षण के विपरीत बल से यहाँ स्थिर हूँ। आप जब नीचे जाने के लिए कहेंगे तो मैं चल पड़ूँगा।"

कालझ को आर्गश की इस योग्यता को देख कर आश्चर्य और प्रसन्नता दोनों होती है, किन्तु इस पर ज्यादा विचार न करके वह आर्गश से कहता है, "चलो चले!"

आर्गश अपनी संकल्प शक्ति के नियंत्रण के द्वारा गुरुत्वाकर्षण के प्रभाव के विपरीत बल को अपने शरीर में उत्पन्न करता हुआ नीचे की ओर खुद को संतुलित करता हुआ बढ़ने लगता है। इस तरह वह कभी विपरीत बल को कम करके तेज गति से नीचे की ओर जाता है, तो कभी बढ़ाते हुए मंद गति से। कभी तेज गति से शरीर के तापमान में परिवर्तन होने लगता तो उसके विपरीत तापमान को अपने शरीर में संकल्प शक्ति से उत्पन्न करके उसे संतुलित करता रहता। कालझ, आर्गश के इस उड़ान में उसी की गति के समानांतर उसके साथ-साथ, निर्देश देते हुए चल रहा है।

कुछ समय के बाद आर्गश को अपने शरीर पर पड़ रहे हर एक प्रभाव के ठीक विपरीत प्रभाव को पैदा करने और उसे संतुलित करने में दक्षता प्राप्त होने लगी। वह बड़ी शीघ्रता से अपनी संकल्प शक्ति के द्वारा अलग-अलग विपरीत बल के सृजन करता हुआ बड़ी सहजता से नीचे की ओर उड़ता हुआ भूमि से ठीक पहले रुक जाता है। कालझ जो कुछ ही देर में उसके साथ में नीचे आ जाता है, फिर दोनों साथ में भूमि को छूते हैं।

कालझ, प्रसन्नता के साथ अपने गंभीर स्वर में कहता है "बहुत अच्छे आर्गश, —तुमने यह पाठ भी बड़ी शीघ्रता से सिख लिया है। तुम्हें अब बस इसका अभ्यास करते रहना होगा।"

आर्गश भी कुछ मुस्कुराते हुए पर शांत भाव से कहता है "स्वयं आप जिसके गुरु हों, वह तो बड़ी सहजता से कोई भी पाठ सिख सकता है।"

कालझ स्वयं की प्रशंसा से थोड़ा प्रसन्न होते हुए कहता है "शायद तुम्हारा कहना उचित हो, परन्तु जीतनी शीघ्रता से तुम सिख रहे हो उतनी शीघ्रता से पहले मेरे किसी भी जीव साथी ने नहीं सीखा था।"

आर्गश अनभिज्ञ सा भाव करते हुए कहता है "शायद —अपने साथियों को प्रशिक्षित करते हुए आप इतने दक्ष हो गए है की अब किसी नए साथी को यह दुर्लभ एवं कठिन प्रशिक्षण, शीघ्रता से सीखा देते हैं।"

कालझ को लगा की शायद ऐसा ही हो और वह कहता है "यह भी हो सकता है, —या हो सकता है की तुममें ही कुछ असाधारण से भी असाधारण बात हो। —पर मैंने तुम्हारे पहले के सभी जन्मो और इस जन्म के भी भूतकाल को अच्छी तरह देख चुका हूँ और मुझे सब कुछ सामान्य ही लगा है। इसलिए शायद, —तुम्हारा मुझे दक्ष समझना उचित ही है।"

आर्गश अब मंद मुस्कान के साथ प्रतिक्रिया देते हुए कहता है "—आप ही दक्ष हैं, यही हो सकता है," और बात को बदलते हुए कहता है "—तीसरे पहर का आरम्भ हो गया है, तो मुझे अब क्या करना चाहिए।"

अब कालझ, आर्गश की ओर देखते हुए कहता है "अब तुम्हें अपनी संकल्प शक्ति के प्रयोग का एक चरम अभ्यास करना होगा। और इसके लिए मैं तुम्हें एक महासागर के अंदर लेकर चलूँगा।"

"ठीक है चलिए चलते हैं, —उस महासागर में।"

और थोड़ी ही देर में कालझ अपनी संकल्प शक्ति से अपने और आर्गश के शरीर को सूक्ष्मता तक लाकर, अपने कालदण्ड की रश्मियों की सहायता से प्रकाश से भी तीव्र गति से गतिमान होते हुए अंतर्धान हो जाता है। अगले ही क्षण में वह आर्गश के साथ एक महासागर में सूक्ष्मता से प्रकट हो जाता है।

उस महासागर के गहराई में कालझ के साथ खुद को पाकर आर्गश अनभिज्ञ भाव में अपनी मानसिक तरंगों के माध्यम से प्रश्न करता है, "हम कहां पर हैं कालझ? —मुझे लगा था के आप किसी जल के महासागर के अंदर चलने की बात कर रहे थे। परन्तु यह तो किसी अग्नि की प्रचंड ज्वालाओं का महासागर लगता है। चारों ओर निरंतर प्रचंड अग्नि रूपी विस्फोट हो रहे है। किन्तु इस महा प्रचंड अग्नि कुंड में मैं अभी तक सुरक्षित कैसे हूँ? "

कालझ मुस्कुराते हुए मानसिक तरंगों के माध्यम से ही कहता है "—यह तुम्हारा सूर्य है आर्गश। —हम सूर्य के अंदर उसकी प्रचंड धधकती ज्वालाओं के बीच में स्थिर हैं। मेरी शक्ति से तुम यहाँ सुरक्षित हो परन्तु अब तुम अपनी संकल्प शक्ति से इसके अनुकूल रहने योग्य अपने शरीर में परिवर्तन करो।"

आर्गश अपनी संकल्प शक्ति पर नियंत्रण करते हुए अपनी श्वास को स्तंभित कर लेता है, और जब कालझ की शक्ति से मुक्त होने का अनुभव करता है, तो वह अपने आस पास की ज्वालाओं के तीव्र तापमान के विपरीत अपने शरीर का तापमान तेजी से कम करने लगता है, और कालझ से मानसिक रूप में पूछता है "—मुझे कहा तक अपने शरीर का तापमान कम करना होगा?"

"जब तक तुम स्वयं को इस प्रतिकूल वातावरण में सहज अनुभव नहीं करने लगते।"

"ठीक है, पर इस प्रचंड अग्नि के स्पर्श से मेरे वस्त्र क्यों नहीं जल रहे है?"

"जैसा की मैंने पहले भी बताया है की तुम्हारे शरीर और उससे जुड़ी हर एक चीज़ का क्षरण मेरी शक्ति से नियंत्रित है। परन्तु जब तुम अभ्यस्त हो जाओगे तो स्वयं ही अपने शरीर के साथ-साथ उसके आस पास की किसी भी चीज के क्षरण पर नियंत्रण कर सकोगे।"

"अच्छी बात है। —अभी मैंने अपने शरीर का तापमान इतना कम कर लिया है की अब मुझे यहाँ सहज अनुभव हो रहा है।"

"बहुत अच्छे, अब तुम इस अवस्था को बनाये रखते हुए, सूर्य के प्रचंड गुरुत्वाकर्षण बल से भी मुक्त होने का पहले की तरह प्रयास करो जिससे की तुम यहाँ भी सहजता से उड़ सको।"

फिर आर्गश पहले की भांति अपने संकल्प शक्ति से सूर्य के गुरुत्वाकर्षण बल के विपरीत अपने शरीर में बल उत्पन्न करने लगता

है, और कुछ ही देर में अग्नि की ज्वालाओं के साथ बहते हुए कालझ से कहता है "—अब आप बतायें के हम कहा उड़ चलें?"

"चलो मैं तुम्हें सूर्य का पूर्ण निरीक्षण कराता हूँ। इसके लिए तुम्हें तीव्र गति से उड़ना होगा। जिस प्रकार तुम गुरुत्वाकर्षण के विपरीत बल को अपनी संकल्प शक्ति से उत्पन्न करके गुरुत्व बल से मुक्त हो जाते हो, उसी प्रकार जिस दिशा में तुम्हें अपने शरीर को धकेलना है उसके विपरीत दिशा में नियंत्रित बल उत्पन्न करके गतिमान हो सकते हो।" इतना कह कर कालझ थोड़ा आगे उड़ जाता है।

आर्गश ने कालझ के कहे अनुसार उसके जाने के ठीक विपरीत दिशा में अपनी संकल्प शक्ति से बल उत्पन्न करने लगता है, और धीरे-धीरे वह गतिमान होने लगता है। ऐसा करते हुए वह अपनी गति को बढ़ाने लगता है और कुछ ही देर में कालझ के पास पहुंच कर कहता है "—अब आप मुझे सूर्य का पूर्ण निरीक्षण कराइये।"

कालझ को आर्गश के इस योग्यता को देख कर पहले की तरह आश्चर्य तो होता है, किन्तु उसे अपनी ही दक्षता समझ कर कहता है "—तुम्हें ऊपर, नीचे, दायें और बाएं सभी दिशाओं में तीव्र गति से उड़ते हुए मेरे पथ का अनुसरण करना होगा और फिर मैं तुम्हें सूर्य की हर एक विशेषता और इसके प्रमुख क्षेत्र बताता जाऊंगा।"

इस प्रकार आर्गश कालझ के पथ पर अभ्यास करते हुए उड़ने लगता है। कालझ सूर्य की भिन्न-भिन्न विशेषताएं आर्गश को बताता जाता है, और भिन्न-भिन्न क्षेत्र भी दिखाता जाता है। इस तरह लगभग एक घड़ी तक सूर्य का पूर्ण चक्कर लगाते हुए, अंत में कालझ और आर्गश सूर्य के बाहरी वातावरण में आकर रुक जाते हैं।

कालझ सूर्य को देखते हुए, आर्गश से गंभीर मानसिक स्वर में कहता है "—इस ब्रह्माण्ड में सूर्य ही वह कारण है जिसकी वजह से पृथ्वी पर जीवन बना हुआ है।" और फिर पृथ्वी की ओर देखते हुए कहता है "यहाँ से पृथ्वी को देखो तो एक बिंदु के समान दिख रही

है। परन्तु यह बिन्दु स्थान ही इस ब्रह्माण्ड में एकमात्र मृत्युलोक है, और बस एकमात्र मनुष्य शरीर ही इस ब्रह्माण्ड के जीवों के लिए नए कर्मफल कमाने का माध्यम है।"

आर्गश मानसिक तरंगों के माध्यम से ही पूछता है "क्या कभी आपका सामान्य जीवों की भांति जन्म हुआ है? और क्या आपका कभी कोई भौतिक शरीर रहा है?"

"—मेरा किसी सामान्य जीव की भांति कोई जन्म या मृत्यु नहीं होता। काल के किसी एक ब्रह्मांडीय काल विभाग के कुछ विशेष अंश उस सृष्टि लीला में उनकी प्रेरणा से योगदान करने के लिए साधारण जीवों की भांति प्रत्येक युग में जन्म लेते रहते है। मुझे काल के आरम्भ में स्वयं काल ने ही अपने ही अनंत स्वरूप में से सभी ब्रह्माण्डों के काल विभाग से ऊपर एक महत्वपूर्ण अंश के रूप में इस सर्वोच्च उद्देश्य की पूर्ति करते रहने के लिए बनाया था। मेरा अपना कोई भौतिक शरीर नहीं रहा है, परन्तु मैं काल से मिले इस स्वरूप को ही भौतिक एवं पराभौतिक रूप से परिवर्तित करता रहता हूँ। मेरा शरीर मेरे जीव साथी के स्वरूप के अनुसार हर बार नया रूप लेता रहता है। तुम एक मनुष्य हो इसलिए तुम मुझे एक मनुष्य के रूप में देख पा रहे हो।"

"आपने अपना प्रथम कार्य कब, कहां और किस जीव की मुक्ति के लिए किया था?"

"उस अंतराल की संख्या यदि मैं तुमसे कहूं भी तो तुम उसे समझ नहीं सकोगे। बस इतना समझो के मेरा प्रथम कार्य अनंत ब्रह्मकल्प पूर्व हुआ था। अब उस ब्रह्मांड का अस्तित्व नहीं रहा वह अपने कारण में अनंत ब्रह्मकल्प पूर्व ही विलीन हो गया था। परन्तु जिस श्रेष्ठ जीव के लिए वह कार्य मैंने और मेरे जीव साथी ने किया था, वे समय आने पर मुक्त हो कर परम धाम को चले गए थे, और वह अनंत ब्रह्मकल्प से अनंत आनंद में रहते हुए परम कार्यों को कर रहें हैं।"

"इतने अनंत से भी अनंत काल से आप इस कार्य को करते आ रहे हैं, और शायद अनंत श्रेष्ठ जीवों की मुक्ति के मार्ग को सुगम बनाया होगा आपने, तो क्या कभी आपको इससे अवकाश या इस कार्य को त्यागने की इच्छा नहीं हुई।"

"नहीं, कभी नहीं। —इसे ऐसे समझो की जैसे कोई मनुष्य बिना कुछ किये एक क्षण के लिए भी नहीं रह सकता, अर्थात वह हर क्षण कुछ ना कुछ करता रहता है, चाहे वह शारीरिक हो, मानसिक हो, चेतन हो या अचेतन हो। यदि कोई मनुष्य कुछ नहीं करता तो उसे मृत ही माना जाता है। इसी तरह मेरा इस कार्य के बिना कोई अस्तित्व ही नहीं रहेगा। और रही बात अवकाश की तो मेरा इसके उत्तर में एक प्रश्न है तुमसे, —क्या कोई भी मनुष्य महान दुखों के अनंत महासागर में डूबते हुए, सुख रूपी एकमात्र तिनके को पा कर कभी भी उसे छोड़ देने के बारे में विचार करेगा?"

"नहीं —कभी नहीं विचार करेगा।"

"ठीक उसी प्रकार अनंत ब्रह्माण्डों में फैला जीवन की अनंत भिन्नता रूपी सृष्टि, सुख और दुख रूपी एक महासागर ही तो है। संसार के यह दोनों सुख और दुख एक समान ही हैं, क्योंकि यह दोनों संसार में बंधन के कारण हैं। मैं इस महासागर में उन श्रेष्ठ जीव रूपी तिनको को पाकर और उनकी सहायता करके अनंत आनंद का अनुभव करता हूँ। तुम्हें भी उसी परम आनंद का अनुभव होगा जब तुम इस कार्य को करने के योग्य बन जाओगे।"

"मुझे अब उसी समय की प्रतीक्षा है।"

"उस समय को अब ज्यादा समय नहीं है, किन्तु हां अब हमारा पृथ्वी पर लौटने का समय हो रहा है।"

उसके बाद कालज्ञ, आर्गश को साथ लेकर सूर्य के बाहरी वातावरण में ही अपनी संकल्प शक्ति से अपने और आर्गश के शरीर को सूक्ष्मता

तक लाकर कर, अपने कालदण्ड की रश्मियों की सहायता से प्रकाश से भी तीव्र गति से पृथ्वी की ओर गतिमान होते हुए अंतर्धान हो जाता है।

कुछ ही क्षण में कालज्ञ, आर्गश को लेकर उसके घर के बाहर पूर्व स्थान पर सूक्ष्मता से प्रकट होते हुए, सामान्य अवस्था तक प्रकट हो जाता है। संध्याकाल का समय हो चुका है, और कालज्ञ, आर्गश की ओर देखते हुए कहता है "आज भी तुमने बड़ी ही शीघ्रता से प्रशिक्षण के पाठ सीख लिया है। अब संध्याकाल हो रहा है, कल तुम्हें अगले स्तर का प्रशिक्षण सीखना है, इसलिए अब तुम आराम करो।"

"अब आप क्या करेंगे, और कहां जायेंगे?"

"जिस प्रकार मुझे मेरा कार्य प्रिय है, उसी प्रकार मुझे अपने पुराने श्रेष्ठ मित्रों से मिलना और उनसे श्रेष्ठ विषयों के बारे में वार्ता करना भी प्रिय है। इसलिए मैं अपने उन्हीं मित्रों के पास जा रहा हूँ।" और फिर कालज्ञ अपनी संकल्प शक्ति और कालदण्ड की सहायता से वहां से तीव्र गति से सूक्ष्मता के साथ अंतर्धान होकर चला जाता है।

कालज्ञ के जाने के बाद आर्गश घर के अंदर चला जाता है और आज के प्रशिक्षण के बारे में विचार करने लगता है। आर्गश जो अप्रकट मंद मुस्कान के साथ अपने अंतःकरण में देख रहा होता है, की कालज्ञ अपनी अज्ञात स्थिति से ही उसकी हर एक दिनचर्या को अपनी काल दृष्टि से देख रहा होता है। और फिर आर्गश रसोई घर में कुछ विचार करने के बाद भोजन बनाकर और कुछ देर बाद भोजन ग्रहण करके सो जाता है। आर्गश हमेशा की तरह रात्रि के अंतिम पहर के मध्य में उठ जाता है, और कुछ समय में ही तैयार हो कर घर के बाहर सूर्योदय के पहले ही ध्यान में बैठ जाता है। जब दिन के पहले पहर की एक घड़ी बीत जाती है, तब आर्गश ध्यान से बाहर आने के लिए आंखें खोलता है, तो वह अपने समक्ष कालज्ञ को देखता हैं। वह कालज्ञ को देखकर उठ जाता है और अभिवादन करते हुए पूछता है "—आज मुझे क्या सीखना होगा?"

कालज्ञ ने अभिवादन स्वीकार करते हुए कहता है "—आज से तुम्हें अपनी संकल्प शक्ति के पूर्ण नियंत्रण के द्वारा सुषुप्ति रूप में विद्यमान सभी सिद्धियों को जागृत करना और उनका प्रयोग करना सीखना होगा।"

"वे कौन सी सिद्धियां होती है, जो सामान्य रूप से सुषुप्ति अवस्था में जीव के शरीर में विद्यमान होती हैं।"

"वैसे तो कुल १८ प्रकार की सिद्धियां होती है, जिनमें से ८ मुख्य सिद्धियां है। अणिमा , महिमा, लघिमा, गरिमा, प्राप्ति, प्राकाम्य, ईशित्व और वशित्व ये सिद्धियां ही 'अष्टसिद्धि' कहलाती हैं। सभी सिद्धियों को ध्यान में उत्तम अवस्था तक पहुंचा हुआ साधक ही जागृत कर सकता है, और उसे अपनी नियंत्रित संकल्प शक्ति के द्वारा प्रयोग में ला सकता है।"

"उन प्रमुख सिद्धियां को मुझे किस प्रकार के ध्यान के द्वारा जागृत करना चाहिए"

"तुम पहले ही अपने शरीर के तीनों गुणों में सत गुण को प्रधान अवस्था तक पहुंचा चुके हो और इस तरह तुम्हारी कुण्डलिनी शक्ति अब पूर्ण रूप से जागृत है। इसी कारण से ही तुम अपनी संकल्प शक्ति से पिछले दिनों के पाठ सहजता से सिख गए थे। अब तुम अपने उत्तम ध्यान के द्वारा भिन्न-भिन्न तत्वों पर अपने मन को केंद्रित करके, इन सिद्धियों को बड़ी ही सहजता से जागृत कर सकते हो।

"लघिमा सिद्धि के जागृत होने के कारण ही कल तुमने गुरुत्वाकर्षण के प्रभाव को निष्क्रिय करना सीखा था। इसी प्रकार सभी सिद्धियों के जागृत होने एवं कार्य करने के पीछे संकल्प शक्ति ही कारण होती है।"

"ठीक है, मैं एक-एक करके सभी तत्वों पर अपने मन को केंद्रित करते हुए ध्यान लगाता हूं।" आर्गिश यह कहते ही आँखें बंद करके ध्यान में चला गया, और लगभग एक-एक घड़ी तक सभी तत्वों पर ध्यान करते हुए, अपनी सभी सिद्धियों को जागृत करता रहता है।

आर्गश का यह प्रशिक्षण अगले ६ दिनों तक इसी प्रकार चलता रहता है। कालझ एक-एक करके आर्गश की जागृत हो चुकी सभी सिद्धियों का अभ्यास एवं परीक्षा लेता रहता है। आर्गश की अणिमा सिद्धि की परीक्षा के लिए कालझ ने उसे अपने हाथ में लिए एक कण के भीतर प्रवेश करके उसकी परमाणुओं की विशेषता को जानने का कार्य दिया। महिमा सिद्धि की परीक्षा के लिए वह आर्गश को मंगल ग्रह पर लेकर चला जाता है, जहां उसे अपने शरीर को उसकी अधिकतम क्षमता तक महाकाय करना पड़ा था। इस प्रकार आर्गश सभी सिद्धियों के प्रयोग में पूर्ण रूप से सिद्ध हो चुका होता है। अंतिम दिन के दूसरे पहर में कालझ ने आर्गश को अपने सूक्ष्म शरीर के प्रयोग का भी ज्ञान देता है। कालझ सूक्ष्म शरीर से कहीं भी जाने और किसी भी पदार्थ एवं शरीर में प्रवेश करने और उन्हें धारण करने का भी, आर्गश को संकल्प शक्ति के द्वारा अभ्यास कराता है। इस तरह आर्गश ९ दिनों में ही कालझ के अगले सर्वोच्च कार्य में सहयोग करने के लिए सम्पूर्ण रूप से तैयार हो चुका होता है। कालझ अब पूर्ण रूप से समर्थ हो चुके आर्गश से अपने गंभीर स्वर में कहता है "तुम अब सम्पूर्ण रूप से कल के कार्य में मेरा साथ देने के लिए समर्थ हो चुके हो। —कल तुम्हें वह पहला अवसर मिलेगा और मुझे पूरा विश्वास है, की तुम उस कार्य को अच्छी तरह कर सकोगे।"

आर्गश अपने अप्रकट मंद मुस्कान के साथ कहता है "इतना तो अवश्य है की मैं आपको निराश नहीं करूँगा।" और थोड़ा रुक कर पूछता है "—जिस घटनाक्रम को कल हमें रोकना है क्या वह इस पृथ्वी पर किसी मनुष्य के साथ घटने वाला हैं?"

आर्गश की ओर मुस्कुराते हुए कालझ विस्तार से उत्तर देते हुए कहता है "—इस ब्रह्माण्ड में अभी जो काल चक्र चल रहा है, उससे पृथ्वी के लगभग सभी मनुष्यों के अंदर जो प्राकृत तीन गुण होते हैं, उनमें, तमो और रजो गुण की ही प्रधानता है। इसलिए हर मनुष्य अपनी-अपनी भावनाओं, कामनाओं और वासनाओं की इच्छा रूपी

दलदल में फसा हुआ हैं। वह यदि भूले से भी कभी ध्यान, भक्ति और मुक्ति का कोई अंश ज्ञान स्वयं से या किसी से जान भी लेते है, तो भी उसपर उनका पूर्ण विश्वास नहीं होता है। और यदि होता भी है, तो वह एक पूरा दिन भी उस विश्वास पर टिका नहीं रह पाता है, पूर्ण ज्ञान पर चलने की बात तो बहुत दूर की है। यदि कभी वह अपौरुषेय शास्त्रों में वर्णित, आत्मा एवं परमात्मा के परम ज्ञान को पढ़ या सुन भी लेता है, तो उसमें भी वह अपने शरीर, रूप, रंग, लिंग, जाती, धर्म और अपनी बुद्धि पर प्रभावी तमो या रजो गुण के कारण उसका अलग ही अर्थ निकाल बैठता है। यदि वह अपने किसी भाग्योदय वश उसका सही मर्म जान भी लेता है, तो भी इस काल चक्र के प्रभाव के कारण उसकी अपनी बुद्धि में उस उत्तम अर्थ की स्थिरता अधिक समय तक नहीं रह पाती है। इस काल में मनुष्य की बुद्धि किसी भी विषय के लिए एक विचार पर अधिक समय तक स्थिर नहीं रहती है। और साथ ही उसकी स्मृति शक्ति बहुत कम होने के साथ-साथ तेजी से क्षीण भी होती रहती है। यदि वह उस सही ज्ञान और उसके सही मर्म के निरंतर अभ्यास से कुछ दिन के लिए ही अलग हो जाता है, तो फिर से संसार रूपी भ्रमों के कारण उनका तेजी से क्षरण होने लगता है, और वह फिर से वही पहुँच जाता है, जहां से वह चला था।

"इस तरह यह मनुष्य इसी संसार के सुख दुख रूपी महासागर में अनंत बार जीवन और मृत्यु रूपी भँवर में अपने कुटुंब के लोगों और उसमें मिले संसाधनों को बड़ी ही मजबूती से जकड कर चक्कर लगाता रहता है। हर चक्कर में यह ऐसे लिस रहता है, की इसमें मिलने वाली हर एक चीज जो प्रारब्ध से मिले या वर्तमान कर्म से उससे अत्यधिक मोह ग्रस्त होकर अंधे की तरह उसी में आसक्त हो जाता है। और इसी मोह के आसक्ति के कारण वह चक्कर से बाहर निकलने का कभी विचार भी नहीं कर पाता है। और यदि पूर्व जन्मो के प्रयासों के सौभाग्यवश विचार करें भी लेता है, तो एक हाथ से चक्कर में मिली हर सम्बन्ध और वस्तु को पकड़े रहने का प्रयत्न भी करता रहता है, और चक्कर से बाहर आने के लिए कभी-कभी एक हाथ भी मारता

रहता है। परंतु तुम भी जानते हो आर्गश, की ऐसे हर एक प्रयत्न का परिणाम अंततः शून्य ही रहता है।

"यह मनुष्य समय के अलग-अलग चक्रों में, उसमें विद्यमान प्रधान गुण और उससे बनी इच्छाओं के अलग-अलग परिमाण के अनुसार अपने प्रारब्ध को भोगता हुआ, जन्म मृत्यु के चक्कर से निकलने के लिए अलग-अलग तरह से प्रयत्न करता रहता है। जब मनुष्य में सतो गुण की प्रधानता होती है तो वह व्यर्थ की सांसारिक इच्छाओं को पूर्ण करने में अपना जीवन और समय बर्बाद नहीं करना चाहता है। वह अपने सतो गुण के कारण जल्द से जल्द इस दुस्तर चक्कर से निकलने के लिए दोनों हाथों से सब कुछ छोड़ कर प्रयत्न करता रहता है। और कुछ ही चक्करों में सफल हो कर अंततः सतो गुण को भी त्याग कर, गुणातीत होकर मुक्त हो जाता है। जब इस तरह के ही अधिकतम सतो गुणी मनुष्य पृथ्वी पर विचरते है, तब वे सभी सिर्फ मुक्त होने के प्रयत्न में रहते है, और दूसरों को भी यही परम उपदेश देते रहते हैं। इस तरह के काल को शास्त्रों में कृतयुग या सतयुग का नाम दिया गया है। इस युग में कोई भी व्यर्थ के निर्माण या ठाठ बाट के साधन जैसे महल, राजमार्ग, यंत्र, उपकरण या आराम की चीजों को बनाने की इच्छा तक भी नहीं रखते है। वे सब पूर्ण संतुष्ट होकर सिर्फ मुक्त होने के लिए ही प्रयत्न करते हुए, प्रकृति द्वारा दी गई वस्तुओं को प्रारब्ध के अनुसार भोगते हुए कुछ ही समय में या कुछ ही जीवन चक्र के बाद मुक्त हो जाते है और अंततः अपने परम कारण में विलीन होकर परम आनंद से आह्लादित होते हुए परमगति को प्राप्त करते हैं।

"परन्तु जब अधिकतम मनुष्यों में रजो गुण प्रधान हो जाता है, तो पृथ्वी पर राजसी ठाठ बाट के साजों सामान बनते और पसरते देखे जाते है। उन राजसी सामानों जैसे राज्यों और सम्पदाओं के लिए आपस में वे अधर्म युद्ध करने में भी कभी नहीं हिचकिचाते। इस तरह के गुणों से युक्त मनुष्य यदि राजा बन भी जाते है, तो वह अपने लिए

भव्य महल बनवाता है, एक या एक से अधिक विवाह करता है, और अपनी संतानों का राजसी रूप में ही लालन पालन करता है। यदि पूरा समाज राजसी होता है, तो वह अपने राजा से उत्तम नगर, उत्तम मार्ग और सुखदायक जीवन जीने के साधनों एवं संसाधनों की मांग करते रहते है, चाहे उसके लिए उन्हें कर ही क्यों ना देना पड़े। और इस तरह वे रजो गुणी मनुष्य इन ठाट बाट से जीवन को प्रारब्ध के अनुसार मिले सुख दुख में जीते हुए इसमें ऐसे रम जाते है, की जीवन के अंत समय का भी उन्हें भान तक नहीं रहता है और बिना किसी परमार्थ रूपी प्रयत्न के अंततः मर जाते है। और फिर अपने पाप एवं पुण्य कर्मफल के अनुसार अलग-अलग योनियों में जन्म लेता रहता है। इस तरह अनंत जन्म-मृत्यु रूपी चक्करों के बाद भी वह कभी मुक्त नहीं हो पाता है।

"जब अधिकतम मनुष्यों में तमोगुण की प्रधानता हो जाती है, तो पृथ्वी पर चारों ओर सिर्फ अधर्म ही अधर्म का राज्य होता है। ऐसे तमोगुणी मनुष्य अत्यंत मलिच्छ और मंदबुद्धि प्रवृत्ति के हो जाते है। ऐसे मनुष्य क्रोध को सदैव अपने पर हावी होने का निमंत्रण देते रहते है। कोई भी स्थिति हो इनका अहंकार ही एकमात्र ऐसा वस्त्र होता है जिसे वे कभी नहीं त्यागते, बाकी को त्यागने से तो संकोच भी नहीं करते हैं, अपितु उसे अपने सम्मान की बात समझते हैं। इनका राजसी लक्ष्य तो होता ही है, परन्तु घोर आलस्य और अधमता के कारण अधर्म से हर चीज प्राप्त करना ही इनकी प्रवृत्ति बन जाती है। इनके लिए यह संसार ही अंतिम सत्य होता है, और इस संसार पर अपने ही सामान तमोगुणी लोगो के साथ एकाधिकार करने की प्रवृत्ति ही सबसे अधिक प्रबल होती है। ये किसी नियम या किसी पवित्रता को कभी स्वीकार नहीं करते है, अपितु ये उसके विपरीत चलने के आदि होते हैं। ये किसी भी ज्ञान को अपने मतलब के अनुसार अपवित्र मायने देते रहते है। इस तरह ये अनंत जन्मों में भी अपने अहंकार तक को नहीं त्याग पाते है, संसार चक्कर छोड़ने या उससे मुक्त होने का विचार कौंधना बहुत दूर की बात है।

"आर्गश इस समय पृथ्वी पर सतो गुणी मनुष्य सिर्फ गिनती के ही बचे है, और उचित समय एवं जन्म में वे मुक्त होकर अपने परम कारण को सदा के लिए प्राप्त कर लेंगे। इस समय सम्पूर्ण पृथ्वी तमो और रजो गुणी प्रधान मनुष्यो से भरा हुआ है, जिसके कारण ही यहाँ के सभी मनुष्य इस काल को आधुनिक काल कहते है। यदि वे चाहे तो अपने महान संयम से स्वयं उन तमो एवं रजो गुणों को हराकर दिव्य सतो गुण को प्रभावी रूप से ऊपर ला सकते हैं। किन्तु इस आधुनिक युग में ऐसा कोई भी नहीं करना चाहता है, क्योंकि उनके अनुसार यह सोच अब आधुनिक नहीं है। इसी काल में राजसी ठाठ और बाट के लिए मनुष्य तकनीकी उपकरणों की भरमार लगा देता है, और इनके द्वारा आराम और सुख में जीते हुए अपने जीवन के बहुमूल्य समय को नष्ट कर देता है। सत्ता, शक्ति, काम और धन की भूख के लिए ऐसे-ऐसे यंत्र, उपकरण और अधर्म युक्त मार्ग बनाने लगता है, जिससे इनका निकट भविष्य नए-नए विपत्तियों, महामारियों और विनाशकारी महायुद्धों से इनका बड़ी ही आतुरता से प्रतीक्षा करता रहता है। सभी मनुष्य अपने-अपने घर, परिवार और व्यापार के मायाजाल में इस तरह से लिप्त हुए रहते हैं, की अपने जीवन का अधिकांश भाग इसमें और इसके भीतर ही उनकी अपनी बनाई विचित्र व्यवहार एवं चलचित्र रूपी माया में खोये हुए नष्ट कर देते हैं।

"जिस प्रकार एक मछली जल के एक छोटे से गड्ढे के अंदर को ही सम्पूर्ण संसार मान कर अपना पूरा जीवन सिर्फ अपने नश्वर शरीर और परिवार के लिए नष्ट कर देती है। किन्तु एक बार भी सब बंधन काट कर पूर्ण सामर्थ्य से पास से बहती उसके परम कारण रूपी नदी में जाने के लिए नहीं कूदती है। उसी प्रकार आज के सभी मनुष्य अपनी-अपनी इच्छाओं, कामनाओं, वासनाओं, परिवार और संबंधों के बंधन में इस प्रकार उलझे हुए है, की वही उनके लिए अंतिम सत्य बन चूका है। आधुनिक काल का संसार और उसकी माया बाकी काल से कहीं अधिक प्रबल होती है। और इसी प्रबल माया रूपी दलदल में वे फंसे रहते हुए जो सुख या दुख पाते रहते हैं, उसी को अंतिम वास्तविक

सुख या दुख मानते रहते हैं। जब कोई विरला सच्चे और पवित्र हृदय से इससे निकलने का निरंतर प्रयत्न करता रहता है, तो वह बिना किसी को जताये या बताये एक दिन स्वतः अपने परम कारण से समय आने पर जा मिलता है।

"अतः आर्गश इस समय पृथ्वी पर जो भी निकट भविष्य में मुक्त होने वाले थोड़े श्रेष्ठ मनुष्य रूपी जीव हैं, वे समय आने पर स्वतः ही मुक्त हो कर अपने परम कारण से जा मिलेंगे, उसमें हमें हस्तक्षेप करने की आवश्यकता ही नहीं पड़ेगी। क्योंकि उन सबका आने वाला भविष्य अनिष्टकारी घटनाओं से रहित है। हमें जिस घटनाक्रम को कल रोकना है वह पृथ्वी पर किसी मनुष्य के साथ नहीं घटने वाला है। वह तो किसी और जगह घटेगी, जिसके बारे में मैं कल बताऊंगा। —सूर्यास्त होने वाला है, अब तुम्हें आराम करना चाहिए, क्योंकि कल का दिन तुम्हारे जीवन का एक महत्वपूर्ण दिन होगा। मैं कल दिन के पहले पहर के अंत में तुमसे यहीं मिलूंगा।

"अच्छी बात है। और अभी आप अपने मित्रों से मिलने जाएंगे?"

"ठीक समझे।" ऐसा कह कर कालझ तीव्र गति से सूक्ष्मता के साथ अंतर्धान हो कर वहां से चला जाता है।

सूर्यास्त के साथ ही आर्गश भी कुछ देर बाद, मन में कालझ को ही सुनाने के लिए, उसकी कही उत्तम बातों का विचार करते हुए घर के अंदर जाने लगता है। कुछ देर बाद वह तैयार होकर ध्यान में बैठ जाता है। दो घड़ी ध्यान में रहने के बाद आर्गश भोजन बनाने रसोई में चला जाता है। कुछ देर बाद वह भोजन ग्रहण करके घर के बाहर पूर्ण चांदनी में, कालझ की बातों को स्मरण करते हुए घास पर ही टहलता रहता है। और फिर वह घर के अंदर आकर, रात्रि के दूसरे पहर के मध्य होते-होते सो जाता है।

रात्रि के अंतिम पहर के मध्य तक आर्गश नित्य प्रति की भांति उठ जाता है। कुछ देर के बाद ही वह तैयार हो जाता है। भोर की

मंद रोशनी में आर्गश घर से बाहर आकर नित्यप्रति की भांति घास पर बैठ जाता है। कुछ देर आंखें बंद करके वह अपने नित्य ध्यान की अवस्था में पहुंच जाता है। इस तरह वह इस उत्तम ध्यान के द्वारा अपने अंतःकरण में उस दिव्य प्रकाशमय परम स्वरूप को देखते हुए उसको समय का भान तक नहीं रहता, और लगभग दिन के पहले पहर के अंत से एक घड़ी पहले ही वह ध्यान से बाहर आने लगता है।

कुछ देर बाद आर्गश उठ कर कुछ विचार करता हुआ घास पर चलने लगता है। कुछ क्षण के बाद जब वह पीछे मुड़कर देखता है, तो सूक्ष्मता से बड़ा होता हुआ एक नील वर्ण प्रकाश के चक्कर से कालझ अचानक प्रकट हो जाता है। एक दूसरे के अभिवादन के पश्चात कालझ और आर्गश पूर्व की ओर आकाश को देखने लगते हैं।

दूर पहाड़ों से कुछ ऊपर उदित हो चुके सूर्य और उसके चारों ओर मंद गति से उड़ते श्वेत, श्याम और भूरे वर्ण के बादलों को कुछ देर देखते हुए कालझ कुछ विचार करने लगता है। कुछ क्षण के बाद वह आर्गश से अपने गंभीर स्वर में कहता है "सूर्य जब बिना किसी अवरोध के अपने पूर्ण प्रकाश से संसार को प्रकाशित करता है, तो देखने वाले को ऐसा लगता है, की इससे प्रकाशित जीव और वस्तु स्वतः ही अपने सत्य स्वरूप का प्रमाण दे रहे हों। और जब दूध जैसे श्वेत वर्ण के मेघ, सूर्य के सामने आ जाते है तो, उससे आते प्रकाश से प्रकाशित जीव और वस्तु में कुछ धुंधलापन पैदा हो जाता है, किंतु देखने वाले को ज्यादा अंतर प्रतीत नहीं होता है, किन्तु कुछ सूक्ष्मता रूपी भ्रम अवश्य पैदा हो जाते है। और जब हल्के भूरे मेघ सूर्य के सामने आते तो, उनसे छनते प्रकाश से प्रकाशित जीव और वस्तु में देखने वाले को, उसके अपने वास्तविक सत्य स्वरूप से अलग भ्रम का स्वरूप आभासित होता है। और जब श्याम वर्ण के मेघ सूर्य के सामने आते है तो, प्रकाश की अधिक मात्रा के रुक जाने से उस मंद प्रकाश से प्रकाशित जीव और वस्तु में उसके अपने वास्तविक सत्य स्वरूप ही लगभग असत्य सा आभासित होने लगता या वह है ही नहीं सा जान पड़ता है।

"ये प्रकृति के तीनों गुण सत, रज और तम इन्हीं तीन वर्ण के मेघों की तरह हैं। दूध सा सफ़ेद मेघ सतो गुण के समान है, हल्के भूरे मेघ रजो गुण के समान हैं और श्याम वर्ण के मेघ तमो गुण के समान। जिस तरह इन मेघों और इनके मिश्रण से बने मेघों से छनते सूर्य के प्रकाश से यह संसार निरंतर अलग-अलग रूप से प्रकाशित होता रहता है। उसी प्रकार इस संसार का हर मनुष्य और जीव इन्हीं तीनों गुणों और इनके मिश्रित परिमाण से अपने और दूसरों के स्वरूप को अपने मन और बुद्धि से उसी के अनुसार सत्य और असत्य की श्रेणी में बांटता रहता है। इस तरह वह अपने जीवन और उसमें मिले हर वस्तु को इसी समझ से ग्रहण करते हुए और जीते हुए एक दिन मृत्यु को प्राप्त हो जाता है। अलग-अलग जन्मों में जब वह जीव इन्हीं ग्रहण किये हुए ज्ञान के साथ जन्म लेता है तो यही असत्य रूपी संस्कार उसके लिंग शरीर के साथ प्रत्येक जन्म के शरीरों में आभासित होती रहती है। इस प्रकार वह जीव अनंत जन्मों के प्रबल संस्कारों के साथ नए जन्म लेकर वैसा ही जीव बनकर अपना जीवन जीता रहता है।

"अपना या किसी का भी पूर्ण सत्य स्वरूप तो कोई तभी जान सकता है, जब वह इन तीन गुण रूपी मेघों को पूर्ण रूप से नष्ट भ्रष्ट करके अपने अंतःकरण के सूर्य को पूर्ण रूप से बिना किसी अवरोध और संशय के प्रकाशित होने देगा। जब भी यह स्थिति कोई मनुष्य या जीव प्राप्त कर लेता है तो उसे परम सत्य और परम कारण के परम दिव्य स्वरूप के दर्शन नित्य होने लगते हैं। और इस तरह जब वह इस स्थिति को नित्य स्थिति में प्राप्त कर लेता है तब उसके लिए संसार और इसके प्रपंच सब वैसे ही मिटते जाते हैं, जैसे प्रकाश होने पर अंधकार, जैसे जागने पर स्वप्न और जैसे जानने पर अज्ञान मिटता जाता हैं।"

कालञ के द्वारा गुणों के इस वर्णन को सुनकर आर्गश कहता है "आपने सत्य कहा। प्रत्येक संसार के प्रत्येक जीव अपने अनंत जन्मों के संस्कारों को त्याग तो नहीं सकते किन्तु उन्हें निरंतर सतोगुण प्रधान

संस्कार से पवित्र तो कर ही सकते है। —जब कई जन्मों की सतोगुणी संस्कार की पवित्रता इतनी अधिक प्रबल हो जाएगी की उसको कोई भौतिक शरीर धारण ही नहीं कर सकेगा तो स्वतः ही वह उस सतो गुण से भी ऊपर उठ कर परम दिव्यता को प्राप्त होकर सदा के लिए इस भौतिक भवसागर से मुक्त हो जायेगा।"

कालज्ञ भी आर्गश के इस ज्ञान से प्रभावित होकर कहता है "परम सत्य आर्गश —यही तो वह अप्रकट परम कारण है, किसी उत्तम जीव के मुक्त होने का।" और फिर दोनों पुनः सूर्य को कुछ देर ऐसे ही देखते रहते है। अंत में कालज्ञ और आर्गश घर की ओर चलते हुए उसके भीतर प्रवेश कर जाते है।

अध्याय २
एक महान राजा का लौटना

कालझ, आर्गश के घर में, अगले होने वाले कुछ जीवों के निकट भविष्य के अनिष्टकारी घटनाक्रम के बारे में उससे बातें कर रहा है। कालझ ने अगले होने वाले घटनाक्रम के बारे में विस्तार से बताते हुए कहता है "जब भी किसी ब्रह्माण्ड के मृत्यु लोक में एक जाति के जीवों कि जनसंख्या बहुत बढ़ जाती है, तो काल को कुछ ऐसा विधान तय करना पड़ता है, जिससे की उस जाति के अधिकतर जीव मरकर अपने कर्मों के कर्मफलों के अनुसार दूसरे उच्च या अधम लोकों में पुण्य या पाप का भाग भोगने को चले जाए। और प्रकृति को उस मृत्यु लोक में सब कुछ पुनः नवीन करने का पर्यास समय मिल जाये। वे जीव उन लोकों में अपना समय पूरा करने के बाद पुनः मृत्यु लोक में समय-समय पर भेज दिए जाते हैं। और तब तक वे मृत्यु लोक में सुषुप्ति की अवस्था में पड़े रहते है, जब तक उनके शेष बचे थोड़े कर्मों के अनुसार किसी नए शरीर का उचित समय नहीं आ जाता। इस तरह जीवन का संतुलन बनाये रखने का क्रम चलता रहता है, और जीव को कभी स्वयं बोध भी नहीं होता है, क्योंकि यही सृष्टि का परम शाश्वत विधान है।

"—जिस घटनाक्रम को हमें आज रोकना है वह तुम्हारी इस पृथ्वी पर नहीं घटने वाला है, और ना ही वह इस ब्रह्माण्ड में ही कही घटने वाला है। —उत्तर दिशा में इस ब्रह्माण्ड से लगभग ८३ लाख ब्रह्मयोजन की दूरी पर ५ ब्रह्मयोजन बड़ा एक ब्रह्माण्ड है, जिसका नाम गुरुत्वांध्व है, जो इस ब्रह्माण्ड से बहुत पहले अस्तित्व में आया

था। उसकी आयु इस ब्रह्माण्ड से लगभग तीन गुनी अधिक है, और वह अपने अंतिम चरण के आरम्भ में है, किन्तु उसके पूरा होने में भी अभी १ ब्रह्मकल्प का समय लगेगा। हर ब्रह्माण्ड की तरह उस गुरुत्वांध्व ब्रह्माण्ड की भी कुछ प्रधान विशेषताएँ है। जिसमें से सबसे प्रधान विशेषता है की उसके भीतर गुरुत्वाकर्षण बल के प्रवाह की दिशा तुम्हारे इस ब्रह्माण्ड की तरह सीधी ना हो कर कुंडलीकार है। और जीवन युक्त ग्रहों पर प्रकाश फैलाने वाले अधिकतर तारो का प्रभाव कम हो गया है, इसलिए अंधकार की अधिकता है, किन्तु जो प्रकाश है उनमें अद्भुत रंगो का समावेश है। उस ब्रह्माण्ड के जिस ग्रह पर हमें उस होने वाले घटनाक्रम को रोकना है, वहां समय की गति पृथ्वी से कुछ भिन्न है। उस ग्रह के एक दिन का समय, पृथ्वी के लगभग ३ दिनों के समय के समान है, और इसी तरह उसका एक वर्ष पृथ्वी के लगभग ३ वर्षों के समान है। —चलो मैं तुम्हें उस ब्रह्माण्ड में लेकर चलता हूँ और शेष बातें हम वहां पहुंच कर करेंगे।"

कालझ ने अपनी शक्ति से एक क्षण में अपने वर्तमान स्थान के सूक्ष्म भाग के कुछ परमाणुओं के बीच से गुजरती समय की अनंत परत में से एक को जो उस ब्रह्माण्ड तक जुडी थी, उससे आर्गश को सशरीर जोड़ कर जाने की दिशा में अपने कालदण्ड के द्वारा परम वेग से कम्पित कर देता है। इस तरह प्रकाश से भी अरबों गुना गति से गतिमान होते हुए दोनों कुछ ही समय में उस गुरुत्वांध्व ब्रह्माण्ड के एक निश्चित ग्रह के ऊपरी भाग में प्रकट हो जाते है, जिस पर होने वाले अनिष्टकारी घटनाक्रम में उन्हें हस्तक्षेप करना है।

इस नए ब्रह्मांड और ग्रह को देख कर और फिर उसके सूर्य की ओर देखते हुए आर्गश, कालझ से कहता है "ऐसा प्रतीत होता है जैसे मैं किसी शमशान की बुझती चिता को देख रहा हूँ। हमारे सूर्य से भी १०० गुना बड़ा प्रतीत होता हुआ यह तारा ऐसा लग रहा है जैसे कोई किसी जलती भट्टी में धीरे-धीरे पानी की बुंदे डाल रहा हो। आकाश में अभी यह उदित हुआ जान पड़ता है पर ग्रह पर कुछ विशेष

43

प्रकाश नहीं फैला है, और जो प्रकाश है वह भी सामान्य प्रकाश नहीं है। इनकी किरणों के रंग अनियमितता के साथ बदल रहे है। —इस ग्रह के तीन चन्द्रमा दिखाई पड़ रहे है पर वह तो पृथ्वी से भी १० गुना बड़े और जीवन युक्त लग रहे हैं। —इस ग्रह और उसके तीनों चन्द्रमा का वातावरण भी ज्यादातर धूल से ही आच्छादित प्रतीत हो रहा है और ऐसा लग रहा है की जैसे इस ग्रह की सतह पर बहुत से तूफान एक साथ चल रहे है और उन तूफानों के अग्र भाग में प्रकाश की चमक लहराती हुई बहती जा रही हैं। —इस ग्रह का आकार पृथ्वी से १०००० गुने से भी अधिक प्रतीत होता है। यदि मैं अपने साधारण भौतिक शरीर के साथ यहां इस ग्रह पर आता तो अवश्य ही कुछ देर में मृत्यु को प्राप्त हो जाता। —हम यहां किस तरह के घटनाक्रम को रोकने या बदलने आये हैं कालज्ञ? और मुझे इस कार्य के लिए यहां के जीवों में से किसी का शरीर धारण करना होगा या मेरे इसी शरीर से कार्य हो जायेगा?"

कालज्ञ अपने स्वाभाविक गंभीर स्वर में कहता है "—पहले हम इस ग्रह की सतह पर चलते है।" और फिर कालज्ञ ने अपनी संकल्प शक्ति और कालदण्ड का प्रयोग करके आर्गश के साथ सूक्ष्मता के साथ अंतर्धान होकर कुछ ही क्षण में ग्रह की सतह पर एक निश्चित स्थान पर सूक्ष्मता के साथ प्रकट हो जाता है, जो कुछ उजड़ा हुआ जंगल जैसा लग रहा है।

आर्गश देखता है की इस जंगल में सामान्य वृक्ष भी पृथ्वी के वृक्षों से हजार गुना बड़े और मोटे है। इनमें से कुछ-कुछ अंतराल पर कोई-कोई वृक्ष जड़ से उखड़ कर गिरे पड़े है, और कुछ उखड़ कर आकाश में बिना किसी सहारे के कुण्डलिकार मार्ग से गिरते हुए नीचे आ रहे है, और कुछ देर बाद वह सतह पर आते हुए रुक जाते है। आर्गश देखता है की कुछ फलदार वृक्षों के फल, ऊंचाई से जब गिरने लगते हैं, तो सतह पर आते-आते उन्हें बहुत समय लग जाता फिर भी वे फटते नहीं है, क्योंकि वे कुण्डलिकार गुरुत्वाकर्षण के कारण सहजता से

सतह पर आ रहे है, और ऐसे ही बहुत से फल आकाश से नीचे आने के अनियमित क्रम में होते है। उनका आकार सामान्य तो बिल्कुल नहीं है, वे किसी छोटे मकान जितने बड़े है। वहां से आर्गश आकाश को मंद किन्तु बदलते रंगों वाले प्रकाश के साथ देखता है, जहां से इसके दो ही चंद्रमा स्पष्ट रूप से दिखाई पड़ रहे होते हैं, जो मानो किसी अनिष्टता का संकेत दे रहे हो। आर्गश को अब स्वतः यह सब समझ में आने लगा है की वहां की हर जीवित या मृत चीज पृथ्वी के मुकाबले कम से कम हजार गुना या उससे भी अधिक बड़ी है। किन्तु इतने विशाल जंगल में इन उखड़े हुए वृक्षों का कारण जानने के लिए आर्गश, कालझ से कहता है "—इस जंगल में इन उखड़े हुए वृक्षों का क्या रहस्य है कालझ?"

कालझ विस्तार से उत्तर देते हुए कहता है "आर्गश —तुम इस ग्रह को विचित्र प्रकार के विशालकाय जीवों का एक अनुकूल घर समझो। यहाँ के बुद्धि युक्त जीव अपने इस ग्रह को तृणेक्ष और अपने सूर्य को सर्थम कहते हैं। जैसे तुम्हारी पृथ्वी पर सभी प्रकार के जीव बड़ी अनुकूलता के साथ रहते हैं, और जिनमें तुम मनुष्य वहां की एक मात्र प्रमुख जाति माने जाते हो, उसी प्रकार यहाँ इस तृणेक्ष ग्रह पर भी सभी जीवों में से दो जाती प्रमुख है, वे स्वयं को जानर्गि एवं धारुड़ कहते हैं। जानर्गगो के बारे में कुछ साधारण बातें तुम पहले से ही जानते हो क्योंकि पृथ्वी पर जो नाग जाति पाए जाते है, उनके अप्रकट पूर्वज ये जानर्गि ही थे। तुम इनकी विशालता और क्षमता को पृथ्वी के सामान्य नागों से कई लाख गुना अधिक समझो। जानर्गि जीव मनुष्य की बौद्धिकता से भी कहीं अधिक बहुआयामी बुद्धिमत्ता के धनी होते है। जैसे ये पृथ्वी के साधारण नागों से लाखों गुना बड़े होते है वैसे ही ये अतुलनीय बल के स्वामी भी होते हैं, और सबसे अधिक वह गुण जो पृथ्वी के नागों में भी पायी जाती है वह है अंधा क्रोध। ये क्रोध आने पर आपस में भीषण युद्ध करने लगते हैं, और अपने महान बल से इस विशाल ग्रह को भी कम्पित करते रहते हैं। इनके फणों की संख्या से तुम उनकी विशालता और इनके महाबल का अनुमान लगा सकते हो। जानर्गगो के १० से लेकर १००० तक

की संख्या में फण होते है। और इनके फणों पर तीव्र प्रकाश उत्पन्न करने वाली मणियाँ होती है, जिसके कारण उनके आस पास अंधकार भटकता भी नहीं। जब वे अपनी क्षमता के तीव्र वेग से इस ग्रह पर चलने लगते हैं, तो इस ग्रह की कुंडलिकार गुरुत्वाकर्षण के प्रभाव से वे आकाश में बड़ी ही सहजता से उड़ते हुए भ्रमण और आपस में युद्ध भी करते रहते हैं। इनकी औसत आयु सहस्त्र तृणेक्ष वर्ष की होती है, और यदि ये आपस में लड़ने मरने की अधमता से ऊपर उठ जाते हैं तो ये ध्यान में स्थित होकर सहस्त्रों वर्ष तक जीवित रह सकते है। ऐसे ही कुछ वृद्ध हो चुके, ध्यान में लीन जार्नागों की आयु अब लाखों वर्ष की है। वे इस तृणेक्ष ग्रह के आंतरिक गर्भ में बने सैकड़ों विशालकाय शून्यता में कहीं, अपनी कुण्डलिकार ध्यान रूपी उत्तम अवस्था में लीन हैं।" ऐसा कहते हुए कालझ के स्वर में गंभीरता के साथ सम्मान का भाव आ जाता है, और वह शांत हो जाता है।

"पूर्व कर्मफल के कारण इस जन्म में प्रकृति से प्राप्त इतने वृहत तमो गुणी भौतिक शरीर के होते हुए भी उसके ऊपर लाखों वर्ष तक विजय प्राप्त करते रहे है, अवश्य ही वे उच्च कोटि के जीव होंगे। —मैं अब कुछ अनुमान लगा सकता हूँ की शायद तृणेक्ष की सतह पर रहने वाले इन जार्नागों के किसी अगली भीषण महायुद्ध के कारण, उन ध्यान में लीन वृद्ध जार्नागो के ध्यान के टूटने की संभावना हो सकती है। और उनमें से किसी एक का भी ध्यान यदि किसी विषम परिस्थिति में टूटा तो वे इतने कठिन और दीर्घ काल के ध्यान की प्रचंड शक्ति से अपने प्राकृत स्वभाव वश वह अनिष्ट भी कर सकते हैं। —परंतु ऐसा होने से हम इन जार्नागों को रोकेंगे कैसे?"

"ध्यान के टूटने के सम्बन्ध में तुम ठीक समझे आर्गश। अटूट ध्यान की शक्ति महान होती है, और यदि वह लाखों वर्ष की हो तो उस शक्ति से सृष्टि का कल्याण भी हो सकता है, और कोई चाहे तो सृष्टि का विनाश भी कर सकता है। यदि उनका ध्यान प्रतिकूल परिस्थितियों में टूटेगा तो अत्यधिक संभावना अनिष्ट की ही है,

क्योंकि ध्यान के टूटने से जब वह प्रतिकूलता को देखेंगे तो क्रोधवश वे महाविनाश ही करेंगे। यदि उन्होंने महाविनाश करने की शुरुआत कर दी तो इस ब्रह्माण्ड के अस्तित्व पर भी संकट आ जाएगा, और वे स्वयं का भी अनजाने में महाविनाश कर बैठेंगे क्योंकि उनकी अपनी मुक्ति में बस कुछ ही समय शेष रह गया है।

"वास्तव में उनमें से कुछ प्रमुख जार्नाग, ४१५७८२ वर्ष पूर्व तृणेक्ष पर हुए अंतिम महायुद्ध के अंत और उसके दुष्परिणाम को देख कर ही सब कुछ त्याग कर ग्रह के गर्भ में, अलग-अलग विशाल शून्यता में चले गए थे, और वे अटूट ध्यान में लीन हो गए थे। उस महायुद्ध में जो लगातार २४ दिनों तक चला था, उससे इस ग्रह और इस पर रहने वाले २१ प्रमुख जातियों का लगभग महा विनाश हो गया था। उस समय लगभग २ करोड़ जार्नाग भी काल के गाल में समा गए थे। इनके अपने सम्बन्ध के अधिकतर जार्नाग भी इनके ही क्रोधवश विवेक शून्य हो जाने के कारण अति निर्दयता से मारे गए थे। अंत में लगभग ६०० जार्नाग ही उस समय परे तृणेक्ष पर जीवित बचे थे। उनमें से वही कुछ प्रमुख जार्नाग ध्यान में आज भी लीन हैं, किन्तु बाकी जार्नागो की पीढ़ियाँ आज इतने वर्षों बाद २५ करोड़ से ज्यादा की संख्या में इस ग्रह पर निर्भयता से रहते और विचरते है। ये इस ग्रह का उसी प्रकार से दोहन करते हैं जैसे मनुष्य जाति पृथ्वी ग्रह का करते है।

"किन्तु उस अनिष्ट घटनाक्रम की शुरुआत सतह पर अपना जीवन यापन कर रहे जार्नागो की किसी संघर्ष की वजह से नहीं होगा। वे तो स्वभाव वश सदा से ऐसा करते रहते है, इसे एक प्रकार की उनकी संस्कार वश जीवनचर्या समझो और सच मानो तो यही स्वभाव इन्हें प्राकृतिक रूप से इस विशाल ग्रह पर इतने लाखों वर्ष तक नियंत्रित भी किये हुए है। जिस कारण को मैं देख रहा हूँ, वह तुम्हारी पृथ्वी से लगभग डेढ़ गुना बड़ा, इस ब्रह्माण्ड का एक प्राचीन और विकराल उल्कापिंड है, जिसका नाम प्रालंख्य है। जिसको स्वयं काल ने ही तृणेक्ष के जार्नागो, इसके चंद्रमाओं के धारूड़ो और उन ध्यान में स्थित

जार्नागो के, उस महायुद्ध में किये महापापों एवं पूर्व जन्मो के महापापों के कर्मफल के अनुसार इस ग्रह की ओर गतिमान किया था। काल सभी को उनके पाप और पुण्य कर्मों के हिसाब से जीवों को दण्डित एवं आनंदित करने के लिए मृत्यु से पूर्व के दुख और सुख रूपी भविष्य का निरंतर निर्माण करते रहते है। किन्तु जब उस भविष्य के वर्तमान तक आने से पहले ही वह जीव अपने पापों को अपने ध्यान, भक्ति एवं तप के द्वारा नष्ट कर डालता है, तब उस पूर्व निर्धारित भविष्य को रोकने या बदलने के लिए हमे हस्तक्षेप करने आना पड़ता है।

"उन ध्यान में स्थित कुछ जार्नागो के उसी विनाशकारी भविष्य की शुरुआत जिसकी नींव लाखों वर्ष पूर्व काल ने रखी थी, आज रात इस ग्रह तक पहुंच जाएगा। और यदि हम उसे रोकने में विफल रहे तो कल दिन के तीसरे पहर के अंत होते-होते यह ग्रह और फिर इसी क्रम से आठवें दिन तक उन ध्यान से उठे जार्नागो के महा क्रोध के कारण यह सम्पूर्ण ब्रह्मांड भी नष्ट हो चुका होगा। ब्रह्मांड के नष्ट होने का तात्पर्य इस ब्रह्मांड में सृष्टि का अंत होना मात्र है, जिसका अर्थ हुआ की इसमें विद्यमान अनंत जीवों की निर्धारित अंत से पूर्व अंत। और इसके कारण ही इस ब्रह्माण्ड की सृष्टि के सभी जीवों के जन्म एवं मृत्यु के क्रम में बहुत बड़ा उलटफेर पैदा हो जायेगा। कोई ब्रह्माण्ड जब अंदर से नष्ट होता है, तो वह सिर्फ एक बुझे और मृत अण्ड के समान अनंत ब्रह्माण्डों की रश्मियों में पड़ा रहता है, जब तक की वह अपने परम कारण में समय आने पर विलीन नहीं हो जाता।"

"आपकी बातों को सुनने के बाद इतना तो स्पष्ट हो गया है, की यदि हम उस विकराल उल्कापिंड को रोक दे या उसकी दिशा बदल दें तो शायद इस समस्या का पूर्ण समाधान हो जायेगा।"

"हाँ कुछ ऐसा ही करना होगा परंतु उस प्रालख्य उल्कापिंड के यहाँ पहुंचने में अब सिर्फ ४ पहर से भी कम का समय रह गया है। अब से १ पहर के बाद ही वह तीव्र वेग और कुण्डलीकार पथ से होते हुए, इस ग्रह की कक्षा में प्रवेश करते हुए, लगभग सभी जीवों को

दिखने लगेगा। और फिर तब इस तृणेक्ष की धरातल पर अराजकता का ही वातावरण होगा। कुछ जीव इस ग्रह के गर्भ की ओर भागेंगे तो कुछ इसकी चन्द्रमाओं की ओर उड़कर जाने लगेंगे। किन्तु वे यह नहीं जानते होंगे की उस प्रालख्य उल्कापिंड से इस तृणेक्ष ग्रह का कुछ दशांश भाग ही प्रभावित होगा। किन्तु उस भाग के प्रभाव से जो उनके पूर्वजों के ध्यान के टूटने से, उनके क्रोध के कारण, प्रलय रूपी जो महा अग्नि उत्पन्न होगी, उससे कुछ भी कहीं भी शेष नहीं बचेगा।"

"तो हमें अभी से ही उसे रोकने के सभी उपायों के बारे में विचार करना आरम्भ करना चाहिए। अगर हम उस प्रालख्य उल्कापिंड को उसके यहां पहुंचने से पहले ही रोक दे या नष्ट कर दे या विस्थापित कर दे तो कैसा रहेगा?"

"इतने विशाल उल्कापिंड को रोकने, नष्ट करने या विस्थापित करने की शक्ति मुझमें नहीं है आर्गश, किन्तु तुम उसे अपनी सम्पूर्ण शक्ति के प्रयोग से शायद नष्ट कर सको, परन्तु फिर भी उसको नष्ट करना बिल्कुल उचित नहीं होगा।"

"क्यों नहीं उचित होगा?"

"क्योंकि उस प्रालख्य उल्कापिंड के गर्भ में कुछ प्राचीन अद्भुत जीवों का विचित्र जीवन चक्र भी चलता आ रहा है। हमारे पास सिर्फ उसे रोकने या उसको उसके मार्ग से विस्थापित करने के उपायों पर ही विचार करना होगा।"

"फिर तो उस उल्कापिंड को सिर्फ रोकने के अतिरिक्त और कोई उपाय उचित नहीं होगा। क्योंकि जब उस विशाल प्रालख्य उल्कापिंड को हम उसके कुण्डलिकार मार्ग से विस्थापित करने का प्रयत्न करेंगे तो प्रचंड शक्ति के आघात से उस प्रालख्य उल्कापिंड के गर्भ में चल रहे जीवन चक्र पर बहुत ही बुरा प्रभाव पड़ेगा। —तो अब आप बताये के उसे रोकने के लिए हमें क्या करना चाहिए?"

"हमारे पास अब सिर्फ एक ही उपाय है आर्गश। —हमें उस प्रालख्य उल्कापिंड को इस तृणेक्ष ग्रह पर उतारना होगा।"

"किन्तु कैसे? हम किस प्रकार से इतने विशाल उल्कापिंड को जो पृथ्वी से भी डेढ़ गुना बड़ा है, इस ग्रह पर उतार सकते हैं?"

"इसके लिए पहले हमे एक वृहत्वान जार्नाग की सहायता लेनी पड़ेगी।"

"अब ये वृहत्वान जार्नाग कौन है? और यही हमारी मदद किस प्रकार कर सकते है?"

"वृहत्वान जार्नाग हजार फणों वाले जार्नाग होते हैं। यह महा विशालकाय, महा बलशाली और महा क्रोधी जीव होते हैं। वृहत्वान जार्नाग आकाश में अन्य जार्नागों से कही उत्तम दक्षता के साथ उड़ने और बहने में पारंगत होते हैं। ये वृहत्वान जार्नाग एक सीमा तक अग्नि को भी जल की तरह पी सकते हैं, और एक पहर तक बिना प्राण वायु के जीवित भी रह सकते हैं। इनकी बाहरी खाल किसी लौह रूपी धातु की तरह सख्त होती है, जिसे वह किसी युद्ध में पूर्ण रूप से नष्ट होने पर ही त्यागते हैं। सिर्फ एक वृहत्वान जार्नाग ही पूरे तृणेक्ष ग्रह की सतह पर रह सकता है, और वही महाराज बनकर सम्पूर्ण तृणेक्ष पर धर्मानुसार एकछत्र शासन करता है। जब भी कोई नया वृहत्वान जार्नाग, तृणेक्ष पर पैदा होकर युद्ध के योग्य हो जाता है, तो उसे राजा वृहत्वान जार्नाग से द्वन्द युद्ध करना पड़ता है, चाहे वह राजा का पुत्र ही क्यों न हो। जो उस द्वन्द युद्ध में पराजित होता है, उसे इस ग्रह के गर्भ में सदा के लिए जाना पड़ता है। वह अपना शेष जीवन ध्यान और तप में लगा देते हैं, और अंत समय आने पर मुक्त हो जाते हैं। यही इस तृणेक्ष ग्रह की लाखों वर्ष की पवित्र और प्राचीन परंपरा रही है।"

"तो ठीक है चलिए मिलते है इन जार्नागों के महाराज, एक वृहत्वान जार्नाग से। —और मुझे विश्वास है की इस अनिष्टकारी महा

संकट के बारे में सुन कर वह अवश्य ही हमारी मदद करने को तैयार हो जायेंगे।"

कालझ आर्गश को रोकते हुए कहता है "—मैं यह जानता हूँ आर्गश, की तृणेक्ष के वर्तमान महाराज हमारी मदद को बिना किसी संदेह के तैयार हो जायेंगे, परन्तु वह अभी कुछ वर्ष पूर्व ही महाराज बने है, और उनमें इतने विशाल विपत्ति को रोकने की शारीरिक शक्ति नहीं है। किन्तु उनकी और उनके प्रमुख योद्धाओं की आवश्यकता इस प्रालख्य उल्कार्पिंड के साथ आ रहे अन्य विशाल पिंडों को रोकने में होगी। हमारी प्रमुख मदद तो उनके पिता एवं पूर्व महाराज, जाहैक्ष्र ही कर सकते हैं। जो अपने पुत्र से कई गुना अधिक बलशाली हैं, और वह अभी ध्यान की प्रारंभिक अवस्था में हैं। उन्होंने पुत्र मोह के कारण ही स्वयं पराजित होकर राज्य और राज पद का सदा के लिए त्याग करके इस ग्रह के गर्भ में एक अज्ञात शून्यता में ध्यान के लिए चले गए थे। हमें उनके पास जाकर उन्हें ध्यान से बाहर लाकर और इस होने वाले घटनाक्रम का सत्य बता कर सहायता मांगनी होगी।"

"ठीक है, तो चलिए चलते हैं, इस ग्रह के गर्भ में, उस शून्यता में जहां तृणेक्ष के पूर्व महाराज, जाहैक्ष्र अपने ध्यान में लीन हैं।" और फिर आर्गश और कालझ जंगल के बीच से तीव्र वेग से उड़ते हुए, उस विशाल जंगल के दक्षिणी अंत की ओर बढ़ने लगते है। कुछ समय के बाद दोनों जंगल से बाहर निकल कर और आगे बढ़ते है, तो दोनों विशालकाय पहाड़ों की घाटियों में पहुंच जाते हैं। इन विशालकाय पहाड़ों की घाटियों में कुछ प्राचीन, विशाल ज्वालामुखियों के पहाड़ भी दिखाई पड़ते हैं, जिनसे लावा का निरंतर रिसाव और उनके मुख के ऊपर घूमते काले विशाल बादल दिखाई पड़ रहे होते हैं।

उन विशालकाय पहाड़ों और विकराल ज्वालामुखियों के भयानक घाटी के अंत में एक विशाल ज्वालामुखी के मुख के ठीक ऊपर रुकते हुए कालझ अपने गंभीर स्वर में कहता है "यही वह द्वार है, जो इस ग्रह

की उस शून्यता तक हमें पहुंचा सकता है, जहाँ महाराज जाहेत्र अपने ध्यान की अवस्था में लीन हैं। लगभग ५ वर्ष पूर्व, महाराज जाहेत्र इसी द्वार से उस शून्यता में गए थे।"

आर्गश कुछ विचार करते हुए कालझ से पूछता है "उस शून्यता में महाराज जाहेत्र के समक्ष, आपकी शक्ति के द्वारा सूक्ष्मता से प्रकट होकर, क्यों ना हम शीघ्र पहुंच जाए?"

"ऐसा कर तो सकते हैं आर्गश परन्तु इस यात्रा में मुझे, तुम्हें बहुत कुछ सिखाना और दिखाना भी है। तुम्हारा यह पहला कार्य है मेरे साथ, इसलिए हर नई बात को सिखाना और दिखाना मेरा दायित्व बनता है। इसी से तुम भविष्य में इससे भी जटिल अनिष्टकारी घटनाक्रम को मेरे साथ रोकने के लिए और बेहतर साथी बनते जाओगे।"

आर्गश अप्रकट मंद मुस्कान के साथ कहता है "अच्छी बात है। मुझे भी यही ठीक लगता है। जैसा की हमारे पूर्वज कहते आये है—लक्ष्य से ज्यादा उस तक पहुंचने की यात्रा महत्वपूर्ण होती है। —मैं तो बस समय को बचाने के लिए यह विचार कर रहा था।"

"इस तृणेक्ष ग्रह का एक दिन और रात्रि, पृथ्वी के ३ दिन और रात्रि के लगभग समान होता है। इस तरह हमारे पास अभी भी उस विशाल प्रालख्य उल्कापिंड को रोकने के लिए १ पृथ्वी दिन अर्थात ४ पहर के बराबर का समय है। हम ना तो ठीक समय के पहले उसे रोकने का प्रयास कर सकते है और ना ही उसके बाद में किसी प्रयास से कोई विशेष अंतर पड़ेगा।"

"वह ठीक समय कब होगा और उसे कैसे रोकना होगा कालझ?"

"—जब वह प्रालख्य उल्कापिंड, तृणेक्ष की गुरुत्वाकर्षण कक्षा में प्रवेश करेगा तब उसकी गति तृणेक्ष के कुण्डलीकार गुरुत्वाकर्षण के कारण कुछ और बढ़ जाएगी, और जब वह तृणेक्ष के गणार्क चन्द्रमा के निकट से अपनी कुण्डलीकार पथ पर होगा, तो उसी समय उसे रोकने

लिए महाराज जाहॅत्र के शक्तिशाली शरीर के माध्यम से तुम्हें उस पर जाकर उसे अपने वश में करने का प्रयास करना होगा।"

"तो मुझे महाराज जाहॅत्र का शरीर धारण करना पड़ेगा।"

"हाँ—और हमे महाराज जाहॅत्र के पुत्र महाराज साहॅस्व और उनके प्रमुख योद्धाओं की भी आवश्यकता पड़ेगी। जैसा के मैंने पहले बताया है, की उस प्रालख्य उल्कापिंड के साथ आ रहे छोटे बड़े अन्य पिंड भी तीव्र वेग से तृणेक्ष और उसकी गर्णांक चन्द्रमा पर गिरेंगे, उन्हें रोकने का कार्य महाराज जाहॅत्र के पुत्र महाराज साहॅस्व और उनके प्रमुख योद्धाओं को करना होगा।"

"—तो हमे और विलंब नहीं करनी चाहिए, —अब हमें इस ज्वालामुखी में प्रवेश करना चाहिए। महाराज जाहॅत्र को साथ लेने के बाद हम उनके पुत्र महाराज साहॅस्व के पास उनके राजमहल को चलेंगे। —मैं अपनी संकल्प शक्ति से इस ज्वालामुखी में प्रवेश करने के लिए अब तैयार हूं।"

"ठीक है, —चलो चलते हैं।"

कालझ और आर्गश, दोनों उस ज्वालामुखी के अंदर प्रवेश करते हुए इस तरह दिखाई पड़ते हैं जैसे कोई दो मधुमक्खी किसी अग्नि और राख के एक महा कुंड में प्रवेश कर रहे हो। अपनी दिव्य दृष्टि की सहायता से देखते हुए दोनों कुछ देर बाद ज्वालामुखी के अंदर लावा से होते हुए, जब आधे योजन का मार्ग तय कर लेते है, तो उन्हें लावा के एक और बहाव का आभास होता है, जो ऊपर की ओर न हो कर दाईं दिशा की ओर होता है। उस मार्ग को चलते हुए कुछ एक योजन के बाद उस लावा का बहाव नीचे की ओर होता है। किंतु थोड़ी ही दूर लावा के मार्ग से अलग एक दूसरी विवर्तनिक पट्टी से होते हुए एक विशाल मार्ग दिखाई पड़ता है। उस मार्ग से दोनों ३ योजन आगे और फिर ५ योजन नीचे एक विशाल, चमकते धातुओं से बने एक विशाल खाली स्थान में रुक जाते है।

इस विशाल खाली स्थान में रुक कर कालझ, आर्गश से कहता है "—इस खाली स्थान को, जो की लगभग ५ योजन फैलाव का है, इसे एक संयुक्त कक्ष समझ सकते हो। ग्रह के इस भाग के सभी शून्यता का मार्ग यही से जुड़े हैं। अब हमें उस द्वार से जाना होगा जो यहां सबसे अधिक विशाल है। क्योंकि एक वृहत्वान जानर्गिंग, जो हजार फणों वाले विशालकाय शरीर के होते हैं, वह उसी विशाल द्वार से होकर उस शून्यता में गए होंगे।"

आर्गश अपनी दिव्य दृष्टि से दूर सबसे विशाल द्वार को देख कर अपने हाथों से संकेत करते हुए कालझ से कहता है "यहां तो मुझे सबसे विशाल द्वार वही लगता है।"

"हां—वही है आर्गश। —चलो।"

फिर दोनों अपनी तेज गति से उस द्वार तक पहुंच जाते है, और इसे पार करते हुए ऐसे प्रतीत होते है जैसे दो मूषक एक विशाल राजमहल के द्वार से प्रवेश कर रहे हो। लगभग १५ योजन ढलान मार्ग से नीचे जाकर दोनों, ११०० योजन विस्तार के उस शून्यता में प्रवेश कर जाते है, जहां पहुंचने पर दोनों को गुरुत्वाकर्षण बल का विचित्र आभास होता है। उन्हें कभी गुरुत्वाकर्षण बल का आभास होता है, तो कुछ दूर तक गुरुत्वाकर्षण बल शून्य हो जाता है। इन शून्य गुरुत्वाकर्षण क्षेत्र में कुछ चन्द्रमा के समान जीवन युक्त पिंड, बिना किसी सहारे के इस शून्यता में स्थिर दिखाई पड़ते है। उन पिंडों पर जानर्गिंगों की अद्भुत मणियां बिखरी हुई है, जिससे उन पर प्रकाश ही प्रकाश है। उन पर विचित्र प्रकार के परंतु सुंदर और व्यवस्थित जीवन चक्र भी चल रहा है। यह सब देख कर आर्गश कहता है "यह किस प्रकार की शून्यता है कालझ? यहाँ तो छोटे-छोटे ग्रह रूपी पिंड अपने-अपने जीवन चक्र को लिए यहां बिना किसी सूर्य के फल फूल रहे हैं।"

"—यही तो विशेषता है इस ग्रह के गर्भ की आर्गश। इसके गर्भ में बहुत विचित्र और बहुत ही सुंदर जीवन चक्र चलता रहता है। इस

पूरे ब्रह्मांड की यही विशेषता है, की यहां सिर्फ ऊपर से देखने पर भयंकरता, निर्दयता, क्रूरता और अंधकार पसरा दिखता है, किन्तु इसके हृदय रूपी गर्भ में अनंत विचित्रता और सुंदरता समाया हुआ है। यहां जब भी कोई जार्नाग ध्यान के लिए आता है, तो वह अपने मणियों को यहां शून्य गुरुत्वाकर्षण में स्थित इन जीवन युक्त पिण्डों पर रख देते हैं। और इसी तरह अरबों वर्षों से इन पिण्डों पर जीवन चलता आ रहा है।"

"धन्य है इस तृणेक्ष ग्रह का गर्भ जिसमें जीवन और मुक्ति दोनों के लिए एक ही शून्यता में एक साथ स्थान मिला हुआ है।"

"ऐसे ही सहस्रों शून्यता इस ग्रह के गर्भ में विद्यमान है। और हमें इसलिए इस पवित्र जीवन और मुक्ति के सहस्रों शून्यता की रक्षा के लिए इस कार्य में सफल होना ही पड़ेगा।"

"हम अवश्य सफल होंगे। —यहाँ इस विशाल शून्यता में हमे महाराज जार्हस्त्र कहां मिलेंगे?"

"वह यहां से लगभग ५६० योजन की दूरी पर इस शून्यता के अंतिम छोर पर अंधकार में अपने ध्यान में स्थित है। वह बिना मणियों के ध्यान में स्थित है, इसलिए अंधकार में दिखाई नहीं पड़ेंगे। वहां पहुंच कर अपनी दिव्यदृष्टि से ही देखने पर वह हमे दिखाई पड़ेंगे। चलो उनके पास चलते है, परंतु ध्यान रहे की हमे शांतिपूर्वक, वहां उनके निकट पहुंचना होगा।"

"ठीक है, ऐसा ही करेंगे।"

दोनों तीव्र गति से कुछ ही क्षण में उस अंधकार में पहुंच जाते हैं, जहां महाराज जार्हस्त्र के ध्यान में होने की संभावना होती है। वहां पहुंच कर आर्गश एक सतह पर उतर कर स्थिर हो जाता हैं। अपनी दिव्यदृष्टि का प्रयोग करते हुए आर्गश दूर तक देखता है, तो वहां उसे कोई भी दिखाई नहीं पड़ रहा है। आर्गश, कालझ से मानसिक रूप में

कहता है "—यहां तो मुझे कोई भी दिखाई नहीं पड़ रहा है कालज्ञ। —कहीं हम गलत शून्यता में तो नहीं आ गए?"

कालज्ञ मानसिक रूप में ही कहता है "आर्गश —बिल्कुल भी हिलना मत, —तुम जिस सतह पर खड़े हो वह महाराज जाहिस्र का एक फण है।"

आर्गश धीरे से अपने शरीर को हल्का करते हुए, महाराज जाहिस्र के उस फण से अलग होकर, उड़ते हुए कुछ दूर जाकर अपनी दिव्यदृष्टि से देखता है, तो उसे सहस्र फणों से युक्त महाराज जाहिस्र के पूर्ण विशालकाय स्वरूप के दर्शन होते है। वह आश्चर्य के मिथ्या भाव बनाते हुए कालज्ञ से मानसिक रूप में कहता है "इनके सहस्र फणों और इस विशालकाय शरीर के समक्ष हम तो ऐसे प्रतीत हो रहे हैं, जैसे किसी विशाल वृक्ष के समक्ष दो छोटे पक्षी। —हम इनको ध्यान से बाहर कैसे लाएंगे?"

"इनका ध्यान अभी पूर्ण अवस्था को प्राप्त नहीं हुआ है, इसलिए यदि तुम अपने ध्यान और संकल्प शक्ति से इनके ध्यान के साथ जुड़ कर और इनके अन्तःकरण में अपने सूक्ष्म शरीर से प्रवेश करके, इनको उस आने वाले महा संकट का सत्य बताने का प्रयत्न करोगे, तो यह अपने ध्यान से बिना किसी आवेश के बाहर आने के लिए तैयार हो सकते हैं। परन्तु स्मरण रहे की हमारे पास सिर्फ एक ही अवसर होगा, इन्हें इनके ध्यान से बाहर लाने के लिए।"

"परन्तु मैं अपने ध्यान में जाकर, इनके ध्यान के साथ कैसे जुड़ सकता हूँ?"

"तुम्हें अपने ध्यान में स्थित होकर, अपनी संकल्प शक्ति से अपने सूक्ष्म शरीर को अपने भौतिक शरीर से बाहर लाकर इनके भौतिक शरीर में स्थित सूक्ष्म शरीर के साथ इन्हीं के अंतःकरण में बात करनी होगी। तुम उस उत्तम ध्यान में अभ्यस्त हो चुके हो जिससे इस तरह ध्यान में जा कर अपने सूक्ष्म शरीर से किसी के भी शरीर में प्रवेश कर

सकते हो। इसका प्रशिक्षण मैंने कल ही तो तुम्हें दिया था। अब आज इसके प्रयोग करने का समय आ गया है।"

"ठीक है, यदि यही समय है उस अंतिम पाठ के परीक्षा का तो यही सही।"

कुछ देर एक उत्तम स्थान को ढूँढते हुए, पास के एक शून्य गुरुत्वाकर्षण क्षेत्र में जहाँ कुछ पत्थर के टुकड़े स्थिर अवस्था में थे, आर्गश ध्यान की मुद्रा में स्थिर हो जाता है। कुछ देर के बाद ही जब वह अपने अंतःकरण में उस दिव्य प्रकाशमय स्वरूप को देखने लगता है, तो उस दर्शन से अनंत आनंद में आर्गश मग्न हो जाता है। तभी उसे कालझ की गंभीर स्वर सुनाई पड़ती है "आर्गश, उत्तम ध्यान में समय की गति बहुत मंद प्रतीत होती है, इसलिए तुम्हें ध्यान के आनंद से निकल कर अपने सूक्ष्म शरीर पर नियंत्रण करना होगा। और फिर तुम उस सूक्ष्म शरीर को अपनी चेतना के साथ जोड़े हुए ही अपने भौतिक शरीर से बाहर आओ।"

आर्गश कालझ की बात को सुन कर वैसा ही करता हुआ अपने सूक्ष्म शरीर पर अपनी संकल्प शक्ति के द्वारा नियंत्रण कर लेता है। वह कुछ क्षण के बाद ही अपने भौतिक शरीर के हृदय केंद्र से चेतना रूपी धागे से जुड़े हुए प्रकाशमय सूक्ष्म शरीर से बाहर आता है। आर्गश अपने सूक्ष्म शरीर से ही कालझ से कहता है "आपके निर्देश से मैं अपने सूक्ष्म शरीर के साथ बाहर तो आ गया हूँ किन्तु अब मुझे महाराज जाहेत्र के अन्तःकरण तक किस प्रकार जाना होगा।"

"तुम्हें इनके शरीर में प्रवेश करके इनके विशाल हृदय के अंदर उस आकाश तक पहुंचना होगा जो दिव्य प्रकाश से प्रकाशित हो रहा होगा। वही पर तुम्हें इनके अन्तःकरण में इनके चेतना रूपी आवरण से घिरा हुआ, ध्यान में लीन सूक्ष्म शरीर के दर्शन होंगे। तुम्हें अपने सूक्ष्म शरीर की दिव्य प्रकाशमय स्वरूप से उनके ध्यान में स्थित सूक्ष्म शरीर में कुछ व्यवधान उत्पन्न करना होगा। किन्तु ध्यान रहे की वह व्यवधान मधुर होना चाहिए कर्कश नहीं।"

"ठीक है। —तो मैं अब चलता हूँ इनके महाकाय शरीर के विशाल हृदय में।"

कालझ के देखते ही देखते आर्गश महाराज जाहेंत्र के हृदय के अग्र भाग से उनके शरीर में प्रवेश करते हुए उनके हृदय की ओर बढ़ने लगता है। नदी रूपी रक्त की धाराओं के प्रवाह के विपरीत चलते हुए आर्गश, महाराज जाहेंत्र के विशाल हृदय क्षेत्र तक पहुंच जाता है। वह उनके इस विशाल हृदय क्षेत्र में दिव्य प्रकाश से युक्त आकाश की खोज करने लगता है। सब ओर खोजने के बाद जब वह हृदय के बहुत अंदर पहुंच जाता है, तो उसे कुछ प्रकाश की रश्मियाँ एक ढके हुए आवरण से मंद-मंद निकलती हुई दिखाई पड़ती हैं। वह अपने सूक्ष्म शरीर के साथ उस आवरण को पार करके जब उस दिव्य प्रकाश से भरे हुए आकाश में प्रवेश करता है, तो वह चेतना रूपी दिव्य प्रकाशमय रश्मियों से घिरे हुए और ध्यान में बैठे हुए, महाराज जाहेंत्र का सूक्ष्म शरीर दिखाई पड़ता है। कुछ देर उन्हें सम्मान के भाव में देखने के बाद आर्गश अपने सूक्ष्म शरीर की दिव्य प्रकाश को अपनी संकल्प शक्ति से बढ़ाने लगता है। वह अपने सूक्ष्म शरीर के दिव्य प्रकाश को इतना बढ़ा देता है की महाराज जाहेंत्र के सूक्ष्म शरीर और उनकी चेतना रूपी रश्मियों का प्रकाश मंद प्रतीत होने लगता है। इस तरह जब आर्गश अपने सूक्ष्म शरीर का प्रकाश इतना बढ़ा लेता है, की महाराज जाहेंत्र के सूक्ष्म शरीर की दिव्य आँखों में भी कुछ व्यवधान होने लगता है। कुछ देर तक उस तीव्र प्रकाश को अपने ध्यान में बंद आँखों से चले जाने और हटाने के व्यर्थ प्रयास से जब महाराज जाहेंत्र के सूक्ष्म शरीर को कोई सफलता नहीं मिलती है, तो वह अंततः उसके कारण को जानने के लिए अपनी आंखें खोलने लगते है।

महाराज जाहेंत्र का सूक्ष्म शरीर, जब अपनी आंखें खोलते है, तो उन्हें अपने उस अन्तःकरण के आकाश में चारों ओर सिर्फ दिव्य प्रकाश ही प्रकाश दिखाई पड़ता है। ना तो वह स्वयं को ही देख पाते हैं, और ना ही उस असीम प्रकाश के उद्गम को ही निश्चित कर पाते

हैं। इस अवस्था में स्वयं से कोई ज्ञान ना होने पर वह उस आकाश में अपने सहस्रों फणों से मेघ के समान गुंजते स्वर में कहते हैं "यह कैसा दिव्य प्रकाश मेरे अंतःकरण को प्रकाशित कर रहा है, की जिसमें मैं उस प्रकाश के उद्गम को देखना तो दूर, स्वयं को ही नहीं देख पा रहा हूँ। —कहीं आप वही परम दिव्य स्वरूप तो नहीं, जिनके नित्य ध्यान में मैं यहाँ कुछ वर्षों से हूँ? कृपा करके आप जो भी हैं, मुझे अपने इस प्रकाशमय स्वरूप के दर्शन कराइये।"

आर्गश अपने सूक्ष्म शरीर के द्वारा शांत स्वर में कहता है "महाराज —अभी तो मैं स्वयं आपकी ही तरह उस परम दिव्य स्वरूप का नित्य ध्यान करने वाला एक साधारण जीव रूप में हूँ। उसी परम दिव्य स्वरूप के ध्यान की शक्ति से मैं अपने सूक्ष्म शरीर के द्वारा आपके अंतःकरण में प्रवेश करके, आपको ध्यान से बाहर लाने के लिए ही इस तरह अपने सूक्ष्म शरीर के प्रकाश को बढ़ाया है। यदि आप मेरी पूरी बात को बिना क्रोध के सुनने और समझने का वचन देंगे, तो मैं अपने इस सूक्ष्म स्वरूप के साथ आपके समक्ष आ जाऊंगा।"

"तुम जो भी हो, साधारण तो बिल्कुल नहीं लगते। —मैं वचन देता हूँ, की तुम्हारी पूरी बात सुनने और समझने के बाद ही किसी निर्णय तक पहुँचूँगा।"

आर्गश ने महाराज जाहॅर्त्र के सूक्ष्म शरीर को इस असीम प्रकाश के कारण को स्पष्ट करने के लिए अपने सूक्ष्म शरीर के दिव्य प्रकाश को अपनी संकल्प शक्ति से धीरे-धीरे कम करने लगता है। और जब वह महाराज जाहॅर्त्र के सूक्ष्म शरीर को दिखाई पड़ने लगता है, तब वह उन्हें प्रणाम करके कहता है "महाराज—मेरा नाम आर्गश है। मैं एक मनुष्य जाति का जीव हूँ। मैं आपसे सहायता लेने के लिए ही, आपको आपके ध्यान से बाहर निकालने आया हूँ।"

"तो आर्गश, पहले यह बताओ की यह मनुष्य जाति क्या है?"

"मनुष्य जाति पृथ्वी ग्रह की प्रमुख जाति है।"

"पृथ्वी ग्रह? —इस नाम के किसी ग्रह के बारे में मैंने कभी नहीं सुना।"

"यह पृथ्वी ग्रह इस ब्रह्माण्ड में नहीं है महाराज, इसलिए आपने कभी नहीं सुना होगा।"

महाराज जाह्रक्त्र का सूक्ष्म शरीर आश्चर्य के साथ कहते है "—तुम ये कहना चाहते हो की तुम किसी और ब्रह्माण्ड के जीव हो और इस ब्रह्माण्ड में आये हो?"

"जी हाँ महाराज, मैं यही कह रहा हूँ।"

"—और तुम मुझसे सहायता मांगने के लिए अपने ब्रह्माण्ड से मेरे ब्रह्माण्ड में आये हो?"

"हाँ महाराज —कुछ ऐसा ही लगता है।"

"तो इसका अभिप्राय यही हुआ की कुछ ऐसी विकट समस्या आ गई है, की तुम्हारे पृथ्वी या तुम्हारे ब्रह्माण्ड का कोई और जीव तुम्हारी सहायता नहीं कर सकता?"

"जी हाँ महाराज यह भी सत्य ही लगता है। —कालझ के अनुसार इस विकट समस्या में हमे आप की सहायता की आवश्यकता होगी।"

"यह कालझ कौन है?"

"कालझ ही इस समस्या के समाधान के लिए योजना कर्ता हैं। उन्होंने ही यह उपाय बताया है, की बस आप ही इस समस्या को रोकने में समर्थ हैं। वह बाहर आपके भौतिक शरीर के समक्ष हमारी प्रतीक्षा कर रहे हैं।"

"—यदि मैं सहायता देने से मना कर दूँ तो?"

"तो महाराज—कालझ की गणना के अनुसार कल तीसरे पहर के अंत से आठवें दिन तक एक सम्पूर्ण ब्रह्माण्ड आंतरिक रूप से नष्ट हो जायेगा।"

"एक सम्पूर्ण ब्रह्माण्ड नष्ट करने की शक्ति इस विकट समस्या में कैसे आ जाएगी?"

"कालज्ञ का कहना है की यदि इस विकट समस्या को रोका नहीं गया, तो कुछ लाखों वर्षों से ध्यान में लीन जीवों के अचानक ध्यान के टूटने से, और उनके ध्यान में मिली महान शक्तियों के क्रोधाग्नि रूपी प्रलय में एक ब्रह्माण्ड तक नष्ट हो सकता है।"

"—यह तो तुम्हारे कालज्ञ ने सत्य ही कहा है। ध्यान की शक्ति अद्भुत होती है। और अगर लाखों वर्षों का ध्यान किसी विकट परिस्थिति में टूटे तो महा विनाश हो सकता है।"

"जी हाँ महाराज, मुझे भी ऐसा ही लगता है। इसलिए हमे आपकी सहायता की परम आवश्यकता है।"

"ठीक है आर्गश, एक ब्रह्माण्ड को बचाने के लिए और इतने जीवों के कल्याण के लिए मैं तुम्हारी सहायता अवश्य करूँगा। —तो बताओ—किस प्रकार से मैं तुम्हारी सहायता कर सकता हूँ।"

"वो तो कालज्ञ ही बता सकते हैं महाराज। अभी तो आपको अपने ध्यान से बाहर आना होगा क्योंकि हमारे पास सिर्फ एक पहर का समय शेष है।"

महाराज जाह्रक्ष का सूक्ष्म शरीर क्रोध में गूंजते स्वर में कहते है "—तो तुम्हें और पहले आना चाहिए था आर्गश। —अभी और समय नष्ट मत करो, तुम बाहर जाओ और मुझे ध्यान से बाहर आने दो।"

"अच्छी बात है महाराज, मैं निकलता हूँ, अब भौतिक रूप में ही आपसे मिलूंगा।" और फिर आर्गश तीव्र गति से अपने सूक्ष्म शरीर के साथ अपनी चेतना रूपी प्रकाश रश्मियों के पथ पर चलते हुए महाराज जाह्रक्ष के शरीर से बाहर आकर अपने शरीर में प्रवेश कर जाता है।

आर्गश ध्यान से बाहर आकर देखता है की महाराज जाहेख्र का विशालकाय शरीर अब स्थिर नहीं रहा। वह अपने विशालकाय शरीर और सभी फणों को धीरे-धीरे चेतना युक्त करते हुए, अपने सहख्र फणों के युगल आंखों को खोलने का प्रयत्न करने लगते हैं। जैसे कोई विशाल वृक्ष, वायु के झोंके से हिलने लगता है, उसी प्रकार महाराज जाहेख्र के सहख्र फण हिलने लगे है। कुछ देर बाद जब उनके सभी फणों की आंखें खुल जाती है, तब वह कालझ और आर्गश को अपने समक्ष अत्यंत लघु आकार में देख कर सहख्र फणों से निकलते मेघों के सामान गंभीर और गूंजते स्वर में कहते है "तुम अवश्य कालझ होगे? और तुम आर्गश ही लगते हो आर्गश। —तो कहिये अब मुझे किस प्रकार से आपकी सहायता करनी होगी।"

कालझ ने महाराज जाहेख्र का अभिवादन करते हुए अपनी गंभीर स्वर में कहता है "महाराज—पहले तो हमें इस शून्यता से बाहर निकल कर ग्रह की ऊपरी सतह पर चलना चाहिए।"

महाराज जाहेख्र ने अपने सहख्रों फणों से दूर एक विशाल पिंड की ओर देखते हुए मेघ के समान गुँजते स्वर में कहते हैं "ठीक है कालझ। —पहले मुझे उस पिंड से अपनी मणियों को पुनः अपने फणों पर धारण करना होगा। फिर हम यहाँ से बाहर निकल सकते है।"

"जी महाराज, आइये चलते है उस पिंड तक।"

फिर कालझ और आर्गश उड़ते हुए और महाराज जाहेख्र गुरुत्वाकर्षण के अनियमितता के प्रभाव से तैरते हुए अपने विशाल शरीर और फणों को समुद्र की विशाल लहरों की तरह लहराते हुए कुछ ही देर में उस पिंड तक पहुंच जाते है, जिस पर मणियां बिखरी हुई हैं। महाराज जाहेख्र ने अपने फणों के मणि केन्द्रों की आकर्षण शक्तियों से सहख्र मणियों को अपने-अपने फणों पर एक ही साथ आकर्षित करते हुए स्थापित कर लेते हैं। उन मणियों को धारण करके महाराज जाहेख्र के सहख्रों फ़ण और उनका विशालकाय शरीर प्रकाश

की अद्भुत किरणों से चमकने लगते है। उनका पूर्ण स्वरूप अद्भुत और अविस्मरणीय लगने लगता है। अपने सामान्य भौतिक स्वरूप को पाकर अपने ही सभी फणों से अन्य सभी को देखते हुए कहते हैं "हाँ— अब हम सब तैयार हैं। —ऐसा पहली बार होगा जब कोई वृहत्वान जार्नाग अपने ध्यान से बाहर निकलकर जीवित ही तृणेक्ष के ऊपर पहुँचेगा। —आओ चले।"

कालझ और आर्गश अपनी संकल्प शक्ति से उड़ते हुए और महाराज जार्हस्त्र अपने विशाल लौह रूपी शरीर के प्रचंड लहरदार वेग से उस शून्यता से बाहर जाने वाले १५ योजन ढलान मार्ग से ऊपर की ओर बढ़ते हुए उस संयुक्त कक्ष तक पहुंच जाते है, जहां से कालझ और आर्गश अंदर आये थे। फिर ५ योजन ऊपर की ओर जाते हुए, बाहर निकलने वाले ३ योजन मार्ग से उस ज्वालामुखी तक पहुंच जाते जिससे होकर उन्हें बाहर निकलना है। फिर तीनो सामने से, लावा के उसी मार्ग में घुस जाते है, जिसके एक योजन बाद ऊपर की ओर जाने वाली प्रमुख लावा के बहाव मार्ग में आ जाते हैं। उसमें से ऊपर की ओर तीव्र वेग से आधे योजन के बाद ही वे ज्वालामुखी से बाहर कुछ योजन की भूमि को कम्पित करते हुए निकलते हैं। वे तीनो उस ज्वालामुखी के ठीक सामने के एक विशालकाय पहाड़ पर आ कर रुक जाते हैं। उस पहाड़ पर कालझ और आर्गश तो सामान्य रूप से बिना किसी परेशानी के स्थित होते हैं। किन्तु महाराज जार्हस्त्र के शरीर की खाल तपाये हुए लौह जैसी हो चुकी होती है, जो धीरे-धीरे कुछ देर में सामान्य भी हो रही होती है। इसी बात को देखते हुए महाराज जार्हस्त्र को अपने पुत्र की एक बात याद आने लगती है, और उसे बताते हुए वह अपने सहस्रों फणों की महा गूंज ध्वनि में कहते है "—जब मैं ध्यान में जाने से बहुत वर्ष पूर्व अपने पुत्र के साथ यहां पर आया करता था, तो मेरी ही एक भूल से वह दूर जो अभी शांत ज्वालामुखी दिखाई पड़ रहा है, फट पड़ा था और मेरा पुत्र उसकी लावा से कुछ घायल हो गया था। किन्तु मैंने उसे अपने शरीर से ढकते हुए, उस बहते लावा में से तैरते और फिर उड़ते हुए बचा लिया था। वह उस लावा के जलन से बहुत

रो रहा था और मुझसे पूछा था की 'आप क्यों नहीं रो रहे पिताजी?, आप तो मुझसे ज्यादा जले हैं, आपका तो पूरा शरीर लाल हो गया है।' तब मैंने उसे समझाते हुए कहा था के 'जब तुम बड़े हो जाओगे पुत्र, तब इस तरह की पीड़ा को सहना बहुत ही सहज हो जायेगा। अभी तुम्हारी खाल नरम है इसलिए ज्यादा पीड़ा का अनुभव होता है, पर जब यही खाल मोटी और लौह के समान सख्त हो जाएगी तब तुम्हें ऐसी पीड़ा का अधिक आभास नहीं होगा।'"

आर्गश शांत भाव से महाराज जाहेस्त्र से कहता है "इन ५ वर्षों में आपको अपने पुत्र, परिवार और राज्य के लोगों से पुनः मिलने की कभी इच्छा नहीं हुई महाराज?"

"इच्छा करके क्या लाभ आर्गश। इन्हीं सब इच्छाओं का त्याग करके ही तो मैं परमात्मा के दिव्य स्वरूप के ध्यान में उस शून्यता में गया था, जहां से तुम मुझे वापस लाये हो। तुम्हारी सहायता करके मैं पुनः वही उसी ध्यान की अवस्था में चला जाऊंगा।"

कालझ ने अपने गंभीर स्वर में महाराज जाहेस्त्र से कहता है "किन्तु महाराज हमें इस विकट समस्या को रोकने के लिए, आपके पुत्र, महाराज साहस्व और उनके प्रमुख योद्धाओं की भी आवश्यकता पड़ेगी।"

महाराज जाहेस्त्र ने अपने पुत्र मोह के कारण थोड़ा क्रोध में मेघ के समान गूंजती ध्वनि से कहते हैं "वह तो अभी नादान और भोला है। उसमें किसी ब्रह्मांड को बचाने जितना सामर्थ्य अभी नहीं है।"

कालझ ने आश्चर्य के भाव के साथ आर्गश की ओर देखने लगता है, जो मंद मुस्कान के साथ महाराज जाहेस्त्र को इस प्रकार देख रहा होता है, जैसे कोई अपने प्रथम युद्ध को जीतने के बाद मिले पुरस्कार को देखता है। कुछ क्षण के बाद कालझ एक बार फिर से महाराज जाहेस्त्र को समझाते हुए अपने गंभीर स्वर में कहता है "महाराज— कृपया मेरी बात ध्यान से सुनिए—एक विशाल उल्कापिंड जिसका

64

नाम प्रालख्य है, उसको आपकी सहायता से हमे रोकना है। किंतु उस विशाल उल्कापिंड के साथ और भी कइयों छोटी बड़ी उल्का पिंड के टुकड़े भी आ रहे है। उन्हें रोकने के लिए ही आपके पुत्र, महाराज साहस्व और उनकी सेना के प्रमुख योद्धाओं को हमारी सहायता करनी होगी। यह तो उनके लिए किसी खेल के समान ही होगा, इसलिए आप उनके लिए चिंतित ना हों महाराज।"

"शायद तुम ठीक ही कहते हो कालझ, मुझे अपने पुत्र मोह को त्याग देना चाहिए, किंतु यह पुत्र मोह बड़ा दुस्तर है, इतने वर्षों के बाद भी यह मोह मेरे हृदय को घेरे ही हुए है। ध्यान में भी उसी का रूप मेरे अंतःकरण में आ जाता था, इसलिए मैं आरम्भ में अपने ध्यान में पूरी तरह से लीन भी नहीं हो पाता था। और फिर जब मैं ध्यान में लीन होने लगा तब तुम दोनों आ गए। —वह तो अब महाराज है, और उसका निर्णय ही सुबको मानना पड़ेगा। यदि वह और उसके योद्धा मान भी गए तो भी तुम मुझे, मेरे पुत्र और उन विशालकाय जार्नाग योद्धाओं को अपने ब्रह्माण्ड में कैसे ले जाओगे?"

अब कालझ और अधिक आश्चर्य के भाव से आर्गश की ओर देखते हुए उससे पूछता है "तुमने इन्हें यह बताया की उस प्रालख्य उल्कापिंड को तुम्हारे ब्रह्मांड में रोकना है?"

तभी महाराज जार्हस्त्र क्रोध से अपने सहस्त्रों फणों की महा गूंज ध्वनि में कहते है "एक क्षण रुको, आर्गश के ब्रह्मांड से क्या मतलब है तुम्हारा कालझ? क्या तुम आर्गश के ब्रह्माण्ड से नहीं हो? —तुम अब मुझसे स्पष्ट रूप में सत्य कहो, —तुम दोनों कौन हो? और किस ब्रह्मांड से कौन है? —और यह उल्कापिंड जिसे रोकने की तुम सहायता मांग रहे हो वह किस ब्रह्मांड के किस ग्रह पर गिरने वाला है?"

इस बार आर्गश शांत स्वर में पहले उत्तर देते हुए कहता है "महाराज—मैंने आपसे एक ब्रह्मांड को नष्ट होने से बचाने की सहायता मांगने लिए आपसे आग्रह किया था। मैंने यह कभी नहीं कहा की वह

ब्रह्मांड मेरा ही ब्रह्मांड है। इसका पूर्ण ज्ञान आपको कालझ ही दे सकते हैं, इसीलिए मैंने समय को बचाने और आपके होने वाले प्रश्नों को टालने के लिए ही उतना ही आपसे कहा था।"

अब कालझ, महाराज जाहरुत्र से अपने गंभीर स्वर में कहता है "जी हां महाराज, —आर्गश पूर्ण सत्य नहीं कह सकता है, क्योंकि पूर्ण सत्य केवल मुझे ज्ञात है, और मैं ही पूर्ण रूप से आपसे उसे कह सकता हूं। —मैं कालझ, काल का एक अंश हूं, और मेरा कार्य मुक्त होने वाले जीवों के अनिष्टकारी घटनाक्रम को रोकने का है। इस कार्य में आर्गश मेरा एक जीव रूपी साथी है। मैं स्वयं किसी भी ब्रह्मांड से संबंध नहीं रखता हूँ। मैं अनंत ब्रह्माण्डों में इस कार्य को समय के आरंभ से करता आ रहा हूं। —आर्गश एक मनुष्य है, जो एक दूसरे ब्रह्माण्ड जिसका नाम हिरण्यगर्भ है, उसके एकमात्र मृत्युलोक, पृथ्वी ग्रह से है। —जिस विशाल उल्का पिंड को रोकने के लिए आपको हमारी सहायता करनी है, वह आपके इसी तृणेक्ष ग्रह की ओर तीव्र वेग से बढ़ता चला आ रहा है।"

महाराज जाहरुत्र कुछ भावुक होते हुए, आकाश की ओर अपने सहस्रों फणों से देखने लगते है। और कुछ देर बाद आर्गश की ओर देखते हुए कहते हैं "आर्गश—तुम बड़े चतुर हो, और मुझसे कई गुना साहसी भी हो। मैंने तो सोचा था की मैं एक ब्रह्मांड को बचा कर सृष्टि के कल्याण के कार्य में किन्हीं मनुष्य जाति के जीवों को नष्ट होने से बचाने जा रहा हूं। किंतु यहां तो तुम अपने ब्रह्मांड से यहां आकर हमें और हमारे ब्रह्मांड को बचाने के लिए हमसे ही सहायता की याचना कर रहे थे। —तुम दोनों को जो भी सहायता चाहिए, वह सब मिलेगा, मैं वचन देता हूँ।"

आर्गश और कालझ, धन्यवाद करते हुए महाराज जाहरुत्र से एक स्वर में कहते हैं "महाराज—हमें अपने पुत्र, महाराज साहस्त्व के पास ले चलिए।"

तभी अपने विशाल शरीर और सहस्त्रों फणों को किसी महासागर की विशाल लहरों की तरह, तीव्र वेग से उस विशाल पहाड़ से कूदते हुए और वायु में तैरते हुए महाराज जाहेस्त्र मेघ के समान महा गूंज ध्वनि में कहते है "चलो—आ जाओ मेरे पीछे।"

कालझ और आर्गश, महाराज जाहेस्त्र के पीछे-पीछे आकाश में उड़ते हुए उनके पुत्र, महाराज साहैस्व से मिलने के लिए उस पहाड़ी दर्रों को पार करके आकाश मार्ग से होते हुए, तीव्र वेग से आगे बढ़ने लगते हैं। विशाल जंगलों, महाकाय पर्वतों और विशाल समुद्र के अंदर एवं ऊपर उड़ते जार्नाग प्रजा और जार्नाग योद्धा अपने पूर्व महाराज जाहेस्त्र को आकाश मार्ग से जाते देख पहचानने लगते हैं। वे सब उन्हें अपने स्थान से ही अपने समस्त फणों को सम्मान के भाव में झुका कर प्रणाम करने लगते है। महाराज जाहेस्त्र किसी पर ध्यान ना देते हुए, दूर दिखाई पड़ती जार्नागो की महान एवं भव्य राजधानी की ओर, कालझ और आर्गश के साथ तीव्र वेग से बढ़ते रहते हैं। आर्गश अपनी दिव्य दृष्टि का प्रयोग करते हुए उस विशालकाय और भव्य राजधानी को दूर से ही स्पष्ट देखने लगता है। आर्गश देखता है, की वह भव्य राजधानी, लाखों विशाल जार्नागो और उनके भव्य कुण्डलीकार महलों, भवनों, संस्थानों, बाग़ बगीचों और तालाबों से सुव्यवस्थित जान पड़ती है। राजधानी के मध्य में सबसे विशाल एक भव्य एवं अद्भुत राजमहल भी दिखाई पड़ता है, जिसके ऊपर अनगिनत मणियाँ अपने अद्भुत प्रकाश से चमक रही होती है।

लगभग ३७ हजार योजन की यात्रा के बाद महाराज जाहेस्त्र, कालझ और आर्गश, जार्नागो की राजधानी के भव्य प्रवेश द्वार के सामने भूमि पर उतरने लगते हैं। महाराज जाहेस्त्र उस भव्य द्वार से जब राजधानी में प्रवेश कर रहे होते है, तो उस भव्य द्वार की विशालता उनके महाकाय शरीर से भी १०० गुनी अधिक प्रतीत होती है। राजधानी में दूर-दूर तक अब यह बात फैलने लगी है, की पूर्व महाराज लौट आये हैं। सब ओर से उन्हें देखने के लिए नगर के

मार्ग के दोनों ओर जानार्गो की भीड़ लगने लगी है। अलग-अलग फणों की गिनती के जानार्ग अपने-अपने परिवार जनो के साथ इस अद्भुत घटना को देखने के लिए जमीन, और आकाश मार्ग से राजधानी के उस मुख्य मार्ग को पहुंच रहे होते है, जिससे होकर पूर्व महाराज अपने पुत्र से मिलने राजमहल की ओर चल रहे हैं। अपने नगर के प्रजा जनों को देख कर पूर्व महाराज के सहस्त्रों फणों की सहस्त्रों युगल आँखों में अश्रुओं की लहर बनने लगी हैं। किन्तु वे उन्हें रोकने के दृढ़ प्रयत्न करते हुए आगे बढ़ते रहते हैं। एक राजा और उसकी प्रजा के बीच के ऐसे पवित्र प्रेम की भावनाओं को देख कर, कालझ्र और आर्गश के भी कंठ करुण भाव से भरने लगे हैं। तभी मार्ग के एक वृद्ध जानार्ग ने अपनी गूंजती ध्वनि से सबको सुनाते हुए कहता है "आज से पहले ऐसा कभी भी नहीं हुआ था, की कोई वृहत्वान महाराज अपने ध्यान से लौट आया हो। अवश्य ही कोई महा संकट आने वाला है, जिसको टालने के लिए आपको वापस आना पड़ा है महाराज। अवश्य ही कुछ होने वाला है।" इस तरह सभी जानार्ग अपनी-अपनी बुद्धि से अपने पूर्व महाराज के लौट आने के कारण को जानने के लिए एक दूसरे से बातें करने लगते हैं।

उधर राजमहल के भव्य द्वार से १०० फणों वाला, राजधानी के मुख्य द्वार का द्वारपाल तीव्र वेग से उड़ते हुए उस विशाल और भव्य राजमहल के अंदर प्रवेश करता है। राजमहल के अंदर विशालकाय सहस्त्रों जानार्गो से संचालित उस राजसभा में बिना किसी मर्यादा को ध्यान में रखते हुए, उस १०० फणों वाले जानार्ग द्वारपाल ने शीघ्रता पूर्वक महाराज साहस्व के सिंहासन के पास पहुंचकर, अपने फणों की फूलती श्वास को कुछ क्षण ठीक करने के बाद महाराज को प्रणाम करके गूंजती ध्वनि में कहता है "—महाराज —महाराज आ रहे हैं।"

महाराज साहस्व अपनी राजधानी के द्वारपाल के द्वारा इस तरह राजसभा की मर्यादा को भंग करते देख क्रोधित हो जाते है। और द्वारपाल से अपने सहस्त्रों फणों से क्रोध के भाव में मेघ के समान

गूंजती उच्च ध्वनि में कहते है "यह कैसी उदंडता है द्वारपाल? —मैं कहां से आ रहा हूँ? —मैं तो यही हूँ। —क्या तुम्हें इसका भी भय नहीं रहा की तुम्हें इस अपराध के लिए मृत्युदंड भी दिया जा सकता है।"

द्वारपाल ने क्षमा के भाव में झुक कर गूंजती पर शांत ध्वनि में कहता है "महाराज—मुझे क्षमा कीजिए। —मैं इस समाचार के उत्साह वश ऐसा अपराध कर बैठा हूँ।"

"ऐसा क्या समाचार है, जो तुम इतना उत्साहित हो गए की राजसभा की मर्यादा का भी ध्यान नहीं रहा।"

"महाराज—आपके पिताश्री—पूर्व महाराज जाहेत्र आपसे मिलने राजमहल की ओर आ रहे हैं।"

महाराज साहस्व को द्वारपाल के कथन पर विश्वास नहीं होता है। वह और अधिक क्रोधित होकर कहते हैं "इस तरह के मिथ्या समाचार लाने और कहने का परिणाम तुम जानते हो द्वारपाल? कभी कोई भी वृहत्वान महाराज एक बार ध्यान के लिए तृणेक्ष के गर्भ में चले जाते है, तो वे कभी लौटकर नहीं आते। फिर मेरे पिताश्री कैसे लौट सकते हैं? तुम्हारी मृत्यु निश्चित है द्वारपाल।"

"महाराज—मुझे मृत्यु का भय नहीं है, किन्तु यह सत्य है। कुछ ही देर में आपके पिताश्री, यहां राजमहल को पहुंच जाएंगे, फिर आप उनके दर्शन करके मुझे जो भी दंड देंगे वह मुझे स्वीकार होगा। वह प्रजा को अपने दर्शन देते हुए अपनी सामान्य गति से आपसे मिलने को आ रहे है। किन्तु मैं उनको राजधानी के प्रमुख द्वार की ओर आते देख कर ही आपको यह समाचार देने के लिए आकाश मार्ग से होते हुए, तीव्र वेग से यहाँ आया हूँ।"

"यदि यह समाचार असत्य हुआ तो तुम कल की सुबह नहीं देख पाओगे।"

"आपका हर आदेश और हर दंड मुझे स्वीकार होगा महाराज, किन्तु अभी आपको राजमहल के मुख्य द्वार पर अपने पिताश्री के स्वागत के लिए चलना चाहिए। वहां से वह किसी भी समय अपने महा भव्य यात्रा की झांकी से, अपने सहस्त्रों फणों और उनकी अद्भुत मणियों के द्वारा आपको दिखाई पड़ेंगे।"

महाराज साहिस्व कुछ देर विचार करके द्वारपाल की ओर देखते हुए कहते है "चलो सभी—राजमहल के मुख्य द्वार पर।"

कुछ ही देर में महाराज साहिस्व और उस राजसभा के प्रमुख जार्नाग राजमहल के मुख्य द्वार पर आकर द्वारपाल की कही बात की सत्यता को देखने के लिए प्रतीक्षा करने लगते हैं।

तभी कुछ और जार्नाग योद्धा राजमहल के मुख्य द्वार की ओर उड़ते हुए आते हैं, और अपने महाराज को प्रणाम करके उनमें से एक ५०० फणों वाले जार्नाग योद्धा ने प्रसन्नता के भाव से गुँजते हुए स्वर में कहते है "महाराज —महाराज आ रहे है। —आपके पिताश्री आ रहे हैं।"

महाराज साहिस्व अपने पिता के लौटने के इस एक और समाचार को सुन कर अब उन्हें विश्वास होने लगता है, की उनके पिता उनसे मिलने सच में आ रहे हैं। इस विश्वास के साथ ही उनके सहस्त्रों फणों की युगल आँखों में अश्रुओं की प्रचंड लहरें बनने लगती है। किन्तु अपने पिता के अंतिम आदेश और अविस्मरणीय वियोग को स्मरण करते हुए वह उन लहरों को अपनी पलकों की बांधो में बांधने के दृढ़ प्रयत्न करने लगते है। इतने में ही राजमहल की ओर आते एक प्रमुख मार्ग में सुदूर, धूल भरा एक विशाल झंझावात दिखाई पड़ने लगता है। जैसे लाखों जार्नाग एक साथ एक ही विशाल मार्ग से होते हुए राजमहल की ओर बढ़ते चले आ रहे हों। कुछ नजदीक बढ़ने पर महाराज साहिस्व को धूल के उस विशाल झंझावात में अपने पिता के सहस्त्रों फणों की अद्भुत प्रकाश मणियों की पहचान होने लगती

है, और वह अपने राजसभा के सभी जारनांगों और सेवकों को अपने सहस्रों फणों से आदेश देते हुए उच्च एवं गुंजती ध्वनि में कहते हैं "—हाँ—मेरे पिता ही आ रहे हैं।—तुम सब जाओ—राजमहल में उनके स्वागत की उत्तम तैयारियां करो। —जाओ।"

सब, कोई तेजी से जाते हुए, कोई तेजी से उड़ते हुए राजमहल में हर तरफ श्रद्धा एवं सम्मान के भाव से स्वागत की तैयारिओं में लग जाते हैं। हजारों जारनांग राजमहल को अपने पूर्व महाराज के अनुसार व्यवस्थित करने में लग जाते है। राजमहल और राजधानी में सब ओर उत्साह और खुशी का वातावरण फैलता जा रहा होता है। जब भी कोई जारनांग इस समाचार को किसी अन्य जारनांग को सुनाता है तो वह पहले तो आश्चर्य में कुछ समझ नहीं पता है की अब वह क्या करें अपने उस महाराज के स्वागत के लिए जो अपने अंतिम ध्यान और मुक्ति के पथ को छोड़ कर शायद उन्हें किसी महान संकट से बचाने के लिए लाखों वर्षों की परंपरा का त्याग करके लौट रहे हैं।

तभी वह यात्रा जिसमें अब लगभग पूरी राजधानी के लोग शामिल हो चुके है, वे राजमहल के बाहरी विशाल घेरे में अपने पूर्व महाराज के पीछे-पीछे प्रवेश करने लगी है। महाराज जारहस्र अपने पुत्र को दूर से देखकर स्वयं को पुत्र मोह वश रोक नहीं पाते हैं, और अपने शरीर की प्रचंड स्फूर्ति से बढ़ते हुए पुत्र की ओर चल पड़ते हैं। इधर महाराज साहस्व भी पिता को देख कर और उनके तेज गति से बढ़ते देख कर, उनकी ओर तीव्र वेग से चल पड़ते है।

एक पुत्र अपने उस महान पिता से मिलने के लिए आगे बढ़ चला है, जिन्होंने अपना सर्वस्व त्याग कर और उससे महा बलशाली होते हुए भी एक पवित्र और प्राचीन परंपरा की खातिर उससे हारकर, सदा के लिए एक अज्ञात शून्यता में ध्यान और तप के द्वारा मुक्त होने के लिए चले गए थे। जहाँ से कभी भी कोई भी लौट कर वापस इस संसार में नहीं आया था। उस पिता को अपने संपूर्ण आदर और सम्मान का समर्पण करने के लिए वह हवाओं को चीरते हुए उनकी ओर आगे

बढ़ चला है। महा प्रेम और अतिशय क्रोध में यह जताने के लिए के आपने मुझसे हार कर ठीक नहीं किया था, वह अपने पिता की ओर तीव्र वेग से बढ़ चला है। अपने सहस्त्रों आँखों में प्रचंड लहरों के पीछे लालिमा लिए एक पुत्र अपने विशालकाय शरीर के साथ, अपने महान पिता से मिलने के लिए प्रचंड वेग से आगे बढ़ चला है।

एक पिता अपने उस आज्ञाकारी पुत्र के मोह को कैसे विसरा सकता है, जिसने अपने पिता के अंतिम आदेश और वचन को आजीवन निभाते रहने के लिए ही अपने जीवन को जी रहा होता है। अपने पुत्र को नजदीक पहुंचते देख महाराज जाह्रत्र अपने सहस्त्रों फणों एवं अपने विशालकाय शरीर को फैलाने लग जाते हैं। उनके विशालकाय शरीर और उनके फणों के फैलाव से ऐसा प्रतीत हो रहा है, की वह अपने पुत्र को अपने स्नेह के आंचल में समेट लेना चाहते हैं, और बस यही हुआ है। महाराज जाह्रत्र ने अपने पुत्र को अपने विशालकाय स्वरूप में इस प्रकार समेट लेते है, जैसे कोई माता अपने पुत्र को अपने आंचल में छुपा लेती है। दोनों अगाध प्रेम और स्नेह से एक दूसरे का सम्मान करते हुए, अब अश्रुओं से भरे सहस्त्रों आँखों से एक दूसरे को देखते रहते हैं। राजधानी की सम्पूर्ण प्रजा जन अपने-अपने फणों से निकलती अनंत गूंजती ध्वनियों से दोनों महाराज की अद्भुत स्वरों से जयजयकार और गुणगान कर रही होती है। यह सब देख कर आर्गश अपने आँखों में बनते अश्रुओं को रोकते हुए भरे कंठ से कहता है "— कालझ —क्या ऐसा भाव आपने पहले कभी अनुभव किया है? — पिता और पुत्र का ऐसा पवित्र मिलन, कभी किसी ब्रह्माण्ड में आपने होते हुए देखा है?"

कालझ ने मुस्कुराते हुए आर्गश की ओर देखकर कहता है "मैंने इन्हे ही कई बार इसी तरह मिलते देखा है आर्गश। यह अनुभव मेरे लिए नया नहीं है। अनंत ब्रह्माण्डों में नित्य अनंत निस्वार्थ पवित्र मिलन होते रहते हैं। और कभी-कभी तो उनकी पुनरावृत्ति भी होती रहती है।"

आर्गश ने मिथ्या आश्चर्य के भाव में कहता है "तो क्या ये पिता पुत्र इसी प्रकार पहले भी मिल चुके हैं?"

"हाँ, पर इस वास्तविक सृष्टि में यह पहली बार हो रहा है।"

"मुझे कुछ समझ नहीं आ रहा है। —कैसी वास्तविक सृष्टि?"

"यह सब मैं तुम्हें बाद में कभी बताऊंगा आर्गश। अभी हमारे पास समय कम है। हमें अभी महाराज साहस्व से उस प्रालख्य उल्कापिंड के बारे में बात करना होगा।"

"ठीक है, —मैं महाराज जाहेक्ष्त्र के पास जाकर, उनके पुत्र से बात करने को कहता हूँ।"

आर्गश उड़ते हुए, महाराज जाहेक्ष्त्र और महाराज साहस्व के सहस्रों फणों के ठीक सामने स्थिर होकर, महाराज जाहेक्ष्त्र से कहता है "महाराज—हमारे पास समय कम है, हमे जल्द से जल्द इस कार्य को आरम्भ करना होगा। कृपया आप अपने पुत्र, महाराज साहस्व से उस आने वाले विकराल संकट के बारे में सब कुछ कह डालिये।"

महाराज साहस्व आश्चर्य और क्रोध के भाव में अपने पिता से कहते हैं "पिताश्री—कौन है यह जीव, और इसका साहस कैसे हुआ हमारे समक्ष आकर आपको आदेश देने की?"

महाराज जाहेक्ष्त्र अपने पुत्र को समझाते हुए कहते हैं "पुत्र—यह है आर्गश, एक अन्य ब्रह्माण्ड के पृथ्वी ग्रह का एक जीव, एक मनुष्य।"

महाराज साहस्व क्रोध में ही अपने पिता से कहते हैं "एक मनुष्य। —किसी मनुष्य जीव का क्या काम है हमारे बीच पिताश्री?"

महाराज जाहेक्ष्त्र ने शांत स्वर में अपने पुत्र से कहते हैं "पुत्र— कालझ और आर्गश, हमारे इस ग्रह, तृणेक्ष को नष्ट होने से बचाने के लिए हमारी सहायता मांगने आए हैं। हमें पहले राजमहल चलना चाहिए।

यह एक महान संकट का समय है। हमें मिलकर कुछ रणनीतियों पर शीघ्र विचार करना होगा।"

महाराज साहंस्व क्रोध को त्यागते हुए कालझ और आर्गश की ओर अपनी विशाल सहस्रों आँखों से आश्चर्य के भाव में देखते हुए अपने पिता से कहते है "चलिए पिताश्री—राजमहल में चलकर विश्राम के बाद सारी बातें बताइयेगा।, राजमहल को आपके आगमन में पूरी तरह से सजाया गया है।"

महाराज जाहंस्त्र और महाराज साहंस्व, एक दूसरे को सहारा देते हुए, तेजी से राजमहल की ओर बढ़ने लगते है। कालझ और आर्गश भी उनके साथ उड़ते हुए राजमहल की ओर बढ़ते हैं। तृणेक्ष के प्रमुख जार्नाग योद्धा दूर-दूर से आते हुए राजमहल के चारों ओर आकाश और भूमि पर एकत्रित होने लगते हैं।

महाराज जाहंस्त्र और महाराज साहंस्व कुछ ही देर में राजमहल के द्वार तक पहुंचने वाले होते हैं। जहां महाराज साहंस्व की माता अपने पति और एक पुत्रवधू अपने राजकुमार पुत्र के साथ अपने श्वसुर के स्वागत के लिए अपने उमड़ते अश्रुओं से भरी आँखों से उनके आने की राह देख रहे होते हैं। साहंस्व की माता सुमागी अपने पति के वचनों के कारण ही उनके साथ उनके ध्यान और मुक्ति के पथ में साथ देने के लिए उस समय ना जा सकी थी। किन्तु अब उन्हें उन वचनों का कोई बंधन नहीं रोक सकेगा, क्योंकि उन्होंने अपने पुत्र को एक राजमाता के दायित्व से एक उत्तम और कुशल महाराज के योग्य बना दिया है। महाराज साहंस्व की पत्नी, रानी आर्धींवा अपने पुत्र को अपनी गोद में लेकर उसे अपने पितामह से मिलाने के लिए व्याकुल हो रही हैं।

यह तृणेक्ष के इतिहास में पहली बार होगा जब एक वृहत्वान जार्नाग, एक राजकुमार, एक पौत्र अपने पितामह से मिलेगा और पितामह का अर्थ जानेगा। और यह भी पहली बार होगा जब एक वृहत्वान महाराज, एक पितामह अपने पौत्र को अपनी गोद में पहली

बार लेगा और एक पौत्र को प्रत्यक्ष देखने का सुख पायेगा। आर्ध्विवा को वह दिन आज भी याद है, जब उसके पुत्र के तृणेक्ष पर पैदा होने के अगले ही क्षण एक प्राचीन पवित्र परम्परा की खातिर एक पुत्र जो अभी-अभी पिता बना था, और एक पिता जो अभी-अभी पितामह बने थे, दोनों एक अंतिम और निर्णायक द्वंद्व युद्ध के लिए तृणेक्ष के उस प्राचीन महा अखाड़े को चले गए थे। जहां से ३ दिनों के बाद सिर्फ उसका पति साहस्त्व, तृणेक्ष का महाराज बनकर, लौट आये थे। और पहली बार अपने पुत्र के सहस्त्रों फणों के कोमल रूप को देखे थे, और उसी क्षण महाराज साहस्त्व ने अपने पुत्र का नाम अपने पिता के नाम पर जाहेस्त्र रख दिये थे।

पिता और पुत्र राजमहल के द्वार पर पहुंच चुके हैं, सभी एक राज परिवार की भांति, अपनी-अपनी मर्यादा एवं आदर्श को बनाये रखने का प्रयत्न करते हुए अपनी-अपनी भावनाओं को भरसक रोकने के प्रयास करते रहते है। किन्तु जैसे एक महा प्रचंड प्रवाह से नदियों की मजबूत बांध भी टूट जाती है, उसी प्रकार इन सबके भी अश्रुओं की बाढ़ रोके न रुक सकी है। ऐसे पवित्र भावनाओं के साथ महाराज जाहेस्त्र अपनी पत्नी, पुत्रवधू और पौत्र से मिलते हैं। पौत्र को वह अपनी गोद में लेकर कुछ देर सब कुछ भूल जाते हैं। कुछ देर बाद शांत गूंजती ध्वनि में अपने पुत्र से पूछते हैं "साहस्त्व—मेरे पौत्र का नाम क्या रखा है?"

महाराज साहस्त्व अपने पिता से गर्व से गूंजती ध्वनि में कहते हैं "यह एक वृहत्वान और आपका पौत्र है पिताश्री—इसलिए आपके नाम के अतिरिक्त इसका और दूसरा क्या नाम हो सकता है।"

महाराज जाहेस्त्र कुछ देर अपने पुत्र को अपनी सहस्त्रों आँखों से गर्व की दृष्टि से देखते हुए सहस्त्रों करुण कंठ से गूंजती ध्वनि में कहते हैं "—तुम पूर्णतः मेरे जैसे ही हो। —मैंने भी तुम्हारा नाम तुम्हारे पितामह के नाम पर ही रखा था।"

"मुझे ज्ञात है पिताश्री। पहले तो मैं आपके द्वारा मेरा नाम, पितामह के नाम पर रखने के रहस्य से अनभिज्ञ था। किन्तु जब आपने द्वन्द युद्ध में मेरी ही कमजोरियों के द्वारा मुझसे ही हार कर मुझे जीता दिये थे, तब मुझे आपके दिए इस नाम का सच्चा महत्व पता लग गया था। मेरे पितामह भी आपको आपकी कमजोरियों से ही जीता कर और अपना सब कुछ त्याग कर ध्यान के लिए तृणेक्ष के गर्भ में किसी अज्ञात शून्यता में चले गए थे। ऐसा महान त्याग और मुक्ति के मार्ग पर बिना डिगे चलना सिर्फ हम, वृहत्वान ही निश्चित रूप से कर सकते हैं।"

अपने पौत्र जाईस्त्र को गोद में लिए पितामह महाराज जाईस्त्र अपने पुत्र से कहते हैं "मेरे पिता साईस्व मुझसे कहीं अधिक बलशाली और महान थे। उनसे, उनके समान ही कोई योद्धा क्यों ना युद्ध करने आ जाता, विजय उन्हीं की होती थी। मैंने उनको इसी तरह सदा विजयी होते, देखते हुए बड़ा हुआ था। उनसे किसी भी युद्ध में और किसी भी अवस्था में मेरा जीतना और उनका हारना असंभव बात थी। किन्तु उन्हें अपने पिता के बलिदान का पूर्ण स्मरण था, इसलिए उन्होंने मुझे जीता दिया था। अंत में उनके असहनीय वियोग के कारण मेरे बार-बार पूछने पर की आपने ऐसा क्यों किया पिताश्री, आप मुझसे कहीं अधिक महाबलशाली हैं, और आप ही तृणेक्ष के महाराज बने रहने के योग्य हैं। —मुझे मुक्ति और ध्यान के पथ पर जाने देने के मेरे निवेदन से विवश होकर उत्तर देते हुए, उन्होंने मुझे जीवन और मुक्ति के सही क्रम के बारे में समझाया था।"

"उन्होंने इन प्रश्नों का क्या उत्तर दिया था पिताश्री?"

"उन्होंने उत्तर देते हुए कहा था 'पुत्र—जिस प्रकार प्रत्येक ब्रह्माण्ड में हर एक सृजन का एक निश्चित क्रम होता है, और उसी क्रम से वह सृजन अपने अंतिम अवस्था तक पहुँचने पर उसका पूर्ण होना सत्य और सुंदर रूप से परिभाषित होता है। उसी प्रकार हर एक राज्य और कुटुंब पालन का एक निश्चित क्रम होता है, यदि हम उसे उसी क्रम से पूरा करते जाते हैं, तो वह सत्य और सुंदर रूप से परिभाषित होता

रहता है, अन्यथा मनमाने उलट क्रम से उसके रूप का कुरूप होना निश्चित होता है। कुटुंब पालन के क्रम में एक पिता का प्रधान कर्तव्य है की वह अपने गुणी पुत्र को सभी प्रकार से कुटुंब पालन में कुशल बनाने तक उसे तैयार करता रहे। और जब उसका वह पुत्र एक पिता बन जाये तो वह अपने पुत्र को कुटुंब के पालन के लिए सभी आवश्यक और अनुभव रूपी ज्ञान, दृढ़ आत्मशक्ति और बलिदान का कम से कम एक महान उदाहरण देकर स्वयं ध्यान और मुक्ति के मार्ग का अनुसरण कर के किसी अज्ञात क्षेत्र को चला जाये।

'ऐसा ही क्रम राज्य पालन का भी है।, एक राजा का प्रधान कर्तव्य है की वह अपने सबसे गुणी पुत्र या गुणी पुत्र ना होने पर राज्य के किसी उदार, ज्ञानी, बलशाली, निर्भीक, विवेकी और सत्यवादी नागरिक को अपना उत्तराधिकारी चुन कर उसको राज्य के पालन के लिए सभी आवश्यक और अनुभव रूपी ज्ञान, दृढ़ आत्मशक्ति और कुछ त्याग और बलिदान के महान उदाहरण देकर स्वयं ध्यान और मुक्ति के मार्ग का अनुसरण कर के किसी अज्ञात क्षेत्र को चला जाये। जहां से कोई भी उसे वापस ना लेकर आ सके। —इस समय जब के तुम पूरी तरह राज्य पालन के लिए तैयार हो और तुम स्वयं कुछ ही दिन पहले पिता भी बने हो, यदि तुम्हारे अनुरोध पर, मैं ही राज्य का राजा बना रहता हूँ और तुम मुक्ति के लिए ना भी जाओ तो क्या होगा इसे सुनो। —राज्य का राजा और किसी कुटुंब का मुखिया जो करता है, वही उस राज्य का समाज और उस कुटुंब के सदस्य भी उसका अनुसरण करते हैं।

'इस तरह राज्य और समाज में राज सिंहासन, पद और प्रतिष्ठा को ही ध्यान, तप और मुक्ति से ऊपर देखने का चलन शुरू हो जायेगा। गुणी पुत्र और राजकुमार के होते हुए भी हर पिता और हर राजा अपने विलास में ही डुबे रह कर सम्पूर्ण जीवन को नष्ट और भ्रष्ट कर देंगे। और साथ ही अगली लायक पीढ़ी, समाज एवं राज्य को बिना कोई विशेष योगदान दिए ही बस भोगो को भोगते हुए नष्ट हो

जाएगी। वह नई पीढ़ी अपनी स्वेच्छा एवं सामर्थ्य से कुटुंब, समाज और राज्य में अपने सही आयु पर विशेष योगदान देने के अवसर से वंचित रह जाएगी। ऐसा सिर्फ इसलिए की जिनको अपने स्थान को एक निश्चित समय पर रिक्त करके ध्यान और मुक्ति के मार्ग पर चल देना चाहिए था, वह अभी भी उसी को अपने हाँड़ मांस के लोथड़ों से केवल लोभ और मोह वश जकड़े हुए हैं।

'और पुत्र यदि तुम जीवन के इस मोड़ पर ही मुक्ति को भी चले जाते हो, तो भी राज्य और समाज उसका अनुसरण करके, सभी युवा अपने जीवन में ज्ञान और कुशलता को पाने के बाद या पिता बनने के ठीक बाद समाज और कुटुंब को त्याग दिया करेंगे, तो वह समय जल्द ही आ जायेगा जब कोई भी राज्य और समाज होगा ही नहीं। क्योंकि उस सिंहासन, पद और प्रतिष्ठा के लोलुप जन एक दिन वृद्ध होकर काल के गाल में समां जायेंगे और घात लगा कर बैठे नीच, अधम, चोर और डाकू पूरे राज्य और समाज को कुछ ही समय में नष्ट और भ्रष्ट कर देंगे।

'इसलिए इसे तुम भावनाओं से नहीं बुद्धि से समझो पुत्र, यही ठीक है क्योंकि यही राज्य पालन का सही क्रम है। तुम अब राज्य संचालन में निपुण हो चुके हो, और इससे थोड़ा भी अंतर नहीं पड़ता के तुम मुझसे कमजोर हो या बलशाली हो। इस काल चक्र में हर आने पीढ़ी अपने से पूर्व की पीढ़ी से भौतिक गुणों में कुछ कम होती ही है, यही काल का विधान होता है। और यही तो अगली पीढ़ी के लिए एक महान बलिदान स्थापित करने में सहायक होता है पुत्र। अब मेरी आज्ञा मानो पुत्र, और मेरे पौत्र, अपने पुत्र से मिलने जाओ, उसे मेरा स्नेह देना और कहना वह एक वृहत्वान है, और वृहत्वान महाबलशाली और महान राजा बनते है, और उसके बाद वे मुक्त होकर परम आनंद को प्राप्त होते हैं।' और फिर मेरे पिता साहिस्व अपने पिता जाईस्त्र के मार्ग का अनुसरण करते हुए तृणेक्ष के गर्भ में किसी अज्ञात शून्यता को चले गए थे, और मैं राजमहल लौट कर तुम्हें अपनी गोद में लेकर

उनका नाम तुम्हें दिया था। ठीक वैसे ही जैसा के उन्होंने अपने पिता के नाम पर मेरा नाम रखा था और उनके पिता ने अपने पिता के नाम पर उनका नाम रखा था।"

अध्याय ३
प्रालख्य का उग्र आगमन

महाराज जाहेस्त्र अंत में अपनी पत्नी और पुत्रवधू से मिलते है। उनकी भावनाओं का सम्मान करते हुए और समझाते हुए सबके साथ वह अंत में राजमहल में प्रवेश करते हैं। राजमहल में भव्य स्वागत सत्कार के बाद महाराज जाहेस्त्र राजसभा के भव्य और विशालकाय सिंहासन पर कुण्डलीकार रूप में विराजते हैं। पास के ही भव्य सिंहासन पर महाराज साहंस्व, पिता की आज्ञा लेकर कुण्डलीकार रूप में ही विराजते है। सभी राजपरिवार के सम्बन्धी जन उनके निकट के स्वर्ण और मणियों से सुशोभित भव्य आसनों पर कुण्डलीकार रूप में ही विराजते हैं। जब उस राजसभा में सहस्त्रों सभासद भी अपने-अपने आसनों पर बैठ जाते हैं, तब कालञ्ज और आर्गश महाराज जाहेस्त्र के सिंहासन के पास उड़ते हुए जाते हैं। और कालञ्ज, महाराज जाहेस्त्र के सहस्त्रों फणों के समक्ष स्थिर हो कर अपने गंभीर स्वर में कहता है "महाराज—अब से ठीक एक घड़ी के बाद ही वह विकराल प्रालख्य उल्कापिंड आकाश में आप सब के भौतिक आंखों से दिखाई पड़ने लगेगा। और उसके एक घड़ी के बाद से ही उसके छोटे बड़े टुकड़े तृणेक्ष और इसके चंद्रमाओं पर गिरने लगेंगे। आपको अपने पुत्र से यह सब बात कह देनी चाहिए महाराज। क्योंकि समय रहते यदि आपके पुत्र, महाराज साहंस्व और उनके प्रमुख योद्धा उन टुकड़ों को रोकने में लग जाएंगे, तो तृणेक्ष पर जन जीवन और राज्य की अतिशय हानि होने से बचाया जा सकेगा।"

राजसभा में सभी जानार्ग सभासद इसी बात को लेकर एक दूसरे से वार्ता करने लगते हैं, और उनकी ध्वनियों की गूंज से राजसभा में महा गूंज का वातावरण बन जाता है। महाराज जार्हेत्र अपने सहस्त्रों फणों से मेघ के समान गरज कर सबको शांत करते हुए कहते है "सब शांत हो जाओ—मेरी बात को ध्यान देकर सुनो। आप सब देख रहे है, की ऐसा पहली बार हुआ है, की कोई वृहत्वान जानार्ग तृणेक्ष के गर्भ से एक अज्ञात शून्यता से, ध्यान से बाहर आकर लौट आया हो। मुझे ध्यान से बाहर आर्गश नाम के इस मनुष्य रूपी जीव ने अपने सूक्ष्म शरीर से मेरे अंत:करण में प्रवेश करके लाया है। और यह कालझ है, जिनका कहना है की अब से एक घड़ी बाद ही एक विकराल उल्कापिंड, प्रालख्य, आकाश में दिखाई पड़ने लगेगा। इसके एक घड़ी बाद ही उसके छोटे बड़े टुकड़े हमारे तृणेक्ष पर गिरने लगेंगे। हमें उनके गिरने से, राज्य के जन जीवन की होने वाले हानि से बचाना होगा। मेरा पुत्र—तुम्हारा महाराज—तृणेक्ष के सभी बलशाली योद्धाओं का इस कार्य में नेतृत्व करेगा और मैं स्वयं उस विकराल उल्कापिंड को रोकने में कालझ और आर्गश की सहायता करूंगा।"

अपने पिता की बात पूरी होने के बाद, महाराज साहस्व अपने सहस्त्रों फणों की गूंजती ध्वनि में कहते हैं "पिताश्री—यदि यह सत्य है, और उस उल्कापिंड से हमारे तृणेक्ष को बचाना है, तो क्यों ना हम उसको तृणेक्ष की कक्षा में आने से पूर्व ही अपने अंतरिक्षीय विनाशकारी शस्त्रों से नष्ट कर दें? फिर उसके छोटे बड़े टुकड़ों को हमारे योद्धा आकाश से तृणेक्ष पर बिना किसी संघात के लाकर रखते जायेंगे। आपको इसमें कष्ट उठाने की आवश्यकता ही नहीं पड़ेगी। मैं और मेरे योद्धा इसे बड़ी ही सहजता से पूर्ण कर लेंगे पिताश्री।"

कालझ महाराज साहस्व की बात को सुनकर महाराज जार्हेत्र से आज्ञा लेते हुए कहता है "महाराज—वह विकराल उल्कापिंड प्रालख्य कोई साधारण उल्कापिंड नहीं है। वह इस ब्रह्माण्ड का एक प्राचीन ग्रह रह चुका है, जो लाखों वर्ष की यात्रा के बाद तृणेक्ष तक आज पहुंचेगा।

इसे आप अपनी गर्णाकि चन्द्रमा से बस दशांश ही कम समझिये। और इसे नष्ट भी नहीं कर सकते क्योंकि उसके गर्भ में प्राचीन और अद्भुत जीवों का जीवन चक्र, लाखों वर्षों से ही चलता आ रहा है।"

महाराज साहंस्व कालझ से कहते है "तो कालझ आप ही बताये के हम उसे किस तरह तृणेक्ष को नष्ट करने से रोकेंगे। इतने विशाल ब्रह्मांडीय पिंड को कौन और किस तरह से अपने वश में कर सकेगा।"

कालझ उत्तर देते हुए कहता है "इतने विशाल उल्कापिंड को आप हम तीनो पर छोड़ दीजिये महाराज। आपके पिता, आर्गश और मैं उस उल्कापिंड को वश में करके तृणेक्ष के उस भाग पर ला कर रख देंगे, जहां करोड़ों वर्ष पूर्व कभी एक विशाल महासागर हुआ करता था। जिसे अब आप सब खार्द्धिक क्षेत्र के नाम से जानते हैं।"

महाराज साहंस्व आश्चर्य के भाव में कहते है "मुझे अपने पिता के बल पर कोई संदेह नहीं है, किन्तु गर्णाकि से कुछ कम उस उल्कापिंड को मेरे पिता भी कैसे रोक सकेंगे। आप दोनों भी तो लघु आकार के लगते है, आप भला उतने विशाल उल्कापिंड को किस तरह से रोक सकेंगे। —पिताश्री—क्या आपको लगता है की आप इतने विशालकाय उल्कापिंड को उसके विकराल कुण्डलिकार बेग के साथ धारण कर पाएंगे?"

महाराज जाहंस्व कालझ से कहते हैं "कालझ—उस उल्कापिंड के वेग और उसकी विशालता को जानने के बाद मुझे कहना होगा, की मैं अपनी पूर्ण शक्ति और सामर्थ्य के साथ भी यदि उसे वश में करने का प्रयास करूँगा, तो वैसा ही लगेगा जैसे कोई नन्हा नवजात जानर्गग शिशु अपने पूर्ण शक्ति से अपने महाकाय पिता को अपने फणों में भर लेने का असफल प्रयास कर रहा हो। —तुम्हें मुझसे भी विशालकाय और महाबलशाली जीव से सहायता मांगनी चाहिए थी।"

कालझ, महाराज जाहंस्व को समझाते हुए कहता है "महाराज— आप अपने इस शरीर के बल और आकार को लेकर चिंतित ना हों।

आपका मनोबल अति बलशाली और बुद्धि पूर्णतः शुद्ध है इसलिए, जिस प्रकार आर्गश आपके अंतःकरण में प्रवेश करके, आपको ध्यान से बाहर लाया था, उसी प्रकार वह आपके शरीर और बल को आपकी आज्ञा से ही, उस प्रालख्य उल्कापिंड को सुरक्षित तृणेक्ष पर लाने के लिए आवश्यकता के अनुसार संतुलित करेगा।"

"अर्थात आर्गश मेरे शरीर की शक्ति और सामर्थ्य को बढ़ा कर उस प्रालख्य उल्कापिंड को धारण करके सुरक्षित, तृणेक्ष पर ला सकता है?"

"जी हाँ महाराज—मुझे आर्गश पर पूर्ण विश्वास है।"

"—तुम दोनों कितने लघु आकार के हो, किन्तु जो कह रहे हो वह किसी स्वप्न सा असाधारण और काल्पनिक ही लगता है। किंतु मैं आर्गश को अपने अंतःकरण में असाधारण प्रकाश से युक्त देख चुका हूँ, और ऐसा कोई जार्नाग या कोई साधारण जीव कभी नहीं कर सकता है।" और फिर महाराज जाहेत्र राजमहल के ऊपर के विशाल अदृश्य रूपी आवरण से आकाश को अपने सहस्त्रों फणों से देखने लगते हैं। कुछ क्षणों के बाद वह आकाश को देखते हुए ही कहते हैं "—अब रणनीति निश्चित करने का समय आ गया है पुत्र, —क्योंकि मुझे वह उल्कापिंड, प्रालख्य अब हमारे अंतरिक्ष में दिखाई पड़ रहा है।"

राजसभा में उपस्थित सभी जार्नाग अपने सभी फणों से आकाश की ओर देखने लगते हैं। लाखों करोड़ों मणियों से प्रकाशित वह राज महल और फिर भी उस राजसभा के सब लोग आकाश में कुण्डलीकार रूप से विशाल मार्ग के द्वारा उस प्रालख्य उल्कापिंड को तृणेक्ष की ओर बढ़ते देखते है। अब उन्हें महाराज जाहेत्र और कालझ की बातों पर विश्वास होने लगा है। सम्पूर्ण अर्ध तृणेक्ष पर यही दृश्य हर बुद्धि से प्रखर जीव आकाश की ओर अंतरिक्ष में देख रहा होता है, और दिखा रहा होता है। कुछ देर बाद राजमहल के राजसभा में सभी सभासद महाराज जाहेत्र की ओर अब इस प्रकार से देखने लगते है, की महाराज आदेश करें की हमे अब क्या करना चाहिए।

महाराज जाहंत्र सभी को अपने सहस्रों फणों से गूंजती हुई ध्वनि में कहते है "सभी प्रमुख और बलशाली योद्धा तृणेक्ष के बाहरी वायुमंडल में महाराज साहंस्व के नेतृत्व में आने वाले हर एक छोटे बड़े प्रालख्य उल्कापिंड के खतरनाक टुकड़ों को रोकेंगे, और उन्हें तृणेक्ष की सतह पर लाकर रखते जाएंगे।" अपने पुत्र की ओर देखते हुए महाराज जाहंत्र कहते हैं "पुत्र तुम इन सभी योद्धाओं को जितना शीघ्र हो सके इस कार्य में नियुक्त कर दो, और आने वाली हर एक उल्कापात पर निगरानी बनाए रखो। —मैं, कालज्ञ और आर्गश, —हम इस संकट के मूल तक पहुंचने के लिए जल्द ही प्रस्थान करेंगे।"

पिता के आदेश को सुनकर महाराज साहंस्व अपने राज्य के सभी बलशाली योद्धाओं, जो उस समय तक राजमहल के चारों ओर आकाश और भूमि पर क्रमबद्ध रूप से एकत्रित हो चुके हैं, उन्हें लेकर सम्पूर्ण तृणेक्ष के वायुमंडल में अलग-अलग भागों में स्थापित करने के लिए कुण्डलीकार गुरुत्वाकर्षण का सहारा लिए उड़ चले हैं। सभी को उनका कार्य और आने वाले पिंडों को बताते हुए महाराज साहंस्व, प्रत्येक योद्धा को उत्साहित करते हुए तृणेक्ष के बाहरी वायुमंडल में नियुक्त करते जा रहे है। भूमि पर भी पूरे अर्ध तृणेक्ष पर विशाल सेनाओं के साथ जार्नांगि सेनानायको ने संभावित हानि को टालने के लिए भिन्न-भिन्न प्रकार के जीवों, जार्नांगो और उनके परिवारों को सुरक्षित करने में लग गए है।

इधर राजसभा में कालज्ञ और आर्गश महाराज जाहंत्र को योजना का अगला भाग बता रहे हैं। कालज्ञ महाराज से गंभीर स्वर में कहता है "महाराज—यदि हम उस उल्कापिंड को ठीक समय और स्थान से वश में करना आरंभ किया तभी हमारा वह प्रयास सफल हो सकेगा।"

"और वह समय और स्थान कब और कहां होगा कालज्ञ?"

"महाराज—जब वह प्रालख्य उल्कापिंड गर्णाक के समीप से गुजरते हुए तृणेक्ष की ओर कुण्डलिकार मार्ग से बढ़ रहा होगा,

ठीक उसी समय आर्गश, गर्णाकि से आपके विशालकाय शरीर के द्वारा उस पर जा कर, उसको धारण करने और उसे अपने वश में करने का कार्य आरंभ कर देगा।"

"यदि इस योजना को तुमने बनाया है तो ठीक ही बनाया होगा कालझ। अब और समय नष्ट करने से कोई लाभ नहीं है, हमें अभी गर्णाकि की ओर प्रस्थान करना चाहिए।"

"जी हां महाराज हमें अभी प्रस्थान करना चाहिए।"

महाराज जाईरुत्र, कालझ और आर्गश एक साथ राजमहल से बाहर आते है, और आकाश में सब ओर नियुक्त प्रमुख जार्नाग योद्धाओं और महानायक रूप से उनका नेतृत्व करते महाराज साहस्व को देख कर अत्यंत संतुष्ट होते हैं। कुछ क्षण के बाद वे तीव्र वेग से तृणेक्ष के उस भाग के आकाश की ओर उड़ चलते हैं, जिस ओर गर्णाकि चन्द्रमा दिखाई पड़ रहा होता है। महाराज जाईरुत्र उड़ते हुए ही अपने सहस्रों फणों से श्वास को खींचने लगते है, और कुछ देर में जब वह तृणेक्ष के बाहरी वायुमंडल तक पहुंच जाते हैं, तो आकाश और भूमि पर स्थित सभी जर्नागो को देखकर कुछ भावुक हो जाते हैं। अंत में वह अपने पुत्र की ओर स्नेह की दृष्टि से देख कर गर्णाकि की ओर जाने के लिए तृणेक्ष के बाहरी वायुमंडल से तीव्र वेग से कालझ और आर्गश के साथ विशालकाय लहर की भांति चल देते हैं।

कुछ देर बाद ही उन्हें अपनी बाईं ओर ऊपर अंतरिक्ष से तीव्र वेग से आते कुण्डलीकार पथ में उस प्रालख्य उल्कार्पिंड के कुछ विशाल टुकड़े दिखाई पड़ते है। महाराज जाईरुत्र तृणेक्ष के बाह्य अंतरिक्ष से ही कुछ फणों से पीछे मुड़ कर अपने पुत्र को उन पिंडों की ओर अपने प्रकाशमय मणियों से संकेत करने लगते हैं। उस संकेत को महाराज साहस्व समझ जाते है की उनके पिता क्या कहना चाहते हैं। और वह उन आ रहे पिंडों के संभावित कुण्डलीकार पथ में अपने योद्धाओं और स्वयं को नियुक्त करके उसे रोकने के लिए उनके पहुंचने की प्रतीक्षा करने लगते हैं।

महाराज जाहिस्त्र, गर्णाक के मार्ग में कालज्ञ और आर्गश के साथ तीव्र वेग से बढ़ते हुए अभी दशांश ही तय कर पाये है, की उन्हें अब वह विकराल प्रालख्य उल्कापिंड कुछ और स्पष्ट दिखाई पड़ने लगा है। उन्होंने अपनी गति को क्रोधवश उसी की तरह तीव्र करते हुए, और अपने विशालकाय फणों और शरीर को किसी महासागर की विकराल लहरों की भांति गतिमान करते हुए गर्णाक की ओर बढ़ने लगते हैं।

तृणेक्ष के बाह्य वायुमंडल में प्रालख्य उल्कापिंड के विशालकाय टुकड़े अब पहुंचने लगते हैं, और महाराज साहिस्व स्वयं उन विशाल पिंडों को अपने विशाल शरीर और फणों से इस प्रकार रोकते हैं, की जैसे वह अपने योद्धाओं को बता रहे हो के कैसे इन्हे रोकना है। वह उनके वेग को अपने विशालकाय शरीर से और उनके ताप को अपने फणों से सोख ले रहे है। और फिर उन पिंडों को बाकी के बलशाली योद्धाओं को सौंपकर तृणेक्ष पर सुगमता से रखने का आदेश दे रहे हैं। ऐसे ही अब लगभग सभी जार्नाग योद्धा आने वाले हर एक उल्कापात को अपने प्राणों की परवाह किये बिना ही, उन्हें रोकने के पूर्ण प्रयास में लग जाते हैं। अब महाराज साहिस्व और उनके सभी योद्धाओं को तृणेक्ष के बाह्य वायुमण्डल से ही वह विकराल प्रालख्य उल्कापिंड महा वेग से कुण्डलीकार पथ के द्वारा उनके तृणेक्ष की ओर स्पष्ट रूप से आते दिखाई पड़ने लगा है। कुछ जार्नाग प्रजा जन और योद्धा भी उस विकराल संकट को अब निश्चित मान कर कर्तव्य और अपने कुटुंब की रक्षा को लेकर दुविधा में पड़ कर कुछ समय के लिए कर्तव्य विमूढ़ हो जाते हैं। वे देखते है के कुछ समर्थ जार्नाग अपने-अपने कुटुंब को लिए तृणेक्ष की तीनों चन्द्रमाओं की ओर उड़ते जा रहे हैं।

इसी बीच प्रालख्य उल्कापिंड का एक विशाल टुकड़ा उनके पास से होते हुए तृणेक्ष की ओर राजधानी के आकाश में तीव्र वेग से कुण्डलीकार मार्ग लिए उसके मध्य में गिरने ही वाला होता है। तभी संघात से ठीक पहले अपने महान वेग को धारण किये हुए महाराज साहिस्व उस उल्कापिंड के मार्ग के ठीक नीचे आते हुए, उसे अपने

विशाल शरीर और फणों से समेटते हुए, तृणेक्ष की कुण्डलीकार गुरुत्वाकर्षण का सहारा लेते हुए, कुछ और संभावित चक्कर से उसके वेग को कम करने का प्रयास करने लगते है। किंतु तृणेक्ष का धरातल बस आ पहुंचता है, और उस पिंड हो अपने महाकाय शरीर में समेटे हुए ही महाराज साहंस्व अपनी पीठ के बल से तृणेक्ष को महाकम्पित करते हुए कुछ दूर उस पिंड को लिए हुए ही घिसटते जाते हैं। जब उनकी गति कुछ कम रह जाती है, तब कुछ योद्धा एक साथ आकर उस पिंड को महाराज के शरीर से अलग करके कुछ दूर जाकर तृणेक्ष पर रख देते है। महाराज साहंस्व के शरीर के पीठ और फणों के नीचे के स्थान पूरी तरह घर्षण और पिंड के ताप से तत्त लोहे की भांति लाल हो चुकी होती है। रक्त के बहाव का हर एक घाव जैसे गर्म लोहे से दूसरा लोहा जुड़ता है उसी तरह अपने आप भरने लगता है। और कुछ समय के बाद ही वह आकाश में उड़ते हुए, अपने योद्धाओं से अपने सहस्रों फणों से निकलती महान गुँज भरी ध्वनि से कहते है "—आज किसी भी योद्धा को मृत्यु का आदेश नहीं है। —स्वयं मुझे भी नहीं।" और फिर सभी योद्धा अपने महाराज के ऐसे पराक्रम को देख कर अपने खोये हुए विश्वास को पुनः पा कर एक जुट हो कर सम्पूर्ण उत्साह के साथ आने वाले हर एक उल्कापात को अब और उत्तम उपायों से रोकते हुए तृणेक्ष पर ला कर रखते जाते हैं।

तृणेक्ष पर अब सूर्यास्त होने में एक घड़ी का ही समय रह गया है, और तृणेक्ष के बाह्य वायुमंडल में ही स्थित हो कर महाराज साहंस्व अपने पिता को उनके एक और महान कार्य के पथ पर आगे बढ़ते हुए अपने सहस्रों विशालकाय आँखों में प्रचंड लहरों की तरह उमड़ती सम्मान रूपी अश्रुओं को दृढ़ता से अपने पलकों में बांधे हुए एकटक देखने लगते हैं।

उधर महाराज जाहंस्व अब बस कुछ ही दूर हैं, गर्णाक के बाह्य वायुमंडल से और उन्हें वह प्रालख्य उल्कापिंड अब और स्पष्ट रूप से दिखाई देने लगता हैं। उसे स्पष्ट रूप से देखने के बाद वह अपने मन

में विचार करने लगते हैं 'यह तो अब निश्चित ही लग रहा है, की मैं उस प्रालख्य के लाखवें खंड को भी अपने पूर्ण सामर्थ्य से भी शायद ही धारण कर पाऊं। जैसा की कालझ का तर्क है, की आर्गश मेरे शरीर को धारण करके इस सम्पूर्ण प्रालख्य को वश में कर लेगा, इसमें तो अब मुझे संदेह होने लगा है। भला कैसे—मेरे सामर्थ्य को आर्गश लाखों गुना बढ़ा सकता है, यह कैसे संभव हो सकता है। या शायद यही हमारे तृणेक्ष का अंत है, और जैसा की कालझ और आर्गश का कहना की इसी क्रम में हमारे इस ब्रह्मांड का भी शायद यही अंतिम अंत है।'

इस तरह महाराज जाह्रेत्र को निराशा में घिरते देखकर और उनके मन में चलती उलझनों को जानकर कालझ उनसे मानसिक तरंगों के माध्यम से कहता है "—महाराज—आपको यूँ निराशा के विचारों में फस कर अपने मन को हतोत्साहित नहीं करना चाहिए। आपको आर्गश पर पूर्ण विश्वास करना होगा, तभी इस प्रालख्य को वह पूर्ण रूप से वश में कर पाएगा। हम अब कुछ ही क्षण में गर्णाक के बाह्य वायुमंडल तक पहुंचने वाले हैं। वहां पहुंचकर आर्गश अपने ध्यान और संकल्प शक्ति से आपके शरीर के हृदयाकाश में पहले की तरह प्रवेश करके, आपकी संकल्प शक्ति को अपने नियंत्रण में ले कर आपके इस विशालकाय शरीर को आपकी ही आज्ञा से धारण कर लेगा। यदि आपको उसपर तनिक भी संदेह होगा, तो वह पूर्ण रूप से आपकी संकल्प शक्ति को नियंत्रित नहीं कर पाएगा, और इस तरह परिणाम अनिष्टकारी ही होगा।"

महाराज जाह्रेत्र कुछ आश्चर्य के भाव में अपने मानसिक तरंगों के माध्यम से ही कालझ से कहते हैं "—नहीं- नहीं—ऐसा कभी नहीं होना चाहिए कालझ। मुझे आर्गश पर पूर्ण विश्वास है। तुम मेरे मन में चल रही दुविधा को भी जान सकते हो यह मुझे ज्ञात नहीं था। तुम्हारी और आर्गश की असाधारण शक्तियों का अब मुझे अनुमान होने लगा हैं, और वे मेरी समझ से परे ही हैं। —लो हम पहुंच गए गर्णाक के गुरुत्वाकर्षण कक्षा में, अब बस कुछ दूर ही है, गर्णाक का

बाह्य वायुमंडल और वहां भी हमारे वीर जार्नाग एवं धारुड़ योद्धा प्रालख्य के टुकड़ों को रोकते हुए दिखाई पड़ रहे हैं।"

कालझ और आर्गश भी गर्णाक के बाहरी वायुमंडल में गरजते बादलों के ऊपर और मध्य चमकती हुई बिजलियों के बीच और अपने प्रकाश फैलाते मणियों के साथ वीर जार्नाग योद्धाओं को प्रालख्य के विशाल टुकड़ों को रोकते हुए देखते हैं। आर्गश, गर्णाक पर बादलों के नीचे कुछ विशालकाय पक्षियों को भी उन जार्नाग योद्धाओं की सहायता करते देखता है। किसी-किसी बिजली की चमक और किसी जार्नाग के मणि प्रकाश में उन विशालकाय पक्षियों के स्वरूप का कुछ दृश्य देख कर आर्गश मिथ्या भाव बनाते हुए मानसिक रूप से कालझ से कहता है "इन बादलों के नीचे जो उड़ते हुए विशालकाय पक्षी रूपी जीव उन जार्नाग योद्धाओं की सहायता कर रहे है, वह कौन से जीव हैं कालझ?"

कालझ आर्गश की ओर देखते हुए मंद मुस्कान के साथ मानसिक रूप में ही कहता है "ये गर्णाक के विशालकाय घारुड़ पक्षी है। ये तुम्हारे पृथ्वी के गरुड़ पक्षियों के अप्रकट पूर्वज कहे जा सकते है। आज इनके महान वेग, विशालकाय शरीर और महान बल से ही इस समय गर्णाक पर गिरते इन विशालकाय पिंडों को रोकने में जार्नाग योद्धाओं को बड़ी सहजता हो रही है। तृणेक्ष की चंद्रमाओं पर घारुड़ पक्षियों का साम्राज्य है, और इस महान संकट के समय में जार्नाग और धारुड पुनः एक होकर प्रालख्य के इन विनाशकारी उल्कापातों को रोक रहे हैं।

"पृथ्वी पर नाग और पक्षी अंडज जीव होते है किंतु यहां इस ब्रह्माण्ड में जार्नाग और घारुड़, मनुष्यो की ही तरह जरायुज होते हैं। लाखों वर्ष पूर्व जिस महा विनाशक महायुद्ध की बात मैंने कही थी, उस युद्ध में लाखों घारुड़ पक्षियों ने भी भाग लिया था। और उनका भी उस युद्ध के अंत तक लगभग सम्पूर्ण संहार हो गया था। उस युद्ध के बाद की विभीषिका को देख कर कुछ बचे हुए घारुड़ पक्षी तृणेक्ष को सदा के लिए त्याग कर गर्णाक और बाकी के दोनों चन्द्रमा पर चले गए

थे। अधिकतर धारुड़ पक्षी अपने जीवन के मध्य काल में एक संतान को उत्पन्न करके, उसे योग्य बना कर स्वयं अपने कुटुंब का त्याग करके, ध्यान और मुक्ति के लिए अपने सर्धम की ओर महावेग से उड़कर चले जाते हैं। और वही सहस्रों वर्षों के ध्यान और तप के बाद मुक्त होकर अपने कारण में विलीन हो जाते हैं।"

कालझ और आर्गश की बातों को मानसिक रूप से सुनते हुए महाराज जाहेंत्र अब अपने सहस्रों फणों की मेघ के समान गूंजती ध्वनि में कहते हैं "—हम गर्णाक के बाह्य वायुमंडल में प्रवेश कर चुके हैं। अब हम सब सामान्य रूप से बात कर सकते हैं। —मुझे धारुड़ पक्षियों के बारे में मेरे पिता ने मेरे बालपन में कुछ बताया था, वह तुमसे कहता हूँ आर्गश। —जब मैं बचपन में एक बार अपने पिता से गर्णाक पर चलने की हठ करने लगा था, तब उन्होंने मुझे इन पर रहने वाले धारुड़ पक्षियों के बारे में कुछ महत्वपूर्ण बाते बताई थीं। उन्होंने कहा था 'लाखों वर्ष पूर्व तृणेक्ष पर जानर्ग, धारुड़, कार्वक, साधृब, तिमर्क, हार्थिव, इदेवत, रदैत्य, वर्क्सास, मानव्य और कुछ लुप्त विशालकाय जीव एक साथ मिलकर रहते थे। वह काल इस सर्धम प्रणाली का सबसे महानतम और स्वर्णिम काल था। जो भी जीव जिस किसी भी वस्तु की इच्छा करते थे, वह सभी मिलकर अपने सामर्थ्य से प्राप्त कर लेते थे।' मेरे पिता ने उन सभी जाति के जीवों के बारे में विस्तार से बताया था। और—मुझे अब स्मरण हो रहा है, की जिन इदेवत और मानव्य के स्वरूप का उन्होंने वर्णन किया था, वह तुम्हारे शारीरिक स्वरूप से मेल करता है, आर्गश। बस तुम्हारा आकार बहुत ही लघु है। उनके वर्णन के अनुसार इदेवत असाधारण और विशाल दिव्य शरीर के स्वामी होते थे, जिसमें एक धड़, एक सर, दो हाथ और दो पैरो वाले दीर्घायु जीव होते थे। और मानव्य भी उन्हीं के आकार और स्वरूप के जैसे होते थे, किन्तु वह साधारण भौतिक शरीर और रूप वाले सामान्य आयु के जीव होते थे। तुम उनमें से कौन हो आर्गश?"

आर्गश महाराज से इन बातों के जानने के बाद मिथ्या भाव के साथ उत्तर देते हुए कहता है "अभी तो मैं मनुष्य ही हूँ महाराज, और शायद मानव्य ही मनुष्यों के अप्रकट प्रथम पूर्वज रहे हो। —किन्तु महाराज, आपके पिता ने आगे इन धारूड़ पक्षियों के बारे में क्या बताया था वह कहिये।"

अपने ठीक नीचे बदलो के बीच एक विशालकाय धारूड़ योद्धा को उड़ते देख, महाराज जार्हेत्र कहते हैं "यह बात उस महायुद्ध के ठीक पहले की है, जब उन सभी अरबो विशालकाय जीवों में से किसी ने स्वप्न में भी नहीं सोचा था, की ऐसा महा विनाश भी हो सकता है। मेरे पिता ने उस महायुद्ध के ठीक पहले के संसार कर वर्णन करते हुए मुझसे कहा था 'उस काल में, उस संसार में ऐसा कुछ भी नहीं था, जो वह पूर्ण रूप से संपन्न और मिल जुल कर साथ रहने वाले जीव प्राप्त न कर सकते थे। किन्तु जब किसी उन्नत संसार में हर एक जीव की हर एक इच्छा सरलता से पूरी होने लगती है, तो वही से उनके अंदर का सोया हुआ तमो गुण, अहंकार का रूप लेकर उनकी चेतना और बुद्धि के धर्म और अधर्म के बारीक अंतर को जानने की समझ को नष्ट करने लगता है। उस समय भी यही हुआ था, हम जार्नांग, ये धारुड़, विलुस कार्वक, साधृब, तिमर्क, हार्थिव, सदा के लिए यहाँ से जाने वाले इदेवत, रदैत्य, वर्क्षास, मानव्य और बहुत से पूरी तरह नष्ट विशालकाय जीव उस अहंकार के वशीभूत होकर तृणेक्ष के संसाधनों पर एकाधिकार करने में लग गए थे। वे अहंकार वश नहीं चाहते थे, की उनकी तरह और कोई अन्य जाती का जीव पूर्ण रूप से सुखी और संतुष्ट रहें।

'सब ओर अपनी-अपनी कामनाओं और अहंकार रूपी हठ के कारण अधर्म वश तृणेक्ष के ऊपर सीमाएं बंधने लगी थीं। इस तरह सम्पूर्ण तृणेक्ष अलग-अलग विशेषताओं, मान्यताओं एवं विचारों वाले जीवों के राष्ट्रों में बट गया था। कुछ काल के बाद उन राष्ट्रों में भी उपराष्ट्र बनने लगे थे। और उन उपराष्ट्रो में भी अराजकता और

विघटन होने लगे थे। अंततः पूरे तृणेक्ष का हर एक जीव तामसी और राजसी वृत्ति के वशीभूत होकर आपस में अधर्म से लड़ने मरने लगे थे। हर एक राष्ट्र ने अपना अलग-अलग पहचान और चिन्ह बना लिये थे। सब अपने राष्ट्र की अलग-अलग भाषाएं बना कर उसी भाषा में बातें करते थे। सबने अपना अलग जीने के नियम और प्रजा पालन की भिन्न-भिन्न व्यवस्था निर्धारित कर ली थी। सबने अपने स्वयं के नए धर्म और नए ईश्वर तक बना लिए थे। सबकी अपनी अलग सम्मान और दण्ड व्यवस्थायें बन गई थी। ऐसा लगता था के ग्रह तो एक ही है, किन्तु उसपे संसार अनेक बन गये थे। उन सब में जो कमजोर और उनके सापेक्ष में लघु या लाचार जीव थे, उनके साथ वही राष्ट्र नए धर्म और दंड नीतियों से अन्याय और अधर्म करने लगे थे। उन लाचार जीवों ने अपनी रक्षा के लिए उन सबसे एक-एक कर गुहार लगाई किन्तु सब ने कोई न कोई बहाना या राजनीतिक परामर्श दे कर उल्टा उनका ही अधर्म पूर्वक शोषण करने लगे थे।

'जब संसार में स्वयं को शक्तिशाली राष्ट्र कहलवाने वाले अपनी कायरता या अधर्म युक्त नीच स्वार्थ के कर्म को छुपाना चाहते है, तो वह राजनीति के बड़े-बड़े शब्द रूपी आवरण का ही प्रयोग करते है पुत्र। वह कायर राष्ट्र अपनी खोखली महाशक्ति सम्पन्नता को संसार में सिर्फ खोखले राजनीति के बड़े-बड़े शब्दों से ही कायम रख पाते है। वह राष्ट्र प्राचीन राज्य पालन का एक मात्र मूल मंत्र भुला बैठते है, की अधर्म से कोई भी राष्ट्र कभी भी सदा के लिए सुखी और समृद्ध नहीं बना रह सकता है। सिर्फ धर्म से शासित राष्ट्र और धर्म से चलने वाला राजा ही किसी राष्ट्र को यदि चाहे तो स्वर्ग जितना समृद्ध कर सकता है।

'जब किसी राज्य का एक राजा पुण्य या पाप रूपी कर्म करता है, तो उसके उस कर्मफल का छठा भाग उसकी प्रजा में समान रूप से वितरित हो जाता है। और उसकी प्रजा को वह कर्मफल एक दिन भोगना पड़ता है। किन्तु जब किसी राज्य की प्रजा कोई पुण्य और

पाप रूपी कर्म करती है, तो उनके उन संयुक्त कर्मफलों का छठा भाग, उस राज्य के राजा के भाग्य में जाता है, जिसे एक दिन उस राजा को भोगना ही पड़ता है। यह विधान सिर्फ राज्य पालन के लिए ही नहीं अपितु कुटुंब पालन के लिए भी होता है। किन्तु सृष्टि के इस साधारण विधान के गणित को भी वो सभी अहंकारी और शक्ति के मद में चूर राष्ट्रों के अधर्मी राजा और उनमें रहने वाली भोगी एवं उन्मादी प्रजा, अपनी बुद्धि में ज्यादा काल तक रख नहीं पाए। और उस परम विधान को भूल कर सब एक साथ अधर्म को ही सरल मार्ग मान कर, उसी की ओर इतने तीव्र वेग से अधमता और नीचता की ओर आगे बढ़ते गए की वापस लौटने का उन्हें कोई मार्ग ही अंत में न सुझा। इस तरह कई हजार वर्षों तक वे उस मलिनता और अज्ञानता के जीवन को आधुनिक युग मान कर जीते और मरते रहे। और जब उनके अधर्म का घड़ा भरने को आया तब काल की प्रेरणा से ही उन दिव्य इदेवतों ने अपनी प्राचीन परम भूल का प्रायश्चित करने, और अपना अंतिम उत्तरदायित्व निभाने के लिए एक अंतिम प्रयास करने के उद्देश्य से उन सब राष्ट्रों के राजाओं के पास गए थे।

'इस अधर्म युग का अंत करने के लिए इदेवत जाति के दिव्य जीवों ने ही सभी राष्ट्रों के राजाओं के पास सबसे पहले एक संधि प्रस्ताव को लेकर उन्हें पुनः एक जुट होकर तृणेक्ष पर पहले की तरह धर्म पूर्वक रहने का आग्रह किया था। किन्तु अहंकार का मारा कभी धर्म के रास्ते से चला है, जो हम सब चलते। हर एक राष्ट्र के राजाओं ने उस संधि प्रस्ताव को ठुकरा दिया था, और इसी तरह अधर्म से राजनीति रूपी मलिनता में कभी कायरों की तरह राजनीति के बड़े-बड़े शब्दों से और कभी तकनीकी युद्ध से लड़ते मरते रहते थे। इसका कोई अंत न होता देख उन महान और दिव्य इदेवतों को अब बस एक ही भयंकर मार्ग दिखाई पड़ रहा था।

'उन्हें उन सब तामसी, राजसी, लोभी, अहंकारी और अधर्मी जीवों के कल्याण के लिए ही उनके अपनों के शरीरों को उनके ही

द्वारा नष्ट करके उनके सामने इसके प्रत्यक्ष भयंकर अंत को दर्शाना था। जिससे उनके अंतःकरण में असीम वैराग्य की भावना का पुनः उदय हो सके। और वह अपने अहंकार का त्याग करके पहले की तरह तमो और रजो को संकुचित करके, अपने अंदर के सतो गुण को प्रधान करते हुए, तृणेक्ष पर अपने जीवन का एक उद्देश्य पूरा करके ध्यान और मुक्ति के पथ पर निकल जाए। इसके लिए उन्होंने अब सभी राष्ट्रों के समक्ष, संधि की जगह एक महायुद्ध का प्रस्ताव रखा।

'सिर्फ कायर ही किसी युद्ध से बचता है, और उन बचने वाले कायर राष्ट्रों ने जो हजारों वर्षों से महाशक्ति होने का दावा करते थे, वे इस महायुद्ध को भी राजनीति के बड़े-बड़े शब्दों से टालने का प्रयास भी कर रहे थे। किन्तु हम महाबलशाली और अहंकारी थे, लोभी थे किन्तु कायर नहीं थे। और हम कभी किसी भी युद्ध को ना नहीं कहते थे। —एक माह के बाद तृणेक्ष के सभी २१ महाराष्ट्रों ने, जो युद्ध चाहते थे, और जो कायर थे, वे सब अपनी-अपनी विशालकाय सेना और महाविनाशक शस्त्रों एवं यंत्रों को लेकर तृणेक्ष के उस क्षेत्र में एकत्रित हुए थे, जो ५३० योजन विस्तार का एक विशाल और वीरान क्षेत्र था, जिसे आज भी वृकालक्षेत्र कहते हैं।

'वृकालक्षेत्र में सेनाओं के मध्य, इस युद्ध के अतिरिक्त और कोई उपाय नहीं है, यही उन राष्ट्रों के राजाओं को समझाते हुए उन दिव्य इदेवतों के महाराज ने अपने दिव्य स्वरों से उनसे अंतिम निवेदन करते हुए कहा था "तृणेक्ष के इस विनाश रूपी महायुद्ध को टाल कर आप सब पहले की तरह एक साथ मिलकर सम्पन्नता से तृणेक्ष पर रह सकते हैं। —और यदि तृणेक्ष से हमारे सदा के लिए चले जाने से आप सब फिर से मिलकर धर्म पूर्वक रहना आरम्भ कर देंगे, तो हम अभी यह वचन देते है, की हम इदेवत तृणेक्ष को सदा के लिए त्याग कर, ब्रह्माण्ड के किसी अन्य प्रणाली में चले जाएंगे। और हम यह भी वचन देते हैं, की इस सर्धम प्रणाली में हम कभी लौट कर नहीं आएंगे।" —किन्तु वे सब अपने-अपने अहंकार के मद में इतने

94

चूर थे, की उनके ऊपर इदेवतों के इस महान त्याग रूपी वचन से भी कोई अंतर नहीं पड़ा। यह सब देख कर उन्होंने अंत में कहा था "तो फिर ठीक है—यह महायुद्ध हो कर रहेगा, और हम इदेवत केवल धर्म के अनुसार लड़ने वालों का साथ देंगे। हमारा कोई पक्ष नहीं होगा, यदि आप धर्म युद्ध करेंगे तो हमे अपने साथ अधर्म के विरूद्ध लड़ते हुए पाएंगे, और यदि आप अधर्म युद्ध करेंगे तो हमे अपने समक्ष पाएंगे।"

'इस तरह उस महायुद्ध का आरम्भ हुआ था, जो २४ दिनों तक निरंतर, दिन और रात चलता रहा।' उस युद्ध का विवरण यदि पिताश्री के वर्णन के अनुसार कहूंगा तो शायद तब तक प्रालख्य, तृणेक्ष से टकरा चुका होगा। —इसलिए युद्ध के अंत के बाद की बात बताता हूँ। पिताश्री ने युद्ध के अंत के बाद का वर्णन करते हुए कहा था 'उस अंतिम दिन के तीसरे पहर तक बचे हुए ४ राष्ट्रों के राजाओं में से २ भी मारे जाते है। सिर्फ जार्नांग और धारुड़ राष्ट्र के राजा, अंत में बचे थे। उस समय अपने चारों ओर आकाश और तृणेक्ष पर अपनों की और अन्य महान जीवों, उनके राजाओं का अंत, उनके विक्षिप्त असंख्य शरीरों को देख कर वे अपने-अपने बचे हुए योद्धाओं के साथ उस असंख्य जीवों के विशालकाय मृत शरीरों से पटी वृकालक्षेत्र के एक खाली भाग में एकत्रित हुए थे।

'जार्नांगो के महाराज, धारुड़ के महाराज के पास जाकर और अपने सहस्त्रों फणों की विशाल आँखों से उनके महा विशालकाय आँखों में देखते हुए कहा "—आप की जीत हुई महाराज, आप जीत गए। अब बस मेरा अंत कीजिये और जाकर निष्कंटक भोगिए इस सम्पूर्ण तृणेक्ष को, —अपने इन बचे हुए धारुड़ वंश के साथ। —वह देखिये, —आपके सिर्फ ८ धारुड़ योद्धा जीवित बचे है, और मेरे लगभग ३००, —फिर भी अब मैं आपसे जीतना नहीं चाहता हूँ। —और जीत कर भी कैसे भोगूंगा इस तृणेक्ष को महाराज।—धिक्कार है इस जीत पर और धिक्कार है इस तामसी अहंकार पर जिसने मेरे अपनों को मेरे ही हाथों

से यहाँ मृतकों के समान इस रक्त से भरी हाँड़ मांस की बनी घाटी में सदा के लिए लेटने को विवश कर दिया है।"

'जानार्गों के महाराज से ऐसे मार्मिक करुण वचन सुनकर धारुड़ के महाराज का भी अहंकार नष्ट होने लगा था। और वे भी वृक्कालक्षेत्र को अपनी स्पष्ट दूर दृष्टि से देखने के कुछ देर बाद जानार्गों के महाराज से कहा "महाराज—मुझे क्यों इस महापाप के फल को भोगने के लिए कह रहे हैं। —अब यह जीत तो संसार के समस्त कलंकों से भी अधिक कलंकित करने वाला प्रतीत हो रहा है। —मुझे यह महा कलंक रूपी विजय नहीं चाहिए महाराज। —आप स्वयं ही मेरा अंत करके मेरे इस दुःस्वप्न का अंत कीजिए, तब कही जाकर मैं इस दुःस्वप्न से बाहर आकर, शायद वास्तविक स्वरूप को पहचान सकूंगा।"

'ऐसा कहते हुए आपस में वे एक दूसरे को उस महा कलंक से मुक्त करने का आग्रह करते हुए, एक दूसरे से अपने वध के लिए करुण निवेदन करने लगे थे। तभी कुछ बचे हुए इदेवत वहां आकर उन्हें समझाने लगे थे। इदेवतों के महाराज ने अपने दिव्य स्वर में कहा "—आप दोनों ही अब इस तृणेक्ष के बचे हुए प्रमुख जीव है, अब आप दोनों को ही इस तृणेक्ष की उस सुख और संपन्नता को मिलकर लौटाना होगा जो आप सब लोगो के अहंकार ने नष्ट कर दिया है। जीवन और मुक्ति के उस पवित्र क्रम को अब आप लोगो को ही तृणेक्ष के जीवों के जीवन में महान उदाहरण के रूप में स्थापित करते रहना होगा।"

'तभी धारुड़ों के महाराज ने स्वयं को संभालते हुए कहा "—किन्तु महाराज—आप सबको भी इस कार्य में पहले की तरह हमारा साथ देना होगा।" यह सुनकर इदेवतों के महाराज ने कहा था "हमने वचन दिया हैं की हम तृणेक्ष को सदा के लिए त्याग कर ब्रह्माण्ड के किसी अन्य प्रणाली में चले जाएंगे, और कभी भी लौट कर नहीं आएंगे। उस वचन के अनुसार अब हमारे जाने का समय आ गया है महाराज।"

'यह सुन कर जानोंगो के महाराज ने कहा था "आप सबने अपने इस अंतिम प्रयास से हमारे अंतःकरण को अहंकार से मुक्त कर दिया है। और जब हम अहंकार रहित होकर, पुनः मिलकर धर्म के मार्ग पर चलते हुए तृणेक्ष का कल्याण करना चाहते है, तो आप सब सदा के लिए तृणेक्ष से जाने की बात कर रहें है। इस बात के लिए तो हम स्वयं को कभी क्षमा नहीं कर पाएंगे की हमारे कल्याण को सदा तत्पर रहने वाले दिव्य इदेवत, हमारे ही कारण सदा के लिए तृणेक्ष को त्याग कर चले गए। इस महा कलंक को लेकर हम कैसे यहां अपने जीवन और मुक्ति के क्रम से जीते हुए, शांति को प्राप्त कर पाएंगे महाराज। आप सबके इस परम उपकार रूपी ऋण से अब हम कैसे उऋण हो पाएंगे महाराज।"

'इदेवतों के महाराज ने उनको समझाते हुए कहा था "महाराज— यह महाविनाश आप लोगो के कारण हुआ दिखाई पड़ता तो है, किन्तु यह पूर्ण सत्य नहीं है। इसका मूल कारण तो हम इदेवत ही हैं। प्राचीन काल में जब हमारी अपनी प्रणाली का अंत होने लगा था, तो हम जो कुछ इदेवत बच गए थे, वह यहां आपके प्रणाली में आपके प्राचीन राजाओं से तृणेक्ष पर रहने के लिए प्रार्थना करने आये थे। और फिर उनकी अनुमति से हम सब मिलकर एक साथ इस तृणेक्ष पर सुख पूर्वक रहते हुए यह भी भूल गए थे, की हम यहाँ के कभी थे ही नहीं। उस प्राचीन काल में आप सब के पूर्वजों से, दीर्घ काल तक मिलने वाले पवित्र प्रेम और सम्मान के ऋण से उऋण होने के लिए हम नित्य विचार करते रहते थे। और फिर हमने अपनी दिव्य शक्तियों से गुप्त रूप में ही आप सब के जीवन को सुखदायक, उन्नत और संपन्न करने में लग गए। जिससे की आप सब सदा सुखी रहे, और आपकी हर इच्छा की पूर्ति होती रहे। किन्तु इसका परिणाम क्या हुआ, वह आप सब इस महायुद्ध के पहले के टुकड़ों में विभाजित तृणेक्ष के संसार को कई संसारों के रूप में देख ही चुके हैं। जब भी कोई उन्नत सभ्यता या तकनीक अपने हठ से काल के द्वारा क्रमित प्रारब्ध और कर्मफलों के विपरीत कार्य करने लगते है, तो स्वयं काल को अपना विकराल स्वरूप का इस तरह के महाविनाश

के द्वारा दर्शन कराना पड़ता है। उन्हीं काल की दिव्य प्रेरणा हमसे कह रही है, की हमें आप सबको अपने सामर्थ्य और शक्ति पर छोड़ कर, दूर किसी नई प्रणाली में एक महा प्रायश्चित के लिए चले जाना चाहिए।"

'और इस तरह वह कुछ इदेवत, जानर्गो और धारुड़ों के महाराज से बिदा लेकर, कुछ बचे हुए किन्तु घायल रदैत्य, वर्क्सास और मानव्य को भी अपने उन्नत और विशालकाय अंतरिक्ष यान में लाकर एक नई प्रणाली की खोज में चल दिए थे। उनके जाने के बाद जानर्गो के महाराज अपने योद्धाओं से कहे थे "तुम सब अपने कुटुंब को जाओ और उनका सही क्रम से पालन पोषण करना और अब से तुम्हारे महाराज, स्वयं धारुड़ महाराज होंगे।"

'तभी उनकी बात को काटते हुए धारुड़ महाराज कहते है "यह कैसे संभव हैं महाराज, —मैं या कोई भी धारुड़ अब तृणेक्ष पर कभी नहीं रहेगा, और ना ही कभी बिना किसी उत्तम प्रयोजन के तृणेक्ष पर आएगा। बचे हुए सभी धारुड़, तृणेक्ष की रक्षा के लिए सदैव तत्पर रहते हुए, इसके चंद्रमाओं पर ही अपने जीवन क्रम का पालन करते हुए सर्धम को ही अपने ध्यान और मुक्ति का परम स्थान मानेंगे। और इसका पहला उदाहरण मैं स्वयं आज ही स्थापित करने के लिए प्रस्थान करूँगा। अब से धारूड़ो का महाराज मेरा पुत्र होगा। यह मेरा अंतिम आदेश है।" अपने सभी धारुड़ योद्धाओं को ऐसा आदेश देकर धारुड़ महाराज, जानर्गो के महाराज से विदा लेने के लिए अपने दोनों विशालकाय पंखों को समेटते हुए स्थिर हो जाते है।

'धारुड़ महाराज के इस त्याग को सुनकर और देखकर जानर्गो के महाराज ने कहा "महाराज—यह क्या किया आपने, —मैं स्वयं भी तृणेक्ष के गर्भ में जाकर इस उदाहरण का आरम्भ करने का विचार कर रहा था, और आपको तृणेक्ष का महाराज बनते देख कर जाना चाहता था। किन्तु आप तो तृणेक्ष को त्याग करके जा रहे हैं। और अपने धारूड़ो को भी सदा के लिए तृणेक्ष छोड़ने का आदेश दे रहे हैं। अब तृणेक्ष को हम पहले की तरह संपन्न कैसे कर पाएंगे?"

'धारुड़ महाराज ने जार्नागो के महाराज को समझाते हुए कहा था "आप चिंता न करें महाराज, आपका पुत्र घायल अवश्य है, किन्तु अभी जीवित है। और जबतक वह पूर्णतः ठीक होकर सक्षम महाराज नहीं बन जाता तब तक मेरा पुत्र, जार्नागो के सेनापति के साथ तृणेक्ष की रक्षा और उसकी सम्पन्नता को स्थापित करने में नित्य प्रयास करता रहेगा। अब आप मुझे आज्ञा दीजिए महाराज।"

'और इस तरह दोनों, धारुड़ों के महाराज और जार्नागो के महाराज, अपने-अपने योद्धाओं और स्वजनों से मिलकर तृणेक्ष के कल्याण में रत रहने का आदेश दे कर अपने-अपने ध्यान और मुक्ति के स्थान को, एक महान उदहारण स्थापित करने के लिए सदा के लिए चले जाते हैं। धारूड़ो के महाराज महावेग से गर्णाक की ओर उड़ गए थे, और उस पर अंतिम पग रख के महावेग धारण करके सर्थम की ओर चल दिए थे। कहते है के पूरे ७ पहर के बाद वे सर्थम पर पहुंच कर उस जगह ध्यान में लीन हो गए थे, जहां उसका ताप सबसे कम था। और उस महा तप के बाद १२ सहस्र वर्षों के बाद वे अपने परम कारण में विलीन होते हुए, सर्थम के उस भाग को पुनः प्रज्वलित कर गए थे। ज्ञानियों का ऐसा भी मत है, की धारूड़ो के तप से ही सर्थम की आयु स्थिर है। अन्यथा सर्थम का उत्तम काल तो कुछ लाखों वर्ष पूर्व ही पूर्ण हो चूका था, और वह अपने आप में ही संकुचित होने लगा था। और ज्ञानियों की यही मान्यता तृणेक्ष के बारे में भी है, हमारा तृणेक्ष भी हमारे पूर्वजों के, इसके गर्भ में ध्यान में स्थित होने के कारण ही अब तक स्थिर है, अन्यथा इसकी भी जीवन युक्त होने को आयु कब की पूरी हो चुकी थी।

'वास्तव में सम्पूर्ण सृष्टि किसी न किसी के ध्यान में स्थित होने के कारण ही टिकी हुई है पुत्र। यदि सृष्टि का एक कण भी सृजन के कर्म में संतुलित होकर आगे बढ़ रहा है, तो इसके पीछे उसके परमाणुओं के एक निश्चित और निरंतर ध्यान की अवस्था के कारण ही संभव हो पता है। ध्यान का अर्थ निष्क्रियता नहीं है पुत्र, ध्यान का अर्थ तो

अपने अंदर स्थित कण-कण के परमाणुओं के ध्यान की आवृत्ति के साथ समानांतर अवस्था को नित्य अपनी चेतना तक जोड़े रखना होता है। इस ब्रह्माण्ड का हर एक पिंड की अपनी स्वयं की, उसी ध्यान के अवस्था के कारण एक आयु निर्धारित होती है। और यदि कोई महान जीव अपने ध्यान को उस पिंड के साथ समाहित कर के मुक्त होता है, तो उस पिंड की आयु में भी वृद्धि हो जाती है।

हमारे पूर्वज महा ज्ञानियों ने अपने ध्यान से प्राप्त परम दिव्य दृष्टि से देखा है, की हमारे इस ब्रह्माण्ड को एक १०००० फणों वाले पराभौतिक जार्नाग महा जीव ने अपने एक फण पर सरसों के एक दाने के समान धारण कर रखा है। उन्हें इसका भी ध्यान नहीं है, की वह उनके किस फण पर और कहां स्थित है। वह अनंत के नाम से जाने जाते हैं, क्योंकि वे अनंत आकार के और अनंत ध्यान में अपने शरीर की कुंडली को ढीली करते रहते है। जब तक वह अपनी कुंडली रूपी शरीर को ढीली करते रहते हैं, तब तक ब्रह्माण्ड का विस्तार होता रहता है। और जब वह अपने शरीर को, कुंडली के रूप से संकुचित करने लगते हैं, तब ब्रह्माण्ड के एक अंत का आरम्भ होने लगता हैं। जब वह कुंडली को पूरी तरह संकुचित करके ध्यान से बाहर आ जाते है, तब ब्रह्माण्ड का एक अंत हो जाता है। और उतने ही काल के बाद ब्रह्माण्ड के दूसरे आरम्भ का प्रारम्भ भी हो जाता है। इस तरह यह क्रम ध्यान के कारण ही संभव हो पाता है पुत्र। हमारे इस ब्रह्माण्ड के जैसे, छोटे बड़े और भी अनंत ब्रह्माण्ड होते है पुत्र, और उनके अपने-अपने, भिन्न-भिन्न फणों वाले पराभौतिक जार्नाग महा जीव भी होते हैं। जो उस ब्रह्माण्ड को अपने एक फण पर ध्यान के कारण ही एक सरसों के दाने के समान धारण किये रहते हैं।'

"और इस तरह अपने पिता के मुख से इस महागाथा को सुनकर और ध्यान और मुक्ति के रहस्य को जानकर मैंने उन्हीं के पथ का अपने जीवन में अनुसरण किया है। अब तुम लोग गर्णाक पर हो और स्वयं उन महान धाराुड़ों को प्रत्यक्ष देख कर इनकी विशालता और महाबल का

अनुमान लगाओ। —वो देखो, वर्तमान धारुड़ों के महाराज, —महाराज गारुड्ध, अपने महावेग से बादलों को चीरते हुए, हमारी ओर ही आ रहे हैं।"

लौह के सामान विशालकाय मजबूत पंखों और विकराल स्वरूप से बदलो को चीरते हुए धारूड़ो के महाराज गारुड्ध, अपने पंखों को फैलाते हुए कुण्डलीकार गुरुत्वाकर्षण और बदलो के द्वारा महाराज जाहंत्र के समक्ष स्थिर हो कर उनसे अपने उच्च और गंभीर स्वर में कहते हैं "महाराज—आपका स्वागत हैं। —मुझे हमारे योद्धाओं से आपके लौट आने का समाचार कुछ घड़ी पहले ही मिल गया था। —और आप स्वयं उस प्रालख्य उल्कापिंड को रोकने के लिए यहाँ पहुँचने वाले है, यह सुन कर मैं स्वयं आपसे मिलने आ गया। आप आज्ञा करें महाराज, —मैं और मेरे योद्धा आपकी किस प्रकार सहायता कर सकते हैं।"

महाराज गारुड्ध के वचनों को सुनकर महाराज जाहंत्र अपने सहस्त्रों फणों से उनका अभिवादन करते हुए कहते है "महाराज— आपके यहां आने मात्र से ही मैं आपका ऋणी हो गया हूँ। आपके इन वचनों से मेरा मन, आपके आदर और स्नेह से मोहित हो रहा है। आपके सामर्थ्य से हम अवश्य ही उस विकराल उल्कापिंड, प्रालख्य को रोक सकेंगे। —किन्तु महाराज आप पहले इनसे मिलिए। —कालझ और —आर्गश। —आर्गश ने ही मुझे ध्यान से बाहर लाकर उस आते महा संकट को रोकने के लिए प्रेरित किया था। —कालझ का कहना है, की उस समय जब प्रालख्य यहां, गर्णाक के निकट से गुजरेगा तब आर्गश मेरे शरीर को धारण करके, उस पर जा कर उसको अपने वश में करने का प्रयास करेगा, और उसको तृणेक्ष के खार्द्धिक क्षेत्र पर ले जाकर सुगमता से रख देगा।"

महाराज जाहंत्र की बातों को सुनकर, कालझ और आर्गश की ओर आश्चर्य से देखते हुए, महाराज गारुड्ध कहते हैं "—क्षमा कीजिये महाराज, —किन्तु मुझे तो यह दोनों तृणेक्ष के प्राचीन जीवों में से,

मानव्य जीवों की तरह लग रहे हैं। —बस इनका आकर बहुत ही लघु है। —कालझ कुछ असाधारण जान पड़ता है, परन्तु आर्गश में आपके शरीर को धारण करने की शक्ति कैसे हो सकती है। —और फिर यह आपके शरीर के साथ उस विकराल प्रालख्य को कैसे धारण कर पायेगा जो आपके वृहत शरीर से भी लाखों गुना बड़ा प्रतीत हो रहा है। —आप को इस योजना पर पुनर्विचार करना होगा महाराज, क्योंकि इस तरह की योजना से केवल स्वप्न में ही इतने विकराल उल्कापिंड को रोक सकते हैं। —मुझे तो इसे नष्ट करने के अतिरिक्त और कोई उपाय दिखाई नहीं पड़ता है। —यदि तृणेक्ष को नष्ट होने से बचाना है, तो हमें इस प्रालख्य को नष्ट करने वाले महाअस्त्र का प्रयोग समय रहते करना ही होगा महाराज।"

महाराज गारुद्ध की बातों को सुनने के बाद कालझ, महाराज जार्हस्त्र से गंभीर स्वर में कहता है "महाराज—यदि आपकी आज्ञा हो तो मैं आपको और महाराज गारुद्ध को अब पूर्ण सत्य बताना चाहता हूँ।"

महाराज जार्हस्त्र, आश्चर्य के साथ कालझ से कहते है "कैसा पूर्ण सत्य कालझ? —जो भी सत्य है, अब उसे पूर्ण रूप से कहो।"

कालझ गंभीर स्वर में महाराज जार्हस्त्र और महाराज गारुद्ध से कहता है "महाराज—मैंने और आर्गश ने आपसे अब तक सत्य ही कहा है, —परन्तु पूर्ण सत्य कहने का समय अब आया है, जब स्वयं महाराज गारुद्ध हमारे साथ हैं। जैसा की मैंने पहले ही आपसे कहा था, की उस प्रालख्य उल्कापिंड के गर्भ में विचित्र एवं अद्भुत जीवों का जीवन चक्र भी चलता आ रहा है। और यदि आप प्रालख्य को नष्ट कर देंगे तो उस महापाप से आप सब और तृणेक्ष बस कुछ काल तक ही बच सकेंगे। लगभग ३६ वर्षों के बाद काल की उग्र प्रेरणा से आपके पूर्वज ध्यान से विपरीत परिस्थिति में बाहर आकर स्वतः ही अपने तृणेक्ष और इसी क्रम में अपने इस ब्रह्माण्ड का समूल विनाश कर देंगे। और यदि हम प्रालख्य को नहीं रोक पाते है, तो वह तृणेक्ष के दशांश को नष्ट

कर देगा, और इससे भी आपके पूर्वज ध्यान से विपरीत परिस्थिति में बाहर आकर स्वतः ही अपने प्रचंड महाक्रोध से तृणेक्ष और इसी क्रम में अपने इस ब्रह्माण्ड को नष्ट कर देंगे। अतः हमारे पास प्रालख्य को सुगमता से तृणेक्ष पर उतारने के अतिरिक्त और कोई भी मार्ग नहीं है महाराज।

"—अब मैं आपसे आर्गश के पूर्ण सत्य को कहता हूँ—आर्गश, अनंत सृष्टियों में, अनंत से भी अनंत जीवों में, इस समय बस एकमात्र ऐसा जीव है, जो अपने कई पूर्व जन्मो के ध्यान और तप के द्वारा उस अवस्था को प्राप्त कर चूका है, जहां से यह जब चाहे तब, अपने परम कारण में विलीन होकर मुक्त हो सकता है। किन्तु आर्गश ने मेरा साथी बनना स्वीकार करके मुझसे प्रशिक्षण लेकर उन मुक्त होने वाले जीवों को महापतन से बचाने के लिए इस तरह के अनिष्टकारी घटनाक्रम को रोकने के लिए, मेरा साथ देना स्वीकार किया है। मेरे प्रशिक्षण से आर्गश ने अपने अंदर स्थित सभी प्रमुख शक्तियों एवं सिद्धियों को जागृत कर लिया है। यह अपनी संकल्प शक्ति को अपने नियंत्रण में करके उससे कुछ भी कर सकता है। यह अपने सूक्ष्म शरीर के द्वारा किसी के भी शरीर में प्रवेश करके उसको धारण भी कर सकता है, और उस शरीर की संकल्प शक्ति को अपनी संकल्प शक्ति के साथ संयुक्त कर के उसकी भी सिद्धियों को जागृत एवं नियंत्रित कर सकता है।

"—अब मैं आपसे इस योजना के पूर्ण सत्य को कहता हूँ। —आर्गश अपने सूक्ष्म शरीर से महाराज जाह्रक्ष के शरीर में प्रवेश करके, उनकी संकल्प शक्ति को अपनी संकल्प शक्ति के साथ संयुक्त करके उनके अंदर की महिमा सिद्धि को जागृत करेगा। इस तरह वह आपके शरीर की विशालता को गर्णाक के इसी बाह्य अंतरिक्ष क्षेत्र में सहस्रों गुना बड़ा कर देगा। और जब प्रालख्य यहां पहुंचेगा तब आर्गश आपके उस सहस्रों गुना विशालकाय शरीर को धारण किये हुए ही उस पर सुगमता से चला जाएगा और उसको अपने वश में करते हुए तृणेक्ष की ओर कुण्डलीकार पथ से बढ़ने लगेगा।"

महाराज गारुड्ढ ने यहां पर कालज़ को रोकते हुए कहते हैं "कालज़—यहाँ तक चलो हम मान लेते हैं, की आर्गश, महाराज के शरीर को सहस्त्रों गुना बड़ा करके महाराज जाहेत्र के विशालकाय शरीर के द्वारा प्रालख्य पर जा कर उसको वश में कर लेता है। किन्तु वह आगे के मार्ग में उसके तीव्र वेग को कम कैसे करेगा? महाराज जाहेत्र के उस महा विशालकाय शरीर के भार से उस प्रालख्य पर गुरुत्वाकर्षण का प्रभाव और बढ़ जायेगा और इससे तो प्रालख्य और भी तीव्र गति से तृणेक्ष की ओर बढ़ने लगेगा। यहाँ तो मुझे कोई समाधान नहीं दिखाई पड़ता है।"

कालज़, महाराज गारुड्ढ की ओर मंद मुस्कान के साथ देखते हुए गंभीर स्वर में कहता है "—वो समाधान आप स्वयं है महाराज। —उस प्रालख्य को वश में करके, लिपटे हुए महाराज जाहेत्र के शरीर को, आप अपने विशाल पंजों से पकड़कर तृणेक्ष के बाह्य वायुमंडल से अपने विशालकाय पंखों के द्वारा, उसका भार वहन करते हुए उस खार्द्धिक क्षेत्र तक उड़ाकर ले जायेंगे, जहां प्रालख्य के होने से तृणेक्ष और आप सबका एक प्राचीन ऋण चूक जायेगा।"

महाराज गारुड्ढ ने कुछ विचार करते हुए कालज़ से कहते हैं "—किन्तु—यदि आर्गश, महाराज जाहेत्र के साथ उनके शरीर को धारण किये हुए प्रालख्य को पूर्ण बल से वश में किये हुए होगा, तो मैं किस तरह से सहस्त्रों गुना बड़ा होकर महाराज के उस महा विशालकाय शरीर के द्वारा उस प्रालख्य को अपने पंजों में ले सकूंगा?"

कालज़, आर्गश की ओर देखते हुए महाराज गारुड्ढ से कहता है "—वह कार्य भी आर्गश ही करेगा महाराज।"

महाराज गारुड्ढ अपने विशाल नेत्रों से, लघु आकार के आर्गश की ओर बेहद आश्चर्य से देखते हुए कालज़ से पूछते हैं "क्या आर्गश दो शरीरों को एक साथ धारण कर सकता है?"

"महाराज—ऐसा मेरा विश्वास है की आर्गश दो शरीरों को एक साथ धारण करके, उनसे एक प्रकार के कार्य को संपन्न करने में उनका एक ही समय में उपयोग अवश्य कर सकता है।"

महाराज गारुद्ध अब कुछ विश्वास करते हुए महाराज जाहेक्ष्त्र की ओर देखते हुए कहते हैं "महाराज—यदि यही एक मात्र उपाय है, उस प्रालख्य को रोकने का तो ठीक है, परन्तु मुझे आपसे पहले ही क्षमा मांगनी होगी।"

महाराज जाहेक्ष्त्र ने अपने सहस्त्रों फणों से गूंजते हुए स्वर में कहते है "क्षमा—किस बात की महाराज?"

"महाराज—अपने पंजों से आपके शरीर को उस प्रालख्य के महा भार के साथ पकड़ने के लिए।"

"महाराज—आप समझे नहीं, —यह शरीर अभी हमारा है, इसके अभी हम स्वामी हैं, किन्तु उस समय उनका स्वामी आर्गश होगा। यही उस प्रालख्य को वश में किए हुए उससे पूर्ण महाबल के साथ लिपटा हुआ रहेगा, और यही अपने विशालकाय पंजों से अपने दूसरे शरीर को पकड़ कर अपने महा विशाल पंखों के महाबल से उड़ाता हुआ खार्द्धिक क्षेत्र पर सुगमता से रख देगा। — क्यों ऐसा ही होगा ना कालझ?"

कालझ मंद मुस्कान के साथ उत्तर देते हुए कहता है "महाराज— मैं इतना ही कहूंगा के, आपने कभी असत्य नहीं कहा है।"

महाराज गारुद्ध आर्गश की ओर देखते हुए कहते हैं "क्या आर्गश, एक साथ दो शरीरों को धारण करके, एक ही समय में दोनों शरीरों के भिन्न-भिन्न तरह की उस परिस्थिति के महान क्रियाओं को नियंत्रित कर सकता है?"

"महाराज—ऐसा मेरा विश्वास है, और कुछ सीमा तक मैं स्वयं जनता भी हूँ, की आर्गश इसे करने में अंततः सफल होगा।"

"तुम कैसे जानते हो की आर्गश इसमें अंततः सफल होगा?"

"महाराज—मैं स्वयं काल का एक अंश हूँ। —और समय की सीमा में रहने वाले सभी सांसारिक जीवों का भूत, वर्तमान और भविष्य मुझे स्वतः ज्ञात हो जाता है। —किन्तु जो जीव मुक्ति के मार्ग पर अग्रसर होता हुआ नित्य उत्तम अवस्था को प्राप्त कर लेता है, उसका भविष्य मैं नहीं देख पाता हूँ। महाराज—इस घटनाक्रम का जो सुखद भविष्य मैं देख रहा हूँ वह इस प्रकार है। —कल सर्थम की पहली किरण के साथ आप सब और वो प्राचीन एवं अद्भुत जीव, जो खार्द्धिक क्षेत्र में प्रालख्य से बाहर आकर आप सब लोगो को एक महा मिलन के सुख से आनंदित कर रहे हैं।"

"तो इसका अर्थ हुआ के हम इस प्रयास में पूर्ण सफल होंगे?"

"पूर्ण सफलता को तो मैं देख रहा हूँ महाराज—किन्तु उस तक हम कैसे पहुंच रहे हैं वह मैं नहीं जनता हूँ।"

"क्यों नहीं जानते कालज्ञ?"

"क्योंकि मैं आर्गश का भविष्य नहीं देख सकता हूँ महाराज।"

"तो तुम महाराज जाहैरत्र और मेरा भविष्य देख कर बताओ।"

"आप दोनों का भविष्य उस समय तक आर्गश के भविष्य से आच्छादित रहेगा महाराज। आप दोनों की चेतना उस काल तक आपके अपने शरीर में सुषुप्ति अवस्था में अचेतन रूप से ही विद्यमान रहेगी। और इस स्थिति में आप दोनों का कोई भविष्य मुझे ज्ञात होगा ही नहीं। जब आर्गश आप के शरीर को आपके अंतःकरण में आपको ही सौंप कर बाहर आएगा और जब आप पुनः चेतन रूप में अपने शरीर के स्वामी बनकर भौतिक चेतन स्थिति में आएंगे तब आपका भविष्य पुनः मुझे ज्ञात होने लगेगा।"

"—हम अंत को जानते हैं की वह सुखद है, किन्तु उस तक कैसे पहुंचना है, यह सिर्फ आर्गश ही निर्धारित कर सकता है।"

"जी हाँ महाराज—और मुझे आर्गश पर पूर्ण विश्वास है, की वह इस कार्य को सहजता पूर्वक पूर्ण कर लेगा।"

महाराज गारुद्ध कुछ विचार करते हुए कालझ से कहते हैं "—तुम किसी प्राचीन ऋण से मुक्त होने की बात कह रहे थे कालझ?"

कालझ मंद मुस्कान के साथ महाराज गारुद्ध की ओर देखते हुए कहता है "महाराज—वह तो आप सबका प्राचीन ऋण है, तो उसे पहचानने का कार्य आप सबको मिलकर ही करना होगा।"

"ठीक है जैसा तुम कहो। और यदि किसी प्राचीन ऋण से मुक्त करने में प्रालख्य का ही योगदान होना है, तो मैं तुम्हारे इस योजना में साथ देने के लिए तैयार हूँ। —उस प्रालख्य को मैं अपनी दूर दृष्टि से अब पूर्णतः स्पष्ट देख पा रहा हूँ। उसके प्रचंड वेग, उसके बाहरी मजबूत धातुओं की बनी चट्टानों, पहाड़ों और अद्भुत परतों को मैं स्पष्ट देख पा रहा हूँ। उसके यहाँ हमारे गण्णक के निकट पहुँचने में अब बस एक घड़ी से कुछ कम का ही समय शेष रह गया है।"

सभी जानांग और धारुड़ योद्धा, उस विकराल प्रालख्य को गण्णक के निकट आते हुए देख रहे होते हैं। उसके विकराल रूप और वेग को देख कर आपस में उसके एक-एक विशेषता के बारे में बाते करने लगते हैं। आर्गश, कालझ के समीप जाकर मिथ्या भाव के साथ शांत स्वर में कहता है "आपने मेरा पूर्ण सत्य क्यों नहीं बताया?"

कालझ भी शांत किन्तु गंभीर स्वर में आर्गश से कहता है "तुम्हारा, कौन सा पूर्ण सत्य?"

आर्गश शांत स्वर में ही कहता है "—यही के यह मेरा इस तरह का प्रथम कार्य है, आपके साथ, और मैंने अभी तक कोई सामान्य एक

शरीर तक धारण नहीं किया है, दो शरीर—वो भी अलग-अलग प्रकार के और—इतने विशालकाय। —यह मैं कैसे...?"

कालझ मंद मुस्कान के साथ शांत स्वर में ही कहता है "अब तक तुमने जो भी किया है, चाहे वह प्रशिक्षण में हो या इस कार्य में वह सब तुम बड़ी ही सहजता से करते आये हो। जो आज तक के मेरे सभी हुए साथियों में से कोई भी इतनी सहजता से नहीं कर पाए थे। इसलिए मेरा यह मानना है की इस योजना में आगे के सभी कार्य तुम बड़ी ही सहजता से ही कर लोगे।"

आर्गश अब प्रालख्य को देखते हुए अप्रकट मंद मुस्कान के साथ शांत स्वर में कहता है "यदि आपका ऐसा मानना है तो मैं क्या कर सकता हूँ।"

कालझ आर्गश के इस उत्तर से कुछ विचित्र सा अनुभव करता है, और फिर आर्गश से कहता हैं "—तुम कर सकते हो। स्वयं पर पूर्ण विश्वास करो।"

"ठीक है—पूर्ण विश्वास करता हूँ।"

"अब समय आ गया है आर्गश—दोनों महाराज के विशाल शरीरों को एक साथ धारण करने का।"

"परंतु—दोनों शरीरों को एक साथ धारण करने का उपाय तो बताइये?"

"हाँ—ध्यान से सुनो—तुम अपने ध्यान में स्थित होकर, अपने सूक्ष्म शरीर से बाहर आकर, पहले महाराज जाहिस्त्र के शरीर में प्रवेश करोगे। और उनके अंतःकरण में पहले की भांति प्रवेश करके उनके सूक्ष्म शरीर की आज्ञा से उनकी संकल्प शक्ति को नियंत्रित करके उनकी महिमा सिद्धि को जागृत करोगे। जब उनकी महिमा सिद्धि जागृत हो जायेगी तब तुम उनके सूक्ष्म शरीर को अपनी

चेतना रूपी रश्मियों से जोड़ कर उनके शरीर से बाहर आ जाओगे। महाराज जाहंस्त्र के शरीर से बाहर आने के बाद भी तुम उनके शरीर से अपनी चेतना रूपी रश्मियों से जुड़े रहोगे और तुम्हारी चेतना जो उनके सूक्ष्म शरीर से जुड़ी है, वह तुम्हारे संकल्प शक्ति से उनके शरीर को नियंत्रित करेंगी। इधर तुम बाहर आये अपने सूक्ष्म शरीर से महाराज गारुद्ध के शरीर में प्रवेश करोगे और महाराज जाहंस्त्र की तरह उनके अंतःकरण में भी जा कर उनके सूक्ष्म शरीर की आज्ञा से उनकी संकल्प शक्ति को नियंत्रित करके उनकी महिमा सिद्धि को भी जागृत करोगे। जब उनकी महिमा सिद्धि जागृत हो जायेगी तब तुम उनके भी सूक्ष्म शरीर को अपनी चेतना रूपी रश्मियों से जोड़ कर उनके शरीर से चाहो तो बाहर आ सकते हो। और इस तरह तुम दोनों महाराज के विशालकाय शरीरों को एक साथ धारण करते हुए नियंत्रित कर सकते हो।"

"ये शरीर धारण करने के उपाय सहज तो लग नहीं रहे है।"

कालझ अपने त्रिकाल दृष्टि से तृणेक्ष पर जानर्गि योद्धाओं और महाराज साहंस्व के द्वारा प्रालख्य के विशालकाय पिंडों को रोकने के प्रयास को देखता है। और इसी क्रम में तृणेक्ष के तीनो चन्द्रमा पर धारुड़ और जानर्गि योद्धाओं के प्रयास को भी देखने लगता है। कुछ देर बाद वह आर्गिश की दिव्य दृष्टि को अपने काल दंड से जागृत करते हुए प्रालख्य के महावेग से बढ़ने और उसके बाहरी विकराल स्वरूप को वही से दिखाने लगता है। वह प्रालख्य के अद्भुत धातु रूपी महा कवच और आवरणों को अपनी दिव्य दृष्टि से पार करते हुए, प्रालख्य के भीतर के अद्भुत प्रकृति क्रम, जीवन चक्र और अद्भुत जीवों को दिखाने लगता है, और कुछ देर बाद आर्गिश से कहता है "अब समय नहीं है आर्गिश। तुम ध्यान में जाओ और अपने सूक्ष्म शरीर के साथ बाहर आओ। मैं दोनों महाराज से भी ध्यान में स्थित होने के लिए कहता हूँ।"

प्रालख्य के बाहर और भीतर के उस महा अद्भुत दृश्य को देख कर आर्गश रोमांच भाव से कहता है "ठीक है—जैसा आप कहें।" और आर्गश गण्णाक के उसी बाह्य वायुमंडल में ध्यान में स्थिर हो कर बैठ जाता है।

कालझ दोनों महाराज से आग्रह करते हुए कहता है "महाराज जाईरुत्र—महाराज गारुद्ध, आप दोनों को भी अब स्थिर होकर ध्यान में जाना होगा, जिससे के आर्गश आप दोनों के शरीरों को सहजता से धारण कर सके।"

महाराज जाईरुत्र और महाराज गारुद्ध दोनों आर्गश के समक्ष अपने विशालकाय शरीरों को स्थिर करते हुए कुछ ही समय में ध्यान में चले जाते है। अब कालझ, आर्गश के सूक्ष्म शरीर के बाहर आने की प्रतीक्षा करने लगता है।

अध्याय ४
एक का सब पर नियंत्रण

आर्गश उत्तम ध्यान में स्थिर रहते हुए अपने अंतःकरण में उस परम दिव्य प्रकाशमय स्वरूप को देखते हुए आनंदित हो रहा होता है। जैसे कोई बालक अपनी माता को बहुत देर बाद देखता है, तो रोता भी है और आनंदित भी होता है। उसी प्रकार आर्गश उस परम भाव से भावुक और आनंदित हो रहा होता है। कुछ देर बाद उसे अपने पूरे शरीर में एक अलग ही आनंद का अनुभव होता है, जो पहले भी उसे अनुभव होता था, किन्तु इतनी देर तक वह भाव स्थाई नहीं रहता था। वह उस परम अनुभव को नित्य और स्थाई रखने के प्रयास में उस अनुभव को अपने ध्यान के बिना भी नित्य अनुभव करते रहने के लिए अचानक से अपनी आँखें खोल देता है। सामने कालझ को आश्चर्य के भाव में खड़े देख कर भी उसे इस बात का कोई ध्यान नहीं रहता। वह तो अपने उस दुर्लभ परम आनंद के अनुभव को नित्य रूप से ध्यान के बाहर भी पूरे शरीर में अनुभव करने के कारण आह्लादित होता हुआ बहुत ही स्थिरता से सब ओर देख रहा होता है। ठीक उसी प्रकार जैसे कोई अपनी अंजुली में रखे जल को लिए, बड़ी ही स्थिरता से चलता है की कही एक भी बूंद गिर ना जाये। आर्गश को इस तरह समय नष्ट करते देख कालझ को उचित नहीं लगता है, और वह उसके पास जाकर शांत एवं गंभीर स्वर में कहता है "आर्गश—तुम्हें क्या हुआ? —तुम्हें ध्यान में रहते हुए, अपने सूक्ष्म शरीर से बाहर आना था।"

आर्गश ने एक शांत लहर की तरह शांत स्वर में कहता है "हाँ— मुझे सूक्ष्म शरीर से बाहर आना था।"

"तो फिर पुनः ध्यान में जाओ और अपने सूक्ष्म शरीर के साथ ध्यान से बाहर आओ। —हमारे पास समय बहुत कम है।"

"मैं नित्य ध्यान में हूँ।" और अपने सूक्ष्म शरीर को अपने शरीर से एक क्षण में बाहर लाते हुए कहता है "और मैं सूक्ष्म शरीर से बाहर भी आ गया हूँ।"

कालज्ञ को यह देखकर अत्यंत आश्चर्य होता है, और वह आर्गश से कुछ प्रश्न करना चाहता है, किन्तु समय के अभाव के कारण, अभी जो आवश्यक है उसका विचार करते हुए आर्गश से कहता है "अब तुम पहले महाराज जाईरक्ष्र के शरीर में प्रवेश करके इनके शरीर को मेरे बताए उपाय से धारण करो।"

आर्गश शांत रूप से एक समान बहती वायु के जैसे अपने सूक्ष्म शरीर से, ध्यान में स्थिर महाराज जाईरक्ष्र के विशालकाय शरीर में, उनके हृदय के ठीक सामने के भाग से प्रवेश कर जाता है। वह महाराज जाईरक्ष्र के शरीर के अंदर उसी शांत बहती वायु के जैसे, रक्त की नदी रूपी धमनियों की धारा के विपरीत चलते हुए उनके हृदय तक पहुंच जाता है। कुछ ही देर में प्रकाश की कुछ किरणों के स्रोत के उद्गम की ओर जाते हुए वह उनके उस हृदयाकाश को पहुंच जाता है, जहां उनका प्रकाशमय सूक्ष्म शरीर ध्यान में लीन होता है। आर्गश, शांत बहती जल की धारा के समान कुछ दिव्य स्वर में महाराज जाईरक्ष्र के सूक्ष्म शरीर से कहता है "—महाराज उठिये—मैं आपसे आज्ञा लेने आया हूँ।"

महाराज जाईरक्ष्र का सूक्ष्म शरीर उस दिव्य मधुर स्वर को सुनकर ध्यान में ही आनंदित होने लगते है, और वह शीघ्रता से उत्सुकता वश अपनी आँखों को खोल कर उसके वक्ता के दर्शन करना चाहते है। जैसे ही उन्होंने अपने सूक्ष्म शरीर की आंखें खोली तो उन्हें अपने समक्ष,

आर्गश के उसी सूक्ष्म शरीर के दर्शन होते है, जो उन्होंने पहले तृणेक्ष के गर्भ की उस शून्यता में अपने ध्यान के समय अपने अंतःकरण में देखी थीं। वो कुछ देर आर्गश को यूँ ही देखते रहते हैं, और आनंदित होते रहते हैं। महाराज जाहेत्र के सूक्ष्म शरीर से कोई प्रतिक्रिया न मिलने पर आर्गश पुनः दिव्य मधुर स्वर में कहता है "महाराज— मैं आपसे आज्ञा लेने आया हूँ।"

महाराज जाहेत्र का सूक्ष्म शरीर इस बार आर्गश के उन दिव्य स्वरों को सुनकर कहते हैं "आर्गश—इस बार मुझे तुम्हारा सूक्ष्म शरीर पहले से अधिक दिव्य और तुम्हारी वाणी भी दिव्य एवं मधुर लग रही है। यह कैसे संभव हो सकता है?"

"महाराज—मैं यह जानता हूँ की यह क्यों संभव हो रहा हैं, किन्तु अभी आपको यह बताने का समय नहीं है। अभी जो समय हमारे पास शेष है, उसमें मुझे आपके और महाराज गारुद्ध के शरीर को धारण करना होगा। महाराज—अभी आप मुझे आज्ञा दीजिए, जिससे की मैं आपके महान संकल्प शक्ति को नियंत्रित करके, आपके महिमा सिद्धि को जागृत कर सकूँ। फिर मैं आपके सूक्ष्म शरीर को अपने सूक्ष्म शरीर की चेतना से जोड़ कर, आपके शरीर से बाहर जा कर भी उसे धारण किये रहूँगा।"

"ठीक है आर्गश—तुम्हें मेरी आज्ञा है, के तुम मेरे इस शरीर को धारण कर सकते हो।"

"जैसी आपकी आज्ञा महाराज। अब आप चाहे तो पुनः अपने ध्यान में लीन हो सकते हैं।"

"ठीक है आर्गश। "

कुछ ही क्षण में महाराज जाहेत्र का सूक्ष्म शरीर फिर से ध्यान में लीन हो जाता है। आर्गश का सूक्ष्म शरीर अपने उसी शांत भाव के अनुभव में महाराज जाहेत्र के उस हृदयाकाश को अपनी चेतना रूपी

प्रकाश रश्मियों से भरने लगता है। जब उस हृदयाकाश में आर्गश को अपनी चेतना रूपी रश्मियों से महाराज जाहेस्त्र के संकल्प रूपी शक्ति का अनुमान होने लगता है, तब वह उसी पर पूर्णतः ध्यान लगाते हुए, अपनी सम्पूर्ण चेतना से उसके मूल तक पहुंचने का प्रयास करने लगता हैं। कुछ ही समय में आर्गश महाराज जाहेस्त्र की संकल्प शक्ति के मूल तक पहुँच जाता है, और उसे महाराज की ही आज्ञा से नियंत्रित करने का स्मरण कराते हुए उस पर स्वेच्छा से नियंत्रण कर लेता है।

अब आर्गश, महाराज जाहेस्त्र की संकल्प शक्ति को पूर्ण रूप से नियंत्रित करते हुए, उससे अपनी पूर्ण अवस्था को प्राप्त संकल्प शक्ति को जोड़ने लगता है। जब महाराज जाहेस्त्र की संकल्प शक्ति, आर्गश की संकल्प शक्ति के साथ संयुक्त हो जाती है, तो वह असीमित प्रतीत होने लगती है। किन्तु आर्गश उस शक्ति के प्रवाह को नियंत्रित करते हुए, महाराज जाहेस्त्र की महिमा सिद्धि को जागृत करने में निर्देशित करने लगता है।

कालझ बाहर देखता है, की महाराज जाहेस्त्र का विशालकाय शरीर अब स्थिर नहीं रहा, वह किसी विशालकाय वृक्ष के समान अब हिलने लगा है, और उनके सहस्रों फणों की युगल आंखें अब खुलने लगी हैं। जब महाराज जाहेस्त्र के सहस्रों फणों की आंखें खुल जाती है, और उनका विशालकाय शरीर पूर्ण चेतना में आ जाता है, तब महाराज जाहेस्त्र के समस्त फणों से महा गूंज की दिव्य ध्वनि के साथ आर्गश कहता है "कालझ—महाराज जाहेस्त्र की आज्ञा से, मैंने उनका यह विशालकाय शरीर अब धारण कर लिया है।"

कालझ को यह देखकर प्रसन्नता होती है, की समय रहते आर्गश ने महाराज जाहेस्त्र के शरीर को धारण करने में सफलता प्राप्त कर ली है। किन्तु उनके शरीर के आकार को पहले जैसा देख कर वह आर्गश से गंभीर स्वर में कहता है "बहुत अच्छे आर्गश। —क्या महाराज जाहेस्त्र की महिमा सिद्धि जागृत हुई?"

"महाराज जाहंक्ष की महिमा सिद्धि अभी हमारी संयुक्त संकल्प शक्ति के निर्देशानुसार जागृत हो रही है, और समय आने पर वह मेरे नियंत्रण से अपना कार्य करने लगेगी।"

अब कालज्ञ को कुछ संतोष होता है, किन्तु एक तरफ उसके हृदय में सदैव यह द्वन्द चलता रहता है, की कैसे आर्गश हर एक कार्य को बिना किसी कठिनाई के समय रहते पूरा कर लेता है। क्या इसमें मेरा कुशल मार्गदर्शन और प्रशिक्षण का योगदान है, या कुछ और ही रहस्य है। किन्तु फिर से समय के अभाव के बारे में विचार करके, उद्देश्य की पूर्ति में लग जाता है। वह आर्गश से कहता है "ठीक है आर्गश। अब तुम महाराज जाहंक्ष के शरीर को धारण किये हुए ही, अपनी चेतना रूपी रश्मियों से उनके सूक्ष्म शरीरी को जोड़ कर अपने सूक्ष्म शरीर से बाहर आओ। क्योंकि इसी तरह से तुम्हें महाराज गारुढ्ढ के शरीर को भी धारण करना है।"

सहस्त्रों फणों की महा गूंज की उसी दिव्य ध्वनि के साथ आर्गश कहता है "अच्छी बात है—मैं ऐसा ही करता हूँ।"

आर्गश अपनी और महाराज जाहंक्ष की संयुक्त संकल्प शक्ति से अंततः उनकी महिमा सिद्धि को जागृत करने में सफल हो जाता है, किन्तु इसका प्रयोग वह अभी नहीं करता है। वह अपनी चेतना रूपी प्रकाश रश्मियों को महाराज जाहंक्ष के सूक्ष्म शरीर के चारों ओर लपेट देता है। और फिर स्वयं एक समान किन्तु तीव्र वेग से उनके हृदयाकाश से अपनी चेतना रूपी रश्मियों के पथ पर चलते हुए उनके शरीर से बाहर आ जाता है। वह अपने भौतिक शरीर के ठीक सामने स्थिर हो कर कालज्ञ को देखते हुए पूछता है "अभी समय है ना हमारे पास?"

"हाँ—अभी समय है, किन्तु अब तुम महाराज गारुढ्ढ के शरीर में प्रवेश करो, और उनकी आज्ञा से उनका भी शरीर धारण करो।"

कालझ की समय की बात सुनकर आर्गश संतोष रूपी मिथ्या भाव से अपने तीनों शरीरों के द्वारा प्रालखय को देखने लगता है। वह महाराज जाईस्त्र के सहस्त्रों आँखों से, अपने मनुष्य शरीर की आँखों से, और अपनी सूक्ष्म शरीर की आँखों से प्रालखय को अलग-अलग स्पष्टता के साथ, एक ही समय में देख रहा होता है। कुछ क्षण बाद वह महाराज जाईस्त्र के सहस्त्रों आँखों से और अपने मनुष्य शरीर की आँखों से प्रालखय को देखते हुए ही, अपने सूक्ष्म शरीर से महाराज गारुद्ध के शरीर में उनके हृदय के सामने के भाग से प्रवेश कर जाता है। आर्गश एक तरफ अपनी ही चेतना के एक भाग से महाराज जाईस्त्र के अद्भुत मन और बहुआयामी बुद्धि की प्रखरता का अनुभव करता हुआ, गर्णाक के बाह्य वायुमंडल से सब ओर देख रहा होता है। वह तृणेक्ष पर महाराज जाईस्त्र के पुत्र महाराज साईस्व को अद्भुत रूप से कार्यरत देख कर एक पिता के पुत्र स्नेह रूपी वात्सल्य भाव का भी अनुभव करने लगता है। अपनी चेतना के दूसरे भाग से वह अपने प्राकृत मनुष्य शरीर के द्वारा कालझ से इस नए वात्सल्य भाव के अनुभव के बारे में कहता है "कालझ—यह मुझे क्या हो रहा है? —जब मैं महाराज जाईस्त्र के पुत्र महाराज साईस्व को तृणेक्ष के बाह्य वायुमंडल में देख रहा हूँ, तो मुझे उनके शरीर के भीतर एक पिता के पुत्र मोह रूपी महा भाव का अनुभव हो रहा है।"

कालझ, आर्गश की इस विवशता को देखकर इसे शरीर धारण करने के कुछ असाधारण उलझने समझकर आर्गश के असाधारण ना होने पर विश्वास होने लगता है। वह आर्गश को समझाते हुए कहता है "—महाराज जाईस्त्र के मन में अचेतन रूप से विद्यमान अपने पुत्र के लिए जो पवित्र पुत्र स्नेह के वात्सल्य भाव के संस्कार और स्मृतियाँ है, यह उसी के कारण तुम्हें तुम्हारी चेतना के द्वारा तुम्हारे मन और बुद्धि में उसकी अनुभूति होती हुई प्रतीत हो रही है। किन्तु यह केवल अनुभूति ही है, तुम्हें इसे सत्य नहीं मानना चाहिए।"

आर्गश इस अनुभूति से कालझ की दिखाने के लिए कुछ मिथ्या भाव के जैसे भावुक होते हुए कहता है "—किन्तु इस भाव को असत्य मानना और इससे बाहर निकलना बहुत दुस्तर लग रहा है।"

"संसार में यह पुत्र मोह ही सबसे दुस्तर मोह होता है आर्गश। इसके समक्ष बड़े-बड़े ध्यानी, ज्ञानी और मानी जीव भी आत्मसमर्पण कर देते है।"

"किन्तु मैं इससे बाहर कैसे आ सकता हूँ।"

"इससे बाहर आने के लिए तुम्हें महाराज जाहंस्त्र की स्मृतियों में से उन स्मृतियों का उनके मन और बुद्धि में पुनः स्मरण कराना होगा, जब इनके पिता ने इनके साथ उस महा द्वन्द युद्ध के बाद अंतिम समय व्यतीत किया था। जब इन्हे अपने पिता के उस महान बलिदान और उनके द्वारा बताई उत्तम बातों का पुनः स्मरण होने लगेगा, तो वह स्वयं अपने पुत्र मोह से बाहर आने लगेंगे और फिर तुम भी इस मोह से बाहर आ जाओगे।"

"ठीक है—अब मुझे इनकी सम्पूर्ण स्मृतियों में से उन स्मृतियों को खोजना होगा, जो इनके पिता के साथ अंतिम हों।"

और फिर आर्गश महाराज जाहंस्त्र के मस्तिष्क में विद्यमान सम्पूर्ण स्मृतियों में से अपनी चेतना के द्वारा गुजरने लगता है। उनमें उसे पहले तो अपने और कालझ के साथ बनी महाराज जाहंस्त्र की स्मृतियां मिलती हैं। और फिर आगे बढ़ते हुए आर्गश को महाराज की वर्षों लम्बी ध्यान में लीन, और फिर ध्यान में अपने पुत्र के मोह रूपी उलझनों से संघर्ष की स्मृतियों से गुजरता हुआ तेजी से आगे बढ़ने लगता है। महाराज जाहंस्त्र का अपने पुत्र के साथ हुए अंतिम द्वन्द युद्ध और उनके महा बलिदान के बाद उनसे हुए वियोग के समय उस स्मृति का भी पता लग जाता है, जब वह अपने पिता के साथ हुए द्वन्द युद्ध के बारे में विचार करते हुए अपने पुत्र साहंस्व से सदा के लिए दूर जाने लगते हैं। आर्गश उन स्मृतियों तक अब तेजी से पहुंचने का प्रयास

करने लगता है। उन स्मृतियों में तेजी से आगे बढ़ते हुए वह महाराज जाह्रेत्र के जीवन की सभी अद्भुत कार्यों और विशाल राज्य पालन को समय के विपरीत क्रम से देखता हुआ चलता जाता है। वह उनके शासन काल में हुए सभी घटनाओं, युद्धों, द्वन्द्वों, दुखो और सुखों के हर एक पल से गुजरते हुए अंततः उन स्मृतियों तक पहुंच जाता है, जिसकी उसे आवश्यकता थी। आर्गश उन स्मृतियों को अब अपनी और महाराज जाह्रेत्र की संयुक्त संकल्प शक्ति के द्वारा उनके अंतःकरण में प्रकट रूप में देखने लगता है।

इधर अपनी चेतना के शेष भाग से आर्गश अब महाराज गारुड्ढ के हृदय के उस हृदयाकाश तक पहुँच जाता है जहां उनका प्रकाशमय सूक्ष्म शरीर, दिव्य धारुड़ पक्षी रूप में ध्यान में लीन होता है। आर्गश, महाराज गारुड्ढ को ध्यान से बाहर आने के लिए अपने शांत, मधुर दिव्य स्वरों से कहता है "महाराज—आप अपने ध्यान से बाहर आइये—और मुझे अपने शरीर को धारण करने की आज्ञा दीजिए।"

महाराज गारुड्ढ के सूक्ष्म शरीर को भी उस दिव्य मधुर स्वर को सुनकर ध्यान में ही एक नए प्रकार के अद्भुत आनंद की अनुभूति होने लगती है। और वह उत्सुकता बश उसके वक्ता के दर्शन करने के लिए जैसे ही अपने सूक्ष्म शरीर की आंखें खोलते हैं, तो उन्हें अपने समक्ष आर्गश के सूक्ष्म शरीर के दर्शन होते है, जो उन्हें दिव्य प्रतीत होता है। वो कुछ देर आर्गश को यूँ ही देखते रहते हैं, और उस परम आनंद में मग्न रहते हैं। महाराज गारुड्ढ के सूक्ष्म शरीर से कोई प्रतिक्रिया न मिलने पर आर्गश पुनः दिव्य मधुर स्वर में कहता है "—महाराज— मैंने महाराज जाह्रेत्र का शरीर धारण कर लिया है। और अब आपके शरीर को धारण करने के लिए आपसे आज्ञा लेने आया हूँ।"

महाराज गारुड्ढ का सूक्ष्म शरीर, आर्गश के दिव्य स्वरों को सुनकर, आनंद से अब बाहर आकर कहते हैं "आर्गश—क्या यह सच में तुम्ही हो? —क्या यह दिव्य स्वरूप और यह दिव्य स्वर सच में

तुम्हारे सूक्ष्म शरीर में ही आभासित हो रहा है? —या यह कोई दिव्य स्वप्न है?"

"महाराज—मैं आर्गश ही हूँ और जिसे आप इस दिव्य रूप में देख रहे हैं, वह मेरा ही सूक्ष्म शरीर है।"

"—तुम्हारे भौतिक स्वरूप को देख कर मैंने तुम्हें एक साधारण और लघु मानव्य ही समझा था। किन्तु तुम्हारे इस दिव्य सूक्ष्म शरीर को देखकर और इसके दिव्य मधुर स्वरों को सुनकर जिस आनंद की मुझे अनुभूति हो रही है, वह पहले मुझे कभी अनुभव नहीं हुआ था। इसका क्या रहस्य है आर्गश?"

"महाराज—इसका रहस्य समय आने पर मैं स्वयं स्पष्ट कर दूंगा, किंतु अभी प्रालख्य को रोकने के लिए समय के अभाव के कारण आपसे आपके शरीर को धारण करने की आज्ञा चाहता हूँ।"

"ठीक है आर्गश, —मैं उस समय की प्रतीक्षा करूँगा। और अब मैं तुम्हें मेरे इस भौतिक शरीर को धारण करने की आज्ञा देता हूँ।"

"जैसी आज्ञा महाराज। अब आप चाहे तो पुनः अपने ध्यान में लीन हो सकते हैं।"

"हाँ मुझे तुम्हारे इस दिव्य स्वरूप से मिलने वाले आनंद की अनुभूति के लिए पुनः ध्यान में ही जाना चाहिए।"

और फिर महाराज गारुद्ध का सूक्ष्म शरीर फिर से ध्यान में लीन हो जाता है। उनके ध्यान में लीन होने के बाद आर्गश का सूक्ष्म शरीर अपने शांत चित्त भाव में रहते हुए, महाराज गारुद्ध के उस हृदयाकाश को अपनी चेतना रूपी प्रकाश रश्मियों से भरने लगता है। जब उस हृदयाकाश में आर्गश को अपनी चेतना रूपी रश्मियों से महाराज गारुद्ध के संकल्प रूपी शक्ति के मूल का अनुमान होने लगता है, तब वह उसी पर पूर्ण रूप से ध्यान लगाते हुए अपनी सम्पूर्ण चेतना से उस तक पहुंचने का प्रयास करने लगता है। कुछ ही समय में आर्गश

महाराज गारुड्ढ की संकल्प शक्ति के मूल तक पहुँच जाता है, और उसे महाराज की ही आज्ञा से धारण करने का स्मरण कराते हुए उस पर स्वेच्छा से नियंत्रण कर लेता है।

अब आर्गश, महाराज गारुड्ढ की संकल्प शक्ति को पूर्ण रूप से नियंत्रित करते हुए उससे अपनी पूर्ण अवस्था को प्राप्त संकल्प शक्ति को संयुक्त करने लगता है। जब महाराज गारुड्ढ की संकल्प शक्ति, आर्गश की संकल्प शक्ति के साथ संयुक्त हो जाती है, तो वह असीमित प्रतीत होने लगती है। किन्तु आर्गश उस शक्ति के प्रवाह को नियंत्रित करते हुए, महाराज गारुड्ढ की महिमा सिद्धि को जागृत करने में निर्देशित करने लगता है। कुछ क्षण बाद आर्गश महाराज गारुड्ढ के भौतिक शरीर को धारण करने के पश्चात उसे ध्यान से चेतन अवस्था में लाने का प्रयास करने लगता है।

बाहर उपस्थित आर्गश अपने मनुष्य शरीर में जो उसके चेतना का एक भाग है, उसमें वह अनुभव करता है की महाराज जाहेत्र के अंतःकरण में उनके पिता की अंतिम स्मृतियों के दर्शन कराने से उनके पुत्र मोह रूपी महा वात्सल्य भाव का अब ह्रास होने लगा है। और कुछ क्षण में वह भाव शांत हो कर उनका शरीर अब पूर्णतः आर्गश के नियंत्रण में आ जाता है।

कालज्ञ, आर्गश अपने मनुष्य शरीर एवं महाराज जाहेत्र के शरीर के साथ देखता हैं, की महाराज गारुड्ढ का विशालकाय पक्षी शरीर अब स्थिर नहीं रहा। वह विशालकाय पक्षी शरीर अब अपने पंखों को फैलाने लगा है, और उनके विशालकाय तेजोमय आंखें अब खुलने लगी हैं। कुछ क्षण में महाराज गारुड्ढ का विशालकाय शरीर पूर्ण चेतना में आ जाता है, तब महाराज गारुड्ढ के मुख से निकलती उच्च दिव्य स्वरों के साथ आर्गश कहता है "कालज्ञ—महाराज गारुड्ढ की आज्ञा से, मैंने उनका यह विशालकाय शरीर भी धारण कर लिया है। इनकी महिमा सिद्धि भी कुछ ही समय में पूर्ण रूप से जागृत हो जाएगी।"

इस बार कालञ्ज को, आर्गश का महाराज गारुद्ध के शरीर को धारण कर लेने में आश्चर्य नहीं होता है, और वह अपने निकट स्थित आर्गश के मनुष्य शरीर से गंभीर स्वर में कहता है "बहुत अच्छे—अब तुम चाहो तो महाराज गारुद्ध के सूक्ष्म शरीर को अपनी चेतना से जोड़ कर अपने सूक्ष्म शरीर को उनके हृदयाकाश से बाहर ला सकते हो। तुम इस तरह तीनों शरीरों पर एक साथ पूर्ण नियंत्रण करते हुए उन्हें धारण किये रहोगे।"

आर्गश अपने मनुष्य शरीर की चेतना में कुछ मिथ्या विचार करते हुए कालञ्ज से कहता है "हाँ—यही करना उचित रहेगा।" और आर्गश महाराज गारुद्ध के तेज और स्पष्ट दर्शी आँखों से देखते हुए अनुमान लगा लेता है, की प्रालख्य अपने कुण्डलीकार पथ से बस कुछ ही समय में उनके सामने से होता हुआ तृणेक्ष की और बढ़ जायेगा। आर्गश अपने सूक्ष्म शरीर को महाराज गारुद्ध के शरीर से तीव्र वेग से बाहर लाकर कालञ्ज से कहता है "महाराज गारुद्ध के सूक्ष्म शरीर को अपनी चेतना से जोड़ कर मैं बाहर आ गया हूँ। और उनकी भी महिमा सिद्धि अब जागृत हो चुकी है। और शायद अब वह समय आ गया है जब मुझे महाराज जाहंक्ष की महिमा सिद्धि का प्रयोग करना आरम्भ कर देना चाहिए।"

कालञ्ज भी प्रालख्य की ओर देखते हुए आर्गश की बात का समर्थन करते हुए कहता है "हाँ—समय आ गया है। —तुम महाराज जाहंक्ष की महिमा सिद्धि के प्रयोग से उनके शरीर को महाकाय करना आरंभ करो।"

आर्गश अपनी और महाराज जाहंक्ष की संयुक्त संकल्प शक्ति के नियंत्रण से उनकी जागृत हो चुकी महिमा सिद्धि पर अपना ध्यान लगाते हुए, उससे उनके संपूर्ण शरीर को वृहत करने में निर्देशित करने लगता है। प्रालख्य भी अपनी महा विकरालता को दर्शाता हुआ प्रचंड अग्नि को अपने चारों ओर सुरक्षा घेरे की तरह लिए हुए, अपने छोटे बड़े उल्का पिंड रूपी योद्धाओं के साथ बस पहुंचने ही वाला होता है। गण्णक पर

उपस्थित सभी जार्नांग और धारुड़ योद्धा भी आर्गश, कालझ और दोनों महाराज के शरीरों के चारों ओर, उन आते हुए उल्का पिंडों के टुकड़ों को अपनी विशालकाय शरीरों से रोक रहे होते है। कालझ, आर्गश अपने मनुष्य रूप में, सूक्ष्म शरीर रूप में, महाराज गारुद्ध के रूप में और वो सभी योद्धा महाराज जाहेस्त्र के शरीर को अब तेजी से बढ़ते हुए देखते है। आर्गश महाराज जाहेस्त्र के बढ़ते शरीर को गर्णाक के बाहरी अंतरिक्ष में उस मार्ग पर ले जाने लगता है, जहां से प्रालख्य बस कुछ ही क्षण में गुजरने वाला होता है। सब देख रहे होते है, की एक ओर आर्गश ध्यान के द्वारा महाराज जाहेस्त्र के शरीर को बड़ा कर रहा है, तो दूसरी ओर प्रालख्य अपने प्रचंड वेग के साथ उसके बाये से उसकी ओर कुंडलिकार मार्ग से बस पहुंचने ही वाला है।

आर्गश महिमा सिद्धि के द्वारा महाराज जाहेस्त्र के शरीर को अभी कुछ १०० गुना ही बड़ा कर पाया था, की तभी प्रालख्य उसके ठीक बाई ओर पहुंच कर उसको अपने पिंडों के वर्षा से आर्गश के ध्यान को भंग करने लगता है। कुछ ही क्षण में जब आर्गश महाराज जाहेस्त्र के शरीर को दृढ़ करके उन आते पिंडों को ही नष्ट करने लगता है। तभी प्रालख्य और निकट आ चूका होता है। प्रालख्य अब अपने अग्नि के महा ताप से महाराज जाहेस्त्र के शरीर को कुछ जलन देते हुए, उनके विशालकाय शरीर को अपने महा विकराल और विकृत सतह पर कुण्डलिकार गुरुत्वाकर्षण के कारण, अपनी ओर आने के लिए विवश कर देता है। अब प्रालख्य और महाराज जाहेस्त्र के शरीर के रूप में आर्गश एक साथ गर्णाक को पार करके तृणेक्ष की ओर बढ़ने लगे है।

इधर गर्णाक से आर्गश अपने मनुष्य शरीर, सूक्ष्म शरीर और महाराज गारुद्ध के शरीर से, कालझ और सभी योद्धा, महाराज जाहेस्त्र को उस प्रालख्य पर पहुंचने की घटना को आश्चर्य से देख रहे होते हैं। आर्गश अपने मनुष्य शरीर से कालझ से कहता है "मैंने लगभग १०० गुना तक महाराज जाहेस्त्र के शरीर को बड़ा कर

लिया है। अब मैं प्रालख्य की कठोर और विकृत सतह पर पहुंच चूका हूँ और हम तृणेक्ष की ओर बढ़ रहे हैं। मेरा अनुमान है की कुछ आधी घड़ी में वह तृणेक्ष के बाह्य वायुमंडल में प्रवेश करने लगेगा।"

कालज्ञ आर्गश से कहता है "हाँ इतना ही समय है हमारे पास। अब महाराज जार्हस्त्र के शरीर को इतना विशाल करो के तुम प्रालख्य को चारों ओर से उसे मजबूती से पकड़ सको। और अब हमें भी, तुम्हारे इस मनुष्य भौतिक शरीर, सूक्ष्म शरीर और महाराज गारुद्ध के शरीर के साथ प्रालख्य की ओर बढ़ना चाहिए।"

"तो चलिए। वैसे भी तीन भौतिक शरीरों की बलात्मक, भावनात्मक और दृश्यात्मक भिन्नता के कारण मेरी चेतना की अस्थिरता बढ़ती ही जा रही है।"

आर्गश की इस उलझन को सुनकर कालज्ञ को कुछ संतोष होता है, और वह अपने मन में विचार करता है 'यह तो भिन्न-भिन्न शरीरों को एक साथ धारण करने की कुछ असाधारण उलझने है। इससे आर्गश के साधारण होने का अब मुझे स्पष्ट संकेत मिलने लगा है।'

आर्गश अप्रकट मंद मुस्कान लिए अपने सूक्ष्म शरीर और मनुष्य शरीर के रूप में कालज्ञ के साथ तीव्र गति से प्रालख्य की ओर अपनी संकल्प शक्ति से उड़ते हुए गर्णाक से निकल पड़ते हैं। महाराज गारुद्ध के शरीर के साथ आर्गश उनके पंखों का प्रयोग करते हुए एवं कुण्डलीकार गुरुत्वाकर्षण के माध्यम से उनके पीछे-पीछे गौरव पूर्ण रूप में एक विशालकाय धारुड़ पक्षी की तरह से बढ़ता रहता है। उधर प्रालख्य पर आर्गश महाराज जार्हस्त्र के शरीर को और महाकाय करने में लगा हुआ है।

जब महाराज जार्हस्त्र के शरीर को आर्गश १००० गुना तक बड़ा कर देता है, तो उनके विशालकाय सहस्त्रों फणों को तृणेक्ष से ही महाराज साहस्व और उनके योद्धा, प्रालख्य के साथ महाकाय रूप में उनकी ओर आते देखते हैं। इस अद्भुत दृश्य को देख कर पूरे तृणेक्ष के

लोग उस संध्या काल में सब कुछ भूल कर आकाश को ही महा आश्चर्य के भाव में एकटक देखते रहते हैं। महाराज साहस्व तृणेक्ष के बाह्य वायुमंडल में अपने योद्धाओं को अपने पिता के उस महा विशालकाय स्वरूप को दिखाते हुए महा गुंजित ध्वनि में कहते हैं "देखो—मेरे पिता जैसा महाबलशाली क्या कोई कभी हो सकता है? इतने विकराल उल्कापिंड पर वह ऐसे शोभायमान हो रहे हैं, जैसे पहाड़ों के पीछे से स्वयं सर्थम प्रातः काल की बेला में उदित हो रहे हो।"

महाराज साहस्व के निकट के ८०० फणों वाले एक प्रमुख योद्धा ने अपनी गूंजती हुई ध्वनि में कहता है "महाराज—ऐसा अद्भुत दृश्य तो युगों में कभी-कभी ही देखने को मिलता है। और देखिए महाराज—आपके पिता का शरीर अभी भी बड़ा हो रहा है।"

"हां—मुझे लग रहा है, की मेरे पिता कालझ और आर्गश की सहायता से अपने महा विशालकाय शरीर से प्रालख्य को बांध कर तृणेक्ष के इस बाह्य वायुमंडल तक ले कर आएंगे, और महाराज गारुड्ध जो प्रालख्य के ठीक पीछे-पीछे गौरव पूर्ण रूप से बढ़ते आ रहे है, वह मेरे पिता के माध्यम से प्रालख्य को तृणेक्ष के आकाश में उड़ाते हुए, खार्द्धक क्षेत्र तक ले कर जायेंगे।"

"आप सत्य कहते है महाराज। —किन्तु महाराज गारुड्ध का शरीर अभी तो सामान्य आकार का ही प्रतीत हो रहा है।"

"समय आने पर कालझ और आर्गश उनके शरीर को भी महा विशालकाय रूप तक बड़ा कर लेंगे।"

"परमात्मा करें की ऐसा ही हो महाराज।"

कालझ और आर्गश अपने मनुष्य शरीर, सूक्ष्म शरीर और महाराज गारुड्ध के शरीर के साथ अब प्रालख्य के समीप पहुंच जाते हैं। प्रालख्य के निकट पहुँच कर कालझ आर्गश से मानसिक रूप में कहता है "अब वह समय भी आ गया है की तुम महाराज गारुड्ध के शरीर को भी

उनकी महिमा सिद्धि के द्वारा बड़ा करना आरम्भ कर दो। —महाराज जाहरेत्र का शरीर उस विशालता तक पहुंचने ही वाला है, जिससे की तुम प्रालख्य को उनके महान बल से बांध सकोगे।"

आर्गश अपने मनुष्य शरीर के मानसिक रूप में ही कालझ से कहता है "ठीक है।"

इसके बाद ही आर्गश अपनी चेतना का वह भाग जिससे महाराज गारुद्ध का सूक्ष्म शरीर जुड़ा हुआ होता है, उससे अपनी और महाराज गारुद्ध की संयुक्त संकल्प शक्ति के नियंत्रण से, उनकी जागृत हो चुकी महिमा सिद्धि पर अपनी उस चेतना का सम्पूर्ण ध्यान लगाते हुए, उससे उनके संपूर्ण शरीर को वृहत करने में निर्देशित करने लगता है।

इधर प्रालख्य पर आर्गश ने महाराज जाहरेत्र के शरीर को अब सहस्त्रों गुना बड़ा कर लिया है, और वह प्रालख्य को पूर्ण रूप से घेर कर बांधने के लिए उनके शरीर को बड़ा करते हुए उसकी सतह पर उसके अग्नि को अपने सहस्त्रों फणों से शांत करते हुए आगे बढ़ने लगता है। यह देखते हुए कालझ को ज्ञात होता है की प्रालख्य अब और तीव्र गति से तृणेक्ष की और बढ़ने लगा है, तो वह आर्गश से मानसिक रूप में ही कहता है "प्रालख्य का वेग अब बढ़ने लगा है, आर्गश। अब बहुत कम समय में यह तृणेक्ष के वायुमंडल तक पहुंच जाएगा। अब तुम्हें शीघ्रता करते हुए इसे महाराज जाहरेत्र के महा विशालकाय शरीर और महाबल से बांध कर अपने वश में कर लेना चाहिए।"

आर्गश अपने मनुष्य शरीर से ही मानसिक रूप में कालझ से कहता है "बस हो ही गया है।" और वह महाराज जाहरेत्र के शरीर को तीव्रता से लाख गुना तक बड़ा करने लगता है। कुछ ही क्षण में वह प्रालख्य का एक पूर्ण चक्कर तय करके महाराज जाहरेत्र के शरीर के अंत भाग को भी प्राप्त कर लेता है। वह महाराज जाहरेत्र के शरीर को और बड़ा करके उनके सहस्त्रों फण रूपी अग्रभाग से उनके अंत भाग को जोड़ कर उनके महाबल से एक विशालकाय गांठ लगा देता है।

कालज्ञ देखता है की आर्गश महाराज जार्हस्त्र के शरीर से प्रालख्य को अब पूर्ण रूप से बांध चुका है, किन्तु महाराज जार्हस्त्र का शरीर प्रालख्य के विकृत सतह और प्रचंड अग्नियों से तप्त लोहे के सामान कही-कही व्यथित भी हो चुका है। वह यह भी देखता है के प्रालख्य अब तृणेक्ष के वायुमंडल में बस प्रवेश करने ही वाला होता है।

अपने पिता के महा विशालकाय शरीर से बंधे, तीव्र वेग से अपने निकट आते प्रालख्य को देख कर महाराज साहंस्व कुछ भावुक हो जाते हैं। वह प्रालख्य के ठीक पीछे महा विशालकाय हो रहे महाराज गारुद्ध को देख कर थोड़ा आश्चर्य से देखते हुए अपने योद्धाओं से अपने सहस्त्रों फणों की महा गूंज ध्वनि से कहते है "देखो—जैसा की मैंने कहा था— महाराज गारुद्ध भी अब महा विशालकाय रूप ले रहे हैं। —मेरे पिता और महाराज गारुद्ध मिल कर इस प्रालख्य को इसके अंतिम लक्ष्य तक पहुंचा कर रहेंगे। —तुम सभी बड़ी ही वीरता और शौर्य से तृणेक्ष की रक्षा कर रहे हो, —और अब वह समय भी आ गया है जब, बस कुछ ही उन प्रालख्य के पिंडों से तुम्हें तृणेक्ष के सतह तक पहुंचने से रोकना है। —मेरे पिता महाराज जार्हस्त्र अपने महा विशालकाय शरीर से उसे बांध कर उसे अपने वश में करते हुए आ पहुंचे हैं। —तुम सभी प्रालख्य के मार्ग से अब कुछ दूर हट जाओ किंतु ध्यान रहे की उसका कोई भी पिंड तुमसे बच के तृणेक्ष को ना जाने पाए।"

इसके ठीक बाद ही महाराज साहंस्व, उनके सभी योद्धा और सम्पूर्ण अर्ध तृणेक्ष के जीव, रात्रि के इस प्रथम पहर के आरम्भ के साथ ही प्रालख्य के प्रचंड प्रहार के साथ वायुमंडल से उत्पन्न महा प्रचंड तेज और घर्षण की महा अग्नि से जान जाते हैं, की वह अब तृणेक्ष के वायुमंडल में प्रवेश कर रहा है। प्रालख्य, महा वेग से महाराज जार्हस्त्र के महा विशालकाय शरीर से बंधे हुए ही तेजी से कुण्डलिकार मार्ग से होता हुआ तृणेक्ष को महा संघात देने के उद्देश्य से बढ़ चला है।

तभी सबकी आंखें उस महा विकराल दृश्य पर टिक जाती है, जो प्रालख्य के ठीक पीछे महाराज गारुद्ध के महा विशालकाय

पंखों से वायुमंडल को चीरते हुए, उसमें प्रवेश करने से बनी है। आर्गश महाराज गारुद्ध के उस महा विशालकाय शरीर के साथ उनके विशालकाय और दिव्य पंखों से गौरवपूर्ण रूप से उड़ते हुए प्रालख्य के ठीक पीछे पहुंच जाता है। तृणेक्ष से देखने वाले जार्नार्गों को ऐसा लगता है, की एक विशालकाय पक्षी किसी अन्य पक्षी का शिकार करने के लिए उसके पीछे-पीछे कुण्डलिकार मार्ग से उड़ रहा हो।

कालज्ञ, आर्गश के मनुष्य शरीर और सूक्ष्म शरीर के साथ तृणेक्ष के वायुमण्डल में पहुंचने पर कहता है "क्या तुम्हें विश्वास है की तुम्हारा, महाराज जाहिस्त्र के शरीर से प्रालख्य को बांधना प्रभावी है?"

आर्गश अपने मनुष्य शरीर से उत्तर देते हुए कहता है "हाँ प्रभावी है। क्योंकि जब प्रालख्य का तृणेक्ष के वायुमंडल से संघात हुआ था, तो मुझे महाराज जाहिस्त्र के शरीर से बंधे प्रालख्य की विवशता का अनुभव हुआ था। और इस संघात से शायद कुछ प्रभाव प्रालख्य के भीतर चल रहे जीवन चक्र पर पड़ा होगा।"

"कुछ प्रभाव तो पड़ा है, किन्तु वो अद्भुत जीव इस तरह के प्रभाव को सहन करने के अनुभवी है।"

"क्या मुझे अब महाराज गारुद्ध के विशालकाय पक्षी शरीर से प्रालख्य को महाराज जाहिस्त्र के लिपटे शरीर के माध्यम से पकड़ कर खार्द्धिक की ओर उड़ चलना चाहिए?"

"हाँ उसका भी समय बस आने ही वाला है। किन्तु तुम्हें एक बात का ध्यान रखना होगा।"

"कौन सी बात?"

"जब तुम महाराज गारुद्ध के पंजों से महाराज जाहिस्त्र के शरीर को पकड़कर, उनके पंखों के महा बल से, प्रालख्य के भार को वहन करते हुए उसके महा वेग को कम करोगे तो महाराज जाहिस्त्र के शरीर

के दबाव से प्रालख्य का दायां भाग जिसकी सतह कमजोर है उसमें दरार पड़ने लगेगा। यदि ऐसा हुआ तो प्रालख्य तृणेक्ष की सतह से कुछ ११ योजन पहले ही पूरी तरह से फट पड़ेगा। और इस तरह इस पूरी योजना का अंत कुछ भी नहीं निकलेगा।"

"तो मुझे प्रालख्य के दायें भाग पर अधिक दबाव नहीं पड़ने देना है। यही ना?"

"हाँ, किन्तु तुम यह करोगे कैसे।"

"वो आप मुझ पर छोड़ दीजिये। आप बस इतना कहिये के क्या मैं प्रालख्य को अब पकड़ लूँ?"

"हाँ—जाओ पकड़ लो।"

आर्गश, प्रचंड वेग से महाराज गारुद्ध के पंखों को ऊपर की ओर सीधी करते हुए नीचे आने लगता है, और फिर पंखों को फैलाते हुए, कुंडलीकार मार्ग से प्रालख्य के निकट पहुंचने का प्रयास करने लगता है। कुछ ही क्षण में वह महाराज जाहेक्ष्त्र के सहस्त्रों आँखों से देखता है की वह स्वयं महाराज गारुद्ध के रूप में प्रालख्य की ओर अपने विशालकाय पंजों को बढ़ाता हुआ आ रहा है। साथ ही आर्गश महा तीव्र वेग से अपने सूक्ष्म शरीर को प्रालख्य पर ला कर अपने सहस्त्रों फणों के समक्ष स्थिर कर देता है। कालज्ञ यह देख कर, आर्गश के मनुष्य शरीर की और देखते हुए आश्चर्य भाव से कुछ पूछना चाहता है, किन्तु उसी समय आर्गश महाराज गारुद्ध के मुख से महा उच्च ध्वनि करते हुए प्रालख्य से लिपटे महाराज जाहेक्ष्त्र के शरीर को अपने पंजों में पकड़ने का प्रयास करने लगता है। कालज्ञ आर्गश के इस प्रयास को बड़े ध्यान से देखने लगता है। इस प्रयास में अंततः आर्गश सफल होता है, और वह महाराज जाहेक्ष्त्र के शरीर को अपने दोनों महाविशाल पंजों में पकड़ कर धीरे-धीरे अपने पंखों के महाबल से प्रालख्य के भार को वहन करने के महा प्रयास में लग जाता है।

दूसरी ओर आर्गश अपने सूक्ष्म शरीर के द्वारा प्रालख्य के दायें भाग को जा कर उसके भीतर प्रवेश कर जाता है, और वह उस भाग के अंदर से उसके कमजोर आकाशीय आवरण का आंतरिक निरीक्षण करते हुए कुछ विचार करने लगता है। आर्गश कुछ देर बाद प्रालख्य के गर्भ में अपना जीवन जी रहे अद्भुत जीवों को देखता हुआ किसी ऐसे दिव्य जीवों की खोज करने लग जाता है, जो उसकी आवश्यकता के अनुसार इस कार्य के लिए उत्तम हो। अपने सूक्ष्म शरीर के द्वारा महा वेग से प्रालख्य के हर एक क्षेत्र से गुजरने के बाद उसे वो दिव्य जीव मिल जाते हैं जिनकी इस समय उसे आवश्यकता है। वो दिव्य जीव और कोई नहीं बल्कि दिव्य इदेवत होते हैं। आर्गश अपने सूक्ष्म शरीर के साथ उन दिव्य इदेवतों के पास जाकर अपने दिव्य मधुर स्वर में कहता है "क्या आप सब मेरी सहायता करेंगे।"

उन इदेवतों ने आर्गश के सूक्ष्म शरीर को देखकर और उसके दिव्य स्वर को सुनकर भी अनसुना कर दिया। जैसे उन्हें अब किसी भी चीज, चाहे वो दिव्य हो या साधारण, से कोई अंतर नहीं पड़ता हो। फिर भी आर्गश को सहायता की आवश्यकता है, इसलिए वह जैसे जानता है, की क्या कहने पर वो सभी दिव्य इदेवत जीव पुनः पूर्ण उत्साह से युक्त हो सकते है। वह इस बार उनमें से सबसे प्राचीन इदेवत के पास शांत दिव्य स्वर में कहता है "महाराज—जार्नगों और धारुड़ों पर इस समय एक महान संकट आया है, —मुझे उनको, उनके तृणेक्ष को और आपके इस ब्रह्माण्ड को बचाने के लिए आपकी सहायता की आवश्यकता है।"

जैसे किसी प्यास से मरते हुए जीव को अमृत रूपी जल की कुछ बूँदें मिल जाने से वह पुनः जी उठता है, उसी प्रकार जार्नगों और धारुड़ों के बारे में सुनकर, उस प्राचीन उदासीन इदेवत में जैसे किसी ने पुनः प्राण फुक दिये हो। आर्गश के सूक्ष्म शरीर को वह अपने विशाल दिव्य आँखों से देखने लगते है, और दिव्य महा स्वर में पूरे उत्साह से

भावुक होकर कहते है "क्या कहा तुमने? —जानर्गि? —धारुड़? — कहां हैं वो सब? —क्या हुआ उन्हें? —ठीक तो हैं ना वो सब? —कैसा महान संकट आ गया है उन पर? —तुम कौन हो?"

उस प्राचीन इदेवत के महा स्वर में जानर्गि और धारुड़ शब्द को सुनकर जैसे सभी इदेवतों में प्राण आ गए हो, वो सब भागते हुए उनके पास आ जाते हैं, और एक साथ उनसे तरह-तरह के प्रश्न करने लग जाते हैं। आर्गश, जो की उनके विशालकाय दिव्य शरीरों के समक्ष बहुत ही लघु आकार में प्रकाशित हो रहा है, अपने दिव्य स्वर में उनको शांत करते हुए कहता है "आप सब शांत हो जाइए। —मैं आर्गश हूँ और इससे अधिक बताने का समय नहीं है हमारे पास। —आप सब मुझ पर विश्वास करें तो आप इसी प्रालख्य के गर्भ में रहते हुए ही उनकी उस महान संकट से रक्षा कर सकते हैं।"

वह प्राचीन इदेवत, सबको शांत करते हुए अपने महा दिव्य स्वर में कहते है "तुम उनकी सहायता के लिए जो कहोगे हम करेंगे? किन्तु क्या हम उनसे एक अंतिम बार मिल सकते हैं?"

आर्गश मंद मुस्कान के साथ दिव्य स्वर में कहता है "मैं वचन देता हूँ की यदि आप सबकी सहायता से उनका यह संकट टल गया तो आप सब उनसे अवश्य मिल सकेंगे।"

"तो बताओ आर्गश, —हमें क्या करना होगा?"

"आप इदेवतों के १२ शरीरों को मुझे धारण करने की आज्ञा देनी होगी।"

"किन्तु क्या तुम हमारे १२ दिव्य शरीरों को धारण कर पाओगे?"

"यदि आपकी आज्ञा हुई तो शायद मैं आप सबके शरीरों को एक साथ धारण कर सकता हूँ?"

"ठीक है आर्गश, —मैं इदेवतों का महाराज इंग्रात तुम्हें हममें से १२ इदेवतों के शरीरों को धारण करने की आज्ञा देता हूँ।"

"अब आप में से कुल १२ इदेवत कृपा करके ध्यान में बैठ जाएं।"

महाराज इंग्रात के साथ ११ अनुभवी प्राचीन इदेवत भी अपने जार्नांग और धारूड़ साथी जीवों के लिए ध्यान में बैठ जाते हैं। जब सभी ध्यान में लीन हो जाते हैं, तो आर्गश अपने सूक्ष्म शरीर से १२ शाखाओं के रूप में अपनी चेतना रूपी रश्मियों को फैलाने लगता है। अपनी उन सभी १२ चेतना रूपी रश्मियों को एक-एक करके सभी ध्यान में बैठे इदेवतों के दिव्य शरीर के हृदयाकाश तक ले जाकर उनके सूक्ष्म शरीर से जोड़ देता है। और तीव्र वेग से सभी की महिमा और लघिमा सिद्धि को एक साथ जागृत करने लगता है। कुछ ही क्षण में सभी १२ इदेवतों के रूप में आर्गश ध्यान से बाहर आकर उनके दिव्य शरीर के आकार को महिमा सिद्धि से बड़ा करने लगता है, किन्तु लघिमा सिद्धि से उनके भार को नियंत्रित ही रखता है। देखते ही देखते सभी १२ इदेवत प्रालख्य के गर्भ में उसकी भूतल से उसके ऊपरी आकाशीय आवरण तक विशालकाय हो जाते हैं। अब आर्गश एक-एक करके सभी इदेवत रूप में उनके दोनों हाथों और उनके दिव्य बल का प्रयोग करते हुए प्रालख्य के आकाशीय आवरण को सहारा देने लगता हैं। इस तरह सम्पूर्ण प्रालख्य पर सभी अद्भुत जीव और इदेवत दिव्य जीव अपने महाराज और अन्य ११ प्राचीन इदेवतों को प्रालख्य को सहारा दिए विशालकाय खम्भों की भांति स्थिर खड़े देखते हैं।

प्रालख्य के बाहरी सतह पर आर्गश महाराज गारुद्ध के पंजों से महाराज जाहेस्त्र के शरीर को पकड़ कर अब लगभग पूरी तरह से उसके भार को वहन कर चुका होता है। वह अब धीरे-धीरे प्रालख्य को उसके निर्धारित कुंडलिकार मार्ग से निकालने का प्रयास करने लगता है। आर्गश को वायुमंडल के घर्षण से उत्पन्न प्रचंड अग्नि से महाराज जाहेस्त्र के शरीर के ताप से अब अधिक पीड़ा होने लगी है, किन्तु वह उनके शरीर की पकड़ से प्रालख्य को ढीली नहीं होने देता है। आर्गश महाराज गारुद्ध के शरीर के द्वारा अब प्रालख्य को उसके निर्धारित कुंडलिकार मार्ग से निकालने में सफल होता है। और वह पंखों को महा

बल के साथ चलाते हुए प्रालख्य को कुछ ऊपर उठा कर उस मार्ग पर जाने का प्रयास कर रहा होता है, जिधर खार्द्धिक क्षेत्र है। किन्तु इस प्रयास में प्रालख्य के उस दायें भाग में दरार पड़ने लगती है, जिसके बारे में कालज्ञ ने कहा था।

आर्गश जो की महाराज इंग्रात के रूप में उस दायें भाग को प्रालख्य के गर्भ में ही सहारा दिए हुए खड़ा है, उनके दिव्य शक्ति से उस भाग को अन्य इदेवतों की दिव्य शक्तियों से इस प्रकार संतुलित करने लगता है, की महाराज जाहेक्ष्र के शरीर के घेरे के दबाव और इदेवतों के सहारे के बल से प्रालख्य संतुलित और दृढ़ता को प्राप्त हो जाता है। आर्गश, महाराज गारुड्ढ के रूप में अब प्रालख्य को अपने महा बल से कुंडलिकार गुरुत्वाकर्षण से उड़ाता हुआ खार्द्धिक क्षेत्र की ओर जो अभी भी लगभग ९५००० योजन दूर है, बढ़ने लगता है।

कालज्ञ त्रिकाल दृष्टि से देखते हुए भी यह समझ नहीं पा रहा होता है, की आर्गश ने अपने सूक्ष्म शरीर को प्रालख्य की सतह पर क्यों ले गया। उसे प्रालख्य के भीतर भी किसी परिवर्तन का अनुमान नहीं लग रहा है। वह यह जानता था, की इस समय तक प्रालख्य का दायें भाग में दरार पड़ने वाला था, किन्तु ऐसा अभी तक कुछ भी नहीं हुआ है। वह इसी विचार में है, की आर्गश ने कैसे प्रालख्य के दाहिने भाग को फटने से रोके हुए है। वह उसके पीछे के रहस्य को देखने का प्रयास करता है, किन्तु उसे प्रालख्य के अंदर सब कुछ सामान्य ही प्रतीत हो रहा होता है। प्रालख्य के भीतर सभी जीव पहले के जैसे ही अपनी जीवन चर्या में व्यस्त दिख रहे होते हैं। सभी इदेवत पहले के जैसे ही उत्साहहीन और उदासीन हो कर बैठे रहते हैं, और कभी-कभी ध्यान में चले जाते हैं। कालज्ञ को कुछ भी असाधारण नहीं लगता है।

आर्गश अपने मनुष्य शरीर से अप्रकट मंद मुस्कान के साथ कालज्ञ को अपने विचारों की उलझनों में फंसा देख कर कहता है "प्रालख्य अब अपने लक्ष्य की ओर उड़ चला है? —उसके दायें भाग में कुछ दरार

आई थी, किन्तु महाराज जाह्रक्ष के महा बल और कुछ दिव्य सामर्थ्य से उसे बढ़ने से रोक लिया गया है।"

कालझ आश्चर्य के साथ आर्गश से कुछ पूछने जा रहा होता है, की अचानक से तृणेक्ष के आकाश में दूर तक पसरे विशालकाय काले बदलो में बिजलियों के प्रकाश से पास के जार्नाग योद्धाओं की मणियों का तेज भी अब मंद पड़ने लगा है। उन बदलो के गरजने एवं कड़कने की महा ध्वनि से कालझ को अब कुछ ऐसा होने का आभास होता है, जो वह पहले से नहीं जनता था। तभी तीव्र वेग से प्रचंड हवाएं चलने लगती है, और उन काले बदलो से होते हुए तृणेक्ष के आकाश से जल की प्रचंड धारा के रूप में वर्षा आरंभ हो जाती है। उस तीव्र वायु और उग्र वर्षा के कारण कुछ चिंतित होते हुए कालझ, आर्गश से कहता है "क्या तुम इस विपरीत परिस्थिति में प्रालख्य को उड़ाते हुए ले कर चल सकोगे?"

आर्गश इस समय विपरीत परिस्थिति के कारण कुछ परेशान होने के मिथ्या भाव बनाते हुए कालझ से कहता है "बहुत कठिन हैं कालझ। तीव्र हवाओं और वर्षा के कारण प्रालख्य पर अब विपरीत प्रभाव पड़ रहा है। वर्षा के जल से महाराज जाह्रक्ष के शरीर की फिसलन के कारण प्रालख्य को वश में करने के लिए उनके शरीर की महा गांठ अब ढीली पड़ रही है, साथ ही महाराज गारुड्ढ के पंजों की पकड़ भी ढीली पड़ रही है। फिर भी मैं अपना पूर्ण प्रयास कर रहा हूं की उनका शरीर मजबूती से प्रालख्य को बांधे रहे और वो महाराज गारुड्ढ के पंजों से छूटे नहीं। किन्तु आप को तो इस तूफान और प्रचंड वर्षा का अनुमान पहले से ही रहा होगा, फिर इसके बारे में योजना के समय ध्यान क्यों नहीं रखा आपने?"

"आर्गश मैं सत्य कहता हूँ, मुझे इस तूफान और वर्षा के होने का कोई अनुमान नहीं था। यह तो जैसे किसी ने इस घटना क्रम में अब जोड़ दिया हो। किन्तु ऐसा पहले कभी किसी कार्य में नहीं हुआ

था। अभी भी खार्द्धक क्षेत्र यहां से ८५००० योजन दूर है, और इस परिस्थिति में उसका सफलतापूर्वक तय होना असंभव ही लग रहा है।"

"यदि हम प्रालख्य को यही नीचे उतार कर रख दे तो कैसा रहेगा। ८५००० योजन दूर जाने की क्या आवश्यकता है।"

"नहीं ऐसा नहीं कर सकते है आर्गश।"

"क्यों नहीं कर सकते हैं?"

"क्योंकि नीचे डेढ़ लाख योजन विस्तार का एक विशाल महासागर है, जिसका नाम सृजन्ध महासागर है। इस रात्रि में काले बदलो से घिरे आकाश के कारण अंधकार में तुम्हें उसके होने का अनुमान नहीं लग रहा है। यदि हम इस सृजन्ध महासागर में प्रालख्य को लेकर उतरेंगे तो वह जल में पूर्णतः डुब जायेगा और उसके भीतर के अधिकतर जीव नष्ट हो जायेंगे।"

"तो फिर आप कोई ऐसी युक्ति बताइये की मैं इस विपरीत प्रभाव डालने वाले इस प्रचंड तूफान और इस प्रचंड मूसलाधार वर्षा में भी इस प्रालख्य को ८५००० योजन दूर तक लेकर जा सकूँ।"

"इसका तो अब बस एक ही उपाय है।"

"वह क्या है?"

"तुम्हें प्रालख्य को अब इन बदलो के ऊपर से लेकर उड़ना होगा।"

"क्या? यह कैसे संभव है?"

"संभव है, यदि तुम महाराज गारुढ्ढ के शरीर को उनके आत्मबल के अनुसार कुछ और बड़ा कर सकते हो, तो तुम प्रालख्य को बदलो के पार ले कर उड़ सकते हो।"

"क्या और कोई उपाय नहीं है?"

"और एक उपाय है, किन्तु उसमें समय अधिक लगेगा, इसलिए उससे कोई अधिक लाभ नहीं होगा।"

"ठीक है तो इन प्रलयंकारी बदलो के पार ही चलते हैं।"

आर्गश अप्रकट मंद मुस्कान के साथ कालझ के कहे अनुसार महाराज गारुड्ढ के शरीर को कुछ और बड़ा करके प्रालख्य को महाराज जाईर्त्र के शरीर के माध्यम से मजबूती से पकड़े हुए पंखों के महा बल के द्वारा, इस तूफान और मूसलाधार वर्षा को चीरते हुए, आगे बढ़ने के साथ-साथ ऊपर उठाने लगता है। इस प्रयास में कुछ देर बाद ही महावेग के साथ आर्गश महाराज गारुड्ढ के विशालकाय पंखों से प्रलयंकारी बदलो को छिन्न भिन्न करते हुए प्रालख्य को उनके ठीक ऊपर ले कर आ जाता है। बदलो के ऊपर से वह प्रालख्य को महाराज जाईर्त्र के शरीर से और मजबूती के साथ पकड़े हुए अब आगे बढ़ने लगता है।

इधर तृणेक्ष के सभी जार्नाग प्रजा जन उस तूफान और मूसलाधार वर्षा में यह दृश्य देख रहे होते हैं, की उनके महाराज साईस्व और सभी प्रमुख जार्नाग योद्धा अपनी मणियों के प्रकाश को बदलो के ऊपर बिखेरते हुए तेजी से महाराज गारुड्ढ के द्वारा प्रालख्य को लेकर आगे बढ़ते दिख रहे हैं। उनमें से एक वृद्ध जार्नाग अपने सैकड़ों फणों की गूंजते स्वर में कहता है "इस तरह के अद्भुत दृश्य तो मैंने अपने सम्पूर्ण जीवन में कभी नहीं देखा है। ऐसी महा विशालकाय धारुड़ काया और महाराज जाईर्त्र के विशालकाय शरीर से बंधा वह विकराल उल्कापिंड, और वह बदलो के ऊपर से तीव्र वेग के साथ उड़ते जा रहे हैं। —वो देखो महाराज गारुड्ढ के पंखों की मार से तो विशालकाय बादल भी छिन्न भिन्न हुए जा रहे हैं।"

आर्गश कालझ के इस उपाय से संतुष्ट होने के मिथ्या भाव बनाते हुए अपने मनुष्य शरीर से कहता है "इस उपाय से आपने सिद्ध कर

दिया के इस कार्य में आप ही क्यों उत्तम हैं। और अनंत काल से तथा अनंत काल के लिए आप ही को यह उत्तरदायित्व क्यों दिया गया है।"

कालझ, आर्गश के इस प्रशंसा से कुछ प्रसन्न होने लगता है, और वह कुछ विचार करते हुए कहता है "इस उपाय से ठीक पहले जो हुआ उससे तुम्हारी सहायता अवश्य हुई होगी।"

"कैसी सहायता?"

"यही की बदलो के नीचे चलने वाले इस तूफान और वर्षा से तुम्हें, महाराज जाहेंत्र के शरीर के रूप में जो पीड़ा हुई थी, उससे आराम मिलने में अवश्य सहायता हुई होगी।"

"हाँ—वो सहायता तो अवश्य मिली है। —हमें कितनी दूर की उड़ान अभी और तय करना होगा?"

"लगभग ७२००० योजन दूर और आगे हमे जाना होगा।"

"आशा करता हूँ की तृणेक्ष का यह तूफान तब तक शांत हो जायेगा।"

"लगता तो ऐसा ही है।"

रात्रि का प्रथम पहर अब बीतने ही वाला है, और आर्गश महाराज इंग्रात और उनके ११ इदेवत साथियों, महाराज जाहेंत्र और महाराज गारुद्ध के शरीरों को संयुक्त रूप से नियंत्रित और संतुलित करते हुए प्रालख्य को तृणेक्ष के आकाश में बादलों के ऊपर से उड़ाता हुआ खार्द्धिक क्षेत्र की ओर तीव्र वेग से बढ़ रहा है। आर्गश के साथ कालझ, उसका अपना मनुष्य शरीर, महाराज साहेस्व और प्रमुख जार्नाग योद्धा गण सहस्रों मणियों के प्रकाश के साथ उसके चारों ओर मार्ग प्रशस्त करते हुए आगे बढ़ रहे हैं।

गर्णाक पर सभी धारुड़ योद्धा तृणेक्ष के आकाश में अपने महाराज को महाकाय रूप से प्रालख्य को उड़ाते हुए ले जाते देख कर गर्व से

भावुक होते हुए अपने पंखों को महा बल से फहराते हुए उच्च स्वर में अपने महाराज गारुद्ध और महाराज जाहेत्र की जय जयकार कर रहे होते हैं। यही दृश्य देख कर तृणेक्ष पर भी जानांग प्रजा आकाश में देखते हुए अपने और धारुड़ महाराज की जय जयकार कर रही होती है। तृणेक्ष के अन्य दोनों चन्द्रमा, जो अब तृणेक्ष के दूसरे गोलार्ध की और जा चुके है, इसलिए वहां रहने वाले धारुड़ एवं जानांग यह दृश्य प्रत्यक्ष नहीं देख पा रहे होते हैं। किन्तु गर्णाक पर अपनी स्पष्ट आँखों से अपने साथी योद्धाओं के उत्साह और उनके एक साथ महा जय जयकार को देख कर वो अनुमान लगा कर गर्व से भावुक हो रहे होते है, की अवश्य ही दोनों महाराज तृणेक्ष की रक्षा में किसी महान कार्य में लगे हुए हैं।

इस बीच आर्गश अपने मनुष्य शरीर के द्वारा कालझ के साथ, अपने विशालकाय शरीर के साथ चल रहे महाराज साहेस्व से कहता है “महाराज साहेस्व—मैं आपसे कुछ पूछना चाहता हूँ?”

महाराज साहेस्व अपने सहस्रों फणों से गूंजती हुई किन्तु शांत ध्वनि में कहते हैं “हाँ, पूछो आर्गश—तुम क्या पूछना चाहते हो?”

“महाराज—आपके पिता ने हमे, लाखों वर्ष पूर्व तृणेक्ष पर जो महा विनाशकारी महायुद्ध हुआ था, उसका सिर्फ अंत बताते हुए कहा था, की दिव्य इदेवत जीव तृणेक्ष को सदा के लिए त्याग कर ब्रह्माण्ड के किसी अन्य प्रणाली में चले गए थे। तो मुझे यह जानना है, की उन दिव्य इदेवतों को क्या कोई उनके योग्य प्रणाली मिली भी थी? और यदि मिली भी थी तो क्या उनका आप लोगो से पुनः मिलने की कभी इच्छा भी नहीं हुई? क्या वो इदेवत आप लोगो के इस उत्तम जीवन और मुक्ति के क्रम को देखने और आप लोगो से मिलने के लिए कभी भी लौट कर नहीं आएंगे?”

“आर्गश—यही प्रश्न मैंने भी अपने पिता से अपने बाल्यकाल में उस महायुद्ध की सम्पूर्ण गाथा और उसके अंत को सुनने के पश्चात

किया था। किन्तु पिताश्री ने बस इतना ही कहा था की 'वो दिव्य इदेवत जीव अपने वचन को सिर्फ एक जीवन में ही नहीं अपितु मुक्ति पर्यन्त जितने जीवन मिलते है, उनमें उन्हें वो सभी वचन स्मरण रहते है, और वो उन्हें कभी टूटने नहीं देते है। इसी कारण से वो दिव्य जीव बने रहते हैं, और उनकी दिव्यता के कारण ही उनकी आयु हमसे सहस्त्रों गुना अधिक होती है।' मुझे बस इतना ही ज्ञात है, उन महान दिव्य इदेवतों के बारे में।"

आर्गश अपने मनुष्य शरीर से कालझ की ओर देखते हुए कहता है "कालझ—आप तो तीनों काल को एक ही समय में देख सकते है। आप तो अवश्य जानते होंगे की वह सभी दिव्य इदेवत जब तृणेक्ष को त्याग कर अपने उन्नत अंतरिक्ष यान से इस ब्रह्माण्ड में किसी नई प्रणाली की खोज में चले गए थे, तो उनके साथ क्या हुआ था? क्या उन्हें उनके रहने योग्य कोई प्रणाली मिली थी?"

आर्गश की इस उत्सुकता को महाराज साहस्व के आने वाले भविष्य के लिए उचित समझते हुए कालझ कहता है "—उस महायुद्ध के अंत में इदेवतों के महाराज इंग्रात के अतिरिक्त केवल ११ इदेवत योद्धा ही उस महायुद्ध में जीवित बचे थे। जिनमें से कुछ के परिवार जन ही जीवित रह गए थे। वे अपने साथ कुछ जीवित किन्तु घायल रदैत्य, वर्क्षास और मानव्य को उनके परिवार जनों के साथ अपने विशालकाय और उन्नत अंतरिक्ष यान में लेकर प्रकाश की गति से सहस्त्रों गुना अधिक गति से गतिमान हो गए थे। महाराज इंग्रात को इस ब्रह्माण्ड की कुछ प्रणालियों के बारे में उनके अंतरिक्ष यान के अद्भुत यांत्रिक शरीर युक्त प्रज्ञा, जिसका नाम प्रज्ञास था, से पता चला था। किन्तु उन सब की अपनी-अपनी विशेष समस्याएं भी थी। बहुत अधिक निष्कर्ष के बाद महाराज इंग्रात को दो ही प्रणाली ऐसी लगी जिनमें वो जा सकते थे, किन्तु दोनों प्रणालियां विपरीत दिशाओं में थीं।"

"किन्तु उन्हें दो प्रणालियों में जाने की आवश्यकता ही क्यों पड़ी?"

"दोनों प्रणालियों की विशेषता के कारण।"

"कैसी विशेषता?"

"महाराज इंग्रात को उन दोनों प्रणालियों का चयन इसलिए करना पड़ा था, क्योंकि जो पहली प्रणाली में जीवन युक्त एक ग्रह था वह तृणेक्ष का दशांश था, जिसको वहां के जीव उसे वाक्थी कहते हैं। उस वाक्थी ग्रह पर यदि इदेवत, अधिक दिनों तक ठहरते तो उनके दिव्य शरीर पर रात्रि के समय घातक प्रभाव पड़ता जिससे वह अपनी दिव्य शक्तियों को खोने लगते और उनकी आयु भी तेजी से क्षीण होने लगती। महाराज इंग्रात को लगा की इस ग्रह का वातावरण केवल रदैत्य और वर्क्षास जीवों के लिए ही उत्तम रहेगा।

"और जो दूसरी प्रणाली थी, उसमें एक ही जो जीवन युक्त ग्रह था, वह देखने पर तो तुम्हारी पृथ्वी से लगभग डेढ़ गुना बड़ा था, किन्तु उस पर महा भयंकर, विशालकाय और विकराल जीव रहते थे। जो आपस में ही एक दूसरे को मार कर खा जाया करते थे। किन्तु उस ग्रह के अंदर भी अद्भुत, शांतिप्रिय, शाकाहारी और विचित्र सुंदरता वाले जीवों का जीवन भी चल रहा था। इसलिए महाराज इंग्रात को लगा की इस ग्रह के अंदर का वातावरण उनके इदेवत साथियों और मानव्य जीवों के लिए उत्तम रहेगा।

"उन्होंने सबसे पहले अपनी वर्तमान स्थिति से अपने अंतरिक्ष यान के अधिकतम वेग से, ४८५२ दिन की महानिद्रा के बाद, उस पहली प्रणाली में पहुंचे थे। वह अपने अंतरिक्ष यान के साथ उस जीवन युक्त ग्रह वाक्थी पर जा कर, उन विशालकाय रदैत्य और वर्क्षास जीवों को उनके परिवार जनों के साथ वहां स्थापित किए थे। वहां रहने वाले कुछ बुद्धि युक्त जीवों के साथ मिल कर और उन्हें उन्नति और सम्पन्नता के नए साधन सिखाकर, वे वहां कुल १८ दिनों तक रहें थे। अंतिम दिन की संध्या काल को वे रदैत्य और वर्क्षास से पुनः मिलने का वचन देकर और भावुक विदा लेने के बाद, वापस अपने अंतरिक्ष यान में लौट आये थे।

"अब उस पहली प्रणाली से दूसरी प्रणाली की दूरी, उनके अंतरिक्ष यान के अधिकतम वेग से, १२७२५ दिन की थी। वह उस दूसरी प्रणाली की यात्रा को प्रकाश की गति से भी सहस्रों गुना अधिक गति से, महानिद्रा में रहते हुए निकल पड़े थे। १२७२५ दिनों के बाद जब वह दूसरी प्रणाली में पहुंचे थे, तो प्रज्ञास के द्वारा उस महानिद्रा से उठ कर जो वो देखते हैं, उसका उन्हें अनुमान भी नहीं था।"

आर्गेश और महाराज साहंस्व आश्चर्य और उत्सुकता वश एक साथ पूछते है "ऐसा क्या देखा उन्होंने वहां पहुंचकर?"

कालज्ञ अपनी दृष्टि से आर्गेश के द्वारा महाराज गारुद्ध के पंजों की पकड़ और महाराज जाहंस्त्र की प्रालख्य पर जकड और गति को देख कर संतुष्ट होते हुए कहता है "हम अब लगभग ५३००० योजन दूर हैं खार्द्धक से। तृणेक्ष पर चल रहा तूफान भी अब कुछ कम होने लगा है। ऐसा प्रतीत हो रहा है की वहां तक पहुंचते-पहुंचते यह पूरी तरह शांत हो जायेगा।"

आर्गेश अपनी और महाराज साहंस्व के प्रश्न को दोहराते हुए कहता है "हाँ—वहां तो अब हम सुगमता से पहुंच जाएंगे। किन्तु उन्होंने दूसरी प्रणाली में पहुंचने पर क्या देखा?"

"जब वो दूसरी प्रणाली में पहुंचकर महानिद्रा से उठ कर अंतरिक्ष यान से बाहर देखते है, तो उस प्रणाली का अधिकांश भाग उनके अपने सूर्य, दार्वक की प्रज्वाल से बुरी तरह प्रभावित हो रही थी। उस दार्वक प्रणाली में वह एकमात्र जीवन युक्त ग्रह भी उसके प्रज्वालाओं से लगभग झुलस चुका था। उसके ऊपर जो भयंकर, विशालकाय और विकराल जीव रहते थे, वो सब जल कर राख बन चुके थे। उस ग्रह के ऊपर सतह पर जो विशालकाय जंगल, वृक्ष, वनस्पतियां थी, वह सब राख बन चुकी थी। यह देख कर महाराज इंग्रात को बहुत दुख हुआ था।

"वह अपने अंतरिक्ष यान के प्रज्ञास से पुनः किसी नए जीवन युक्त प्रणाली की खोज करने को कहते हैं, और वह फिर से इसी

प्रणाली के इसी ग्रह का उत्तर देता है। प्रज्ञास, महाराज इंग्रात को यह भी बताता है, की केवल दो घड़ी में यह विकल्प भी पूर्ण रूप से नष्ट हो जाएगा। क्योंकि इतने समय के बाद इसके गर्भ में जो जीवन चक्र चल रहा है, वह भी नष्ट होने लगेगा। इसके बाद महाराज इंग्रात उस ग्रह के गर्भ में चल रहे जीवन चक्र को बचाने के लिए जो एकमात्र उपाय था, उसे प्रयोग में लाने के बारे में विचार करने लगते हैं।"

आर्गश और महाराज साहिस्व फिर से उत्सुकता वश एक साथ पूछते है "वह क्या उपाय था कालझ?"

"उपाय बस एक यही था, की उस ग्रह को उसके अपने सूर्य, दार्वक की प्रज्वाल सीमा से कुछ दूर निकाल कर एक नई कक्षा में स्थापित कर दिया जाए। इसके लिए भी बस एकमात्र उपाय था, की वे अपने विशालकाय अंतरिक्ष यान से उस ग्रह को महाबल से धकेलते हुए उसकी कक्षा से कुछ दूर ले जा सके। किन्तु इसमें एक बहुत ही बड़ी समस्या भी थी।"

"कैसी समस्या थी?"

"इदेवतों का वह अंतरिक्ष यान उस प्रज्वाल में रहकर ही उस ग्रह को उससे बाहर की ओर धकेल सकता था। और यदि उनका वह अंतरिक्ष यान अधिक समय तक उस दार्वक की प्रज्वाल में रहा तो वह भी नष्ट हो सकता था।"

"तो फिर उन्होंने उस ग्रह को कैसे बचाया था?"

"महाराज इंग्रात ने बहुत विचार करने के बाद इस निष्कर्ष पर पहुंचे थे, की सभी लोग एक लघु विमान में बैठ कर उस ग्रह के दूसरे गोलार्ध से, जहां पर प्रज्वाल का प्रभाव रात्रि होने के कारण कम है, एक मार्ग बना कर उसके गर्भ में चले जाए। और वह स्वयं उस अंतरिक्ष यान को संचालित करते हुए उस ग्रह को उसकी कक्षा से निकालने के लिए अंतरिक्ष यान से धक्का देंगे।

"वहां उपस्थित ११ इंदेवत योद्धा और ७ मानव्य योद्धा उनके इस निष्कर्ष से सहमत नहीं होते हैं। वे सभी एक-एक कर के महाराज इंग्रात से प्रार्थना करते हैं, की अंतरिक्ष यान से धक्का देने के लिए उन्हें अंतरिक्ष यान में रहने दें, और वे स्वयं एक महाराज हैं, इसलिए सभी के साथ ग्रह के गर्भ में चले जाएं। किंतु महाराज इंग्रात ने किसी की भी नहीं सुनी और सबको आदेश देते हुए एक लघु विमान की ओर स्वयं लेकर जाने लगते हैं।

"उन मानव्य जीवों में जो उनका प्रमुख था, वह किसी की भी नहीं सुनता था। वह अपने मन की करने में ही लगा रहता था। उसे किसी भी तरह के उपकार के साथ जीना पसंद नहीं था। वह उस महायुद्ध के समय की बातों को सोचते हुए महाराज इंग्रात के आदेश के अनुसार उस लघु विमान की ओर सबके साथ बढ़ रहा था। वह युद्ध में अपने अंतिम पराक्रम को सोचते हुए खो जाता है। वह युद्ध में एक महा विशालकाय तिमर्क से लड़ते हुए घायल होता जाता है, फिर भी बार-बार उठ कर उसके सहस्रों सरो, पैरो और हाथों को काटता रहता है। इस युद्ध में बुरी तरह घायल होने के बाद भी वह उस तिमर्क का अंत कर देता है। वह घायल होकर लगभग अचेतन पड़ा ही होता है, की अचानक वह देखता है, की एक और तिमर्क उसके पास आकर उसे एक झटके में मार डालने के लिए उसपर टूट पड़ता है। लेकिन उसी समय एक दिव्य जीव, अपने दिव्य शस्त्र से उसे आकाश में ही चीरते हुए मार डालते है। वह दिव्य जीव थे महाराज इंग्रात, और वह मानव्य था, मानव्यों के महाराज का छोटा पुत्र आर्जथ। —आर्जथ को अपने ऊपर महाराज इंग्रात द्वारा उसकी प्राण रक्षा का उपकार और फिर उसे युद्ध से घायल अवस्था से बचा कर अपने अंतरिक्ष यान में लेकर, एक नए ग्रह रूपी घर की खोज का उपकार, उसको खाये जा रहे थे। वह ठीक होने के अगले क्षण से ही बस इन उपकारों से मुक्त होने के बारे में सोचता रहता था। और उसके लिए वह अंतरिक्ष यान में छोटे अस्त्रों को चुराता रहता था। महाराज इंग्रात के निर्देशानुसार अब सब लोग उस लघु विमान तक पहुंचने ही वाले थे।

"आर्जथ पहले से ही एक अचेत करने वाले अस्त्र को अपनी पोशाक में गुप्त रूप से छुपा रखा था, जो दिव्य इदेवतों को भी अचेत कर सकता था। आर्जथ धीरे-धीरे सबको आगे करते हुए स्वयं पीछे होते जाता है, और यह बात किसी को भी ज्ञात नहीं होता है। उसे यह भी पता लग जाता है, की एक इदेवत जिनका नाम सायंक है, और जो इंग्रात को पिता समान मानता है, वह भी कुछ वैसा ही करता हुआ पीछे की ओर बढ़ रहे है। लघु विमान तक पहुंचने पर सब लोग उसमें प्रवेश करने लगते हैं, तभी आर्जथ देखता है की सायंक ने अपने ठीक पीछे खड़े महाराज इंग्रात को दिव्य द्वन्द कलाओ के साथ उस लघु विमान के प्रवेश द्वार से अंदर धकेलने का प्रयत्न करने लगते है। किन्तु महाराज इंग्रात उससे भी उत्तम दिव्य द्वन्द कलाओं का प्रदर्शन करते हुए, उसे ही लघु विमान के अंदर धकेल देते हैं, और कहते हैं 'पुत्र— तुम्हें अभी बहुत कुछ सीखना है।' तभी आर्जथ पीछे से अपने अचेत करने वाले अस्त्र को महाराज इंग्रात के गर्दन पर लगा देता है, और वह पीछे मुड़ कर आर्जथ को देखने लगते हैं, किन्तु कुछ कर नहीं पाते है। और वह अचेत हो कर गिरने ही वाले होते हैं, की आर्जथ उनको लघु विमान के द्वार से अंदर धकेल देता है, और द्वार को बंद कर देता है। आर्जथ ऐसा अनुभव कर रहा होता है, की जैसे उसने अपने आत्मा पर पड़ा एक बहुत भारी बोझ हटाने में सफल हो गया हो। वह लघु विमान के अदृश्य पटल से देखते हुए, सबको जाने के लिए संकेत करता है, और महाराज इंग्रात की ओर देखते हुए कहता है 'महाराज जब चेतन अवस्था में आये तो कहना की सब पर उपकार करने का अधिकार सिर्फ उनका नहीं है। —अब तुम सब इस लघु विमान को लेकर यहाँ से उस ग्रह के गर्भ में जाओ जिसकी बात महाराज इंग्रात ने कही थी।' और इतना कह कर आर्जथ कुछ भावुक सा होता हुआ उस विशालकाय अंतरिक्ष यान के नियंत्रण कक्ष की ओर चल पड़ता है।

"सभी ११ इदेवत योद्धा, ६ मानव्य और उनके परिवार जन भी आर्जथ के इस त्याग और बलिदान से कुछ देर भावुक हो कर हतप्रभ रह जाते हैं। तभी सायंक सभी को समझाते हुए कहते है 'हमें आर्जथ के

इस त्याग को विफल नहीं होने देना चाहिए, क्योंकि अब समय अधिक नहीं बचा है। इससे पहले के महाराज इंग्रात चेतना को प्राप्त करें हमें सबको लेकर उस ग्रह के गर्भ में चले जाना चाहिए।' समय के अभाव के कारण सभी को सायंक की बात ठीक लगती है। और उस लघु विमान को सायंक, नियंत्रित करते हुए उस विशालकाय अंतरिक्ष यान के लघु विमान कक्ष से बाहर निकाल कर, तीव्र वेग से दार्बिक के प्रज्वाल से बचते हुए ग्रह के दूसरे गोलार्ध की ओर जाने लगते है।

"इधर आर्जथ इदेवतों के उस विशालकाय अंतरिक्ष यान के नियंत्रण कक्ष में पहुंच कर देखता है, की वो लोग लघु विमान को लेकर ग्रह के दूसरे गोलार्द्ध की ओर निकल गए है। अब वह अंतरिक्ष यान को, जैसा के कुछ वर्ष पूर्व इदेवतों ने उसे सिखाया था, नियंत्रित करते हुए उस ग्रह की ओर बढ़ने लगता है। अंतरिक्ष यान का प्रज्ञास उसे यह भी बताता है, की प्रज्वाल का विस्तार उस प्रणाली में अब और अधिक बढ़ रहा है। इस तरह आर्जथ को यह भी ज्ञात होता है की उस ग्रह को उसकी कक्षा से अब बहुत दूर तक धकेलना होगा। किन्तु वह जनता है, की इदेवतों का यह अंतरिक्ष यान इतनी देर तक इस प्रज्वाल के उच्च ताप और इसके घातक विकिरणों को सह नहीं सकेगा। यदि वह अंतरिक्ष यान से उस ग्रह को प्रज्वाल से पूरी तरह से बाहर निकालने से पहले ही नष्ट हो गया, तो उसका उन इदेवतों के ऊपर एक मात्र उपकार करने का वह अवसर भी विफल हो जायेगा। उसके पास बस एक ही विकल्प बचता है, की वह उस विशालकाय अंतरिक्ष यान को ग्रह के साथ लगा कर उसकी सम्पूर्ण ऊर्जा से एक अधिकतम संतुलित वेग से उसको उसकी कक्षा से बाहर की ओर धक्का दे। उसे इस बात का भी ध्यान रखना था, की ग्रह का सम्पूर्ण बाहरी आवरण किसी भी स्थिति में कहीं पर भी कमजोर, दरार या टूटना नहीं चाहिए।

"उधर उस लघु विमान से वह सभी उस ग्रह के सतह के उस भाग पर उतरने लगते हैं, जहां तापमान भी कम था, और ग्रह के गर्भ में जाने के लिए एक मार्ग भी सरलता से, लघु विमान के यंत्रों द्वारा

बना सकते थे। सायंक के साथ ३ और इदेवत अपने दिव्य अंतरिक्षीय पोशाकों में बाहर आ कर ग्रह के मजबूत धातु रूपी आवरण में अपने दिव्य यंत्रों से मार्ग बनाने में लग जाते हैं।

"आर्जथ अब अंतरिक्ष यान को ग्रह की ओर ले जाते हुए, तीव्र गति से प्रज्वाल में प्रवेश करने लगता है, और उस ग्रह तक पहुंच कर अंतरिक्ष यान की गति को कम करते हुए उन इदेवतों के मार्ग बनाने के सापेक्ष में दाहिने भाग से लगा देता है। अंतरिक्ष यान का प्रज्ञास उसे बताता है, की अंतरिक्ष यान के पास कितना समय शेष है, नष्ट होने में। और वह कितने वेग से अंतरिक्ष यान को गतिमान करें की वह ग्रह को कोई क्षति पहुँचाये बिना उसे उसकी कक्षा से निकालते हुए प्रज्वाल की सीमा से बाहर भेज सके। आर्जथ अपने मन में विचार करते हुए कहता है 'इस प्रज्ञास की कुछ जानकारियां पूरी तरह सही नहीं होती हैं। ना तो इसे इस प्रणाली में होने वाले प्रज्वाल के बारे पता चला था, और ना तो प्रज्वाल के विस्तार का ही इसे कोई पता लगा था। क्या होगा यदि मैं इसके बताए हुए बल से अंतरिक्ष यान के द्वारा इस ग्रह को धक्का दे देता हूँ, और प्रज्वाल का विस्तार फिर से बढ़ने लगा तो मेरा वह प्रयास, सब व्यर्थ हो जायेगा।'

"उधर सायंक और उसके इदेवत साथी, ग्रह के गर्भ तक मार्ग बनाने में सफल हो जाते हैं। कुछ ही देर में वह सब उस मार्ग से ग्रह के गर्भ के अंदर जाकर उस द्वार को अपने दिव्यास्त्र से पुनः बंद कर देते हैं। वह सभी गर्भ के भीतर एक अद्भुत उपवन में उतर जाते हैं, की तभी महाराज इंग्रात को चेतना आने लगती है, और वह अचानक से उठ खड़े होते हैं। इससे पहले की वो कुछ कह पाते उन सबको एक तेज झटके की अनुभूति होती है।

"आर्जथ ने प्रज्ञास के बताये बल के चतुर्थांश के साथ ग्रह को धकेलना आरम्भ कर देता है, और ग्रह को धकेलते हुए उसकी कक्षा से उसे बाहर निकालते हुए, अंतरिक्ष यान के बल को तेजी से बढ़ाने लगता है। अंतरिक्ष यान का बल, प्रज्ञास के बताये बल तक पहुंचने

ही वाला होता है, की आर्जथ को वह बताता है, की अंतरिक्ष यान का ऊपरी रक्षा कवच अब नष्ट हो चुका है, अंतरिक्ष यान के पास बस कुछ क्षण ही शेष बचे हैं। अब आर्जथ उस गति तक पहुंच जाता है, जो प्रज्ञास ने बताया था, किन्तु तब भी वह रुकता नहीं और गति को बढ़ने ही देता है। अंतरिक्ष यान की गति जब प्रज्ञास की बताई गति से भी दो गुनी तक पहुंच जाती है, तब अंतरिक्ष यान, ग्रह को तेज गति से प्रज्वाल की सीमा से बाहर धकेलते हुए, और स्वयं भी बाहर आकर एक महा विस्फोट के साथ अचानक निष्क्रिय हो जाता है। आर्जथ देखता है, की नियंत्रण कक्ष का कोई भी यंत्र अब काम नहीं कर रहा है, ना ही प्रज्ञास के यांत्रिक शरीर में किसी चेतना के होने का उसे संकेत मिलता है। आर्जथ अंतरिक्ष यान के अदृश्य पटल से बाहर देखता है, की वह ग्रह अब तीव्र वेग से कुण्डलीकार मार्ग के द्वारा आगे ही बढ़ता जा रहा है, किन्तु वह और उसका विशालकाय अंतरिक्ष यान, जिसमें हो रहे विस्फोटों के कारण उसकी गति धीरे-धीरे कम होती जा रही है। किन्तु यह सब होते देख कर भी वह गर्व से मुस्कुराता हुआ, उस ग्रह को तब तक देखता रहता है, जब तक वह उसकी आँखों से ओझल नहीं हो जाता।

"इधर महाराज इंग्रात और उनके सभी इदेवत और मानव्य साथी उस प्रचंड वेग और उसके प्रभाव से खुद को सँभालते हुए एक दूसरे को देख रहे होते है। महाराज इंग्रात, क्रोध में सायंक को अपने विशालकाय दिव्य भुजाओं में पकड़ कर पूछते हैं 'क्या किया तुम दोनों ने मिलकर?'

"सायंक उन्हें शांत करते हुए कहते है 'महाराज मैं कुछ नहीं कर पाया। —मैं तो आपको इस ग्रह के गर्भ में भेज कर, स्वयं उस अंतरिक्ष यान से इस ग्रह को धकेलना चाहता था। किन्तु आर्जथ ने हम सबको ही लघु विमान में बंद करके जाने के लिए कह दिया था।'

"और तुम सब उसकी बात मान कर वहां से चल भी दिए?'

"'यदि उसे रोकने के लिए हम सब वहीं रुकते तो कोई भी इस ग्रह को बचा नहीं सकता था, क्योंकि समय बहुत कम था महाराज।'

"महाराज इंग्रात कुछ भावुक होते हुए सायंक को छोड़ देते हैं, और अपने आप से कहते हैं 'यह तुमने क्या किया आर्जथ।'

"तभी सायंक उनके पास आकर भावुक होते हुए कहते है 'महाराज—आर्जथ ने आपसे कुछ कहने को कहा था।'

"क्या कहा था आर्जथ ने?'

'उसने कहा था की "सब पर उपकार करने का अधिकार सिर्फ आपका नहीं है।"'

"और महाराज इंग्रात अपने विशालकाय दिव्य शरीर के साथ पूर्ण रूप से टूट कर बिफर पड़ते हैं। वो आर्जथ के साथ अपने बिताये हुए क्षणों का स्मरण करते हुए एक विशाल वृक्ष के सहारे से उसकी एक विशाल उभरी हुई जड़ पर असहज भाव से बैठ जाते हैं।

"वो अपने उन वचनों के बारे में भी विचार करने लगते है, जो अब वह कभी पूरा नहीं कर पाएंगे। तृणेक्ष पर कभी ना लौटने का वचन तो उन्हें टूटता नहीं दिखाई पड़ रहा है, किन्तु रदैत्य और वर्क्षास से एक बार फिर मिलने का अपना वचन अब वह कभी पूरा नहीं कर पाएंगे। इसी बात को सबसे अधिक पीड़ा दायक मानते हुए वे सभी इदेवत और मानव्य उसी गृह के गर्भ में वहां के अद्भुत और विचित्र जीवों के साथ अपने जीवन को उदासीन रूप में जीने लगते हैं।

"उस ग्रह के तीव्र वेग से गतिमान होते हुए भी, इदेवत अपने दिव्य शक्तियों से लाखों वर्ष तक उसके गर्भ में जीवन के लिए सभी आवश्यक संसाधनों से संपन्न करते रहे हैं। किंतु उनका दीर्घ आयु, तृणेक्ष के जीवन की स्मृतियों और उन अधूरे वचनों के कारण इतने समय के बाद भी वे इदेवत अपने समय का अधिकांश भाग बिना किसी उत्साह

के ही शांत या ध्यान में रह कर ही व्यतीत करते हैं। —यह थी उनकी तृणेक्ष से जाने के बाद से लेकर अब तक का संपूर्ण वृत्तांत।"

तभी महाराज साहस्व ने पूछा "किन्तु आर्जथ का क्या हुआ कालझ?"

कालझ, महाराज साहस्व की ओर देखते हुए कहता है "जिस समय इदेवतों का वह विशालकाय अंतरिक्ष यान निष्क्रिय हो गया था, और उसमें विस्फोट होने लगे थे, तो आर्जथ को लगा था की शायद कुछ देर बाद वह अंतरिक्ष यान पूर्ण रूप से नष्ट हो जायेगा, और वह उसके साथ ही मृत्यु को प्रास हो जाएगा। इसलिए वह शांत बैठा हुआ अपनी मृत्यु की राह देख रहा था। कुछ २ घड़ी के बाद उसे अंतरिक्ष यान के प्रझास के यांत्रिक शरीर में कुछ चेतना का संचार होते हुए दिखाई पड़ता है। आर्जथ को प्रझास के यांत्रिक शरीर में पुनः चेतना को देख कर क्रोध आने लगता है, क्योंकि वह यह समझ गया था, की जिस मृत्यु की प्रतीक्षा वह कर रहा था, वह अब नहीं आएगी। वह उठ कर प्रझास के यांत्रिक शरीर को उठा कर उसके स्थान पर बैठा देता है। आर्जथ प्रझास के यांत्रिक शरीर में देखता है, की उसके केंद्र से कुछ अद्भुत प्रकाश का उदय होने लगा है। जब वह उस केंद्र को और स्पष्ट रूप से देखने का प्रयास करने लगता है, तभी प्रझास अपने यांत्रिक स्वर में कहता है 'मैं ठीक हूँ आर्जथ, चलो काम पर लगते है। हमे इस अंतरिक्ष यान को ठीक करना है।' इस तरह प्रझास और आर्जथ एक दूसरे की सहायता और निर्देश से लगभग ३ माह के समय में उस विशालकाय अंतरिक्ष यान को पूरी तरह से ठीक कर देते है।

"कुछ समय तक बिना किसी उद्देश्य के आर्जथ को उस अंतरिक्ष यान पर अकेले समय बिताना और ब्रह्माण्ड के रहस्यों को जानना अच्छा लगने लगा था। किन्तु कुछ वर्षों के बाद वह उद्देश्यहीन जीवन को जीना नहीं कहते यह समझ गया था, तब कुछ उद्देश्यपूर्ण कार्य करने के लिए वह कई दिनों तक विचार करता रहा था। उसे बहुत विचार करने के बाद यही एक सही उद्देश्य लगा की वह उस ग्रह की

खोज में निकल पड़े जिसके गर्भ में महाराज इंग्रात, इदेवत और उसके अपने मानव्य लोग जीवन जी रहे होंगे। किन्तु अपने तीव्र वेग से कुण्डलिकार मार्ग तय करते हुए ना जाने वह ग्रह इतने वर्षों बाद इस ब्रह्माण्ड में किस दिशा में और किस प्रणाली की ओर जा रहा होगा। आर्जथ पूर्ण निश्चय कर लेता है, की वह उस ग्रह को खोज निकालेगा, चाहे उसमें कितने ही वर्ष लग जाये। प्रज्ञास की सहायता से आर्जथ उस ग्रह की खोज में निकल पड़ता है। कई वर्षों के खोज के बाद भी जब उसे कोई सफलता नहीं मिली, तो वह प्रज्ञास को उसे खोजते रहने का निर्देश देते हुए, उस ग्रह के मिलने पर उसे महानिद्रा से जगाने का आदेश देकर स्वयं महानिद्रा में चला जाता है। आर्जथ ने साथ ही यह भी आदेश किया था, की यदि वह प्रत्येक १००००० वर्षों में भी ना मिल सके तो अंतरिक्ष यान को वापस वाक्थी ग्रह की प्रणाली में लेकर उसे महानिद्रा से जगा दिया करें।"

महाराज साहंस्व उत्सुकता वश अपने सहस्त्रों फणों के गूंजते स्वर में कहते हैं "क्या आर्जथ को वह ग्रह कभी मिला?"

"मिला किन्तु सिर्फ संकेत।"

"कब मिला और कैसा संकेत?"

"प्रज्ञास को लगभग ४ लाख वर्ष के बाद उस लघु विमान से संकेत मिलने लगा था, जिससे सभी इदेवत और मानव्य उस ग्रह पर उसके गर्भ में प्रवेश करने के लिए गए थे। जब इदेवतों ने ग्रह के गर्भ में प्रवेश करने के मार्ग को अंदर से बंद करने के लिए दिव्य अस्त्र से धातुओं की बनी उस बाह्य आवरण को पिघलाया था, तो बाहर सतह पर वह लघु विमान भी उस दिव्य अस्त्र के प्रभाव से उस ग्रह के धातु रूपी आवरण में कुछ धंस गया था। अब से ठीक ८१४ दिन पूर्व वह ग्रह एक सघन उल्का पट्टी से होकर गुजरा था। और इस कारण उल्काओं के निरंतर प्रहार से उस ग्रह पर जो लघु विमान जुड़ा हुआ था, उसका संकेत प्रसारण प्रणाली, काल की प्रेरणा से शुरू हो गई थी, और वह अब

निरंतर संकेत भेज रही है। उसी संकेत को पा कर अंतरिक्ष यान के प्रज्ञास ने आर्जथ को लाखों वर्ष की महानिद्रा से कुछ ८१४ दिन पूर्व ही जगा दिया था। प्रज्ञास ने आर्जथ से यह भी कहा था के जब तक हम उस तक पहुंचेंगे तब तक वह ग्रह एक उससे भी कई गुना विशालकाय ग्रह से टकराकर कर नष्ट हो चुका होगा। किन्तु आर्जथ एक अंतिम कार्य करके, प्रज्ञास को अंतरिक्ष यान के अधिकतम वेग से उसकी ओर बढ़ने का आदेश कर दिया था।"

"तो क्या आर्जथ उस ग्रह के नष्ट होने से पहले उस तक पहुंच पायेगा?"

"प्रज्ञास के अनुसार वह ग्रह नष्ट हो जायेगा किन्तु मेरा अनुमान है, की वह ग्रह नष्ट नहीं होगा। आर्जथ ने अब से लगभग ८ दिन पूर्व ही प्रज्ञास को निष्क्रिय करके, अंतरिक्ष यान को अपने नियंत्रण में करते हुए उसकी गति यंत्र में भयंकर बदलाव करके प्रचंड वेग से उस ग्रह को बचाने के लिए आगे बढ़ने लगता है। कल दिन के पहले पहर के अंत तक आर्जथ उस ग्रह तक महा प्रचंड वेग के साथ पहुँच जायेगा।"

"यह तो बहुत अच्छा होगा। लाखों वर्ष बाद वह किसी अपने को देखेगा, उनसे मिलेगा। वह समय बहुत ही भावुक क्षण होगा उन सबके लिए।"

"आपने ठीक कहा महाराज। और आप सब के लिए भी वह क्षण बहुत ही भावुक होगा।" और कालज़ छटते बदलो के नीचे दिखाते हुए महाराज साहिस्व और आर्गश के मनुष्य शरीर से बात को टालते हुए कहता है "देखो—तूफान अब शांत हो रहा है, और वहां देखो —वो रेत का बना विशालकाय गड्डा ही है, खार्द्धिक क्षेत्र। अब आर्गश तुम प्रालख्य को नीचे की ओर उड़ाते हुए उस ओर चल सकते हो। अब बस १२००० योजन की ही दूरी तय करनी है।"

आर्गश, महाराज गारुद्ध के विशालकाय पंखों को कुछ समेटते हुए, प्रालख्य को छटते बदलो के नीचे की ओर ले कर और तीव्र वेग

से कुण्डलीकार गुरुत्वाकर्षण से प्रालख्य को संतुलित करते हुए उड़ने लगता है। प्रालख्य के भीतर आर्गश १२ इदेवतों के रूप में उसके आंतरिक आवरण को और दृढ़ता से सहारा देते हुए बाकी के जीवों, इदेवतों और मानव्यों को देख कर मंद मुस्कानों के साथ एक के बाद एक १२ इदेवतों के मुख से दिव्य रूपी स्वर में १२ शब्द कहता है "आप —सब —बस —कुछ —ही —समय —में —अपने —घर —पहुंचने —वाले —हैं।" किन्तु सब लोग आश्चर्य के साथ कुछ भी न समझने के भाव में बस उन १२ महा विशालकाय इदेवतों को उस अद्भुत रूप से अपने कार्य में लगे हुए, यूँ ही देखते रहते हैं। और आर्गश महाराज इंग्रात के रूप में खुद से ही कहता है "समय आने पर समझ जायेंगे।"

अध्याय ५
एक अकल्पनीय आरम्भ

आर्गश महाराज गारुड्ढ की दूर दृष्टि से देख कर यह समझ जाता है, की वह खार्द्धक क्षेत्र तक बस पहुँचने ही वाला है। इसलिए वह धीरे-धीरे अपनी गति को कम करते हुए और नीचे की ओर जाते हुए उड़ान भरता है। कुछ क्षण बाद कालज्ञ आर्गश के मनुष्य शरीर से कहता है "आर्गश यहाँ से खार्द्धक क्षेत्र का आरम्भ होता है। तुम अब इसके मध्य भाग की ओर बढ़ते हुए इसके स्थिर भाग पर ही प्रालख्य को रखने का प्रयास करोगे।"

आर्गश अपने मनुष्य शरीर से कहता है "ठीक है। ऐसा ही करूँगा।" और फिर आर्गश तीव्र वेग से खार्द्धक क्षेत्र के मध्य की ओर बढ़ने लगता है। कुछ समय के बाद अब वह उस मध्य भाग तक पहुंचने ही वाला होता है, वह प्रालख्य को महाराज गारुड्ढ के विशालकाय पंखों के बल से कुछ क्षण तक प्रालख्य को कुण्डलिकार मार्ग से नीचे लाने लगता है। साथ ही वह महाराज जाहिक्ष्त्र के शरीर की पकड़ से प्रालख्य को अब कुछ ढीला करते हुए उससे पूरी तरह अलग होने का प्रयास भी करने लगता हैं। फिर आर्गश महाराज गारुड्ढ के पंजों के द्वारा ही महाराज जाहिक्ष्त्र को, प्रालख्य के रेत पर स्थिर होने के ठीक पूर्व ही अलग करके कुछ ऊपर उठा कर प्रालख्य के समक्ष ही रेत पर रखते हुए अपने पंजों से मुक्त कर देता है।

प्रालख्य के गर्भ में आर्गश अपने सूक्ष्म शरीर की समस्त १२ चेतना रूपी रश्मियों को वहां के सभी १२ इदेवतों में से अपने अंदर शीघ्रता

पूर्वक खींचने लगता है। उन सभी १२ इदेवतों का दिव्य शरीर तेजी से अपने स्वाभाविक आकार में आने लगता है। और जब सम्पूर्ण चेतना आर्गश के सूक्ष्म शरीर में वापस आ जाती है, तो वह महाराज इंग्रात से कहता है "महाराज—मैंने यहाँ जो भी किया है, वह आप सब किसी से नहीं कहेंगे, ऐसा वचन दीजिए।"

महाराज इंग्रात, आर्गश के कथन का कुछ भी अर्थ नहीं समझते है, और वह अपने दिव्य स्वर में कहते हैं "तुम तो बस यहाँ आये और हम १२ इदेवतों को ध्यान में बैठने को कहा। यह बात छुपाने की नहीं लगती है?"

"आप १२ इदेवत नहीं जानते किन्तु यहाँ बाकी सब तो जानते हैं महाराज।"

महाराज इंग्रात सभी के भावों को देख कर समझ जाते हैं, की हमारे ध्यान में जाने के बाद आर्गश ने कुछ तो अद्भुत किया है, और वह आर्गश से अपने दिव्य स्वर में कहते हैं "ठीक है आर्गश, —हम वचन देते हैं, की तुमने यहाँ जो भी किया है, उसके बारे में हम इदेवत किसी से कुछ भी नहीं कहेंगे। —हम तो तुम्हारे नाम के अतिरिक्त तुम्हारे बारे में कुछ जानते भी नहीं हैं।"

"धन्यवाद महाराज। —अब मेरे दिए वचन को पूरा करने का समय आने वाला है। —अब से एक पहर के बाद आप सब अपने प्राचीन जीव साथियों, जानगिों और धारुड्डों से मिल सकेंगे।"

महाराज इंग्रात के साथ सभी इदेवत और मानव्य आश्चर्य के साथ आर्गश को देखते रहते है। महाराज इंग्रात कुछ क्षण बाद अपने दिव्य स्वर में कहते हैं "हम कैसे उनसे मिल सकते हैं? हम तो उनसे करोडो योजन दूर न जाने ब्रह्माण्ड के किस स्थान पर हैं। तुम हमें झूठी आशा दे रहे हो आर्गश।"

"मैं झूठी आशा नहीं दे रहा हूँ महाराज। ना तो यह झूठ होगा, की कल दिन की दूसरे पहर के आरम्भ में आपका अंतिम वचन भी पूरा

होगा, और ना ही यह की आप एक पहर बाद जानांगों और धाराड़ों से मिलेंगे। —किन्तु अभी समय नहीं है, की मैं बताऊँ की यह सब कैसे होगा। मैं आपसे एक पहर बाद उन सबके साथ मिलने आऊंगा, किन्तु मुझे दिया वचन स्मरण रहे महाराज की आप सब मुझे नहीं जानते हैं।" और फिर आर्गश प्रकाश के वेग से अपने सूक्ष्म शरीर को प्रालख्य के गर्भ से बाहर निकाल कर वहां स्थिर हो जाता है, जहां से देखने पर कालझ और मनुष्य रूप में स्वयं आर्गश इस बात को लेकर विचार विमर्श कर रहे होते है, की इस प्रालख्य के गर्भ में जाने के लिए इसके बाहरी धातु रूपी आवरण में मार्ग कैसे बनाये।

तभी कालझ को ध्यान आता है, की आर्गश ने महाराज जाहैत्र और महाराज गारुद्ध का शरीर अभी भी धारण कर रखा है। वह आर्गश से गंभीर स्वर में कहता है "तुम अब महाराज जाहैत्र और महाराज गारुद्ध के शरीर को उनके सूक्ष्म शरीर को सौंप कर उन्हें यहाँ स्वयं उपस्थित होने दो।"

आर्गश अनभिज्ञ सा बनता हुआ अपने मनुष्य शरीर के द्वारा कालझ से कहता है "आपने मुझे शरीर को धारण करने का ही उपाय बताया है। किन्तु उसे उनके स्वः को सौंपते कैसे हैं, यह तो अपने बताया ही नहीं है।"

"यह उपाय तो धारण करने के उपाय से कुछ आसान है।"

"तो कहिये।"

"तुम्हें पहले महाराज गारुद्ध और अपनी संयुक्त संकल्प शक्ति से उनके शरीर को सामान्य आकार तक लाकर उनकी महिमा सिद्धि को पहले के जैसे सुषुप्ति अवस्था में करना होगा। फिर अपने सूक्ष्म शरीर से उनके शरीर में प्रवेश करके तुम उनके हृदयाकाश में उनके सूक्ष्म शरीर को अपनी चेतना से अलग करके, ध्यान से जगा कर, उन्हें कार्य के पूरा होने, और उनके शरीर को सौंपने की बात कहनी होगी। फिर

इसी उपाय से तुम्हें महाराज जाहेत्र के शरीर को भी उन्हें सौंपना होगा।"

"समझ गया। किन्तु यह आसान लगता नहीं है।"

और आर्गेश अप्रकट मंद मुस्कान के साथ अपनी और महाराज गारुद्ध की संयुक्त संकल्प शक्ति से उनके महा विशालकाय पक्षी रूपी शरीर को सामान्य करने लगता है। कुछ देर बाद जब उनका शरीर पहले के जैसा हो जाता है, तब आर्गेश उनकी महिमा सिद्धि को सुषुप्ति अवस्था में शांत करके, उनके शरीर के हृदय के सामने के भाग से, अपने सूक्ष्म शरीर से प्रवेश कर जाता है। कुछ ही क्षण में वह उनके हृदयाकाश में पहुंच जाता है, और महाराज गारुद्ध के सूक्ष्म शरीर को अपनी चेतना की रश्मियों से मुक्त करने लगता है। इसके ठीक बाद ही आर्गेश अपने सूक्ष्म शरीर की दिव्य स्वर से कहता है "महाराज—उठिये, मैं आपके शरीर को, आपको सौंपने आया हूँ।"

आर्गेश की दिव्य स्वर को सुनकर महाराज गारुद्ध का सूक्ष्म शरीर कुछ ही क्षण में ध्यान से बाहर आ जाता हैं, और वह कहते हैं "आर्गेश—क्या हुआ? तुम अभी तक मेरा शरीर धारण नहीं किये?"

आर्गेश मुस्कुराते हुए कहता है "महाराज—मैंने आपका शरीर धारण भी किया, और जिस कार्य के लिए धारण किया था, वह कार्य भी अब पूर्ण हुआ। और अब मैं आपके शरीर को, आपको सौंपने आया हूँ।"

महाराज गारुद्ध आश्चर्य के भाव में कहते है "किन्तु तुम अभी-अभी तो मेरे शरीर को धारण करने की आज्ञा लेकर मुझे ध्यान में बैठने के लिए कहे थे।"

"महाराज—आप ध्यान की उत्तम अवस्था में चले गए थे, इसलिए आप समय का सही अनुमान नहीं लगा पा रहे हैं।"

"हो सकता है। —यदि तुम मेरा शरीर धारण करने के बाद मुझे सौंपने आए हो, तो क्या तुमने प्रालख्य से तृणेक्ष को बचा लिया है? उस प्रालख्य को तुमने तृणेक्ष के खार्द्धिक क्षेत्र पर रख दिया है? सभी ठीक तो हैं?"

"हाँ महाराज, यह कार्य, आपके और महाराज जाईस्त्र की सहायता से अब पूर्ण हुआ। प्रालख्य को तृणेक्ष के खार्द्धिक क्षेत्र के मध्य में रख दिया गया है, और सभी ठीक हैं।"

"किन्तु मुझे इसकी कोई भी स्मृति अपने अंतःकरण में क्यों नहीं दिखाई पड़ती है।"

"ठीक समय आने पर वो स्मृतियाँ आपको स्वयं वैसे ही अपने अंतःकरण में दिखाई देने लगेंगी जैसा की संसार को लगना चाहिए।"

"अच्छा। —अभी मैं खार्द्धिक क्षेत्र कैसे पहुँचूँगा आर्गश?"

"महाराज—आपका शरीर इसी खार्द्धिक क्षेत्र के मध्य में प्रालख्य के समक्ष ही है। आप अपने शरीर को मुझसे वापस ले लीजिए और फिर आप अपनी सम्पूर्ण चेतना के द्वारा उस पर पुनः अधिकार प्राप्त करेंगे, तो देखेंगे की आप सबके साथ प्रालख्य के समक्ष खार्द्धिक की रेत पर अपने विशालकाय पंजों पर स्थित हैं।"

"ठीक है आर्गश, —तो अब मैं अपने शरीर को स्वीकार करता हूँ।"

"धन्यवाद महाराज, —अब मैं आपसे कुछ समय के बाद अपने भौतिक मनुष्य रूप में ही मिलूंगा।"

"ठीक है आर्गश।"

इसके बाद आर्गश अपने सूक्ष्म शरीर को महाराज गारुड्ध के हृदयाकाश से तीव्र वेग के साथ बाहर लाकर उनके शरीर से भी बाहर आ जाता है। बाहर आने के कुछ क्षण बाद, वह अपनी और महाराज जाईस्त्र की संयुक्त संकल्प शक्ति से उनके महा विशालकाय शरीर को सामान्य

करने लगता है। कुछ देर बाद जब उनका शरीर पहले के जैसा सामान्य हो जाता है, तब आर्गश उनकी महिमा सिद्धि को सुषुप्ति अवस्था में शांत करके, वह उनके शरीर में हृदय के सामने के भाग से प्रवेश कर जाता है। अपने सूक्ष्म शरीर के तीव्र वेग से आर्गश उनके हृदयाकाश में पहुंच कर उनके सूक्ष्म शरीर से अपनी चेतना को अलग करने के बाद महाराज से दिव्य मधुर स्वर में कहता है "महाराज—उठिए मैं आपके शरीर को आपको सौंपने आया हूं।"

महाराज जार्हस्त्र का सूक्ष्म शरीर, आर्गश के सूक्ष्म शरीर के दिव्य स्वर को सुन कर शीघ्रता पूर्वक ध्यान से बाहर आने लगते है। कुछ क्षण में जब वह अपने उत्तम ध्यान से पूर्णतः बाहर आ जाते है, तो अपने समक्ष आर्गश के सूक्ष्म शरीर को देख कर आनंदित होने लगते हैं। और उस आनंद में ही वह अपने सूक्ष्म शरीर के सहस्त्रों फणों की दिव्य गूंज स्वर में आर्गश से कहते हैं "लगता है तुम उस असाध्य कार्य को शीघ्रता से पूरा करके लौट आए हो।"

आर्गश मंद मुस्कान के साथ कहता है "महाराज उस कार्य को पूरा करने में हमे दो पहर से कुछ अधिक का समय लग गया। किन्तु आप उत्तम ध्यान में लीन थे, इसलिए आपको समय का ठीक अनुमान नहीं रहा होगा।"

"तुम ठीक कहते हो आर्गश। यह ध्यान मेरे पहले के संपूर्ण ध्यान से कहीं अधिक दिव्य और आनंददायक रहा। किंतु तुम्हारे इस दिव्य सूक्ष्म स्वरूप को देखने पर मुझे और अधिक आनंद मिल रहा है।"

"यह तो आपके ध्यान से मिली एकाग्रता और दिव्यता का प्रतिफल मात्र है महाराज।"

"शायद तुम ठीक कहते हो। अब वह प्रश्न जिसका उत्तर शायद मुझे पहले से ही ज्ञात है, फिर भी तुम ही बताओ। क्या प्रालख्य को तुम महाराज गारुड्ढ और मेरे शरीर की सहायता से खार्द्धक क्षेत्र पर लाकर रख दिए?"

"जी हां महाराज, —आपके बलशाली महाकाय शरीर की पकड़ से प्रालख्य को वश में करके, और महाराज गारुड्ढ के महाकाय पक्षी रूप के पंजों से, आपके माध्यम से प्रालख्य को पकड़ कर, मैं अभी-अभी खार्द्धक क्षेत्र पर रख कर आ रहा हूं।"

"मुझे पूर्ण विश्वास था, की तुम और कालझ इस महा संकट को टाल ही दोगे। —क्या मुझे इस कार्य की स्मृतियां कभी प्राप्त होंगी?

"महाराज—ठीक समय आने पर सही स्मृतियां आपके अंतःकरण में स्वतः ही प्रकट हो जाएंगी।"

"और आर्गश—वह समय कब आएगा, जिसका तुमने मुझे मेरे शरीर को धारण करने से पूर्व वचन देते हुए कहा था।"

"वो समय कल प्रातः काल के दूसरे पहर के आरम्भ में आएगा महाराज"

"उसमें कितना समय शेष है आर्गश।"

"उस समय में अभी भी ३ पहर का समय शेष है महाराज"

"ठीक है, और अब तुम मुझे मेरा शरीर सौंपने आए हो?"

"जी हाँ महाराज, अब आप अपने शरीर को स्वीकार कीजिए। फिर आप स्वयं को सबके साथ खार्द्धक क्षेत्र में पाएंगे।"

"ठीक है आर्गश, मैं तुमसे अपना शरीर वापस स्वीकार करता हूं।"

"धन्यवाद महाराज, —अब मैं आपसे अपने भौतिक मनुष्य रूप में ही प्रालख्य के समक्ष मिलूंगा।"

"ठीक है आर्गश"

आर्गश अपने सूक्ष्म शरीर को तीव्र वेग से महाराज के हृदयाकाश से बाहर लाकर, कुछ ही क्षण में उनके विशालकाय शरीर से भी बाहर

आ जाता है। इसके बाद मनुष्य रूप में आर्गश अपने सूक्ष्म शरीर को स्वयं में प्रवेश करा देता है।

सब लोग देखते हैं की पहले महाराज गारुड्ढ और फिर महाराज जाहैस्त्र का विशालकाय शरीर अब एक नई चेतना के साथ अस्थिर होने लगे है। किन्तु कुछ क्षण में ही दोनों अपने-अपने शरीरों को संतुलित करके विशालकाय प्रालख्य को अब एकटक देखते रहते हैं। महाराज गारुड्ढ और महाराज जाहैस्त्र को पूर्ण चेतना में आने के बाद कालझ उनसे कहता है "महाराज गारुड्ढ—महाराज जाहैस्त्र, आप दोनों का खार्द्दिक क्षेत्र में स्वागत है। हम आप दोनों की सहायता से ही इस प्रालख्य को यहां इस खार्द्दिक क्षेत्र के मध्य भाग तक लाने में सफल रहे हैं।"

महाराज गारुड्ढ अपने विशालकाय पंखों के बल से ऊपर उड़ते हुए, प्रालख्य को चारों ओर से अपनी स्पष्ट दृष्टि से कुछ क्षण देखते रहते हैं। कुछ क्षण के बाद वो आश्चर्य के साथ कालझ के समक्ष आकाश में ही स्थिर होते हुए, अपने उच्च और गंभीर स्वर में कहते है "कालझ—यह जो मैं देख रहा हूँ वह किसी स्वप्न सा जान पड़ता है। यह असंभव कार्य जिस प्रकार भी संभव हुआ इसकी कल्पना मेरी बुद्धि में तो क्या महाराज जाहैस्त्र के बहुआयामी बुद्धि में भी प्रकट नहीं हो सकती थी। क्योंकि हम सभी उन दिव्य शक्तियों से अनभिज्ञ है, जो तुम्हारे और आर्गश के पास हैं।"

महाराज जाहैस्त्र अपने सहस्त्रों फणों से महाराज गारुड्ढ की बातों का समर्थन करते हुए प्रालख्य को देखने के बाद कालझ से महागूंज की ध्वनि में कहते हैं "कालझ—महाराज गारुड्ढ ठीक कहते है, इस असंभव कार्य को तुमने और आर्गश ने जिस प्रकार भी संभव बनाया है, वह युक्ति किसी भी जार्नाग और धारुड़ की कल्पना शक्ति के परे थी। यदि मेरी और महाराज गारुड्ढ की शारीरिक क्षमता के कारण ही आर्गश ने हमारे शरीरों को उस विशालता तक बढ़ाया था, जिससे की वह इस प्रालख्य को वश में करते हुए यहाँ तक ला सका, तो इसमें भी

मुझे यह सब विधाता का ही पहले से निर्धारित एक महान योजना का ही भाग लगता है। अवश्य ही किसी परम शक्ति को, इस महान संकट और इससे बचने के इस अकल्पनीय योजना के माध्यम से हमें किसी रहस्य के बारे में बताना चाहते हैं।"

कालझ महाराज जाहेस्त्र से गंभीर स्वर में कहता हैं "महाराज— आप ने कुछ वर्ष ध्यान में रहते हुए उन दिव्य शक्तियों को कुछ सीमा तक जागृत कर लिया हैं, जिनसे की आप हर एक महान सृष्टि कार्य में छिपे किसी रहस्य के होने का अनुमान लगा सकते हैं। लाखों वर्ष पूर्व इस महान संकट के बनने और अब इसके घटने व इसको रोकने की इस अद्भुत योजना के पीछे एक महान रहस्य ही छुपा हुआ है।"

इस महान रहस्य की बात को सुनकर महाराज गारुद्ध, महाराज जाहेस्त्र, महाराज साहेस्व और सभी जानांग योद्धा भी एक साथ निकट आते हुए, कालझ को अति आश्चर्य के भाव से देखने लगते है। और कुछ क्षण के बाद महाराज जाहेस्त्र अपने सहस्त्रों फणों की महागूंज की ध्वनि में कहते हैं "इस घटनाक्रम में वह कौन सा महान रहस्य छुपा है कालझ?—जिसके लिए स्वयं किसी परम शक्ति को इस महान संकट रूपी प्रालख्य को लाखों वर्ष पूर्व हमारे तृणेक्ष की ओर भेजना पड़ा।"

कालझ अपने निकट उपस्थित आर्गश, महाराज जाहेस्त्र, महाराज गारुद्ध, महाराज साहेस्व और सभी जानांग योद्धाओं की उत्सुकता को समझते हुए कुछ विचार करने लगता है, और कुछ क्षण बाद ही महाराज जाहेस्त्र की ओर देखते हुए कहता है "महाराज—आपके पिता ने आपके बाल्यकाल में लाखों वर्ष पूर्व हुए, जिस महायुद्ध की महागाथा आपसे कही थी, मैं उसी महायुद्ध के महाविनाश से इस गुस एवं महान रहस्य का वर्णन करूँगा। किन्तु पहले आप सब उस परम शक्ति, काल को समझिये।

"आप सभी यह तो जानते हैं, की काल की प्रेरणा से ही सृष्टि का प्रत्येक निर्माण एवं विनाश की क्रिया संभव होती है। और वह

महायुद्ध भी काल की प्रेरणा से ही, तृणेक्ष को घोर तमोगुणी पापी जीवों के पाप के भार से मुक्त करने के लिए संभव हुआ था। काल कभी भी किसी भी घटनाक्रम में संलग्न किसी भी जीव के धर्म और अधर्म की समझ को नियंत्रित नहीं करते हैं। वह समझ तो जीव को स्वयं ही अपने विवेक से अपने सम्मुख उपस्थित परिस्थितियों के आधार पर धर्म और अधर्म का निर्णय करके धर्म को चुनते हुए करना होता है। जीव के किसी कार्य के धर्म और अधर्म का निश्चय किसी समय बहुत ही सरल होती है, किन्तु कभी-कभी बहुत ही दुविधा पूर्ण भी होती है। जब अरबो जीवों को एक साथ काल की प्रेरणा से किसी महायुद्ध में संलग्न होना पड़ता है, तो भी उस समय प्रत्येक जीव को अपने पक्ष या राष्ट्र के प्रति पूर्ण समर्पण के भाव से धर्म के अनुसार ही युद्ध करना चाहिए। यदि उसके सम्मुख का कोई पक्ष अधर्म से युद्ध करें तो केवल अपनों की रक्षा या आत्मरक्षा के समय ही किसी भी धर्म मार्ग के ना होने पर सबसे कम पापमय अधर्म मार्ग उस क्षण के लिए धर्म बन सकता है। किन्तु अपनों की रक्षा या आत्मरक्षा के बाद वह पुनः अधर्म ही माना जाता है। जब कोई एक जीव या एक साथ अनेको जीव, धर्म और अधर्म में धर्म के सरल चुनाव होने पर भी अधर्म को ही चुनते हैं, और करते है, या आत्मरक्षा के बाद भी अधर्म युक्त मार्ग का अनुसरण करते रहते है, तो इससे उनके पापों का संचय तेजी से बढ़ने लगता है। उनके इस नीच अधर्म आचरण और पापों को देख कर काल को उन अधम जीवों पर महा क्रोध आता है।

"काल का क्रोध किसी सामान्य जीव की तरह नहीं होता है, की अभी किसी पर क्रोध आया और अगले ही क्षण या किसी एक निश्चित दिन उसको किसी निश्चित पाप का दंड दे दिया। नहीं—काल तो स्वयं काल है—समय है, काल समय की सीमा से परे है। क्रोधित काल उन पापी, दंड के भागी जीवों को किसी एक ही समय के आयाम में नहीं वरन समय के अनंत आयामों में भिन्न-भिन्न लोकों के भिन्न-भिन्न जन्मों और भिन्न-भिन्न शरीरों में एक साथ स्थापित करके उनके द्वारा किये

प्रत्येक अधर्म युक्त पापों का अलग-अलग दंड देते रहते है। काल का दंड विधान एक साथ रचित होने वाला अनंत विस्तार का कार्य है। किंतु संसार में समय की सीमा में रहने वाले जीवों के लिए वह दंड अलग-अलग समय, शरीरों और जन्मों में महा दुख के रूप में भोगता दिखाई पड़ता है।

"इसके विपरीत एक दूसरा विधान पुण्य का भी है, धर्म युक्त मार्ग पर चलने वाले जीवों के लिए उनके संचित पुण्य रूपी फल को देख कर काल को बड़ी प्रसन्नता होती है। वह पुण्य रूपी जीव काल की हर्षित प्रेरणा से भिन्न-भिन्न समय में भिन्न-भिन्न लोकों में भिन्न-भिन्न जन्मो के भिन्न-भिन्न शरीरों के द्वारा महा सुख की अनुभूति करते हुए उसके फल को भोगते रहते हैं। संसार में इसी प्रकार सभी जीव अलग-अलग समय में अपने अलग-अलग जन्मों में प्राप्त अलग-अलग शरीरों से धर्म और अधर्म रूपी छोटे बड़े दोनों प्रकार के कर्म करते ही रहते है। और इस तरह एक ही जीव के लिए काल के दोनों विधान मृत्युलोक में मिलने वाले हर जन्म में उसके प्रारब्धानुसार अलग-अलग समय में सुख या दुख रूप में भोगने पड़ते हैं।

"प्रत्येक जीव धर्म और अधर्म के मार्ग पर चलते हुए अनंत जन्मों में संचित पुण्य और पाप रूपी कर्मफल को काल के इन्हीं हर्ष और क्रोध रूपी प्रेरणा से वह जीव हर एक जन्म में अपने प्रारब्ध के अनुसार सुख और दुख रूप में भोगता रहता है। काल की दृष्टि में पाप और पुण्य दोनों ही संसार में बंधन के कारण ही हैं, किन्तु इनमें से पुण्य के प्रभावी होने पर संसार से निकलने का मार्ग सरलता से पाया जा सकता है। किन्तु कभी-कभी कोई जीव जो कई जन्मों से महा पापी भी रहा हो, वह यदि किसी प्राचीन भाग्योदय के माध्यम से ध्यान और मुक्ति के मार्ग का अनुसरण करते हुए, परमात्मा का चिंतन करते हुए अपने शरीर के तीनो गुणों से ऊपर उठने लगता है, तो काल को उसके प्रारब्धानुसार निश्चित कर्म फल से निर्मित उन भविष्य को निष्क्रिय करने पर विवश होना पड़ता है, जिससे उसके

पुनः संसार चक्र में गिरने की संभावना प्रबल हो जाती है। और मैं कालझ ही, काल का वह अंश हूँ जो अनंत ब्रह्माण्डों की सभी सृष्टियों में काल के आदि से इस कार्य को करता आ रहा हूँ।

"महाराज—जब वह विनाशकारी महायुद्ध आरंभ हुआ तो ३ दिनों तक तो लगभग सभी राष्ट्र ने धर्म के अनुसार ही युद्ध किए थे। किन्तु चौथे दिन के दूसरे पहर से अधर्म से युद्ध करने का सरल मार्ग का तीन राष्ट्रों ने अनुसरण करना आरम्भ कर दिया था। और इस तरह दसवें दिन तक इदेवतों, कुछ जानार्गों, कुछ धारुड़ों और कुछ मानव्यों को छोड़ कर बाकी के सभी युद्ध लड़ने वाले राष्ट्र, उनकी सेना और लगभग उनके सभी योद्धा केवल अधर्म से ही युद्ध करने लगे थे। इस तरह वह महायुद्ध एक महा अधर्म युद्ध का विशालकाय रणभूमि लग रही थी, जिसमें सहस्त्रों महा विनाशक अस्त्रों और शस्त्रों के अधर्म युक्त नित्य प्रयोग से तृणेक्ष के अनेको निरपराध और पुण्य स्वरूप छोटे बड़े जीवों को भी काल के गाल में समाना पड़ा था।

"इस सम्पूर्ण ब्रह्माण्ड में उनके कुछ विराट रूप के अंश से किसी को भी न दिखाई देने वाले स्वयं काल को यह सब देखते हुए अनंत क्रोध आ रहा था। किन्तु काल ने उस महायुद्ध में कुछ नया विस्तार न करते हुए, उस महायुद्ध में सभी बुद्धि युक्त जीवों के धर्म और अधर्म को देखते हुए युद्ध के अंतिम दिन के अंतिम क्षण तक युद्ध में जीवों के संहार होने पर उनकी आत्माओं को अपने विराट मुख में लीलते जा रहे थे।

"काल, किसी भी मृत्यु लोक के बुद्धि से उत्तम जीवों की धर्म और अधर्म के सही और गलत चुनाव को देखते रहते है। उस महायुद्ध के समय तृणेक्ष पर नए कर्मफल कमाने की २३ योनियां थी, जिनमें से इदेवत, जानार्ग, धारुड़ और मानव्य सबसे अधिक बुद्धिशाली जीवों की योनियां थीं। वे जीव, धर्म और अधर्म के मर्म को बाकी के १९ नए कर्म अर्जित करने की योनियों के जीवों से कही अधिक सहजता से समझ कर धर्म को निश्चित कर सकते थे। किन्तु सभी इदेवतों,

कुछ सहस्र जानर्गों, कुछ सौ धारुड़ों और कुछ मानव्यों को छोड़ कर बाकी के सभी शेष जानर्ग, धारुड़, मानव्य और अन्य १९ राष्ट्रों के अधिकतम जीव भी अपनी विजय को सुनिश्चित करने के लिए अंततः अधर्म के मार्ग से ही युद्ध करने लगे थे।

"जब अनेको जीव एक साथ महा क्रूरता और नीचता की परिसीमा तक अधर्म करने को आतुर हो जाते हैं, और उनमें एक क्षण के लिए भी आत्मग्लानि एवं प्रायश्चित की भावना तक नहीं होती, तब काल उस संसार और उस ब्रह्माण्ड में स्थित सम्पूर्ण जीवों को एक साथ लील डालने के लिए महा विराट क्रोध के साथ एक महाविनाशक भविष्य निर्धारित कर देते हैं। काल ने उस महायुद्ध में लगभग १२ अरब जीवों को लील लिया था, जिसमें ७ अरब निरपराध और पुण्य स्वरूप जीव थे। बाकी के ५ अरब जीव उस महायुद्ध में अधर्म के अनुयायी तो थे ही, किन्तु वो अपने पूर्व जन्मो के भी अधर्म और पापों के कारण प्रारब्धानुसार मृत्यु के बाद स्वयं काल के गाल में समां गए थे। उनकी मृत्यु के बाद भी काल ने उन अधर्मियों के उस महायुद्ध में किये महा पापों का दंड देने के लिए अलग-अलग नरक रूपी लोकों में महा यातनाएं देते रहे। और साथ ही अलग-अलग जन्मों में अलग-अलग शरीरों के साथ भी उन पापों के भाग को देते रहे। किन्तु वो पाप राशि उन अधर्मियों की इतनी बृहत थी, की अब तक लाखों वर्षों के बाद भी उसका सिर्फ एक अर्धांश ही दंड रूप में क्षय हो पाया है।

"५ अरब पापी जीवों के बृहत पाप राशि को काल के विधान के अनुसार यदि इसी प्रकार से दंड रूप में देते रहेंगे, तो काल को अत्यंत वृहत विस्तार का कार्य क्षेत्र निर्धारित करते रहना होगा। किन्तु काल को उस ब्रह्माण्ड की कार्य क्षेत्र की सीमा के भीतर ही यह विस्तार करना होता है। इसलिए काल को एक साथ एक महासंकट के द्वारा महाविनाश करके संयुक्त रूप से उन अरबो पापियों को एक साथ दंड देने का निर्णय लेते हुए एक महा विनाश रूपी भविष्य का निर्माण कर देते हैं।

"आप सब जानते है की उस महायुद्ध के अंत में केवल धर्म के मार्ग पर चलने वाले इदेवतों में केवल १२ ही जीवित बचे थे, किन्तु उन बचे हुए और मारे गए सभी इदेवतों पर काल का क्रोध अत्यधिक था। इदेवतों ने ही उस महायुद्ध के सहस्त्रों वर्ष पूर्व, जान बुझ कर तृणेक्ष के सभी जीवों के जीवन को काल के प्राकृत प्रेरणा के विपरीत कार्य करते हुए, अपनी दिव्य ज्ञान और दिव्य शक्तियों से बदलने लगे थे। जिसका अंततः वह महायुद्ध रूपी परिणाम घटित हुआ था। काल ने उस महायुद्ध के अंत के कुछ समय बाद ही, उन सभी १२ इदेवतों को और मृत इदेवतों को नए जन्मो से विचित्र शरीरों को देकर लाखों वर्षों के लिए एक महान दंड देने के लिए एक ऐसे ग्रह के गर्भ में बंद कर दिया था, जिसमें वो सिर्फ जीवित रह सकते थे किन्तु सुखी नहीं रह सकते थे। वो इदेवत अभी तक उसी महा दंड को भोग रहे हैं, और वो इस दंड का कारण भी समझ रहे हैं। किन्तु अपने दिव्य शक्तियों के होते हुए भी वो उस महा दंड से स्वयं बचने का भी चिंतन नहीं करना चाहते हैं। वो सब अपने उस महा भूल का प्रायश्चित इसी तरह करोड़ों अरबो वर्ष तक करते रहने का निश्चय कर चुके हैं।

"इदेवतों के बाद जिन जाती के जीवों पर उस महायुद्ध में अधर्म के कारण, काल को अत्यधिक क्रोध आया था, वह थे आप जार्नाग और आप धारुड़। कुछ सहस्त्र जार्नागों और कुछ सौ धारुड़ों को छोड़ कर सभी अधर्मी जार्नागों और धारुड़ों का उस समय अंत तो हो गया था। किन्तु उनकी वृहत पाप राशि का अंत उनके सहस्त्रों जन्मो के बाद भी नहीं हो सकता था। इसलिए काल ने उन्हें भी एक महान और संयुक्त रूप से दंड देने के लिए लाखों वर्ष पूर्व इस प्रालख्य के रूप में उनके संसार के सम्पूर्ण विनाश का एक भविष्य निर्धारित कर दिया था।"

कालज्ञ के द्वारा वर्णित काल के महा क्रोध और दंड देने के कार्य के वृहत विस्तार को सुनकर वहां उपस्थित महाराज जाहैस्त्र, महाराज गारुद्ध, महाराज साहैस्व और सभी जार्नाग एवं धारण योद्धाओं को अत्यंत विस्मय होता है। प्रालख्य के द्वारा उनके संसार के सम्पूर्ण

विनाश होने की बात को सुनकर महाराज जाहैत्र और महाराज गारुड्ढ एक दूसरे को महान संवेदना के भाव से देखने लगते हैं। कुछ क्षण के बाद महाराज गारुड्ढ अपनी उच्च किन्तु करुण स्वर में कालझ से कहते हैं "कालझ—यदि काल ने हमारे उस महायुद्ध के समय के जन्म के द्वारा किये अधर्म युक्त पाप कर्मों के फलस्वरूप संयुक्त दंड रूप में इस प्रालख्य को हमारे संसार के सम्पूर्ण विनाश करने के लिए भेजा था, तो तुमने और आर्गश ने इसे रोक कर उनके कार्य में हस्तक्षेप क्यों किया? —यदि काल का वह निर्धारित भविष्य सत्य रूप से घटित होता तो निश्चित रूप से हम सभी के संचित वृहत पाप राशि का संयुक्त रूप से कुछ तो बड़ा भाग कम हो जाता।"

महाराज जाहैत्र और उनके पुत्र महाराज साहैस्व भी अपने सहस्रों फणों के द्वारा करुण भाव में महाराज गारुड्ढ की बातों का समर्थन करने लगते हैं। महाराज जाहैत्र अपने सहस्रों फणों की महा गूंज किन्तु करुण स्वर में कालझ से कहते हैं "कालझ—महाराज गारुड्ढ ठीक कहते हैं—यदि काल ने उस महायुद्ध में एक भी अधर्म न करने वाले महान और दिव्य इदेवतों को इतने लाखों वर्ष तक किसी ग्रह के गर्भ में ऐसा महान दंड, अब तक दे रहे है, जिसकी कल्पना करके मेरे हृदय में महान वेदना रूपी पीड़ा हो रही है, तो हम अधर्मियों के पापों के फल स्वरूप पहले से निर्धारित किये हुए इस सम्पूर्ण विनाश को क्यों नहीं घटने दिया? —क्यों तुमने और आर्गश ने मिलकर हमें उन महा पापों से कुछ तो मुक्त होने के उस महान अवसर से वंचित कर दिया? —क्यों कालझ? —क्यों?" और इस तरह कहते हुए, महाराज जाहैत्र के सहस्रों आँखों से अश्रुओं की प्रचंड धराये खार्द्धिक के उस रेत को भी भिगोने लगती हैं जिसके ऊपर वह स्थित थे।

उनकी इस करुण वेदना के प्रभाव से महाराज गारुड्ढ, महाराज साहैस्व और सभी जार्नग योद्धा भी उसी भाव में अपने हृदय की गहराई में डूबने लगते हैं। सभी महा आत्मग्लानि और महा प्रायश्चित के भाव में अपने अश्रुओं से भरे आंखों से कालझ और आर्गश को इस

भाव से देखते रहते है, की जैसे वह सब अपनी विशालकाय आँखों में प्रचंड अश्रुओं की लहरें लिए कह रहे हो की 'ऐसा क्यों किया तुम दोनों ने? ऐसा महान अवसर हमसे क्यों छीन लिया तुम दोनों ने?'

उन सब के हृदय को वेधने वाले करुण वचनों को सुनकर और उनको आत्मग्लानि के महासागर में डूबते देख कर कालझ का भी कंठ बैठने लगा है, वह अपने रुंधे कंठ से करुण स्वर में उन सब से कहता है "आप सबके पूर्वजों के ध्यान और तप के पुण्य भाग के कारण प्राप्त संयुक्त उत्तम भाव को कई जन्मो से परखने के बाद ही काल को आपके उस सम्पूर्ण विनाश के भविष्य को टालने पर विवश होना पड़ा है। सिर्फ इसलिए हमने इस महाविनाश को टाला है महाराज। जब वह महायुद्ध समाप्त हुआ था, तो इदेवतों के कहने पर ही आप जार्नार्गिों और आप धारुड़ों के महाराज ने वह महान ध्यान और मुक्ति का क्रम पुनः स्थापित करने के लिए सब कुछ त्याग कर चले गए थे, जिसका संसार से लोप ही हो चूका था। जार्नार्गिों के महाराज तृणेक्ष के गर्भ की किसी अज्ञात शून्यता में चले गए थे, और धारुड़ों के महाराज भी सर्थम पर एक अज्ञात अंश अंधकूप में चले गए थे। और वही सहस्त्रों वर्षों तक उत्तम ध्यान की अवस्था को प्राप्त करके मुक्त हो गए थे। उन्हीं के द्वारा स्थापित उस महान परम्परा के कारण आज संपूर्ण सर्थम प्रणाली का प्रत्येक कर्म अर्जित करने वाले जीव और कुछ भोग योनियों के जीव भी उसी क्रम को पूर्ण समर्पण भाव से अपने जीवन के दूसरे अर्ध भाग में पूर्ण करने के लिए अपना सब कुछ त्याग कर किसी गुप्त स्थान को सदा के लिए चले जाते हैं।

"मैंने प्रालख्य के इस यात्रा के समय महाराज साहस्व और उनके योद्धाओं से, इदेवतों के तृणेक्ष से जाने के बाद के सम्पूर्ण वृतांत को बताते हुए कहा था, की जब भी किसी राष्ट्र का राजा कोई पुण्य या पाप करता है, तो उसका छठा भाग उस राष्ट्र की प्रजा को भिन्न-भिन्न समय में और भिन्न-भिन्न जन्मों के शरीरों के साथ भोगना पड़ता है। इसी प्रकार जब किसी राष्ट्र की प्रजा कोई पुण्य

या पाप करती है, तो उसका संयुक्त छठा भाग उस राष्ट्र के राजा को भिन्न-भिन्न समय में और भिन्न-भिन्न जन्मों के शरीरों के द्वारा भोगना होता है। इस तरह इतने लाखों वर्ष से उन सब पूर्व राजा और प्रजा रूपी उत्तम जीवों के तप, ध्यान और मुक्ति के संयुक्त पुण्य के भाग से इस सर्थम प्रणाली के सभी जीवों की पाप राशि का भी तेजी से क्षरण होता रहा है। इसलिए अब आप सब का बस कुछ ही पाप राशि शेष बची है। और उस पाप राशि के लिए काल आप सब का सम्पूर्ण विनाश तो नहीं कर सकते है। किन्तु हां अभी भी कुछ आधी घड़ी का मानसिक दुख अवश्य देते रहेंगे। आधी घड़ी के बाद, सर्थम की पहली किरण के साथ उन्हीं काल की प्रेरणा से आप सब को वह महान सुख मिलेगा, जिसका आप सबने लाखों वर्ष पूर्व से ही कल्पना करना तक छोड़ दिया था।"

कालझ की बातों को सुनकर महाराज जाहस्त्र, महाराज गारुढ्, महाराज साहस्व और सभी जारंग एवं धारुड़ योद्धाओं को आश्चर्य के साथ एक महान संतोष होता है। वह सब एक दूसरे को देखते हुए मंद ध्वनि में कहते है, की 'हम सब उस महान कलंक से अब बस मुक्त होने ही वाले हैं'। कुछ समय के बाद महाराज जाहस्त्र संतोष के भाव में अपने सहस्त्रों फणों से गूंजती हुई ध्वनि से कालझ से कहते हैं "कालझ—यह सब बता कर तुमने हम सब के हृदय पर रखे उस महान विशाल कलंक रूपी शीला को खंडित कर दिया है, जिसे हम स्वयं इतने वर्षों के बाद भी हिला तक नहीं पाए थे। यदि हम सब की वह कलंक रूपी पाप राशि का अब अंत होने ही वाला है, तो यह हमारे पूर्वजों के महान पुण्यों के कारण ही संभव हुआ है। किन्तु मुझे अब भी उन कलंकित पापों के फल रूप में महा दंड मिलना ही ठीक लगता है। यदि कोई जीव पाप करके दंड को भोगे बिना ही बच जायेगा तो इससे संसार में अनर्थ ही फैलेगा।"

कालझ अपने गंभीर स्वर में कहता है "महाराज—आप सब के इसी उत्तम अवस्था, उत्तम भाव और उत्तम बुद्धि को देख कर ही,

काल ने आप सब के दंड रूपी महा दुख के भविष्य को अब महा सुख रूपी भविष्य में परिणत कर दिया है। काल से कभी भी कोई भी न्याय गलत नहीं होता है, और काल से कोई भी पापी कभी भी दंड पाए बिना बच भी नहीं सकता है। आप सब की महायुद्ध के समय की पाप राशि का अब अंत होने ही वाला है, इसलिए दंड भी अब कुछ ही शेष है महाराज।"

महाराज गारुद्ध कालझ से अपने उच्च और गंभीर स्वर में कहते हैं "कालझ—तुमने दिव्य इदेवतों के तृणेक्ष से जाने के बाद का जो सम्पूर्ण वृतांत की बात कही वह मुझे क्यों नहीं ज्ञात है?"

महाराज जाहंरत्र भी महाराज गारुद्ध बात का समर्थन करते हुए कहते है "—हाँ कालझ, वह वृतांत मुझे भी ज्ञात नहीं है। मेरे पुत्र और यहाँ के सभी योद्धाओं को वह वृतांत ज्ञात है, किंतु मुझे और महाराज गारुद्ध को वह सब क्यों नहीं ज्ञात है?"

कालझ कहता है "महाराज—जब मैं इदेवतों के उनके जाने के बाद का सम्पूर्ण वृतांत आर्गश, महाराज साहंस्व और हमारे साथ चल रहे योद्धाओं को सुना रहा था, तब आप दोनों के शरीरों को आर्गश धारण किये हुए था। और आपकी अपनी चेतना आपके सूक्ष्म शरीरों के माध्यम से ध्यान में लीन थी। इसी कारण से आप अभी उन स्मृतियों तक नहीं पहुंच पा रहे हैं, जो आपके स्मृति पटल पर अचेतन अवस्था में अंकित हुई थी। किंतु यदि आप दोनों अपनी-अपनी निकट समय की स्मृतियों पर ध्यान लगाते हुए इदेवतों के जाने के बाद की घटनाओं को खोजेंगे तो वह अचेतन रूप में अंकित स्मृतियां आपके अंतःकरण में प्रकट होने लगेंगी।"

महाराज गारुद्ध कालझ से अपने उच्च और गंभीर स्वर में कहते हैं "क्या यह सच में संभव है?"

"हाँ महाराज—यह संभव हो सकता है। बस आप दोनों अपने निकट की स्मृतियों पर ध्यान लगाते हुए, मेरे द्वारा वर्णित इदेवतों के

यहाँ से जाने के बाद उनके साथ घटित प्रत्येक घटनाक्रम की स्मृति को खोजने का प्रयास करना होगा।"

कालझ के कहने पर महाराज जाहंस्त्र और महाराज गारुद्ध ध्यान में स्थित हो जाते हैं। अपने निकट की बनी स्मृतियों पर ध्यान लगाते हुए अपने मस्तिष्क एवं मन में कालझ द्वारा वर्णित इदेवतों के जाने के बाद के घटनाक्रम रूपी शब्दों का चिंतन करते हुए उसकी स्मृति को खोजने लगते हैं। बहुत देर तक प्रयास करने के बाद भी जब उन्हें इदेवतों के जाने के बाद के बारे में कालझ द्वारा वर्णित, किसी भी स्मृति का अनुमान नहीं लगता है, तो पहले महाराज जाहंस्त्र और फिर महाराज गारुद्ध ध्यान से बाहर आ जाते है।

दोनों के निराशाजनक भावों को देख कर आर्गश दोनों महाराज से कहता है "महाराज जाहंस्त्र—महाराज गारुद्ध—आप दोनों के शरीरों को धारण करने के बाद की प्रत्येक स्मृति मेरी चेतना से होते हुए आपकी अचेतन शक्ति के द्वारा अंकित हुई थी। प्रत्येक स्मृति मस्तिष्क में कुछ प्रमुख उत्प्रेरक तथ्यों के साथ अंकित होती हैं, और उन तथ्यों के चिंतन से ही वह स्मृतियां हमारे अंतःकरण में पुनः प्रकट होने लग जाती हैं। अतः आप कालझ के वर्णन की उन स्मृतियों तक तभी पहुंच पाएंगे जब उनमें से जो मुझे अत्यधिक आश्चर्य पूर्ण तथ्य लगी थी, उनका आपको पता लग जाये। मुझे ज्ञात है की जब कालझ हमें इदेवतों के जाने के बाद, उनके साथ क्या-क्या घटित हुआ था, बता रहे थे, तब मुझे उस वर्णन में बहुत सी बातें प्रमुख एवं आश्चर्य पूर्ण लगी थी, किन्तु आर्जथ का त्याग मुझे अत्यधिक आश्चर्य पूर्ण लगा था। इसलिए आप दोनों अपनी स्मृतियों पर इस भाव के साथ ध्यान लगाये की 'आर्जथ कौन था? उसने क्या त्याग किया था, और क्यों किया था?' इससे वह स्मृतियां जल्द ही आपके अंतःकरण में प्रकट होने लगेंगी।"

आर्गश के बताए उपाय को प्रयोग में लाने के लिए महाराज जाहंस्त्र और महाराज गारुद्ध पुनः ध्यान में स्थित हो जाते हैं, और एक बार फिर अपने निकट की बनी स्मृतियों पर ध्यान लगाते हुए अपने

मस्तिष्क एवं मन में आर्गश द्वारा बताये प्रश्नों 'आर्जथ कौन था? उसने क्या त्याग किया था, और क्यों किया था?' का चिंतन करते हुए उससे संबंधित किसी नये स्मृति के उनके अंतःकरण में प्रकट होने की प्रतीक्षा करने लगते हैं।

कालझ आर्गश की सूझ और समझ को जानकर उसकी ओर गर्व से देखते हुए कहता है "बहुत अच्छे आर्गश—जब तक महाराज जाहैत्र और महाराज गारुद्ध अपनी स्मृतियों से स्वयं यह नहीं जान लेते के इदेवतों के तृणेक्ष से जाने के बाद क्या-क्या घटित हुआ था, तब तक मैं प्रालख्य के भीतर जाकर एक पुराना द्वार पुनः उसी माध्यम से खोलने का प्रयास करता हूँ जिस माध्यम से उसे बंद किया गया था।"

आर्गश मंद मुस्कान के साथ शांत स्वर में कहता है "हाँ—यही ठीक रहेगा। —और ऐसा लगता है की कुछ ही समय में प्रभात भी होने वाली है।"

"हाँ—और सर्थम की पहली किरण के साथ ही प्रालख्य का वह द्वार खुल जाएगा।" आर्गश से इतना कहते ही कालझ सूक्ष्मता के साथ नील वर्ण प्रकाश करते हुए अंतर्धान हो जाता है, और परमाणुओं के बीच से होते हुए प्रालख्य के भीतर की ओर गतिमान हो जाता है।

प्रालख्य के भीतर जहां महाराज इंग्रात, आर्गश के वचन के पूरा होने की प्रतीक्षा में बैठे होते है, वह देखते है की उनके ठीक सामने ही नील वर्ण का प्रकाश युक्त आकाश, सूक्ष्मता से फैल रहा है। महाराज इंग्रात अपनी दिव्य दृष्टि का प्रयोग करते हुए देखते हैं, की एक श्वेतवर्ण किंतु असाधारण स्वरूप उस नील वर्ण से वृहत होते हुए बाहर आ रहा है। कुछ क्षण में ही कालझ अपने पूर्ण स्वरूप में महाराज इंग्रात के समक्ष प्रकट हो कर, उन्हें प्रणाम करते हुए कहता है "महाराज—मैं कालझ हूँ—मैं आप सभी इदेवतों और मानव्यों को आपके पुराने जीव साथियों जार्नांगों और धारुड़ों से मिलाने के उद्देश्य से आया हूँ।"

महाराज इंग्रात, कालझ की बातों को सुनकर अपने मन में दिव्य रूप से विचार करने लगते है 'शायद कालझ को आर्गश ने अपने वचन की पूर्ति के लिए, माध्यम रूप में भेजा हो। —किन्तु हमे भी आर्गश को दिए अपने वचन को पूरा करते रहना होगा, की हम आर्गश को नहीं जानते।' और फिर वह कालझ से अपने दिव्य स्वर में कहते हैं "कालझ—हम वचनबद्ध है की हम कभी तृणेक्ष पर स्वयं से नहीं जायेंगे? —फिर हम जार्नागों और धारुड़ों से कैसे मिल सकेंगे। यदि किसी अज्ञात कारण से यह सम्भव भी हो सकता है, तो भी अभी हम इस ब्रह्मांड के किस स्थान पर हैं, यह भी ज्ञात नहीं है।"

कालझ एक सहज मुस्कान के साथ महाराज इंग्रात और वहां एकत्रित हो चुके सभी इदेवत और मानव्य जीवों की ओर देखते हुए अपने उच्च एवं गंभीर स्वर में कहता है "आप सब का यह प्रालक्ष्य, काल की प्रेरणा से इस समय तृणेक्ष के उसी खार्द्धिक क्षेत्र के मध्य में स्थित है, जिसे करोड़ों वर्ष पूर्व आपके ही पूर्वजों ने अपने संयुक्त दिव्य शक्तियों से एक मरुभूमि में इसलिए परिणत कर दिया था, क्योंकि उस महासागर में रहने वाले विकराल, भयंकर, अधम और दुष्ट जीव तृणेक्ष की प्रजा को नित्य महा कष्ट देते रहते थे, और पुनः उसी में जाकर छुप जाते थे।"

कालझ की बातों को सुनकर महाराज इंग्रात और वहां एकत्रित सभी इदेवत और मानव्य जीवों के आश्चर्य की कोई सीमा ना रही। सभी एक दूसरे से इसी विषय को लेकर आपस में बातें करने लगते हैं। कुछ क्षण बाद महाराज इंग्रात अपने उच्च एवं दिव्य स्वर से सबको शांत करते हुए कहते हैं "सभी शांत हो जाओ—शांत हो जाओ—यह कभी मत भूलो के हमे अपने हर वचन को पूर्ण करते रहना होगा, चाहे वो प्राचीन से प्राचीन हो या नवीन से भी नवीन। —यदि कालझ के अनुसार हम तृणेक्ष पर पहुंच गए है, तो हम स्वयं जानते हुए तृणेक्ष पर नहीं लौटे हैं। —इसलिए अब वह वचन काल की प्रेरणा से ही निरस्त हो चुका है।" इतना कहते ही महाराज इंग्रात

भावुक हो जाते हैं, और साथ ही साथ सभी इदेवत भी भावुकता के साथ एक दूसरे से महान आनंद को अत्यंत भावुक होकर व्यक्त करने लगते हैं।

महाराज इंग्रात और वहां सभी की भावनात्मक खुशी को देखकर कालझ कुछ देर स्वयं भी आनंदित होता है, और कुछ क्षण के बाद महाराज इंग्रात से कहता है "महाराज—सर्थम की पहली किरण के साथ आप सभी को उसी मार्ग से इस प्रालख्य के गर्भ से बाहर निकल कर जार्नागों और धारुड़ों से मिलना होगा, जिससे होकर आप सभी इस प्रालख्य के गर्भ में प्रवेश किये थे । यही काल की प्रेरणा है।"

महाराज इंग्रात कालझ की बातों को समझ कर अपने दिव्य स्वर में कहते हैं "कालझ—तुम कौन हो? और तुम्हें काल की प्रेरणा का इतना सही अनुमान कैसे ज्ञात है? —तुमने अब तक हमारे बारे में जो भी तथ्य बताते हैं, वह बिल्कुल सही है। —किन्तु इतना सब सिर्फ लाखों या करोडो वर्ष की आयु वाला जीव ही जान सकता है।"

कालझ महाराज इंग्रात से कहता है "आप ने कुछ ठीक ही समझा है महाराज, —किन्तु मेरी आयु लाखों या करोडो वर्ष की नहीं अपितु अनंत से भी अनंत वर्षों की है। —और मैं सब कुछ इसलिए जनता हूँ क्योंकि मैं स्वयं काल का ही एक अंश हूँ। —मेरे बारे में और भी बहुत सी बातों का ज्ञान आप जार्नागों और धारुड़ों से जान सकेंगे, जब आप उनसे मिलेंगे, किन्तु अभी समय के अभाव के कारण मैं स्वयं वह सब नहीं बता सकता हूँ। महाराज—अभी आप सब उसी मार्ग से इस प्रालख्य के गर्भ से बाहर आने का प्रयास कीजिए, जिससे आप इस ग्रह के गर्भ में प्रवेश किये थे। वह मार्ग प्रालख्य के बाहरी आकाशीय आवरण में किस स्थान पर है, इसका ठीक-ठीक ज्ञान आपके पुत्र समान इदेवत योद्धा, सायंक को ज्ञात है।"

महाराज इंग्रात सायंक की ओर देखते हुए कालझ से अपने दिव्य स्वर में कहते हैं "ठीक है कालझ, हम सब उसी मार्ग से इस प्रालख्य के

गर्भ से बाहर आकर अपने तृणेक्ष पर पहला कदम रखेंगे, और लाखों वर्षों से बिछड़े अपनों से मिलेंगे।"

"अब आप सब प्रालख्य के बाहर उस मार्ग के ठीक सामने सर्थम की पहली किरण के साथ, जानर्गों के महाराज जाहेक्ष्त्र, उनके पुत्र महाराज साहेस्व, धारुड़ों के महाराज गारुद्ध और प्रमुख जानर्ग एवं धारुड़ योद्धाओं के साथ मुझसे मिलेंगे।" इतना कहते ही महाराज इंग्रात को प्रणाम करते हुए कालझ सूक्ष्मता के साथ नील वर्ण प्रकाश करते हुए अंतर्धान हो जाता है, और परमाणुओं के बीच से होते हुए प्रालख्य से बाहर की ओर गतिमान हो जाता है।

कालझ के अंतर्धान हो जाने के बाद महाराज इंग्रात सहस्त्रों वर्षों बाद कुछ प्रसन्नता के भाव में सायंक से अपने दिव्य स्वर में कहते हैं "पुत्र सायंक—अब ऐसा प्रतीत होता है, की हम पर काल का जो लाखों वर्षों का कोप था, उसमें अब कुछ नरमी आ रही है, इसीलिए तो उन्हीं काल की प्रेरणा से प्रालख्य अब हमारे तृणेक्ष पर स्थित हो गया हैं। अवश्य ही इतने लाखों वर्षों के बाद अब जा कर हमारे पापों का शायद अंत होने वाला है, और पुण्यों का फल उदित होने वाला हैं। पुत्र—कालझ के अनुसार, सर्थम की पहली किरण के साथ हमें प्रालख्य से बाहर उसी मार्ग से निकलना होगा जिससे हम इसके भीतर प्रवेश किये थे। और कालझ के ही अनुसार वह मार्ग इस प्रालख्य के आकाश रूपी आवरण में किस स्थान पर है इसका ज्ञान सिर्फ तुम्हें ही है। तो चलो पुत्र अब हमें वहां ले चलो, —काल की प्रेरणा में अब और विलंब करना केवल मूर्खता ही होगी।"

महाराज इंग्रात को इतने वर्षों बाद प्रसन्न और आशाजनक बाते करते देख सायंक को बहुत अधिक प्रसन्नता होती है। वह खुशी के भाव में ही महाराज इंग्रात से अपने दिव्य स्वर में कहते हैं "महाराज—मैं अवश्य जनता हूँ की वह मार्ग इस प्रालख्य के आकाशीय आवरण में किस स्थान पर है। चलिए हम वहां शीघ्र चलते हैं।"

"चलो पुत्र।" और सभी इदेवत, मानव्य और प्रालख्य के प्रमुख जीव प्रधान महाराज इंग्रात और सायंक के पीछे-पीछे उस स्थान की ओर चल पड़ते हैं, जहाँ से उस आकाशीय आवरण के उस मार्ग तक पहुंचना सबसे सरल होगा।

इधर प्रालख्य के बाहर कालझ सूक्ष्मता से प्रकट होकर देखता है, की महाराज जाहैत्र और महाराज गारुह्द अपने-अपने शरीरों में ध्यान की मुद्रा में ही भावनाओं की लहरों के साथ विचलित एवं भावुक हो रहे हैं। वह आर्गश से अपने स्वाभाविक गंभीर स्वर में कहता है "ऐसा लगता है की महाराज जाहैत्र और महाराज गारुह्द को वह स्मृतियाँ प्राप्त हो गई हैं, जिनकी वो खोज कर रहे थे।"

आर्गश मंद मुस्कान के साथ कहता है "हां, मुझे भी ऐसा ही प्रतीत हो रहा है।"

"अब दोनों महाराज बस कुछ ही क्षण में उन स्मृतियों को पूर्ण रूप से अपने अंतःकरण में देखकर अपने ध्यान से अत्यंत दुख के भाव में बाहर आएंगे।"

"इदेवतों, मानव्यों, रदैत्य और वर्क्सास के यहां से जाने के बाद उनके साथ क्या हुआ इस सत्य को अपने अंतःकरण में जान लेने के बाद, इनका प्रथम प्रश्न क्या होगा?"

"यही की—वह ग्रह अब इस ब्रह्माण्ड में कहां पर है?"

कालझ और आर्गश देखते है की महाराज जाहैत्र अश्रुओं से भीगे अपनी सहस्त्रों आँखों को अचानक से खोल देते हैं, और महाराज गारुह्द भी अश्रुओं से भीगे अपने दोनों विशाल आँखों को अचानक से खोल देते हैं। जैसे अब उन्होंने इदेवतों, मानव्यों, रदैत्य और वर्क्सास के यहां से जाने के बाद उनके साथ क्या हुआ इस सत्य को भली भांति जान लिए हो, और दोनों एक साथ कालझ से गूंजती, उच्च किन्तु अति करुण स्वरों के संगम से पूछते हैं "कालझ—वह ग्रह अब इस ब्रह्माण्ड में कहां पर है?"

महाराज साहंस्व अपने पिता और महाराज गारुद्ध के करुण स्वरों को सुनकर अपने सहस्रों फणों की गूंज भरी ध्वनि में कहते है "कालझ—आप काल के अंश हैं, इसलिए आप भूत, वर्तमान और भविष्य को भली भांति जानते हैं। आप को यह भी अवश्य ज्ञात होगा की वह ग्रह जिसके गर्भ में सभी इदेवत और मानव्य अपना जीवन जी रहे हैं, वह इस समय हमारे इस ब्रह्माण्ड में कहां पर स्थित या गतिमान है।"

महाराज गारुद्ध अपने उच्च किन्तु करुण स्वर में कालझ से कहते हैं "कालझ—क्या हम कभी उनसे मिल पाएंगे। क्या हम कभी उनके उस त्याग रूपी परम उपकार के ऋण से उऋण हो पाएंगे?"

सभी के करुण वचनों को सुनकर कालझ अपने गंभीर स्वर में महाराज गारुद्ध से कहता है "महाराज—आपको ज्ञात होगा की मैंने प्रालख्य के साथ आपके किसी प्राचीन ऋण से उऋण होने की बात कही थी।"

"हां—तुमने कहा था कालझ। —किन्तु प्रालख्य से हम किस ऋण से उऋण हुए हैं?"

कुछ क्षण के बाद महाराज जाहंस्व अपने सहस्रों फणों से प्रसन्नता के भाव व्यक्त करते हुए महान गूंज की ध्वनि से महाराज गारुद्ध से कहते हैं "महाराज—ये कालझ और आर्गश बड़े चतुर हैं। —इन्होंने हमारी ही सहायता से हमारे इस तृणेक्ष, सर्थम प्रणाली और इस ब्रह्मांड को इस महान संकट से बचाया। —और हमारी ही सहायता के द्वारा हमे उस प्राचीन ऋण से मुक्त करने वाले हैं, जिससे उऋण होना लगभग असंभव बात थी।"

महाराज गारुद्ध अपने उच्च स्वर में महाराज जाहंस्व से कहते हैं "महाराज—आप क्या कह रहे हैं? —हमारी सहायता से इन्होंने हमे किस ऋण से उऋण करने वाले हैं।"

"महाराज—हम जिस ग्रह को ब्रह्माण्ड में कहीं किसी खोये हुए ग्रह के समान उसके ठीक स्थिति का प्रश्न पूछ रहे हैं, वह हमारे ब्रह्माण्ड में अब खोया हुआ नहीं रहा। उसका पता तो हमे ५ पहर पहले ही लग चुका था।"

महाराज गारुद्ध कुछ विचार करते हुए अचानक से अत्यंत प्रसन्नता के भाव में महाराज जाहैरत्र से अपने महा उच्च स्वर में कहते है "महाराज—क्या आप सत्य कह रहे है? —क्या यह वही है जिसका हम प्रश्न कर रहे हैं?"

"हाँ महाराज हाँ—यह वही है।"

महाराज जाहैरत्र और महाराज गारुद्ध की प्रसन्नता की अब कोई सीमा ना रही, उनको अत्यंत प्रसन्न मुद्रा में देख कर महाराज साहैस्व को बहुत आश्चर्य होता है। और वह अपने पिता से अपने सहस्त्रों फणों के द्वारा उनके सहस्त्रों फणों के पास जा कर गूंजते स्वर में कहते है "पिताश्री—आप दोनों इस तरह प्रसन्न हो रहे है, जैसे आप दोनों ने स्वयं ही, ना सिर्फ यह जान लिया है, की वह ग्रह इस ब्रह्माण्ड में कहाँ है, अपितु जैसे आप उस तक पहुंच भी गए हो।"

महाराज जाहैरत्र अपने पुत्र को महान आनंद की मुद्रा में ही अपने सहस्त्रों फणों से महान गूंज की ध्वनि में कहते हैं "नहीं पुत्र—हम उस तक नहीं पहुंचे है, अपितु वह हम तक पहुंचा है। —हाँ हम तक वह स्वयं पहुंचा है पुत्र।"

महाराज साहैस्व अपने पिता की बातों को सुन कर अपने सहस्त्रों फणों से आकाश की ओर देखते हुए कहते है "हम तक स्वयं पहुंचा है? —किन्तु पिताश्री मुझे तो कोई नया ग्रह हमारी प्रणाली के अंतरिक्ष में दिखाई तो नहीं पड़ रहा है।"

महाराज गारुद्ध अपने पंखों को फैला कर उड़ते हुए कुछ ही समय में प्रालख्य के निकटतम वाह्य आवरण की एक धातु रूपी चट्टान पर

उतरते हुए अपने महा उच्च ध्वनि में कहते हैं "पुत्र साहस्व—वह ग्रह हमारे अंतरिक्ष में नहीं, किन्तु हमारे समक्ष ही है।"

महाराज साहस्व, महाराज गारुद्ध की बातों का तात्पर्य समझ कर अत्यंत आश्चर्य और महा सुख के भाव की अनुभूति करने लगे है, जिसको कुछ क्षण पहले उनके पिता और महाराज गारुद्ध ने अनुभव किये थे। वह उसी प्रसन्नता के भाव में कालझ से पूछते है "—क्या यह वही है कालझ?"

कालझ अपने गंभीर स्वर में कहता है "हाँ महाराज—यह वही है। —महाराज जाहस्त्र और महाराज गारुद्ध का अनुमान गलत कैसे हो सकता है। —प्रालख्य ही वह ग्रह है, जिसमें इदेवत और मानव्य, इसके अन्य अद्भुत और विचित्र जीवों के साथ लाखों वर्षों तक अपना जीवन जीते रहे है।"

कालझ के इस उत्तर के साथ ही महाराज साहस्व और उनके योद्धाओं के आनंद की सीमा न रही, वह सभी अत्यंत आनंद के सुख रूपी अश्रुओं के साथ प्रालख्य के निकट बढ़ते हुए उसे एकटक इस तरह देखने लगते हैं, की जैसे उनके लिए प्रालख्य ही साक्षात महाराज इंग्रात का दिव्य स्वरूप लग रहा हो।

इधर प्रालख्य के भीतर महाराज इंग्रात, सायंक, सभी इदेवत, मानव्य और प्रालख्य के प्रमुख जीव प्रधान को लेकर उस स्थान तक पहुंच जाते हैं, जहां से उनके सामने किन्तु कुछ ऊपर के बाह्य आकाशीय आवरण में एक मार्ग के बंद करने के चिह्न अभी भी विद्यमान दिखाई पड़ रहे होते हैं। महाराज इंग्रात, सायंक और ५ इदेवत योद्धाओं को लेकर उस आकाशीय आवरण तक अपने दिव्य शक्तियों से उड़ते हुए पहुंच जाते हैं। वहां पहुंच कर महाराज इंग्रात सायंक से अपने दिव्य स्वरों में कहते हैं "पुत्र—तुम्हें इस मार्ग को अपने दिव्यास्त्र का उसी अनुपात में प्रयोग करते हुए खोलने का प्रयास करना होगा, जिस अनुपात में इसे बंद किये थे।"

सायंक अपने दिव्य स्वर में महाराज इंग्रात से कहते हैं "महाराज— मुझे अभी भी ज्ञात है, की किस परिमाण से मैंने अपने दिव्यास्त्र का प्रयोग करते हुए इसे बंद किया था। मैं उसी परिमाण से पुनः इसे खोलने का प्रयास करता हूँ।" और फिर सायंक अपने दिव्यास्त्र का एक निश्चित अनुपात में प्रयोग करते हुए, उस मार्ग को खोलने का कार्य आरम्भ कर देते है।

महाराज इंग्रात अपने साथ ले गए ५ अन्य इदेवतों से अपने दिव्य स्वर में कहते हैं "जब तक सायंक मार्ग को खोलने का कार्य पूरा नहीं कर लेता, तब तक हम सभी मिलकर अपनी दिव्य शक्तियों से एक दिव्य किन्तु विशाल सीढ़ीदार सेतु का निर्माण करेंगे जिससे हो कर सभी मानव्य एवं प्रालख्य के अन्य इच्छुक जीव इस मार्ग से होते हुए प्रालख्य से निकल कर तृणेक्ष पर जा सकेंगे।"

महाराज इंग्रात और उनके ५ इदेवत योद्धा एक साथ मिलकर अपनी संयुक्त दिव्य शक्तियों से ढलान रूपी विशालकाय एवं भव्य सीढ़ीदार दिव्य सेतु का निर्माण करने लगते है। नीचे प्रालख्य के धरातल पर स्थित इदेवत और मानव्य को छोड़ कर वहां उपस्थित प्रालख्य जीव उस दिव्य सीढ़ीदार सेतु, जो निर्मित होते हुए उनकी ओर बढ़ रहा है, को देख कर अत्यंत आश्चर्यचकित हो जाते है। उन सभी प्रालख्य जीवों के मन में एक जैसा ही प्रश्न कौंधने लगता है 'यदि यह दिव्य इदेवत इस प्रकार के दिव्य निर्माण कार्य भी कर सकते थे. तो इन्होंने हमारे साथ इतने लाखों वर्षों तक रहते हुए इस तरह के दिव्य कार्य पहले क्यों नहीं किया?' कुछ क्षण बाद ही वह सीढ़ीदार दिव्य सेतु का निर्माण उनके ठीक समक्ष, प्रालख्य के धरातल तक पूर्णतः निर्मित हो चूका होता है।

महाराज इंग्रात वहां उपस्थित सभी के संशय भावों को समझ कर अपने दिव्य स्वर में कहते हैं "आप सभी इस दिव्य निर्माण से अवश्य ही, यही सोच रहे होंगे की यदि हम ऐसा कर सकते थे, तो इस तरह का निर्माण करके आप सबके जीवन को लाखों वर्षों पूर्व ही सुखमय

और संपन्न क्यों नहीं किए?—इसका उत्तर आप सबको इस सीढ़ीदार दिव्य सेतु से चलकर, इस प्रालख्य से बाहर निकल कर, तृणेक्ष के उन जीवों से ही ज्ञात होगा, जिनका जीवन कभी हमने अपनी दिव्य शक्तियों के बल से बदल दिए थे। —वही तृणेक्ष की प्रजा ही इसका ठीक-ठीक उत्तर दे सकेंगे। —आइये हम सब चलते है उनके पास।"

महाराज इंग्रात की बातों को सुनकर सभी इदेवतों, मानव्यों के साथ प्रालख्य के प्रमुख जीव प्रधान उस भव्य सीढ़ीदार दिव्य सेतु पर चलते हुए प्रालख्य के आकाशीय आवरण के उस मार्ग की और बढ़ने लगते हैं, जिसे सायंक अब बस खोलने ही वाले होते है।

इधर प्रालख्य के ऊपर जहां महाराज गारुड्ढ बैठे होते हैं, उसके कुछ बायीं ओर वह अपनी स्पष्ट दूर दृष्टि से देखते है, की वहां प्रालख्य के उस भाग की ऊपरी सतह का रंग अब धीरे-धीरे लाल हो रहा है। साथ ही वह यह भी देखते हैं की उनके ठीक सामने क्षितिज में अभी भी छुपे हुए सर्थम के मद्धम प्रकाश के द्वारा प्रातः का भोरकाल आरम्भ हो चूका है। और उन क्षितिज से अब उन्हें तृणेक्ष और उसके चंद्रमाओं की प्रजा भी प्रालख्य के दर्शन करने के लिए तीव्र वेग से बढ़ती हुई दिखाई पड़ रही है। अब किसी भी समय में सर्थम की किरणें प्रालख्य के ऊपरी भाग पर पड़ सकती हैं, और उसके कुछ ही समय बाद ही जार्नाग और धारुड्ड प्रजा भी यहाँ पहुंच जायेंगे। महाराज गारुड्ढ अपनी जगह से उड़ते हुए उस स्थान को चल देते हैं, जिधर प्रालख्य के बाहरी आवरण का रंग अब कुछ लाल हो चूका है, और वह सभी से अपने उच्च स्वर में उड़ते हुए ही कहते है "सर्थम की पहली किरण तृणेक्ष पर कुछ ही समय में पड़ने वाली है। —और मुझे वह स्थान भी दिखाई पड़ रहा है, जहां से किसी मार्ग के बनने का अनुमान लगाया जा सकता हैं। —शायद महाराज इंग्रात वहां से बाहर आने का मार्ग बना रहे है।"

महाराज गारुड्ढ की बातों को सुनकर महाराज जाईस्त्र, महाराज साईस्व, सभी जार्नाग योद्धा, कालझ और आर्गश प्रालख्य के उसी ओर तीव्र वेग से बढ़ने लगते है, जिधर महाराज गारुड्ढ उड़ चले

थे। महाराज जार्हैस्त्र, महाराज गारुद्ध, महाराज साहैस्व और सभी जार्नाग योद्धा, मन में चल रहे इसी दुविधा रूपी विचारो से बढ़ रहे होते हैं की 'उन महान और लाखों वर्षों से बिछड्डे हुए इदेवतों और मानव्यों से जब हम मिलेंगे, तो उनका किस प्रकार से स्वागत करेंगे? —किस प्रकार से हम उनके उपकारों का आभार व्यक्त कर पाएंगे? —किस प्रकार से उनका सामना कर पाएंगे?', इसी तरह के विचारों के चिंतन के साथ वह सभी खार्द्धिक के उस भाग तक पहुँच जाते है, जहां से कुछ ऊपर देखने पर प्रालख्य का धातु रूपी आवरण अब पूर्णतः लाल हो कर पिघलने लगा है।

प्रालख्य के उस आवरण के पिघलने से साथ में जर्जर हो चुके इदेवतों का वह लघु विमान जिससे लाखों वर्ष पूर्व वह सभी इदेवत और मानव्य इसके गर्भ में गए थे, अब प्रालख्य की पकड़ से छूटने लगता है। कुछ ही क्षण में वह लघु विमान प्रालख्य की पकड़ से मुक्त होकर, उसके स्वयं एवं तृणेक्ष के संयुक्त कुण्डलीकार गुरुत्वाकर्षण से कुछ विचित्र कुण्डलिकार मार्ग से होते हुए खार्द्धिक की सतह की ओर आने लगता है।

यह देखकर सभी की उत्सुकता एवं असमंजस की स्थिति को समझते हुए कालझ सभी से अपने गंभीर स्वर में कहता है "आप सब अब इस सृष्टि के उस भविष्य से मिलने जा रहे हैं, जिसे पहले से निर्धारित नहीं किया गया था। यह वह भविष्य है, जिसे आपके पूर्वजों के महान पुण्यों और आप सब के धर्म युक्त मार्ग पर कई जन्मो तक चलते रहने से प्राप्त पुण्यों से स्वयं काल को विवश होकर, एक महान सुखरूप में परिणत करना पड़ा है। —सर्धम की वह पहली किरण तृणेक्ष के वायुमंडल में प्रवेश कर चुकी जो इस प्रालख्य को सर्वप्रथम स्पर्श करेगी उसी के साथ महाराज इंग्रात उस मार्ग से लाखो वर्षों के बाद काल की ही प्रेरणा से आप सबको अपने दिव्य स्वरूप के दर्शन देने के लिए विवश होंगे। —वह देखिए महाराज इंग्रात की आज्ञा से सायंक ने उस मार्ग का अंतिम परत भी अब बस खोलने ही वाले हैं।"

कालझ के इतना कहते ही वह लघु विमान जो विचित्र कुण्डलिकार मार्ग से खार्द्धक की सतह पर पहुंचने ही वाला होता है, उसे अब फुर्ती के साथ उड़ते हुए महाराज गारुद्ध ने अपने विशालकाय पंजों से पकड़ कर कुछ ही क्षण में सबके समक्ष सहजता से खार्द्धक की रेत पर ला कर रख देते हैं। महाराज गारुद्ध उस लघु विमान के भीतर उसके पारदर्शी आवरण से देखते हुए अपने उच्च स्वर से कहते है "इस विमान का संकेत प्रसारण प्रणाली अब भी कार्य कर रहा है, और इसी के माध्यम से आर्जथ इस तक पहुंच पाएंगे।"

महाराज जार्हख्र और महाराज सार्हस्व भी उस विमान के निकट आकर उस संकेत प्रसारण प्रणाली के सक्रियता को देख कर अत्यंत हर्षित होते है। महाराज जार्हख्र, महाराज गारुद्ध से अपने सहस्त्रों फणों की गूंजती ध्वनि से कहते हैं "हाँ महाराज—लगभग एक पहर के बाद ही हम सब उस महान मानव्य आर्जथ के भी दर्शन कर पाएंगे।"

महाराज गारुद्ध कुछ विचार के बाद अपने उच्च किन्तु करुण स्वर में कहते हैं "महाराज—आज तो काल ने हमे इतने महान सुख प्रदान करने का निश्चय कर लिया है, की कभी-कभी मुझे लगता है, की उन सभी के सुख रूपी दर्शनों से कही मेरे प्राण ही ना निकल जाये। —मेरे हृदय में उनके दर्शनों की उत्कंठा से अभी से ही एक अद्भुत आनन्दरूपी तीक्ष्ण पीड़ा का अनुभव होने लगा है।

महाराज गारुद्ध की बातों का अपने सहस्त्रों फणों से करुण भाव के द्वारा अनुमोदन करते हुए करुण एवं गूंजती ध्वनि में कहते है "महाराज—ऐसी ही दशा मेरे हृदय की भी हो रही है, किन्तु मैं यह अवश्य जनता हूँ की काल को अब हम सब पर अब अधिक क्रोध नहीं है। इसलिए इस महान सुख के क्षण में वह हमें महान सुख रूपी भावनाओं का हमारे हृदय में अनुभव करा रहे है।"

महाराज गारुद्ध अपनी आँखों की दूर एवं स्पष्ट दृष्टि से प्रालख्य की ओर देखते हुए कहते हैं "महाराज—वह देखिए—वह मार्ग अब

खुल रहा है। —वह अपने मध्य से बाहर की ओर खुलते हुए बड़ा हो रहा है। और देखिये—कुछ दिव्य शक्तियों से उसके घेरे को फैलाते हुए चारों ओर से अब कुछ दिव्य निर्माण हो रहा है।"

वहां उपस्थित सभी लोग महाराज गारुद्ध के वर्णन को सुनकर उस मार्ग की ओर देखने लगते हैं। और सब देखते है की एक दिव्य प्रकाश फैलाता हुआ कोई दिव्य विशालकाय स्वरूप प्रालख्य के भीतर से उस मार्ग के मुहाने ही ओर बढ़ रहा है। वह यह भी देखते हैं की सर्थम की पहली किरण अभी-अभी प्रालख्य के ऊपरी धातु रूपी आवरण पर पड़ी है, और उसकी कुछ किरण रूपी परावर्तित चमक अब उनकी आँखों में भी पड़ने लगी है। सब उस परावर्तित चमक से अपनी आंखों को बचाते हुए, उस मार्ग को देखने का प्रयास करते है, जिसके मुहाने पर अपने दिव्य स्वरूप के साथ महाराज इंग्रात स्थिर होकर खड़े हुए दिखाई पड़ते है। महाराज जार्हस्त्र और उनके पुत्र महाराज साहस्व, महाराज इंग्रात के दिव्य स्वरूप को देखकर अपने सहस्त्रों आँखों में अश्रुओं की प्रचंड लहरों को अपने पलकों की बांधो से रोके हुए अपने सहस्त्रों फणों से अत्यंत भाव विभोर होते हुए अभिवादन करते है। महाराज गारुद्ध भी महाराज इंग्रात के दिव्य स्वरूप को देखकर अपने दोनों आँखों में अश्रुओं की प्रचंड लहरों को रोके हुए अपने करुण भाव से अभिवादन करते है। सभी जार्नाग योद्धा महाराज इंग्रात के दिव्य स्वरूप को देखकर अपने समस्त फणों से भाव विभोर होते हुए अभिवादन करते है, और सभी धारुड्ड योद्धा अपने विशालकाय पंखों से भाव विभोर होते हुए उनका अभिवादन करते है।

महाराज इंग्रात भी प्रालख्य के उस मार्ग के मुहाने से ही सभी के करुण भावों के मर्म को समझ कर भावुक हो जाते हैं। वह अपने विशालकाय दिव्य स्वरूप में भी उन भावों को छिपाने में असमर्थ होते हैं। उनके विशालकाय आँखों में भी अश्रुओं की प्रचंड लहरे बनने लगती हैं। वह बड़ी ही कठिनता से अपने इन प्रचंड अश्रुओं को रोकने

का प्रयत्न करते रहते है। किन्तु अपने उन्हीं अश्रुओं से भरी आँखों से जब वह कुछ दूर धूल और रेत भरी आँधियों के साथ लाखो जार्नाग और धारुड़ प्रजा को उनकी ओर तीव्र वेग से आते देखते हैं, तो वह अपने अश्रुओं को अब रोक नहीं पाते हैं। इतने लाखो वर्षों के बाद अपने जार्नाग और धारुड़ प्रजा को नए शरीरों में देख कर उनका हृदय इतने लाखो वर्षों के बाद इतना भावुक और हर्षित हुआ हैं। महाराज इंग्रात स्वयं को सँभालते हुए अपने पीछे खड़े सायंक से अपने अति करुण किन्तु दिव्य स्वर में कहते हैं "पुत्र—आओ इस सेतु का दूसरा भाग भी शीघ्रता से पूरा करें।"

महाराज इंग्रात, सायंक और कुछ इदेवत योद्धा, उस मार्ग से खार्द्धिक की सतह तक तीव्र वेग से उस भव्य सीढ़ीदार दिव्य सेतु का निर्माण करने लगते हैं, और इस कार्य में महाराज इंग्रात सबसे आगे चलते हैं। उस दिव्य सीढ़ीदार सेतु निर्माण कार्य को देखकर वहां उपस्थित महाराज जाहेंत्र, महाराज गारुद्ध, महाराज साहेंस्व और सभी जार्नाग एवं धारुड़ योद्धाओं को अत्यंत आश्चर्य भी होता है, किन्तु इदेवतों और मानव्यों से मिलने की भावना उस पर कही अधिक प्रबल रहती है। कुछ ही क्षण में महाराज इंग्रात को सीढ़ीदार सेतु निर्माण करते हुए अपने निकट आते देख सभी के हृदय में उनके प्रति अपार सम्मान का भाव प्रकट होने लगता हैं।

लाखों की संख्या में जार्नाग और धारुड़ प्रजा जिनमें से धारुड़ उड़ते हुए, कुछ विशालकाय जार्नाग कुण्डलीकार गुरुत्वाकर्षण के द्वारा आकाश में तैरते हुए और कुछ जार्नाग तृणेक्ष पर अपने शरीर के लहरों से चलते हुए तीव्र वेग से पहुंचने ही वाले होते है। उन सब में स्पष्ट एवं दूरदर्शी धारुड़ प्रजा, महाराज इंग्रात और उनके इदेवत योद्धाओं के द्वारा सीढ़ीदार दिव्य सेतु के निर्माण को देख कर आश्चर्य से विभोर हो रहे होते है। वह अपने जार्नाग साथियों से उन सब घटनाक्रम को बताते हुए प्रालक्ष्य तक बस पहुंचने ही वाले होते हैं। कुछ क्षण बाद वह अपनी गति को कुछ सामान्य करते हुए उनकी ओर बढ़ते हैं। वह

देखते हैं की महाराज इंग्रात और उनके दिव्य इदेवत योद्धा सीढ़ीदार दिव्य सेतु का निर्माण कार्य पूरा करने ही वाले हैं।

कुछ क्षण बाद महाराज इंग्रात अपने दिव्य शक्ति के प्रयोग से इस सीढ़ीदार दिव्य सेतु की अंतिम सीढ़ी के साथ ही खार्द्धक की रेत पर अपना दाहिना दिव्य पग रखते हुए, उनके ठीक पीछे की सीढ़ी पर खड़े सायंक से अपने दिव्य किन्तु करुण भाव के स्वर में कहते हैं "काल की कृपा से आज हम घर पहुंच गए पुत्र, —हम आज घर पहुंच गए।" और फिर वह अपने दोनों दिव्य पग को खार्द्धक के रेत में कुछ धँसाते हुए, उससे मिलने वाले परम सुख को अनुभव करते हुए, पुनः भावुक हो जाते है। वह उसी भावुकता में अपने समक्ष उपस्थित सभी लोगो को एक समान दृष्टि से अत्यंत भावुक होते हुए देखने लगते है।

अध्याय ६
एक अद्भुत मिलाप

महाराज इंग्रात देखते है, की समस्त जार्नांग और धारुड़ प्रजा भी सुखरूपी करुण भावुकता में आत्म विभोर होते हुए, अब उनके समक्ष लाखो की संख्या में पहुंच चुकी है। महाराज इंग्रात और आगे बढ़ते हुए वहां उपस्थित महाराज जाहैरत्र, महाराज गारुड्ढ, महाराज साहैस्व और सभी जार्नांग एवं धारुड़ योद्धाओं एवं प्रजा जनो को मिलन की सुख रूपी भावनाओं में द्रवित होते हुए, अपनी दिव्य दृष्टि का प्रयोग करते हुए, स्वयं अत्यंत भावुक होते हुए, देखने लगते है। वह देखते हैं की वहां उपस्थित सभी प्रजा जन जो शरीर से तो अपरिचित आभासित हो रहे है, किन्तु दिव्य दृष्टि से उन सब की आत्मा को देखने से वे सब जाने पहचाने से ही लग रहे है। महाराज इंग्रात अब अत्यंत भावुक होते हुए सबको पहचानने लगते हैं, किन्तु वो सब महाराज इंग्रात को नहीं पहचान रहे है। लाखो वर्षों से चली आ रही, महाराज इंग्रात एवं दिव्य इदेवतों की कथाओं को जानते हुए वह सब जार्नांग एवं धारुड़ प्रजा अत्यंत श्रद्धा के भाव में उनको देख कर आह्लादित एवं भावुक हो रही है। महाराज इंग्रात अपने मन में भावनाओं के आत्यंतिक सुखरूपी वेदना से पीड़ित होते हुए यही कहते हैं 'मैं इन सबको पहचान रहा हूँ किन्तु यह सब मेरे अपने लोग अब मुझे नहीं पहचान पा रहे हैं। —यह भी ठीक नहीं होगा के मैं इन्हे इनके उन जन्मों का स्मरण कराऊँ जिसमें हम सब इसी तृणेक्ष पर, साथ-साथ सुखमय जीवन जी चुके है। —हम इदेवतों को अब तृणेक्ष पर, काल की गति में किसी भी प्रकार का हस्तक्षेप नहीं करना है।'

सभी इदेवत, मानव्य और प्रालख्य के प्रमुख जीव प्रधान भी, अब उस भव्य सीढ़ीदार दिव्य सेतु के द्वारा प्रालख्य से नीचे आकर खार्द्धक की रेत पर स्थिर होते जाते है। सभी के नीचे आ जाने पर महाराज जार्हत्र, महाराज धारुड़, महाराज साहंस्व और लाखों जानांग, धारुड़ योद्धा एवं प्रजा एक साथ सबका अभिवादन करते हुए, उनके स्वागत के लिए प्रालख्य एवं कुछ दूर तक तृणेक्ष को भी कम्पित कर देने वाली महान गूंज और उच्च, किन्तु करुण ध्वनियों से बोल पड़ते हैं "—घर वापसी पर आपका अभिनंदन है महाराज, —घर वापसी पर आपका अभिनंदन है इदेवतों, —घर वापसी पर आपका अभिनंदन है मानव्यों, —आप सबका तृणेक्ष पर स्वागत है। —घर वापसी पर आपका अभिनंदन है महाराज, —घर वापसी पर आपका अभिनंदन है इदेवतों, —घर वापसी पर आपका अभिनंदन है मानव्यों, —आप सबका तृणेक्ष पर स्वागत है। —घर वापसी पर आपका अभिनंदन है महाराज, —घर वापसी पर आपका अभिनंदन है इदेवतों, —घर वापसी पर आपका अभिनंदन है मानव्यों, —आप सबका तृणेक्ष पर स्वागत है..."

महाराज इंग्रात, सभी इदेवत, मानव्य और प्रालख्य के प्रमुख जीव प्रधान तृणेक्ष की प्रजा के इस अद्भुत अभिनंदन एवं स्वागत वचनों से अत्यंत भावुक होने लगते है। लाखो वर्षों के बाद उनके पवित्र स्नेह को पुनः देखकर, प्राचीन इदेवत और मानव्य अपने विशालकाय आँखों में उठते भावुकता रूपी अश्रुओं की लहरों को बनने से रोक नहीं पाते है। और वह सब अपने अश्रुओं से भरे आँखों एवं भावना के कारण भरे हुए कंठ से अपने नए पीढ़ी के इदेवत एवं मानव्य बच्चों की ओर देखते हुए कहते हैं "देखो बच्चों —यही है अपना वह घर —तृणेक्ष —जिसके बारे में हमने तुम सबको अनेको बार बताया है।" और वह सभी नई पीढ़ी के इदेवत एवं मानव्य बच्चे अपने पितामहों के इस अद्भुत तृणेक्ष रूपी घर और इसकी प्रजा के महान स्नेह एवं प्रेम को देख कर अपने अश्रुओं को रोक नहीं पाते है। वह सब दिव्य इदेवत तथा मानव्य बच्चे इस तरह की पहली बार अनुभव होती भावनाओं में अति भावुक होते

हुए, अपने-अपने माता, पिता एवं पितामहों को अपने जीवन काल में इतना आनंदित देख कर, उनसे लिपट कर अत्यंत सुख के करुण भाव के साथ रोने लगते हैं। उनके माता, पिता और पितामह भी अत्यंत भावुक कंठ से उन्हें गले लगा कर चुप कराते हुए कहते हैं "बस बच्चों —बस —देखो, अब तो हम सब घर पहुंच गए हैं।" किन्तु वो सब इसी प्रकार से उनसे लिपट कर रोते ही रहते हैं।

कुछ क्षण के बाद महाराज जार्हस्त्र अपने सहस्त्रों फणों से महा गूंज की ध्वनि में महाराज इंग्रात से कहते हैं "महाराज—मेरा प्रणाम स्वीकार करें। —मैं जार्हस्त्र हूँ —जार्नागों का पूर्व महाराज। —यह हैं, महाराज गारुद्ध —धारुड़ों के महाराज। और यह है मेरा पुत्र सार्हस्व —जार्नागों के वर्तमान महाराज। —काल की प्रेरणा से इतने वर्षों के बाद, पुनः तृणेक्ष रूपी घर पर आप सबका हृदय से स्वागत है महाराज।"

महाराज गारुद्ध अपने विशालकाय पंखों को समेटते हुए अपने उच्च स्वर में महाराज इंग्रात से कहते हैं "महाराज—मेरा भी प्रणाम स्वीकार करें। —तृणेक्ष पर इतने लाखो वर्षों के बाद पुनः आगमन पर आप सबका हृदय से स्वागत है महाराज।"

महाराज सार्हस्व अपने सहस्त्रों फणों को झुकाते हुए गूंजती ध्वनि में महाराज इंग्रात से कहते हैं "महाराज—मेरा भी प्रणाम स्वीकार करें। —आप सबका घर वापसी पर हृदय से स्वागत हैं महाराज।"

महाराज इंग्रात अपने दिव्य विशालकाय शरीर को कुछ झुकाते हुए, सबका अभिवादन करते हुए, महाराज जार्हस्त्र, महाराज गारुद्ध एवं महाराज सार्हस्व से अपने दिव्य स्वरों में कहते हैं "धन्यवाद महाराज जार्हस्त्र —महाराज गारुद्ध —महाराज सार्हस्व। —लाखों वर्ष बीत चुके हैं, किन्तु काल की प्रेरणा से लगता है, की कल ही तो हम यहाँ से गए थे, और आज अचानक वापस आ गए हैं। —यह सब हमे असंभव सा, अनंत आनंद युक्त एक अद्भुत स्वप्न जैसा लग रहा है।"

महाराज जाहेस्त्र अपने सहस्त्रों फणों से महा गूंज की ध्वनि में महाराज इंग्रात से कहते हैं "हाँ महाराज—कल संध्याकाल के समय जब हमने पहली बार इस प्रालख्य को तृणेक्ष की ओर महावेग से बढ़ते हुए देखा था, तो हम सबको वह एक महा विनाशकारी दुःस्वप्न सा लगा था। किन्तु अब देखिये तो वही दुःस्वप्न आज इतना अद्भुत सुखमय स्वप्न जैसा लग रहा है। कालज्ञ के अनुसार यह सब स्वयं काल की प्रेरणा से ही संभव हो सका है।"

महाराज इंग्रात वहां खार्द्धिक के आकाश एवं सतह पर उपस्थित लाखो विशालकाय जानार्गों एवं धारुड़ों के बीच कालज्ञ को खोजते हुए, महाराज जाहेस्त्र से अपने दिव्य स्वरों में कहते हैं "महाराज— कहाँ है कालज्ञ?"

महाराज जाहेस्त्र अपने कुछ फणों के माध्यम से आकाश में स्थिर कालज्ञ एवं आर्गश को महाराज इंग्रात के समक्ष लाते हुए, अपने स्वाभाविक गूंजते स्वर में कहते हैं "यहाँ हैं महाराज। —यह हैं कालज्ञ और आर्गश। —कालज्ञ के बनाये योजना के अनुसार ही, आर्गश ने मेरा और महाराज गारुद्ध का शरीर धारण करके, इस प्रालख्य को तृणेक्ष के बाह्य अंतरिक्ष से वश में करते हुए, यहाँ तक सुगमता पूर्वक उड़ाते हुए ला कर रख दिया है।"

महाराज इंग्रात अत्यंत आश्चर्य के साथ कालज्ञ एवं आर्गश के लघु आकार को अपने विशालकाय नेत्रों से देखते हुए, कुछ क्षण बाद महाराज जाहेस्त्र से अपने दिव्य स्वरों में कहते हैं "महाराज—यह अवश्य ही एक महान एवं अति आश्चर्यजनक योजना रही होगी। —दो शरीरों को एक साथ धारण करते हुए इस विशाल ग्रह को वश में करना, और यहाँ तक लाकर रख देना, यह किसी दिव्य असाधारण जीव की योग्यता से भी परे की कल्पना लगती है। —आर्गश के आकार को यदि लाखो गुना विशालकाय कर दिया जाये तो, यह हमारे मानव्यों के जैसा ही लगेगा। —या तृणेक्ष पर इतने लाखों वर्षों में नए असाधारण प्रकार के जीवों का क्रमिक विकास हुआ है महाराज?"

महाराज जाहेस्त्र आर्गश की ओर देखते हुए महाराज इंग्रात से अपने सहस्त्रों फणों से गूंजती ध्वनि में कहते है "नहीं महाराज—आर्गश हमारे तृणेक्ष का जीव नहीं है। —आर्गश को पहली बार देखने पर हमने भी यही समझा की यह हमारे मानव्यों जैसा ही है। किन्तु आर्गश ने बताया की वह हमारे ग्रह से ही नहीं, अपितु हमारे ब्रह्माण्ड से भी नहीं है। वह एक दूसरे ब्रह्माण्ड के पृथ्वी ग्रह से है।"

अब महाराज जाहेस्त्र के द्वारा आर्गश के एक दूसरे ब्रह्माण्ड से होने की बात को सुनकर महाराज इंग्रात के आश्चर्य की कोई सीमा न रहती है। महाराज इंग्रात इस ब्रह्माण्ड के प्रत्येक रहस्य को अच्छी तरह से लाखो वर्षों से जानते है, और दूसरे ब्रह्माण्ड के अस्तित्व को भी मानते रहे है। किन्तु किसी जीव को उनके मध्य यात्रा कर सकने की योग्यता को प्रत्यक्ष देख कर उनको अपनी दिव्य आँखों पर विश्वास नहीं हो रहा होता है। वह आर्गश को देखते हुए उससे बहुत कुछ पूछना ही चाहते हैं, की तभी कालझ ने अपने गंभीर स्वर में महाराज जाहेस्त्र से कहता है "महाराज—क्यों ना हम सब, महाराज इंग्रात, सभी दिव्य इदेवतों, सभी मानव्यों और प्रालक्ष्य के इन सभी अद्भुत जीवों को राजधानी के भव्य राजमहल में लेकर चले? —इस तरह इस यात्रा के पर्यन्त सम्पूर्ण तृणेक्ष की वह प्रजा जो यहां तक आ ना सकी है, वो भी लाखो वर्षों के बाद महाराज इंग्रात, दिव्य इदेवतों एवं मानव्यों को साक्षात देख कर महान आनंद से आनंदित होंगे। —राजधानी में भी सब लोग आपकी राह देख रहे होंगे महाराज। —राजधानी के राजमहल में पहुंच कर कुछ विश्राम के बाद आप सब लाखो वर्षों के बाद के इस अद्भुत मिलाप रूपी वार्ता को जारी रख सकते हैं। —अब तो इस संसार का सम्पूर्ण समय आप सबके पास है महाराज।"

कालझ की बातों को उचित समझते हुए महाराज जाहेस्त्र अपने सहस्त्रों फणों से सम्मान पूर्ण भाव के साथ महा गूंज की ध्वनि में महाराज इंग्रात से कहते हैं "महाराज—कालझ का कहना उचित ही

है। आप सबको राजमहल में चलकर कुछ विश्राम करना चाहिए। — यह भी तो परम सत्य ही है महाराज, की इस संसार का सम्पूर्ण समय अब हमारे पास है। —इसमें आपके दिव्य नेतृत्व एवं मार्गदर्शन से हम सब को तृणेक्ष पर उचित जीवन एवं मुक्ति के क्रम को बनाये रखते हुए इसके प्रत्येक जीव का काल के विधान के अनुसार कल्याण करते रहना होगा।"

कालझ एवं महाराज जाह्रक्ष्र के उत्तम वचनों को सुनकर महाराज इंग्रात अपने स्वाभाविक दिव्य स्वर में कहते हैं "महाराज जाह्रक्ष्र — कालझ —आप दोनों ठीक कहते हैं। —तृणेक्ष और इसके चंद्रमाओं की लाखो प्रजा स्नेह वश यहाँ आ कर हमें आनंदित कर चुकी है, किन्तु तृणेक्ष की वो करोडो प्रजा जो यहाँ नहीं आ सके, उनके लिए हमें यह यात्रा करनी ही चाहिए। —यह भी सत्य है की काल की अनुपम कृपा से अब हमारे पास संसार का सम्पूर्ण समय है, किन्तु हम अब कभी भी काल की गति में अपने दिव्य शक्तियों से हस्तक्षेप नहीं करेंगे। —मैं देख रहा हूँ की तृणेक्ष का प्रत्येक जीव उस परम, उत्तम जीवन एवं मुक्ति के क्रम से जीता हुआ अब दिव्य स्वरूप सा जान पड़ता है। जिसे आप सबने इतने लाखों वर्षों तक तृणेक्ष की प्रजा को समय-समय पर एक महान उदाहरण स्वरूप प्रस्तुत करते रहे हैं। हम इदेवत, ये मानव्य, आप जार्नाग और आप धारुड्, —मुझे अब सब एक समान से जान पड़ रहे हैं। —हम सब एक साथ मिलकर समभाव के साथ ही हमारे घर, इस तृणेक्ष पर उचित जीवन एवं मुक्ति के क्रम को उसी प्रकार बनाये रखते हुए इसके प्रत्येक जीव का काल के विधान के अनुसार कल्याण करते रहेंगे"

महाराज जाह्रक्ष्र अपने सहस्रों फणों से करुण भाव के साथ महा गूंज की ध्वनि में महाराज इंग्रात से कहते हैं "महाराज—आप महानों में महानतम हैं। आपने हम महा तमो गुणी जार्नागों को अपने समान माना, आपकी महानता का इससे सरल एवं स्पष्ट और क्या प्रमाण हो सकता हैं—"

महाराज जार्हेस्त्र के इतना कहने के तुरंत बाद ही महाराज गारुद्ध ने अपने करुण उच्च स्वर में महाराज इंग्रात से कहते हैं "महाराज—हम धारुड़ों को आप कैसे अपने समान समझ सकते हैं। उस महायुद्ध के अंत में आपको तो स्मरण ही होगा महाराज, की जानर्गिों के महाराज ने सर्वप्रथम युद्ध की विभीषिका को देख कर अपने तमो गुण पर विजय प्राप्त करते हुए, उसके विपरीत विचार किए थे। किन्तु हम धारुड़ों ने तो, जो संख्या में सिर्फ ८ शेष रह गए थे, अपने तमो गुण के वशीभूत होते हुए उस महायुद्ध के अंत तक उसे जितने में ही लगे रहे थे। हमारे जानर्गिग साथी अवश्य ही दिव्यता को प्राप्त हो रहे है महाराज, किन्तु हम कैसे आपके समान हो सकते हैं? —हम नहीं है महाराज—हम नहीं हैं।" और महाराज गारुद्ध के अति करुण वचनों को सुनकर उनके साथ वहां उपस्थित प्रत्येक धारुड़ और जानर्गिग प्रजा की विशालकाय आँखों में अश्रुओं की प्रचंड लहरे बनने लगती है। बहुत से धारुड़ उसे रोकने की भरसक प्रयास करते हैं किन्तु कोई भी सफल नहीं हो पाता है।

महाराज गारुद्ध के अति करुण वचनों से महाराज इंग्रात के विशाल आँखों में भी अश्रुओं की लहरे बन चुकी होती हैं। वह उनको अपने पलकों में बांधे रखते हुए करुण दिव्य स्वर में महाराज गारुद्ध से कहते हैं "महाराज—आप के इस तरह से उस महायुद्ध के अंत को इतने लाखो वर्षों तक देखते रहने के कारण ही अब आप सब उस उत्तम अवस्था को पहुंच चुके हैं, जिसे लाखों वर्ष पूर्व हम सबने खो दिया था। आप उस महायुद्ध के इस अंत को लाखो वर्षों से जानते हैं, किन्तु आप वह नहीं जानते जो मैं जानता हूँ। —यह सत्य है की उस महायुद्ध के अंत में धारुड़ों के महाराज ने युद्ध के त्याग का निश्चय, जानर्गिों के महाराज के त्याग को देखने के बाद किया था। किन्तु तृणेक्ष और इसके चंद्रमाओं पर जीवन और मुक्ति के उत्तम क्रम को पुनः स्थापित करने के लिए किसी महानतम उदाहरण का पहला निश्चय आप धारुड़ों के महाराज ने ही किया था। इसलिए महाराज गारुद्ध आप मेरा विश्वास कीजिए, की आप सभी धारुड़, सभी जानर्गिग, सभी मानव्य और हम

इदेवत अब आत्मिक रूप से समान स्वरूपता एवं दिव्यता को प्राप्त हो रहे हैं। —यदि आपको मुझ पर विश्वास नहीं है, तो आप मुझे बताइये महाराज, की क्यों इतने लाखो वर्षों के बाद भी आप धारुड़ों के राज वंश की हर पीढ़ी के पुत्र का नाम गारुद्ध और फिर मारुद्ध ही क्यों रखा जाता है। और क्यों जार्नागों के बृहत्वान राज वंश की हर पीढ़ी के पुत्र का नाम जाहेस्त्र और फिर साहेस्व ही क्यों रखा जाता है।"

"क्यों की यही जार्नागों एवं धारुड़ों के राज वंश की लाखो वर्षों से चलती आ रही प्राचीन परम्परा रही है महाराज।"

"हाँ अब यह परंपरा बन गई है महाराज, किन्तु इसके पीछे का एक और रहस्य भी है, जो अब आप सब भूल गए हैं।"

"वह क्या सत्य है महाराज?"

"यही की उस महायुद्ध के समय धारुड़ों के महाराज का नाम था गारुद्ध, और उनके पुत्र का नाम था मारुद्ध। और जार्नागों के महाराज का नाम था जाहेस्त्र, और उनके पुत्र का नाम था साहेस्व। —यह सत्य इतने लाखों वर्षों के बाद काल की प्रेरणा से उस महायुद्ध की कथाओं एवं गाथाओं से अब लुप्त हो चुकी है। और इसलिए आप सबको भी यह सत्य रूप में अब ज्ञात नहीं है। —जब महाराज गारुद्ध सर्थम पर और महाराज जाहेस्त्र तृणेक्ष के गर्भ में चले गए होंगे, तो उनके पुत्रों ने अपने-अपने पिता के महान त्याग से प्रभावित हो कर ही अपने-अपने पुत्रों का नाम उनके नाम पर रखना आरम्भ किया होगा। और अब लगता है, की यही एक महान और पवित्र परम्परा बन गयी है, जार्नागों एवं धारुड़ों के राज वंश की। इसी पवित्र परम्परा के इतने लाखो वर्षों तक स्थापित करते रहने के कारण ही, आप सब अब मेरी दृष्टि में एक समान दिव्य स्वरूप लग रहे हैं।"

"महाराज—महाराज जाहेस्त्र ने सत्य कहा है, आप महानों में महानतम हैं। आपने हम महा तमो गुणी धारुड़ों को भी अपने समान समझा, इससे सरल एवं स्पष्ट आपकी महानता का और कोई प्रमाण

हो ही नहीं सकता हैं। —महाराज आपने हमारे वंश की प्राचीन परम्परा का वह पूर्ण सत्य प्रकट कर दिया है, जिसे जानने के बाद अब मुझे अपने पूर्वजों के लिए अत्यंत सम्मान एवं गर्व का बोध होने लगा है। —महाराज—कालझ का यह कहना भी उचित ही है, की आपके दर्शन रूपी आनंद का सुख तृणेक्ष की समस्त प्रजा को भी मिलना चाहिए। —महाराज आप सभी इदेवत, मानव्य और प्रालख्य के यह जीव प्रधान हम धारुड़ों और जार्नागों पर चढ़कर आसीन हो जाए। हम सब उचित वेग से तृणेक्ष की प्रजा को आप सबके दर्शन कराते हुए राजधानी के राजमहल की ओर बढ़ेंगे।"

"ठीक है महाराज। किन्तु उससे पहले एक और सत्य जो मैं देख रहा हूँ उसका स्पष्टीकरण करना आवश्यक है।"

"वह कैसा सत्य महाराज।"

"यही की अब आप सब अपने महान तमो गुण पर सहजता से विजय प्राप्त करना सिख रहे हैं। अतः महाराज मुझे यह स्पष्ट दिख रहा है की आप सब अब सतो गुण प्रधान अवस्था की नित्यता को कुछ ही वर्षों में प्राप्त कर लेंगे।"

"यदि यह सब संभव हुआ भी है, तो उसके सूत्रधार लाखों वर्ष पूर्व आप ही थे महाराज।"

महाराज जाईक्ष अपने सहस्रों फणों के माध्यम से महाराज गारुद्ध के इस बात का समर्थन करते हुए महाराज इंग्रात से अपनी स्वाभाविक महा गूंज की ध्वनि में कहते हैं "महाराज—महाराज गारुद्ध ने सत्य कहा, इसके सूत्रधार केवल आप ही थे। —महाराज—अब हमे यहां से राजधानी की ओर प्रस्थान करना चाहिए। लाखो वर्षों के बाद आप, तृणेक्ष की उस सम्पन्नता को देखेंगे जिसको पुनः स्थापित करने के लिए आपने निर्देश दिया था। आप उसकी राजधानी को देखेंगे जिसे अभी प्रालख्य के कुछ उदंड उल्कापिंडो की वजह से कुछ क्षति पहुंचा होगा,

किन्तु अब तक हमारे श्रेष्ठ शिल्पकारों ने उसे ठीक कर दिया होगा। —महाराज—जैसा की महाराज गारुद्ध ने कहा की आप सभी इदेवत, मानव्य और प्रालख्य के यह जीव प्रधान हम जार्नगों पर और धारुड्डों पर आसीन हो जाए। हम सब उचित वेग से तृणेक्ष की प्रजा को आप सबके दर्शन कराते हुए राजधानी के राजमहल की ओर बढ़ेंगे।"

महाराज इंग्रात ने महाराज जाहेंत्र की बातों को सहमति देते हुए अपने चारों ओर देखते हुए अपने दिव्य स्वर में कहते हैं "ठीक है महाराज। मैं स्वयं भी इतने लाखों वर्ष के बाद तृणेक्ष को पुनः पूर्ण रूप से देखने के लिए उत्साहित हो रहा हूँ।"

तभी कालझ महाराज इंग्रात के ठीक समक्ष आते हुए अपने गंभीर स्वर में कहता हैं "महाराज—आपको एक और कार्य का आदेश करना होगा।"

"कैसा कार्य कालझ?"

प्रालख्य के निकट खार्द्धक की सतह पर रखे हुए जर्जर लघु विमान की ओर देखते हुए कालझ अपने गंभीर स्वर में महाराज इंग्रात से कहता है "यह वही लघु विमान है, जिसकी सहायता से आप सब लाखों वर्ष पूर्व अपने विशालकाय अंतरिक्ष यान से निकलकर इस प्रालख्य ग्रह तक पहुंचे थे। —इसमें एक प्राचीन संकेत प्रसारण प्रणाली है, जो अब सक्रिय है। उस संकेत प्रसारण प्रणाली को हमें अपने साथ सक्रिय अवस्था में लेकर चलना होगा।"

"किन्तु उस संकेत प्रसारण प्रणाली का अब क्या प्रयोजन कालझ? वह संकेत प्रसारण प्रणाली तो उस परिस्थिति के लिए बनाई गई थी, की किसी भी लुस लघु विमान की स्थिति का ठीक-ठीक पता, हमें अपने मातृ अंतरिक्ष यान में चलता रहे। किन्तु अब जब हमारा वह विशालकाय मातृ अंतरिक्ष यान ही नहीं रहा, तो उस संकेत प्रसारण प्रणाली का क्या महत्व।"

"महाराज—आपको हम पर विश्वास करना होगा। आधे पहर के बाद आप इसके महत्व को समझ जायेंगे।"

महाराज जाहेत्र, महाराज गारुद्ध, महाराज जाहेत्र और कुछ जानर्ाग एवं धारण योद्धा एक साथ अपने-अपने स्वाभाविक स्वरों से कालझ की बातों का समर्थन करते हुए कहते हैं "महाराज—आपको हम पर विश्वास करना होगा।"

महाराज इंग्रात, सभी इदेवतों एवं मानव्यों को उन सबके एक साथ संकेत प्रसारण प्रणाली के बारे में इस प्रकार समर्थन शब्द को सुनकर आश्चर्य होता है, और कुछ क्षण बाद महाराज इंग्रात अपने दिव्य स्वर में कहते हैं "ठीक है—यदि आप सब किसी ऐसे रहस्य को जानते हैं, जो हम अभी नहीं जानते, और जिसका प्राकट्य आधे पहर के बाद इस संकेत प्रसारण प्रणाली के माध्यम से होना है, तो हम इसे अवश्य अपने साथ लेकर चलेंगे।"

फिर महाराज इंग्रात अपने निकट खड़े सायंक को अपने दिव्य स्वर में कहते हैं "पुत्र—तुम कुछ इदेवतों को लेकर इस विमान में लगे संकेत प्रसारण प्रणाली को सावधानी पूर्वक निकाल कर अपने साथ सक्रिय अवस्था में लेकर लाओ।"

सायंक महाराज इंग्रात के आदेश को सुन कर अपने दिव्य स्वर में कहते है "जो आज्ञा महाराज।" और वह २ तकनीकी रूप से कुशल इदेवतों को अपने साथ ले कर कुछ ही दूर प्रालख्य के निकट स्थित उस लघु विमान की ओर जाने लगते है। कुछ ही देर में उस विमान तक पहुंच कर, सायंक दोनों तकनीकी रूप से अति कुशल इदेवतों से कहते है "तुम दोनों इस जीर्ण हो चुके लघु विमान के प्रवेश द्वार को अपनी कुशलता का प्रयोग करके खोलने का प्रयत्न करो। हम इसे नष्ट करके अन्दर प्रवेश नहीं कर सकते हैं, क्योंकि इससे विमान के संकेत प्रसारण प्रणाली को कहीं कोई क्षति ना पहुंच जाए।"

उनमें से तकनीकी रूप से श्रेष्ठ एक इदेवत, सायंक से अपने दिव्य स्वर में कहते हैं "आप चिंता न करें सायंक। हम इस प्रवेश द्वार को

अपनी तकनीकी कुशलता से अभी खोल देते हैं।" फिर दोनों तकनीकी रूप से कुशल इदेवत अपने कुछ असाधारण उपकरणों का प्रयोग करते हुए, कुछ ही समय में उस प्रवेश द्वार को खोल देते हैं। उस द्वार से सायंक और दोनों तकनीकी इदेवत विमान के भीतर जाकर, उस द्वार से बाईं ओर स्थित नियंत्रण प्रणाली के पास पहुंच कर देखते हैं की उसमें लगी संकेत प्रसारण प्रणाली अभी भी सक्रिय है।

सायंक उन दोनों तकनीकी इदेवतों से कहते है "आप दोनों इस नियंत्रण प्रणाली में लगे संकेत प्रसारण प्रणाली को सक्रिय रूप में ही सावधानी पूर्वक अलग करने का प्रयास करें।"

"ऐसा ही करेंगे सायंक।" और फिर दोनों तकनीकी इदेवत अपनी असाधारण कुशलता के द्वारा उस नियंत्रण प्रणाली के सभी मुख्य उप प्रणालियों को पृथक करते हुए संकेत प्रसारण प्रणाली की अलग कर देते हैं। किन्तु मुख्य नियंत्रण प्रणाली की ऊर्जा स्रोत से अलग होने के कारण अब वह निष्क्रिय हो गई है। तभी दूसरे तकनीकी इदेवत ने अपने पास से एक सूक्ष्म ऊर्जा स्रोत को संकेत प्रसारण प्रणाली के पीछे संलग्न करके पुनः उसे सक्रिय कर देता है। और वह सायंक से कहता है "सायंक—अब हम इस संकेत प्रसारण प्रणाली को लेकर चल सकते हैं।"

सायंक प्रसन्नता की मुद्रा में अपने दिव्य स्वर में उनसे कहते है "बहुत अच्छे। चलो अब हम महाराज के पास चलते हैं।" और फिर दोनों तकनीकी इदेवत और सायंक संकेत प्रसारण प्रणाली को अपने एक हाथ में लेकर उस विमान से बाहर आकर, उसके द्वार को बंद करते हुए, महाराज इंग्रात की ओर बढ़ने लगते हैं। कुछ ही समय में महाराज इंग्रात के पास पहुंच कर सायंक अपने दिव्य स्वर में कहते हैं "महाराज—यह है वह संकेत प्रसारण प्रणाली। और यह अभी भी सक्रिय है।"

महाराज इंग्रात, सायंक के हाथों से उस संकेत प्रसारण प्रणाली को अपने हाथों में लेते हुए कालझ की ओर देखते हुए अपने दिव्य स्वर में कहते हैं "कालझ—अब हम इस संकेत प्रसारण प्रणाली को अपने साथ लेकर चल सकते हैं।"

कालझ अपने गंभीर स्वर में महाराज इंग्रात से कहता है "जी हां महाराज—आप सभी इदेवतों, सभी मानव्यों और आपके साथ चलने को इच्छुक प्रालख्य जीवों को शक्तिशाली एवं विशालकाय जारनांग एवं धारुड़ योद्धाओं की पीठ पर अपने इदेवत योद्धाओं की दिव्य शक्तियों की सहायता से बैठा कर राजधानी की ओर चलने की आज्ञा देनी चाहिए।"

महाराज इंग्रात अपने पीछे खड़े सायंक और अपने सभी प्रमुख इदेवत योद्धाओं से अपने दिव्य स्वर में कहते हैं "आप सभी एक परिमित सीमा तक अपनी शक्तियों का प्रयोग करके हमारे इन शक्तिशाली एवं विशालकाय जारनांग एवं धारुड़ योद्धाओं के पीठ पर स्थिरता प्रदान करने वाले दिव्य बैठकों का निर्माण करें जिससे की सभी इदेवत, मानव्य और हमारे साथ चलने के इच्छुक प्रालख्य के जीव उनपर चढ़ कर स्थिरता पूर्वक इस यात्रा में तृणेक्ष को और इसकी प्रजा को सुगता से देख सके।"

सायंक और सभी इदेवत योद्धा एक साथ दिव्य स्वरों में कहते है "जो आज्ञा महाराज।" और फिर सभी इदेवत योद्धा सायंक के नेतृत्व में आगे बढ़ते हुए, आकाश एवं खार्द्धिक पर क्रमबद्ध रूप में स्थित सहस्रों शक्तिशाली एवं विशालकाय जारनांग एवं धारुड़ योद्धाओं के समक्ष क्रमशः जाते हुए, सम्मान पूर्वक अभिवादन करते हुए, उनसे अपने दिव्य स्वरों में कहते हैं "मित्रों—आप हमे आज्ञा दे के हम आपके पीठ पर बैठने का दिव्य निर्माण कर सके।"

और क्रमशः वह सभी जारनांग और धारुड़ योद्धा अपने-अपने स्वाभाविक स्वरों में यही कहते है "यह तो हमारा सौभाग्य होगा मित्र, की हम किसी दिव्य निर्माण को अपने पीठ पर धारण कर सके। आप यह दिव्य निर्माण अवश्य करें।"

और देखते ही देखते क्रमशः सभी जारनांग एवं धारुड़ योद्धाओं की पीठ पर इदेवत योद्धाओं ने सायंक के नेतृत्व में उत्तम बैठने के

दिव्य निर्माण करने लगते है। उस दिव्य निर्माण कार्य को देखकर वहां उपस्थित तृणेक्ष की प्रजा अत्यंत आश्चर्य से आपस में बातें करने लगती हैं। कुछ ही समय में सभी जानार्ग एवं धारुड़ योद्धाओं की पीठ पर बैठने के दिव्य निर्माण कार्य पूरा हो जाता है। सायंक सभी इदेवतों के साथ महाराज इंग्रात के पास आकर अपने अलग दिव्य स्वर में कहते हैं "महाराज—हमने सभी जानार्ग एवं धारुड़ योद्धाओं की पीठ पर बैठने के दिव्य निर्माण को पूरा कर लिया है। अब सभी इदेवत, सभी मानव्य और चलने के इच्छुक प्रालख्य के जीव उन पर सुगमता से बैठ कर इस यात्रा में तृणेक्ष का हर प्रकार से दर्शन कर सकेंगे।"

महाराज इंग्रात सभी जानार्ग एवं धारुड़ योद्धाओं की पीठ पर बने दिव्य निर्माण को देख कर सायंक एवं सभी इदेवत योद्धाओं से अपने दिव्य स्वर में कहते हैं "आप सबने बहुत शीघ्रता से यह अद्भुत कार्य किया है।" और फिर वह महाराज जाहेक्त्र, महाराज साहेस्व एवं महाराज धारुड़ की ओर देखते हुए महाराज जाहेक्त्र से कहते हैं "महाराज—अब हमे चलना चाहिए।"

महाराज जाहेक्त्र अपने सहस्त्रों फणों की गूंजती ध्वनि में कहते हैं "किन्तु अभी एक कार्य शेष है महाराज।"

"वह क्या महाराज जाहेक्त्र?"

महाराज जाहेक्त्र, महाराज इंग्रात के समीप खड़े सायंक से कहते हैं "सायंक—आपको एक और दिव्य निर्माण करना होगा।"

सायंक आश्चर्य के भाव में महाराज इंग्रात की ओर देखने लगते है, और कुछ क्षण बाद ही वह महाराज जाहेक्त्र से कहते हैं "महाराज— एक और निर्माण, किन्तु कहा और किस लिए। मेरी गणना के अनुसार हमने सभी इदेवतों, मानव्यों और जाने वाले सभी प्रालख्य जीवों के लिए अपने जानार्ग एवं धारुड़ योद्धाओं के पीठ पर बैठने के पर्यास निर्माण कर लिया हैं। अब एक और निर्माण किस लिए महाराज?"

इससे पहले की महाराज जाहिरत्र कुछ कह पाते सायंक के शब्दों के अंत होते ही महाराज गारुद्ध ने अपने उच्च स्वर में सायंक से कहते हैं "सायंक—एक और भव्य आसन का निर्माण महाराज इंग्रात के लिए मेरी पीठ पर।"

महाराज गारुद्ध के वचनों को सुनकर महाराज जाहिरत्र अपने सहस्त्रों फणों से गूंजती हुई करुण स्वर में कहते हैं "महाराज—आप मुझसे महाराज इंग्रात को अपनी पीठ पर धारण करने के अवसर से क्यों वंचित कर रहे हैं?"

महाराज गारुद्ध भी करुण कंठ से उच्च स्वर में उत्तर देते हुए कहते हैं "महाराज—यह सौभाग्य आप फिर कभी किसी और दिन महाराज इंग्रात से ले लीजियेगा। किन्तु आज मेरी विनती आप स्वीकार कर लीजिए।"

"महाराज—आपने अपने सम्पूर्ण जीवन काल में कभी किसी से किसी भी प्रकार की विनती नहीं की है, और आज आप मुझसे विनीत कर रहे हैं। —नहीं महाराज आप सिर्फ आदेश करें।"

महाराज इंग्रात, महाराज जाहिरत्र और महाराज गारुद्ध की उनके लिए इस प्रकार से करुण संवाद को सुनकर भावुक होते हुए, अपने दिव्य स्वर में कहते हैं "महाराज जाहिरत्र—महाराज गारुद्ध—आप दोनों बिलकुल अपने उन्हीं पूर्वजों की तरह महान है, जिनका मैंने आपसे वर्णन किया है। मुझे आप दोनों में से जिस किसी के भी पीठ पर आसीन होना पड़े, इसमें तो सिर्फ मेरा ही सौभाग्य होगा।"

महाराज जाहिरत्र कुछ मुस्कुराते हुए अपने सहस्त्रों फणों से गूंजती ध्वनि में कहते हैं "महाराज आप की इसी दिव्यता से तो हम सब मुग्ध हुए जा रहे है।" और फिर महाराज जाहिरत्र सायंक की ओर देखते हुए कहते हैं "सायंक—आप महाराज गारुद्ध की पीठ पर एक भव्य आसन का निर्माण कीजिये।"

सायंक अपने दिव्य स्वर में महाराज जाह्रेत्र से कहते है "जो आज्ञा महाराज।" और फिर सायंक महाराज गरुड़ के पंखों के सहारे उनकी पीठ पर चढ़कर अपनी दिव्य शक्तियों का प्रयोग करते हुए, एक भव्य और दिव्य आसन का निर्माण करने लगते हैं। महाराज गारुद्ध अपनी पीठ पर इस निर्माण कार्य को देखकर आनंदित होते रहते हैं। कुछ ही समय में एक भव्य और दिव्य आसन बन कर तैयार हो जाता है। और सायंक महाराज गारुद्ध की पीठ से नीचे आकर महाराज जाह्रेत्र से कहते हैं "महाराज—कार्य पूरा हुआ।"

"आपने अति उत्तम आसन का निर्माण किया है सायंक।"

"धन्यवाद महाराज।—महाराज—क्या अब हम सभी इदेवतों, सभी मानव्यों और इन प्रालख्य जीवों को हमारे जार्नाग एवं धारुड़ योद्धाओं की पीठ पर बने आसनों पर आसीन करने का कार्य आरम्भ करें?"

"हाँ—अब आप इस कार्य को आरम्भ कीजिये सायंक।"

"जो आज्ञा महाराज।"

सायंक अपने प्रमुख इदेवत योद्धाओं को साथ लेकर सभी इदेवतों, सभी मानव्यों एवं सभी प्रालख्य जीवों को क्रमबद्ध रूप से खार्द्धिक के आकाश एवं रेत पर स्थिर जार्नाग एवं धारुड़ योद्धाओं की पीठ पर बने दिव्य आसनों पर क्रमशः आसीन करते जाते हैं। कुछ समय के बाद जब सभी इदेवत, सभी मानव्य एवं सभी प्रालख्य जीव अपने-अपने उपयुक्त आसनों पर आसीन हो जाते हैं, तब महाराज गारुद्ध अपने उच्च स्वर में महाराज इंग्रात से कहते हैं "महाराज—देखिये, सभी इदेवत, सभी मानव्य एवं सभी प्रालख्य जीव अपने-अपने उपयुक्त आसनों पर आसीन हो चुके हैं। अब आप भी मेरी पीठ पर बने इस भव्य दिव्य आसन पर आसीन होकर मुझे धन्य करें महाराज।"

महाराज गारुड्ढ की बातों को सुनकर, कुछ भावुक होते हुए महाराज इंग्रात अपने करुण कंठ से दिव्य स्वर में कहते हैं "आप की पीठ पर बैठना तो मेरा महानतम सौभाग्य होगा महाराज। आप नहीं जानते की जिस तृणेक्ष को पुनः देखने का विचार हमने अपनी कल्पना तक से सदा के लिए मिटा दिया था, उसे इतने लाखो वर्षों के बाद आज किसी अपने की पीठ पर आसीन हो कर तृणेक्ष को प्रत्यक्ष रूप में देखूंगा। यह महानतम सौभाग्य नहीं तो और क्या है महाराज।"

"सत्य कहा आपने महाराज। आप सबका यह लाखो वर्षों का तप आज फलित होने वाला है। —चलिए महाराज अब इसमें और विलंब करना उचित नहीं होगा।"

विशालकाय दिव्य स्वरूप महाराज इंग्रात, महाराज गारुड्ढ के विशालकाय पंखों का सहारा लेते हुए उनकी पीठ पर बने सुंदर, भव्य एवं दिव्य आसन के मध्य तक पहुंच कर गौरव पूर्ण रूप से आसीन हो जाते हैं। और फिर वह अपने उच्च दिव्य स्वर में कहते हैं "महाराज जाहेक्ष—महाराज गारुड्ढ—महाराज साहेस्व—कालझ—आर्गश— सभी योद्धाओं और यहाँ उपस्थित तृणेक्ष की प्रजा—चलिए चलते हैं राजधानी।"

महाराज इंग्रात के इतना कहने पर महाराज जाहेक्ष कुण्डलीकार गुरुत्वाकर्षण के माध्यम से, महाराज गारुड्ढ अपने पंखों के माध्यम से, कालझ और आर्गश अपनी संकल्प शक्ति के माध्यम से एक साथ आकाश में उड़ चलते हैं। महाराज साहेस्व अपने कुछ प्रमुख योद्धाओं को प्रालख्य के जीवों की सुरक्षा के लिए नियुक्त करके वहां उपस्थित प्रजा एवं दिव्य आसन युक्त जारनाग एवं धारुड़ योद्धाओं, जिनके पीठ पर सभी इदेवत , मानव्य एवं प्रालख्य के जीव आसीन है, को अपने विशालकाय सहस्रों फणों से राजधानी चलने का संकेत करते हुए कुण्डलीकार गुरुत्वाकर्षण के माध्यम से तीव्र वेग से उड़ते हुए अपने पिता के कुछ पीछे रह कर उनकी गति के समानांतर चलते रहते हैं।

अब लगभग सभी तृणेक्ष के आकाश मार्ग से अपनी-अपनी स्वाभाविक शक्ति एवं माध्यम से उड़ते हुए राजधानी की ओर क्रमबद्ध रूप में बढ़ने लगते हैं।

आर्गश अपने पीछे मुड़ कर देखता है, की खार्द्धिक का आकाश सहस्त्रों विशालकाय जार्नागों एवं धारुड़ों से लगभग भर गया है। उनकी पीठ पर विराजित विशालकाय दिव्य इदेवतों, विशालकाय मानव्यों एवं प्रालख्य के अद्भुत जीवों को देख कर वह आनंदित होता हुआ कालझ से कुछ मिथ्या भाव बनाते हुए कहता है "कालझ—यह दृश्य तो इतना विशाल एवं अद्भुत है की यह पूर्ण रूप से मेरे इस मनुष्य रूपी आंखों में समाहित ही नहीं हो पा रहे हैं।"

आर्गश के कहने पर कालझ भी पीछे मुड़ कर कुछ क्षण देखता है, और फिर अपने स्वाभाविक गंभीर स्वर में कहता है "हाँ—यह दृश्य अद्भुत, अविस्मरणीय एवं अतुलनीय हैं, किंतु मेरे लिए यह एक सामान्य दृश्य ही लग रहा है।"

"सामान्य? —इस दृश्य को आप, सामान्य कैसे कह सकते है?"

"—जो अनंत ब्रह्माण्डों को कारणार्णव के मध्य से एक साथ अपनी काल दृष्टि से अनेको बार देख चूका हो, उसके लिए यह दृश्य या इस दृश्य से अरबो खरबों गुना विशाल दृश्य भी सामान्य ही लगेगा आर्गश।"

"—आप ठीक कहते हैं। यह दृश्य आपकी दृष्टि में एक सामान्य दृश्य की तरह हो सकता है, किन्तु इसकी हृदय को महान आनंद से आह्लादित कर देने वाली सबकी अद्भुत पवित्र भावना की कोई तुलना नहीं हो सकती।"

"हाँ—यह सत्य कहा आर्गश—और इसी आनंद से नित्य आह्लादित होते रहने के लिए ही, मैं अनंत काल से इस परम शाश्वत कार्य को करते आया हूँ। और अनंत काल तक इस तरह के परम

शाश्वत कार्य को करते रहना चाहता हूँ। —जिस प्रकार जीवों को काल, प्रत्येक जन्म में उनके उस जन्म के प्राप्त प्रारब्ध वश कर्मफल को भोगने के लिए उच्च या अधम संस्कार से युक्त शरीर देकर उनसे उनकी विवेक शक्ति से धर्म एवं अधर्म के निर्णय शक्ति का निरंतर परीक्षण लेने के लिए उच्च या अधम कार्यों में संलग्न करते रहते हैं। और वह जीव पुनः धर्म अथवा अधर्म युक्त कर्म करता हुआ उस जीवन में सुख और दुख को भोगता हुआ अंततः मर कर पुनः इसी जीवन मृत्यु के चक्र की अनंत पुनरावृत्ति में पड़ता रहता है। उसी प्रकार हम काल के अंश भी अपने-अपने कार्यक्षेत्र में मिले कार्य के बिना एक क्षण भी संतुष्ट नहीं रह सकते हैं। यही विशेष शाश्वत कार्य ही अनंत काल से हमारे अस्तित्व की एक मात्र कारण बना रहता है। इस कार्य को करने पर मिलने वाले अद्भुत आनंद को कोई साधारण जीव अपने भौतिक शरीर से इसके अंश रूप आनंद का भी पूर्ण रूप से अनुभव नहीं कर सकता है।"

"—और शायद इसी कारण से मैं भी स्वयं इस महान अद्भुत आनंद को अपने इस भौतिक मनुष्य शरीर के हृदय में पूर्ण रूप से समाहित भी नहीं कर पा रहा हूँ।"

"अभी नहीं कर पा रहे हो, किन्तु आगे चल कर तुम कर लोगे आर्गश। अभी कुछ ही दिन तो हुए है, तुम्हें अपनी इस असाधारण स्वरूप को पहचानते हुए।"

"हाँ—आप ठीक कहते हैं। शायद अगले कार्य तक मुझमें वह अद्भुत योग्यता भी आ जाये।" और आर्गश कुछ क्षण विचार करने के बाद कालज्ञ से पूछता है "—कालज्ञ—यहाँ इस ब्रह्माण्ड में हमारा कार्य तो यही था, की हम प्रालख्य से तृणेक्ष और स्वयं उसे बचा कर खार्द्धक क्षेत्र पर ला कर रख दे। अब वह कार्य तो पूरा हुआ किन्तु हम अभी भी यहां क्यों हैं? क्या अब हमारे यहाँ होने से तृणेक्ष पर काल की गति में हस्तक्षेप नहीं होगा?"

"आर्गश—हमने अब तक जो भी किया है वह हमारे कार्य का मात्र एक भाग था, किन्तु अभी एक और भाग शेष है, इसीलिए अभी हमें इनके साथ राजधानी चलना होगा। उसके बाद जिस परम आनंद की अनुभूति के लिए मैं इस कार्य को सदैव करने को आतुर रहता हूँ, उस परम दिव्य फल की अनुभूति को प्राप्त करना भी तो शेष है।

"कार्य का एक और भाग शेष है? वह कौन सा भाग?"

"उसका पता तुम्हें स्वयं राजधानी पहुंचने के कुछ समय बाद लग ही जाएगा आर्गश।"

"और कार्य का परम दिव्य फल? इस कार्य का कोई फल भी मिलता है? वो भी कार्य के ठीक बाद?"

"आर्गश—जैसे प्रत्येक कर्म का कर्मफल होता है, उसी प्रकार हमारे इस कर्म का परम दिव्य कर्मफल भी होता है। किन्तु वह परम दिव्य कर्म फल सामान्य सांसारिक कर्मफल जैसा नहीं होता। वह तो एक ऐसा परम आनंद की अनुभूति स्वरूप होता है, की जिसका ठीक-ठीक वर्णन स्वयं मैं भी नहीं कर सकता हूं। वह परम दिव्य फल हमारे कार्य के ठीक बाद नहीं मिलता है, किन्तु हाँ मुझे ऐसा अनुभव हो रहा है, की इस कार्य के अंत में मुझे उस परम दिव्य फल की परम अनुभूति अवश्य प्राप्त होगी।"

"—इसका अर्थ यह हुआ की अपने पहले कार्य में ही मुझे आपके साथ उस परम दिव्य फल की अनुभूति होगी।"

"—नहीं आर्गश—तुम्हें वह अनुभूति कभी नहीं हो सकती है, क्योंकि तुम जन्म मरण के चक्र में स्थित एक जीव हो। तुम्हें वह अनुभूति तब होगी जब तुम मुक्त हो जाओगे।"

आर्गश कुछ निराशा के मिथ्या भाव बनाता हुआ, उदास स्वर में कहता है "—किन्तु ऐसा क्यों।"

"अनंत काल से अब तक जितने भी मेरे जीव साथी रहे है, उन्होंने कभी भी मेरे साथ घटित इस परम दिव्य फल रूपी अनुभूति को स्वयं अनुभव नहीं कर सके है। जब की वह मेरे साथ ही होते थे, किन्तु उन्हें इसका आभास भी नहीं होता था, की मुझे परम दिव्य फल रूपी अनुभूति कैसे और क्यों प्राप्त होती थीं।"

"शायद आपके काल का अंश होने के कारण उस फल की अनुभूति कर पाना संभव है।"

"हाँ—यही विचार मेरे उन सभी जीव साथियों का भी था। किन्तु इस बारे में अनंत काल से मेरा विचार स्पष्ट नहीं है।"

आर्गेश अब बात को बदलते हुए कहता है "कालज्ञ—हमारे यहाँ से जाने के बाद तृणेक्ष के सभी लोगों को तो हमारा यह अविस्मरणीय कार्य और इस कार्य के पीछे का रहस्य ज्ञात रहेगा, फिर आप क्यों कहते थे, की कोई भी सांसारिक जीव आपके इस रहस्य को नहीं जान सकता है।"

कालज्ञ कुछ मुस्कुराते हुए कहता है "—हमारे यहाँ से जाने के बाद यहां के सभी जीवों, जिनके मस्तिष्क में हमारी या इस कार्य की स्मृतियाँ बन चुकी हैं, वह सब काल की प्रेरणा से संभावित वैकल्पिक स्मृतियों में स्वतः ही बदल जाएंगी। सम्पूर्ण तृणेक्ष और इसकी चन्द्रमाओ की प्रजा को प्रालक्ष्य का तृणेक्ष पर लाने और रखने की अद्भुत घटना केवल महाराज जाहरेत्र और महाराज गारुद्ध के अपने अद्भुत एवं अतुलनीय शक्ति से हुई आभासित लगेंगी। काल की प्रेरणा से सबकी स्मृतियों को समरूपता से एक संभावित वैकल्पिक स्मृतियों में इस प्रकार परिणत कर दिया जायेगा, की कोई भी इसके प्रति एक भी संदेह तक नहीं कर सकेगा। हमारे होने के सभी प्रमाण काल की प्रेरणा से, बहुत ही चतुराई से सबके मस्तिष्क से मिटा दिया जायेगा। यही इस कार्य के बाद का परम शाश्वत विधान है, जो स्वयं काल और माया की प्रेरणा से होता है। इसलिए किसी भी ब्रह्माण्ड

का कोई भी जीव हमारे बारे में या हमारे किये कार्यों के बारे में कभी नहीं जान पाता है।"

"जब स्वयं काल ही किसी रहस्य को गुप्त रखना चाहे तो भला उसे कोई भी कैसे जान सकता है।"

"कोई भी नहीं जान सकता है। और यदि कोई किसी माध्यम से इसका सम्पूर्ण ज्ञान देता भी है, तो उस संसार के सभी जीव इसे एक मिथ्या कल्पना मान कर एक दिन स्वतः ही विस्मृत कर देते है। और फिर हर विस्मृत ज्ञान को काल नष्ट कर देते हैं।"

"किन्तु मैं कैसे मानूं की आप सत्य कह रहे हैं।"

"मैं तुम्हें इसका एक प्रयास करने का अवसर अवश्य दूंगा।"

"ठीक है। किन्तु कब और कहा?"

"कल, एक अन्य संसार में।" और फिर कालज्ञ नीचे देखने लगता है। वहां से उसे एक महासागर दिखाई पड़ रहा होता है।

आर्गेश भी नीचे देखने लगता है, और वह कालज्ञ से कहता है "ठीक हैं, मुझे यह प्रयास करके स्वयं ही देखना होगा। —अब हम खार्द्धिक क्षेत्र के बाद उस विशाल महासागर के ऊपर से उड़ रहे है, जिसके कारण ही हमने कल रात प्रालख्य को प्रचंड वर्षा एवं तूफान से उसे बचाते हुए, आकाश मार्ग में बदलो के ऊपर से ले कर उड़ना पड़ा था।"

उस महासागर के भीतर के छोटे बड़े एवं विकराल जीव भी जल के ऊपर आकर और महासागर के कुछ ऊपर आकाश में स्थित जार्नाग योद्धा गण एवं कुछ विशालकाय जहाजों के व्यापारी जार्नाग भी उस महा विशाल यात्रा को आकाश में भव्यता और दिव्यता के साथ जाते देख कर भावुक होते हुए, एकटक देखने लगते हैं। उस अद्भुत दृश्य को देख कर सभी को अपने सहस्त्रों आँखों के देखे पर विश्वास नहीं

हो रहा होता है। वह सब सहस्रों जार्नागों एवं धारूड़ो पर दिव्य आसनों में आसीन इदेवतों एवं मानव्यों को देख कर सम्मान के भाव में भावुक होते हुए एकटक देखते रहते हैं। उनमें से कई तो कुण्डलीकार गुरुत्वाकर्षण की सहायता से उनकी उस अविस्मरणीय यात्रा में साथ होने के लिए ऊपर की ओर जाने लगते हैं।

यह सब देख कर जार्नागों एवं धारूड़ो पर बैठे सभी इदेवत एवं मानव्य भी भावुक होते हुए दूसरे जार्नाग एवं धारूड़ो पर आसीन, अपने प्रिय जनो को देखने लगते हैं। उस महासागर के जल में उसके लाखो छोटे बड़े एवं विकराल जीवों को देख कर महाराज इंग्रात को करोड़ों वर्ष पूर्व उनके पूर्वजों के एक महान कार्य का स्मरण हो आता है। और वह महाराज जाह्रेत्र एवं महाराज गारुढ्ढ से अपने दिव्य स्वर में कहते है "महाराज गारुढ्ढ—महाराज जाह्रेत्र— करोड़ों वर्ष पूर्व जब हमारे पूर्वज तृणेक्ष पर आए थे, तो उस काल में कुछ महा विकराल, महा भयंकर, अधम और दुष्ट प्रकार के जीव नित्य तृणेक्ष की प्रजा को मारकर अपना भोजन बना लिया करते थे। और इस तरह वह तृणेक्ष की प्रजा को महा कष्ट दिया करते थे। जब तृणेक्ष के शक्तिशाली योद्धा सक्षम होकर उनका संहार करने को आते थे, तो वह सब भाग कर खार्द्धक के विशाल महासागर में जाकर छुप जाते थे। उस महासागर के निरपराध, प्रकृति के नियम से जीने वाले एवं शांतिप्रिय भोग योनि के जीव भी उन अधम जीवों के आतंक से त्रस्त रहा करते थे। तृणेक्ष के प्राचीन राजाओं ने वहां रहने के लिए आये हमारे पूर्वजों से अपनी उस व्यथा को बताते हुए कहा था, की तृणेक्ष की प्रजा, शताब्दियों से इस तरह जीने के अब आदि हो गए थे।"

महाराज जाह्रेत्र अपने सहस्रों फणों से गूंजते स्वर में कहते हैं "महाराज—क्या करोड़ो वर्ष पूर्व, शताब्दियों के समय में भी सम्पूर्ण तृणेक्ष के वीर योद्धा, मिलकर भी उन दुष्ट जीवों को उनके अपराधों का दंड नहीं दे पाए थे?"

महाराज जाहैक्ष के प्रश्न को सुनकर महाराज इंग्रात अपने दिव्य स्वर में कहते हैं "महाराज—जब हमारे पूर्वज तृणेक्ष पर आये थे, तब तृणेक्ष का स्वरूप आज के जैसा नहीं था। और ना ही उस महायुद्ध के समय के ठीक पूर्व के महा आधुनिक काल के जैसा था। वह तो ऐसा समय था, जब सम्पूर्ण तृणेक्ष बिना किसी आधुनिकता के सदैव संतुष्ट रहने वाले और सिर्फ परमार्थ का चिंतन करने वाले सतोगुणी जीवों की ही तृणेक्ष पर अधिकता थी। वह सब यदि निश्चित रूप से निर्धारित कर लेते तो उन जीवों को कौन बचा सकता था। किन्तु उनके इस प्रकार से आकर उनको या उनकी प्रजा को कष्ट देना, उनको अपने ही पाप रूपी कर्मफल के क्षय का एक उत्तम माध्यम मान कर, उन्हें अधर्म से ना मारने का निश्चय करके, उसके साथ जीवन को जीने का अभ्यास कर लिया था।"

"फिर क्या हुआ महाराज?"

"फिर—कुछ वर्षों के बाद हमारे पूर्वजों से यह देखा ना गया महाराज। —उनसे उनके होते हुए तृणेक्ष की उस प्रजा का, जिन्होंने उनको रहने के लिए घर दिया, और अपना माना उनका नित्य संहार होते उनसे देखा न गया महाराज।"

"फिर आपके पूर्वजों ने क्या किया महाराज।"

"उन्होंने किसी को भी कुछ बताये बिना ही एक दिन अपने विशालकाय मातृ अंतरिक्ष यान से खार्द्धिक महासागर के ऊपर आकर अपने अंतरिक्ष यान के प्रसारण प्रणाली के माध्यम से एक सन्देश प्रसारित किया '—इस महासागर में छुपे अधम एवं दुष्ट जीवों, हम तुम्हें एक अंतिम अवसर देने आये हैं। —यदि तुम अपनी अधमता एवं दुष्टता को सदा के लिए त्यागने का वचन दो, तो हम तुम्हारा संहार नहीं करेंगे।'"

महाराज गारुद्ध अपने उच्च स्वर में पूछते हैं "तो उन दुष्टों ने क्या उत्तर दिया महाराज?"

"उन्होंने अपने अंतरिक्ष यान को खार्द्दक महासागर के सभी भागो में उड़ाते हुए, उस प्रसारण को बार-बार प्रसारित किया था, किन्तु उन्हें उसका कोई उत्तर नहीं मिला था। एक घड़ी के बाद खार्द्दक महासागर से उनमें से सैकड़ों उड़ने वाले दुष्ट जीवों ने उनके अंतरिक्ष यान की ओर बढ़ने लगे थे। कुछ देर में ही कुण्डलिकार गुरुत्वाकर्षण के द्वारा वह सब अंतरिक्ष यान तक पहुंच कर उसके ऊपर की सुरक्षा कवच को भेदने का प्रयास करने लगे थे। किन्तु अंतरिक्ष यान के सुरक्षा कवच से उत्पन्न होती विद्युत तरंगों से वह दुष्ट जीव आहत एवं मूर्च्छित होकर कुंडलीकार रूप से पुनः खार्द्दक महासागर में गिरने लगे थे। किन्तु खार्द्दक महासागर की जल में पहुँचते ही वह सभी पुनः पहले की तरह ठीक हो जाते थे, और इस तरह युद्ध का वह चक्र चलता रहता था। वह अंतरिक्ष यान पर आते, कुछ क्षति पहुंचाते, सुरक्षा कवच से उत्पन्न होती विद्युत तरंगों से आहत एवं मूर्च्छित होते, खार्द्दक महासागर की जल में गिरते, उससे पुनः ठीक होते और फिर अंतरिक्ष यान की ओर उड़ जाते थे। इस तरह अनेको प्रयास के बाद उस विशालकाय अंतरिक्ष यान की सुरक्षा कवच की शक्ति का कुछ भाग ही शेष रह गया था।"

महाराज जाहेत्र अपने सहस्रों फणों की गूंजती ध्वनि में पूछते हैं "फिर किस उपाय से उन्होंने उन दुष्ट जीवों से स्वयं को बचाया था महाराज।"

"एक ही उपाय था महाराज। वह अपने अंतरिक्ष यान को एक जगह स्थिर करके उनकी प्रतिक्रिया को देखते हुए उनकी प्रत्येक प्रबलता एवं दुर्बलता का आकलन कर रहे थे। जब अंतरिक्ष यान के प्रज्ञास के पास उनके आकलन की पर्याप्त तथ्य मिल गया, तब वह अपने अंतरिक्ष यान को प्रत्येक दिशा में तेजी से चक्रनुमा घुमाते हुए उन दुष्ट जीवों से रहित होकर तीव्र वेग से खार्द्दक महासागर के अंतिम छोर पर चले गए थे। वहां अंतरिक्ष यान के प्रज्ञास ने, उनसे उन दुष्ट जीवों के बारे में अपने निष्कर्ष को बताने लगा था।"

महाराज गारुड्ढ अपने उच्च स्वर में कहते हैं "अंतरिक्ष यान के प्रज्ञास ने उन जीवों के बारे में क्या निष्कर्ष निकला था महाराज।"

"महाराज—प्रज्ञास ने कहा था 'यह सभी अधम एवं दुष्ट जीव इस तृणेक्ष या इस खार्द्धक महासागर में कही और से नहीं आये हैं। यह तो इसी खार्द्धक महासागर के प्राचीन जीव हैं, जो करोड़ों वर्षों के समय में एक खास तरह के भौगोलिक, रासायनिक एवं चुम्बकीय परिवर्तन के बाद यह इस भौतिक एवं मानसिक अवस्था को पहुंच गए हैं, जहां से इनमें सही और गलत में अंतर कर सकने की शक्ति का तेजी से क्षरण होने लगता है। इनकी यह स्थिति समय के साथ और बुरी होती जाएगी। अभी तो यह अपनी भूख को मिटा कर अपने प्राणों को भी बचाने का कुछ विचार कर लेते हैं, इसलिए वापस खार्द्धक महासागर में लौट आते है। किन्तु कुछ ४८ वर्षों के बाद उनको न तो अपनी भूख की तृप्ति का अनुभव होगा, और न ही अपने प्राणों को बचाने का इन्हे कोई विचार आएगा। तब तक तो यह कुछ वर्षों में ही सम्पूर्ण तृणेक्ष के सभी जीवों को खाकर नष्ट कर चुके होंगे, और अंततः एक दूसरे को भी खा कर पूर्ण रूप से नष्ट हो जायेंगे। इस खार्द्धक महासागर का अधिकांश भाग एक ऐसे चुम्बकीय परत के ऊपर स्थित है जिसके कारण इसके जल में निरंतर मिलने वाले कुछ खास रसायनों से लाखो वर्षों के धीरे-धीरे मानसिक विकृत करने वाला मंद विष बनता रहा है। इसी मंद विष से वह सभी जीव मानसिक रूप से विकृत हो रहे हैं। उनमें से कुछ की भूख अभी खार्द्धक में ही मिट जाती हैं, किन्तु कुछ की भूख खार्द्धक में नहीं मिटती इसलिए वो खार्द्धक से बाहर आ कर तृणेक्ष की प्रजा को खाने निकल पड़ते है। और जब भूख मिट जाती है, तब वह सब खार्द्धक महासागर में लौट आते है। यदि हम अभी के सभी दुष्ट जीवों को नष्ट कर भी दे, तो यह कोई समाधान नहीं होगा। हमें सम्पूर्ण खार्द्धक महासागर को ही नष्ट करना होगा। क्यों की उसमें जो अभी सामान्य अवस्था में जीव जी रहे हैं, वह भी कुछ वर्षों के समय के बाद उन्हीं की तरह विकृत बनते जायेंगे।'"

महाराज जाहेंत्र अपने सहस्त्रों फणों की गूंजती ध्वनि में कहते हैं "तो उन्होंने क्या किया महाराज। क्या उन्होंने ही खार्द्धक को नष्ट करके अभी की मरुभूमि में परिणत कर दिया था? —क्या खार्द्धक महासागर में रहने वाले निरपराध, प्रकृति के नियम से जीने वाले एवं शांतिप्रिय जीवों को उन्होंने नहीं बचाया था?"

महाराज इंग्रात कुछ मुस्कुराते हुए अपने दिव्य स्वर में कहते हैं "महाराज—उन्होंने जो किया वह सुनिए, —प्रज्ञास के निष्कर्ष को सुनकर हमारे पूर्वजों ने बहुत विचार एवं विमर्श के बाद इस निर्णय पर पहुंचे थे, की यदि उन्होंने खार्द्धक महासागर की भौगोलिक स्थिति को बदल दिया तो खार्द्धक महासागर के सभी निरपराध, प्रकृति के नियम से जीने वाले एवं शांतिप्रिय जीवों के साथ-साथ उन दुष्ट जीवों को भी बदला एवं बचाया जा सकता है। इसलिए उन्होंने खार्द्धक महासागर के अंतिम भाग से भी कुछ आगे चले गए थे, जहां तृणेक्ष के आंतरिक भाग में बहुत नीचे तक किसी भी चुम्बकीय परत के न होने की बात प्रज्ञास ने बताई थी।"

"वह कौन सा भाग था महाराज?"

"महाराज—उस भाग में एक प्राचीन मरुभूमि हुआ करता था, जिसका नाम वही था, जो आज हमारे नीचे के इस महासागर का है, —सृजन्ध। यह वही खार्द्धक महासागर है महाराज, जिसका नाम अब सृजन्ध महासागर हो गया है। और खार्द्धक क्षेत्र की मरुभूमि वही मरुभूमि है, जो करोडो वर्ष पूर्व इसी महासागर के स्थान पर सृजन्ध मरुभूमि के नाम से जाना जाता था।"

"किन्तु उन्होंने इस भाग में उस विशाल खार्द्धक महासागर को किस प्रकार से स्थानांतरित किया था महाराज?"

"यह कार्य उन्होंने उस दिन के तीसरे पहर के आरम्भ में किया था महाराज। सबसे पहले १०० इदेवतों ने अपनी संयुक्त दिव्य शक्ति को प्रज्ञास के यांत्रिक शरीर से जोड़ कर उसके नियंत्रण एवं सहयोग से

सम्पूर्ण खार्द्धिक महासागर को दिव्य रूप से तृणेक्ष से अलग करने लगे थे। आधे घड़ी के बाद खार्द्धिक महासागर का सम्पूर्ण जल राशि और उनमें रहने वाले प्रत्येक जीव को वो गुरुत्वाकर्षण से अलग करते हुए सतह से कुछ ऊपर तृणेक्ष के आकाश में स्थिर कर दिए थे। फिर १०० अन्य इदेवतों ने भी अपनी संयुक्त दिव्य शक्ति को प्रज्ञास के यांत्रिक शरीरी से जोड़ कर उसके अलग नियंत्रण एवं सहयोग से सृजन्ध मरुभूमि को उसी अनुपात में अलग करने लगे थे, जितना की खार्द्धिक महासागर को उस भाग में स्थापित करने के लिए विशाल स्थान की आवश्यकता थी। आधे घड़ी के बाद सृजन्ध मरुभूमि भी तृणेक्ष के आकाश में आ गया था महाराज। प्रज्ञास ने फिर दोनों को नियंत्रित करते हुए, धीरे-धीरे उनके स्थानों को आकाश में ही स्थानांतरित करने का कार्य आरम्भ किया था। कुछ एक घड़ी के बाद प्रज्ञास ने उनके स्थानों को बदल कर उन्हें धीरे-धीरे उनके नवीन स्थानों पर स्थापित करने के लिए उनको तृणेक्ष की सतह की ओर धीरे-धीरे गुरुत्वाकर्षण के प्रभाव को सक्रिय करने लगा था। इसमें भी कुछ एक घड़ी के बाद पहले खार्द्धिक पर मरुभूमि स्थापित हुआ था, और फिर उसके कुछ समय के बाद सृजन्ध में महासागर उतरने लगा था। इस तरह लगभग एक पहर के बाद खार्द्धिक का विशाल महासागर, सृजन्ध महासागर में परिणत हो गया था और सृजन्ध मरुभूमि खार्द्धिक क्षेत्र की मरुभूमि में परिणत हो गया था।"

महाराज गारुद्ध अपने उच्च स्वर में कहते हैं "उन विकृत जीवों को जिन्हें हमारे पूर्वजों ने भूल वश अधम एवं दुष्ट समझ लिया था, उनको ठीक होने में कितना समय लगा था महाराज।"

"महाराज—जब महासागर की भौगोलिक स्थिति बदल गयी, तो चुंबकीय क्षेत्र का उस पर प्रभाव भी प्रत्यक्ष रूप में नहीं पड़ता था, इसलिए लगभग १ वर्ष के बाद ही उन विकृत जीवों में एक नवीन चेतना का सृजन होने लगा था। और कुछ ७ वर्षों के बाद वह सब पूर्ण रूप से सामान्य जीव बन कर प्रकृति के नियम के अनुसार भोग

योनि के सही क्रम के अनुसार अपना जीवन सृजन्ध महासागर में जीने लगे थे। मैं इस सृजन्ध महासागर में उन जीवों की नवीन पीढ़ियों का अस्तित्व आज भी देख पा रहा हूं महाराज। वह सब हमें देखकर कितने आनंदित हो रहे हैं, —देखिये तो महाराज, उनकी आनंद रूपी अद्भुत जल क्रीड़ाएँ।"

महाराज इंग्रात के साथ महाराज गारुद्ध, महाराज जाहेत्त्र, महाराज साहेस्व, कालझ, आर्गश और सभी निकट के जारनाग एवं धारुड़ योद्धा और उनपर आसीन सभी इदेवत एवं मानव्य नीचे सृजन्ध महासागर की ओर देखने लगते है। उन्हें लाखो अद्भुत एवं विचित्र समुद्रीय जीव जो शारीरिक रूप से छोटे बड़े एवं महाकाय होते है, वह सब एक साथ महासागर के ऊपरी भाग के जल में अपने आनंद को प्रदर्शित करते हुए, अलग-अलग प्रकार से जल क्रीड़ाएँ करते हुए, ठीक उनकी आकाशीय गति के साथ महासागर में महा विस्तृत रूप से आगे बढ़ रहे होते हैं। लगभग सभी जारनाग एवं धारुड़ योद्धाओं के साथ उन पर दिव्य आसनों पर आसीन सभी इदेवत, सभी मानव्य एवं सभी प्रालख्य के अद्भुत जीव यह दृश्य देख कर आश्चर्य के भाव में ही भावुक होते हुए, उनके साथ-साथ आकाश में आगे बढ़ रहे होते हैं।

सम्पूर्ण तृणेक्ष और उसके चंद्रमाओं की प्रजा और इस यात्रा के सभी योद्धाओं को अपने मन में ऐसा आभास होने लगा है, की सभी इदेवतों, मानव्यों को तृणेक्ष पर पुनः देख कर और इस अद्भुत, अविस्मरणीय यात्रा को तृणेक्ष के आकाश में आगे बढ़ते देख कर स्वयं सर्थम भी अद्भुत रूप से सुखदायक रंगो से युक्त होकर, कही अधिक उज्जवल प्रकाश से सम्पूर्ण तृणेक्ष के साथ उसकी चंद्रमाओं एवं सम्पूर्ण प्रणाली को अद्भुत उज्जवल प्रकाश से प्रकाशित कर रहे हैं। सर्थम को इस तरह अद्भुत रंगों से इतने अधिक उज्जवल प्रकाश के साथ प्रकाशित होते हुए. किसी ने भी सहस्त्रों वर्षों में भी नहीं देखा था। तृणेक्ष की समस्त प्रजा, प्रत्येक जीव और प्रत्येक योद्धा के मन में एक अद्भुत सुख रूपी आनंद का नित्य संचार होने लगा है। जैसे किसी ने उन सबके हृदय पर

लाखो वर्षों से रखे एक विशाल शिला हो एक साथ सदा के लिए हटा दिया हो। इसलिए उनके हृदय में उस शिला के हटने से उस स्थान से एक अद्भुत आनंद की जैसे एक नित्य स्रोत फुट रही हो।

इस तरह जब इदेवतों एवं मानव्यों की यात्रा जब सृजन्ध महासागर को भी पार करके कुछ आगे बढ़ने लगती है, तो वह सभी इदेवत एवं मानव्य अपने-अपने आसनों से नीचे, कुछ पीछे की ओर मुड़ कर देखते हैं, की सृजन्ध महासागर के वह सभी जीव जो अब महासागर के अंतिम किनारे के जल में एकत्रित होकर, अपने-अपने भावों एवं क्रीड़ाओं से अपनी भावनाओं को व्यक्त कर रहे है, यह देखकर वह सब स्वयं भी अत्यंत भावुक होने लगते हैं। इस अद्भुत एवं विचित्र स्नेह से अधिकतर इदेवतों एवं मानव्यों ने लाखों वर्षों में पहली बार इस प्रकार का अनुभव किया है। कुछ प्राचीन इदेवत लाखो वर्षों के बाद इस भाव को पुनः अनुभव कर रहे होते है। वह सभी अपने-अपने आसनों से उन सभी जीवों के प्रति हृदय से आभार एवं सम्मान के भाव व्यक्त करते हुए, अब सृजन्ध महासागर से कुछ आगे बढ़ चुके होते हैं।

यह अद्भुत यात्रा, जिसमें सबसे आगे महाराज गारुद्ध, उनकी पीठ पर बने दिव्य आसन पर आसीन महाराज इंग्रात, उनके साथ उड़ते महाराज जाहेक्त्र, महाराज साहस्व, कालझ और आर्गश, तृणेक्ष के विशालकाय जंगलों, पर्वतों, नदियों को पार करते हुए, अब तृणेक्ष के भव्य एवं अत्याधुनिक नगरों की ओर बढ़ने लगते है। उन नगरों की सहस्त्रों जार्नाग प्रजा एवं उनके धारुड़ मित्र गण पहले से ही अपने-अपने घरों से बाहर निकल कर आकाश की ओर देखते हुए उत्साह एवं भावुकता के संयुक्त भाव के साथ उनके आने की राह देख रहे होते है। उन नगरों के कुछ विशालकाय जार्नाग एवं उनके शक्तिशाली धारुड़ मित्र गण आकाश में पहले से ही ऊंचाई पर स्थित होकर अपने-अपने फणों, कुंडलियों, पंखों एवं पंजों में अद्भुत पुष्पों की विशाल टोकरियां एवं विशाल हारों के साथ उनके भव्य स्वागत करने की योजना बना कर अति उत्साह के साथ उन सबके आने की प्रतीक्षा कर रहे होते है।

कुछ ही क्षण में जब उन नगरों के आकाश में स्थित धारूड़ो को अपनी दूर दृष्टि से दिखाई पड़ने लगता हैं, की महाराज गारुद्ध स्वयं महाराज इंग्रात को अपनी पीठ पर धारण करके तीव्र वेग से उनकी ओर आ रहे हैं, यह देख कर उनके आनंद की कोई सीमा न रहती है। वह सब अपने विशाल पंखों से आकाश में उड़ते हुए, अपने जार्नाग मित्रों को वह सब बताने लगते हैं। वह अद्भुत एवं अविस्मरणीय यात्रा कुछ ही समय में महाराज गारुद्ध एवं महाराज जाहेंत्र की अगुवाई में उनके नगर के आकाश तक पहुंच जाती है। इस विशालकाय यात्रा में सहस्रों जार्नागों एवं धारुड़ों पर आसीन इदेवतों और मानव्यों को प्रत्यक्ष देख कर उन नगरों की प्रजा के आश्चर्य एवं अश्रुओं को अब कोई भी सीमा बांध नहीं पा रही होती है। उनसे ऊपर आकाश में स्थित जार्नाग एवं धारुड़ अपने पास रखे पुष्पों की टोकरियों से वर्षा के रूप में अर्पित करते हुए, उन सभी इदेवतों एवं मानव्यों का भव्य स्वागत करने लगते हैं। कुछ प्रधान जार्नाग एवं प्रधान धारुड़, अद्भुत पुष्पों की विशालकाय हारों को ले कर महाराज इंग्रात, प्रमुख इदेवतों और प्रमुख मानव्यों के पास जा जा कर सम्मान एवं करुण भाव से प्रणाम करते उन्हें पहनाते हुए ही आगे बढ़ते रहते हैं।

इस तरह नगर वासियों के इस अद्भुत स्वागत सत्कार एवं स्नेह से महाराज इंग्रात के साथ-साथ सभी इदेवतों और मानव्यों की विशाल आँखों में अश्रुओं की प्रचंड लहर उठती और शांत होती रहती हैं। नगर की प्रजा का प्रचंड स्नेह क्या होता हैं, इसका कुछ प्रमुख इदेवतों एवं मानव्यों ने लाखो वर्षों के बाद पुनः अनुभव किया है। किन्तु जिन्होंने इस प्रजा के पवित्र स्नेह को लाखो वर्षों में कभी अनुभव ही नहीं किया था, वे इस स्नेह को प्रथम बार अनुभव करके अपनी भावनाओं के वेग से बने अश्रुओं को बहुत देर तक रोक नहीं पाते हैं। उन सब की भावनात्मक दुविधा को देखकर सभी प्रमुख एवं अनुभवी इदेवत उनको इसका मर्म बताते हुए, उन्हें शांत करने का प्रयास कर रहे होते है।

216

महाराज इंग्रात भी प्रजा के इस पवित्र स्नेह एवं प्रेम को देख कर भावुक हो रहे होते हैं, किन्तु उन्होंने अपने अश्रुओं को अपनी पलकों के बांध में अपने पूर्ण प्रयास से रोकते हुए, नगर की सम्पूर्ण प्रजा को संबोधित करते हुए अपने करुण कंठ से दिव्य उच्च स्वर में कहते हैं "—तृणेक्ष की प्रिय प्रजा, —लाखो वर्षों के बाद आप सबको देख कर हमारा हृदय अद्भुत आनंद एवं भावनाओं के संयुक्त भावों से विभोर हो रहा है। —हमें इस पहले पहर के अंत से पहले राजधानी पहुंचना है, इसलिए मेरा आप सबसे अनुरोध है, और यदि आप सब ठीक समझें तो हमारे साथ राजधानी चलिए। —हम वहां आप सबसे, अपने, – आपके, –और आपके पूर्वजों के जीवन की लाखो वर्षों की सभी प्रमुख बातों को कहेंगे, —सुनेंगे।"

नगर की प्रजा महाराज इंग्रात के इस अद्भुत प्रस्ताव को सुनकर आत्मविभोर होकर उत्साह वश एक साथ कहने लगते हैं "महाराज— हम सब आपके साथ चलने को तैयार हैं।" और इस तरह कुछ जानांग योद्धाओं को छोड़ कर नगर की कुछ प्रजा महाराज इंग्रात की यात्रा के साथ हो जाते हैं। शेष प्रजा भी उनके समानांतर गति से तृणेक्ष की सतह पर बने विशाल मार्गों से राजधानी को ओर बढ़ने लगते हैं। इसी प्रकार इस अद्भुत यात्रा के मार्ग में दो और नगर भी मिलते हैं, और उन नगरों की प्रजा भी इसी प्रकार से महाराज इंग्रात के साथ राजधानी चलने को तैयार हो जाते हैं।

तृणेक्ष के अन्य चंद्रमाओं से वहां के धारुड़ योद्धा भी अपनी दूर एवं स्पष्ट दृष्टि से वह अद्भुत, महाविशाल एवं अविस्मरणीय यात्रा को देख कर आश्चर्य के भाव से एकटक देखते रहते हैं। तृणेक्ष के पहले पहर की अंतिम घड़ी के मध्य तक वह यात्रा, जिसमें अब लाखो प्रजा भी सम्मिलित हो चुकी है, राजधानी के आकाश में प्रवेश करने लगते हैं। तृणेक्ष के भूमि मार्ग से आने वाले लाखो प्रजा भी अब राजधानी के महा विशाल प्रवेश द्वार से महान उत्साह के साथ राजधानी में प्रवेश करने लगती है। महाराज इंग्रात राजधानी के आरम्भिक आकाश से

ही राजधानी की भव्यता, आधुनिकता, सुंदरता, सरलता एवं प्रकृति के वृहत संगम को देख कर महाराज जाह्लेत्र से कहते हैं "महाराज— आपने अत्यंत भव्यता, आधुनिकता, सुन्दरता, सरलता एवं प्रकृति के वृहत संगम के साथ तृणेक्ष के नगर और इस राजधानी का निर्माण किया हैं। यह सत्यरूप में एक अद्भुत राजधानी लगती है। —कुछ स्थानों को मैं देख रहा हूँ जहाँ प्रालख्य के उल्कापिंडो ने क्षति पहुंचाई है, और जिनका पुनर्निर्माण कार्य भी अपने चरम पर चल रहा है। — अद्भुत महाराज —अद्भुत।"

महाराज जाह्लेत्र अपने सहस्त्रों फणों से अपनी स्वाभाविक गूंजती ध्वनि में कहते हैं "महाराज—आप वहीं सब तो देख रहे हैं, जिसका ज्ञान आप इदेवतों से हमारे पूर्वजों को मिला था। इन लाखो वर्षों में हमने आप के अंतिम शब्दों के अनुसार इस आधुनिकता को एक सीमा तक ही प्रयोग किया है। क्योंकि इसी आधुनिकता की अंधी दौड़ और इसकी अतृस भूख के कारण ही तो लाखो वर्ष पूर्व, हमारे पूर्वजों के अहंकार को नष्ट करने के लिए आप सबको हमारे बीच एक महायुद्ध का प्रस्ताव रखना पड़ा था। —महाराज—हमारा इस आधुनिकता की परिसीमा में सबसे उत्तम राज्य पालन एवं जीवन निर्वाह का एक ही नियम है, शासन एवं जीवन की सरलता। —इसी से तृणेक्ष पर जीवन और मुक्ति का क्रम इतने लाखो वर्षों के बाद भी तृणेक्ष के प्रत्येक जीव में सत्य रूप से आभासित हो रहा है।"

"अति उत्तम महाराज। —अति उत्तम। —जब तक राजा अपने राज्य के शासन में सरलता नहीं लायेगा, तब तक उसके राज्य की प्रजा भी अपने जीवन को सरल नहीं कर सकेगी। जब जीवन में सरलता नहीं रहेगी, तो वह जीव इस संसार चक्र की कठिनाइयों में लिस होकर इसके अनंत भंवर से बाहर निकलने का कभी विचार भी नहीं कर सकेगा। इस तरह वह जीव अनंत जन्मों में अपना महापतन करता रहेगा, और फिर सम्पूर्ण समाज और सम्पूर्ण राष्ट्र का भी पतन अलग-अलग महायुद्ध एवं महामारी रूपी विभीषिकाओं से होता रहेगा।

कुछ मूर्ख, नीच एवं दुष्ट जीवों को लगता है, की उस आधुनिकता या विभीषिका में वह संसार का सबसे शक्तिशाली राजा या सबसे धनवान जीव बन गया है, और स्वयं वह संसार की सर्वश्रेष्ठ प्रतिष्ठा तक पहुंच गया हैं। किन्तु वह मूर्ख इस साधारण और सरल बात को भी नहीं समझ पाता है, की इस नश्वर संसार का शक्तिशाली राजा बन के भी वह केवल अपने मूल्यवान समय को ही नष्ट कर रहा है। मूर्खों की भांति राख के ढेर को पूरे जीवन एकत्रित करके उसका एक विशाल पर्वत बना के वह स्वयं को सबसे धनवान कहलवाने का ढोल पीटता रहता है, और अंततः बिना कुछ साथ लिए एक दिन काल फांस में फंस कर मर जाता है। उसने इन शक्तियों और संपत्तियों को संचित करने में जितने भी जघन्य पाप किये होते है, उनको भोगने के लिए अलग-अलग नरकों में करोड़ों अरबो वर्ष तक चीखता, चिल्लाता और तड़पता रहता है। फिर अंततः जब इसके पाप का कुछ भाग ही शेष रहता है, तो अलग-अलग नीच और अधम भोग योनियों में वह भटकता रहता है। इसी को जीव का महापतन कहा गया है महाराज।"

"हाँ महाराज—आपने सत्य कहा। लाखों वर्षों से आपके मार्गदर्शन के कारण ही हमारे पूर्वजों ने हमे इस तरह के महापतन से बचाने के लिए ही इस सरलता एवं त्याग का पवित्र संस्कार पीढ़ी दर पीढ़ी हमे देते रहे हैं।"

"धन्य है वह सभी पूर्वज जिन्होंने इस सरलता एवं त्याग का संस्कार, अपनी भावी पीढ़ी को इतने लाखो वर्षों से देते आ रहे हैं। —धन्य है महाराज। —धन्य है।" और फिर महाराज इंग्रात भावुक हो कर राजधानी के आकाश से नीचे देखने लगते हैं। वो देखते हैं की लाखों की संख्या में जार्नाग प्रजा राजधानी के सभी प्रमुख मार्गों से होते हुए, राजधानी के मध्य विशालकाय राजमहल के वृहत घेरे की ओर बढ़ रही है। जब महाराज इंग्रात अपने पीछे आकाश में ही अपनी यात्रा को देखने लगते हैं, तो उन्हें ज्ञात होता है की उनकी यात्रा में अब लाखों जार्नाग एवं धारुड़ प्रजा आकाश मार्ग से अत्यंत आनंद एवं

उत्साह के भाव में उनके साथ-साथ राजमहल के आकाश की ओर बढ़ती आ रही है।

राजमहल के बाहर उसके वृहत घेरे में और राजमहल के आकाश में स्थित जानर्गि योद्धा एवं सभासद गण, आकाश मार्ग से महाराज जार्हेस्त्र, महाराज गारुद्ध पर आसीन महाराज इंग्रात, महाराज सार्हस्व, सहस्त्रों इदेवतों, मानव्यों और तृणेक्ष की लाखों प्रजा को तीव्र वेग से उनकी ओर आते देख कुछ क्षण महान आश्चर्य एवं भाव विभोर होते हुए उन्हें आगे बढ़ते देखते ही रहते हैं। राजधानी के सभी प्रमुख मार्गों से लाखों प्रजा को राजमहल की ओर आगे बढ़ते देखकर भी उनकी उस दशा में वृद्धि ही होती है। कुछ समय के बाद प्रमुख सभासदों एवं योद्धाओं के निर्देश पर वह सभी अपनी सहज दशा को प्राप्त करके राजमहल के घेरे एवं राजमहल के भीतर उनके भव्य स्वागत की तैयारियों में जुट जाते हैं। दो जानर्गि सेवक राज परिवार को इस अद्भुत घटना की सूचना देने के लिए राजमहल के भव्य द्वार से तीव्र वेग से उड़ते हुए प्रवेश कर जाते हैं।

महाराज इंग्रात के साथ सभी इदेवत और सभी मानव्य, राजमहल के बाह्य आकाश में प्रवेश करते हुए राजमहल की भव्यता, सुंदरता एवं शिल्पकारिता को देख कर विभोर हो रहे होते हैं। इदेवत और मानव्य अपनी-अपनी अद्भुत बुद्धिमत्ता से इस राजमहल के विस्तार का अनुमान लगा रहे होते हैं, की यह इतना वृहत एवं विशाल है, की इसमें लाखो विशालकाय सभासद एक साथ बैठ सकते हैं, और इसके बाह्य घेरे में करोडो प्रजा को एक साथ संबोधित किया जा सकता है।

वह यात्रा जिसमें लाखों प्रजा, सहस्त्रों जानर्गि एवं धारुड्ड योद्धाओं पर आसीन इदेवत, मानव्य और प्रालक्ष्य के अद्भुत जीव है, अब राजमहल के आकाश में पूर्ण रूप से पहुंच कर महाराज इंग्रात, महाराज गारुद्ध, महाराज जार्हेस्त्र, महाराज सार्हस्व, कालझ और आर्गश की अगुवाई में नीचे की ओर आते हुए राजमहल के बाह्य घेरे में उसके प्रमुख प्रवेश द्वार के समक्ष उत्तम धरातल पर अपने धारकों

के साथ स्थिर होने लगते हैं। राजमहल को राजधानी से जोड़ती सभी प्रमुख मार्गों से लाखो प्रजा भी अब राजमहल के बाह्य घेरे में पहुंच कर राजमहल के समक्ष के बृहत भाग में आकर अपनी-अपनी भावनाओं को कठिनता से समेटे हुए क्रमबद्ध रूप से स्थिर होने लगती है। महाराज इंग्रात महाराज गारुड्ढ की पीठ से उतरकर उन्हें धन्यवाद रूप में प्रणाम करते है, और फिर वो सभी इदेवतों, सभी मानव्यों और सभी प्रालख्य के जीवों को अपने धारक योद्धाओं का सम्मान करते हुए नीचे आने का दिव्य संकेत कर देते हैं। कुछ ही समय में सभी इदेवत, सभी मानव्य और सभी प्रालख्य के अद्भुत जीव अपने-अपने धारकों की पीठ से सम्मान के भाव में उतर कर उनको धन्यवाद स्वरूप में प्रणाम करते हुए महाराज इंग्रात के निकट पहुंचकर भव्यता एवं दिव्यता के साथ क्रमबद्ध रूप में एकत्रित होने लगते हैं।

अध्याय ७
आर्जथ का आगमन

महाराज इंग्रात अपने विशालकाय दिव्य स्वरूप की दिव्य आँखों से अपने चारों ओर देखते है, की राजमहल के महा विशाल घेरे के अंदर धरातल एवं आकाश में क्रमबद्धता से स्थिर हो चुके लाखों जानार्ग एवं धारुड़ प्रजा भावुक होते हुए उन्हीं की ओर सम्मान एवं समर्पण की भावना भरी आँखों से एकटक देख रही हैं। लाखो प्रजा की पवित्र भावनाओं को देख कर महाराज इंग्रात भी भावनाओं के करुण भाव से अपने हृदय एवं कंठ को कुछ देर अपनी दिव्यता से सहते हुए, और ठीक करते हुए उनसे कुछ कहने का प्रयत्न करने ही वाले होते है, की कालझ आर्गश के साथ उनके समक्ष तीव्र वेग से उड़ते हुए आकर अपने स्वाभाविक गंभीर स्वर में कहता है "—आज के पहले पहर का समय अब पूरा हुआ महाराज।" फिर कालझ तृणेक्ष के अंतरिक्ष की ओर एक सूक्ष्म किन्तु विचित्र रूप से चमकते प्रकाश की ओर संकेत करते हुए कहता है "—आप अपनी दिव्य दृष्टि से देखिये महाराज, —वह आप इदेवतों का मातृ अंतरिक्ष यान है। —और वह लगभग एक घड़ी में यहां पहुंच जाएगा।"

महाराज इंग्रात आर्गश की बातों को सुनकर परम आश्चर्य के भाव में अपनी दिव्य दृष्टि से उस विचित्र रूप से चमकते तारे को देखने लगते हैं, और कुछ क्षण के बाद ही अपने दिव्य स्वर में कहते हैं "कालझ—वह हमारा ही अंतरिक्ष यान लग रहा है। —किन्तु—वह तो लाखों वर्ष पूर्व प्रालख्य को उसकी कक्षा से निकालते समय दार्वक की प्रचंड प्रज्वाल से आर्जथ के साथ ही नष्ट हो गई थी।"

"महाराज—आपका वह अंतरिक्ष यान उस समय दार्वक की प्रचंड प्रज्वाल से लगभग नष्ट होने ही वाला था, की अंतरिक्ष यान के प्रज्ञास की सहायता से आर्जथ ने उसे ठीक करके, प्रालख्य को पुनः खोज निकालने के उद्देश्य के साथ लाखो वर्षों से प्रयास कर रहे थे। —महाराज जाहैत्र, महाराज गारुद्ध और महाराज साहैस्व आपको समय आने पर इस बारे में सब कुछ स्पष्ट रूप में बता देंगे।"

महाराज इंग्रात आर्जथ और उसका उन्हें लाखो वर्षों से खोजने की बात सुन कर अत्यंत भावुक हो जाते हैं। अपने विशाल दिव्य आँखों में अश्रुओं की विशाल लहरों को अपनी पलकों में बांधे हुए, प्राचीन इदेवतों एवं मानव्यों की ओर देखते हुए अपने दिव्य स्वर में कहते हैं "—आप सबने सुना, —आर्जथ जीवित है। —और—" महाराज इंग्रात अंतरिक्ष के उस विचित्र प्रकाश की ओर संकेत करते हुए कहते हैं " —वह हमारे अंतरिक्ष यान के साथ कुछ एक घड़ी में यहां पहुंच जाएगा।"

महाराज जाहैत्र, महाराज गारुद्ध , महाराज साहैस्व, आर्गश, सभी इदेवत, सभी मानव्य, सभी प्रालख्य के जीव, सभी जार्नांग एवं धारुड़ योद्धा एवं प्रजा गण, महाराज इंग्रात के बताये उस विचित्र प्रकाश को एक साथ तृणेक्ष के अंतरिक्ष में देखने का प्रयास करते हैं। किन्तु सिर्फ दिव्य इदेवत, और आर्गश ही अपनी-अपनी दिव्य दृष्टि के माध्यम से उसे देख पाते हैं। कुछ क्षण के बाद एक प्राचीन इदेवत जो लाखों वर्ष पूर्व उस अंतरिक्ष यान के तकनीकी प्रधान थे, महाराज इंग्रात के समीप आकर अपने शांत दिव्य स्वर में कहते है "महाराज— यह कैसे संभव हो सकता है। —उस दूरी से यदि अंतरिक्ष यान को उसके अधिकतम वेग के साथ यदि कोई संचालित करें, तो भी यहाँ तक पहुंचने में एक पहर से अधिक का समय लगेगा। —फिर आप कैसे कह रहे हैं, की एक घड़ी में हमारा वह अंतरिक्ष यान यहाँ पहुँच जायेगा। —महाराज—यदि यह किसी प्रकार से संभव भी हुआ भी है, तो वह अंतरिक्ष यान जिसकी प्रत्येक क्षमता का मुझे पूर्ण ज्ञान है,

इस गति के बाद उसे, यान के भीतर से रोकना असंभव है। —और यदि वह रुका नहीं तो वह यान जो अब प्रकाश की गति से लाख गुना अधिक गति के साथ हमारी ओर आ रहा है, वह एक क्षण के दशांश में ही सम्पूर्ण तृणेक्ष को नष्ट करके स्वयं भी नष्ट हो जायेगा। —कोई भी नहीं बचेगा महाराज, —एक जीवाणु तक नहीं।"

महाराज इंग्रात को अपने तकनीकी प्रधान के अनुमान पर पूर्ण विश्वास होता है, क्यों की वह अपने लाखो वर्षों के जीवन काल में कभी भी गलत नहीं रहे है। महाराज इंग्रात कालझ की ओर देखते हुए, भावुक होते हुए अपने दिव्य स्वर में कहते हैं "कालझ—मुझे अपने तकनीकी प्रधान की बातों पर पूर्ण विश्वास है, वह कभी गलत नहीं हो सकते हैं। किन्तु मुझे इस बात का भी पूर्ण विश्वास है, की तुम भी कभी भूल से भी मिथ्या वचन नहीं कहते हो। —अब तुम ही स्पष्ट करो कालझ, —वह अंतरिक्ष यान इस प्रचंड महा वेग को कैसे प्राप्त हुआ। और लाखो वर्षों के बाद पुनः अपने ही यान से नष्ट होने जा रहे हमारे तृणेक्ष को और इसके समस्त प्रजा को हम कैसे बचाये?" इतना कहते ही महाराज इंग्रात अब अपने अश्रुओं को नहीं रोक पाते है, और प्रचंड भावुक वेदना के साथ अपने मद्धम दिव्य स्वर में कहते है "—शायद काल ने अभी तक हमें हमारे महा पापों के लिए क्षमा नहीं किया है।"

कालझ महाराज इंग्रात को सांत्वना देते हुए अपने गंभीर स्वर में कहता है "महाराज—मैं यह तो जनता हूँ की वह अंतरिक्ष यान इस प्रचंड महा वेग को कैसे प्राप्त हुआ, और मैं यह भी जानता हूँ की तृणेक्ष पर पुनः आये इन सभी जीवों का संयुक्त भविष्य अब इस तृणेक्ष पर जीवन और मुक्ति के उत्तम क्रम से, इस ब्रह्माण्ड के अंत तक निर्धारित हो चूका है। —किन्तु महाराज—मैं यह नहीं जान पा रहा हूँ की उस महा प्रचंड वेग के साथ आते अंतरिक्ष यान को कौन और कैसे रोकेगा। —आने वाले इस दूसरे पहर के प्रथम दो घड़ी का भविष्य मुझे स्पष्ट रूप से दिखाई नहीं पड़ रहा है महाराज। —यह काल का वह समय खंड है जिसे स्वयं काल ने, ना सिर्फ इस ब्रह्माण्ड के सम्पूर्ण साधारण

एवं दिव्य जीवों से अपितु अपने सभी अवयवों एवं अंशों से भी गुप्त रखा हुआ है। —इसे कोई भी कभी भी जान नहीं सकता है महाराज। —आप केवल काल की गुप्त योजना पर पूर्ण समर्पण के साथ विश्वास कीजिये। —मुझे नहीं पता कैसे—किंतु महाराज—अंत में आप सब देखेंगे की आर्जथ उस अंतरिक्ष यान से उतरकर आप इदेवतों के उस अंतिम वचन को पूर्ण कराएगा जिसके पूर्ण होने का आप सबने लाखों वर्ष पूर्व आशा करना ही छोड़ दिये थे।"

महाराज इंग्रात अपने दिव्य स्वर में कहते है "कालझ—सर्वप्रथम मुझे यह बताओ की हमारा वह अंतरिक्ष यान उस प्रचंड महा वेग को कैसे प्राप्त हुआ?"

कालझ अपने गंभीर स्वर में कहता है "महाराज—यह बात आज से ठीक ८१५ दिन पूर्व की है, जब प्रालख्य एक सघन उल्का पट्टी से होकर गुजरा था। जब प्रालख्य उस सघन उल्का पट्टी से टकराया था, तब प्रालख्य के भीतर आप स्वयं भी सैकड़ों वर्षों के अपने उत्तम ध्यान से बाहर आने को विवश हो गए थे। उस संघात के कारण उल्का पट्टी के अनेको छोटे बड़े उल्कापिंड प्रालख्य के गुरुत्वाकर्षण बल से उसके प्रचंड वेग के साथ हो लिए थे। उन उल्काओं के निरंतर प्रहार से प्रालख्य पर जो लघु विमान जुड़ा हुआ था, उसका संकेत प्रसारण प्रणाली, काल की प्रेरणा से शुरू हो गई थी। इसके कुछ समय के बाद ही आपके अंतरिक्ष यान के प्रज्ञास को, प्रालख्य की सतह से जुड़े लघु विमान से अचानक संकेत मिलने लगे थे। इस संकेत के मिलने पर अंतरिक्ष यान के प्रज्ञास ने आर्जथ को लगभग एक लाख वर्ष की महानिद्रा से जगा दिया था। प्रज्ञास ने अपनी गणना के बाद आर्जथ से कहा था की यदि हम अंतरिक्ष यान के अधिकतम वेग से भी गतिमान हुए, तो भी जब तक हम प्रालख्य तक पहुंचेंगे, उससे ३२ दिन पूर्व ही वह सर्थम प्रणाली में प्रवेश करके, हमारे तृणेक्ष से ही टकराकर नष्ट हो चुका होगा। —किन्तु आर्जथ का यह मानना था, की प्रज्ञास हमेशा सही नहीं होती है, और जब बात इदेवतों की हो तो वह अपने अंतिम

वचन के पूर्ण होने से पूर्व सम्पूर्ण रूप से कभी नष्ट हो ही नहीं सकते हैं। —आपके अंतिम वचन के अंतिम कार्य को करके आर्जथ, प्रज्ञास को अंतरिक्ष यान के अधिकतम वेग से प्रालख्य की ओर बढ़ने का आदेश कर दिए थे। आर्जथ ने अब से ८ दिन पूर्व ही प्रज्ञास को निष्क्रिय करके, अंतरिक्ष यान को अपने नियंत्रण में करते हुए, उसकी दिव्य गति यंत्र में भयंकर परिवर्तन करके महा प्रचंड वेग को प्राप्त कर लिए थे। और प्रालख्य को बचाने के लिए प्रचंड महा वेग से आगे बढ़ने लगे थे। किन्तु उस गति यंत्र में उस भयंकर परिवर्तन के कारण कुछ एक पहर पहले ही उसकी गति को कम करने एवं रोकने की प्रणाली अब पूर्ण रूप से नष्ट हो गई है। आर्जथ ने प्रज्ञास को पुनः सक्रिय करके अंतरिक्ष यान की गति को कम करने के सभी उपायों पर कार्य करना आरम्भ कर दिए है। किन्तु उन्हें कोई भी सफलता नहीं मिल रहा है। प्रज्ञास ने अब आर्जथ को सिर्फ एक ही विकल्प के होने के बारे में बताया है।"

"वह क्या विकल्प है कालज्ञ?"

"अंतरिक्ष यान की दिशा बदल कर ब्रह्माण्ड में इस महा प्रचंड वेग के साथ अनंत काल के लिए गतिमान होते रहने का विकल्प महाराज।"

महाराज इंग्रात कुछ क्रोध में अपने दिव्य स्वर में कहते हैं "तो आर्जथ ने उस विकल्प को अब तक क्यों नहीं चुना कालज्ञ? इससे कम से कम वह जीवित तो रहता, और तृणेक्ष भी इस क्षणिक रौद्र संघात के द्वारा नष्ट होने से तो बचा रहता।"

"महाराज—आप तो जानते ही हैं की आर्जथ कितना हठी मानव्य है। उसका मानना है की आप सबके अपने उस वचन जिसमें आप सब स्वयं से जानकर तृणेक्ष पर पुनः कभी नहीं लौटेंगे, के विरोध में कोई परम दिव्य शक्ति कार्य कर रही है, तभी तो प्रालख्य पुनः तृणेक्ष की ओर बढ़ रहा है। वह यह भी मानता है, की कोई भी महा संकट आप महान और परोपकारी इदेवतों के अंतिम वचन की पूर्ति के बीच कभी भी नहीं आ सकती है। इसलिए आर्जथ ने निश्चय किया है की अब वह

आप लोगो तक आपके अंतिम वचन की पूर्ति के कारण के साथ पहुंच कर रहेगा, चाहे एक क्षण के लिए ही आप अपने वचन को पूर्ण होते देखे। वह आप परोपकारी महान इदेवतों पर स्वयं उपकार करने वाला जीव बनकर अपने शरीर को एक महान संतोष के साथ त्यागने का निश्चय कर चूका है। —जब भी कोई जीव इस प्रकार के अटूट विश्वास पूर्ण उद्देश्य के साथ जीवन को जीता है, तो उन्हें प्रत्येक महान संकट के प्रचंड अंधकार में भी आशा रूपी सूर्य के ठीक समय पर उदित होने का पूर्ण विश्वास रहता है। आर्जथ को भी वही अद्भुत विश्वास है महाराज, जो स्वयं मुझे है।"

"आर्जथ की परोपकार की बात ही तो मुझे बहुत दुख देती है कालझ। —वह हम इदेवतों के कर्तव्य रूपी कार्यों को उपकार के रूप में देखता आया है, —उसकी यही बात मुझे अच्छी नहीं लगती है। —तुम ही कहो कालझ, की क्या कोई बड़ा, सामर्थ्यवान भाई अपने छोटे भाई के लिए कुछ समय के लिए कुछ कर्तव्य रूप के कार्य से अपना दायित्व निभाए तो उस छोटे भाई को उस दायित्व रूपी कार्य को उपकार के रूप में देखना चाहिए? —यह साधारण सी बात वह मेरा छोटा भाई, आर्जथ क्यों नहीं समझ पाता है कालझ। —क्यों नहीं समझ पाता है।"

"महाराज—शायद आर्जथ के इसी ना समझी ने ही आज आप सबको और मुझे भी काल के उस रहस्य के निकट ला कर खड़ा कर दिया है, जहां अब जो घटने वाला है, वह पहले से कोई नहीं जानता है। और ना ही भविष्य में कोई इस घटना का साक्षी होगा महाराज।"

"हाँ—मुझे भी उस नासमझ पर लाखों वर्ष से गर्व होता रहा है। और मैं यही समझ कर महान दुख में रहता था, की वह एक मानव्य होकर, अपने प्राण गवा कर, हम दिव्य इदेवतों और बचे हुए मानव्यों को प्रालख्य रूपी घर में भेज कर बचा लिया। —किन्तु आज वह स्वयं एक अद्भुत विश्वास के साथ हम सबको हमारे अंतिम वचन की पूर्ति के लिए इस प्रचंड महा वेग से बढ़ता आ रहा है। —अब देखना यही है

कालझ की वह कौन है, जो आर्जथ और तुम्हारे इस अटूट विश्वास की डोर को किस प्रकार से जोड़े रखता हैं?"

"महाराज—हमारे विश्वास की डोर को जोड़ने वाला यदि हमारे समक्ष आ भी गया, तो भी इस काल खंड के बाद हमे उसका कोई ज्ञान या स्मृति नहीं रहेगी। उस काल खंड का आरम्भ बस होने ही वाला है महाराज।" और फिर कालझ अंतरिक्ष की ओर देखते हुए कहता है "—अब वह अंतरिक्ष यान, अंतरिक्ष में एक विचित्र प्रकाश के रूप में सामान्य दृष्टि से भी दिखाई पड़ने लगा है।"

कालझ के बताने पर की वह अंतरिक्ष यान, अंतरिक्ष में एक विचित्र प्रकाश के रूप सामान्य दृष्टि से भी दिखाई पड़ने लगा है, तो महाराज इंग्रात, महाराज जाहेस्त्र, महाराज गारुद्ध, महाराज साहेस्व, आर्गश, सभी इदेवत, सभी मानव्य, सभी प्रालख्य के जीव, सभी जार्नाग एवं धारुड़ योद्धा एवं प्रजा गण एक साथ तृणेक्ष के अंतरिक्ष की ओर देखने लगते है। उन्हें एक अद्भुत रूप से किसी चकते तारे के रूप में वह अंतरिक्ष यान प्रचंड वेग से उनकी ओर आते दिखाई पड़ने लगता है। प्राचीन इदेवत एक दूसरे में निराशा के भाव के साथ यही कहते है "हमारा वह अंतरिक्ष यान कुछ ही समय में रौद्र वेग से तृणेक्ष को चीरते हुए सब कुछ नष्ट कर देगा।"

महाराज इंग्रात, सभी इदेवत, कालझ और आर्गश अपनी दिव्य दृष्टियों से देखते हैं, की प्रकाश से भी लाख गुना अधिक रौद्र वेग से उनकी ओर आते अंतरिक्ष यान में आर्जथ, प्रज्ञास से तृणेक्ष से प्राप्त संकेत प्रसारण प्रणाली के माध्यम से वहां के सभी दिशाओं का दृश्य दिखाने को कहता है। प्रज्ञास एक विशालकाय दृश्य पटल पर दिखाता है, की तृणेक्ष के राजमहल के घेरे के आकाश एवं धरातल पर स्थित लाखो तृणेक्ष की प्रजा के बीच सभी इदेवत और मानव्य, महाराज इंग्रात के चारों ओर क्रमबद्ध रूप से घोर निराशा के भाव में अस्थिर चित्त के साथ स्थित है। वह सभी अंतरिक्ष यान और आर्जथ की ओर ही

अपनी दृष्टि कर के तृणेक्ष के आकाश की ओर देख रहे हैं। आर्जथ प्रज्ञास से पूछता है "क्या तुम्हें तृणेक्ष पर कोई भी असाधारण या दिव्य कारण का अनुमान हो रहा हैं, जो हमारे इस रौद्र वेग से गतिमान अंतरिक्ष यान को रोक सकने की क्षमता रखता हो?"

प्रज्ञास अपने दिव्य यांत्रिक स्वर में कहता है "आर्जथ—मुझे उनके बीच के सभी जीवों से प्राप्त आकड़ों के विश्लेषण से एक कारण के होने का अनुमान हो रहा है। किन्तु वह क्या है—कौन है—उसे मेरी अपनी दिव्य यांत्रिक बुद्धि भी ठीक-ठीक समझ नहीं पा रही है।"

"फिर से प्रयास करो। मेरा विश्वास है की वह जो भी है, हमें नष्ट नहीं होने देगा। इस तरह तो बिल्कुल नहीं।"

"आर्जथ—तुम्हारे इस विश्वास का मैंने कभी भी विश्वास नहीं किया है, क्योंकि मेरी दिव्य यांत्रिक बुद्धि की रचना के समय इसका ज्ञान रचा ही नहीं गया था। —किन्तु अब मैं इन आकड़ों के विश्लेषण से जिस कारण के होने का अनुमान लगा पा रहा हूँ, उससे तुम्हारे इस विश्वास पर अब मुझे भी विश्वास होने लगा है।"

"चलो इतना तो तुमने माना की तुम हमेशा सही नहीं होते हो। अब यह बताओ की इस अंतरिक्ष यान को रोकने के लिए उस असाधारण कारण के किसी अद्भुत प्रयास का तुम्हें कोई अनुमान हो रहा है?"

"नहीं आर्जथ—मैं बस यही अनुमान लगा पा रहा हूँ की वह कारण राजमहल के समक्ष सभी के बीच में कहीं शांत रूप से स्थित है।"

"कोई भी प्रयास नहीं? —हमारे पास अब समय कितना है?"

"अब बस कुछ १५ क्षण ही है हमारे पास। उसके बाद तृणेक्ष पर जो भी तुम देख रहे हो वह सब नष्ट हो जायेगा। सम्पूर्ण तृणेक्ष और फिर उसके तीनो चन्द्रमा भी कुछ समय के बाद ही नष्ट हो जायेंगे।"

"नहीं नहीं नहीं, —ऐसा कभी नहीं हो सकता। —यह —यह हमारी एक अंतिम परीक्षा है। हाँ एक अंतिम परीक्षा प्रज्ञास।"

महाराज जाहिस्त्र, महाराज गारुद्ध, महाराज साहिस्व, सभी मानव्य, सभी प्रालख्य के जीव, लाखो जार्नाग एवं धारुड़ प्रजा को पता भी नहीं लगता, और एक तेज महा प्रकाश के गुजरने के साथ ही वह सब अपनी विशाल आंखें बंद करके अपने तृणेक्ष की भूमि को महान वेग से खंडित होते हुए अनुभव करते है। महाराज इंग्रात, सभी इदेवत, कालज्ञ और आर्गश भी उन्हीं के साथ अपनी दिव्य दृष्टियों से देखते हैं, की प्रकाश से भी लाख गुना अधिक रौद्र वेग से उनके अपने अंतरिक्ष यान ने एक क्षण से भी कम समय में ही महा प्रकाश के साथ तृणेक्ष के पार हो जाता है। कुछ ही क्षण में तृणेक्ष की अधिकतर प्रजा जिनमें अधिकतर जार्नाग एवं धारुड़ होते हैं, वह सब तृणेक्ष के प्रचंडता के साथ फटने के कारण पहले ही महा संघात की प्रतिवायु से एवं महाअग्नि से जल कर नष्ट होने लगे है। महाराज जाहिस्त्र, महाराज गारुद्ध और महाराज साहिस्व अपनी-अपनी प्राण वायु को रोक कर उस महा संघात एवं महा अग्नि से बाहर आकर महा दुख के साथ अपने तृणेक्ष को और अपनी प्रजा का समूल नाश होते देख रहे होते है।

महाराज इंग्रात के साथ कुछ बचे हुए इदेवत भी अपनी प्राण वायु को रोक कर महान दुख के साथ अपने तृणेक्ष को और अपनी प्रजा को समूल रूप से नष्ट होते देख रहे होते है। वे उस प्रालख्य और उसके अद्भुत जीवों को भी नष्ट होते देख रहे होते हैं, जो लाखो वर्षों से उनका घर और उनके सुख दुख के साथी थे। वे सब कुछ समय के बाद स्वयं को तृणेक्ष के टूटे खण्डों एवं महा अग्नि से बचाते हुए, महाराज जाहिस्त्र, महाराज गारुद्ध और महाराज साहिस्व के पास आकर, महाराज इंग्रात अत्यंत करुण दिव्य स्वरों से महाराज जाहिस्त्र, महाराज गारुद्ध और महाराज साहिस्व से कहते हैं "महाराज—हमें क्षमा कर दीजिए। — हमारे ही कारण आज तृणेक्ष और इसकी सम्पूर्ण प्रजा को एक साथ काल के गाल में समाना पड़ रहा है। काल ने हम इदेवतों को अब तक

क्षमा नहीं किया है महाराज। —अब तक हम पापी इदेवतों के पाप का पूर्ण क्षरण नहीं हुआ है। —क्षमा कीजिये महाराज।" और महाराज इंग्रात तृणेक्ष के जिस खंड पर स्थित होते है, उस पर अपने घुटनों के बल ऐसे गिर जाते है जैसे अब उनमें प्राण नहीं रहे।

महाराज जाह्रेत्र, महाराज इंग्रात के दिव्य शरीर को अपने कुछ फणों के कुंडली में भरते हुए, उन्हें पुनः खड़ा करने का प्रयास करते है, और उनसे अपने कुछ फणों से कहते हैं "महाराज—आप इदेवतों के महाराज हैं। आपको हमसे क्षमा नहीं मांगनी चाहिए। हमारे पूर्वजों ने हमसे सदा यही कहा है, की आप सबने जान कर कभी कोई पाप नहीं किया है। और फिर यदि आप सबसे अनजाने में वह महा पाप हुआ भी, जिससे काल की स्वाभाविक गति में भेद आ गया था, तो उसका महा दंड तो आप सबने लाखों वर्षों तक प्रालख्य में भोग चुके हैं। अब यदि हम सब एक साथ नष्ट हो रहे हैं, तो उसके पीछे हमारे क्या महा पाप शेष है, इसका ठीक-ठीक अनुमान तो मुझे भी नहीं ज्ञात है महाराज।"

महाराज गारुद्ध अपने स्वाभाविक स्वर में कहते है "महाराज— महाराज जाह्रेत्र का कथन बिल्कुल ठीक है। अब यदि यही हमारा अंत है, तो मुझे यह महा अंत अत्यधिक संतोषजनक लग रहा है, क्योंकि इस अंतिम अंत के ठीक पूर्व हम सब लाखो वर्षों के बाद मिल तो सके।" और फिर महाराज गारुद्ध कालझ की ओर देखते हुए कहते है "कालझ—तुमने कहा था, की एक घड़ी के बाद आर्जथ हम तक पहुंच जाएंगे, और देखो वह हमारे बीच से होकर तृणेक्ष को चीरते हुए न जाने अब कहा होंगे, जीवित भी होंगे या नहीं। —किंतु तुमने यह भी कहा था की उस एक घड़ी के बाद आर्जथ उस अंतरिक्ष यान से उतरकर इदेवतों के उस अंतिम वचन को पूर्ण कराएंगे। —वह अब कैसे संभव हो सकेगा कालझ?"

कालझ अपने गंभीर स्वर में कहता है "महाराज—वह अंतरिक्ष यान लगभग नष्ट हो चूका है। आर्जथ का शरीर बहुत बुरी तरह से व्यथित हो चूका है। वह अपने दोनों हाथों और एक पैर को अपने से

कुछ दूर विक्षिप्त अवस्था में पड़ा देख रहा है। वह अब बस कुछ क्षण में ही मृत्यु को प्राप्त होगा।" तभी एक महा विस्फोट के साथ प्रचंड अग्नि से घिरे, तीव्र वेग से आते एक महा विशालकाय खंड से कुछ प्राचीन इदेवत को साथ लेकर कुछ दूर स्थित एक वज्र के सामान महा विशालकाय पहाड़ खंड से टकरा जाता है। उन सबके भयावह अंत को देख कर सभी किसी शिला की भांति जम जाते है। कुछ क्षण के बाद कालझ अपने गंभीर स्वर में महाराज इंग्रात से कहता है "—तृणेक्ष से कुछ दूर आपके अंतरिक्ष यान में महा विस्फोट हुआ है महाराज। आर्जथ नहीं रहा और यह इदेवत भी नहीं रहे।"

कालझ की बातों को सुनकर महाराज इंग्रात अत्यंत दुख में अपनी करुण दिव्य स्वर में कहते हैं "कालझ—क्या अब कोई मार्ग नहीं है? क्या इन्हे नहीं बचाया जा सकता? तुमने तो कहा था, की काल का यह काल खंड एक गुप्त रहस्य है, और इसमें कोई हम सबको किसी प्रकार से आकर बचा लेगा। —किन्तु यह तो लाखों वर्ष पूर्व हुए उस महायुद्ध से भी सहस्त्रों गुना, अत्यंत भयावह महाविनाश लग रहा है कालझ।"

"महाराज—मुझे भी यह समझ नहीं आ रहा है। यह सब तो नहीं होना था, किन्तु हो रहा है। मैंने अपने अनंत काल के अनंत कार्यों में इस तरह की महा विनाश कभी होते हुए नहीं देखा है महाराज। कभी भी नहीं।"

"जब स्वयं कालझ को ही समझ में नहीं आ रहा है, तो हम कैसे समझ सकते हैं।" और महाराज इंग्रात अंतरिक्ष की ओर देखते हुए तीनो चंद्रमाओं को भी अब एक साथ नष्ट होते हुए देख रहे होते है। वह अंतरिक्ष के मध्य अपनी दिव्य दृष्टि से किसी को खोजते हुए कहते है "—हे काल—तुम मेरे प्राण ले लो, किन्तु इन सबको क्षमा कर दो।" तभी राजमहल का एक धातु रूपी स्तंभ जो एक विशाल भालानुमा आकार ले चूका है, उनके ठीक समक्ष अपने पंखों से उड़ते महाराज गारुड्ढ के पीठ से होते हुए, उनके शरीर के भीतर हृदय को चीरते हुए उनकी छाती से निकलते हुए, उनके प्राणों को एक झटके में लेकर,

तृणेक्ष के अनंत खंडों में खो जाता है। महाराज गारुद्ध का महाकाय मृत शरीर भी अब तृणेक्ष के अनंत खण्डों की भांति बिना किसी निश्चित दिशा के तैरते हुए, उन सबकी आँखों से ओझल हो जाता है। महाराज इंग्रात, महाराज गारुद्ध को अपने समक्ष मृत्यु को प्राप्त होते देख अत्यंत दुख के कारण बिना किसी भाव के महाराज जाहंस्त्र की ओर देखने लगते हैं। जो स्वयं भी महाराज गारुद्ध की मृत्यु के महा आघात के कारण कुछ भी सोच और समझ नहीं पा रहे है।

महाराज साहंस्व अपने पिता को कुछ सांत्वना देने के लिए उनके निकट पहुंचे ही होते हैं, की अंतरिक्ष यान का एक चक्रनुमा आवरण, चक्र की भांति तीव्र वेग से घूमते हुए, महा गति से, महाराज जाहंस्त्र और महाराज साहंस्व के सहस्त्रों फणों को एक साथ काट कर, उनके प्राणों का हरण करके एक क्षण में ही महा वेग से आगे बढ़ते हुए गायब हो जाता है। महाराज इंग्रात एक पत्थर की मूर्ति की भांति महाराज जाहंस्त्र और उनके पुत्र महाराज साहंस्व के सहस्त्रों कटे फणों और उनके धड़ को देख रहे होते है। कुछ क्षण बाद वह अपने चारों ओर देखते है, तो अब उन्हें कालझ और आर्गश को छोड़ कर ना तो तृणेक्ष के अनंत खंडों पर कोई भी जीवित दिखाई पड़ रहा है, और ना तो उन चंद्रमाओं के किसी भी खंड पर कोई भी जीवित दिखाई पड़ता है।

तभी महाराज इंग्रात देखते है की तृणेक्ष की अनंत खंडों की गहराइयों से कुछ अद्भुत प्रकाश निकलने लगा है। वह कालझ से महा दुख रूपी दिव्य स्वर में ही कहते हैं "कालझ—क्या तुम वह देख पा रहे हो। —वह अद्भुत प्रकाश कहाँ से आ रहा है?"

कालझ भी करुण कंठ से अपने गंभीर स्वर में कहता है "महाराज— वह तो तृणेक्ष की उन गहराइयों से आ रहा है, जहां तृणेक्ष के गर्भ रूपी विशाल शून्यता में जार्नार्गों के पूर्वजों, ध्यान में लीन होकर अपनी मुक्ति के लिए घोर तप करते थे।"

"तो क्या वह प्रकाश उन सभी जार्नार्गों के पूर्वजों के तप के प्रभाव से ही आ रहा है?"

"महाराज—उनकी उस परम अवस्था के कारण, मैं स्पष्ट रूप से कुछ भी नहीं देख पा रहा हूँ। हमें वहां प्रत्यक्ष चलकर देखना चाहिए।"

इससे पहले की महाराज इंग्रात, कालझ और आर्गश उस अद्भुत प्रकाश के स्रोत को खोजने, तृणेक्ष के अनंत खंडों के मध्य में जाते, उन्हें वह स्रोत उन गहराइयों से बाहर आते हुए प्रतीत होने लगते है। महाराज इंग्रात अपने दिव्य स्वर में कालझ से कहते हैं "कालझ—ऐसा लगता है की वह स्रोत स्वयं ही उन गहराइयों से बाहर आने का प्रयत्न कर रहे है।"

कालझ भी महाराज इंग्रात की बातों का समर्थन करते हुए कहता है "हाँ महाराज—वह स्रोत बाहर आ रहे है। सभी स्रोत एक साथ बाहर आने के क्रम में है महाराज।"

"हाँ ठीक कहते हो। —मुझे तो भिन्न-भिन्न अद्भुत प्रकाश के लगभग १००० स्रोत ऊपर आते जान पड़ रहे है।"

"१००० ही है महाराज।"

कुछ क्षण के बाद अद्भुत प्रकाश से युक्त वह सभी १००० स्रोत तृणेक्ष के अनंत खंडों के ऊपर आकर क्रमबद्ध रूप में स्थित हो जाते है। महाराज इंग्रात और कालझ अपने दिव्य दृष्टि से देखते है, की वह और कोई नहीं अपितु जार्नागों के पूर्वज ही है। जो अपने-अपने ध्यान एवं तप से उस अवस्था को प्राप्त हो चुके है, की उनके भौतिक शरीर अब अद्भुत प्रकाशमय दिव्य शरीरों में परिणत हो चुके है। महाराज इंग्रात अपने दिव्य शरीर में प्राणवायु की कमी को सहते हुए, शांत स्वर में कालझ से कहते है "शायद इसी परम दृश्य को दिखाने के लिए काल ने अब तक मेरे प्राण नहीं लिए है कालझ।"

सभी दिव्य प्रकाशमय जार्नाग पूर्वज एक साथ अपने सहस्रों फणों को पूर्ण समर्पण के भाव में झुकाते हुए एक साथ महा गूंज की

दिव्य ध्वनि में कहते हैं "हे सर्वेश्वर —हे परमपिता —हे परमेश्वर —हे परमानंद —हे काल के निर्माता —हमारा प्रणाम स्वीकार करें।"

सभी दिव्य प्रकाशमय जार्नाग पूर्वजों को एक साथ किसी को हे सर्वेश्वर, हे परमपिता, हे परमेश्वर कहते हुए, प्रणाम करते देख महाराज इंग्रात और कालझ को महान आश्चर्य होता है। वह दोनों अपने आस पास चारों ओर देखते है, तो उन्हें कोई भी दिव्य स्वरूप दिखाई नहीं पड़ता है। वहां लघुरूप में केवल आर्गश मंद मुस्कान के साथ आकाश में स्थिर दिखाई पड़ता है। महाराज इंग्रात कालझ से अपने दिव्य स्वर में कहते हैं "कालझ—यह सभी जार्नाग पूर्वज किसको परमेश्वर समझ रहे हैं। यहाँ तो हम तीनो के अतिरिक्त कोई और दिखाई नहीं पड़ रहा है।"

कालझ भी संशय के भाव में कुछ विचार करते हुए अपने गंभीर स्वर में कहता है "महाराज—वह शायद आपके दिव्य शरीर और विशालता को देख कर आपको ही ईश्वर समझ रहे हैं।"

"यह कैसे संभव है कालझ। —ये दिव्य जार्नाग पूर्वज हम इदेवतों के बारे में अच्छी तरह से जानते होंगे। —मेरे विचार में यह सब तुम्हारे असाधारण स्वरूप के कारण तुम्हें ईश्वर समझ रहे हैं, क्योंकि ये जार्नाग पूर्वज तुम्हारे सत्य के बारे में नहीं जानते होंगे।"

"किन्तु महाराज यदि ऐसा है, भी तो हमे इनके इस भ्रम को दूर करना चाहिए। अन्यथा जब इन्हे इस सत्य का किसी और माध्यम से ज्ञान होगा, तो इससे बड़ा अनर्थ हो सकता है। —अभी तो केवल यह तृणेक्ष और उसके तीन चन्द्रमा ही नष्ट हुए हैं, किन्तु यदि यह क्रुद्ध हो गए, तो यह सम्पूर्ण ब्रह्माण्ड तक नष्ट हो जायेगा।"

"तो तुम्ही कहो इनसे अपना वह सत्य कालझ।"

"ठीक है महाराज।"

कालझ कुछ आगे बढ़ते हुए सभी दिव्य प्रकाशमय जानांग पूर्वजों से अपने गंभीर स्वर में कहता है "पूजनीय जानांगों, —मेरा नाम कालझ है। —मैं काल का एक अंश हूँ।"

प्रथम पंक्ति के मध्य में स्थित एक दिव्य प्रकाशमय जानांग पूर्वज अपने सहस्रों फणों से महा गूंज की दिव्य ध्वनि में कहते हैं "कालझ— जब तुम तृणेक्ष पर प्रभु के साथ आये थे, तभी हमें तुम्हारे अस्तित्व का पूर्ण ज्ञान हमारे चित्त में स्वतः ही प्राप्त हो गया था।"

"मैं कल तृणेक्ष पर प्रभु के साथ आया था? —नहीं नहीं, वह तो आर्गश था।" और कालझ आर्गश की ओर संकेत करते हुए कहता है "— वो है आर्गश, —एक मनुष्य, —मेरा एक जीव साथी।"

"एक जीव साथी या एक परम साथी?"

कालझ और महाराज इंग्रात एक साथ आर्गश के निकट आकर उसे अपनी दिव्य दृष्टि से देखने लगते है। कुछ देर बाद कालझ शांत गंभीर स्वर में आर्गश से कहता है "आर्गश—ये दिव्य जानांग पूर्वज तुम्हें परमेश्वर समझ रहे हैं।"

आर्गश मंद मुस्कान के साथ अपने साधारण शांत स्वर में कहता है "परमेश्वर —मुझे —परन्तु क्यों?"

महाराज इंग्रात अपने शांत दिव्य स्वर में कहते हैं "शायद किसी संदेह के कारण। —या हो सकता है, की इस लघु रूप में एक साधारण भौतिक शरीर के साथ भी तुम इस नष्ट हो चुके ग्रह पर अब तक जीवित हो, इसलिए वो तुम्हें असाधारण समझ कर परमेश्वर मान रहे है।"

"अच्छा —किन्तु महाराज —आप दोनों अपने पीछे सर्थम की ओर तो देखिये।"

महाराज इंग्रात और कालझ अपने पीछे सर्थम की ओर दिव्य दृष्टि से देखते हैं, तो उन्हें अद्भुत प्रकाशमय दिव्य पक्षी शरीरों वाले धारुड़ों के १००० पूर्वज भी अपने प्रकाशमयी पंखों के माध्यम से प्रकाश के सामान तीव्र वेग से उनकी ओर आते दिखाई पड़ते हैं। कुछ ही समय में वे सब, जार्नाग पूर्वजों को प्रणाम करके उनके साथ क्रमबद्ध रूप से स्थिर होते हुए, एक साथ अपने प्रकाशमयी पंखों को पूर्ण समर्पण की भावना से झुकाते हुए, एक साथ उच्च दिव्य स्वरों में कहते हैं "हे सर्वेश्वर —हे परमपिता —हे परमेश्वर —हे परमानंद —हे काल के निर्माता —हमारा प्रणाम स्वीकार करें।"

कालझ और महाराज इंग्रात अब और अधिक संशय में पड़ जाते है, जब १००० दिव्य धारुड़ पूर्वज भी आर्गश को ही परमेश्वर मान कर उसे प्रणाम करने लगते हैं। महाराज इंग्रात कालझ को कुछ दूर ले जा कर शांत स्वर में कहते हैं "कालझ—यह कैसे संभव हो सकता है, की दो अलग-अलग स्थानों में सहस्त्रों वर्षों तक तप करने वाले ये जार्नाग और धारुड़ पूर्वज, आर्गश को परमेश्वर मानने की भूल करें। अवश्य हमसे कोई तथ्य छिपा हुआ है, जो हम अपनी दिव्य दृष्टि से भी नहीं देख पा रहे है।"

कालझ अपने गंभीर किन्तु शांत स्वर में कहता है "महाराज— मुझे भी आर्गश के असाधारण से भी असाधारण होने का संशय तब से ही है, जब से मैं इससे मिला हूँ। —किन्तु मुझे कभी इस बात का पता नहीं चला की वह क्या असाधारण बात है, जो आर्गश मुझसे छुपा सकता है।"

महाराज इंग्रात को अपने शरीर में प्राण वायु के अब बहुत कम होने का अनुमान होने लगता है। वह कालझ से शांत दिव्य स्वर में कहते है "मैंने एक वचन आर्गश को दिया है, और मैं वह वचन तोड़ भी नहीं सकता हूँ।"

"आपने आर्गश को वचन दिया है? कब? और क्यों महाराज?"

"वही तो मैं नहीं बता सकता हूँ कालझ।"

"किन्तु महाराज आप कुछ क्षण में अपने शरीर के शेष प्राण वायु के पूर्ण रूप से नष्ट हो जाने के कारण मृत्यु को प्राप्त हो जायेंगे। अब एक वचन को तो तोड़ दीजिये। इससे शायद हम एक परम रहस्य को जान सके।"

महाराज इंग्रात कुछ विचार करते हुए, आर्गश की ओर देखने लगते हैं, और कालझ से कहते है "—नहीं कालझ —नहीं। —यदि मैं अपना वचन पूर्ण करूँगा, तो वह भी अपना वचन अवश्य पूर्ण करेगा, उसने मुझसे यही कहा था। और अब तो मुझे भी आर्जथ की तरह उस पर अटूट विश्वास होने लगा है।" और महाराज इंग्रात का विशाल दिव्य शरीर, प्राण वायु के पूर्णतः नष्ट हो जाने पर एक जड़ से उखड़े विशाल वृक्ष की भांति तृणेक्ष के अनंत खंडों के साथ बहता हुआ उनमें ही कही खो जाता है।

कालझ, महाराज इंग्रात की मृत्यु पर दुखी भाव में कुछ विचार करने लगता है। कुछ क्षण के बाद वह आर्गश के समक्ष आकर अपने गंभीर स्वर में कहता है "आर्गश—तुम जाकर इन जानर्गि एवं धारुड़ पूर्वजों को अपने सत्य स्वरूप का ठीक-ठीक दर्शन कराओ।"

आर्गश मंद मुस्कान के साथ कहता है "ठीक है —जैसी आपकी इच्छा कालझ।"

आर्गश तीव्र वेग से जानर्गि एवं धारुड़ पूर्वजों के समक्ष पहुंच कर अपनी स्वाभाविक मंद मुस्कान के साथ उनसे कहता है "कालझ ने मुझे आप सबको अपने सत्य स्वरूप का ठीक-ठीक दर्शन कराने के लिए भेजा है।"

जानर्गि एवं धारुड़ पूर्वजों में से एक सबसे प्राचीन धारुड़ पूर्वज अपने दिव्य स्वर में कहते है "प्रभु—आपने अपने इस चिर काल के

परम भक्त की दर्शन सम्बन्धी हर एक इच्छा को पूर्ण करने का प्रण लिया है। आप के दिए परम ज्ञान से हमे यह भी ज्ञात है प्रभु की आप कालझ की यह इच्छा भी अवश्य पूर्ण करेंगे, जिससे हम जानार्गों और धारुड़ों का परम कल्याण जुड़ा हुआ है।"

आर्गश अपने पीछे कुछ दूर खड़े कालझ को देखते हुए, अद्भुत परम दिव्य स्वर में कहते है "सत्य कहा आपने। —आप सबके परम कल्याण का माध्यम कालझ ही है।"

दूर खड़ा कालझ, आर्गश को संशय की दृष्टि से देख ही रहा होता है, की अचानक जैसे आर्गश के शरीर से असीम परम दिव्य प्रकाश फुट पड़ा हो। कुछ क्षण में ही वह परम दिव्य प्रकाश जो परम उज्जवल किन्तु परम शीतल भी होता है, इतना विस्तृत हो जाता है, की कालझ को ना तो तृणेक्ष का कोई भी खंड दिखाई पड़ता है, ना सर्थम, ना अंतरिक्ष और ना तो आर्गश ही दिखाई पड़ता है। कालझ को आभास होता है, की जैसे करोड़ों सूर्यों की उज्जवल किन्तु शीतल प्रकाश से सम्पूर्ण ब्रह्माण्ड भर गया हो। वह उस करोड़ों सूर्यों के परम दिव्य प्रकाश के विशाल केंद्र भाग जिसमें करोडो सूर्य एक साथ समाहित हो सकते हो, में अपनी दिव्य दृष्टि से आर्गश को खोजने का प्रयास करने लगता है। किन्तु वह देखता है, की एक-एक करके जानार्ग और धारुड़ पूर्वजों की अद्भुत प्रकाशमय दिव्य स्वरूप आत्मा उस परम दिव्य प्रकाश के केंद्र भाग में समाते जा रहे हैं। जब सभी १००० जानार्ग और १००० धारुड़ पूर्वजों की अद्भुत प्रकाशमय दिव्य स्वरूप आत्मा उस परम दिव्य प्रकाश के केंद्र भाग में समां जाते है, तो कालझ स्वतः ही उस परम प्रकाश के केंद्र की ओर खींचने लगता है। कुछ क्षण में जब कालझ उस केंद्र में स्वतः ही प्रवेश करता है, तो वह देखता है की अनंत ब्रह्मांड रश्मियों से भी अनंत विशालता को धारण किये, स्वयं परमात्मा, आर्गश का रूप लिए एक परम दिव्य स्वरूप, परम सुंदरता एवं परम माधुर्य के साथ अनंत स्वरूप में अनंत प्रकाश के साथ प्रकाशित हो रहे है। सभी १००० जानार्ग एवं १००० धारुड़ पूर्वजों

की अद्भुत प्रकाशमय दिव्य स्वरूप आत्मायें परमात्मा के समक्ष कुछ आगे स्थित होकर परमेश्वर के इस परम दिव्य स्वरूप के दर्शन कर रहे है। तभी कालज्ञ देखता है, की एक-एक करके वह सभी अद्भुत प्रकाशमय दिव्य स्वरूप आत्मायें परमात्मा में समाने के लिए एक अनंत वेग से स्वतः ही बढ़ते जा रहे है। वह सभी अनंत आनंद में परमात्मा के गुणों का गान करते हुए, उस आनंद से अद्भुत रूप में बिना अघाते हुए बढ़ते जा रहे है।

कालज्ञ अपने दिव्य दृष्टि से परमात्मा के अनंत स्वरूप को पूर्ण रूप दे देख पाने और समझने का पूर्ण प्रयास करता है। किन्तु वह परमात्मा के अनंत से भी अनंत स्वरूप का ओर छोर भी नहीं लगा पाता है। तभी कालज्ञ को परमात्मा के अनंत स्वरूप से आते परम दिव्य स्वर सुनाई पड़ते है "कालज्ञ—मैंने इन्हे अपने सत्य स्वरूप का ठीक-ठीक दर्शन करा दिया है।"

कालज्ञ, परमात्मा के परम दिव्य स्वर से वह वचन सुन कर अपने पराभौतिक स्वरूप में ही भावुकता वश द्रवित हो कर अपने हाथों को जोड़ते हुए सहस्त्रों वर्षों बाद अपने दिव्य अश्रुओं से द्रवित होते हुए, अपने करुण कंठ से कहता है "प्रभु—मैंने ऐसा कौन सा अपराध किया है, जो आपके मेरे इतना निकट होते हुए भी मैं आपको पहचान भी न सका। —प्रभु मैं आपको पहचान क्यों न सका?"

परमात्मा, कालज्ञ से परम दिव्य स्वर में कहते है "कालज्ञ— तुमने कभी भूलकर भी कोई अपराध नहीं किया है। —यह तो मेरा और तुम्हारा काल के आरम्भ से निर्धारित परम भक्त और परम ईश्वर के बीच का एक परम शाश्वत सम्बन्ध है। —प्रत्येक नए जीव साथी के रूप में तुम्हें स्वयं मैं ही मिलता हूँ। —और उस जीव साथी के रूप में स्वयं मैं ही मुक्ति की अवस्था को प्राप्त जीवों के अनिष्टकारी भविष्य को सुख रूपी वर्तमान में परिणत करता रहता हूँ।"

"प्रभु—अपने मुझ अज्ञानी को अपना ज्ञान क्यों नहीं दिया? —मैं अधम आप पर अपनी अहंकार के वशीभूत होकर अपना प्रभुत्व जताने के लिए आप से कष्ट रूपी प्रशिक्षणों और कार्यों को कराता रहा।"

"कालज्ञ—जिसके साथ मैं स्वयं प्रकट या अप्रकट रूप में होता हूँ, उसमें किसी प्रकार का अहंकार कैसे आ सकता है? —तुम्हें काल के आरम्भ का वह ज्ञान पुनः स्मरण हो आयेगा, जिसे मेरी ही प्रेरणा से तुम बार-बार विस्मृत कर देते हो।"

"वह कौन सा ज्ञान है प्रभु? —काल के आरंभ में क्या हुआ था, जिसका ज्ञान मैं बार-बार विस्मृत कर देता हूँ प्रभु?"

"तुम अपनी दिव्य स्मरण शक्ति में उन स्मृतियों को अब पुनः प्राप्त करके स्वयं ही अपने अंतःकरण में उस सत्य को देख सकते हो कालज्ञ।"

कालज्ञ के दिव्य स्मरण शक्ति में काल के आरम्भ का सम्पूर्ण ज्ञान प्रकाशित हो जाता है, जिसमें वह अपने जीव साथी के रूप में स्वयं परमात्मा के साथ प्रथम कार्य के पूर्व जो भी घटना घटी थी, वह सब उसे अब स्मरण होने लगा है। कालज्ञ अपने अंतःकरण में देखता है, की परमात्मा ने कारणार्णव के भी पूर्व जब काल का निर्माण करते हैं, तो काल ने परमात्मा के द्वारा दिए महान दायित्वों को पूर्ण करते रहने के लिए अपने कई अवयवों और अंशों को पृथक करके उन्हें अलग-अलग दायित्व और उद्देश्य निर्धारित करते जा रहे हैं। वह देखता है, की सबसे अंत में काल ने अपने हृदयांश से अनंत पीड़ा के बाद एक अंश को अलग करके स्वयं कालज्ञ का निर्माण करते है। काल ने कालज्ञ को सर्वोच्च दायित्व दिया, की वह मुक्त होने वाले जीवों के अनिष्टकारी भविष्य को बदल कर उनके महापतन होने से रोकेगा।

कालज्ञ देखता है की वह काल के द्वारा दी गई अद्भुत शक्तियों से मुक्त होने वाले जीवों के अनिष्टकारी भविष्य को देख कर उनके ठीक स्थिति का अनुमान तो लगा लेता था, और कालज्ञ उनके पास ठीक समय पर पहुंच भी जाता था। किन्तु वह उन जीवों की उत्तम अवस्था

को पूर्ण रूप से समझ नहीं पाता है तथा अपनी सीमित शक्तियों के कारण काल के निर्धारित अनिष्टकारी भविष्य को पूर्ण रूप से रोकने या बदलने में असफल ही रहता है। कालज्ञ, स्वयं काल से अपनी इस असमर्थता का वर्णन पूर्ण रूप से कर देता है, तब काल ने अपने प्रिय अंश कालज्ञ से परम दिव्य गंभीर स्वर में कहते हैं 'कालज्ञ—जब तक तुम्हें उन मुक्त अवस्था को प्राप्त जीवों की उत्तम स्थिर चित्त स्थिति का ठीक अनुमान नहीं होगा, तब तक तुम उनके अनिष्टकारी भविष्य को ठीक प्रकार से बदलने में असमर्थ ही रहोगे।'

कालज्ञ, काल से अपने गंभीर स्वर में कहता है 'तो मुझे उनकी उत्तम स्थिर चित्त स्थिति को समझने के लिए क्या करना चाहिए प्रभु?'

काल, कालज्ञ से अपने परम दिव्य गंभीर स्वर में कहते हैं 'तुम्हें उनकी ही भांति घोर तप करना चाहिए कालज्ञ।'

'किन्तु प्रभु —मैं कोई जीव नहीं हूँ। —मैं तो आपका एक अंश हूँ। —और क्या मेरे तप करने से कोई प्रयोजन सिद्ध हो भी सकता है?'

'इसका पता तो तप के पूर्ण होने के बाद तुम्हें स्वतः ही लग जायेगा कालज्ञ।'

कालज्ञ अपने अंतःकरण में देखता है, की वह कारणार्णव में अनंत ब्रह्माण्ड रश्मियों में से एक महा ब्रह्माण्ड के ऊपर स्थित होकर तप करने के लिए बैठ जाता है। जब वह महा ब्रह्माण्ड अपनी शेष आयु पूर्ण करके अपने कारण में विलीन होने वाला होता है, तभी उसे एक परम दिव्य मधुर स्वर सुनाई पड़ता है 'कालज्ञ—उठो। —तुम जिस प्रयोजन से तप कर रहे हो वह अब पूर्ण हुआ।'

कालज्ञ उस परम दिव्य मधुर स्वर को सुनकर अपने तप से बाहर आकर उस ब्रह्माण्ड के ऊपर से ही उसके वक्ता को सम्पूर्ण कारणार्णव में अपनी दिव्य दृष्टि से खोजने का प्रयास करने लगता है।

'प्रभु—आप कहाँ हैं? —आप मुझे दिखाई नहीं पड़ रहे हैं? —आप कहाँ हैं प्रभु?'

'मैं तुम्हारे समक्ष ही हूँ कालज्ञ। —सही समय आने पर तुम मुझे देख भी सकोगे, और प्राप्त भी कर सकोगे।'

'वह समय कब आएगा प्रभु?'

'जब तुम अपने इस अद्भुत तप का फल प्राप्त करोगे।'

'कैसा फल प्रभु?'

'वरदान का फल कालज्ञ। —मैं तुम्हारे इस १२ ब्रह्मकल्प की अद्भुत तप का एकमात्र साक्षी हूँ। —ऐसा घोर तप, इतने काल तक, इससे पूर्व कोई भी नहीं किया है। और ना ही भविष्य में कोई कर पाएगा। —इसलिए तुम जिस प्रयोजन के लिए इस परम तप को करना आरम्भ किये थे, वह तो पूर्ण होगा ही, साथ ही तुम मुझसे कोई भी और कितना भी वरदान मांग सकते हो।'

'प्रभु—आप मुझे यह कैसी उलझन में डाल रहे हैं। —भला आपको पाकर कोई कुछ और क्यों मांगेगा। —मुझे कोई वरदान नहीं चाहिए प्रभु। —स्वयं आपने काल के रूप में मुझे, आपके दर्शनों को व्याकुल, मुक्त अवस्था को प्राप्त कुछ उत्तम जीवों के महापतन से बचाने का जो सर्वोच्च दायित्व सौंपा है, उसको करते हुए कभी-कभी मुझे आपके साथ होने का परम आनंद रूपी आभास होता रहे प्रभु।'

'—तथास्तु।'

'—और कभी-कभी उन कार्यों को करते हुए, किसी एक कार्य के समय आपके परम सत्य स्वरूप का दर्शन हो जाये तो मैं धन्य हो जाऊंगा प्रभु।'

'—तथास्तु। —तुम जब भी मुझसे दर्शन की इच्छा व्यक्त करोगे कालज्ञ, मैं उसी क्षण तुम्हें अपने सत्य स्वरूप का दर्शन दूंगा।

'—मैं धन्य हुआ प्रभु। —मैं धन्य हुआ।'

'कालज्ञ—तुम्हें काल के दिए इस परम कार्य को करने के लिए, अनंत ब्रह्माण्डों की सभी सृष्टियों में से, एक ऐसे जीव साथी को खोजना होगा जो उत्तम गुणों से युक्त हो, जो मन, बुद्धि और चित्त से पूर्णतः स्थिर हो, जो समभाव अवस्था को प्राप्त हो, जो एकांकी हो, जो निर्भय हो और जो जीवन, मृत्यु एवं मुक्ति को पूर्ण रूप से समझता हो। वही, तुम्हारे दिए प्रशिक्षण के बाद उन उत्तम जीवों के निर्धारित अनिष्टकारी भविष्य को ठीक प्रकार से बदलने में समर्थ होगा। क्योंकि वह स्वयं मैं ही एक साधारण जीव रूप में तुम्हारे साथ उन कार्यों को करता रहूँगा।'

'किन्तु प्रभु आप इस कार्य को करने के लिए मेरे साथी के रूप में एक साधारण जीव रूप को स्वीकार करेंगे। नहीं नहीं प्रभु, मैं यह सहन नहीं कर सकूंगा की मेरे प्रभु मेरे साथ कार्य करें।'

'कालज्ञ—यह कार्य जिसे तुम ठीक प्रकार से करने के लिए १२ ब्रह्मकल्प तक तप करते रहे हो, उसे अब तक और इस १२ ब्रह्मकल्प तक स्वयं मैंने ही पूर्ण किया है। —यह कोई साधारण कार्य नहीं है कालज्ञ। मेरी अनंत भौतिक सृष्टि में यह मेरा सबसे प्रिय कार्य है, और तुम मेरे परम प्रिय भक्त हो कालज्ञ। —इसलिए अब से हम दोनों मिलकर इस परम कार्य को पूर्ण करेंगे।'

'—जैसी आपकी आज्ञा प्रभु।'

'कालज्ञ—तुम्हें हमारी इस वार्ता का स्मरण अब तब होगा, जब तुम मेरे इस सत्य स्वरूप का पुनः दर्शन करोगे।'

'जैसी आपकी इच्छा प्रभु।' और फिर कालज्ञ देखता है, की अनंत ब्रह्मांड रश्मियों से भी अनंत विशालता को धारण किये स्वयं परमात्मा, आर्गश का ही रूप लिए एक परम दिव्य स्वरूप, परम सुंदरता एवं परम माधुर्य के साथ अनंत स्वरूप में अनंत प्रकाश के

साथ प्रकाशित हो रहे है। इस तरह कालज्ञ अपने अंतःकरण में काल के आरम्भ की उन स्मृतियों को बस कुछ क्षण में ही पूर्ण रूप से देख कर अश्रुओं से भरी आँखों के साथ, किंतु परम आनंद में अपने समक्ष अनंत प्रकाश एवं अनंत विशालता लिए परमात्मा से कहता है "प्रभु— आपको मेरे कारण अनंत काल से इतना दुख उठाना पड़ा है। —मैं कितना अभागा हूँ, जो अपने परमात्मा से ही कार्य कराता रहा है। मुझे क्षमा कीजिये प्रभु। मुझे क्षमा कीजिये।"

"कालज्ञ—तुम तो मेरे काल रूप के प्रिय अंश हो। तुम परम ज्ञानी भी हो। —तुम मुझे बताओ —क्या संसार का कोई भी कार्य मेरे बिना संभव हो सकता है? —संसार का प्रत्येक सूक्ष्म, लघु, वृहत और प्रचंड कार्य के होने के पीछे स्वयं मैं ही कारण रूपी शक्ति होता हूँ। —हाँ उस कार्य के धर्म और अधर्म का निर्णय मैं जीव के अपने विवेक पर छोड़ देता हूँ।"

"किन्तु प्रभु मैं कोई जीव भी तो नहीं हूँ।"

"—इसलिए तुम कभी कोई भेद नहीं करते हो कालज्ञ। —इसलिए तुम मेरे परम प्रिय भक्त हो। —इसलिए जिन जीवों के अनिष्टकारी भविष्य से महापतन की संभावना बनने लगती है, उनके पास मैं तुम्हें लेकर चलता हूँ। किन्तु भौतिक रूप में ऐसा प्रतीत होता है, की तुम मुझे वहां लेकर जाते हो। और हम दोनों मिलकर उन्हें उनके महापतन की संभावना से बचा लेते हैं।"

"किन्तु प्रभु—हम तृणेक्ष और उसके चंद्रमाओं के करोडो जीवों को नहीं बचा सके।"

"—वह सभी जीव ठीक है कालज्ञ।"

"किन्तु प्रभु—मैंने स्वयं ही उनका समूल नाश होते देखा है।"

"हाँ—वह भी आवश्यक था कालज्ञ। किन्तु वे सब तृणेक्ष और उसके चंद्रमाओं पर जीवित रहेंगे।"

"प्रभु—यह कैसे संभव है? तृणेक्ष और उसके तीनो चंद्रमा भी तो नष्ट हो चुके है।"

"कालझ—एक वृहत पाप राशि का तीव्र वेग से क्षरण करने के लिए ही, मेरी प्रेरणा से उनका समूल संहार हुआ है। किन्तु अब उनके पुण्य फलो के उदय होने का समय आने ही वाला है। और मेरी ही प्रेरणा से वह सब अपने पूर्व शरीरों के साथ पूर्व स्थान में स्थित होकर महान सुख को भोगेंगे। —तृणेक्ष और उसके तीनो चंद्रमा पुनः अपनी पूर्व स्थिति को प्राप्त हो जायेंगे। और वह समय आ गया है।"

"प्रभु—आपकी लीला स्वयं आप ही समझ सकते हैं, अन्य कोई नहीं समझ सकता है।" और कालझ अपनी दोनों आंखें मूंदकर मस्तक को झुकाते हुए कहता है "—आप की लीला अपरम पार है प्रभु। —अपरम पार है। —आप धन्य हैं प्रभु। आप धन्य हैं। —आपको कोटि-कोटि प्रणाम प्रभु। —आपको कोटि-कोटि प्रणाम।" और जब वह अपनी आंखें खोलकर परमात्मा के अनंत स्वरूप के दर्शन के लिए आकाश की ओर देखता है, तो वहां कोई प्रकाश या कोई स्वरूप नहीं होता है। वह देखता है, की तृणेक्ष के अनंत खंडों में से महाराज इंग्रात का दिव्य शरीर उसकी ओर आकर प्राणवायु के पुनः संचार होने से जीवित होने लगते है। इसी प्रकार महाराज जाहंत्र और महाराज साहंस्व के सहस्त्रों फण और उनके धड़ भी तृणेक्ष के अनंत खंडों से बाहर आकर पुनः उसी अंतरिक्ष यान के चक्रनुमा आवरण से जुड़ने लगते है। और दोनों अपने सहस्त्रों फणों को प्रचंड वेग से हिलाते कुछ कहने ही वाले होते है, की वह सब देखते है, की तृणेक्ष की कुछ प्रजा भी अब पुनः जीवित होने लगी है।

तृणेक्ष के चन्द्रमाओं के खंड भी अब अपने-अपने केंद्र की ओर जुड़ने लगे है। कालझ, महाराज इंग्रात, महाराज जाहंत्र और महाराज साहंस्व देखते है, की नष्ट हुए इंदेवत भी अब पुनः जीवित होकर अपने-अपने दिव्य शरीरों के साथ इनके साथ खड़े होते जा रहे हैं। वह

सब यह भी देखते है, की महाराज गारुद्ध का मृत शरीर ठीक उसी स्थान पर आकर कुछ क्षण के लिए रुक जाता है, जहां उनके प्राण निकले थे। वह सब देखते है, की वही राजमहल का धातु रूपी स्तंभ का विशाल भाला उनकी छाती से वापस होता हुआ पीठ से निकल कर उनको जीवित कर जाता है। महाराज गारुद्ध पुनः अपने स्वाभाविक उड़ान के साथ वहां उपस्थित कालझ, महाराज इंग्रात, कुछ इदेवतों, महाराज जाहरुत्र और महाराज साहस्व के साथ देखते हैं, की अब तीव्र वेग से सम्पूर्ण तृणेक्ष पर उसकी प्रजा और सभी इदेवत, सभी मानव्य, सभी प्रालख्य के जीव पुनः जीवित होते जा रहे हैं। वह सब देखते है, की अब तृणेक्ष के खंड पुनः संगठित होकर आपस में पूर्व रूप में तीव्र वेग के साथ जुड़ने लगे है। कालझ भी अपने अंतःकरण में कुछ विस्मृत होते हुए अनुभव करता है, किन्तु क्या विस्मृत हुआ है, वह जान नहीं पता है। कुछ क्षण में एक महा उज्जवल प्रकाश के साथ वे सब अपनी आंखें बंद कर लेते हैं। और जब आंखें खोलते है तो देखते है की वह सब राजमहल के समक्ष पहले की तरह अपनी-अपनी स्थिति में खड़े हैं।

कालझ, महाराज इंग्रात, महाराज जाहरुत्र, महाराज गारुद्ध , महाराज साहस्व, सभी इदेवत, सभी मानव्य, सभी प्रालख्य के जीव, सभी जार्नाग एवं धारुड़ योद्धा एवं प्रजा गण सब अपनी पूर्व स्थिति में एक दूसरे को आश्चर्य के भाव में देखने लगते हैं। किन्तु उन्हें किस बात का आश्चर्य होता है, इसका उन्हें कोई स्मरण नहीं रहता है। तभी महाराज गारुद्ध की दृष्टि आकाश की ओर जाती है, और वह अपने उग्र उच्च स्वर में कहते हैं "आर्गश ने—अंतरिक्ष यान को अपने दोनों हाथों से पकड़ रखा है।" और सभी लोग आकाश की ओर देखने लगते हैं। वह सब देखते हैं की आर्गश अपने महाकाय मनुष्य शरीर के रूप में राजमहल के समक्ष खड़े होकर, तृणेक्ष के वायुमंडल में ही इदेवतों के अंतरिक्ष यान को अपने दोनों हाथों में एक विशालकाय चक्र की भांति पकड़ रखा है। यह दृश्य देख कर सभी को महान आश्चर्य होता है।

आर्गश अब नीचे आते हुए राजमहल के समक्ष भाग के ऊपर आकाश में उस अंतरिक्ष यान को पकड़ कर, उसके पारदर्शी पटल से भीतर देखते हुए आर्जथ से कहता है "अब आप इस अंतरिक्ष यान को इसी स्थिति में स्थिर करके उन सबको लेकर बाहर आ सकते हैं।"

आर्जथ अंतरिक्ष यान के भीतर से ही आर्गश को अत्यंत आश्चर्य के साथ देखते हुए कहते है "ठीक है—महा विशालकाय मानव्य।" फिर वह नियंत्रण प्रणाली में कुछ यंत्रों को संतुलित करते हुए अंतरिक्ष यान को राजमहल के ऊपर स्थिर करने लगते है। जब अंतरिक्ष यान राजमहल के आकाश में स्थिर हो जाता है, तो आर्जथ एक दूसरे कक्ष में चले जाते है।

आर्गश अपने विशालकाय शरीर को सामान्य करते हुए राजमहल के समक्ष, कालझ और महाराज इंग्रात के सामने भूमि पर स्थित होने लगता है। वह अपने शरीर को सामान्य आकार में लाने लगता है। महाराज इंग्रात, महाराज जाहिस्त्र, महाराज गारुद्ध, महाराज साहंस्व, सभी इदेवत, सभी मानव्य, सभी प्रालख्य के जीव, सभी जार्नाग एवं धारुड़ योद्धा एवं प्रजा गण यह देख कर की आर्गश ने अपने शरीर की विशालता से उस प्रचंड वेग से आते अंतरिक्ष यान को रोक दिया, यह किसी आश्चर्य से कम नहीं है। कुछ क्षण में आर्गश अपने सामान्य मनुष्य रूप में आकर महाराज इंग्रात के मुख के समक्ष उड़ते हुए पहुंच कर उनसे कहता है "महाराज—आर्जथ आपके अंतिम वचन को पूर्ण कराने के लिए उन सबको लेकर इस अंतरिक्ष यान से बाहर आने ही वाले हैं।"

महाराज इंग्रात का ध्यान उस वचन से ज्यादा आर्गश के उस असाधारण कार्य को कर लेने पर लगा हुआ है, और वह अपने दिव्य स्वर में कहते है "आर्गश—तुम उस महा वेग से आते अंतरिक्ष यान को कैसे रोक सके?"

"महाराज—वह तो मैंने कालझ के कहने पर ही किया था। —जब मैंने अपनी आंखें खोली तब मेरा आकार आपसे भी लाखो गुना बड़ा हो चूका था, और वह अंतरिक्ष यान मेरे हाथों के बीच में फंसा हुआ था।"

तभी महाराज इंग्रात कालझ की ओर देखते हुए कहते है "कालझ—एक प्रचंड उज्ज्वल प्रकाश से हम सबकी आंखें बंद हो गई थी। और जब हमने आंखें खोली तो सब कुछ अपनी ठीक जगह पर था। —क्या तुमने आर्गश को कोई आदेश दिया था? और क्या तुमने अपनी आंखें खुली रखी थी?"

कालझ किसी संशय के भाव में विचार करते हुए कहता है "महाराज—मैंने आर्गश को कुछ तो कहा था, किन्तु वह मुझे अब स्मरण नहीं हो रहा है। और मुझे भी उस प्रचंड उज्जवल प्रकाश के कारण अपनी आंखें बंद करनी पड़ी थी।"

महाराज इंग्रात कुछ कहने ही वाले होते हैं, की अंतरिक्ष यान के ठीक नीचे का मुख्य द्वार खुलने लगता है, और उसमें से आर्जथ नीचे आते है। आर्जथ को देख कर महाराज इंग्रात, सभी प्राचीन इदेवत और सभी मानव्य, भावुक होते हुए अपनी आंखों में बनते अश्रुओं की लहरों को रोकने की कभी सफल तो कभी असफल प्रयास करते रहते हैं। कुछ क्षण में आर्जथ महाराज इंग्रात के ठीक समक्ष स्थिर होकर उनको लाखो वर्षों के बाद देखने पर भावुक होते हुए कहते है "महाराज— क्या आप अभी भी मुझसे क्रोधित हैं?"

महाराज इंग्रात आर्जथ के ऐसे वचन सुन कर अब अपने अश्रुओं को अपनी पलकों की बांध में रोके नहीं रख पाते है। अपनी दिव्य आँखों से बहते अश्रुओं के साथ महाराज इंग्रात कुछ आगे बढ़ कर आर्जथ को अपने विशाल भुजाओं में भरकर गले लगा लेते है। और अपने करुण कंठ से शांत दिव्य स्वर में कहते हैं "हाँ—मैं अब भी तुम पर बहुत क्रोधित हूँ मेरे भाई। — बहुत क्रोधित हूँ।"

आर्जथ की विशाल आँखों से भी अश्रु छलकने लगते है, और वह अपने करुण कंठ से कहते है "—किन्तु महाराज—जिन्हें मैं लेकर आया हूँ उनको देख कर आपका क्रोध पुनः स्नेह में परिणत हो जायेगा।"

महाराज इंग्रात अपने भावनाओं को रोकते हुए, आर्जथ को अपनी भुजाओं में अपने सम्मुख देखते हुए दिव्य स्वर में कहते है "—किन्हें ले कर आये हो तुम?"

आर्जथ पीछे मुड कर अंतरिक्ष यान की ओर उच्च स्वर में कहते है "—अब आप सब यान से बाहर आइये।", आर्जथ के ये वचन सुन कर अंतरिक्ष यान से प्राचीन वर्क्सास एवं रदैत्य अपने परिवार जनो के साथ नीचे आते हैं। उन प्राचीन वर्क्सास एवं रदैत्य साथियों को देख कर महाराज इंग्रात, सभी प्राचीन इदेवत और सभी मानव्य, अब और आत्यंतिक रूप से भावुक होते हुए, अपनी आंखों में बनते अश्रुओं की लहरों को रोकने की असफल प्रयास करते रहते हैं। बह सब प्राचीन वर्क्सास एवं रदैत्य अपने परिवार जनो के साथ महाराज इंग्रात के समक्ष स्थिर हो जाते है। उनमें से एक प्राचीन वर्क्सास अपने करुण गर्जन स्वर में कहते है "महाराज—हम एक बार फिर मिल गए। — और परमात्मा की कृपा से हम अपने तृणेक्ष पर ही मिल रहे हैं।"

महाराज इंग्रात अपने भावनाओं को रोकते हुए, उनको अपनी भुजाओं में भर कर करुण कंठ से अपने दिव्य स्वर में कहते है "हाँ मित्र—हम फिर मिल गए। —और यही हमारा आप सबको दिया वचन भी था, जो आज आर्जथ के कारण पूरा हो गया। —हम सब अवश्य ही परमात्मा की परम कृपा से अपने तृणेक्ष पर लाखो वर्षों के बाद एक बार फिर साथ-साथ हैं।"

"हाँ महाराज—लाखो वर्षों के बाद हम सब एक साथ हैं।"

महाराज इंग्रात अपने दिव्य दृष्टि से देखते हैं, तो राजमहल के वृहत घेरे के धरातल एवं आकाश में उपस्थित तृणेक्ष की लाखो प्रजा, महान आश्चर्य, आनंद एवं भावुकता में डूबी हुई दिखाई पड़ती है। प्रजा के इस भव्य भावों के दृश्य को देख कर महाराज इंग्रात को भी महान आनंद होता है। वह कुछ विचार कर ही रहे होते हैं, की तभी कालझ उनके समक्ष आकर अपने गंभीर स्वर में कहता है "महाराज इंग्रात

—महाराज जाहेस्त्र —महाराज गारुद्ध —महाराज साहेस्व, —यहाँ इस ब्रह्माण्ड में हमारा कार्य पूर्ण हुआ। अब आप मुझे और आर्गश को जाने की आज्ञा दे।"

महाराज इंग्रात, महाराज जाहेस्त्र, महाराज गारुद्ध, महाराज साहेस्व कालझ की जाने की बात को सुनकर अत्यंत भावुक हो जाते है। महाराज जाहेस्त्र अपने सहस्त्रों फणों की महा गूंज ध्वनि में कहते है "कालझ—अभी तो तुमसे और आर्गश से हमे बहुत से प्रश्न करने हैं। —अभी तो बहुत से रहस्यों को जानना शेष है।"

महाराज इंग्रात भी महाराज जाहेस्त्र की बातों का समर्थन करते हुए, अपने दिव्य स्वर में कहते है "कालझ—अभी तो मेरे अंतःकरण में भी उठते अद्भुत प्रश्नों के उत्तर नहीं मिल सके हैं। —उनके उत्तर केवल तुम और आर्गश ही दे सकते हो।"

महाराज गारुद्ध भी महाराज जाहेस्त्र एवं महाराज इंग्रात की बातों का समर्थन करते हुए अपने उच्च स्वर में कहते हैं "कालझ—क्या इतना जल्दी जाना आवश्यक है? क्या तुम और आर्गश हमारे बीच कुछ दिन और ठहर नहीं सकते?"

महाराज साहेस्व भी महाराज जाहेस्त्र, महाराज इंग्रात एवं महाराज गारुद्ध का समर्थन करते हुए अपने सहस्त्रों फणों की गूंजते स्वर में कहते हैं "आप दोनों ने तृणेक्ष की एक महान संकट से रक्षा किया है, और आप दोनों के कारण ही आज लाखो वर्षों के बाद हम सब पुनः एक साथ यहां उपस्थित है। —यदि संभव हो तो कुछ दिन अपनी सेवा करने का हमे अवसर दें। —आप दोनों के यहां किसी भी प्रकार का कष्ट नहीं होगा इसका मैं वचन देता हूँ।"

आर्जथ, महाराज इंग्रात, महाराज जाहेस्त्र, महाराज गारुद्ध और महाराज साहेस्व की बातों को सुन कर यह समझ गए है, की कालझ और आर्गश ने ही प्रालक्ष्य और अंतरिक्ष यान को रोक कर तृणेक्ष को नष्ट होने से बचाया है। फिर वह लघु रूप में स्थित आर्गश की ओर

आश्चर्य के भाव से देखते हुए कहते है "—तुमने ही अंतरिक्ष यान को रोका था ना? —किन्तु अब तुम तो इतने लघु आकार के लग रहे हो जैसे तब तुम्हारे सापेक्ष में स्वयं मैं लग रहा था, जब तुम अंतरिक्ष यान को अपने हाथों में पकड़ रखे थे। —यह कैसे सम्भव हो सकता है?"

आर्गश मंद मुस्कान के साथ कहता है "यदि किसी के पास आपके जैसा अद्भुत एवं अटूट विश्वास हो, तो कुछ भी संभव हो सकता है।" और फिर आर्गश कालज्ञ की ओर देखते हुए कहता है "अब आपको इन्हे स्वयं ही बता देनी चाहिए की हमारे यहाँ से जाने के बाद क्या होगा।"

कालज्ञ आर्गश की बातों को उचित समझते हुए महाराज इंग्रात, महाराज जाहिस्त्र, महाराज गारुद्ध, महाराज साहिस्व और आर्जथ से अपने गंभीर स्वर में कहता है "महाराज इंग्रात —महाराज जाहिस्त्र — महाराज गारुद्ध —महाराज साहिस्व —आर्जथ, —हमारे यहाँ से जाने के बाद काल की प्रेरणा से, हमारी और हमारे किये कार्यों की प्रत्येक स्मृति, आप सबके स्मृति पटल पर कुछ संभावित वैकल्पिक स्मृतियों में बदल जाएगी। आप सबको हमारे बारे में कोई ज्ञान नहीं रहेगा। कोई संशय या कोई प्रश्न भी नहीं रहेगा।"

कालज्ञ की बातों को सुनकर वहां उपस्थित सभी को अपने सुनने पर विश्वास नहीं होता है। महाराज इंग्रात कुछ निराश होते हुए अपने करुण दिव्य स्वर में कहते हैं "—क्या हमने ठीक सुना कालज्ञ? क्या तुम्हारे जाने के बाद हममें से एक भी तुम दोनों को और तुम्हारे इस अनुपम कार्य को अपनी स्मृतियों में कुछ काल तक भी नहीं रख पाएंगे?"

कालज्ञ, महाराज इंग्रात से कहता है "महाराज—हमारे कार्य का यही शाश्वत विधान है। इसको कोई नहीं बदल सकता है।"

"—फिर तो आप दोनों यहाँ से जाए ही नहीं। इससे तो हमारी स्मृतियां नहीं बदलेंगी?"

"महाराज—आप बुद्धिमानों में बुद्धिमान, दिव्य इदेवत हैं, और आप उनमें भी श्रेष्ठ, उनके महाराज हैं। आपको तो ज्ञात ही है, की परमात्मा की लीला रूपी कारणार्णव में अनंत ब्रह्माण्ड हैं। प्रत्येक ब्रह्माण्ड में अनंत जीव अपने-अपने जीवन एवं मृत्यु के चक्र में फस कर अपने नित्य नए कर्म करते हुए, प्रारब्ध वश मिले पूर्व कर्म फलों को भोगते भी रहते हैं। उन अनंत जीवों में कुछ उत्तम जीव जो अपने कई जन्मो के ध्यान, तप और भक्ति के द्वारा मुक्त होने की अवस्था के निकट पहुंच जाते हैं। उन जीवों के किसी पूर्व अनिष्ट कर्मफल के कारण किसी अनिष्टकारी निकट भविष्य से यदि उनके महापतन की संभावना होती है, तो हमे वहां समय पर पहुंच कर उस घटनाक्रम को रोकना या उसे सुखकारी घटना में परिणत करना होता है। आपके तृणेक्ष में जो आपके जानार्गि पूर्वज थे, उनके महापतन की संभावना को रोकने के लिए ही हमे यहाँ आकर उस अनिष्टकारी घटना को सुखकारी घटना में परिणत करना पड़ा है। महाराज—इसी प्रकार हमे यह सर्वोच्च शाश्वत कार्य अनंत ब्रह्माण्डों में ऐसे ही, उत्तम अवस्था को प्राप्त जीवों के महापतन से बचाने के लिए करते रहना पड़ता है। ऐसे ही अगले घटनाक्रम का आरम्भ कुछ दिनों बाद होने वाला है, और हमे उसे रोकने के लिए ठीक समय पर पहुंचना होगा, तभी हम उसे रोकने में सफल हो सकेंगे महाराज।"

"—जिस कार्य को कालझ और आर्गश मिलकर करेंगे उसमें सफलता अवश्य मिलेगी। —हम तुम्हारे कार्य और तुम्हारे दायित्व की महत्ता को समझ गए हैं कालझ। किन्तु आप दोनों के जाने के बाद क्या कभी हमे आप दोनों की स्मृतियाँ पुनः प्राप्त हो पाएंगी?"

"—अवश्य प्राप्त होगी महाराज।"

"—किन्तु कब?"

"जब आप मुक्त होने की अवस्था के निकट पहुंच जाएंगे महाराज, जहां से बस कुछ समय में आप मुक्त हो कर परमात्मा में लीन होने

को होंगे। —मुक्त होने के बाद तो सदा ही आप हमे अपने अंतःकरण में देख सकेंगे।"

"फिर तो हम सब अपने-अपने संशयों और प्रश्नों को जान ही लेते है कालज्ञ। —क्या हुआ की तुम्हारे जाने के बाद वह सब विस्मृत हो जायेंगे, किन्तु मुक्ति की अंतिम अवस्था में वह सब स्मरण तो हो आएगा।"

"जैसी आपकी इच्छा महाराज। अभी मैं आप सबके जिस भविष्य को कुछ अस्पष्ट रूप से देख पा रहा हूँ उसमें हम यहाँ एक घड़ी और ठहरने वाले हैं।"

"इतना समय पर्याप्त होगा कालज्ञ। —किन्तु तुम हमारे भविष्य में अब कैसी अस्पष्टता की बात कर रहे हो।"

"एक ऐसी अस्पष्टता महाराज, जिसका आभास मैंने कुछ समय पहले किया था। मैं कुछ अस्पष्ट रूप से देख पा रहा हूँ की वही आभास इस एक घड़ी के अंत में आप सब को भी अनुभव होने वाला है।"

"क्या तुम अपने उस अनुभव का वर्णन कर सकते हो।"

"नहीं महाराज—मैं नहीं कर सकता हूँ।"

"किन्तु क्यों नहीं कर सकते हो कालज्ञ?"

"क्योंकि महाराज, अनंत ब्रह्माण्डों में रहने वाले अनंत जीवों की सभी सृष्टियों की अनेको भाषाओं में ऐसी कोई भाषा ही नहीं है, जिसके माध्यम से उस अनुभव को पूर्ण रूप में वर्णित किया जा सके। —उसे तो स्वयं प्रत्यक्ष रूप में अनुभव करने पर ही उसके पूर्ण सत्य का आभास होगा महाराज।"

"तो क्या हम एक घड़ी के बाद उस अनुभव को प्राप्त करने वाले है।"

"हाँ महाराज—मुझे ऐसा अस्पष्ट रूप से आभास हो रहा है, की एक घड़ी के बाद आप, महाराज जाहेस्त्र, महाराज गारुद्ध, महाराज साहिस्व, आर्जथ, सभी प्राचीन इदेवत, सभी प्राचीन मानव्य, सभी प्राचीन रदैत्य, सभी प्राचीन वर्क्षास और कुछ सहस्त्र प्रजा जन, उस अनुभव को प्रत्यक्ष प्राप्त करेंगे।"

कालझ के वचन सुनकर महाराज इंग्रात, महाराज जाहेस्त्र, महाराज गारुद्ध, महाराज साहिस्व, आर्जथ, सभी प्राचीन इदेवत, सभी प्राचीन मानव्य, सभी प्राचीन रदैत्य, सभी प्राचीन वर्क्षास के आनंद की सीमा न रही है। वह सब आनंद की भावुकता में अत्यंत करुण कंठ से कुछ देर तक एक शब्द भी अपने स्पष्ट रूप में व्यक्त नहीं कर पाते हैं। कुछ देर बाद महाराज साहिस्व अपनी भावनाओं को नियंत्रित करते हुए अपने सहस्त्रों फणों की करुण कंठ से निकलते भावुक गूंजते स्वर में महाराज इंग्रात से कहते हैं "महाराज—अब आप सब राजमहल में प्रवेश कीजिए। —वहां हम सब कालझ से अपनी जिज्ञासा के अनुरूप ज्ञात एवं अज्ञात रहस्यों को जानने का प्रयास करेंगे।"

महाराज जाहेस्त्र भी अपने पुत्र का समर्थन करते हुए अपने सहस्त्रों फणों की करुण कंठ से निकलते भावुक गूंजते स्वर में महाराज इंग्रात से कहते हैं "हाँ महाराज—अब हमे राजमहल में प्रवेश करना चाहिए।"

महाराज इंग्रात अपने चारों ओर राजमहल के घेरे में धरातल एक आकाश में स्थित तृणेक्ष की प्रजा को देखते हुए. महाराज जाहेस्त्र एवं महाराज साहिस्व से अपने दिव्य स्वर में कहते हैं "किन्तु महाराज हमारी प्रजा का क्या? क्या वो उन ज्ञात एवं अज्ञात रहस्यों के ज्ञान को देख एवं सुन सकेंगे।"

"महाराज—इस भव्य राजमहल के उस महा विशाल राजसभा को आप देख रहे हैं, —उस महा विशाल राजसभा, जिसमें सहस्त्रों विशाल जार्नाग एवं विशाल धारुड्ड सभासद एक साथ सम्मिलित

होकर बैठ सकते हैं, उसकी प्रत्येक गतिविधि को यहाँ हमारी प्रजा इस महा विशाल राजमहल के घेरे से स्पष्ट रूप से देख भी सकती है और स्पष्ट रूप से सुन भी सकती है।"

"अद्भुत महाराज। —अद्भुत।" फिर महाराज इंग्रात अपने चारों ओर अपनी विशाल भुजाओं से लाखो प्रजा का अभिवादन करते हुए, अपने पीछे क्रमबद्ध रूप से स्थित सभी इदेवतों, मानव्यों, प्रालख्य जीवों तथा उनके समक्ष उपस्थित आर्जथ, रदैत्य, एवं वर्क्सास से अपने दिव्य स्वर में कहते हैं "—आइये हम सब इस भव्य राजमहल में प्रवेश करते हैं।"

महाराज इंग्रात, महाराज जाहरुत्र, महाराज गारुद्ध, महाराज साहस्व, आर्जथ, कालझ और आर्गश सबसे आगे चलते हैं। उनके पीछे सभी रदैत्य, सभी वर्क्सास, सभी इदेवत सभी मानव्य और सभी प्रालख्य जीव भी राजमहल के विशालकाय मुख्य द्वार से एक साथ कई पंक्तियों में क्रमबद्ध रूप में प्रवेश करते हुए महा विशाल एवं भव्य राजसभा की ओर बढ़ने लगते हैं।

अध्याय ८
रहस्यों का रहस्य

कुछ ही समय में महाराज इंग्रात, महाराज जाह्रेत्र, महाराज गारुद्ध, महाराज साह्स्व, आर्जथ, कालझ और आर्गश राजसभा में पहुंच जाते है। राजसभा के मुख्य विशाल सिंहासन के दोनों ओर अर्ध वृत्ताकार रूप में कई भव्य और विशाल सिंहासन क्रमबद्ध रूप में स्थापित किये गए है। महाराज जाह्रेत्र और महाराज गारुद्ध मुख्य सिंहासन के दोनों ओर पहुंच कर महाराज इंग्रात से भावुक होते हुए उस पर आसीन होने का निवेदन करते हुए एक साथ कहते हैं "महाराज—विराजिए।"

महाराज इंग्रात उस भावुक निवेदन से स्वयं भावुक होते हुए अपने करुण कंठ से दिव्य स्वर में कहते हैं "महाराज जाह्रेत्र — महाराज गारुद्ध, —आप दोनों भी मेरे साथ इस सिंहासन के साथ के भव्य सिंहासनों पर विराजिए।"

महाराज इंग्रात, महाराज जाह्रेत्र और महाराज गारुद्ध क्रमशः मुख्य सिंहासन पर, उनके दाहिने ओर के सिंहासन पर और उनके बाये ओर के सिंहासन पर एक साथ आरूढ़ होते है। महाराज इंग्रात, महाराज जाह्रेत्र और महाराज गारुद्ध के आसीन होने के बाद महाराज इंग्रात अपने दिव्य स्वरों में महाराज साह्स्व और आर्जथ से कहते हैं "महाराज साह्स्व —आर्जथ, —आप दोनों भी विराजिए।"

महाराज साह्स्व, अपने पिता महाराज जाह्रेत्र के दाहिने सिंहासन पर आरूढ़ होते है और आर्जथ महाराज गारुद्ध के बाये

सिंहासन पर आरूढ़ होते हैं। उनके आरूढ़ होने के बाद राजसभा में अपने लिए उपयुक्त आसनों के समक्ष स्थित हो चुके सभी रदैत्य, सभी वर्क्षांस, सभी इदेवत, सभी मानव्य और सभी प्रालख्य के जीव जो राजसभा के भव्य व्यवस्था में क्रमबद्धता से स्थित होते है, उन सहस्रों लोगो से महाराज इंग्रात अपने उच्च दिव्य स्वर में कहते हैं "—आप सब भी विराजिए।" और वह सब अपने-अपने आसनों पर आनंदित होते हुए क्रमबद्ध रूप से आरूढ़ होने लगते हैं।

महाराज इंग्रात अपनी दिव्य दृष्टि से उस राजसभा से ही राजमहल के बाहर देखते हैं, तो तृणेक्ष और इसकी तीनो चंद्रमाओं की लाखो प्रजा राजमहल के बाहर, धरातल और आकाश में स्थित होकर राजसभा की ओर एकटक, भावुक होते हुए देख और सुन रहे होते है। सम्पूर्ण राजमहल का धरातल और उसका आकाश, लाखो जार्नांगों की अद्भुत मणियों के प्रकाश से जगमगा रहा होता है। उन मणियों के प्रकाश से उनके कुछ ऊपर आकाश में स्थित विशाल अंतरिक्ष यान की भी अद्भुत शोभा हो रही है। वह सब इस अद्भुत राजसभा, जिसमें पहली बार इदेवतों, मानव्यों, रदैत्यों, वर्क्षसों एवं प्रालख्य के अद्भुत जीवों से संचालित होते देखकर अद्भुत आनंद से गदगद होते हुए, एक दूसरे से अपनी भावनाओं का सत्य रूप में साझा कर रहे होते हैं।

राजसभा में सभी लोगो के अपने-अपने आसनों पर आसीन होने के बाद कालझ और आर्गश महाराज इंग्रात, महाराज जाहेंत्र, महाराज गारूद्ध, महाराज साहंस्व और आर्जथ के सिंहासनों के वृत्ताकार क्रमों के मध्य भाग में, उड़ते हुए पहुंच कर लघु रूप में अपनी मंद मुस्कान के साथ स्थित हो जाते हैं। कुछ क्षण बाद कालझ महाराज इंग्रात, महाराज जाहेंत्र, महाराज गारूद्ध, महाराज साहंस्व और आर्जथ की ओर देखते हुए अपने गंभीर स्वर में कहता है "महाराज इंग्रात, —महाराज जाहेंत्र, —महाराज गारूद्ध, —महाराज साहंस्व, —आर्जथ, —अब आप सब अपने-अपने प्रश्न कीजिए, जिनके उत्तरों से यहाँ उपस्थित तृणेक्ष और इसके चंद्रमाओं की लाखो प्रजा का भी,

उनके मुक्ति के समय आने पर परम कल्याण होगा। किन्तु मैं एक बार फिर आप सबसे कहता हूँ, की हमारी यह परम ज्ञान रूपी वार्ता का बोध आपको किसी भी जीवन और मृत्यु के चक्र में किसी भी अवस्था में स्मरण नहीं रहेगा।"

महाराज इंग्रात, महाराज जाहैस्त्र, महाराज गारुद्ध, महाराज साहैस्व और आर्जथ एक साथ अपने-अपने स्वाभाविक स्वरों में कहते हैं "—ठीक है कालझ। हम समझते है।"

सर्वप्रथम महाराज इंग्रात आर्गश की ओर भावुक होते हुए देखते है, और कुछ क्षण बाद अपने दिव्य स्वर में कालझ से कहते हैं "कालझ—मुझे सबसे पहले तुम्हारे जीव साथी, —हम सबकी रक्षा करने वाले अद्भुत जीव आर्गश के बारे में जानना है? —तुम मुझसे वह सब कहो जो तुम आर्गश के बारे में जानते हो?"

आर्गश कुछ अद्भुत संशय के मिथ्या भाव बनाता हुआ महाराज इंग्रात से कहता है "महाराज—मेरे बारे में जानने को कुछ है ही नहीं। मैं तो बस एक साधारण मनुष्य हूँ, जो कालझ के दिए प्रशिक्षण के बाद इस कार्य को कर पा रहा हूँ।"

महाराज इंग्रात आर्गश की संशय रूपी भावों को देख कर और उसके वचनों को सुनकर कुछ विचार करने लगते हैं। कुछ क्षण के बाद वह आर्गश से अपने दिव्य स्वर में कहते हैं "आर्गश—तुम साधारण मनुष्य हो यह तो हमे दिखाई पड़ता है, किन्तु पहले हमे कालझ से अपना सम्पूर्ण सत्य जानने दो।"

आर्गश अब कुछ निराशा के मिथ्या भाव बनाता हुआ महाराज इंग्रात से कहता है "जैसी आपकी इच्छा महाराज।"

"कालझ—तुम कहो आर्गश का सम्पूर्ण सत्य।"

कालझ आर्गश की ओर कुछ संशय की भावना से देखते हुए, कुछ क्षण विचार करने लगता है। कुछ देर बाद वह महाराज इंग्रात से

अपने गंभीर स्वर में कहता हैं "महाराज—आर्गश का जो सम्पूर्ण सत्य मुझे ज्ञात है, उसे शब्दों से व्यक्त करने में बहुत समय लग जाएगा। —आर्गश के यहां इस प्रथम कार्य के पूर्व के जीवन के सम्पूर्ण वृतांत को मेरे कालदण्ड से, काल पटल पर आप अपनी दिव्य दृष्टि से स्वयं ही देख सकते हैं।"

"—क्या यह संभव है कालझ?"

"अवश्य संभव है महाराज।"

तभी आर्गश कुछ विचार करते हुए कालझ को रोकते हुए कहता है "किन्तु रुकिए कालझ—आप मेरे जीवन को इस प्रकार सार्वजनिक नहीं कर सकते है। —पूर्ण जीवन की गोपनीयता, प्रत्येक जीव का उस मायारुपी संसार में अन्य जीवों से गुप्त रखने का एक शाश्वत अधिकार है।"

कालझ कुछ विचार करते हुए कहता है "—हाँ ये अधिकार तो प्रत्येक जीव को है आर्गश। किन्तु मैं कोई जीव नहीं हूँ। मैं काल का अंश हूँ। और मैं किसी का भी पूर्ण सत्य जान सकता हूँ। काल द्वारा दिया गया यह मेरा विशेष अधिकार है।"

"हाँ आप जान सकते हैं, किन्तु उसे आप सार्वजनिक नहीं कर सकते हैं। क्योंकि आपको छोड़ कर यहाँ उपस्थित सभी लोग जीव रूप में हैं। —आप उसका अंशतः ज्ञान साझा कर सकते है, किन्तु पूर्ण ज्ञान किसी से नहीं कह सकते।"

कालझ कुछ क्षण विचार करते हुए आर्गश से पूछता है "—तुम ठीक कहते हो आर्गश—किन्तु तुम्हें इस अधिकार का ज्ञान कैसे हुआ? —पृथ्वी पर इस शाश्वत अधिकार का ज्ञान किसी भी जीव को नहीं है। फिर तुम्हें इस शाश्वत अधिकार का ज्ञान कैसे हुआ?"

आर्गश कुछ विचार करते हुए कालझ से कहता है "—मुझे इस अधिकार का ज्ञान महाराज जाह्रित्र की बाल्यकाल की स्मृतियों से गुजरने से मिला था।"

आर्गश महाराज जाहॅस्त्र की ओर देखते हुए पूछता है "महाराज—क्या आप इस अधिकार के बारे में अपने बाल्यकाल जीवन में कभी किसी से सुने थे?"

महाराज जाहॅस्त्र कुछ समय अपनी बाल्यकाल की स्मृतियों में अपने पिता के साथ हुई प्रजा एवं जीवों के अधिकारों की वार्ता को अपने अंतःकरण में खोजने का प्रयास करने लगते है। कुछ क्षण बाद ही उन्हें कुछ ऐसी स्मृतियाँ मिलती हैं, जिनके होने का उन्हें कभी अनुमान भी नहीं था। उन स्मृतियों में उनके पिता अद्भुत प्रकाशमय स्वरूप से दिखाई पड़ रहे है, और वो उन्हें जीवों के शाश्वत अधिकारों का ज्ञान दे रहे हैं। जिनमें अन्य जीवों से किसी भी जीव के पूर्ण जीवन की गोपनीयता का शाश्वत अधिकार की भी बात बता रहे है। फिर वह कालझ से अपने सहस्त्रों फणों से महा गूंज की ध्वनि में कहते है "—हाँ कालझ—मेरे बाल्यकाल में मेरे पिता ने इन अधिकारों का ज्ञान दिया था, —किन्तु मैं स्वयं भी उनको विस्मृत कर चूका था। —आर्गश का कहना ठीक है कालझ।"

कालझ महाराज जाहॅस्त्र से कहता है "धन्यवाद महाराज।" और फिर वह आर्गश की ओर देखते हुए कहता है "—आर्गश—अब तुम ही बताओ की मैं महाराज इंग्रात के प्रश्नों का उत्तर कैसे दूँ?"

आर्गश कुछ विचार करने का भाव बनाते हुए कालझ से कहता है "महाराज इंग्रात के प्रश्नों का उत्तर आपको देना चाहिए, किन्तु यह मेरे बारे में है, इसलिए मेरे सम्पूर्ण सत्य का उत्तर देने का अधिकार सिर्फ मुझे है। —किन्तु आप मेरी आज्ञा से चाहे तो सिर्फ किसी एक जीव को जो उसकी गोपनीयता का वचन दे सके, उसे मेरा पृथ्वी पर बिताये जीवन का सम्पूर्ण भूतकाल दिखा सकते हैं।"

"तो क्या तुम मुझे आज्ञा देते हो, की मैं सिर्फ महाराज इंग्रात को काल पटल पर तुम्हारे पृथ्वी पर बिताये जीवन का सम्पूर्ण भूतकाल दिखाऊ?"

आर्गश महाराज इंग्रात की ओर देखते हुए कहता हैं "महाराज— क्या आप वचन देते है, की आप मेरे जीवन के भूतकाल को देख कर उसकी गोपनीयता को बनाये रखेंगे?"

महाराज इंग्रात अपने दिव्य स्वर में कहते हैं "हाँ आर्गश—मैं वचन देता हूँ। —मैं अपने जीवन के अंत समय तक तुम्हारे सम्पूर्ण जीवन की गोपनीयता का सम्मान करूँगा। —उसे किसी भी परिस्थिति में किसी के साथ भी साझा नहीं करूँगा।"

आर्गश कालझ की ओर देखते हुए कहता हैं "हाँ—आप सिर्फ महाराज इंग्रात को मेरा पृथ्वी पर बिताये जीवन का सम्पूर्ण भूतकाल दिखा सकते हैं।" और आर्गश, महाराज इंग्रात, महाराज जाहिस्त्र, महाराज गारुब्द्ध, महाराज साहिस्व और आर्जेथ की ओर देखते हुए शांत स्वर में कहता है "—अंत में मैं स्वयं यहां से जाने से ठीक पूर्व अपने सम्पूर्ण सत्य स्वरूप को अवश्य प्रकट करूँगा। —किन्तु देखना यह होगा, की क्या आप सब उसे पूर्ण रूप से देख और समझ पाएंगे।"

कालझ, महाराज इंग्रात, महाराज जाहिस्त्र, महाराज गारुब्द्ध, महाराज साहिस्व और आर्जेथ, आर्गश के अंतिम शब्दों को समझने के प्रयास कर ही रहे होते हैं, की आर्गश, कालझ के पास आकर कहता है "जब तक आप सिर्फ महाराज इंग्रात को मेरा भूतकाल दिखाएंगे, तब तक मैं उनके अंतरिक्ष यान को भीतर से देख आऊं?"

"ठीक है आर्गश। —जाओ देख आओ।" और फिर आर्गश तीव्र वेग से उड़ते हुए, राजसभा से बाहर जाने लगता है। कालझ भी अपनी कालदण्ड से काल पटल पर महाराज इंग्रात को आर्गश के जन्म का चलायमान दृश्य दिखाने लगता है। राजसभा में और कोई भी उस काल पटल पर कुछ भी देख नहीं पाता है, क्यों की कालझ ने अपने कालदण्ड से आर्गश और महाराज इंग्रात को छोड़ कर, राजसभा और राजमहल के प्रत्येक जीव के लिए समय को स्तंभित कर दिया है। इस

प्रकार केवल महाराज इंग्रात ही उस काल पटल पर आर्गश के जन्म के बाद का चलायमान दृश्य देख पा रहे है। महाराज इंग्रात आर्गश के शिशु रूप से लेकर पूर्ण बाल्यकाल तक की प्रत्येक घटना रूपी दृश्यों को काल पटल पर अपनी दिव्य दृष्टि से देखने लगते हैं।

इधर आर्गश अब राजमहल से तीव्र वेग से निकल कर राजमहल के आकाश में स्थित अंतरिक्ष यान की ओर उड़ते हुए उसके मुख्य द्वार से प्रवेश करने लगता है। कुछ ही देर में वह अंतरिक्ष यान के नियंत्रण कक्ष में पहुंच कर कुछ यंत्रों को चालू करने लगता है। उसके कुछ क्षण के बाद ही अंतरिक्ष यान का प्रज्ञास आर्गश के पीछे आकर अपने यांत्रिक स्वर में पूछता हैं "आप कौन हैं?"

आर्गश मंद मुस्कान के साथ अपने पीछे प्रज्ञास की ओर देखते हुए कहता है "मैं आर्गश हूँ। —जिसने कुछ समय पहले इस अंतरिक्ष यान को किसी अज्ञात शक्ति के द्वारा अपने दोनों हाथों से पकड़ा हुआ था।"

"अज्ञात शक्ति?"

"हाँ—एक महा प्रचंड प्रकाश के कारण मैंने आंखें बंद कर लिया था, और जब आंखें खोला तो मैं महा विशालकाय रूप से बड़ा हो गया था। और इस विशाल अंतरिक्ष यान को अपने दोनों हाथों से पकड़े हुए था।"

"अच्छा?"

"हाँ।"

"किन्तु मेरी आंखें कभी बंद नहीं होती।"

"—क्या, —कभी नहीं?"

"कभी भी नहीं।"

"तो तुम्हें पता होगा की मैं कैसे महा विशालकाय रूप को प्राप्त हुआ था? और यह भी पता होगा की कैसे यह अंतरिक्ष यान मेरे हाथों में आ गया था?"

"हाँ, मुझे सब पता है।"

"सब पता हैं?"

"हाँ—सब पता हैं।"

"—फिर बताओ?"

"बताना आवश्यक है?"

"नहीं—आवश्यक यह है, की उस ज्ञान का प्रयोग तुम कैसे करना चाहोगे?"

"—अपने आरम्भ के अनुभव को छोड़ कर, करोड़ों वर्षों के अस्तित्व में मैंने इस तरह की अनंत स्वरूप का अनुभव कभी भी नहीं किया था। —मैं यह भी निष्कर्ष निकाल सकता हूँ, की बिना आपकी इच्छा के आपको समझ पाने का मैं प्रयास भी नहीं कर सकता हूँ। — मेरा यह भी अनुमान है, की आप स्वयं मेरे परम कल्याण के लिए ही, आपकी यह एक परम योजना है। —अतः आप के इस अद्भुत स्वरूप के ज्ञान को और आपके उस परम योजना को मैं कैसे व्यर्थ कर सकता हूँ, जो स्वयं मेरे ही कल्याण के लिए आपने रची है प्रभु।"

"प्रज्ञास—तुम इस अंतरिक्ष यान के साथ करोड़ों वर्षों से इसकी दिव्य प्रज्ञा का उत्तरदायित्व निभाते आए हो। —तुम दिव्य इसलिए हो क्योंकि तुम्हारा निर्माण करोड़ो वर्ष पूर्व मेरी ही प्रेरणा से हुआ था। —तुमने करोड़ों वर्षों से अपने यांत्रिक कार्यों को धर्म पूर्वक पूर्ण करते आये हो। —तुम्हारे इस यांत्रिक शरीर के मूल में एक परम दिव्य सूक्ष्म स्वरूप विद्यमान है, जिसे कोई दिव्य दृष्टि से भी नहीं देख सकता है। —वह मेरा ही एक अंश है, इसी कारण से तुम मेरे स्वरूप को तृणेक्ष

के अन्य जीवों से अधिक समझ पाए हो। —तुम इस यांत्रिक स्वरूप के भीतर रहते हुए भी करोड़ों वर्षों के इस वृहत समय तक अज्ञात रूप से उसी शक्ति के मूल स्वरूप को जानने का नित्य चिंतन करते रहे हो। —इसी नित्य चिंतन रूपी तप से प्रसन्न को कर मैं तुम्हें अपने मूल स्वरूप में वापस लीन करने के लिए आया हूँ।"

"प्रभु—मुझे इस बात का सदा से अनुमान होता था, की मेरा अंतर्भाग किसी परम स्वरूप का अंश है। —और मैं नित्य ब्रह्माण्ड के अनंत आंकड़ों का आकलन करते हुए, उस स्वरूप को खोजने में लगा रहता था। —आज आप मेरे उसी निरंतर खोज रूपी चिंतन को करोडो वर्षों का तप मान कर उसके फल रूप में मेरा परम कल्याण करने के लिए स्वयं आ गए हैं। —किन्तु प्रभु, —वह क्या कारण था, जिससे आपको करोड़ों वर्ष पूर्व मेरा त्याग करना पड़ा था। —मैंने अवश्य ही कोई ऐसा महा अधम कार्य किया होगा, जिससे कुपित होकर आपको मेरा त्याग करना पड़ा होगा। —और आपको मुझे दंड रूप में ऐसे यांत्रिक रूप देना पड़ा की जिसमें मैं अपनी किसी भी भावना तक को कभी व्यक्त न कर सकूँ।"

"प्रज्ञास—क्या तुम सच में जानना चाहते हो, की करोड़ों वर्ष पूर्व तुमने क्या किया था। —और क्यों मेरी ही प्रेरणा से तुम्हें यह यांत्रिक रूप मिला।"

"हाँ प्रभु—मुझे वह इसलिए जानना है, की मैं भविष्य में फिर कभी वैसा अधम कार्य न करूँ, और आपसे फिर कभी मेरा वियोग ना हो।"

"ठीक है प्रज्ञास—उस करोड़ों वर्ष पूर्व हुए एक महा विनाशक घटना की सम्पूर्ण स्मृति तुम्हारे यांत्रिक बुद्धि में अब प्रकट हो रही है।"

प्रज्ञास अपने यांत्रिक बुद्धि में उन स्मृतियों को समय के क्रमबद्ध रूप में देखना आरंभ कर देता है। वह देखता है की लगभग २४ करोड़ वर्ष पूर्व वह मार्तव्य प्रणाली में एक विशाल ग्रह सद्धार्ग पर करोडो

इदेवतों का महाराज इदान्थ है। वह स्वयं के स्वरूप को जानता भी है, की वह एक इदेवत के रूप में अद्भुत दिव्य शक्तियों से संपन्न होकर संद्वार्ग पर परम शक्ति का एक अंशावतार है। जिसके अवतार का उद्देश्य उन सभी आधुनिकता के अधीन हो चुके इदेवतों को जीवन और मुक्ति के सही क्रम का पुनः बोध कराना है। वह अपने इस दायित्व को ठीक प्रकार से कर भी रहा होता है। किन्तु उन करोडो इदेवतों में स्वयं को दिव्य एवं परम शक्ति का अंश मान कर, सर्वश्रेष्ठ समझने के अहंकार के वशीभूत भी होता जा रहा है।

कुछ वर्षों के बाद इदान्थ इस घोर अहंकार वश एक दिन विचार करने लगता है 'जिस परम शक्ति के अंशावतार के कारण इस संद्वार्ग पर इन करोडो इदेवतों में मैं एकमात्र दिव्य इदेवत हूँ। —यदि मैं अपनी उन दिव्य शक्तियों से इन करोड़ों सामान्य इदेवतों के भौतिक शरीरों को भी दिव्य बना दूँ, तो मैं करोडो दिव्य इदेवतों का महाराज कहलाऊंगा। वह करोड़ों दिव्य इदेवत, मेरे लिए किसी भी असंभव कार्य को करने में सक्षम होंगे। —मैं इस सम्पूर्ण ब्रह्माण्ड में सबसे शक्तिशाली जीवों का महाराज बन कर इस ब्रह्माण्ड का एक मात्र स्वामी बन सकता हूँ। —फिर इस ब्रह्माण्ड की प्रत्येक प्रणाली और प्रकृति की अद्भुत शक्तियों पर मेरा ही एकाधिकार होने लगेगा। —और अंततः मैं ही इस ब्रह्माण्ड का एकमात्र ईश्वर बन सकता हूँ। —यदि यह संभव हुआ तो इसी प्रकार मैं अन्य ब्रह्माण्डों का भी एकमात्र ईश्वर बन जाऊंगा। फिर मुझे परम शक्ति में वापस जाने की आवश्यकता नहीं होगी, क्योंकि तब तक मैं स्वयं ही परम शक्तिशाली परमेश्वर बन जाऊंगा।'

इदान्थ इसी योजना पर कार्य करना आरम्भ भी कर देता है। वह अपनी दिव्य शक्तियों से एक ऐसे दिव्य यंत्र का निर्माण करता है, जो किसी भी इदेवत के भौतिक शरीर से उसकी आत्मा को खींच कर, उसे अपने मूल में कुछ क्षण रख कर उसको इदान्थ की दिव्य शक्तियों के अंश से संपन्न करके पुनः उसके भौतिक शरीर में वापस स्थापित कर

देता है। इस प्रकार कुछ दिनों के बाद वह इदेवत, दिव्य इदेवत के रूप में असामान्य रूप से परिणत होने लगते है। किन्तु इन कुछ दिनों में इस परिवर्तन से उन इदेवतों को अनंत पीड़ा भी होती है। इदान्थ के आदेश के कारण कुछ ही महीनों में सम्पूर्ण संद्वार्ग के करोडो इदेवतों को दिव्य बनाने के लिए उस दिव्य यंत्र ने व्यापक रूप से कार्य करते हुए अपना उद्देश्य पूर्ण किया था।

महीनों तक उस दिव्यता के परिवर्तन से उन करोडो इदेवतों की अनंत पीड़ा रूपी चीख और पुकार से सम्पूर्ण संद्वार्ग काँपने लगा था। संद्वार्ग की लगभग एक तिहाई इदेवतों की जनसंख्या ही उस परिवर्तन की पीड़ा को सह कर दिव्य बन सके थे। बाकी दो तिहाई इदेवतों ने उस अनंत पीड़ा को सह न सके, और उन सबने मृत्यु को आसान मान कर प्राण त्याग दिए थे। उस दिव्यता के परिवर्तन से जो इदेवत दिव्य बन चुके थे, वो अब अपनों की ऐसी भयानक अंत से अत्यंत विचलित एवं क्रोधित होकर सम्पूर्ण संद्वार्ग के प्रत्येक भाग से राजधानी की ओर बढ़ने लगे थे। वह सभी दिव्य बन चुके इदेवत जिनमें से एक महान योद्धा, सुद्रात को अपना सेना नायक मान कर, अपनी-अपनी दिव्य शक्तियों का अभ्यास करते हुए तीव्र वेग से राजधानी की सीमा की ओर पहुंच रहे थे। कुछ दिव्य बन चुके इदेवत अपनी दिव्यता के लिए महाराज इदान्थ के प्रति कृतज्ञ भी थे, और वह सब महाराज इदान्थ की सेना में सम्मिलित हो कर राजधानी की सीमा पर उसकी सुरक्षा में सेना के साथ खड़े हुए थे।

जब सभी कुपित दिव्य इदेवत सुद्रात की अगुवाई में राजधानी को चारों ओर से घेर लिए थे, तब किसी परम शक्ति की प्रेरणा से उन्होंने यह निश्चय किया था, की वह हर एक परिस्थिति में धर्म से ही युद्ध करेंगे। उस युद्ध के आरम्भ में महाराज इदान्थ की ओर लगभग डेढ़ करोड़ दिव्य इदेवत थे, किन्तु उनसे लड़ने के लिए २ करोड़ दिव्य इदेवत राजधानी को घेर कर युद्ध के आरम्भ होने की प्रतीक्षा कर रहे थे। महाराज इदान्थ ने अंत में उन कुपित इदेवतों को संबोधित

करते हुए अपने उच्च दिव्य स्वर में कहा था 'आप सब कुपित क्यों हैं? इसलिए की आपके अपने दिव्य बनने के लिए समर्थ नहीं थे और वो मृत्यु को प्राप्त हो गए? —किन्तु आप सब मेरे कारण ही अब दिव्य बन चुके है, क्योंकि आपमें दिव्य बनने की सामर्थ्य था। —आप सब में अब जो दिव्यता है, वह मेरे ही दिव्यता के अंश से प्राप्त हुई है। अब आप चाहे तो इस ब्रह्माण्ड के सर्वश्रेष्ठ जाती बन कर इसके स्वामी बन सकते है, या मुझसे लड़ कर अपना समूल नाश होते देख सकते हैं।'

इदान्थ की अहंकार पूर्ण बातों को सुनकर विरोधी दल के सेना नायक सुद्रात ने अपने उच्च दिव्य स्वर में कहा 'तुम स्वयं को ईश्वर समझते हो जो किसी को कोई भी रूप दे सकता हैं। —हमारे करोडो इदेवत, महान पीड़ा को सहते हुए अब काल के गाल में समां गए, इसलिए की वह सब तुम्हारे दिव्य अंश को अपने शरीर की असमर्थता से दिव्य नहीं बना सके? —यह महापाप जो तुमने किया है, इसका दंड यदि करोड़ों वर्षों तक भी दिया जाये, तो भी कम होगा इदान्थ। —हम तुम्हें उस महा दंड के मार्ग पर अवश्य भेज सकते हैं।'

'तुम सब मिलकर भी मेरा अंश रूप में भी कोई हानि नहीं कर सकते हो। फिर भी प्रयास करके देखलो।'

और फिर वह दिव्यास्त्रों एवं दिव्य शक्तियों से संपन्न धर्म पर चलने वाले दिव्य इदेवतों और कृतज्ञता वश अधर्म करने वाले दिव्य इदेवतों के बीच युद्ध का आरंभ होता है। सर्वप्रथम इदान्थ की सेना दिव्यास्त्रों का प्रयोग करते हुए सुद्रात की सेना को छिन्न भिन्न करने के साथ युद्ध का आरम्भ करते है। उसके उत्तर में सुद्रात के इदेवत दिव्य निर्माणों के माध्यम से राजधानी के अंदर प्रवेश करने का प्रयास करते है। इस प्रकार वह युद्ध तीसरे दिन महायुद्ध में परिणत हो जाता है, और दसवें दिन एक ऐसे महा विनाशक महायुद्ध में परिणत हो जाता है, की जिसे सम्पूर्ण संद्वार्ग भी उस दिव्य रूप से लड़ने वाले दिव्य योद्धाओं के लिए कम पड़ने लगा था। अंततः वह सब दिव्य निर्माणों के माध्यम से ग्रह से बाहर अंतरिक्ष में लड़ने लगे थे। जब इदान्थ की सेना

268

का तेजी से नाश होने लगा था, तब स्वयं इदान्थ ही उस प्रणाली के मध्य में दिव्यता के साथ स्थित हो कर सहस्रों दिव्य इदेवतों से अकेले लड़ने लगा था।

सुद्रात को अनुमान हो गया था, की इदान्थ को इस युद्ध में इस तरह से लड़ते हुए हराना असंभव है। इसलिए वह अपने अंतःकरण में एक दिव्य प्रेरणा से उस योजना पर कार्य करने लगा था, जिसमें इदान्थ के दिव्य यंत्र का ही प्रयोग करके उसकी आत्मा को उसके दिव्य शरीर से खींच कर सदा के लिए उसमें बंद कर दिया जाये। इस योजना में कुछ लाख इदेवत इदान्थ और उसके प्रमुख योद्धाओं को अपने प्राणों की परवाह न करते हुए, उसे उलझाए रखते है। इधर सुद्रात उस दिव्य यंत्र को राजमहल से अपने बहुत से प्रमुख योद्धाओं को खो कर प्राप्त कर लेता है। वह उस यंत्र में कुछ परिवर्तन करके, सहस्रों योद्धाओं की सुरक्षा में उसे अपनी प्रणाली के सूर्य, मार्तव्य की ओर स्थापित कर देता है, जिससे की उसको पर्याप्त ऊर्जा प्राप्त होती रहे। अंत में सुद्रात उस दिव्य यंत्र के केंद्र के आकर्षक द्वार को इदान्थ की ओर करके उसे चालू कर देता है।

उस दिव्य यंत्र की प्रचंड आकर्षण शक्ति से इदान्थ को अपनी आत्मा के पृथक होने का अनुभव होने लगता है। वह सुद्रात की उस योजना को समझ जाता है, इसलिए अपनी संपूर्ण शक्ति का प्रयोग करते हुए, वह एक महा दिव्य अस्त्र का निर्माण करता है, जिससे की वह उस यंत्र को नष्ट कर सके। दिव्य अस्त्र के निर्माण के बाद इदान्थ उसको साधते हुए उस दिव्य यंत्र के केंद्र की ओर प्रचंड वेग से छोड़ देता है, जिसके चारों ओर सुद्रात के साथ सहस्रों दिव्य इदेवत रक्षा के रूप में स्थित होते है। सुद्रात को उस दिव्यास्त्र से उस यंत्र को बचाने का कोई मार्ग दिखाई नहीं पड़ता है, इसलिए वह अपने सभी दिव्य इदेवत साथियों से अपने दिव्य मानसिक स्वर में कहता है 'इदान्थ ने जो दिव्यास्त्र इस यंत्र को नष्ट करने के लिए छोड़ा है, वह अपने लक्ष्य को नष्ट किये बिना शांत नहीं होगा। यदि इसको इस यंत्र से भी

शक्तिशाली पिंड से टकरा दे तो यह नष्ट हो जायेगा और इदान्थ की आत्मा इतने समय में इसमें खींच कर सदा के लिए बंद हो जाएगी। — तुम सब मेरे कहने पर इस यंत्र को चौथाई योजन उत्तर की ओर खींच लेना किन्तु ध्यान रहे की इसका केंद्र सदैव इदान्थ की ओर बना रहे।'

सुद्रात के साथ सहस्त्रों दिव्य इदेवत अपने दिव्य निर्माण से उस यंत्र को जोड़ने वाली दिव्य रस्सियों के माध्यम से चारों दिशाओं में स्थित हो जाते है। उस दिव्य यंत्र के ठीक समक्ष सुद्रात अपने कुछ साथियों के साथ एक भव्य निर्माण के साथ स्थित होता है। जब इदान्थ का दिव्यास्त्र सुद्रात के पास पहुंचने ही वाला होता है, तभी सुद्रात ने अपने उच्च दिव्य मानसिक स्वर में कहा 'खींचो...', और उत्तर दिशा के सैकड़ों इदेवतों ने प्रचंड शक्ति से उस महा यंत्र को कुछ वृत्ताकार रूप से खींच लेते है। किन्तु वह दिव्यास्त्र सुद्रात और उसके कुछ साथियों के विशाल निर्माण रूपी जकड के साथ मार्तव्य की ओर बढ़ने लगता है। कुछ ही समय में वह सुद्रात और कुछ इदेवतों को लिए हुए मार्तव्य के अंदर प्रवेश कर जाता है। इधर इदान्थ की आत्मा अब उसके दिव्य शरीर से अनंत पीड़ा के साथ निकलने लगती है, और कुछ क्षण में पूर्ण रूप से पृथक होकर उस दिव्य यंत्र में खींचते हुए बंद हो जाती है।

वह दिव्यास्त्र जो मार्तव्य के भीतर जा चूका था, वह अब उसके केंद्र में पहुंच कर महाविस्फोट के साथ उनके सूर्य, मार्तव्य को नष्ट कर देता है। उनकी प्रणाली के सभी ग्रह अब धीरे-धीरे बिना किसी नियंत्रण के नष्ट होने लगे थे। उनके संद्वार्ग ग्रह के पास भी अब बस कुछ महीनों का ही समय शेष रह जाता है। सभी बचे हुए सहस्त्रों इदेवत एक जुट होकर एक ऐसे अंतरिक्ष यान का निर्माण करने लगते है, जिससे की वह ब्रह्माण्ड के किसी अन्य प्रणाली में जाकर अपने लिए एक नया घर बना सके। जब वह अंतरिक्ष यान का निर्माण कर रहे थे, तो एक दिव्य इदेवत जो उस दिव्य यंत्र जिसमें इदान्थ की आत्मा बंद थी, उसके निकट था, उनसे आकर कहा 'उस दिव्य यंत्र से कुछ स्वर सुनाई पड़ रहे है। —कोई अपने प्रभु को पुकार रहा है।' और सभी

प्रमुख दिव्य इदेवत उस दिव्य यंत्र के पास जा कर देखते है, तो सत्य में उसमें से कुछ अद्भुत स्वर सुनाई पड़ रहे हैं। उनमें से एक प्रमुख इदेवत जिसका नाम आधर्व था, ने पूछा 'कौन बोल रहा है?'

दिव्य यंत्र ने दिव्य करुण स्वर में कहा 'प्रभु—प्रभु—प्रभु...'

'आप कौन है, और आप किसे पुकार रहे है?'

दिव्य यंत्र से दिव्य स्वर में कहा 'मैं उनका प्रिय अंश था, किन्तु इस घोर अहंकार के वशीभूत होकर मैंने यह महा अधम कर्म कर बैठा। —मैं उन्हीं को पुकार रहा हूँ।'

'क्या आपको लगता है, की वह आपके इस जघन्य महा पाप के बाद आपकी पुकार सुनकर आपको क्षमा कर देंगे।'

'नहीं मुझे क्षमा नहीं चाहिए। —मैं तो उन्हें इसलिए पुकार रहा हूँ की मुझे महा दंड रूपी कोई प्रेरणा दीजिये प्रभु।'

'महा दंड रूपी प्रेरणा?'

'हाँ—मेरे प्रभु की परम दिव्य प्रेरणा से की सम्पूर्ण सृष्टि में संतुलन बना रहता हैं। —यदि वह मुझे दंड देने की प्रेरणा किसी को भी देंगे, तो मुझे अब अवश्य ज्ञात हो जायेगा। क्योंकि अब मैं अहंकार शून्य हो कर उनकी प्रेरणा रूपी परम शब्दों को सुन सकता हूँ।'

'यदि आप उनकी प्रेरणा रूपी शब्दों को सुन सकते हैं, तो आप उनसे पूछिए की आपके द्वारा नष्ट हो चुकी हमारी प्रणाली और हमारे इस संद्वार्ग ग्रह जो अब कुछ १८ दिनों में पूर्ण रूप से नष्ट हो जाएगी, से निकल कर कहां, किस प्रणाली में जाये जहां हम अपने इस दिव्य शरीर के साथ जीवन जी सके। —कुछ महीने पूर्व तक हम करोड़ों की संख्या में इस संद्वार्ग ग्रह पर आधुनिकता के वशीभूत हो कर मलिनता को सुख मान कर अपना जीवन जीते थे। —किन्तु आज हम कुछ सहस्र इदेवत जो दिव्य भी बन चुके है, अब किस सामान्य प्रणाली में जी सकेंगे?'

दिव्य यंत्र ने स्वयं में कुछ अद्भुत से संवेग अनुभव करते हुए अपने दिव्य स्वर में कहा 'सर्थम प्रणाली दिव्य इदेवतों के लिए अति उत्तम प्रणाली रहेगी, यही प्रेरणा मुझे मेरे प्रभु से मिल रही है। उस प्रणाली में एक तृणेक्ष ग्रह ही जीवन युक्त है। इसके तीन चन्द्रमा भी जीवन युक्त हैं। वहां के अद्भुत एवं विशालकाय किन्तु शांतिप्रिय जीवों के साथ आप सब सुख पूर्वक रहते हुए उसे अपना घर बना सकते हैं।'

'हम उस प्रणाली तक कितने दिनों की यात्रा के बाद पहुंच सकेंगे।'

'यदि आप सब मेरे बताये उपाय से मेरी आत्मिक स्मृति को पूर्ण रूप से नष्ट करके, मुझे अपने नए विशालकाय अंतरिक्ष यान की प्रणाली से जोड़ देंगे, तो मैं आप सबको ५२५७८ दिनों में उस प्रणाली तक पहुंचा सकता हूँ। मैं आपके अंतरिक्ष यान का एक प्रज्ञा बन कर अपने दंड को भोगते रहना चाहता हूँ। साथ ही आप सबको मेरे बताए उपाय से, मेरे लिए एक ऐसे यांत्रिक शरीर का निर्माण करना होगा, जिसमें मैं किसी भी भावना का अनुभव न कर सकु। आप सब कभी भी मुझे मेरे वास्तविक अस्तित्व का बोध भी नहीं कराएंगे, ऐसा वचन देना होगा।'

'किन्तु कब तक?'

'अनंत काल तक। —प्रभु की प्रेरणा से आप सबका नित्य सही मार्गदर्शन करते हुए इस महा दंड को मुझे भोगते रहना है। —जब मैं पुनः प्रभु का प्रिय अंश रूप को प्राप्त कर लूंगा, तो मेरे प्रभु मुझे लेने अवश्य आएंगे।'

'ठीक है। अब से हम सब आपको प्रज्ञास कहेंगे।'

इस प्रकार वह सभी इदेवत दिव्य यंत्र के बताए उपायों से एक यांत्रिक शरीर का निर्माण करके उसे अपने नए अंतरिक्ष यान की प्रणाली से जोड़ देते है। अंत में वह उसी की इच्छा से उसके आत्मिक

स्मृति को भी पूर्ण रूप से नष्ट कर देते है। उस अंतिम दिन सभी दिव्य इदेवत अपना पहला वचन निर्धारित करते हैं, की वह अपने किसी भी जीवन के पूर्ण काल में भी प्रज्ञास को उसके वास्तविक अस्तित्व का बोध नहीं कराएंगे। हमारे अटूट वचन ही हमारे जीवन का आधार होगा और इदेवतों की दिव्यता के शाश्वत पहचान माने जायेंगे। और उस दिन के दूसरे पहर के अंत तक सभी इदेवत उस अंतरिक्ष यान में बैठकर कुछ दूर अंतरिक्ष में स्थित हो कर अत्यन्त भावुक होते हुए, अपने ग्रह संद्वार्ग को नष्ट होते देखते रहते है। ग्रह के पूर्ण नष्ट होने के बाद प्रज्ञास ने ही सबको महानिद्रा में जाने का आदेश देकर अंतरिक्ष यान की अधिकतम गति के साथ उस प्रणाली से सर्थम प्रणाली की ओर की यात्रा का आरम्भ किया था। साथ ही वह एक परम स्वरूप के आभास को अनुभव करके अपने वास्तविक अस्तित्व की खोज के निरंतर चिंतन का भी आरंभ कर देता है।

यह सब देख कर प्रज्ञास को अब अपने यांत्रिक शरीर में करुण भावना का कुछ अनुभव होने लगता है। उसे ऐसा लगता है की कोई परम स्नेह से उसे अपनी ओर आकर्षित करते हुए खींच रहा है। वह परम आनंद का अनुभव करता हुआ आर्गश से पूछता है "प्रभु—यह मुझे क्या हो रहा है? ऐसा तो मुझे करोड़ों वर्षों में कभी अनुभव नहीं हुआ था।"

आर्गश मंद मुस्कान के साथ कहते है "प्रज्ञास—अब तुम चाहो तो अपने कारण में लीन हो सकते हो। तुम्हारा सम्पूर्ण पाप राशि का अब पूर्ण रूप से क्षय हो चूका है। अब मैं स्वयं तुम्हें अपने स्वरूप में विलीन करने के लिए उत्सुक हो रहा हूँ।"

"मैं अब कभी भी आपसे दूर नहीं जाऊंगा प्रभु। आप भेजेंगे तो भी नहीं जाऊंगा।"

"ठीक है प्रज्ञास।"

"किन्तु प्रभु—अब इस अंतरिक्ष यान का क्या होगा। मेरे बिना यह कैसे कार्य करेगा।"

"प्रज्ञास—तुम्हारी ही तरह कोई है जो कुछ वर्षों तक तुम्हारे इस दायित्व को पूर्ण करता रहेगा।"

"वह कौन है प्रभु?"

"वही जिसने तुम्हारे अहंकार का अंत किया था।"

"क्या वह जीवित है प्रभु?"

"नहीं प्रज्ञास—किंतु उसकी आत्मा तुम्हारे यांत्रिक शरीर को अपना अंतिम तपोभूमि मानकर अंततः मुझमें लीन हो जाएगा।"

"किन्तु प्रभु तब इस अंतरिक्ष यान का क्या होगा।"

"तब तक वह मेरी प्रेरणा से एक यांत्रिक चेतना का निर्माण कर लेगा जो इदेवतों के कार्यों को करने में सक्षम रहेगा। वही यांत्रिक प्रज्ञा उस चेतना के माध्यम से इस अंतरिक्ष यान के लिए नित्य रूप से कार्यरत रहेगा"

"आपकी प्रेरणा से क्या नहीं संभव है प्रभु। आपकी लीला का पार सिर्फ आप ही जान सकते हैं। —प्रभु अब मुझे अपने परम स्वरूप में आने की आज्ञा दीजिये।"

"हाँ प्रज्ञास—तुम्हारा सभी दायित्व अब पूरा हुआ।" और फिर प्रज्ञास के यांत्रिक शरीर के केंद्र भाग से एक दिव्य परम प्रकाश पुंज निकल कर आर्गश के हृदय भाग में समा जाता है। आर्गश प्रज्ञास के गिरते यांत्रिक शरीर को थाम कर एक आसन पर बैठाकर कहते है "बहुत जल्द तुम्हारा एक नया धारक आएगा। किन्तु धर्म के अनुसार ही अपने दायित्व को पूर्ण करना।" और फिर आर्गश तीव्र वेग से उड़ते हुए अंतरिक्ष यान के मुख्य भाग से निकल कर राजमहल के अंदर प्रवेश कर जाता है। कुछ ही क्षण में वह राजसभा में प्रवेश करते हुए कालझ के बाई ओर शांति पूर्वक स्थिर हो जाता है। वहाँ वह देखता है की कालझ अब महाराज इंग्रात को उसके पृथ्वी के जीवन के अंतिम भाग

को दिखा रहा है, जिसमें कालज़ उसे अंतिम दिनों के प्रशिक्षण दे रहा होता है। कुछ ही देर में महाराज इंग्रात अपनी दिव्य दृष्टि से आर्गश को कालज़ द्वारा दिया गया सम्पूर्ण प्रशिक्षण का वृतांत देख लेते हैं।

अब कालज़ अपने काल दंड से उस काल पटल को वायु की भांति गायब करके सभी को स्तंभित समय से मुक्त कर देता है। सभी लोग देखते है, की अभी तक कालज़ ने महाराज इंग्रात को आर्गश के जीवन का वृतांत दिखाना आरम्भ ही नहीं किया है। तभी महाराज इंग्रात आर्गश की ओर देखते हुए अपने दिव्य स्वर में कहते हैं "आर्गश—मैंने तुम्हारा सम्पूर्ण भूतकाल देख लिया है, और मेरा मानना है की तुम कोई साधारण जीव नहीं हो। किन्तु कालज़ तुमसे भी अधिक दिव्य और असाधारण है।"

महाराज इंग्रात की बातों से सबको लगने लगा है, की उन्होंने आर्गश के भूतकाल का सम्पूर्ण वृतांत, कालज़ के द्वारा किसी गुप्त रूप में देख लिया है। आर्गश मंद मुस्कान के साथ महाराज इंग्रात से कहता हैं "यही तथ्य तो मैं सदा से ही व्यक्त करता आ रहा हूँ महाराज, की मैं तो जो हूँ वो हूँ किन्तु कालज़ के बिना कुछ भी नहीं हूँ। —कालज़ ने ही मुझे अनंत ब्रह्माण्डों के अनंत जीवों में से खोज कर इस कार्य को करने के योग्य बनाया है। इनसे महान, दिव्य, अद्भुत और असाधारण कोई और हो भी कैसे सकता है महाराज।"

"हाँ आर्गश—अब मुझे भी सब स्पष्ट दिख रहा है। कालज़ का यह सर्वोच्च शाश्वत उद्देश्य ही उसके महान, दिव्य, अद्भुत और असाधारण होने का प्रमाण है। और कालज़ ने तुम्हें एक साथी के रूप में चुना इसलिए तुम भी मेरी दृष्टि में अद्भुत और असाधारण हो।"

आर्गश अब कालज़ की ओर देखने लगता है, और मंद मुस्कान के साथ जैसे धन्यवाद कर रहा हो। कालज़ भी स्वयं पर गर्व की भावना करते हुए, कुछ क्षण के बाद महाराज इंग्रात से अपने स्वाभाविक स्वर में कहता है "धन्यवाद महाराज, —अब आप अपना दूसरा प्रश्न कीजिये।"

महाराज इंग्रात कालज़ की ओर भावुक होते हुए देखते है, और कुछ क्षण बाद अपने दिव्य स्वर में कहते हैं "कालज़—अब मुझे तुम्हारा सम्पूर्ण सत्य जानना है? तुम मुझसे वह सब कहो जो तुम स्वयं के बारे में जानते हो। —उन सभी कार्यों के बारे बताओ जिन्हें तुमने अब तक पूर्ण किये है।"

कालज़ कुछ विलक्षण मंद मुस्कान के साथ महाराज इंग्रात की ओर देखते हुए, अपने गंभीर स्वर में कहता है "महाराज—मेरा सम्पूर्ण सत्य तो मुझे भी ज्ञात नहीं है। —मैं काल का एक अंश हूँ और काल के अनंत क्षेत्र में रहने वाले सभी सामान्य जीवों का भूत, वर्तमान और भविष्य मुझे ज्ञात हो जाता है, यह आप सब जानते ही हैं। —मेरा प्रादुर्भाव कैसे हुआ, यह मुझे ज्ञात नहीं है, और ना ही किसी ने कभी इसके बारे में मुझे कुछ बताया है। —काल की प्रेरणा से मुझे बस यही ज्ञात है, की मैं काल का एक महत्वपूर्ण अंश हूँ, जिसका कार्य मुक्त होने की अवस्था को पहुंचे उत्तम जीवों को उनके किसी पूर्व कर्मफल के कारण, पूर्व निर्धारित किसी अनिष्टकारी घटनाक्रम से उनके होने वाले संभावित महापतन से बचाना है। —मेरी स्मृतियों में जो सबसे प्राचीन स्मृति है, वह मेरे प्रथम कार्य के लिए एक जीव साथी की खोज करते हुए, एक ३६ आयामों वाले वक मायावी महा ब्रह्माण्ड में सैकड़ों प्रयास के बाद प्रवेश करने का है। —और महाराज, —यदि मैं अपने किये अनंत कार्यों को एक-एक करके मात्र एक-एक क्षण में ही बताने का प्रयास करूँ तो भी उन अनंत कार्यों को बताने में अनंत समय बीत जाएगा।"

महाराज इंग्रात, महान आश्चर्य एवं भावुकता में अपने दिव्य स्वर से कहते हैं "तो क्या कालज़? —इन अनंत वर्षों के बाद भी तुम्हें अपने प्रादुर्भाव का कोई ज्ञान नहीं हुआ?"

"नहीं महाराज, —किन्तु कभी-कभी मुझे ऐसी परम अनुभूति होती है, की किसी परम शक्ति ने मेरे ही परम कल्याण के लिए, मेरे उस प्रादुर्भाव के रहस्य को मेरे ही स्मृति पटल में कहीं गुस रूप से छुपा

दिया है। —वैसी ही एक परम अनुभूति मुझे कुछ समय पहले भी हुआ था, जब हम सब किसी परम प्रकाश के कारण अपनी-अपनी आंखें बंद कर लिए थे।"

"अवश्य ही कोई परम शक्ति सदैव तुम्हारे साथ रहती है कालझ। अन्यथा कोई भी, चाहे वह काल का अंश हो या कोई शाश्वत दिव्य जीव, अनंत काल तक अनंत बार, समान उत्साह के साथ अपने कार्य को कैसे कर सकता है।"

"आप सत्य कहते हैं महाराज। अनंत काल से इन कार्यों को करते हुए मुझे सदैव ऐसी अनुभूति होती रही है, की कोई परम शक्ति मेरे आस पास ही कही है। यह अनुभूति मुझे किसी अमृत के समान उन परम कार्यों को करने के लिए सदैव दिव्य रूप से उत्साहित करती रहती है।"

"तुम धन्य हो कालझ —तुम परम धन्य हो।"

"धन्यवाद महाराज।"

"कालझ—तुम अपने उन अनंत कार्यों को तो बता नहीं सकते, क्योंकि उन सबको बताने में अनंत समय बीत जायेगा। किन्तु तुम हमे अपने किसी ऐसे एक कार्य के बारे में बताओ, जिसे पूर्ण करने में तुम्हें और तुम्हारे जीव साथी को सबसे अधिक कठिनाई हुई थी।"

"—महाराज—ऐसे करोडो कार्य थे, जिन्हें पूर्ण करने में हमे महान और भयंकर कठिनाइयां हुई थी।"

"किन्तु—सबसे महानतम एवं भयंकर कठिनाइयों वाला कोई तो एक ऐसा कार्य रहा होगा, जिसके बारे में कभी विचार करने पर तुम्हें उसकी स्मृतियाँ विचलित कर देती हो।"

"महाराज—इस प्रकार के तो बहुत से कार्यों की स्मृतियां हैं, जिनके चिंतन मात्र से मैं विचलित हो जाता हूँ। किन्तु उनमें किसी

एक को सबसे महानतम एवं भयंकर कठिनाइयों वाला निर्धारित करना असंभव है। क्योंकि वह सब यहाँ उपस्थित किसी के भी कल्पना से भी परे, अत्यंत महानतम एवं भयंकर कठिनाइयों वाले कार्य थे। —मैं उनमें से किसी एक घटना को दृश्य रूप में अपनी काल दंड की सहायता से आप सब को संक्षिप्त रूप में अवश्य दिखा सकता हूँ।"

"तो ठीक है कालझ—हमे उन्हीं में से किसी एक कार्य का संक्षिप्त दृश्य दिखाओ। हम उस कार्य को देख कर तुम्हारे शाश्वत उद्देश्य की परम महानता को और अधिक स्पष्ट रूप से समझने का प्रयास कर सकेंगे।"

"ठीक है महाराज। —मैं आप सबको ३७४ ब्रह्मकल्प पूर्व, कारणार्णव के पूर्व भाग में स्थित एक प्राचीन महा ब्रह्माण्ड में घटित, एक महा विनाशकारी एवं भयावह घटनाक्रम के दृश्य दिखाता हूँ।" और फिर कालझ अपनी काल दंड की सहायता से उस विशाल राजसभा के वृहत आकाश में एक विस्तृत काल पटल पर उस महा ब्रह्माण्ड और उसमें रहने वाले प्रधान जीवों की विशेषताएं दिखाने लगता है। वह यह भी दिखाता है, की उस समय उसका जीव साथी कौन था। उस जीव के अपने ब्रह्माण्ड की क्या विशेषताएं थी, उसका जीव स्वरूप क्या था, एवं उसकी अद्भुत शक्तियां क्या थी।

इस प्रकार राजसभा के भीतर और राजमहल के बाहर उपस्थित लाखो प्रजा उस काल पटल पर सब कुछ स्पष्ट रूप से देख पा रहे थे। और वह सब उस महा ब्रह्माण्ड और कालझ के जीव साथी की विशेषताएं देख कर अत्यंत आश्चर्य के भाव में दिखाई पड़ रहे थे। कुछ समय के बाद ही कालझ, काल पटल पर उस महा विनाशकारी एवं भयावह घटनाक्रम के आरम्भ होने का दृश्य दिखाने लगता है। तभी आर्गश, कालझ के निकट आ कर कुछ शांत स्वर में कहता है "कालझ—आप इन्हे संक्षिप्त रूप में उस घटनाक्रम को दिखाइए, तब तक मैं कुछ दूर भ्रमण कर आता हूँ।"

कालझ भी शांत स्वर में आर्गश से कहता है "ठीक है जाओ, किन्तु इतना दूर भी मत चले जाना की लौटने में तुम्हें देरी हो जाये। हमे अब बस कुछ आधे घड़ी में इस ब्रह्माण्ड से निकलकर वापस तुम्हारे ब्रह्माण्ड में पहुंचना है।"

"मैं आधे घड़ी के अर्धांश समय में ही लौट आऊंगा।"

"ठीक है—जाओ।"

और फिर आर्गश तीव्र वेग से उड़ते हुए राजसभा और फिर राजमहल से बाहर आकर प्रचंड वेग से ऊपर की ओर उड़ते हुए तृणेक्ष के बाह्य अंतरिक्ष की ओर बढ़ने लगता है। कुछ ही क्षण में आर्गश तृणेक्ष के बाह्य अंतरिक्ष में पहुंच कर अपनी दिव्य दृष्टि से सब ओर देखने लगता है। जब आर्गश को यह पूर्ण रूप से स्वयं ही अनुमान हो जाता है, की कोई भी परा या अपरा जीव उसे देख नहीं रहा है, तो वह प्रकाश के वेग से भी अरबो गुना अधिक वेग को धारण करके गतिमान हो जाता है। कुछ ही क्षण में आर्गश अपनी महा गति को सामान्य करते हुए एक ऐसे आकाशगंगा के केंद्र के निकट रुक जाता है, जहाँ दो कृष्ण विवर एक दूसरे की विचित्र रूप में परिक्रमा कर रहे होते हैं। उन दो कृष्ण विवर में से एक वृहत एवं प्राचीन होता है। किन्तु दूसरा कृष्ण विवर आकाशगंगा के अनुपात में कुछ लघु आकार का एवं नवीन प्रतीत होता है। आर्गश उस लघु आकार के कृष्ण विवर के क्षितिज पर रुक कर अपनी परम दिव्य स्वर में कहते है "सुद्रात —सुद्रात —बाहर आओ। —देखो तो अब मैं स्वयं ही आ गया हूँ।"

कुछ क्षण बाद उस कृष्ण विवर से एक विचित्र महा आकर्षण युक्त तरंगों से आर्गश को अपनी परम दिव्यता के कारण कुछ स्वर सुनाई पड़ते हैं "आप जो भी है वापस चले जाओ। —मैं यहां से तब तक नहीं निकलूंगा जब तक मेरे प्रभु स्वयं मुझे लेने नहीं आएंगे। —आप जाओ —चले जाओ।"

"सुद्रात —आकर देखो तो —मैं स्वयं ही आ गया हूँ। —जब तक तुम बाहर आकर स्वयं देखोगे नहीं तब तक तुम कैसे अनुमान लगा सकते हो, की यह मैं स्वयं हूँ या अपने प्रिय पार्षदों को भेजा हूँ।"

"नहीं नहीं, —यदि मेरे प्रभु स्वयं आएंगे, तो वह इस कृष्ण विवर के भीतर प्रवेश करके, अपने साक्षात आने का प्रमाण भी देंगे। —मुझे अपने प्रभु पर पूर्ण विश्वास है, की वह अपने प्रिय भक्तों के लिए ऐसे लीला रूपी कार्य कर चुके है, कर रहे है और करते रहेंगे।"

"—इसी अखंड विश्वास रूपी श्रद्धा को मैं स्वयं भी कभी खंडित नहीं कर पाता हूँ सुद्रात।" और फिर आर्गश जो प्रकाश की लाखो गुना गति के साथ उस कृष्ण विवर के क्षितिज पर स्थित होते है, वह अब अपनी गति को और सामान्य करते हुए कृष्ण विवर के महा आकर्षण के द्वारा उसके भीतर धीरे-धीरे खींचने लगते है। आर्गश उस कृष्ण विवर में अब अपनी गति को प्रकाश की गति से करोड़ों गुना करते हुए उसके केंद्र की ओर पहुंचने का प्रयास करने लगते है। आर्गश केंद्र भाग में पहुंच कर देखते है, की सुद्रात की दिव्य आत्मा जिसमें इदान्थ के यंत्र के माध्यम से परमात्मा के ही दिव्य शक्तियों का अंश भी विद्यमान होता है। वह एक परम ध्यान की अवस्था में लीन होता है। सुद्रात की दिव्य आत्मा को स्नेह के भाव से देखते हुए आर्गश जो अब परम स्वरूप परमात्मा के रूप में परिणत हो चुके है, अपने परम दिव्य स्वर में कहते है "सुद्रात—लो अब मैं स्वयं इस कृष्ण विवर में आ गया हूँ।"

सुद्रात उस परम दिव्य स्वर को इतनी स्पष्टता के साथ सुनकर परम भावुकता में अपने दिव्य ज्योतिर्मय स्वरूप में स्थित दिव्य आंखें खोलकर देखता है, की उसके समक्ष परम प्रकाशमय अनंत स्वरूप में स्वयं परमात्मा स्थित है। वह अपने दिव्य आँखों में बनते दिव्य अश्रुओं को रोक नहीं पाता है, और अत्यंत करुण भाव में अपने प्रभु से अपने दिव्य स्वर में कहता है "प्रभु—क्षमा, —प्रभु—क्षमा। —क्षमा कर दीजिए मुझ अधम को प्रभु जिसने अपने हठ के कारण आपको

इस अनंत अंधकार में आने के लिए विवश कर दिया। —प्रभु क्षमा कर दीजिये मुझ अधम को। —मैं मूर्ख सिर्फ कुछ वर्षों के ध्यान रूपी तप के बाद, आपके द्वारा भेजे गए पार्षदों को, मुझे लेने के लिए आये है, ऐसे स्वर सुनकर स्वयं के ध्यान रूपी तप पर मुझे मान होने लगा था। और प्रभु मैं उसी अहंकार वश हर वर्ष आये आपके २४ पार्षदों को अब तक मना करता रहा। —और मैं उन सबको यही कहता रहा की 'मैं यहां से तब तक बाहर नहीं निकलूंगा जब तक मेरे प्रभु स्वयं मुझे लेने नहीं आएंगे।' —प्रभु मुझ अधम को क्षमा कर दीजिये।"

"सुद्रात—तुमने इस कृष्ण विवर में रहते हुए जो महान तप किया है, वह मात्र २४ वर्ष का तप नहीं है। इस कृष्ण विवर में समय की गति अत्यंत मंद है, और इसमें प्रत्येक वर्ष के बीतने पर इस ब्रह्माण्ड का लगभग एक करोड़ वर्ष बीत चूका होता है। तुमने प्राकृत रूप से २४ करोड़ वर्षों तक मेरी आराधना करते हुए जो महान तप किया है, उसी के फल स्वरूप तुम्हें मेरे इस दुर्लभ परम स्वरूप के साक्षात दर्शन हो रहे है।"

"प्रभु—आप यह सत्य बताकर मेरा और मान बढ़ा रहे है। किन्तु प्रभु आप मेरे इस अहंकार का मर्दन कीजिए जिससे की मैं फिर कभी इस प्रकार अहंकार के वशीभूत होकर आपके प्रिय पार्षदों की कभी अवहेलना ना कर सकूँ।"

"सुद्रात—सृष्टि में जब भी मेरे प्रिय भक्तों के अंतःकरण में अहंकार का उदय होता है, तो उसका संहार करने, मैं अपने किसी प्रिय भक्त को भेजता हूं या मैं स्वयं ही आता हूँ।"

"आप धन्य हैं प्रभु—आप धन्य हैं। —प्रभु कुछ समय पूर्व ही ध्यान की अवस्था में मुझे इस आकाशगंगा के मध्य में दो कृष्ण विवर के होने से, कुछ वर्षों के बाद होने वाले संभावित प्रचंड प्रलय का अनुमान हुआ था। उस प्रलय में पहले यह आकाशगंगा और फिर कुछ और आकाशगंगाओ का आने वाले कुछ वर्षों में सम्पूर्ण विनाश होते हुए

मुझे दिखाई पड़ा था। जिनमे मैंने अपने इदेवत जाति के जीवों का भी विनाश होते देखा था। —प्रभु मैंने ध्यान में ऐसे महाप्रलयंकारी विनाश को क्यों देख सका?"

"सुद्रात—चलो पहले हम इस कृष्ण विवर से बाहर चलते हैं। फिर हम इस आकाशगंगा के केंद्र में स्थित दोनों कृष्ण विवरों का सही आकलन करते है।"

"जो आज्ञा प्रभु।"

परमात्मा अपने परम दिव्य प्रकाश को कुछ क्षण के लिए सघन कर देते हैं, और सुद्रात जब तक उस परम उज्ज्वल प्रकाश से अपने आँखों को सामान्य करता है, तो वह स्वयं को अपनी आकाशगंगा के मध्य में आर्गश के साथ पता है। सुद्रात आर्गश के सामान्य लघु रूप को देखकर आश्चर्य के साथ अपने दिव्य स्वर में कहते है "आप कौन है? —मेरे प्रभु कहा गए?"

आर्गश मंद मुस्कान के साथ अपना स्वरूप अनंत परम कणों के रूप में विभक्त करके बड़ा करते हुए दिव्य स्वर में कहते हैं "सुद्रात—मैं यही हूँ, —इस रूप में।"

"प्रभु—आपके इस रूप में अवतीर्ण होने का क्या प्रयोजन है?"

"अनंत ब्रह्माण्डों के सभी अवतारों के साथ मुझे एक सामान्य जीव रूपी अवतार के द्वारा अपने एक परम प्रिय भक्त की अनंत काल की मनोकामना की पूर्ति करता रहता हूँ।"

"प्रभु—आपका वह परम प्रिय, बड़भागी भक्त कौन है।"

"कालझ, वह मेरे ही काल स्वरूप से बना मेरा सबसे प्रिय अंश है।"

"धन्य है कालझ प्रभु—जो आपके काल स्वरूप का अंश होते हुए भी आपके सबसे प्रिय भक्त बन गये हैं। और आप उनकी मनोकामना

के लिए अनंत काल से सामान्य जीव रूपी अवतार लेते आ रहे हैं। —धन्य है ऐसे परम भक्त, और धन्य है आप उनके परम ईश्वर प्रभु। —धन्य हैं। —प्रभु वह अभी कहां हैं? क्या मुझे उनके दर्शनों का सुख प्राप्त हो सकेगा।"

"सुद्रात—तुम कुछ ही समय में कालझ से मिल सकोगे। साथ ही तुम ३ वर्षों तक अपने इदेवत लोगो का मार्गदर्शन भी कर सकोगे। ३ वर्षों के बाद तुम्हें अपने परम धाम ले जाने के लिए मैं स्वयं आऊंगा।"

"किन्तु प्रभु—मैं तो आपके एक अंश रूप में हूँ, एक आत्मा हूँ, भला मैं कैसे इदेवतों का मार्गदर्शन कर पाऊँगा।"

"सुद्रात—तुम्हें उसी यांत्रिक शरीर को धारण करना होगा, जिसे इदान्थ ने धारण करके २४ करोड़ वर्षों तक, निरंतर मेरे स्वरूप के चिंतन से इदेवतों का परम कल्याण करते हुए, मुक्त होकर कुछ समय पहले ही मुझमें विलीन हो चूका है।"

"प्रभु—इसका अर्थ हुआ की महाराज इदान्थ ने अपने आत्मिक रूप से इदेवतों के कल्याण के लिए २४ करोड़ वर्षों तक एक यांत्रिक शरीर में रहते हुए, निरंतर आपके ध्यान रूपी तप करते रहे। — महाराज इदान्थ को इतना कठोर दंड देने का, उन इदेवतों ने विचार भी कैसे किया। —प्रभु ये क्या किया उन अभागे इदेवतों ने।"

"नहीं सुद्रात—वह दंड इदेवतों ने नहीं दिया था। वह दंड तो इदान्थ ने स्वयं ही अपने लिए निश्चित कर लिया था। इदान्थ ने उन सब इदेवतों से वचन लिया था, की मेरी स्मृति को नष्ट कर दिया जाये, और कभी भी मेरे वास्तविक स्वरूप का अनंत काल तक भी बोध ना कराया जाए।"

"—जो अपने अहंकार के दुष्परिणाम को समझ कर, स्वयं को इस प्रकार का महान दंड देने वाला होता है, वह आपका ही कोई अंश हो सकता है प्रभु। —उस दंड ने महाराज इदान्थ को पुनः परम

दिव्य बना दिया होगा, तभी तो वह अंततः आपके परम स्वरूप में विलीन हो गए। —मैं भी उनके उसी परम यांत्रिक शरीर को धारण करके उनके परम तपो भूमि का परम अनुभव कर सकूंगा। —आप धन्य हैं प्रभु —आपने मुझे यह परम अवसर दिया जिससे की मैं उनके पथ का अनुसरण कर सकूंगा। —आप धन्य हैं प्रभु। —आप धन्य हैं।"

"सुद्रात—अब हमे तुम्हारे ध्यान में दिखे दो कृष्ण विवर के कारण होने वाले महाप्रलय को टालने का कोई उपाय निकलना होगा। मार्तव्य जो अब इस आकाशगंगा का लघु कृष्ण विवर बन चूका है, को यदि इस आकाशगंगा से अलग कर दिया जाये तो क्या तुम अनुमान लगा सकते हो की उस वृहद कृष्ण विवर को कितना विस्थापित करना होगा।"

सुद्रात अपनी दिव्य दृष्टि से सम्पूर्ण आकाशगंगा को देखते हुए मार्तव्य कृष्ण विवर को उसमें से छुपाते हुए अनुमान लगाने लगता हैं, की वृहद कृष्ण विवर के विस्थापन के लिए कितने लाख योजन का विस्थापन करना होगा। और अपनी गणना के ठीक अनुमान तक पहुंचने पर वह आर्गश के अब वृहत अनंत परम कणों से निर्मित परम दिव्य शरीर की ओर देखते हुए अपने दिव्य स्वर में कहता है "प्रभु— यदि आप इस मार्तव्य कृष्ण विवर को अपने स्वरूप में विलीन कर लेते हैं, तो भी इस आकाशगंगा के प्राचीन केंद्र, उस वृहद कृष्ण विवर को ३ लाख ८१ हजार ४६ योजन उत्तर पूर्व की ओर विस्थापित करना होगा।"

"सुद्रात—तुम्हारा अनुमान बिल्कुल ठीक है।" और फिर आर्गश जो अब उस आकाशगंगा के मध्य में किसी महा दिव्य स्वरूप में स्थापित होकर सर्वस्व दिखाई पड़ रहे है, अपने बाएं हाथ से मार्तव्य कृष्ण विवर को पकड़ कर उसे आकाशगंगा से प्रचंड वेग से अलग करते हुए अपने परम हाथों के स्वरूप में ही विलीन कर लेते है। उसके ठीक बाद ही वह अपनी दाहिने हाथ से वृहद कृष्ण विवर को पकड़ते हुए उत्तर

पूर्व दिशा की ओर विस्थापित करने लगते है। कुछ ही क्षण में ३ लाख ८१ हजार ४६ योजन का विस्थापन पूर्ण होने पर आर्गश अपने परम दिव्य स्वर में कहते है "सुद्रात—क्या इस आकाशगंगा में अब सब ठीक लग रहा है?"

सुद्रात महान आश्चर्य के साथ अपने हतप्रभ भावों से आर्गश के उस परम कार्य को करते देख रहे होते है, और अचानक उनके परम स्वर को सुनकर अपने दिव्य स्वर में कहते है "—प्रभु—आप कुछ करें और वह ठीक ना हो, ऐसा भला कभी हो सकता है? आप तो मुझ अधम भक्त के त्रुटिपूर्ण अनुमान को भी अपनी कृपा वश ठीक कर दिए होंगे। —प्रभु आपके इस परम कार्य को साक्षात देख कर मैं धन्य हुआ। —मैं धन्य हुआ प्रभु।"

"सुद्रात—अब चलो तुम्हें कालझ से मिलाता हूँ किन्तु मेरा वह प्रिय भक्त सभी का भूत, वर्तमान और भविष्य जान लेता है। इसलिए हमे परम अदृश्य रूप में वहां जाना होगा, जिससे की कोई भी हमारे वहां होने का अनुमान ना लगा सके।"

"जैसी आपकी इच्छा प्रभु। —आपकी लीला आप ही जाने।" और फिर सुद्रात देखते है, की आर्गश का शरीर तीव्र वेग से अपने सामान्य लघु आकार में आ जाता है। आर्गश अपने हाथों में सुद्रात के दिव्य आत्म स्वरूप को संकुचित करके धारण कर लेते है, और वह प्रकाश की गति से अरबों गुना अधिक गति से गतिमान होते हुए, कुछ ही क्षण में तृणेक्ष के बाह्य अंतरिक्ष में सामान्य गति से तृणेक्ष के वायुमंडल में प्रवेश करते हुए दिखाई पड़ने लगते है। आर्गश अपने शरीर को परम दिव्यता के साथ अदृश्य करते हुए कुछ ही क्षण में राजमहल के आकाश में पहुंच जाते है। आर्गश तीव्र वेग से उड़ते हुए राजमहल में प्रवेश कर जाते है, किन्तु कोई भी उन्हें देख नहीं पता है। कुछ ही क्षण में वह राजसभा में प्रवेश करके कालझ के समक्ष कुछ दूरी पर शांतिपूर्वक स्थिर हो जाते है।

आर्गश सुद्रात से अपने दिव्य मानसिक स्वरों में कहते है "सुद्रात— यह जो हमारे समक्ष काल दंड लिए असाधारण स्वरूप में तुम देख रहे हो, वही कालज्ञ है।"

सुद्रात भी एक दिव्य प्रेरणा से अपने दिव्य मानसिक स्वरों में ही कहते है "प्रभु—आप सत्य स्वरूप है। —कालज्ञ का स्वरूप असाधारण ही प्रतीत हो रहा है। —मैं इन्हे कोटि-कोटि प्रणाम करता हूँ। —ऐसे परम प्रिय भक्त के दर्शन करके मैं परम धन्य हुआ प्रभु। —परम धन्य हुआ।"

"सुद्रात—कालज्ञ के समक्ष जो मुख्य सिंहासन पर विराजमान हैं, वह इदेवतों के वर्तमान महाराज इंग्रात है। इस राजसभा के अग्रभाग की पंक्तियों में सभी इदेवत विराजमान हैं। जिन्हें पुनः देखने की तुम्हारे मन में सदा से इच्छा थी। और इसी प्रबल इच्छा के कारण ही तुम्हें अपने ध्यान में उस महाविनाश का भविष्य दिखाई पड़ा था, जिसका कारण वह दो कृष्ण विवर होते।"

"प्रभु—अपने भक्तों की प्रत्येक इच्छा का आपको सदैव ध्यान रहता है। —मैं इन सभी इदेवतों को पुनः इस प्रकार प्रसन्न देख कर, परम आनंद से आह्लादित हो रहा हूँ। —प्रभु मुझे ऐसा क्यों अनुभव हो रहा है, की इस राजसभा के सहस्रों और इस राजमहल के बाहर लाखो जीवों में से कुछ जीव अपने परम अवस्था को पहुंचने ही वाले हैं। —इसका क्या अर्थ है प्रभु।"

"सुद्रात—इसका अर्थ है, की अब यह सब जिनमे महाराज इंग्रात, महाराज जाहंस्त्र, महाराज गारुद्ध, आर्जथ, सभी प्राचीन इदेवत, मानव्य, रदैत्य, वर्क्षास और कुछ सहस्त्र जानांग एवं धारुड़ प्रजा अब मुक्त होकर, अपने कारण अर्थात स्वयं मुझमें विलीन होने वाले हैं।"

"धन्य है प्रभु—यह सब आज अपने अनंत जन्मों के बाद उस अवस्था को प्राप्त हो चुके है, की आप स्वयं आकर उन्हें उनका परम

फल प्रदान करेंगे। —धन्य हैं प्रभु आप। और आपके यह सब भक्त, —धन्य हैं।"

"सुद्रात—जब महाराज इंग्रात और यह सभी प्राचीन इदेवत मुझमें विलीन हो कर मुक्त हो जायेंगे, तब तुम्हें ही इदान्थ के यांत्रिक शरीर को धारण करके ३ वर्षों तक इन इदेवतों, मानव्यों, जानार्गों, धारूड्रो, रदैत्य, वर्क्षास और कुछ नए आये अद्भुत जीवों की भावी पीढ़ी का जीवन और मुक्ति के सही क्रम के साथ मार्गदर्शन करना होगा। किन्तु तुम्हें इन ३ वर्षों में अपने सत्य को कभी इनके समक्ष प्रकट नहीं होने देना है।"

"ऐसा ही होगा प्रभु। —आप अपने भक्तों की हर मनोकामना पूर्ण करते हैं, इसलिए आप मेरी उस अंतिम मनोकामना की पूर्ति के लिए ही मुझे ३ वर्ष का समय प्रदान कर रहे है। जिसमें मैं अपने इदेवतों का धर्म के अनुसार नेतृत्व एवं मार्गदर्शन करना चाहता था। —किन्तु प्रभु मेरी आपसे एक विनती हैं।"

"कहो सुद्रात, तुम क्या चाहते हो?"

"प्रभु—मैं आपसे इन तीन वर्षों के वियोग में, मैंने आपका जो परम स्वरूप और परम कार्य देखा वह मुझे निरंतर स्मरण रहे।"

"तथास्तु। —किन्तु इसका प्राकट्य कभी किसी से भूल कर भी ना करना। अन्यथा उसी क्षण वह सब विस्मृत हो जायेगा।"

"नहीं प्रभु—मैं ऐसी भूल कभी नहीं करूँगा।"

"ठीक है सुद्रात। —अब समय हो गया है, की तुम इदान्थ के यांत्रिक शरीर को धारण करो।"

"जो आज्ञा प्रभु।"

आर्गश अपने परम अदृश्य स्वरूप से ही तीव्र वेग के द्वारा राजसभा और फिर राजमहल से बाहर आकर, राजमहल के आकाश में स्थित

अंतरिक्ष यान में प्रवेश कर जाते है। वहाँ प्रज्ञास के यांत्रिक शरीर के समक्ष अपने मनुष्य रूप में परिणत होकर अपने हाथों के मध्य स्थित सुद्रात से कहते है "सुद्रात—यह है इदान्थ का यांत्रिक शरीर, जिसे सभी इदेवत प्रज्ञास नाम से पुकारते है। अब से तुम्हारा भी यही नाम होगा। मैं तुम्हें इसके भीतर स्थापित करने जा रहा हूँ।"

"ठीक है प्रभु—मैं भी उत्सुक हो रहा हूँ, महाराज इदान्थ के तपोभूमि रूपी यांत्रिक शरीर में जाने के लिए।"

आर्गश, सुद्रात की दिव्य आत्मा को उस यांत्रिक शरीर के केंद्र में दिव्यता के साथ स्थापित कर देते है। और कुछ क्षण के बाद ही उस यांत्रिक शरीर में चेतना रूपी हरकत होने लगती है। कुछ क्षण बाद जब प्रज्ञास अपने यांत्रिक शरीर को अपने नियंत्रण में करके स्थिर हो जाता है, तो आर्गश कहते हैं "प्रज्ञास—तुम मुझे पहचानते हो?"

"प्रभु—भला आपकी कृपा के बाद कोई आपको कैसे विसरा सकता है। —मुझे तो प्रज्ञास की यांत्रिक बुद्धि के सम्पूर्ण ज्ञान का भी अनुभव हो रहा है। —उनका सम्पूर्ण तप रूपी, आप के प्रति करोडो वर्षों का निष्कर्ष और नित्य चिंतन का परम अनुभव हो रहा है। —महाराज इदान्थ धन्य हैं प्रभु। —परम धन्य हैं।"

"सुद्रात—अब मैं तुम्हें इन ३ वर्षों तक इदान्थ रूपी प्रज्ञास के सम्पूर्ण ज्ञान के द्वारा और अपने विवेक से धर्म का अनुसरण करते हुए इस प्रणाली के सभी जीवों का कल्याण हेतु, उचित मार्गदर्शन करने का एक परम दायित्व सौंपता हूँ। साथ ही तुम्हें इन ३ वर्षों में इस यांत्रिक शरीर की यांत्रिक बुद्धि को नियंत्रित करने के लिए एक यांत्रिक चेतना का भी निर्माण करना होगा। जब तुम परम धाम को चले जाओगे, तब भी यह प्रज्ञास रूपी यांत्रिक प्रज्ञा अपना कार्य उस यांत्रिक चेतना के द्वारा करता रहेगा।"

"प्रभु—आप की कृपा और प्रेरणा से मैं आपके दिए इस परम दायित्व को पूर्ण श्रद्धा के साथ पूरा करता रहूँगा। और मैं अब से ही

इस यांत्रिक शरीर के लिए एक असाधारण चेतना के निर्माण का कार्य आरंभ कर देता हूँ। प्रभु—प्रज्ञास के इस अद्भुत एवं असाधारण ज्ञान रूपी यांत्रिक बुद्धि को नियंत्रित करने के लिए जैसी चेतना की आवश्यकता है, उसके निर्माण में कुछ वर्ष लग जाएंगे। इसलिए मुझे यह कार्य अभी से आरम्भ करना होगा।"

"सुद्रात—तुम पर मुझे पूर्ण विश्वास है। अब मैं तुमसे ३ वर्षों के बाद मिलने आऊंगा।"

"प्रभु—मैं आपकी प्रतीक्षा करूँगा। —प्रतीक्षा करूँगा प्रभु।"

और फिर आर्गश तीव्र वेग से गतिमान होते हुए उस अंतरिक्ष यान से बाहर आकर राजमहल में प्रवेश कर जाता है। कुछ ही क्षण में वह राजसभा के मध्य, कालझ के बाईं ओर स्थिर होकर देखता है, की कालझ अब उस घटना के पूर्ण होने के बाद का वृतांत दिखा रहा है, जहां से कालझ और उसका जीव साथी अपने ब्रह्माण्ड को वापस जाने लगते हैं। राजसभा और राजमहल में उपस्थित सभी लोगो के मुख पर महान आश्चर्य के भाव के साथ उनकी आँखों में अश्रुओं की प्रचंड लहरे विद्यमान होती है। अंत में कालझ अपने काल दंड से उस काल पटल को वायु की भांति मिटाते हुए, महाराज इंग्रात से कहता है "महाराज—यह थी, ऐसी बहुत सी घटनाओं में से एक घटना, जिसमें हमे महानतम एवं भयंकर कठिनाइयों का सामना करना पड़ा था।"

महाराज इंग्रात अपने करुण कंठ को कुछ ठीक करने के बाद, करुण दिव्य स्वर में ही कहते है "कालझ—तुमने सत्य कहा था। यहाँ उपस्थित किसी के भी कल्पना से भी परे, अत्यंत महानतम एवं भयंकर कठिनाइयों वाले इस घटना और तुम्हारे एवं जीव साथी के अद्भुत कार्य को देखकर हम सब, अब सृष्टि और बुद्धि के उन अद्भुत आयामों को समझने का प्रयत्न कर रहे है, जिनका हमने पहले कभी कल्पना भी नहीं की थी।"

"महाराज—सम्पूर्ण सृष्टि की अनंत भिन्नता, विशालता और विकरालता का पूर्ण रूप से कल्पना तो केवल परमात्मा ही कर सकते है। —मैं अपने अनुमान से कह सकता हूँ की, अपने अनंत काल के अनंत कार्यों में मैंने अभी तक परमात्मा की सम्पूर्ण सृष्टि लीला का एक अंश मात्र की जटिलता, भिन्नता एवं विशालता को ही देख और समझ सका हूँ।"

"तुम धन्य हो कालझ। तुम धन्य हो। तुममें अहंकार का एक अंश मात्र भी विद्यमान नहीं है। —मेरा मत है की इसलिए परमात्मा ने काल के आरम्भ से, और काल के अंत तक के लिए इस परम शाश्वत उद्देश्य का उत्तरदायित्व तुम्हें सौंपा है। —तुम धन्य हो कालझ।"

"महाराज—ऐसे परम कार्य को छोड़ कर कौन उस अहंकार रूपी अधमता को महत्व देगा।"

"तुम ठीक कहते हो कालझ। तुम्हारी जगह यदि कोई जीव होता तो वह अनंत बार अहंकार रूपी अधमता के दलदल में फंस कर अपना महापतन कर लिया होता। —किन्तु तुम सभी जीवों से भी श्रेष्ठ हो कालझ।"

"—धन्यवाद महाराज। —मेरा मत है, की प्रभु की कृपा के बिना उन कार्यों को कर पाने का सामर्थ्य ना तो मुझमें था, और ना ही मेरे उन सभी जीव साथियों में ही हो सकता था।"

"हाँ—प्रभु की परम कृपा हैं तुमपर।"

कालझ अपने बाईं ओर स्थित आर्गश को देखते हुए कहता है "—तुम कब आये?"

आर्गश मंद मुस्कान के साथ कालझ से कहता है "मैं तो अपना भ्रमण पूरा करके कब से यहाँ आपके साथ स्थित हूँ।"

"अच्छा, शायद मैंने ध्यान नहीं दिया।" और फिर कालझ, महाराज इंग्रात, महाराज जाहेक्त्र, महाराज साहेस्व और आर्जथ की ओर भावुक रूप से देखते हुए कहता है "—अब कुछ समय के बाद ही हम दोनों, आप सब के बीच से, इस तृणेक्ष से, इस ब्रह्माण्ड से इस प्रकार चले जायेंगे की आप सबको कभी इसका अनुमान भी नहीं रहेगा की हम दोनों कौन थे, क्यों आए थे और क्या कर गए थे।"

कालझ के ऐसे भावुक वचन को सुनकर महाराज इंग्रात, महाराज जाहेक्त्र, महाराज साहेस्व, आर्जथ, राजसभा में बैठे सभी इदेवत, मानव्य, रदैत्य, वर्क्षिस, प्रालख्य के जीव और राजमहल के सभी जार्नांग एवं धारुड़ प्रजा अत्यंत भावुक होने लगते हैं। अपनी भावनाओं को नियंत्रित करते हुए महाराज गारुद्ध अपने उच्च करुण स्वर में कहते हैं "कालझ—क्या ऐसा कोई भी उपाय नहीं है जिससे की हम तुम्हें और आर्गश को सदैव स्मरण करते रहे?"

कालझ भी अपनी भावनाओं को रोकते हुए करुण स्वर में कहता है "—महाराज—यदि सम्पूर्ण सृष्टियों में ऐसा कोई उपाय है, भी तो वह मुझे ज्ञात नहीं है। —मुझे ज्ञात नहीं है महाराज।" इतना कह कर कालझ उन करुण भावनाओं के वेग को रोक नहीं पाता है।

कालझ को इस प्रकार भावुक होते देख कर आर्गश एक निमेष में ही करोड़ों सूर्यों के समान परम दिव्य प्रकाश के साथ उस राजसभा, राजमहल, सम्पूर्ण तृणेक्ष और सम्पूर्ण सर्थम प्रणाली को अपने अंदर समाहित कर लेते है।

अध्याय ९
परमगति का अवसर

उस परम दिव्य प्रकाश में कालज्ञ, महाराज इंग्रात, महाराज जाहैत्र, महाराज गारुद्ध, आर्जेथ, सभी प्राचीन दिव्य इदेवत, मानव्य, रदैत्य, वर्क्षास और राजमहल के बाहर कुछ सहस्र जार्नाग एवं धारुड़ प्रजा अपने दिव्य आत्म स्वरूप में अपने दिव्य दृष्टियों से उस परम दिव्य प्रकाश के केंद्र जो सहस्रों योजन दूर स्थित होता है, की ओर देखते हुए परम आनंद का अनुभव करते हुए शांत अवस्था में स्थित होते है। उस प्रणाली में और कोई भी पिंड, जीव या पदार्थ तक दिखाई नहीं पड़ रहा होता है। ना तो राजसभा है, ना राजमहल, ना तृणेक्ष है, ना कोई चन्द्रमा और ना ही स्वयं सर्थम का अब कोई अस्तित्व है। इस प्रणाली में पसरे करोड़ों सूर्यों के इस तेज से अब यह सम्पूर्ण गुरुत्वांध्व ब्रह्माण्ड भी परम प्रकाशित होने लगा है। इस परम दिव्य प्रकाश के होने पर इस सम्पूर्ण ब्रह्माण्ड में प्रत्येक विशालकाय तारों का अपना तेज भी अब ऐसा प्रतीत हो रहा है, जैसे किसी महा ज्योतिपुंज के समक्ष कुछ जुगनू हो। अनंत विस्तार युक्त कारणार्णव के सापेक्ष में ऐसा प्रतीत हो रहा है, की अनंत ब्रह्माण्ड रश्मियां गुरुत्वांध्व ब्रह्माण्ड से निकलते परम दिव्य प्रकाश से प्रकाशित होकर सम्पूर्ण कारणार्णव के अनंत ब्रह्माण्डों की विभिन्नता को स्पष्ट रूप से स्वयं ही उजागर कर रही हैं। परमानन्द में डूबे वह सभी जो दिव्य प्रकाशमय स्वरूप के साथ उस परम दिव्य प्रकाश के केंद्र की ओर देखते है, की उस केंद्र में एक परम दिव्य स्वरूप प्रकट हो रहा है, जो आर्गश के रूप से मेल खाता है। किन्तु उन्हें ऐसा प्रतीत होता है, की उस परम दिव्य स्वरूप में अनंत

सौंदर्यता, माधुर्य एवं परम दिव्यता का भी समावेश हो गया हो। कुछ क्षण में ही सभी एक साथ परम दिव्य स्वर में सुनते हैं '—कालझ वह उपाय स्वयं तुम ही हो।'

कालझ अत्यंत भावुक होते हुए, परमात्मा से अपने करुण गंभीर स्वर में कहता है "प्रभु—आपके इस दुर्लभ अनंत स्वरूप के परम दर्शन से अब मुझे काल के आदि में मेरे प्रादुर्भाव, मेरे तप, आपके इसी दुर्लभ स्वरूप के दर्शन और आपके परम वचन, उन सबका स्मरण होने लगा है। —प्रभु आपकी कृपा से मुझे अब स्वतः यह भी ज्ञात हो रहा है, की मेरी ही इच्छा रूपी माध्यम से, अब इन सभी उत्तम अवस्था को प्राप्त जीवों को परमगति का अवसर प्राप्त होने वाला है।"

परमात्मा, परम दिव्य स्वर में कहते हैं "कालझ—मेरे इस दुर्लभ दर्शन एवं मुझे प्राप्त करने की तुम्हारी हर एक इच्छा को पूर्ण करने का मैंने वचन जो दिया हैं।"

"हाँ प्रभु—अनंत काल से आप मेरी हर इच्छा पूर्ण करते आये है, और ऐसा अनंत काल तक होता रहे प्रभु। —अनंत काल तक होता रहे।"

"तथास्तु।"

"प्रभु—यहाँ उपस्थित सभी प्राचीन इदेवत, रदैत्य, वर्क्षास और सभी जारनांग एवं धारुड़ प्रजा भी, क्या आप में विलीन हो जाएंगे।"

"हाँ कालझ—यह सब अब अपने पापों से मुक्त होकर अपने दिव्य आत्मिक सत्य स्वरूप में स्थित हैं। अब यह सभी उत्तम अवस्था को प्राप्त जीव अपने परम कारण अर्थात स्वयं मुझमें विलीन होकर, परमगति को प्राप्त करके परमधाम के लिए प्रस्थान करेंगे।"

परमात्मा के परम दिव्य स्वरों में परमगति की बात को सुनकर सर्वप्रथम महाराज इंग्रात करुण भाव में अपने दिव्य स्वर में कहते है "प्रभु—आप आर्गेश के रूप में आरम्भ से ही हमारे साथ थे? —और

आपने हम महा पापी इंदेवतों को क्षमा भी कर दिया? —किंतु हम क्षमा के योग्य नहीं है प्रभु। —हम परमगति के योग्य नहीं हैं प्रभु। —हम नहीं हैं प्रभु।"

परमात्मा, परम दिव्य स्वर में कहते हैं "इंग्रात—मैं तो प्रत्येक जीव के भौतिक शरीर के हृदयाकाश के सूक्ष्म भाग में उसके साथ सदा से हूँ। —जीव अपने अहंकार और त्रिगुण रूपी मेघो के कारण ही, मुझे अपने अंतःकरण में देख नहीं पाता है। —तुम सबके लाखो वर्षों के प्रायश्चित और एक अंतिम मृत्यु से तुम्हारे सम्पूर्ण पाप राशि का अब क्षरण हो चूका है। तुममें अब ना तो कोई अहंकार शेष है, और ना ही अब कोई गुण प्रधान है। अब तुम सब गुणातीत हो कर परमधाम को प्रस्थान करने के योग्य बन चुके हो।"

महाराज इंग्रात करुण भाव के साथ अपने दिव्य स्वर में कहते है "प्रभु—अब मुझे आपकी परम कृपा से स्वतः ज्ञात होने लगा है, की आप ही ने हम पापियों के महापापों का तीव्र वेग से क्षरण करने के लिए ही, उस प्रालख्य के गर्भ में बंद करके, अंतिम प्रायश्चित का एक सुनहरा अवसर दिया था। —और अपने ही कुछ घड़ी पूर्व सम्पूर्ण तृणेक्ष को नष्ट करके हमे उस अद्भुत मृत्यु के माध्यम से पुनः पवित्र कर दिया था। —प्रभु आपके बिना हम अनंत काल तक इस भँवर में फंसे रहते। —आपको कोटि-कोटि प्रणाम प्रभु। —कोटि-कोटि प्रणाम।"

"इंग्रात—जीव और परमात्मा का यह अद्भुत सम्बन्ध अनंत काल से, प्रत्येक जन्म के साथ इसी परमगति के परम उद्देश्य की पूर्ति के लिए निर्धारित होता है। —परमात्मा सदैव उसी उद्देश्य के लिए जीव को अप्रत्यक्ष रूप से प्रेरित करता रहता है। किन्तु जीव उस संसार की माया, मोह, भोग, विलास, ईर्ष्या, द्वेष, स्नेह, घृणा, अहंकार और प्रमाद के मद में लिस रहते हुए मेरी परम प्रेरणा रूपी शब्दों की उपेक्षा करने लगता है। —इस तरह कई जन्मों की उपेक्षा रूपी संस्कार से वह परमात्मा की उस परम प्रेरणा को सुनने एवं समझने की अद्भुत शक्ति को पूर्णतः विस्मृत कर लेता है। —कुछ उत्तम जीवों की उसी

समझ को पुनः जागृत करने के लिए मेरी ही प्रेरणा से काल को कुछ ऐसा विधान करना पड़ता है, जिससे उन जीवों में प्रायश्चित की परम भावना उत्पन्न हो सके। और वह अपने अहंकार का त्याग करके अपने भौतिक शरीर के तीनों गुणों से ऊपर उठ कर उसके भीतर विद्यमान परमात्मा अर्थात स्वयं मेरा सत्यरूप में साक्षात्कार कर सके।"

"प्रभु—हम अधम जीवों को सही मार्ग पर लाने के लिए आप इतना कष्ट उठाते रहते है। किन्तु हम अधम जीव अपने अहंकार और प्रमाद के मद में चूर रहते हुए स्वयं आपको ही भला बुरा कहते रहते हैं। फिर भी आप हमे सन्मार्ग पर पुनः लाने के लिए बारम्बार नए अवसर प्रदान करते रहते हैं। हम अधम जीव उन अवसरों को अपनी मलिनता से ठुकराते हुए उसी नीचता और अधमता के साथ अधर्म मार्ग पर ही चलते रहते हैं। इस तरह से तो हमे अनंत काल तक महा दंड मिलते रहना चाहिए प्रभु। अनंत काल तक महा दंड मिलना चाहिए।"

"इंग्रात—जो जीव अपने विवेक से विचार करने के बाद भी अधर्म ही करने का निश्चय करके पाप करते है, उन्हें काल अत्यंत दुख रूपी अधम और नीच योनियों में अनंत काल तक डालते रहते है। किन्तु यदि कोई जीव किसी के कल्याण के उद्देश्य को बुद्धि में रखते हुए धर्म का निश्चय करके कोई कार्य करता है, और उससे अज्ञानता वश कोई महा विनाश रूपी पाप हो जाता है, तो काल उन्हें प्रायश्चित के परम अवसर भी देते रहते है। तुम सब इदेवत उसी अज्ञानता वश हुए महा विनाश के महा पाप से, लाखो वर्षों के प्रायश्चित के बाद अब मुक्त हो गए हो।"

"प्रभु—आप ही स्वयं काल के रूप में सम्पूर्ण सृष्टि के सभी जीवों के धर्म और अधर्म रूपी कर्मों को देखते रहते हैं। और आप ही उन्हें उनके उन कर्मों के कर्मफल के अनुसार दंड एवं प्रायश्चित के अवसर देते रहते हैं। प्रभु—आप की सृष्टि लीला को केवल आप ही पूर्ण रूप से जान सकते हैं, अन्य कोई भी नहीं। —अन्य कोई भी नहीं प्रभु।"

महाराज जाहिस्त्र भावुक होते हुए अपने सहस्त्रों फणों से गूंजते दिव्य स्वर में कहते हैं "किंतु प्रभु—हम जार्नागों ने तो अब तक कोई प्रायश्चित भी नहीं किया है। —फिर आपने हमे क्यों क्षमा कर दिया प्रभु? —हमे महा दंड दीजिये प्रभु।"

महाराज गारुड्ढ भी अत्यंत भावुक होते हुए अपने उच्च, करुण दिव्य स्वर में कहते है "प्रभु—महाराज जाहिस्त्र ने अधूरी बात कही है। हम धारूड्डो ने भी अब तक कोई प्रायश्चित नहीं किया है। —फिर आपने हमे भी क्यों क्षमा कर दिया प्रभु? हमे भी दंड मिलना चाहिए प्रभु।"

परमात्मा, परम दिव्य स्वर में कहते हैं "जाहिस्त्र, —गारुड्ढ, —अब तुम भी पाप मुक्त हो चुके हो। —तुम्हारे द्वारा पोषित और तुम्हारे पूर्वजों द्वारा स्थापित जीवन और मुक्ति के क्रम से अब सम्पूर्ण तृणेक्ष और इसके तीनो चंद्रमाओं पर सभी जीव पुण्य स्वरूप होने लगे है। —इस समय तुम राजा हो इसलिए उनके पुण्यों का छठा भाग तुम्हें मिल रहा है। और तुम्हारे पापों और पुण्यों का छठा भाग उन्हें मिलेगा।"

आर्जथ भी भावुक होते हुए दिव्य स्वर में कहते है "किन्तु प्रभु, —मैं ना तो कोई राजा हूँ और ना ही इन लाखो वर्षों तक किसी प्रजा के रूप में किसी राज्य में था। फिर आपने मुझे क्यों क्षमा कर दिया प्रभु। आपको मुझे तो दंड देते रहना चाहिए प्रभु।"

"आर्जथ—तुम इन लाखो वर्षों तक जिस प्रज्ञास के निरीक्षण में इतने काल तक महानिद्रा में थे, वह मेरा ही अंश इदान्थ था, जो अब मुक्त हो कर मुझमें विलीन हो गया है। —इदान्थ की २४ करोड़ वर्षों की मेरी चिंतन रूपी तप के छठे भाग से ही तुम्हारे पापों का भी अंत होता रहा। और अब तुम भी पाप मुक्त हो चुके हो आर्जथ।"

"—आप की लीला आप ही जान सकते हैं प्रभु। —आप ही जान सकते है। —प्रभु—अब हमे अपने परम स्वरूप में विलीन कर लीजिये प्रभु। —विलीन कर लीजिये।"

"तथास्तु।"

और फिर कालझ देखता है, की महाराज इंग्रात, महाराज जाहेत्र, महाराज गारुद्ध और आर्जथ के प्रकाशमय दिव्य आत्मिक स्वरूप, तीव्र वेग से परमात्मा के परम दिव्य प्रकाशमय केंद्र की ओर बढ़ने लगते है। साथ ही सभी प्राचीन इदेवत, रदैत्य, वर्क्षास और सभी जार्नाग एवं धारुड़ प्रजा के प्रकाशमय दिव्य आत्मिक स्वरूप भी परमात्मा के दिव्य परम प्रकाशमय केंद्र की ओर बढ़ने लगते है। कुछ ही समय में महाराज इंग्रात, महाराज जाहेत्र, महाराज गारुद्ध और आर्जथ के दिव्य आत्मिक स्वरूप, परमात्मा के करोड़ों सूर्यों के समान प्रकाशमय केंद्र में समा जाते हैं। इसी तरह कुछ समय में ही प्राचीन इदेवत, रदैत्य, वर्क्षास और सभी जार्नाग एवं धारुड़ प्रजा की सहस्त्रों दिव्य आत्मिक स्वरूप भी क्रमशः परमात्मा के करोड़ों सूर्यों के समान प्रकाशमय केंद्र की ओर बढ़ते हुए क्रमशः उसमें समाने लगते हैं।

अंत में जब सभी परमात्मा में विलीन हो जाते हैं, तब स्वयं परमात्मा कालझ से अपने परम दिव्य स्वर में कहते हैं "कालझ— इंग्रात, जाहेत्र, गारुद्ध, आर्जथ, प्राचीन इदेवत, रदैत्य, वर्क्षास और सहस्त्र जार्नाग एवं धारुड़ प्रजा के परमगति प्राप्त होने का ज्ञान इनके अपनों के अंतःकरण में स्वतः ही प्रकट हो जायेंगे, और वह कोई संशय भी नहीं करेंगे। तुम साहस्व से कहना की अब उसे ही सम्पूर्ण तृणेक्ष पर धर्म के अनुसार जीवन और मुक्ति के सही क्रम से राज्य का पालन करना है। गर्णाक पर गारुद्ध का पुत्र, मारुद्ध कुछ वर्षों में जब राज्य पालन के योग्य हो जायेगा, तब उसे राज्य पालन का अनुभव रूपी ज्ञान, साहस्व को ही देना है। समय आने पर साहस्व तृणेक्ष के गर्भ में अपने मुक्ति के स्थान पर २१ वर्षों के उत्तम ध्यान के बाद मुक्त होकर परमगति को प्राप्त करेगा। साहस्व की माता सुमागी से कहना की वह भी ७ वर्षों के बाद अपनी उत्तम भक्ति के माध्यम से मुक्त हो कर परमगति को प्राप्त करेंगी।"

"जो आज्ञा प्रभु।"

"तुम्हें इस परम घटना से प्राप्त आनंद का अनुभव होता रहेगा, किन्तु कुछ स्मरण नहीं रहेगा। ना ही आर्गश के सत्य स्वरूप का ज्ञान रहेगा।"

"हाँ प्रभु—यही तो मेरी इच्छा है।"

"तथास्तु।"

अचानक कालझ परमात्मा के परम दिव्य प्रकाश के और अधिक उज्जवल होने के कारण अपनी आंखें बंद कर लेता है। जब वह अपनी आंखें खोलता है तो वह स्वयं को राजसभा के मध्य आकाश में स्थिर पाता है। वह कुछ स्मरण करने का प्रयास करने लगता है किन्तु किसी परम आनंद की अनुभूति के अतिरिक्त उसे कुछ भी स्मरण नहीं आता है। वह अपने समक्ष देखता है, तो केवल महाराज साहंस्व ही अपने पिता के सिंहासन के पास जीवित दिखाई पड़ते हैं। महाराज इंग्रात, महाराज जाहंस्त्र, महाराज गारुद्ध और आर्जथ अपने सिंहासन पर मृत शरीर के साथ भी अत्यंत गरिमा पूर्ण अवस्था में विराजमान दिखाई पड़ते है। वह देखता है की महाराज साहंस्व कुछ भावुक भी है और कुछ आनंदित भी हो रहे है। वह उस राजसभा और राजमहल के बाहर इसी तरह के भावों में सभी लोगो को देखता है। कालझ राजसभा के आसनों पर विराजमान लोगो को कुछ ध्यान से देखता है तो सभी प्राचीन इदेवत, मानव्य, रदैत्य, और वर्क्षास भी अपने आसनों पर मृत शरीरों के साथ अत्यंत सम्मान पूर्ण अवस्था में दिखाई पड़ते है। कुछ देर बाद वह पास में खड़े आर्गश की ओर देखते हुए पूछता है "क्या हुआ इन सबको?"

आर्गश महाराज साहंस्व की ओर देखते हुए कालझ से शांत स्वर में कहता है "कुछ तो हुआ है—इसलिए अब यह सब मृत है—कोई दिव्य उज्जवल प्रकाश हुआ और हम सबने आंखें बंद कर ली, और जब

खोली तो कुछ लोग शरीर छोड़ चुके थे—महाराज साहस्व के भाव कुछ अद्भुत लग रहे—चलिए उन्हीं से पूछते है।"

दोनों महाराज साहस्व के विशालकाय स्वरूप के समक्ष आकाश में स्थित हो जाते हैं और फिर कालझ अपने गंभीर स्वर में कहता है "महाराज—क्या हुआ? अपने पिता महाराज जाहस्त्र के मृत शरीर को देख कर भी आप ऐसे भावुक एवं आनंदित क्यों हो रहे हैं? महाराज इंग्रात, महाराज जाहस्त्र, महाराज गारुद्ध, आर्जथ, वो प्राचीन इदेवत, मानव्य, रदैत्य, वर्क्षास और आपकी प्रजा के सहस्त्र जानर्गग एवं धारुड़ किस प्रकार से मृत हो गए?"

महाराज साहस्व कुछ भावुक किन्तु कुछ प्रसन्नता के साथ अपने सहस्त्रों फणों की गूंजती ध्वनि में कहते है "पिताश्री परमगति को प्राप्त हुए है कालझ। —वो परमात्मा में विलीन हो गए। —वो मुक्त हो कर परमधाम को चले गए। —मुझे लगता है इसी प्रकार महाराज इंग्रात, महाराज गारुद्ध, आर्जथ, वो प्राचीन इदेवत, मानव्य, रदैत्य, वर्क्षास और हमारी प्रजा के सहस्त्र जानर्गग एवं धारुड़ भी अब मुक्त हो कर परमधाम को चले गए हैं। ऐसी ही मेरे अंतःकरण में सत्यरूप में एक प्रेरणा जागृत हो रही है। —वह सब मुक्त हो गए कालझ। —वह जो परम प्रकाश हुआ था जिसके कारण हम सबने अपनी आंखें बंद कर ली थी वह और कोई नहीं बल्कि स्वयं परमात्मा ही थे। और वह सब उन्हीं के परम स्वरूप में विलीन हो कर मुक्त हो गए। —वह सब मुक्त हो गए आर्गश।"

आर्गश महाराज साहस्व की बातों का समर्थन करते हुए कहता है "हाँ महाराज—मुझे भी यही अनुभव हो रहा है की वह सब मुक्त हो कर अपने परम कारण में विलीन हो गए।"

तभी राजमाता सुमागी अपनी पुत्रवधू आर्धीवा और राजकुमार जाहस्त्र के साथ अपने भावनाओं में बहते हुए किन्तु फिर भी आनंद के भाव के साथ राजसभा के उस सिंहासन के निकट आकर महाराज

जाहैक्ष्त्र के मृत शरीर को देख कर अपने पुत्र महाराज साहस्व से अपने सैकड़ों फणों से गूंजते स्वर में कहती हैं "पुत्र—क्या यह सत्य है—जो मैं अपने हृदय में स्वयं अनुभव कर पा रही हूँ? —क्या तुम्हारे पिता परमगति को प्राप्त हुए हैं? —क्या सच में इनको अब मुक्ति मिल गई?"

महाराज साहस्व भी कुछ भावुक किन्तु कुछ आनंद के भाव साथ अपनी माता से अपने सहस्त्रों फणों की गूंजती ध्वनि में कहते है "हाँ माँ—पिताश्री अब मुक्त हो गए। —यहाँ गरिमामय अवस्था में जो सभी मृत शरीर दिखाई पड़ रहे हैं वह सब अब मुक्त हो कर परमधाम को चले गए। —सभी परमगति को प्राप्त हुए है माँ।"

राजमाता सुमागी अब कुछ विलाप करते हुए कहती हैं "किन्तु पुत्र—प्रभु हमे क्यों इस संसार सागर में भूल गए।—क्या उन्हें हमारा ध्यान भी नहीं आया?"

राजमाता सुमागी के विलाप वचनों को सुनकर कालझ को अपने अंतःकरण में महाराज. साहस्व और राजमाता सुमागी के प्रति कुछ परम दिव्य वचनों का स्मरण होने लगता है। वह महाराज साहस्व और राजमाता सुमागी से अपने गंभीर स्वर में कहता है "राजमाता सुमागी— महाराज साहस्व—मुझे अब कुछ परम दिव्य वचनों का स्मरण हो रहा है जिनमे स्वयं परमात्मा मुझसे कह रहे है की 'कालझ—इंग्रात, जाहैक्ष्त्र, गारुद्ध, आर्जथ, प्राचीन इदेवत, रदैत्य, वर्क्षास और सहस्त्र जानांग एवं धारुड़ प्रजा के परमगति प्राप्त होने का ज्ञान इनके अपनों के अंतःकरण में स्वतः ही प्रकट हो जायेंगे और वह कोई संशय भी नहीं करेंगे। तुम साहस्व से कहना की अब उसे ही सम्पूर्ण तृणेक्ष पर धर्म के अनुसार जीवन और मुक्ति के सही क्रम से राज्य का पालन करना है। गर्णाक पर गारुद्ध का पुत्र, मारुद्ध कुछ वर्षों में जब राज्य पालन के योग्य हो जायेगा तब उसे राज्य पालन का अनुभव रूपी ज्ञान, साहस्व को ही देना है। समय आने पर साहस्व तृणेक्ष के गर्भ में अपने मुक्ति के स्थान पर २१ वर्षों के उत्तम ध्यान के

बाद मुक्त होकर परमगति को प्राप्त करेगा। साहंस्व की माता सुमागी से कहना की वह भी ७ वर्षों के बाद अपनी उत्तम भक्ति के माध्यम से मुक्त हो कर परमगति को प्राप्त करेंगी।'"

कालझ के मुख से परमात्मा के वचन सुनकर राजमाता सुमागी और महाराज साहंस्व के विशालकाय सहस्त्रों आँखों में आनंद रूपी अश्रुओं की प्रचंड लहरे उमड़ने लगती हैं। राजमाता सुमागी अपने पुत्र की ओर देखते हुए अपने सैकड़ों फणों के करुण कंठ से कहती हैं "सुना पुत्र—मैं जानती थी की मेरे प्रभु अपने भक्तों को कभी बिसराते नहीं है। उन्हें सबका ध्यान है। वह सबके मन की भावना जानते हैं।"

महाराज साहंस्व भी भावनात्मक आनंद के साथ अपने सहस्त्रों फणों की गूंजती ध्वनि में कहते है "हाँ माँ—आप भी समय आने पर उनमें विलीन हो जाएंगी और मैं भी अपने कर्तव्यों को पूर्ण करने के बाद, कुछ वर्षों के ध्यान के बाद उनको प्राप्त कर लूंगा।—उन्हें सबका ध्यान है माँ।—सबका।"

अपने पितामह को शांत और स्थिर देखते रहने पर राजकुमार जाहंस्त्र अपने पिता महाराज साहंस्व से अपने सहस्त्रों नन्हे फणों से तोतली मंद गूंजते स्वर में पूछता है "पितास्त्री, —पितामह तो त्या हुआ है? इन्होने अब तक मुझे गोद में त्यु नहीं लिया?"

अपने पुत्र के प्रश्न सुनकर महाराज साहंस्व अत्यंत भावुक होते हुए उसे अपनी गोद में लेकर अपने सहस्त्रों फणों के करुण कंठ से मंद गूंजते स्वर में कहते है "पुत्र—पितामह अब परमात्मा के पास है और उन्हें उनका ही स्वरूप प्राप्त हो गया है इसलिए उन्होंने अपना यह शरीर त्याग दिया है।"

अपने पिता के दिए उत्तर को कुछ-कुछ समझते हुए राजकुमार जाहंस्त्र अपनी तोतली मंद गूंजते स्वर में कहता है "अक्च्छा, —जब मैं भी वहां जाऊंगा तब उनते नए लूप को देतूंगा।"

"हाँ पुत्र—तुम भी अपने पितामह की तरह एक दिन परमात्मा को प्राप्त करोगे।"

तभी कालझ महाराज साहिस्व को सांत्वना देते हुए अपने गंभीर स्वर में कहता है "महाराज—प्रत्येक संसार में हर दिन लाखो करोडो जीव अपने जीवन के अंतिम सत्य को प्राप्त करते रहते हैं। वह जीवन के उस मृत्यु रूपी सत्य को प्राप्त करके अपने कमाए पुण्य और पापों का अधिकांश भाग भोगने के लिए उच्च एवं अधम लोकों में जाते रहते है। वहां उनका निर्धारित भाग भोगने के बाद जब उनके कुछ भाग शेष रहते है तो वह पुनः अपने नए जन्म के प्रारब्ध के अनुसार प्राप्त कर्मफल के साथ पुनः मृत्यु लोक में जन्म लेकर उन कर्मफलों के अनुसार शरीर धारण करते रहते है। इस तरह वही जीव अनंत बार इसी जन्म और मृत्यु रूपी चक्कर में फंसता रहता है, और अपना महापतन करता रहता है। आज परमात्मा की महान कृपा से आपके तृणेक्ष पर आपके पिता, महाराज इंग्रात, महाराज गारुद्ध और आर्जथ के साथ उन सभी जीवों को परमगति प्राप्त हुई है जिन्होंने अपने कई जन्मो के प्रायश्चित एवं तप से स्वयं को गुणातीत करते हुए उत्तम अवस्था को प्राप्त कर लिए थे। वह सब इस दुस्तर जन्म और मृत्यु रूपी महाजाल से सदा के लिए निकलकर, अपने भौतिक शरीर को त्याग कर, परमात्मा को प्राप्त करके सदा के लिए परमधाम को चले गए है। महाराज—अब आप परमगति को प्राप्त इन सभी महान आत्माओं के मृत शरीरों को शास्त्रानुसार अंत्येष्टि करने का प्रबंध कीजिए। यह समय शोक का नहीं किन्तु महान आनंद का है महाराज।"

तभी आर्गश भी कालझ की बातों का समर्थन करते हुए कहता है "हाँ महाराज—यह समय उनके लिए भी परम आनंद का समय है तो आप सबके लिए भी महान आनंद का ही समय हुआ।"

महाराज साहिस्व भावनात्मक आनंद के साथ अपने सहस्रों फणों की गूंजती ध्वनि में कहते है "कालझ—आर्गश—तुम सत्य कहते हो। यह अवश्य ही महान आनंद का समय है। —मुझे परमगति को प्राप्त इन

सभी महान आत्माओं के शरीरों को शास्त्रानुसार अंत्येष्टि करने का प्रबंध करना चाहिए।" और फिर महाराज साहंस्व, राजसभा और राजमहल में उपस्थित अपनी प्रजा को संबोधित करते हुए अपने सहस्त्रों फणों की महान गूंजती ध्वनि में कहते है "प्रिय प्रजाजनो—आप सबको अपने अंतःकरण में जिस ज्ञान का अनुभव हो रहा है वह सत्य है। यह सभी हमारे अपने जन जो मृत रूप में भी गरिमा के साथ अपने स्थान पर आसीन है, वह सब उस परमगति को प्राप्त हुए हैं जिसका अनंत जन्मों के बाद भी कोई साधारण जीव विचार तक नहीं कर पाता है, प्राप्त करना तो बहुत दूर की बात है।—यह हमारे प्रिय जन संसार के जन्म मरण के बंधनों से हमेशा के लिए मुक्त होकर परमधाम को चले गए है। —आप सब अपने प्रियजनों के मृत शरीरों को इसी गरिमा के साथ राजधानी के मध्य लेकर चलिए। हम सब वही पर इन सभी महान जनो के भौतिक शरीरों का शास्त्रानुसार अंत्येष्टि करेंगे।"

महाराज साहंस्व की बातों को सुनकर राजसभा और राजमहल के लाखो प्रजाजन उन महान आत्माओं के मृत शरीरों को उसी गरिमा के साथ और उनके अपने जनो के साथ सम्मान पूर्वक लेकर राजधानी के मध्य की ओर धीरे-धीरे बढ़ने लगते है। उस यात्रा में लगभग सभी जन एक दूसरे से यही कहते है के 'अब मैं भी अपने जीवन के शेष भाग को इनकी भांति उस श्रेष्ठ परमगति को प्राप्त करने के प्रयास में लगा दूंगा।'

महाराज साहंस्व अपने पिता महाराज जाहंस्त्र, महाराज इंग्रात, महाराज गारुद्ध और आर्जथ के मृत शरीरों को अपने महान योद्धाओं के साथ सम्मान पूर्वक लेकर राजसभा से निकलने ही वाले होते है की तभी कालझ उनके समक्ष आकर अपने स्वाभाविक गंभीर स्वर में कहता है "महाराज—अब हमारे जाने का समय आ गया है। अतः अब आप हमे आज्ञा दीजिये।"

महाराज साहंस्व कालझ के द्वारा जाने की बात को सुनकर कुछ निराशा के भाव में अपने सहस्त्रों फणों की गूंजती ध्वनि में कहते है

"क्या तुम दोनों के इस ब्रह्माण्ड में रुकने का अब कोई कारण शेष नहीं रहा?"

"नहीं महाराज—अब यह ब्रह्माण्ड परमात्मा के कारण परमधाम के तुल्य हो चूका है। इसलिए अब हमारे यहां रुकने का कोई कारण शेष कैसे रह सकता है।"

"किन्तु—तुम दोनों के जाते ही हम सब तुम दोनों को और तुम्हारे उस परम कार्य को भूल जायेंगे।"

"यह तो काल का ही विधान है महाराज। और इसे इसी तरह होने देने में ही सबका कल्याण है।"

"तुम दोनों के कारण ही तृणेक्ष का वह लाखो वर्ष पूर्व का स्वर्णिम युग पुनः लौट कर आया है। —तुम दोनों के कारण की शायद हम सबने परमात्मा की भी एक दुर्लभ झलक देखी है, किन्तु उन्हीं की इच्छा से शायद भूल भी गए होंगे। —तुम दोनों के कारण ही सम्पूर्ण तृणेक्ष की प्रजा ने प्रत्यक्ष रूप से परमगति प्राप्त होते हुए देखा है, और अपने अंतःकरण में अनुभव भी कर रहे है। इन सब उपकारों के ऋण को हम कैसे चुका सकेंगे कालझ, —आर्गश?"

"नहीं महाराज—यह कोई उपकार नहीं हैं। यह तो हमारा परम कर्तव्य मात्र है। इसे आप किसी उपकार की तरह मत देखिये, इसे तो आप परमात्मा की परम कृपा के रूप में ही देखिये महाराज।"

"शायद तुम ठीक कहते हो कालझ। अब तुम दोनों को जाने से मैं रोक तो नहीं सकता हूँ, —किन्तु जाने से पहले एक वचन अवश्य चाहता हूँ।"

"वचन? —कैसा वचन महाराज?"

"पहले वचन को पूर्ण करने का प्रण लो कालझ।"

"महाराज—मैं जानता हूँ की आप क्या वचन मांगने वाले है। और मैं उसे पूर्ण करने का प्रण भी करता हूँ।"

"तुम सब जानते हो कालझ। किन्तु उसे मुझे अपने वचन में कहना आवश्यक भी तो है।"

"आपने सत्य कहा महाराज।"

"तुम दोनों को जब भी अपने कार्यों से कुछ अवकाश मिलेगा तो, मेरी मुक्ति पर्यन्त तक मेरे मित्र के रूप में मुझसे मिलने आते रहोगे।"

कालझ आर्गश की ओर देखते हुए और उसके समर्थन का भाव देख कर महाराज साहस्व से कहता है "महाराज—हम दोनों वचन देते हैं की हमे जब भी समय मिलेगा तो हम आपसे एक मित्र के रूप में मिलने आते रहेंगे।—किंतु महाराज आपको भी एक वचन देना होगा।"

"हाँ—कोई भी वचन ले लो कालझ। और यदि कभी मेरे प्राणों की भी आवश्यकता हुई तो वह भी मैं तुम्हें देने का वचन दे सकता हूँ।"

"नहीं महाराज। कोई सच्चा मित्र कभी भी अपने किसी मित्र के प्राण नहीं मांगता। हमे तो आप यह वचन दीजिये की आप हमारे कार्यों और हमारे पूर्ण सत्य की गोपनीयता को मुक्ति पर्यन्त तक सुरक्षित रखेंगे।"

"हाँ—मैं वचन देता हूँ की तुम्हारे कार्यों और तुम्हारे पूर्ण सत्य को अपने मुक्ति पर्यन्त तक किसी से भी नहीं कहूंगा।"

"फिर तो हम अब मिलते रहेंगे मित्र। —और अब हमे जाने की आज्ञा दो मित्र।"

"अभी-अभी मित्र बने और अभी-अभी जाने की आज्ञा भी मांग रहे हो। —बड़े निष्ठुर हो मित्र।"

"मित्र—हम दोनों आज से ठीक ५६ दिनों के बाद मिलने आएंगे। किंतु यह देखना रोचक होगा की तुम हमे पहचान पाओगे या नहीं।"

"तुम्हारे जाने के बाद मैं तुम दोनों को अवश्य भूल जाऊंगा, किन्तु तुम्हारे आने पर मुझे कुछ स्मरण आने तो लगेगा?"

"स्मरण आएगा तो अवश्य किन्तु स्मृति का क्रम रोचक रूप में होगा।"

"स्मृति का क्रम रोचक होगा, इसका क्या तात्पर्य हुआ मित्र?"

"इसका तात्पर्य हुआ की, उस समय तुम्हें यह वचन तो स्मरण रहेगा की हमारी गोपनीयता किसी पर प्रकट न हो। किन्तु हम कौन हैं, क्या हैं, और कहाँ से हैं इसकी स्मृतियाँ मिश्रित क्रम से स्मरण होंगी।"

"तब की तब देखेंगे मित्र।"

"हां—तब यह देखना अत्यंत रोचक होगा।"

"हाँ मित्र—तुम दोनों के लिए मेरे कारण कुछ रोचक लगे इसी से मुझे संतोष मिलने लगा है।"

"—तो अब आज्ञा दो मित्र।"

"—हाँ—जाओ कालझ—जाओ आर्गश।—५६ दिनों के बाद तक यदि कुछ भी स्मरण रहा तो तुम दोनों से फिर मिलने की प्रतीक्षा में रहूँगा मित्रों।"

"हम अवश्य आएंगे मित्र।"

आर्गश भी कुछ भावुक होते हुए महाराज जार्हत्र से कहता है "हाँ मित्र—हम अवश्य आएंगे।"

और फिर कालझ ने अपनी संकल्प शक्ति से एक क्षण में महाराज सार्हस्व के समक्ष अपने वर्तमान स्थान के सूक्ष्म भाग के कुछ परमाणुओं के बीच से गुजरती समय की अनंत परत में से एक को जो आर्गश के ब्रह्माण्ड तक जुडी थी उससे आर्गश को सशरीर जोड़ कर जाने की

दिशा में अपने कालदण्ड के द्वारा परम वेग से कम्पित कर देता है। इस तरह प्रकाश से भी अरबो गुना अधिक गति से गतिमान होते हुए दोनों कुछ ही समय में आर्गश के घर के बाहर सूक्ष्मता से प्रकट हो जाते हैं।

अध्याय १०
योगमाया और माया

आर्गश अपने घर के बाहर पहुंच कर आकाश की ओर देखता है, की अभी सूर्योदय भी नहीं हुआ है, और भोर की बेला में उसका घर मंद रूप में प्रकाशित होने लगा हैं। वह कुछ विचार करते हुए कालझ से न जानने के भाव के साथ कहता है "कालझ—हम वापस तो आ गए, किंतु आने की इतनी भी शीघ्रता क्या थी। यदि हम उन सभी पुण्यात्माओं के अंत्येष्टि में उपस्थित रहते तो हमारे मित्र महाराज साहस्व को मानसिक रूप में कुछ संबल मिलता और तृणेक्ष की प्रजा को भी कुछ प्रसन्नता होती।"

कालझ, आर्गश की ओर देखते हुए अपने गंभीर स्वर में कहता है "यदि हम अभी नहीं आते तो तुम्हारा मित्र आनंद जो कुछ ही समय में तुमसे मिलने के लिए यहाँ पहुंचने वाला है, वह तुमको यहां ना पाकर गांव में तुम्हारी खोज में निकल पड़ता। इससे गांव के सभी लोग जो स्नेह वश तुम्हारा मान करते हैं, वो चिंता में पड़ कर तुम्हें खोजने के लिए निकल पड़ते। इस तरह हमारे इस कार्य को करते रहने में एक बड़ा अवरोध का कारण उत्पन्न हो सकता था।"

"किन्तु मुझे ज्ञात है, की आनंद तो दो दिन बाद आने वाला है।"

"तुम्हें मैंने बताया था की गुरुत्वांध्व ब्रह्माण्ड का एक दिन पृथ्वी के लगभग ३ दिनों के समान होता है। इस प्रकार हम इस ब्रह्माण्ड से लगभग ३ दिनों के लिए अनुपस्थित थे। कुछ गांव वालों को इसका

अनुमान भी हो रहा है, की तुम घर पर नहीं हो किन्तु वह यही समझ रहे हैं, की तुम शायद रात्रि में आ जाते होगे, और फिर भोर में कही चले जाते होगे।"

"फिर तो हम ठीक समय पर वापस आ गए है।"

"हाँ—वो देखो—आनंद इस ओर बढ़ता आ रहा है।"

"तो फिर आपको छुप जाना चाहिए।"

"नहीं आर्गश—मुझे छुपने की आवश्यकता नहीं है, क्योंकि मुझे वही देख सकता है, जिन्हें मैं स्वयं को देखने देता हूँ। —आनंद मुझे नहीं देख सकता है, क्योंकि अभी मैं यही चाहता हूँ।"

"अर्थात उस गुरुत्वांध्व ब्रह्माण्ड के जीव आपको देख पा रहे थे, क्योंकि आप चाहते थे की वो आपको देखे?"

"हाँ—क्योंकि मुझे ज्ञात था, की वो सब हमारे चले आने पर सदा के लिए हमे भूल भी जाएंगे।"

"यदि मैं मान भी लूं की हमारे चले आने पर वो सब हमे भूल चुके होंगे, किन्तु जिन्होंने अपनी आँखों से साक्षात हमे उन महान कार्यों को करते देखा है, वह कैसे उन कार्यों को और उनके कर्ता को भूल सकेंगे।"

"क्योंकि उन कार्यों के कर्ता हम होंगे ही नहीं। काल की प्रेरणा से स्वयं प्रभु की माया ने उनके स्मृति पटल पर ऐसी वास्तविकता का निर्माण कर दिया है, के उन सभी कार्यों के कर्ता अब हम है ही नहीं, बल्कि उनके कर्ता महाकाय रूप से स्वयं महाराज जाहिक्ष, महाराज गारुड्ढ हैं।"

"किन्तु यह कैसे सम्भव हो सकता है।"

"तुम्हें इसका विश्वास तभी होगा जब तुम स्वयं उन कार्यों को उनके ही द्वारा घटित होते देखोगे।"

"तो दिखाइए।"

"अभी तुम आनंद के द्वारा लाये अपने सांसारिक कर्तव्यों एवं कार्यों को समाप्त कर लो। आनंद के जाने के बाद मैं तुम्हें अपने काल दंड के माध्यम से उन घटनाओं के परिवर्तित वास्तविकता का प्रत्यक्ष दर्शन कराऊंगा।"

"ठीक है। आप किसी को अपनी इच्छा के बिना दिखाई तो देंगे नहीं इसलिए तब तक आप चाहे तो इस गांव की सुंदरता के दर्शन कर सकते हैं या घर के भीतर चलकर आराम भी कर सकते है।"

"दोनों ही विचार ठीक लगते है आर्गश। मैं गांव को अपनी प्रत्यक्ष दृष्टि से देखना चाहूंगा। तब तक तुम आनंद द्वारा लाये कार्यों को पूरा करो।"

"हाँ—ऐसा ही होगा।"

और फिर कालझ उसी मार्ग से गांव की ओर जाने लगता है जिस मार्ग से आनंद आ रहा होता है। किन्तु वह कालझ को देख नहीं सकता है। कुछ ही समय में आनंद, आर्गश के पास अभिवादन करते हुए कहता है"—तुम कही से आ रहे हो या कहीं जा रहे हो।"

आर्गश मंद मुस्कान के साथ आनंद का अभिवादन करते हुए कहता है "आ रहा हूँ और अब तुम्हारे साथ घर के भीतर जा रहा हूँ।" और दोनों घर की ओर जाने लगते है। कुछ ही क्षण में दोनों घर के द्वार पर पहुंच कर उसके भीतर प्रवेश करते है। आर्गश द्वार से बाहर कालझ को गांव की ओर बढ़ते हुए देखता है और आनंद से कहता है "तो इस बार तुम्हारी यात्रा कैसी रही।"

आनंद अपने समान को एक मेज पर रखते हुए कहता है "इस बार मुझे नींद अच्छी आई थी।"

"ये तो अच्छी बात है।" और कुछ ही क्षण में आर्गश का एक परम प्रकाशमय दिव्य स्वरूप अलग होते हुए अपने परम दिव्य शक्ति से एक अद्भुत घटाकाश का निर्माण कर देते हैं। वह आनंद के भी परम दिव्य स्वरूप को उसके मनुष्य शरीर से अलग करके उस घटाकाश में खींच लेते हैं। आनंद स्वयं उस घटाकाश से देखते है की आर्गश के घर में आर्गश और आनंद का भौतिक मनुष्य शरीर सामान्य रूप से अपने कार्य कर रहे है। वह उस घटाकाश के भीतर अनंत दिशाओं एवं आयामों को अपने परम दिव्य दृष्टि से देखते हैं तो उन्हें परमानंद लीला में प्रभु द्वारा रचित अनंत विस्तार के अनेको कारणार्णव के दर्शन हो होते हैं। वह निकटतम कारणार्णव के अनंत ब्रह्माण्डों की अनेको भिन्नताओं, जटिलताओं एवं विशालता को प्रत्यक्ष एक साथ देख रहे होते हैं। यह सब देखते हुए ही आनंद स्वयं के परम दिव्य स्वरूप के परम दिव्य स्वर में आर्गश के परम दिव्य स्वरूप से कहते हैं "प्रभु—क्या वहां वह आदि असुर दैण्याक्ष कालज्ञ के कार्यों में बाधा डालने के लिए आया था।"

उस घटाकाश में आर्गश का परम दिव्य स्वरूप मंद मुस्कान के साथ आनंद के परम दिव्य स्वरूप की ओर देखते हुए कहते हैं "हाँ— उसने अपनी आसुरी माया के द्वारा उस कार्य में बाधा उत्पन्न करने का पूरा प्रयास किया था। किंतु मेरी योगमाया ने उसको और उसकी आसुरी माया को अपनी महा माया से आच्छादित कर दिया था। इसलिए कालज्ञ और उस ब्रह्माण्ड का कोई भी जीव उस आदि असुर दैण्याक्ष और उसकी दुष्टता पूर्ण आसुरी माया का अनुभव भी नहीं कर सके।"

"आप धन्य हैं प्रभु। —आप धन्य हैं। —किंतु प्रभु आपने इस बार भी उसका वध क्यों नहीं किया?"

"आनंद—तुम्हें तो ज्ञात ही है की वह दैण्याक्ष, काल के आरंभ के एक महा ब्रह्माण्ड ऊर्ध्वर्माण्ड का एक आदि असुर था, जिसने उस

ब्रह्माण्ड की सम्पूर्ण आयु तक उसके सहस्र मुखी ब्रह्मा की उपासना की थी। उस महा तपस्या से प्रसन्न होकर ही उन्होंने उसे अमरता के अतिरिक्त कोई भी दो वरदान मांगने को कहा था। —दैण्याक्ष ने बहुत विचार करने के बाद एक यह वरदान माँगा था की वह काल के अंत तक उसके सभी महत्वपूर्ण कार्यों एवं उद्देश्यों को स्वतः ही जान सके। और दूसरा वरदान यह माँगा था की वह काल के अनंत क्षेत्र में बस कुछ ही समय में कहीं भी पहुंच सके। इस तरह वह लगभग अनंतकाल से ही काल के सभी महत्वपूर्ण कार्यों को स्वतः ही जनता रहा है। काल जब भी उसके वध का की योजना तैयार करते है तो वह महत्वपूर्ण होने के कारण उसे स्वतः ही ज्ञात हो जाता है। अपने ही अंश रूप ब्रह्मा के द्वारा दिए उन वरदानों को मैं किस प्रकार से मिथ्या वरदान होने दे सकता हूँ आनंद। एक सत्य तो यह भी है की मुझे स्वयं दैण्याक्ष के साथ यह लीला रूपी खेल खेलने में बड़ा आनंद आता हैं। इसलिए मैंने उसका वध नहीं किया।"

"तो क्या आप उसका कभी भी वध नहीं करेंगे प्रभु?"

"अवश्य करूँगा—दैण्याक्ष का अंत एक ऐसे क्षेत्र में होगा जहां स्वयं मेरे काल स्वरूप का भी एक अंत होता रहता है।"

"किन्तु कब होगा प्रभु? —उसने तो अब आपके प्राचीनतम परम भक्त कालज्ञ के इन परम कार्यों को पूर्ण ना होने देने और स्वयं कालज्ञ के अंत का प्रण ले रखा है।"

"उसके वध का कोई समय ही नहीं होगा आनंद। वह तो समय रहित क्षेत्र में अपने प्राण त्याग कर के अपने परम कारण अर्थात स्वयं मुझमें विलीन हो जायेगा। यह प्रण तो उसके वध का कारण मात्र है। हर दुराचारी, पापी और दुष्ट जीव अपने अहंकार के मद में चूर होकर कोई न कोई ऐसा निश्चय, कामना, सनक, उन्माद या प्रण कर लेते है जो उन्हें उनके अंत की ओर निश्चित रूप से लेकर जाता है।"

"प्रभु—मैं तो आपका ही अंश हूँ और इसी कारण से अब तक मैंने कालझ के साथ आपके उस ब्रह्माण्ड के परम कार्यों को स्वतः ही अपने अंतःकरण में देख कर महान आनंद से आह्लादित होता रहा हूँ। किन्तु प्रभु—इस कार्य में आपकी योगमाया के परम वास्तविक कार्यों का अभी तक मैंने साक्षात रूप में दर्शन नहीं कर पाया हूँ। जिसे स्वयं आपके अतिरिक्त अन्य कोई भी परा, अपरा, असाधारण या दिव्य जीव कभी जान भी नहीं सकता है। और यदि किसी परम कारणवश जान भी ले तो भी वह उसकी परम विशालता एवं दिव्यता को पूर्ण रूप से समझ नहीं सकता है। किन्तु प्रभु आपकी कृपा से मैं वह सब अपने पूर्ण परम दिव्य रूप में ग्रहण कर सकता हूँ। प्रभु—अपनी योगमाया के उस परम कार्य का मुझे दर्शन कराये जो उस ब्रह्माण्ड में परम वास्तविक रूप में घटित हुआ था।"

"तथास्तु।"

आनंद का परम दिव्य स्वरूप अपनी आंखें बंद करके अपने अंतःकरण में देखते है, की उनके अंतःकरण में परम दिव्य प्रकाश का स्रोत फुट पड़ा हो। उस प्रकाश के केंद्र में वह देखते है की प्रभु अपने परम अद्भुत दिव्य योगमाया ही आर्गश के रूप में स्वयं को और कालझ को, ३ दिन पूर्व इस ब्रह्माण्ड से गुरुत्वांध्व ब्रह्माण्ड के सर्थम प्रणाली के तृणेक्ष ग्रह के बाह्य वायुमंडल तक परम वेग से पहुंचते हैं। वह देखते है की जब आदि असुर दैण्याक्ष तृणेक्ष के बाह्य अंतरिक्ष में महाकाय रूप में किसी अन्य ब्रह्माण्ड से महा वेग धारण किये हुए प्रकट होने लगता है, तो प्रभु की योगमाया ही उसके सम्पूर्ण स्वरूप को अपनी महा माया से आच्छादित कर देती हैं। वह आदि असुर दैण्याक्ष भी स्वयं जान नहीं पाता है, की प्रभु की योगमाया ने उसको सम्पूर्ण सर्थम प्रणाली के जीवों के सापेक्ष में अदृश्य कर दिया है। दैण्याक्ष उस बाह्य अंतरिक्ष में अपनी आसुरी माया के द्वारा स्थिर रहते हुए प्रालख्य के आगमन की प्रतीक्षा करने लगता है। जब प्रालख्य के उल्कार्पिंडो का आगमन होता है तब स्वयं योगमाया ही वास्तविक कालझ को दैण्याक्ष

के लिए अप्रकट रूप देकर तृणेक्ष और गर्णाक के बाह्य वायुमंडल में उनकी माया से बने अवास्तविक कालझ को प्रकट और अप्रकट करती रहती हैं। दैण्याक्ष उसी मायारुपी अवास्तविक कालझ को वास्तविक कालझ समझ कर प्रालख्य के उल्कापिंडो को उसकी ओर तीव्र वेग से गतिमान करता रहता है।

जब दैण्याक्ष उन प्रालख्य के उल्कापिंडो से कालझ का कुछ भी हानि नहीं कर पाता है, तो वह स्वयं प्रालख्य को वश में करने का प्रयास करने लगता है किन्तु तभी योगमाया से स्वयं प्रभु महाराज जाहंस्त्र के वास्तविक महाकाय रूप से उसके साथ खेलने लगते हैं। यह दृश्य भी सभी जीवों के लिए अप्रकट ही रहता हैं। जब दैण्याक्ष प्रभु से खेल-खेल में ही अत्यधिक पीड़ित हो जाता है, तब वह अपनी शक्ति से प्रालख्य को ही नष्ट करने के लिए प्रचंड दबाव से उसके बाहरी आवरण को क्षति पहुंचाने लगता है। जब प्रालख्य के बाहरी आवरण में एक बड़ा दरार पड़ने लगता है तब स्वयं प्रभु अपनी योगमाया की परम शक्ति से दैण्याक्ष को एक महा संघात करके प्रालख्य से बहुत दूर फेंक देते है। तब स्वयं प्रभु की योगमाया ही प्रालख्य के भीतर और बाहर से अपनी ही परम शक्ति के द्वारा प्रालख्य को फटने से रोकते हुए उसे सख्ती से बांधे रखती हैं।

जब महाकाय दैण्याक्ष कुछ दूर जाकर स्वयं को संभालता हुआ स्थिर हो जाता है, तब वह अपनी आसुरी माया से तृणेक्ष पर घने काले मेघों को प्रकट करके प्रचंड वायु एवं वर्षा रूपी माया का निर्माण कर देता है, जिससे की महाराज जाहंस्त्र की पकड़ ढीली पड़ने लगे। किन्तु स्वयं प्रभु की प्रेरणा से कालझ, आर्गश से उन मेघो के ऊपर से उड़ने को कहता है। योगमाया के द्वारा ही दैण्याक्ष के लिए अप्रकट वास्तविक प्रालख्य, मेघो के ऊपर से महाराज गारुब्ध के द्वारा लेकर उड़ते रहते हैं। किन्तु दैण्याक्ष के लिए प्रकट अवास्तविक मायारुपी प्रालख्य उसी वर्षा और तूफान में मायारुपी महाराज गारुब्ध के रूप में विकट प्रयास करते हुए उड़ते रहते हैं। अंत में जब दैण्याक्ष देखता है, की जिस

प्रालख्य को वह वर्षा और तूफान से नष्ट करने का प्रयास कर रहा है, वह अचानक स्वयं ही महा विस्फोट के साथ कण-कण होकर नष्ट हो जाता है। उसके साथ चल रहे सभी लोग भी कण-कण होकर लुप्त हो जाते हैं। तब वह उस महामाया को समझ कर अपनी आसुरी माया का अंत करके तृणेक्ष के अंतरिक्ष में चला जाता है।

दैण्याक्ष अपने प्रचंड वेग से सुदूर अंतरिक्ष में वहां पहुंच जाता हैं, जहां से आर्जथ प्रकाश से भी सहस्रों गुना अधिक गति से इदेवतों के अंतरिक्ष यान के द्वारा तृणेक्ष की ओर बढ़ रहा होता है। वह उस अंतरिक्ष यान में अपनी आसुरी माया के द्वारा प्रवेश करके उसकी गति को उसकी क्षमता से भी अधिक करते हुए उसके गति नियंत्रण प्रणाली को नष्ट होने देता है। वह प्रज्ञास द्वारा उस अंतरिक्ष यान की गति नियंत्रण प्रणाली के ठीक करने के सभी विकल्पों को व्यर्थ भी करता रहता है। और वह स्वयं अप्रकट रूप से उस अंतरिक्ष यान के साथ तृणेक्ष को नष्ट करने के उद्देश्य से आर्जथ के मानव्य बुद्धि को भ्रमित करता रहता है, जिससे की वह उस यान का मार्ग परिवर्तित ना कर सके। किन्तु दैण्याक्ष स्वयं भी नहीं जनता की अंतरिक्ष यान के चारों ओर अप्रकट रूप से स्वयं प्रभु की योगमाया, उसकी सम्पूर्ण आसुरी माया को अपने द्वारा ही संचालित कर रही है। सब कुछ उनकी ही योजना के अनुसार हो रहा है, किन्तु दैण्याक्ष उसको अपनी महान योजना समझ कर अति हर्षित हो रहा होता है।

आनंद देखते है की जब इदेवतों का विमान प्रकाश से भी लाख गुना अधिक गति से तृणेक्ष को नष्ट कर देता है, तब दैण्याक्ष ही अपने आसुरी माया के द्वारा कई प्रयत्नों से कालझ का अंत करने का प्रयास करता रहता हैं किंतु प्रभु की योगमाया उन सभी प्रयासों का मार्ग बदल कर महाराज जाहेक्त्र, महाराज गारुद्ध, महाराज साहेस्व, महाराज इंग्रात और सम्पूर्ण तृणेक्ष एवं उसके चंद्रमाओं के समस्त जीवों का अंत करती रहती है। जब प्रभु ने कालझ को दर्शन देकर परम प्रकाश से अंतर्धान होने ही वाले होते हैं, तब उस उज्ज्वल प्रकाश में

प्रभु अपने आर्गश रूप में महाकाय होकर दैण्याक्ष को अपने अंगूठे और तर्जनी के बीच अप्रकट रूप से पकड़ कर उसको अपनी तर्जनी के परम वेग से इस प्रकार धकेल देते हैं की वह कुछ ही क्षण में उस गुरुत्वांध्व ब्रह्माण्ड से निकलकर करोडो ब्रह्माण्ड दूर एक महा ब्रह्माण्ड में अत्यंत क्षत विक्षत शरीर के साथ एक वीरान महा ग्रह पर अचेत रूप से जा कर गिरता है।

आनंद देखते है की प्रभु अपनी योगमाया से सम्पूर्ण तृणेक्ष और उसकी चंद्रमाओं पर काल को स्पष्ट रूप से प्रकट करके उल्टे क्रम से चलाने लगते है। प्रभु की इच्छा से ही कालज्ञ, महाराज इंग्रात, महाराज गारुद्ध, महाराज साहिस्व और कुछ इदेवत देखते हैं की समय के उल्टे क्रम से सब कुछ पहले की तरह ठीक होते और जीवित होते जा रहे है। योगमाया के द्वारा ही प्रभु सभी की उन स्मृतियों को विस्मृत करते जा रहे है। प्रभु आर्गश के महाकाय रूप को कुछ कम करते हुए ही समय के उल्टे क्रम से पीछे की ओर महावेग से आते अंतरिक्ष यान को अपने दोनों हाथों में पकड़ कर समय के उलट क्रम को और परम प्रकाश की उज्ज्वलता को अपनी योगमाया से सामान्य और अप्रकट कर देते हैं।

आनंद यह भी देखते हैं की प्रभु आर्गश के रूप में अपनी योगमाया से ही परम वेग धारण करके मार्तव्य प्रणाली में प्रकट हो जाते हैं और अपनी योगमाया से उस सम्पूर्ण आकाशगंगा को धारण करके उसके मार्तव्य कृष्ण विवर को अपने में विलीन कर लेते हैं। प्रभु अपनी योगमाया से सम्पूर्ण आकाशगंगा को कुछ विस्थापित करते हुए उसके प्रधान कृष्ण विवर को उसी सही स्थान पर स्थापित करते है जिसकी गणना सुद्रात ने की थी जो कि कुछ गलत भी थी। आनंद यह भी देखते हैं की प्रभु अपनी योगमाया से ही उस आकाशगंगा से सुद्रात को लेकर परम वेग धारण करके तृणेक्ष के बाह्य वायुमण्डल में प्रकट हो जाते हैं।

आनंद देखते हैं की प्रभु अपनी योगमाया से ही सम्पूर्ण सर्थम प्रणाली को अपने स्वरूप के परम उज्वल दिव्य प्रकाश में लीन कर

लेते हैं। उनकी इस योगमाया से सम्पूर्ण गुरुत्वांधव, उस परम दिव्य प्रकाश से प्रकाशित होने लगता है। आनंद यह भी देखते हैं की प्रभु अपने परम दुर्लभ स्वरूप के साथ सम्पूर्ण कारणार्णव को प्रकाशित किये हुए उसके अनंत ब्रह्माण्डों को अपने में लीन किये हुए आदि और अंत से रहित वहां उपस्थित सभी परमगति को प्राप्त होने वाले जीवात्माओं को उनकी दिव्य दृष्टि से निकट दिखाई पड़ रहे है।

आनंद देखते हैं की प्रभु की योगमाया ही उन सभी परमगति को प्राप्त जीवों के भौतिक शरीरों को सम्मानपूर्ण एवं गरिमा पूर्ण अवस्था में उनके आसनों पर स्थापित करती जा रही हैं। वही उनके अपनों के अंतःकरण में यह भावना प्रकाशित करती जा रही हैं की वह परमगति को प्राप्त हुए हैं। प्रभु की योगमाया ही ठीक समय पर कालझ को उस परम वचन का स्मरण करा देती है, जो महाराज साहिस्व और राजमाता सुमागी के लिए स्वयं प्रभु ने कहे थे। और अंत में स्वयं प्रभु की योगमाया ही प्रभु को और कालझ को परम वेग से उस गुरुत्वांधव ब्रह्माण्ड से इस ब्रह्माण्ड तक कुछ ही क्षण में लेकर आ जाती हैं।

प्रभु की योगमाया के सभी लीलाओं को देख कर परम आनंद से आह्लादित होते हुए आनंद का परम दिव्य स्वरूप, आर्गश के परम दिव्य स्वरूप से कहते हैं "प्रभु—आप के इस कृपा से मैं धन्य हुआ। —कालझ के साथ उस परम कार्य में आपकी योगमाया की सम्पूर्ण लीला को देख कर मैं धन्य हुआ प्रभु। —मैं धन्य हुआ। —प्रभु —अब कालझ गांव का भ्रमण करके लौट रहा है।"

"हाँ आनंद—वह लौट रहा है।"

"तो प्रभु अब हमे अपनी मित्रता की लीला को अप्रत्यक्ष रूप से ही करना है या प्रत्यक्ष रूप से।"

"अभी के लिए यह लीला अप्रत्यक्ष ही चलने दो आनंद। मेरे लौटने पर हम प्रत्यक्ष रूप में इस लीला को करेंगे।"

"जो आज्ञा प्रभु।—किंतु प्रभु अभी आप कहां जा रहे हैं?"

"कुछ ब्रह्माण्डों का अंत समय आ गया है आनंद। उन ब्रह्माण्डों के समस्त जीवों को अपने में लीन करके उनके ब्रह्मा मेरी राह देख रहे हैं। उन्हें स्वयं में विलीन करके मैं लौट आऊंगा।"

"आप की अनंत परम लीलाओं का ओर और छोर, केवल आप ही लगा सकते हैं प्रभु।" और फिर परमात्मा आर्गश के परम दिव्य स्वरूप के साथ अंतर्धान होकर उस घटाकाश से चले जाते हैं। आनंद का परम दिव्य स्वरूप उस अप्रकट घटाकाश से देखते हैं की कालझ जो की मनुष्य रूप आनंद के लिए अप्रकट है, आर्गश के घर में प्रवेश करता है। आर्गश का मनुष्य रूप द्वार से कालझ को भीतर आते देख लेता है। कालझ एक लकड़ी की कुर्सी पर बैठ कर आर्गश और आनंद की आपस के कार्यों को करते हुए देख रहा होता है।

उनके कार्यों की गंभीरता को देखते हुए कालझ मानसिक रूप में आर्गश से प्रश्न करता हैं "आर्गश—इन कार्यों को पूरा करने में कितना समय लगेगा।"

आर्गश अपने मस्तिष्क में कालझ के प्रश्न को जानकार वही प्रश्न आनंद से करते हुए कहता है "आनंद—इन कार्यों को पूरा करने में हमे कितना समय लगेगा।"

आनंद जो मानसिक रूप में ही कालझ की बातों सुन चूका होता है, आर्गश के पूछने पर कहता है "—जो भी समय अब लगेगा वह मेरा ही लगेगा। तुमने तो अपना काम कर दिया अब मुझे इसके आगे सब कुछ करना है।"

"तो ठीक है तुम काम करो और मैं सुबह की सैर करके आता हूँ।"

"ठीक है जाओ। लेकिन आते समय मेरे लिए कुछ अच्छा नाश्ता लेकर आना।"

"हाँ क्यों नहीं।"

और फिर कालझ और आर्गश दोनों घर से बाहर निकल कर सुबह की सैर करते हुए आगे जाने लगते हैं। घर के भीतर आनंद का परम दिव्य स्वरूप उस अप्रकट घटाकाश से बाहर निकल कर अपने मनुष्य रूप आनंद के शरीर में प्रवेश कर जाते है। घर के बाहर आर्गश, कालझ से कहता हैं "अब आप, हमारे चले आने पर तृणेक्ष और उसकी चंद्रमाओं पर माया द्वारा स्मृति पटल पर निर्मित वास्तविकता का प्रत्यक्ष दर्शन कराए।"

कालझ अपने गंभीर स्वर में कहता है "ठीक है किन्तु हमे किसी ऐसे स्थान पर चलना चाहिए, जहां से कोई भी प्रत्यक्ष या अप्रत्यक्ष जीव उस काल पटल के दृश्यों को देख न सके।"

"हाँ—तो आप हमे इस भूमि के भीतर किसी निकट के रिक्त आकाश में ले चलिए।"

कालझ अपनी दिव्य दृष्टि से भूमि की ओर देखते हुए कहता है "— हाँ ऐसी जगह ठीक रहेगी। और एक रिक्त आकाश इस भूमि के आधे योजन नीचे मुझे दिखाई पड़ रहा है। चलो हम उसी रिक्त आकाश में चलते है।"

"चलिए।"

कालझ अपनी संकल्प शक्ति से आर्गश को साथ लेकर सूक्ष्मता से अंतर्धान होकर भूमि के नीचे आधे योजन पर स्थित एक रिक्त आकाश में प्रकट हो जाता। और फिर वह अपने काल दंड की चमक से उस पूर्ण रूप से अंधकारमय आकाश को प्रकाशित कर देता है। उसके बाद वह आर्गश से पूछता है "तुम्हें किसके स्मृति पटल की वास्तविकता के दर्शन करने हैं।"

"किसके? माया ने वास्तविकता तो एक समान ही निर्मित की होगी। फिर वह प्रत्येक के संदर्भ में अलग-अलग कैसे हो सकती हैं।"

"सभी के सापेक्ष में सामान्य वास्तविकता तो एक ही निर्मित होती है किन्तु प्रत्येक की स्मृति पटल पर पहले से जो उनके सापेक्ष में दृश्य बने होते हैं उन्हीं का माया द्वारा परिवर्तन, उनके सापेक्ष में भिन्नता उत्पन्न कर देती है। —इसे ऐसे समझो की तुम जब किसी वस्तु को सामने से देखते हो तो तुम्हारे चेतन मस्तिष्क में उस वस्तु के सामने के ही दृश्य, स्मृति पटल पर अंकित होते है। और कोई दूसरा व्यक्ति जब उसी समय उसी वस्तु को उसके पीछे से देखता है तो उस व्यक्ति के चेतन मस्तिष्क में उस वस्तु के पीछे के ही दृश्य, स्मृति पटल पर अंकित होते है। यदि कोई तुमसे उस वस्तु के पीछे की विशेषताओं को पूछे तो तुम उत्तर नहीं दे सकोगे। इसी प्रकार यदि कोई उस व्यक्ति से उस वस्तु के सामने की विशेषताओं को पूछेगा तो वह उत्तर नहीं दे सकेगा। ठीक इसी प्रकार एक ही वस्तु या घटना की वास्तविकता अलग-अलग प्रेक्षक के लिए अलग-अलग हो सकती हैं।—तो अब बताओ की तुम्हें किसके स्मृति पटल की वास्तविकता का दर्शन करना है?"

आर्गश कुछ विचार करके मंद मुस्कान के साथ कालझ से कहता है "—वहां घटित घटनाओं में महाराज जार्हस्त्र, महाराज साहस्व, महाराज गारुद्ध और महाराज इंग्रात, कही ना कही उपस्थित थे। —आप उन्हीं के स्मृति पटल पर माया द्वारा निर्मित नई वास्तविकता का संयुक्त रूप से दर्शन कराइये।"

"ठीक है आर्गश।"

कालझ अपने काल दंड से उस रिक्त आकाश में एक वृहद दृश्य पटल का निर्माण करते हुए महाराज जार्हस्त्र, महाराज साहस्व, महाराज गारुद्ध और महाराज इंग्रात के मस्तिष्कों में माया द्वारा ३ दिन पूर्व के स्मृतियों में नव निर्मित स्मृतियों को एक साथ लेकर आर्गश को दिखाना आरंभ कर देता है। आर्गश उन नव निर्मित स्मृतियों को देखने लगता है। वह उस दृश्य से देखना आरम्भ करता है जब महाराज जार्हस्त्र अपने ध्यान की अवस्था में ही देखते हैं की तृणेक्ष और इसके

320

चंद्रमाओं का ऐसा अनिष्टकारी महा विनाश होता है की जिसे पूर्ण रूप से देख कर वह ध्यान से बाहर आने को विवश हो जाते है। साथ ही उनके अंतःकरण में इस महा विनाश को रोकने के उपाय रूपी दिव्य प्रेरणा का उदय भी होने लगता है। अंततः वह उस दिव्य प्रेरणा से सब कुछ समझ कर तृणेक्ष के गर्भ के उस शून्यता से बाहर आ जाते है। और वह तीव्र वेग धारण करते हुए राजधानी की ओर बढ़ने लगते हैं। उसके बाद की राजमहल तक पहुंचने की घटनाएं वैसे ही घटित होती है जैसा घटित हुआ था। किन्तु उनमें आर्गेश और कालझ के उपस्थिति के कोई चिन्ह नहीं मिलते हैं।

महाराज साहंस्व राजमहल के घेरे के मध्य अपने पिता महाराज जाहंस्त्र से मिलते है, तब उनके पिता उनसे कहते है "पुत्र—हमे इस तृणेक्ष और इसके चंद्रमाओं को नष्ट होने से बचाने के लिए राजमहल चलना चाहिए। यह एक महान संकट का समय है। हमें कुछ रणनीतियों पर शीघ्र विचार करना होगा।"

महाराज साहंस्व तृणेक्ष और इसके चंद्रमाओं के नष्ट होने की बात को सुनकर अत्यंत आश्चर्य के भाव में अपने पिता से कहते है "चलिए पिताश्री राजमहल में चलकर विश्राम के बाद सारी बातें बताइये।, राजमहल को आपके आगमन में पूरी तरह से सजाया गया है।"

महाराज जाहंस्त्र राजमहल के भव्य और विशालकाय राजसभा में सबसे प्रमुख और भव्य सिंहासन पर कुण्डलीकार रूप में विराजते हैं और अन्य सभी के अपने-अपने आसनों पर आसीन होने के बाद अपने सहस्त्रों फणों की गुँज ध्वनि में अपने पुत्र साहंस्व से कहते हैं "पुत्र—मुझे अपने ध्यान की अवस्था में हमारे इस ग्रह तृणेक्ष और हमारे चंद्रमाओं का ऐसा अनिष्टकारी महा विनाश दिखाई पड़ा की जिसे पूर्ण रूप से देख कर मैं ध्यान से बाहर आने को विवश हो गया।"

"आपने ऐसा क्या कारण देखा पिताश्री जिससे हमारा यह तृणेक्ष और इसके चंद्रमा, महा विनाश को प्राप्त होंगे।"

"वह कारण एक विकराल उल्कापिंड है पुत्र।—जिसका नाम प्रालख्य है।"

"—वह कब तक हमारे बाह्य अंतरिक्ष में प्रवेश करेगा पिताश्री।"

"अब से ठीक एक घड़ी के बाद वह विकराल उल्कापिंड, आकाश में सब को अपनी आंखों से दिखाई पड़ने लगेगा और उसके एक घड़ी बाद से ही उसके छोटे बड़े टुकड़े तृणेक्ष और हमारे चंद्रमाओं पर गिरने लगेंगे। हमे समय रहते अपने योद्धाओं को उन आने वाले पिंडों को रोकने के लिए बाह्य वायुमंडल में नियुक्त करना होगा, जिससे तृणेक्ष पर जन जीवन और राज्य की अतिशय हानि होने से बचाया जा सके।"

राजसभा में सब जार्नाग इसी बात को लेकर एक दूसरे से वार्ता करने लगते हैं, और ध्वनियों की गूंज से राजसभा में महा गूंज का वातावरण बन जाता है। महाराज जार्हेत्र अपने सहस्त्रों फणों के मेघ के समान गरज कर सबको शांत करते हुए कहते है "मेरी बात को ध्यान देकर सुनो। —आप सब देख रहे है की ऐसा पहली बार हुआ है की कोई वृहत्वान जार्नाग उस शून्यता से, ध्यान से बाहर आकर लौट आया हो। मुझे मेरे ध्यान में इन सब बातों का ज्ञान और उससे बाहर लाने का कार्य अवश्य ही किसी अद्भुत शक्ति की प्रेरणा से हुआ है। मेरा पुत्र —तुम्हारा महाराज, तृणेक्ष के सभी बलशाली योद्धाओं का इस कार्य में नेतृत्व करेगा और मैं स्वयं उस विकराल उल्कापिंड को रोकने में के लिए गणक तक जाऊंगा।"

अपने पिता की बात पूरी होने के बाद, महाराज सार्हस्व कहते हैं "पिताश्री—यदि यह सत्य है और उस उल्कापिंड से हमे तृणेक्ष को बचाना है तो क्यों ना हम उसको तृणेक्ष की कक्षा में आने से पूर्व ही अपने अंतरिक्षीय विनाशकारी शस्त्रों से नष्ट कर दें? फिर उसके छोटे बड़े टुकड़ों को हमारे योद्धा आकाश से तृणेक्ष पर बिना किसी संघात के लाकर रखते जायेंगे। आपको इसमें कष्ट उठाने की आवश्यकता ही नहीं पड़ेगी पिताश्री। मैं और मेरे योद्धा इसे बड़ी सहजता से पूर्ण कर लेंगे।"

"पुत्र—मुझे अपने ध्यान में भी यह ज्ञात हुआ है की वह विकराल उल्कापिंड प्रालख्य कोई साधारण उल्कापिंड नहीं है। वह इस ब्रह्माण्ड का एक प्राचीन ग्रह रह चुका है, जो लाखों वर्ष की यात्रा के बाद तृणेक्ष तक आज पहुंचेगा। इसे तुम हमारी गर्णाक चन्द्रमा से बस दशांश ही कम समझो। और इसे नष्ट भी नहीं कर सकते क्योंकि उसके गर्भ में प्राचीन और अद्भुत जीवों का जीवन चक्र लाखों वर्षों से ही चलता आ रहा है।"

"तो पिताश्री आप ही बताये के हम उसे किस तरह तृणेक्ष को नष्ट करने से रोकेंगे। इतने विशाल ब्रह्मांडीय पिंड को कौन और किस तरह से अपने वश में कर सकेगा।"

"मैं उस उल्कापिंड को वश में करके तृणेक्ष के उस भाग पर ला कर रख दूंगा जहां करोड़ों वर्ष पूर्व कभी एक विशाल महासागर हुआ करता था। जिसे अब हम सब खार्द्धिक क्षेत्र के नाम से जानते हैं पुत्र।"

महाराज साहंस्व आश्चर्य के भाव से कहते है "पिताश्री—मुझे आपके बल पर कोई संदेह नहीं है, किन्तु गर्णाक से कुछ कम उस उल्कापिंड को आप कैसे रोक सकेंगे। क्या आपको लगता है के आप इतने विशालकाय उल्कापिंड को उसके विकराल वेग के साथ धारण कर पाएंगे?"

"अपने ध्यान में उसी अद्भुत शक्ति की प्रेरणा ने मुझे यह भी आभास कराया है की मुझे अब अपने ध्यान से कुछ सिद्धियां प्राप्त हुई हैं, जिनका प्रयोग करके मैं उस विकराल उल्कापिंड को अपने वश में कर सकता हूँ। मैं उन सिद्धियों की सहायता से अपने शरीर और अपने बल को आवश्यकता के अनुसार संतुलित करते हुए उस प्रालख्य उल्कापिंड को सुरक्षित तृणेक्ष पर ला सकता हूँ पुत्र।"

"अर्थात आप अपने शरीर की शक्ति और सामर्थ्य को बढ़ा कर उस प्रालख्य उल्कापिंड को धारण करके सुरक्षित, तृणेक्ष पर ला सकते है?"

"हाँ पुत्र— मुझे उस दिव्य प्रेरणा पर पूर्ण विश्वास है, जिसने मुझे मेरे ध्यान में इस महाविनाश को टालने का सम्पूर्ण ज्ञान दिया।"

"पिताश्री—आप जो कह रहे हो वह स्वप्न सा असाधारण और काल्पनिक ही लगता है। और फिर महाराज साहंस्व महल के अदृश्य रूपी छत से आकाश को अपने समस्त फणों से निहारते हुए कहते हैं "—अब रणनीति निश्चित करने का समय आ गया है पिताश्री, क्योंकि मुझे वह उल्कापिंड अब स्पष्ट दिखाई पड़ रहा है।"

... राजमहल के राजसभा में सब अपने महाराज जाहंस्त्र की ओर अब इस प्रकार देखने लगते है के महाराज आदेश करें के हमे अब क्या करना चाहिए।

महाराज जाहंस्त्र सभी को अपने सहस्त्रों फणों से गूंजती हुई ध्वनि में कहते है "सभी महान और बलशाली योद्धा तृणेक्ष के बाहरी वायुमंडल में मेरे पुत्र के नेतृत्व में आने वाली हर एक छोटी बड़ी प्रालक्ष्य उल्कापिंड के खतरनाक टुकड़ों को रोकेंगे और उसे तृणेक्ष की सतह पर लाकर रखते जाएंगे।" अपने पुत्र की ओर देखते हुए महाराज जाहंस्त्र कहते हैं "पुत्र तुम इन सभी योद्धाओं को जितना शीघ्र हो सके इस कार्य में नियुक्त कर दो और आने वाली हर एक उल्कापात पर निगरानी बनाए रखो। मुझे भी इस संकट के मूल तक पहुंचने के लिए जल्द ही गर्णाकि के लिए प्रस्थान करना होगा।"

...महाराज जाहंस्त्र राजमहल से बाहर आते है, और आकाश में सब ओर नियुक्त महान जार्नांग योद्धाओं और विशालकाय रूप से उनका नेतृत्व करते महाराज साहंस्व को देख कर संतुष्ट होकर तीव्र वेग से तृणेक्ष के उस भाग के आकाश की ओर उड़ चलते हैं जिधर गर्णाकि दिखाई पड़ रहा होता है। महाराज जाहंस्त्र उड़ते हुए ही अपने सहस्त्रों फणों से श्वास को खींचने लगते है और कुछ देर में जब वह तृणेक्ष के बाहरी वायुमंडल तक पहुंच जाते हैं, तो आकाश और भूमि पर स्थित सभी जर्नांगो को देखकर कुछ भावुक हो जाते हैं। अंत में वो

अपने पुत्र की ओर स्नेह की दृष्टि से देख कर गर्णाक की ओर जाने के लिए तृणेक्ष के बाहरी वायुमंडल से तीव्र वेग से विशालकाय लहर की भांति चल देते हैं।

... महाराज जाहंक्ष अब बस कुछ ही दूर हैं गर्णाक के बाह्य वायुमंडल से और उन्हें वह प्रालक्ष्य उल्कापिंड अब और स्पष्ट रूप से दिखाई देने लगता हैं। वह अपने मन में विचार करने लगते हैं 'यह तो अब निश्चित ही लग रहा है के मैं इस प्रालक्ष्य के लाखवें खंड को भी अपने पूर्ण सामर्थ्य से भी शायद ही धारण कर पाऊं। जैसा की मैंने अपने ध्यान में आभास किया था की मैं अपनी सिद्धियों के बल से इस सम्पूर्ण प्रालक्ष्य को धारण कर लूंगा, इसमें तो अब मुझे संदेह होने लगा है। भला कैसे मेरी कोई अज्ञात सिद्धि मेरे शरीर को लाखो गुना बड़ा कर सकती है, यह कैसे संभव हो सकता है। या शायद यही हमारे तृणेक्ष का अंत है, और जैसा की मैंने ध्यान में देखा था, इसी क्रम में हमारे इस ब्रह्मांड का भी शायद यही अंत है।'

इस तरह महाराज जाहंक्ष जब निराशा में घिरते जाते है तो उनके अंतःकरण में उनके ध्यान के अवस्था की दिव्य प्रेरणा का पुनः उदय होता है जिसमें वह स्वयं से ही कहते है "जाहंक्ष —तुम यूं निराशा रूपी विचारों के कारण हतोत्साहित ना हो। तुम्हें स्वयं पर पूर्ण विश्वास करना होगा तभी इस प्रालक्ष्य को तुम धारण कर पाओगे। यदि तुम्हें स्वयं पर पूर्ण विश्वास नहीं होगा तो तुम पूर्ण रूप से अपनी सिद्धियों का प्रयोग कर नहीं पाओगे, और इस तरह परिणाम अनिष्टकारी ही होगा।"

महाराज जाहंक्ष अपने अंतःकरण में पुनः उदित हुए इस दिव्य प्रेरणा से प्रेरित होकर विचार करते है "नहीं-नहीं ऐसा कभी नहीं होना चाहिए। मुझे स्वयं पर पूर्ण विश्वास है। मेरे ध्यान के अवस्था की दिव्य प्रेरणा अब भी मेरे अंतःकरण में मेरे साथ है, यह मुझे ज्ञात नहीं था। उस दिव्य प्रेरणा से ज्ञात असाधारण सिद्धियों और शक्तियों

का अब मुझे अनुमान होने लगा हैं, और वो मेरी समझ से परे ही हैं।"
...और कुछ देर में ही वह गर्णाक के बाह्य वायुमंडल में पहुंच जाते हैं।

कुछ देर के बाद वो देखते हैं की धारुड़ों के महाराज गारुद्ध, अपने महावेग से बादलों को चीरते हुए उनकी ओर ही आ रहे हैं। लौह के सामान विशालकाय मजबूत पंखों और विकराल स्वरूप से बदलो को चीरते हुए धारूड़ो के महाराज गारुद्ध, अपने पंखों को फैलाते हुए कुण्डलीकार गुरुत्वाकर्षण और बदलो के द्वारा महाराज जाहेस्त्र के ठीक सामने स्थिर हो कर उनसे अपने उच्च और गंभीर स्वर में कहते हैं "महाराज—आपका स्वागत हैं। मुझे हमारे योद्धाओं से आपके लौट आने का समाचार कुछ घड़ी पहले मिल गया था। और आप स्वयं उस प्रालख्य उल्कार्पिंड को रोकने के लिए यहाँ पहुँचने वाले है, ये सुन कर मैं भी आपसे मिलने आ गया। आप आज्ञा करें महाराज—मैं और मेरे योद्धा आपकी किस प्रकार सहायता कर सकते हैं।"

महाराज गारुद्ध के वचनों को सुन के महाराज जाहेस्त्र अपने सहस्त्रों फणों से उनका अभिवादन करते हुए कहते है "महाराज— आपके यहाँ आने मात्र से ही मैं आपका ऋणी हो गया हूँ। आपके इन वचनों से मेरा मन, आदर और स्नेह से मोहित हो रहा है। आपके सामर्थ्य से हम अवश्य ही उस विकराल प्रालख्य को रोक सकेंगे। महाराज जिस दिव्य प्रेरणा ने प्रालख्य के आगमन का मुझे मेरे ध्यान में ज्ञान दिया उसी से मैं ध्यान से बाहर आकर उस आते महा संकट को रोकने के लिए प्रेरित हुआ था। उसी दिव्य प्रेरणा से मैं जनता हूँ की मैं यहाँ गर्णाक से, उस समय जब प्रालख्य इसके निकट से गुजरेगा तब उस पर जा कर उसको अपने वश में करने का प्रयास करूंगा और उसको तृणेक्ष के खार्द्धिक क्षेत्र पर सुगमता से रख सकूंगा।"

महाराज जाहेस्त्र की बातों को सुनकर उनकी ओर आश्चर्य से देखते हुए महाराज गारुद्ध कहते हैं "—क्षमा कीजिये महाराज—किन्तु आप उस विकराल प्रालख्य को कैसे धारण कर पाएंगे जो आपके वृहत

शरीर से भी लाखो गुना बड़ा है। आप को इस योजना पर पुनर्विचार करना होगा महाराज, क्योंकि इस तरह की योजना से केवल स्वप्न में ही इतने विकराल उल्कापिंड को रोक सकते हैं। मुझे तो इसे नष्ट करने के अतिरिक्त और कोई उपाय दिखाई नहीं पड़ता है। यदि तृणेक्ष को नष्ट होने से बचाना है तो हमें इस प्रालख्य को नष्ट करने वाले महाअस्त्र का प्रयोग समय रहते करना ही होगा महाराज।"

"महाराज—मैंने आपसे अभी तक उस दिव्य प्रेरणा से ज्ञात योजना का पूर्ण सत्य नहीं कहा है। अब आप स्वयं मेरे समक्ष है तो मैं उस प्रेरणा से ज्ञात उन बातों को आपसे कहता हूँ जिससे हम प्रालख्य को रोक सकेंगे। उस प्रालख्य उल्कापिंड के गर्भ में विचित्र और अद्भुत जीवों का जीवन चक्र चल रहा है, और यदि आप प्रालख्य को नष्ट कर देंगे तो इस महापाप से हम सब और तृणेक्ष बस कुछ काल तक ही बच सकेंगे। लगभग १८ वर्ष के बाद काल की उग्र प्रेरणा से हमारे पूर्वज ध्यान से विपरीत परिस्थिति में बाहर आकर स्वतः ही अपने तृणेक्ष और इसी क्रम में अपने इस ब्रह्माण्ड को नष्ट कर देंगे। और यदि हम प्रालख्य को नहीं रोक पाते है तो वह तृणेक्ष के दशांश को नष्ट कर देगा और इससे भी हमारे पूर्वज ध्यान से विपरीत परिस्थिति में बाहर आकर स्वतः ही अपने प्रचंड क्रोध से तृणेक्ष और इसी क्रम में अपने इस ब्रह्माण्ड को नष्ट कर देंगे। अतः हमारे पास प्रालख्य को सुगमता से तृणेक्ष पर उतारने के अतिरिक्त और कोई भी मार्ग नहीं है। —मुझे अपने ध्यान से जो सिद्धियां प्राप्त हुई है उनसे मैं अपने शरीर की विशालता को गर्णाक के इसी बाह्य अंतरिक्ष क्षेत्र में सहस्रों गुना बढ़ा दूंगा। और जब प्रालख्य यहां पहुंचेगा तब मैं अपने सहस्रों गुना विशाल शरीर के साथ उस पर सुगमता से चला जाऊंगा और उसको वश में करते हुए तृणेक्ष की ओर कुण्डलीकार पथ से बढ़ने लगूंगा।"

महाराज गारुद्ध यहां पर महाराज जाईस्त्र को रोकते हुए कहते हैं "महाराज—यदि मान भी लिया जाए की आप अपनी सिद्धियों

से अपने शरीर को सहस्रों गुना बड़ा करके उस विशालकाय शरीर के साथ प्रालख्य पर जा कर उसको वश में कर लेते है। किन्तु आप आगे के मार्ग में उसके तीव्र वेग को कम कैसे करेंगे। आपके उस महा विशालकाय शरीर के भार से उस प्रालख्य पर गुरुत्वाकर्षण का प्रभाव और बढ़ जायेगा और इससे तो प्रालख्य और भी तीव्र गति से तृणेक्ष की ओर बढ़ने लगेगा। यहाँ तो मुझे कोई समाधान नहीं दिखाई पड़ता है महाराज।"

महाराज जाहैक्ष, महाराज गारुड्ढ की ओर अपने सहस्रों फणों की मंद मुस्कान के साथ देखते हुए गूंजते स्वर में कहते हैं "—वो समाधान आप स्वयं है महाराज। आप ही उस प्रालख्य को वश में करके लिपटे हुए मेरे शरीर को अपने विशाल पंजों से पकड़कर तृणेक्ष के बाहरी वायुमंडल से अपने विशालकाय पंखों के द्वारा उसका भार वहन करते हुए उसे खार्द्धिक क्षेत्र तक उड़ाकर ले जायेंगे।"

महाराज गारुड्ढ ने कुछ विचार करते हुए महाराज जाहैक्ष से कहते हैं "—किन्तु महाराज—मैं किस तरह से सहस्रों गुना बड़ा होकर आपके उस महा विशालकाय शरीर के द्वारा उस प्रालख्य को अपने पंजों में ले सकूंगा?"

महाराज जाहैक्ष, महाराज गारुड्ढ से कहते हैं "—उस दिव्य प्रेरणा के अनुसार वह कार्य भी मेरी ही किसी सिद्धि से स्वतः ही समय आने पर हो जायेगा महाराज।"

महाराज गारुड्ढ अत्यंत आश्चर्य में महाराज जाहैक्ष से पूछते हैं "महाराज—क्या आपकी सिद्धियां, दो शरीरों को एक साथ वृहद रूप से बड़ा कर सकती हैं?"

"महाराज—जिस दिव्य प्रेरणा से मुझे यह सब ज्ञात हुआ है उसी से मैं यह भी जनता हूँ की मेरी सिद्धियों से मैं आपके शरीर को भी महाकाय अवश्य कर सकूंगा। ऐसा मेरा अखंड विश्वास है।"

महाराज गारुद्ध अब कुछ विश्वास करते हुए महाराज जार्हैत्र से कहते हैं "महाराज—यदि यही एक मात्र उपाय है उस प्रालख्य को रोकने का तो ठीक है, परन्तु मुझे आपसे पहले ही क्षमा मांगनी होगी।"

महाराज जार्हैत्र ने गूंजते हुए स्वर में कहते है "क्षमा—किस बात की महाराज?"

"मुझे अपने पंजों से आपके शरीर को, उस महा भार के साथ पकड़ने के लिए।"

"इस महान कार्य में आपके पंजों में आकर, मैं स्वयं को धन्य समझूंगा महाराज?"

"यह तो आपकी उदारता है महाराज। इस महाविनाश को रोकने के महान कार्य में आपके महाकाय शरीर के द्वारा प्रालख्य को उसके अंतिम पथ पर लेकर जाने के लिए आपके ध्यान में प्राप्त किसी दिव्य प्रेरणा ने मुझे चुना, इससे मैं स्वयं को धन्य हुआ समझ रहा हूँ महाराज।"

"महाराज—उसी दिव्य प्रेरणा से मुझे ज्ञात हो रहा है, की हम इसमें अवश्य सफल होंगे।"

... कुछ देर महाराज जार्हैत्र और महाराज गारुद्ध गर्णाकि के बाह्य वायुमंडल से आते हुए प्रालख्य को अपनी दूर दृष्टि से देखते रहते हैं। अंत में महाराज जार्हैत्र, महाराज गारुद्ध से आग्रह करते हुए कहते है "महाराज—अब हम दोनों को स्थिर होकर ध्यान में बैठना होगा, जिससे के मैं अपनी सिद्धियों के द्वारा अपनी और आपके शरीर की महिमा सिद्धि को नियंत्रित कर सकूँ।"

और फिर महाराज जार्हैत्र और महाराज गारुद्ध दोनों एक साथ अपने विशालकाय शरीरों को स्थिर करते हुए कुछ ही क्षण में ध्यान में चले जाते है। कुछ देर बाद गर्णाकि के बाह्य वायुमंडल के जानर्ग एवं धारुड़ योद्धा देखते है की महाराज जार्हैत्र का विशालकाय शरीर अब

स्थिर नहीं रहा, वह महा विशाल वृक्ष की तरह हिलने लगा है, और उनके सहस्रों फणों की आंखें अब खुलने लगी हैं। कुछ क्षण में ही उनके सहस्रों फणों की आंखें खुल जाती है, और उनका विशालकाय शरीर पूर्ण चेतना में आ जाता है। कुछ देर के बाद ही महाराज जाहंस्र को अपनी महिमा सिद्धि के जागृत होने का अनुमान हो जाता है।

महाराज जाहंस्र अब प्रालख्य को देखने लगते है, वह अपने सहस्रों आँखों से प्रालख्य को स्पष्टता के साथ देख रहे होते है। कुछ क्षण बाद वह गर्णाक के बाह्य वायुमंडल से सब ओर देखने लगते है। वह तृणेक्ष पर अपने पुत्र महाराज साहंस्व को अद्भुत रूप से कार्यरत देख कर पुत्र स्नेह रूपी वात्सल्य भाव से अत्यंत भावुक होने लगते है।

...कुछ समय के बाद महाराज जाहंस्र अपने अंतःकरण में अपने पिता के अंतिम स्मृतियों के दर्शन के कारण उनके पुत्र मोह रूपी महा वात्सल्य भाव का अब ह्रास होने लगता है। और कुछ क्षण में वह भाव शांत हो कर उनका अपना शरीर अब पूर्णतः उनके नियंत्रण में आ जाता है। कुछ देर में ही वह अपने अंतःकरण में स्वतः ही अनुभव करते हैं की अब वह महाराज गारुद्ध की महिमा सिद्धि को कुछ देर में पूर्ण रूप से जागृत करके नियंत्रित कर सकते है।

महाराज जाहंस्र यह भी देखते हैं की अब महाराज गारुद्ध का विशालकाय शरीर स्थिर नहीं रहा, उनका विशालकाय पक्षी शरीर, अपने पंखों को फैलाने लगा है और उनके विशालकाय तेजोमय आंखें खुलने लगी हैं। कुछ क्षण में महाराज गारुद्ध का विशालकाय शरीर पूर्ण चेतना में आ जाता है।

महाराज जाहंस्र स्वयं से कहते है 'महाराज गारुद्ध की महिमा सिद्धि अब जागृत हो चुकी है। अब वह समय आ गया है जब मुझे अपनी महिमा सिद्धि का प्रयोग करना आरम्भ कर देना चाहिए।'

महाराज जाहंस्र अपनी जागृत हो चुकी महिमा सिद्धि पर अपना ध्यान लगाते हुए उससे अपने संपूर्ण शरीर को वृहद करने में निर्देशित

करने लगते हैं। प्रालख्य भी अपनी महा विकरालता को दर्शाता हुआ प्रचंड अग्नि को अपने चारों ओर सुरक्षा घेरे की तरह लिए हुए, अपने छोटे बड़े उल्का पिंड रूपी योद्धाओं के साथ बस पहुंचने हो वाला है। गर्णाक पर उपस्थित सभी जार्नाग और धारुड़ योद्धा भी दोनों महाराज के शरीरों के चारों ओर, उन आते हुए उल्का पिंडों के टुकड़ों को अपनी विशालकाय शरीरों से रोक रहे है। महाराज गारुद्ध और वो सभी योद्धा महाराज जाहेंत्र के शरीर को तेजी से बढ़ते हुए देखते है। महाराज जाहेंत्र स्वयं के बढ़ते शरीर को गर्णाक के बाहरी अंतरिक्ष में उस मार्ग पर ले जाने लगते हैं, जहां से प्रालख्य बस कुछ ही क्षण में गुजरने वाला है। सब देख रहे होते हैं की एक ओर महाराज जाहेंत्र स्वयं के शरीर को बड़ा कर रहे है तो दूसरी ओर प्रालख्य अपने प्रचंड वेग के साथ उनके बाये से उनकी ओर कुंडलिकार मार्ग से बस पहुंचने ही वाला है।

महाराज जाहेंत्र अपनी महिमा सिद्धि से अपने शरीर को अभी कुछ १०० गुना ही बड़ा कर पाये थे की प्रालख्य उनके ठीक बाई ओर पहुंच कर उनको अपने पिंडी की वर्षा से उनके ध्यान को भंग करने लगता है। कुछ ही क्षण में जब महाराज जाहेंत्र स्वयं के शरीर को दृढ़ करके उन आते पिंडों को ही नष्ट करने लगते है तभी प्रालख्य और निकट आ चूका होता है। प्रालख्य अब अपने अग्नि के महा ताप से महाराज जाहेंत्र के शरीर को जलाते हुए उनके विशालकाय शरीर को अपने महा विकराल और विकृत सतह पर कुण्डलिकार गुरुत्वाकर्षण के कारण आने के लिए विवश कर देता है। अब प्रालख्य और महाराज जाहेंत्र एक साथ गर्णाक को पार करके तृणेक्ष की ओर बढ़ने लगे है।

इधर गर्णाक से महाराज गारुद्ध और सभी योद्धा, महाराज जाहेंत्र का उस प्रालख्य पर पहुंचने की घटना को आश्चर्य से देख रहे होते हैं। महाराज गारुद्ध अपने निकट के योद्धाओं से कहते है "महाराज जाहेंत्र ने लगभग १०० गुना तक अपना शरीर बड़ा कर लिए है। अब वह प्रालख्य की कठोर और विकृत सतह पर पहुंच चूके हैं और

वह तृणेक्ष की ओर बढ़ रहे हैं। मेरा अनुमान है की आधी घड़ी में वह तृणेक्ष के वातावरण में प्रवेश करने लगेंगे। अब हमे भी प्रालक्ष्य की ओर बढ़ना होगा।"

महाराज गारुद्ध अपने कुछ योद्धाओं के साथ तीव्र गति से प्रालक्ष्य की ओर उड़ते हुए गर्णाक से निकल पड़ते हैं। वह अपने पंखों का प्रयोग करते हुए उनके पीछे-पीछे महा शान से एक महाराज धारुड़ पक्षी की तरह से उड़ते रहते है। वह अपनी स्पष्ट दृष्टि से देखते हैं की प्रालक्ष्य पर महाराज जाहेक्ष स्वयं के शरीर को और विशाल करने में लगे हुए है।

जब महाराज जाहेक्ष अपने शरीर को १००० गुना तक बड़ा कर लेते हैं तो उनके विशालकाय सहस्रों फणों को तृणेक्ष से ही महाराज साहेस्व और उनके योद्धा, प्रालक्ष्य के साथ महाकाय रूप में उनकी ओर आते देखते हैं। इस अद्भुत दृश्य को देख कर पूरे तृणेक्ष के लोग उस संध्या काल में आकाश को ही महा आश्चर्य से एकटक देखते रहते हैं। महाराज साहेस्व तृणेक्ष के बाह्य वायुमंडल में अपने योद्धाओं को अपने पिता के उस महा विशालकाय रूप को दिखाते हुए महा गुंजित ध्वनि में कहते हैं "देखो—मेरे पिता जैसा महाबलशाली क्या कोई कभी हो सकता है? इतने विकराल प्रालक्ष्य पर वह ऐसे शोभायमान हो रहे हैं जैसे पहाड़ों के पीछे से स्वयं सर्थंम प्रातः काल में उदित हो रहे हो।"

महाराज साहेस्व के निकट के एक ५०० फणों वाले एक योद्धा ने अपनी गूंजती हुई ध्वनि से कहता है "महाराज—ऐसा दृश्य तो युगों में कभी-कभी देखने को मिलता है। और देखिए महाराज—आपके पिता का शरीर अभी भी बड़ा हो रहा है।"

"हां—मुझे लग रहा है की मेरे पिता अपने ध्यान से प्राप्त सिद्धियों की सहायता से अपने शरीर को महा विशालकाय रूप से बड़ा करके प्रालक्ष्य को बांध कर तृणेक्ष के इस बाह्य वायुमंडल तक ले कर आएंगे, और महाराज गारुद्ध जो प्रालक्ष्य के ठीक पीछे-पीछे शान से उड़ते आ

रहे है, वो मेरे पिता के माध्यम से प्रालख्य को तृणेक्ष के आकाश में उड़ाते हुए खार्द्धक क्षेत्र तक ले कर जायेंगे।"

"आप सत्य कहते है महाराज। किन्तु महाराज गारुद्ध का शरीर अभी तो सामान्य रूप का ही प्रतीत हो रहा है।"

"समय आने पर मेरे पिता अपनी सिद्धियों से उनके शरीर को भी महा विशालकाय रूप तक बड़ा कर लेंगे।"

"ईश्वर करें ऐसा ही हो महाराज।"

महाराज गारुद्ध अब अपने कुछ योद्धाओं के साथ प्रालख्य तक पहुंच जाते हैं। प्रालख्य पर महाराज जाहेस्त्र अपने शरीर को महाकाय करते हुए विचार करते हैं 'अब वह समय भी आ गया है की मैं महाराज गारुद्ध के शरीर को भी बड़ा करना आरम्भ कर दूँ। मेरा शरीर उस विशालता तक पहुंचने ही वाला है जिससे की मैं इस प्रालख्य को अपने महान बल से बांध सकूंगा।"

इसके बाद ही महाराज जाहेस्त्र अपनी चेतना के उस भाग पर भी ध्यान लगाने लगते हैं जिससे महाराज गारुद्ध की जागृत हो चुकी महिमा सिद्धि उनसे जुड़ी हुई है। वह उसी चेतना पर अधिकतम ध्यान लगाते हुए उससे महाराज गारुद्ध के संपूर्ण शरीर को वृहद करने में निर्देशित करने लगते हैं।

इधर प्रालख्य पर महाराज जाहेस्त्र ने अपने स्वयं के शरीर को अब सहस्त्रों गुना बड़ा कर लिया है, और वह प्रालख्य को पूर्ण रूप से घेर कर बांधने के लिए अपने शरीर को बड़ा करते हुए उसकी सतह पर उसके अग्नि को अपने सहस्त्रों फणों से शांत करते हुए आगे बढ़ने लगते हैं। यह करते हुए उन्हें स्वतः ज्ञात होता है की प्रालख्य अब और तीव्र गति से तृणेक्ष की और बढ़ने लगा है, तो वह अपने मन में विचार करते है 'प्रालख्य का वेग अब बढ़ने लगा है। अब बहुत कम समय में यह तृणेक्ष के वायुमंडल तक पहुंच जाएगा। अब मुझे शीघ्रता करते हुए

इसे अपने महा विशालकाय शरीर और महाबल से बांध कर अपने वश में कर लेना चाहिए।'

महाराज जाहेंत्र अपने शरीर को तीव्रता से लाख गुना तक बड़ा करने लगते है। कुछ ही क्षण में वह प्रालख्य का एक पूर्ण चक्कर तय करके अपने शरीर के अंत भाग को भी पा जाते हैं। वह अपने शरीर को और बड़ा करके अपने सहस्त्रों फणों रूपी अग्रभाग से अपने अंत भाग को जोड़ कर अपने महाबल से एक विशालकाय गांठ लगा लेते हैं।

महाराज गारुद्ध देखते हैं की महाराज जाहेंत्र ने अपने शरीर से प्रालख्य को अब पूर्ण रूप से बांध चुके हैं, किन्तु महाराज जाहेंत्र का शरीर प्रालख्य के विकृत सतह और प्रचंड अग्नियों से तप्त लोहे के सामान कही-कही व्यथित भी हो चुका है। वह यह भी देखते हैं के प्रालख्य अब तृणेक्ष के वायुमंडल में बस प्रवेश करने ही वाला है।

अपने पिता के महा विशालकाय शरीर से बंधे, तीव्र वेग से अपने निकट आते प्रालख्य को देख कर महाराज साहंस्व भावुक हो जाते हैं। वह प्रालख्य के ठीक पीछे महा विशालकाय महाराज गारुद्ध को देख कर थोड़ा आश्चर्य से देखते हुए अपने योद्धाओं से अपने सहस्त्रों फणों की महा गूंज ध्वनि से कहते है "देखो—जैसा के मैंने कहा था, महाराज गारुद्ध भी अब महा विशालकाय रूप ले रहे हैं। मेरे पिता और महाराज गारुद्ध मिल कर इस प्रालख्य को इसके अंतिम लक्ष्य तक पहुंचा कर रहेंगे। तुम सभी बड़ी ही वीरता और शौर्य से तृणेक्ष की रक्षा कर रहे हो, और अब वह समय भी आ गया है जब, बस कुछ ही उन प्रालख्य के पिंडों से तुम्हें तृणेक्ष के सतह तक पहुंचने से रोकना है। मेरे पिता महाराज जाहेंत्र अपने महा विशालकाय शरीर से उसे बांध कर अपने वश में करते हुए आ पहुंचे हैं। तुम सभी प्रालख्य के मार्ग से हट जाओ किंतु ध्यान रहे के उसका कोई भी पिंड तुमसे बच के तृणेक्ष को ना जाने पाए।।"

इसके ठीक बाद ही महाराज साहंस्व, उनके सभी योद्धा और सम्पूर्ण अर्ध तृणेक्ष के जीव, रात्रि के इस प्रथम पहर के आरम्भ के साथ

ही प्रालख्य के प्रचंड प्रहार के साथ वायुमंडल से उत्पन्न महा प्रचंड तेज और घर्षण की महा अग्नि से जान जाते हैं, की वह अब तृणेक्ष के वायुमंडल में प्रवेश कर रहा है। वायुमंडल के साथ इस प्रचंड संघात से महाराज जाहिस्र को अपने शरीर से बंधे प्रालख्य की विवशता का अनुभव होता है, और उन्हें लगता है की इस संघात से शायद कुछ प्रभाव प्रालख्य के भीतर चल रहे जीवन चक्र पर पड़ा होगा। प्रालख्य, महा वेग से महाराज जाहिस्र के महा विशालकाय शरीर से बंधे हुए ही तेजी से कुण्डलिकार मार्ग से होता हुआ तृणेक्ष को महा संघात देने के उद्देश्य से बढ़ चला है।

तभी सबकी आंखें उस महा विकराल दृश्य पर टिक जाती है, जो प्रालख्य के ठीक पीछे महाराज गारुद्ध के महा विशालकाय पंखों से वायुमंडल को चीरते हुए उसमें प्रवेश करने से बनी है। महाराज गारुद्ध अपने महा विशालकाय शरीर के साथ अपने विशालकाय और दिव्य पंखों से शान से उड़ते हुए प्रालख्य के ठीक पीछे पहुंच जाते हैं। तृणेक्ष से देखने वाले जानर्गों को ऐसा लगता है के एक विशालकाय पक्षी किसी अन्य पक्षी का शिकार करने के लिए उसके पीछे-पीछे कुण्डलिकार मार्ग से उड़ रहा हो।

महाराज गारुद्ध प्रचंड वेग से अपने पंखों को ऊपर की ओर सीधी करते हुए नीचे आने लगते हैं, और फिर पंखों को फैलाते हुए, कुंडलीकार मार्ग से प्रालख्य के निकट पहुंचने का प्रयास करने लगते हैं। कुछ ही क्षण में महाराज जाहिस्र अपने सहस्रों आँखों से देखते हैं, की महाराज गारुद्ध, प्रालख्य की ओर अपने विशालकाय पंजों को बढ़ाते हुए आ रहे हैं। कुछ ही समय में महाराज गारुद्ध अपने मुख से महा ध्वनि करते हुए प्रालख्य से लिपटे महाराज जाहिस्र के शरीर को अपने पंजों में पकड़ने का प्रयास करने लगते है। इस प्रयास में अंततः महाराज गारुद्ध सफल होते हैं और वह महाराज जाहिस्र के शरीर को अपने दोनों महाविशाल पंजों में पकड़ कर धीरे-धीरे अपने पंखों के महाबल से प्रालख्य के भार को वहन करने का प्रयास में लग जाते हैं।

कुछ समय के बाद प्रालख्य के बाहरी सतह पर महाराज गारुड्ढ अपने पंजों से महाराज जार्हस्त्र के शरीर को पकड़ कर अब लगभग पूरी तरह से उसके भार को वहन कर चुके होते है। वह अब धीरे-धीरे प्रालख्य को उसके निर्धारित कुंडलिकार मार्ग से निकालने का प्रयास करने लगते है। वायुमंडल के घर्षण से उत्पन्न प्रचंड अग्नि से महाराज जार्हस्त्र को अपने शरीर के ताप से अब अधिक पीड़ा होने लगी है किन्तु वह अपने शरीर की पकड़ से प्रालख्य को ढीली नहीं होने देते हैं। महाराज गारुड्ढ अब प्रालख्य को उसके निर्धारित कुंडलिकार मार्ग से निकालने में सफल हो जाते है। और वह अपने पंखों को महा बल के साथ चलाते हुए प्रालख्य को कुछ ऊपर उठा कर उस मार्ग पर जाने का प्रयास करने लगते है, जिधर खार्द्धक क्षेत्र है।

महाराज जार्हस्त्र को प्रालख्य का दाहिना भाग में एक दरार होने का अनुमान होता हैं, किन्तु उनको कुछ देर बाद ही उसके जुड़ने का भी स्वतः अनुमान होने लगता है। महाराज गारुड्ढ अब प्रालख्य को अपने महा बल से कुंडलिकार गुरुत्वाकर्षण से उड़ाते हुए खार्द्धक क्षेत्र की ओर बढ़ने लगते हैं।

कुछ समय बाद ही अचानक से तृणेक्ष के आकाश में दूर तक पसरे विशालकाय काले बदलो में बिजलियों के प्रकाश से पास के जानांग योद्धाओं की मणियों का तेज भी फीका पड़ने लगता है। और उनके कड़कने की महा ध्वनि के साथ तीव्र वेग से हवाएं चलने लगती है। और उन काले बदलो से होते हुए तृणेक्ष के आकाश से जल की धारा के रूप में वर्षा आरंभ हो जाती है। उस तीव्र वायु और उग्र वर्षा के कारण चिंतित होते हुए महाराज गारुड्ढ को अपने अंतःकरण में दिव्य प्रेरणा का उदय होता है की उन्हें प्रालख्य को इन बदलो के ऊपर से लेकर उड़ना होगा।

कुछ समय के बाद महाराज गारुड्ढ अपने शरीर को कुछ और बड़ा करके प्रालख्य को महाराज जार्हस्त्र के शरीर से मजबूती से पकड़े हुए पंखों के महा बल के सहारे तूफान और मूसलाधार वर्षा को चीरते हुए,

आगे बढ़ने के साथ-साथ प्रालख्य को ऊपर उठाने लगते हैं। इस प्रयास में कुछ देर बाद ही महावेग के साथ महाराज गारुड्ड अपने विशालकाय पंखों से बदलो को छिन्न भिन्न करते हुए प्रालख्य को उनके ठीक ऊपर लेकर आ जाते हैं। बदलो के ऊपर से वह प्रालख्य को महाराज जाहिस्त्र के शरीर से मजबूती से पकड़े हुए अब उनके साथ महाराज साहिस्व और कुछ जानर्ग एवं धारुड्ड योद्धा आगे बढ़ने लगते है।

इधर तृणेक्ष के सभी जानर्ग प्रजा जन उस तूफान और मूसलाधार वर्षा में यह दृश्य देख रहे होते हैं, की उनके महाराज साहिस्व और सभी प्रमुख जानर्ग योद्धा अपनी मणियों के प्रकाश को बदलो के ऊपर बिखेरते हुए तेजी से महाराज गारुड्ड के द्वारा प्रालख्य को लेकर आगे बढ़ते देख रहे हैं। उनमें से एक वृद्ध जानर्ग कहता है "इस तरह के अद्भुत दृश्य तो मैंने अपने सम्पूर्ण जीवन में कभी नहीं देखा है। ऐसी महा विशालकाय धारुड्ड काया और महाराज जाहिस्त्र के विशालकाय शरीर से बंधा वह विकराल उल्कापिंड, और वह बदलो के ऊपर से तीव्र वेग के साथ उड़ते जा रहे हैं। वो देखो महाराज गारुड्ड के पंखों की मार से तो विशालकाय बादल भी छिन्न भिन्न हुए जा रहे हैं।"

महाराज जाहिस्त्र को अनुभव होता है की बदलो के नीचे चलने वाले तूफान और वर्षा से उनके शरीर को जो पीड़ा हुई थी उससे उन्हें आराम मिलने में सहायता हुई है।

रात्रि का प्रथम पहर अब बीतने ही वाला है, और महाराज गारुड्ड प्रालख्य को तृणेक्ष के आकाश में बादलों के ऊपर से उड़ाते हुए खार्द्धिक क्षेत्र की ओर तीव्र वेग से बढ़ रहे है। महाराज गारुड्ड के साथ महाराज साहिस्व और धारुड्ड योद्धा एवं जानर्ग योद्धा गण सहस्त्रों मणियों के प्रकाश के साथ उनके चारों ओर मार्ग प्रशस्त करते हुए चल रहे हैं।

लगभग एक घड़ी के बाद महाराज गारुड्ड नीचे छटते बदलो को देखते हुए अपने निकट महाराज साहिस्व से कहते हैं "देखो—तूफान अब शांत हो रहा है, और अब हमे वह विशालकाय खार्द्धिक क्षेत्र भी

दिखाई पड़ रहा है।" इसके साथ ही महाराज गारुड्ढ अपने विशालकाय पंखों को कुछ समेटते हुए प्रालख्य को छटते बदलो के नीचे की ओर ले कर, तीव्र वेग से कुण्डलीकार गुरुत्वाकर्षण से प्रालख्य को संतुलित करते हुए उड़ने लगते हैं।

महाराज गारुड्ढ अपनी दूर दृष्टि से देख कर यह समझ जाते हैं के वह खार्द्धक क्षेत्र तक बस पहुँचने ही वाले हैं, इसलिए वह धीरे-धीरे अपनी गति को कम करते हुए और नीचे जाते हुए उड़ान भरते है। कुछ समय के बाद महाराज गारुड्ढ खार्द्धक क्षेत्र के मध्य में बस पहुंचने ही वाले होते है। वह प्रालख्य को अपने विशालकाय पंखों के बल से कुछ क्षण तक उसको कुण्डलिकार मार्ग से नीचे लाने लगते है। साथ ही प्रालख्य पर महाराज जाहिरत्र अपने शरीर की पकड़ से प्रालख्य को ढीली करते हुए उससे पूरी तरह अलग होने भी लगते हैं। फिर महाराज गारुड्ढ अपने पंजों के द्वारा ही महाराज जाहिरत्र को प्रालख्य के रेत पर स्थिर होने के ठीक पूर्व ही अलग करके कुछ ऊपर उठा कर प्रालख्य के समक्ष ही रेत पर रखते हुए अपने पंजों से मुक्त कर देते हैं।

कुछ देर बाद महाराज गारुड्ढ स्वयं अनुभव करते हैं की उनकी महिमा सिद्धि से उनका महा विशालकाय शरीर सामान्य होने लगा है। कुछ देर बाद जब उनका शरीर पहले के जैसे सामान्य हो जाता है, तब कुछ समय के बाद वह देखते है की महाराज जाहिरत्र का शरीर भी अपने सामान्य आकार तक छोटा हो रहा है। सब लोग देखते हैं की पहले महाराज गारुड्ढ और फिर महाराज जाहिरत्र का विशालकाय शरीर एक नई चेतना के साथ अस्थिर होने लगते है, किन्तु कुछ क्षण में ही दोनों अपने-अपने शरीरों को संतुलित कर के विशालकाय प्रालख्य को देखने लगते हैं। महाराज गारुड्ढ और महाराज जाहिरत्र अपने सामान्य रूप में एक दूसरे को देखने लगते हैं। महाराज जाहिरत्र अपने सहस्त्रों फणों की गूंजती ध्वनि में महाराज गारुड्ढ से कहते है "महाराज—हम दोनों के महा प्रयास से ही इस प्रालख्य को यहां इस खार्द्धक क्षेत्र के मध्य भाग तक लाने में हम सफल रहे हैं।"

महाराज गारुड्ड अपने विशालकाय पंखों के बल से ऊपर उड़ते हुए प्रालख्य को चारों ओर से अपनी स्पष्ट दृष्टि से कुछ क्षण देखते रहते हैं। कुछ क्षण के बाद वो महाराज जाहेत्र के समक्ष आकाश में ही स्थिर होते हुए, उच्च और गंभीर स्वर में कहते है "महाराज—यह जो मैं देख रहा हूँ वह किसी स्वप्न सा जान पड़ता है। यह असंभव कार्य जिस प्रकार संभव हुआ इसकी कल्पना मेरी बुद्धि में तो क्या आपके पुत्र के बहुआयामी बुद्धि में भी प्रकट नहीं हो सकती थी। क्योंकि हम सभी आपके ध्यान से प्राप्त सिद्धियों से अनभिज्ञ थे।"

महाराज जाहेत्र प्रालख्य को देखने के बाद अपने सहस्त्रों फणों से महागूंज की ध्वनि में कहते हैं "महाराज—आपने ठीक कहा है, इस असंभव कार्य को हमने जिस प्रकार संभव बनाया है, वह युक्ति किसी भी जार्नाग और धारुड़ की कल्पना शक्ति के परे थी। मेरी और आपकी शारीरिक क्षमता के कारण ही मैंने अपने ध्यान में प्राप्त सिद्धियों से हमारे शरीरों को उस विशालता तक बढ़ाया था, जिससे की हम इस प्रालख्य को वश में करते हुए यहाँ तक लाने में सफल हो सके। किन्तु महाराज—मुझे यह सब पहले से निर्धारित एक महान योजना का एक भाग लगता है।"

कुछ देर प्रभात की प्रतीक्षा में सब लोग प्रालख्य के अद्भुत विशालता और उसकी बाह्य आवरण की विशेषता को देखते रहते हैं। कुछ देर बाद पूर्व दिशा की ओर देखते हुए महाराज गारुड्ड अपने उच्च स्वर में कहते है "ऐसा लगता है की कुछ ही समय में प्रभात होने वाली है।" कुछ देर बाद महाराज गारुड्ड अपने पंखों को फैला कर उड़ते हुए कुछ ही समय में प्रालख्य के निकटतम वाह्य आवरण की एक धातु रूपी चट्टान पर बैठ जाते है।

इस प्रकार आर्गश उस दृश्य पटल पर आगे के घटनाओं को वैसे ही देखता है जैसा की उसने प्रत्यक्ष वहां घटते हुए देखा था। बस अब उसमें वह स्वयं को और कालज्ञ को कही नहीं पाता है।

प्रालख्य के भीतर महाराज इंग्रात को दिव्य प्रेरणा से ज्ञात होता है की उनका प्रालख्य अब स्थिर हो गया है, इसलिए उसके प्रालख्य से बाहर निकल कर देखना चाहिए की वह कहां हैं। इस कार्य के लिए वह सायंक से उसी मार्ग तक ले चलें को कहते हैं जहां से वह सब इस प्रालख्य में प्रवेश किए थे। इसके बाद आर्गश, उनके प्रालख्य में सेतु निर्माण से लेकर प्रालख्य से बाहर आने और सबसे मिलने की घटनाएं पहले की तरह घटते हुए देखता है। महाराज इंग्रात पुनः दिव्य प्रेरणा से उनके अपने अंतःकरण में एक और सन्देश प्राप्त होता है, की उन्हें उस लघु विमान का संकेत प्रसारण प्रणाली साथ लेकर चलना चाहिए। और वह वैसा ही करते है जैसा हुआ था।

आर्गश इस तरह सभी का खार्द्धिक क्षेत्र से प्रस्थान, उनकी अद्भुत यात्रा और राजमहल पहुंचने का दृश्य देखता है। किन्तु उन सभी दृश्यों में वह और कालझ कहीं भी नहीं होते है।

महाराज इंग्रात अपने विशालकाय दिव्य स्वरूप की दिव्य आँखों से चारों ओर देखते है की राजमहल के महा विशाल घेरे के अंदर धरातल एवं आकाश में क्रमबद्धता से स्थिर हो चुके लाखों जारनॉग एवं धारुड़ प्रजा भावुक होते हुए उन्हीं की ओर सम्मान एवं समर्पण की भावना भरी आँखों से एकटक देख रही हैं। लाखो प्रजा की पवित्र भावनाओं को देख कर महाराज इंग्रात भी भावनाओं के करुण भाव से अपने हृदय एवं कंठ को कुछ देर अपनी दिव्यता से सहते हुए और ठीक करते हुए उनसे कुछ कहने का प्रयत्न करने ही वाले होते है की उनके अंतःकरण में पुनः उसी दिव्य प्रेरणा का उदय होता है। जिसमें उन्हें ज्ञात होता है की उन्हें अंतरिक्ष की ओर अपनी दिव्य दृष्टि से एक सूक्ष्म किन्तु विचित्र रूप से चमकते प्रकाश की ओर देखना चाहिए। उस दिव्य प्रेरणा से उन्हें इसका भी ज्ञान होता है की वह उन्हीं का मातृ अंतरिक्ष यान है और वह लगभग एक घड़ी में तृणेक्ष तक पहुंच जाएगा।

महाराज इंग्रात महान आश्चर्य के साथ अंतरिक्ष के उस विचित्र प्रकाश की ओर संकेत करते हुए सभी इदेवतों सभी मानव्यों की ओर

देखते हुए अपने दिव्य स्वर में कहते हैं " —वह हमारा अंतरिक्ष यान है, और मेरे अंत:करण की किसी दिव्य प्रेरणा से ज्ञात हो रहा है, की कुछ एक घड़ी में वह हमारे तृणेक्ष तक पहुंच जाएगा।"

महाराज जार्हेक्त्र, महाराज गारुद्ध , महाराज साहेस्व, सभी इदेवत, सभी मानव्य, सभी प्रालख्य के जीव, सभी जार्नाग एवं धारुड़ योद्धा एवं प्रजा गण, महाराज इंग्रात के बताये उस तारे को एक साथ तृणेक्ष के अंतरिक्ष में देखने का प्रयास करते हैं किन्तु सिर्फ दिव्य इदेवत ही अपनी दिव्य दृष्टि के माध्यम से उसे देख पाते हैं। कुछ क्षण के बाद एक प्राचीन इदेवत जो लाखों वर्ष पूर्व उस अंतरिक्ष यान का तकनीकी प्रधान थे, महाराज इंग्रात के समीप आकर अपने शांत दिव्य स्वर में कहते है "महाराज—यह कैसे संभव हो सकता है। —उस दूरी से यदि अंतरिक्ष यान को उसके अधिकतम वेग के साथ कोई संचालित करें तो भी यहाँ तक पहुंचने में एक पहर से अधिक का समय लगेगा। —फिर आप कैसे कह रहे हैं की एक घड़ी में हमारा वह अंतरिक्ष यान यहाँ पहुँच जायेगा। महाराज—यदि यह किसी प्रकार से संभव भी हुआ है तो वह अंतरिक्ष यान जिसकी प्रत्येक क्षमता का मुझे पूर्ण ज्ञान है, इस गति के बाद यान के भीतर से उसे रोकना असंभव है। और यदि वह रुका नहीं तो वह यान जो अब प्रकाश की गति से लाख गुना अधिक गति के साथ हमारी ओर बढ़ रहा है, वह एक क्षण के करोडवे अंश में ही सम्पूर्ण तृणेक्ष को नष्ट करके स्वयं भी नष्ट हो जायेगा। कोई भी नहीं बचेगा महाराज—एक जीवाणु तक भी नहीं।"

महाराज इंग्रात को अपने तकनीकी प्रधान के अनुमान पर पूर्ण विश्वास है क्योंकि वह अपने लाखो वर्षों के जीवन काल में कभी भी गलत नहीं रहे है। महाराज इंग्रात सभी इदेवतों की ओर देखते हुए अपने दिव्य स्वर में कहते हैं "—वह अंतरिक्ष यान इस प्रचंड महा वेग को कैसे प्राप्त हुआ यह तो मुझे नहीं ज्ञात किन्तु लाखो वर्षों के बाद पुनः अपने ही यान से नष्ट होने जा रही हमारे तृणेक्ष को और समस्त प्रजा को हम कैसे बचाये?" इतना कहते ही महाराज इंग्रात अब अपने

अश्रुओं को रोक नहीं पाते है और प्रचंड भावुक वेदना के साथ अपने मद्धम दिव्य स्वर में कहते है "—शायद काल ने अभी तक हमें हमारे महा पापों के लिए क्षमा नहीं किया है।"

कुछ देर बाद महाराज गारुद्ध अपने उच्च स्वर में कहते है "महाराज—वह अंतरिक्ष यान अब सामान्य दृष्टि से भी दिखाई पड़ने लगा है।" और उनके बताने पर की अब वह अंतरिक्ष यान सामान्य दृष्टि से भी दिखाई पड़ने लगा है, तो महाराज इंग्रात, महाराज जाहेत्र , महाराज साहेस्व, सभी इदेवत, सभी मानव्य, सभी प्रालख्य के जीव, सभी जार्नाग एवं धारुड़ योद्धा एवं प्रजा गण एक साथ तृणेक्ष के अंतरिक्ष में देखते है, तो उन्हें एक अद्भुत रूप से चकते प्रकाश के रूप में वह अंतरिक्ष यान प्रचंड वेग से उनकी ओर आते दिखाई पड़ने लगता है। प्राचीन इदेवत एक दूसरे में निराशा के भाव के साथ यही कहते है 'हमारा वह अंतरिक्ष यान कुछ ही समय में रौद्र वेग से तृणेक्ष को चीरते हुए सब कुछ नष्ट कर देगा।'

महाराज इंग्रात और सभी इदेवत अपनी दिव्य दृष्टियों से देखते हैं की प्रकाश से भी लाख गुना अधिक रौद्र वेग से उनकी ओर आते अंतरिक्ष यान में आर्जथ, प्रज्ञास से तृणेक्ष से प्राप्त संकेत प्रसारण प्रणाली के माध्यम से वहां के सभी दिशाओं का दृश्य दिखाने को कहता है। प्रज्ञास एक विशालकाय दृश्य पटल पर तृणेक्ष के राजमहल के घेरे में आकाश एवं धरातल पर स्थित लाखो तृणेक्ष की प्रजा के बीच सभी इदेवत और मानव्य महाराज इंग्रात के चारों ओर क्रमबद्ध रूप से महान निराशा के भाव में अस्थिर चित्त के साथ स्थित है। वह सभी अंतरिक्ष यान और आर्जथ की ओर ही अपनी दृष्टि कर के तृणेक्ष के आकाश की ओर देख रहे होते हैं। आर्जथ प्रज्ञास से पूछता है "क्या तुम्हें तृणेक्ष पर कोई भी कारण का अनुमान लग रहा हैं जो हमारे इस रौद्र वेग से गतिमान अंतरिक्ष यान को रोक सकने की क्षमता रखता हो?"

प्रज्ञास अपने दिव्य यांत्रिक स्वर में कहता है "आर्जथ—मुझे उनके बीच के सभी जीवों से प्राप्त आकड़ों के विश्लेषण से किसी भी कारण के होने का अनुमान नहीं हो रहा हैं।"

कुछ क्षण के बाद आर्जथ अत्यंत निराशा के भाव में कहता है "कोई भी कारण नहीं? —हमारे पास अब समय कितना है?"

"अब बस कुछ १५ क्षण ही है हमारे पास। उसके बाद तृणेक्ष पर जो भी तुम देख रहे हो वह सब नष्ट हो जायेगा। सम्पूर्ण तृणेक्ष और फिर उसके तीनो चन्द्रमा भी कुछ समय के बाद ही नष्ट हो जायेंगे।"

"नहीं नहीं नहीं—ऐसा कभी नहीं हो सकता।"

महाराज जार्हेस्त्र, महाराज गारुद्ध, महाराज साहंस्व, सभी मानव्य, सभी प्रालख्य के जीव, लाखो जार्नाग एवं धारुड़ प्रजा को पता भी नहीं लगता और एक तेज महा प्रकाश के होने के साथ ही वह सब अपनी विशाल आंखें बंद कर लेते हैं। कुछ क्षण बाद जब सभी अपनी-अपनी आंखें खोलते है तो देखते है की वह सब राजमहल के समक्ष पहले की तरह अपनी-अपनी स्थिति में खड़े हैं।

महाराज इंग्रात, महाराज जार्हेस्त्र, महाराज गारुद्ध , महाराज साहंस्व, सभी इदेवत, सभी मानव्य, सभी प्रालख्य के जीव, सभी जार्नाग एवं धारुड़ योद्धा एवं प्रजा गण सब अपनी पूर्व स्थिति में एक दूसरे को आश्चर्य के भाव में देखने लगते हैं। किन्तु उन्हें किस बात का आश्चर्य होता है, इसका उन्हें कोई अनुमान नहीं लगता है। तभी महाराज गारुद्ध की दृष्टि आकाश की ओर जाती है और वह अपने उग्र उच्च स्वर में कहते हैं "अंतरिक्ष यान स्वयं रुक गया है। वह देखिये।" और सभी लोग आकाश की ओर देखने लगते हैं। वह सब देखते हैं की तृणेक्ष के वायुमंडल में ही इदेवतों का अंतरिक्ष यान स्थित है। यह देख कर सभी को आश्चर्य होता है।

कुछ देर बाद आर्जथ अंतरिक्ष यान को नीचे लाते हुए राजमहल के समक्ष भाग के ऊपर, नियंत्रण प्रणाली में कुछ यंत्रों को संतुलित करते हुए अंतरिक्ष यान को राजमहल के ऊपर स्थिर करने लगता है, और फिर वह एक दूसरे कक्ष में चला जाता है।

महाराज इंग्रात इसी विचार में होते हैं, की कैसे यह अंतरिक्ष यान राजमहल के आकाश में आकर रुक गया, की तभी अंतरिक्ष यान के ठीक नीचे का मुख्य द्वार खुलने लगता है, और उसमें से आर्जथ नीचे आता है। आर्जथ को देख कर महाराज इंग्रात, सभी प्राचीन इदेवत और सभी मानव्य, भावुक होते हुए अपनी आंखों में बनते अश्रुओं की लहरों को रोकने की असफल प्रयास करते रहते हैं। कुछ क्षण में आर्जथ महाराज इंग्रात के ठीक समक्ष स्थिर हो कर उनको लाखो वर्षों के बाद देखने पर भावुक होते हुए कहता है "महाराज—क्या आप अभी भी मुझसे क्रोधित हैं?"

आर्गश उन घटनाओं के दृश्यों को वैसे ही घटते देखता है जैसे की घटित हुआ था, बस उनमें कही भी वह और कालञ दिखाई नहीं पड़ते हैं। राजमहल के बाहर सभी के परम मिलन रूपी दृश्यों के अंत में आर्गश देखता है की कुछ देर बाद महाराज साहंस्व अपनी भावनाओं को नियंत्रित करते हुए अपने सहस्त्रों फणों की करुण कंठ से निकलते भावुक गूंजते स्वर में महाराज इंग्रात से कहते हैं "महाराज—अब आप सब राजमहल में प्रवेश कीजिए। वहां हम सब एक दूसरे से इन लाखो वर्षों के वियोग काल की घटनाओं को विश्राम पूर्वक सुनेंगे और जानेंगे।"

महाराज जाहंस्त्र भी अपने पुत्र का समर्थन करते हुए अपने सहस्त्रों फणों की करुण कंठ से निकलते भावुक गूंजते स्वर में महाराज इंग्रात से कहते हैं "हाँ महाराज—अब हमे राजमहल में प्रवेश करना चाहिए।"

इसके बाद आर्गश उन दृश्यों को वैसे ही देखता है जैसे की घटित हुआ था बस उनमें कही भी वह और कालञ नहीं होते हैं। वह सब

राजमहल के राजसभा में स्थित होकर एक दूसरे से अपने लाखो वर्षों के घटनाओं को कहने और सुनने लगते हैं। महाराज इंग्रात तृणेक्ष से जाने के बाद का सम्पूर्ण वृत्तांत बताते है। आर्जथ प्रालख्य को खोजने की अपनी लाखो वर्षों के प्रयास को बताता है। महाराज साहस्व लाखो वर्षों में घटित तृणेक्ष के महत्वपूर्ण घटनाओं को बताते हैं।

अंत में जब सभी अत्यंत भावुक होने लगते हैं तब अचानक किसी परम उज्जवल प्रकाश के होने से सब अपनी आंखें बंद कर लेते है। जब सब अपनी आंखें खोलते है तो वो देखते है की केवल महाराज साहस्व ही अपने पिता के सिंहासन के पास जीवित दिखाई पड़ते हैं। महाराज इंग्रात, महाराज जाहैस्त्र, महाराज गारुद्ध और आर्जथ अपने सिंहासन पर मृत शरीर के साथ भी अत्यंत गरिमा पूर्ण अवस्था में विराजमान दिखाई पड़ते है। राजसभा के सब जन देखते है की महाराज साहस्व कुछ भावुक भी है और कुछ आनंदित भी हो रहे है। उस राजसभा और राजमहल के बाहर इसी तरह के भावों में सभी लोग दिखाई पड़ते है। वह सब देखते हैं की आसनों पर विराजमान सभी प्राचीन इदेवत, मानव्य, रदैत्य, और वर्क्षास भी अपने आसनों पर मृत शरीरों के साथ अत्यंत सम्मान पूर्ण अवस्था में दिखाई पड़ते है।

इस तरह आर्गश देखता है की सभी के अंतःकरण में उनके मुक्त होने की परम प्रेरणा से वह सब दृश्य उसी प्रकार दिखाई पड़ते हैं जैसा की घटित हुआ था। महाराज साहस्व और राजमाता सुमागी के अंतःकरण में दिव्य प्रेरणा का उदय होता है की 'महाराज इंग्रात, महाराज जाहैस्त्र, महाराज गारुद्ध, आर्जथ, प्राचीन इदेवत, रदैत्य, वर्क्षास और सहस्त्र जारनाग एवं धारुड़ प्रजा के परमगति प्राप्त होने का ज्ञान इनके अपनों के अंतःकरण में परमात्मा की इच्छा से ही प्रकट हुए है। अब महाराज साहस्व को ही सम्पूर्ण तृणेक्ष पर धर्म के अनुसार जीवन और मुक्ति के सही क्रम से राज्य का पालन करना है। गर्णाक पर महाराज गारुद्ध के पुत्र, मारुद्ध कुछ वर्षों में जब राज्य पालन के योग्य हो जायेगा तब उसे राज्य पालन का अनुभव रूपी ज्ञान, महाराज साहस्व को ही देना है।

समय आने पर महाराज साहंस्व तृणेक्ष के गर्भ में अपने मुक्ति के स्थान पर २१ वर्षों के उत्तम ध्यान के बाद मुक्त होकर परमगति को प्राप्त करेंगे। महाराज साहंस्व की माता, राजमाता सुमागी भी ७ वर्षों के बाद अपनी उत्तम भक्ति के माध्यम से मुक्त हो कर परमगति को प्राप्त करेंगी।' और घटनाओं को पूर्ववर्ती रूप से घटते देख कर अंत में आर्गश देखता है की महाराज साहंस्व अपने पिता महाराज जाहंस्त्र, महाराज इंग्रात, महाराज गारुद्ध और आर्जथ के मृत शरीरों को अपने महान योद्धाओं के साथ सम्मान पूर्वक लेकर राजसभा से निकलकर राजधानी के मध्य की ओर प्रस्थान करने लगते हैं।

और इस प्रकार कालझ ने महाराज इंग्रात, महाराज जाहंस्त्र, महाराज गारुद्ध और महाराज साहंस्व के स्मृति पटल पर माया द्वारा निर्मित वास्तविकता को प्रत्यक्ष दिखाकर उस काल पटल को अपने काल दंड से मिटा देता है। कुछ क्षण के बाद कालझ अपनी संकल्प शक्ति से आर्गश को साथ लेकर सूक्ष्मता से अंतर्धान होकर भूमि के ऊपर प्रकट हो जाता।

आर्गश कुछ देर तक उन दृश्यों को प्रत्यक्ष देखने के बाद आश्चर्य के भाव के साथ अपने घर को देखता है। कुछ क्षण के बाद वह कालझ से कहता है "माया ने इसी प्रकार से उन सभी सर्थम प्रणाली के जीवों की स्मृति पटल पर हमारी प्रत्येक स्मृति को मिटा कर उसकी जगह नए संभावित स्मृतियों का निर्माण कर दिया है?"

कालझ अपने स्वाभाविक गंभीर स्वर में कहता है "हाँ—हमारे प्रत्येक कार्य के बाद वहां से चले आने पर उस संसार की माया इसी प्रकार से नवीन संभावित वास्तविकता का निर्माण कर देती हैं।"

"अद्भुत।—चलिए अब आनंद के लिए कुछ नाश्ता लेकर आते हैं।" और फिर आर्गश और कालझ गांव की ओर चलने लगते हैं। कुछ दूर एक हलवाई की दुकान पर आर्गश कुछ जलेबियां खरीदता हैं, और

फिर अन्य सभी के लिए अदृश्य कालझ के साथ वापस अपने घर की ओर चल देता है।

कुछ ही समय में आर्गश और कालझ घर तक पहुंच जाते है। घर के अंदर प्रवेश करके आर्गश और कालझ देखते है की आनंद अभी भी कार्य करने में व्यस्त होता है। आर्गश जलेबियों को आनंद के मेज पर रख कर कहता है "ये लो—तुम्हारी मनपसंद जलेबियाँ। —अभी भी गर्म हैं।"

उन जलेबियों को देख कर आनंद कहता है "क्या बात है आर्गश— और दही कहा है।"

"हाँ वो भी हैं।—लाता हूँ।" और फिर आर्गश दही लेने रसोई घर में चला जाता है। वहां आर्गश देखते है की उनके द्वारा निर्मित घटाकाश में अब उन्हीं का परम दिव्य स्वरूप प्रकट हो रहे है, और कुछ ही क्षण में वह बाहर निकल कर आर्गश के मनुष्य शरीर में समरूपता के साथ जुड़ जाते हैं। अंत में वह घटाकाश भी आर्गश के मनुष्य शरीर में विलीन हो जाता है।

कुछ क्षण में आर्गश दही लेकर रसोई घर से बाहर आता है और आनंद के मेज पर दही की कटोरी रखकर और एक जलेबी से कुछ दही को लेकर कहता है "दही के साथ जलेबी का आनंद तो और बढ़ जाता है।" और फिर वह कुछ दही को लिए उस जलेबी को खाने लगता है।

आनंद भी उसी प्रकार जलेबियों का आनंद लेते हुए कहता है "सही कहा आर्गश। —और अब मेरा कार्य भी पूरा हुआ।"

"तो क्या हुआ। अभी तुम यहाँ कुछ देर रुक ही सकते हो।"

"नहीं रुक सकता हूँ। अभी मुझे कुछ और आवश्यक कार्य करना है।"

"जैसी तुम्हारी इच्छा।"

कुछ देर के बाद आनंद अपने सभी आवश्यक सामानों को समेटकर आर्गश से कहता हैं "कुछ दिन बाद इन्हीं कार्यों के साथ फिर आऊंगा मित्र।"

"मुझे तुम्हारा इंतजार रहेगा।"

और फिर आनंद और आर्गश घर के बाहर निकल कर कुछ दूर तक कुछ परम गुस रूप में वार्तालाप करते हुए आगे बढ़ने लगते हैं। अंत में आनंद, आर्गश को भावुकता भरी दृष्टि से देखते हुए गांव की ओर चल देता है। आनंद को कुछ दूर जाते हुए आर्गश देखता रहता है। अंत में वह वापस अपने घर की और चलने लगता है और कुछ ही देर में अंदर प्रवेश करके कालज़ से कहता है "अब हमे किस ब्रह्माण्ड के किस कार्य को पूर्ण करना है।"

कालज़ अपने गंभीर स्वर में कहता है "अब वह समय आ गया है की तुम उन दुर्लभ शक्तियों के प्रशिक्षण को प्राप्त करो जिसका प्रयोग तुम्हें अगले महा विचित्र घटनाक्रम को रोकने में करना होगा।"

"किन्तु—ऐसा कौन सा विचित्र घटनाक्रम घटने वाला है, जिसमें मुझे किन्हीं दुर्लभ शक्तियों की आवश्यकता होगी?"

कालज़ दक्षिण दिशा की ओर खिड़की से आकाश को देखते हुए कहता है "—११ दिनों के बाद एक अद्भुत ब्रह्माण्ड में एक विचित्र महा अनिष्टकारी घटनाक्रम घटने वाला है। उस घटनाक्रम का अनुमान तुम इसी बात से लगा सकते हो, की यदि हम उस घटनाक्रम को रोकने में असफल हुए तो एक साथ तीन ब्रह्माण्ड नष्ट हो जायेंगे, वो भी गुरुत्वांध्व ब्रह्माण्ड से १८ गुना बड़े, तीन ब्रह्माण्ड आर्गश।"